日本古典文學大系
64

春色梅兒譽美

中村幸彦校注

岩波書店刊行

監修者

高木市之助
西尾實
久松潜一
麻生磯次
時枝誠記

題字　柳田泰雲

目次

解説……四
凡例……三五
春色梅兒譽美……三九
初編　卷之一（第一齣・第二齣）……四一
卷之二（第三齣・第四齣）……六三
卷之三（第五齣・第六齣）……七六
後編　卷之四（第七齣・第八齣）……九一
卷之五（第九齣・第十齣）……一一〇
卷之六（第十一齣・第十二齣）……一二三
三編　卷之七（第十三齣・第十四齣）……一三七

巻之八（第十五齣・第十六齣）……一五五
巻之九（第十七齣・第十八齣）……一七一
四編 巻之十（第十九齣・第二十齣）……一八七
巻之十一（第二十一齣・第二十二齣）……二〇八
巻之十二（第二十三齣の上・第二十三齣の下・第二十四齣）……二二三

梅暦餘興 春色辰巳園……二三九

初編 巻之一（第一回・第二回）……二四一
巻之二（第三回・第四回）……二六〇
巻之三（第五回・第六回）……二七三
後編 巻之四（第七回の上・第七回の下）……二八九
巻之五（第八回・第九回）……三〇八
巻之六（第十回の上・第十回の下）……三二三
三編 巻之七（第一條・第二條）……三三七
巻之八（第三條・第四條）……三五八

卷之九（第五條・第六條）……三七二
四編　卷之十（第七條・第八條）……三八五
卷之十一（第九條・第十條）……四〇九
卷之十二（第十一條・第十二條）……四二四
補　注……四四一
諸本對照表……四五三
付　圖……四六一

解説

一

為永春水は逆算して、寛政二年に生れた。後年自ら述べる所によると、姓は鷦鷯(佐々木のあて字であろう)氏、名は貞高(増補外題鑑叙など)、通称を長次郎という。それ以外は、父母や出生地など多くは不明である。ただしかの花暦八笑人の著者滝亭鯉丈こと池田八蔵を、「家兄」(菊廼井草紙三編)と称し、方壺堂玉枝は、かえって、彼を、「おぢ」(処女七種四編序)と呼ぶ。その関係は従来も問題になって明らかでないが、婚姻関係と見るのが、最も自然であろうか。これらから見て、江戸の町家の産であったらしい。玉川日記五編の、珍奇楼主人の端書に、春水をさして「嗚呼つがもなき根生の江戸ッ子」と言っている。

春水の経歴の不明は、日次の確実な資料の上では、出生から、文政三年三十一歳頃、為永正輔(花暦八笑人初編)と号する講釈師として、まがりなりにも寄席に上る時まで続く。文化十二年初刊の松風邑雨物語前編の出版者連名の中に、彼の書肆としての、越前屋長次郎の称を認めるが、これは後刷の時(恐らくは同書後編の出た文政十年頃)の奥付である。文政元年二世南仙笑楚満人と号して、滝亭鯉丈と共に、明烏後正夢を著述したという菊廼井草紙三編の序の記事は、或は春水の誤算かとも思われる。しかし文政三年以後は、漸くに資料も多く、不明の期間も、かすかではあるが、想像されないこともない。文政三年に、振鷺亭のいろは酔故伝が、時代世話建久水滸伝と改題して再版されるが、それには堤下市隠三鷺の補正によると見える。この三鷺は、春水自ら「三馬先生の門下に連り、三鷺と呼れしなまけもの」(浮世床三編序)とい

う彼であると思われるので、何時の年か不明ながら、これより先、式亭三馬の門に出入していたことになる。更に、

其身の上のあらましを、いはばかたらば衣売し頃より一向書好む、道は稗官小説の編文漢の真似も台下麓の里、柳亭大人が東軒に、燕の如く哢りて、趣向の巣作る事をしも、主人の恵みに覚へしは嘘じやござらぬ本町の喀囉哩楼へも再々登り、式亭大人の鈴ふりと、活業半分筆取れど(明烏寝覚繰言初編の文亭綾継序)

によれば、呉服屋らしいこともやったし、柳亭種彦の助手をやったことも、三馬入門前後にあったこととなる。世業に従事しながらも、有名作者の門をくぐったのは、少年期からの、その為に甚だしい近視眼になったとも伝えられる程の、仮名物語物の本の耽読のはてであった。ついでをもって言えば、少年時の小説愛読を語る閑窓瑣談には、「狂歌を得詠ず、俳諧発句の集など看る事稀にして、一首一句を言つらぬる所為は猶更に拙し」と自ら述べている。

しかし寄席に出たのも、思いつきではなかった。これも彼生涯の志向の一つであったからである。恐らくは怪談ばなしの創始者初代林屋正蔵の手引で、その「正」の一字をもらって、文政三年正月前後にデビューしたのであろうが、彼は落語家ではなく、世話種を専門とした講釈師としてであった(月報所収拙稿「舌耕文芸家春水」参照)。この度の寄席出演は数年にして中止したと見えて、文政九年(三日月阿専序)には、「昨鳥は講釈師の為永とよばれしも、今兎は編文漢の楚満人と改め」の記事が見える。数年ではあったが、彼の舌耕文芸への関心と、この期における経験は、後に人情本作者たる彼に、様々のものを与えたと想像する。当時の寄席界は、落語では三笑亭可楽の高弟達相競って、新風を打立て、講談界では、従来の行儀のよさを捨てて、完全娯楽としての姿勢を示し始め、伊東・田辺など諸派漸く繁盛し、色物も亦多彩、幕末から明治へかけての最盛期めざして、上昇気運につつまれていた。殊に落語界は、烏亭焉馬らの文人落語の洗練さを受けて、娯楽性を濃くした可楽の流れにあり、写実的な生世話物の芝居の影響を蒙って、その話術は写実の妙を甚だ加えて来ていたと十分に想像できる。一方で三馬門に、写実的滑稽本の筆を学び、講談とはいえ、世話種を専門とした正輔が、落語話術の影響を受けなかったはずはない。春水がこの期に舌耕文芸界から得たものの第一に、この

話術からのものをあげよう。全国の青年男女の魂をあやしくゆすぶった、信夫恕軒・依田学海・菊池三渓などの漢文章家を三嘆せしめた、自由な会話文は、舌耕文芸家としては失敗に終る彼の、この期の経験が生んだものであった。第二に、該界の友人の中に、たとえば桜川連の太鼓持たちの如く、寄席にも上れば、花柳界にも活躍する遊里通を得ることができた。遊びに暗いという彼の告白は事実であろうが、それでいて、悉く花柳界にわたるといってよい人情本を著述することを得たには、その人々は最もよい知識源であったはずである。第三に、当時の寄席に出ていた様々の音曲の知識を得た。人情本試作時代ともいうべき文政年間の作品から既に、寄席芸人の名と共に、様々の音曲があらわれる。ここに得た知識は、人情本の情趣構成に役立っていることはいわずもがなである。また、あらゆる点で、彼の著述の最良の補助者であった清元延津賀との会合も、寄席における機会においてではなかったかと想像している。

二

舌耕文芸家としての出発はしかし、彼の作者志望を放擲させはしなかった。文政四年刊の三馬門の故友、春亭三暁の遺稿、十種香萩廼白露に、二代目振鷺亭主人の号で序を送ったのは、後年「為の字さる」と称するその印章のすわる所から、春水であることが判明する。この執筆をすすめたのは、前出の堤下即ち柳原土手の近く豊島町一丁目で、春水と家を隣っていた(総角結紫総糸序)、そして生涯の著述の伴侶となるべき浮世絵師歌川国直であった。がこの号での執筆は、今の所この一例しか見出せない。直ぐ続いて二代目南仙笑楚満人の号があらわれるからである。その間の事情について、綾継の前掲の文は続く。

　天性の閑好漢(なまけもの)殊に廻らぬ才力は、牛馬におくれべく、拙き智工は竹田が機関を、添るとも猶働き兼べし。かゝれど心の老実(まめやか)と、気億(きをく)の克(よ)きを三馬翁(せんせい)も、愛て教の一喝にさめて見果し浮世の栄枯、其一睡を狂言綺語に、つづり合せし正夢の、幸ひにして流行せるは(後略)

と。これによると、三馬の教訓の忠告、怒りっぽい三馬のこと、本当に一喝であったかも知れないのだが、それが春水の一転機となったのである。三馬の教訓の内容を想像するに、春水の才能は三馬の如き滑稽本や読本にはない。作者となるなら、草双紙や、漸く十返舎一九や東里山人の試みはじめた世話種の中本読本に進めとあったのであろう。春水は洒落本と読本作で、かなり令名あった振鷺亭の二世の号を、専ら草双紙の作者であった楚満人の二世にかえたのであるが、これを三馬の教訓の直後と見ると、話は恰好につながるのである。二世楚満人の号は、現在では文政四年の年次をもつ明烏後正夢初編と、同年の序をもつ同二編の巻頭に、「江戸　南仙笑楚満人、滝亭鯉丈合作」とあるを初見とする。前出した、文政元年楚満人と号したという、菊廼井草紙の自説との説明がつかないが、今はそのままにしておこう。その後、文政十一年春水と改号まで、この号を使用し続ける。明烏の書は、後述する如く、世話種の中本読本であった。

楚満人と改号したと殆ど時を同じくして、出版業を始めた。文政四年の明烏初編では、それまでの住所、豊島町一丁目で、同じく同年刊の櫟亭金魚著の刀筆青砥石文では、近くの本町通東へ入橘町二丁目へ移転して、青林堂、越前屋長次郎と号した。これは、戯作の一方に、真面目な生業を持った師三馬に学んだのであろうが、ここに到るには、彼に長年の努力があった。玉川日記二編(文政八)の多満人の序に、

本のせどりの担商、(中略)不断脊中に包袱を放たず、昼は足を雷木(すりこぎ)にして、江戸中を欠廻り、夜は筆をさゝらにして、机と首引をなし、螢や雪はあつめねど、夜をもて日につぐ夜学燈、其功積つて忽に燈四の油街に、くゝりざるの暖簾を返翻とひるがへし、書林の鄽(みせ)をひらく(下略)

と。本のせどりを業として江戸中をかけ廻った何年かがあったのである。恐らくは前述した呉服をあきなった後、作者を志した一方で、職を転じたものであろう。せどりとは出版書肆と小売屋、または素人の需給の間の仲介業であるが、文亭綾継や琴通舎英賀など、春水のひいきとなった文人との接近は、この業の間のことと想像している。春水はまたこの間、読者の嗜好方向や書肆経営の大略を察することが出来た。出版業とはいえ、どうせ僅かな資本でのこと、多くは、

著名な老舗の中に名をつらねる形で営業した。読者の動きを知る彼の参加が、老舗側にも何がしかの利益があったかも知れぬ。それでも、文政五年の明烏三編には青林堂蔵板目録なるものを掲げた。計十一部。馬琴の勧善常世物語を除けば、他は三馬・一九の小冊滑稽本のみ(それも出版されたものは、連玉堂との合梓になっている)。彼の資本では当然だが、努めていることは推察できる。文政七年には馬琴の三国一夜物語を無断で再版して、あしざまに言われることもあったが、自分の関係した著述の中本類は、自分の店が中心となって出版する。文政七年の例をとると、瀬川如皐の蘇我義仲鼎臣録二編の、かなり出来上りのよい読本を始め、八重霞春夕映二編など数部の中本読本、八笑人三編追加など数部の滑稽本に大寂庵立綱の萍の跡の版を買入れ、淡海随筆と改題したもの、例の三国一夜物語を加えて、十部以上のものを新刊している。この年のこの数は大出版書肆並である。

文政十一年の彼の著述、風俗女西遊記・浦島太郎珠家土産・春宵美談朧月夜四編・婦女今川などは一様に、橘町から程遠からぬ通油町に転じて、人気俳優岩井粂三郎(後の六世岩井半四郎)の紋所を使用した、岩井梅我歯磨(くめさ)すなわち丁子車の売出しを広告した。この前後、青林堂の名を持つ新版は次第に少いことを見れば、書肆の一方、化粧品をあきない始めたには、春水の心境の変化があったからであろう。舌耕文芸家・出版業・作者と三本立で始った春水の、中年の奮起も、先ず舌耕文芸家をやめた。多忙と不評がその原因に数えられる。残った二つでも、やはり多忙であって、後述する如き作者としての不評をかった。ここで作者・書肆いずれを主にすべきかの二者択一、春水は年来の希望たる作者道を選んだのである。書肆は消極的な営業にとどめ、かわりに三馬の故智を学んで、彼の手を多く必要としないであろう化粧品の製造を兼ねて、作者生活の後顧のうれいなからしめんとしたのである。作者道を選択した彼の決意を証明する如く、翌文政十二年には、為永春水と改号して、一本立の作者宣言を行うのである。けれども好事魔多しで、折角の通油町の丁子車精製所も長く続かなかった(この歯磨は後々も作っている)。文政十二年三月十一日の神田から出火した大火事で、この一帯は灰燼に帰した。文政十三年の寝覚繰言三編の奥付には「通油町越前屋長次郎」の名をとどめるけれども、実際の青林堂はここで終止符を打つのである。春水は一時、根岸の里の茅屋に引込み(絵本荒川仁勇伝序)、天保の初年に浅草寺中に移って、閑居をせざるを得なくなる。文政三年の奮起以来、幾曲折、営々として自己の路を拓いて来た春水の心境は、春色梅児誉美(天保三)の序に「願ふ心の十方ぐれ、八方金神の中央に、座したるこの三四年の災厄」の語で示されている。

三

彼の作者としての出発は、文政四年、鯉丈との合作、明烏後正夢であったことは前述した。この書は、後に人情本と称される様式の先駆作の一であるが、当時は中本と称された。中本の読本の意である。また中形絵入よみ本などの称もある。その後、この明烏が編を重ね、寝覚繰言と題をかえて、続編を出す好評もあって、春水が文政年間、最も多く作ったのは、この中本様式のものである。

元来、馬琴の里見八犬伝や椿説弓張月を代表とする半紙本型の読本は、遠くは寛延年間、近くは寛政頃からの歴史を持って、時代物長編小説として、表現・内容・構成に一定の型を形成して来た。そして、当時の小説中、最も教養の高い読者を予想したものである。それに対し、中本の読本は、安永頃から断続的であるが、脈を引いて、この頃に至った。その中では、滑稽な作、草双紙的で読本よりは教養の一段低い一般読者を予想した平易な表現の作、雅文小説など、半紙本読本の規格をはずれた、作者の自由な試みがなされている。洒落本が末期に至って、うがち専らの作風から、筋と涙による新傾向を求めた時に用いたのも、大ごんにゃくなどと称されるが、実は中本の読本の一つなのであった。要するに、読本の筋と道理と、美文的表現と、変幻と変転の作風の中へ、異質であるべき洒落本・滑稽本・草双紙、時には中国の世話小説や歌舞伎浄瑠璃種まで、あらゆる様式の内容・表現の流れ込んだものが、中本の読本である。その上、中本読本を多く作った十返舎一九に明瞭な傾向であるが、読本の時代小説なるに対して、世話小説をここで試みた。文政に入ると、洒落本は勿論、滑稽本も、馬琴一人を残して読本も、皆マンネリズムに落入って、読者からあきられて来た。何か新しい試みを必要とする小説界へ、目先のきく一九が出した試案であったが、東里山人これに応じて、一言で言えば、当時の小説界は世話読本誕生の気運をはらんでいたのである(拙著近世小説史の研究所収「人情本と中本型読本」参照)。

明烏後正夢は、その序に「不レ戴ニ彼新奇妄誕一、而尽ニ人情世態ニ」とあって、世話読本たるを明示したものであるが、更に題名も同じ新内節をその題材としている。勿論、新内の主人公達の不運の中の悲劇と、その節の哀婉の気味を、移し入れようとしたのである。この作の好評も、実に読者のこの点への共鳴に原因する。よって春水らは、次いで、藤枝恋情柵(文政七)・袷妻雪古手屋(文政七)と、新内による作をしきりに出した。富本節に材をとって好評を得た軒並娘八丈(文政七)も、この一群である。春水らは、この哀婉の悲劇的作品を泣本と称した。また、愁歎本(菊廼井草紙三編)ともいう。

式亭三馬(ほんちやうあん)が筆力にて、気障な文句の泣本を鼻うちかませて止させしに、近年亦々泣出して、心気辛苦の愁歎場、(中略)郷に入ては郷に従ふ、泣本流行ば、泣本の其流俗に従ひ給へ、泣が不洒落かうれるが洒落か、と自己勝手な発客の、詞に従ひ採筆は、例の拙き物語(文政七、芦仮寝物語序)

と、述べている。

二世楚満人と号してみても、三馬が見極めた才能のなさで、たとえ泣本といえども、すぐに自由に執筆出来ることではない。他の作者との合作、または楚満人校正の形で他人の作をもとにしたものが多い(国文学研究十一輯所収、神保五弥氏「二世楚満人作人情本についての疑問」。同十四輯所収、同氏「梅児誉美まで」)。書肆や舌耕文芸家としての多忙が、彼をしてこの方法をやむなくせしめたこともあったろう。好評の娘八丈も、その序文によれば狂言作者、二代目瀬川如皐の作である。文政五年青林堂から鼎臣録を出した如皐とは、直に契約が成立ったと見える。文政八年の霧籬物語は玉川亭調布稿本楚満人閲とある。調布はまた狂言作者、松島半二の号。婦女今川(文政九)も、楚満人校で、某人の作という。内容から見て原作者は芝居関係者らしい。文政六年刊の全盛葉名志をはじめとして、文政中を通じ、お互に著者となり校者となり合って、春水と合作したのは、楚満人門人と称する駅亭駒人であるが、この人も、春水の素人芝居附立帳に「予が莫逆なる浜村助(輔)(号折魚庵又云駅亭)」とある狂言作者であった。考えれば、世話狂言の発達した当時、「芝居の作者はさまで文学もいらず、只気をきかせて当世の流行をしり、よく人情世態を見るを第一のこゝろがけとす」(素人芝居附立帳)る狂言作者は、世話読本には、最も適した作者であったろう。そして彼らの根本(ねほん)式な作品に、三馬や種彦の助手をして覚えた小説的体裁を与え、表現を整えるのが、春水の役だったと見てよい。また未熟な素人の作品を添削して出版することも、この頃の作者兼書肆としての彼の仕事であった。岡養拙庵の読本、忠孝比玉伝(文政八)、桃山人の中本、涼浴衣新地誂織(文政十)、業亭行成の中本、歌舞妓織糸廼志良辺(文政十三)が、その例である。春水ひいきの一人文亭綾継なども、この方法で春水に援助させたかも知れぬ。彼も剪燈新話をもとにして、糸桜形見釵(文政十)を出刊した。はては春水自ら「諸作校合取次所」(箱根草初編序)と肩書するに至るのである。

しかし中には春水単独の作も勿論あったろう。天保十年頃かと想像される文渓堂こと丁子屋平兵衛の中形絵入よみ本之部目録は、明烏後正夢四・五編を駒人の作、玉川日記四・五編を松亭金水校、拾遺の玉川前・後編(文政十二)を狂訓亭真作とするなど、中本作者の内実を知ったらしい記載を見るのであるが、為永春水または楚満人作とするものに、玉川日記初編(文政八)・明烏後正夢二・三編(文政四・五)・園の雪三勝草紙(文政八)・松竹梅三重盃(文政年間)などをあげている。合作し校正し、勿論自作する間に、彼の特色も次第に生れてくるであろう。友人花笠文京(素人芝居附立帳)は、袷妻雪古手屋後編の序で、「今後帙三冊稿成て予に投ず、一校畢て嘆て曰、読本でなく歌舞妓にあらず、元来一家の文体は、楚満一流の深山の桜」と称した。前述した中本の読本のうちに混在する、諸様式の特色を合せて、渾然たる一風を、春水が作り出しつつあることを示す文辞である。その外、他の人々に比して教訓的な態度も目立たぬでもない。彼自らも意識していたのであって、文政七年の菊廼井草紙初編には、晩年も用いた勧善堂の号が既にあらわれ、同年の仮宅の文章には、この後長く使用する狂訓亭の号も見えている。かく教訓味の強いのは、彼の読本作者への一種のあこがれと模倣とによるものであった。

中本の読本以外に、当時の作者の常として、初代楚満人のように、この期の春水は、合巻をいくつか書いた。前述の総角結紫総糸や、帰咲古郷錦絵(文政八)の如く、音曲による、いわば中本読本の合巻化も若干あるが、繫馬七勇婦伝(文政九―)・風俗女西遊記(文政十一)・愚智太郎懲悪伝(文政十二)が、水滸伝や西遊記により、浦島太郎珠家土産(文政十一)の小さい作も、小説精言所収の転運漢によるなど、中国小説の合巻化をしばしば試みた。当時の合巻界を見渡せば、これは滝沢馬琴風の行き方である。作者を志望する春水の念頭には、常に馬琴が意識されていた。従って作者たる以上は、読本の大作を残したいのは、振鷺亭と号した始めから、終生願望するところであったと思われる。春水に読本作者たるを中止させた師三馬は文政五年に没した。そのためかあらぬか、読本著作の念は発して、文政九年刊行物の中には、京伝の梅花氷裂(文化三)の続編、絵本梅花春水や、三馬当人すら馬琴に悪評された阿古義物語(文化七)の拾遺を二世楚満人作として見出す。馬琴の如き学才が、おのれに乏しきを知る春水としては、続編とは上手な思付であった。その後、何か実録に種がある幼婦孝義録(文政十)・絵本荒川仁勇伝(文政末)を、ともかく自分の名を加えて出したが、やがて里見八犬伝に抗して、大内興隆十杉伝を文政十三年から書き出す。その他、阪東水滸伝(文政十三―)や、人情本の好評を得て多忙になった後も、尼子九牛七国士伝(金水と合作、天保四―)・新田功臣柱石伝(天保四―)など、いわば八犬伝風のもので、落を取ろうとねらったが、一つも成功したもののなかったことを附言しておこう。

中本にかえって、前述した多忙の彼の著述ぶりを、自らに語らせれば、

左に算勘右に筆、脊に風呂敷足には草鞋、異形に出たちかけあるき、いらざる口をきくものから、つまらぬことに日間(ひま)をかき、頼まぬ用も安請合、いそがば作もいそがるゝ、時刻にいたれば埒あかぬ、其たゞ中へわけて亦、此注文は大急ぎ、画著の出来今日中と、前後つかへし紙数も、わづか十枚、十月の中の十日に一時あまり、渓斎主人と

机をならべ（文政七、園の雪花魁序）

と。これには三馬風の誇張も混るであろうが、そうして出来た粗雑さと、合作と称して、他人の作に署名することとの悪評が、漸くに高まって来た。絵本荒川仁勇伝（梅児誉美補注一一参照）序は、その間の事情を物語るし、人情本の名声を得て後も、文政期には門人まかせにして粗末な作があったが、吾嬬春雨以後は自作であるなどと、度々に言訳しているのも亦、この期のこの悪評のためである。そうした批難に対して、もし作者たるべきなら、春水は何らか、善処しなければならない。先ず、通油町に転じ、丁子車を売出し、出版業を消極的にし、漸々と態勢を整えて、文政十二年には、本当に作者として立つべく、一念発起し、二世楚満人をやめて、四沢をうるおす春の水、為永春水と号した。

同年刊の合巻、繫馬七勇婦伝四編の為永春水と署した自序に、

古人の糟粕は喰ふとも、今人の自慢を密奪で舐る事を嗜まず、不知は不識にて、為の字さるの花押はすれど、人の真似をば為気なく、衆人倘みな不酔なりせば、我は醒ざる扁屈原、独酌の宿酔は、静座の贋物、山茶も煮花、口取いらぬ繫馬、二世との唱へも気にくはぬ、正銘作者の其一人

と、人のを盗まず、古人の跡をもおそわぬと自立を宣言した。同年の玉川日記五編の珍奇楼の端書には、「我友狂訓亭、娘八丈の古衣を洗たくし、復古の人情に流行をそえてより、（中略）実累年の中本誦本、都鄙の貴賤がもてはやして、（中略）賤が伏屋の小筵にも、楚満人の作物必ず開け、どゝいつと共にはやれど」と、彼の作者経歴をあげ、「今年其名も更つ。為永春水と和げて、婦女子の為に教示の滑稽、氷解弥新なり」と、彼の志を示し、「只此人の随意をいはゞ、玉の盃手にもふれ得ず、お出なんしは好め共、来給への招は敬して行ず、面白からぬ性質也」と、その生真面目な性格をも紹介した。春水は、今までの経験をもとにして、いよいよ作者の道を立てようと覚悟したはずである。がその最初の年、文政十二年の大火にあって、一身を田舎へ引込めて、先ずふりかかった災難を払わねばならなかった。

四

金竜山下に住して、金竜山人と号したことは、天保三年の著述から見えるので、天保初年のことであろう。その金竜山下とは、戯作者考補遺によると、浅草寺内であった。文政十二年から天保三年まで、既に原稿が火事以前に出来ていたかと思われる、文政十三年刊の十杉伝・阪東水滸伝と、なお奥付に通油町越前屋長次郎とあって、早く板になったらしい寝覚繰言三・四編が同年に出た以外は、三馬の潮来府志後編に序を送ったのみで、何の著述も出さなかった。まるのやかく子なる著者の中には、彼も一枚加わっているという(八笑人三編追加広告)秋雨夜話を、小説年表類は天保二年刊に登記するが、初編はもっと以前であるし、少くともこの間の作とはされないようである。

生活の方針も打立て、作者的情熱ももえ上るものもあった、その関頭に出合った災難は、真面目な一面を持つ彼だけに苦痛であったが、作者としては幸となったと考えられよう。一種のこの断頭台に立った彼が、生きるために持ったものは、たとえ拙なりといえど、執筆の腕一本であることに気付いたことであろう。小説を書くしか方途はない。都心を去って、かえって俗事にわずらわされぬ小屋で、作者道に精進せざるを得なかった。吾嬬春雨前編(天保三)を試作として、梅児誉美初・後編を、後年自ら言う如く(春暁八幡佳年四輯)、門人を用いず自力で著述・刊行したのは天保三年のことであった。寝覚繰言でも共同した柳川重信が、挿絵を、しかも口絵は合巻のように、人気俳優の似顔でかいてくれた。それが好評を得、同四年には三・四編をもって完結する。以前の同業者・連名者であった馬喰町二丁目の西村屋与八と、京橋弥左衛門町の大嶋屋伝右ヱ門が出刊を引受けた。それが、満都の、そして長く全日本の青年達の愛読書となろうとは、春水自らも思いがけなかったであろう。米八と仇吉の錦絵が出たり(春宵月の梅三)、あやかって名古屋の芸者が、米吉と名をかえたり(梅美婦祢二編)する。深川芸者の会話の中にも、「丁度、米八のようだ」というような文句が出る(春暁八幡佳年三輯)ありさま。前に田舎源氏、後に金色夜叉を思い出させる流行である。その好評の秘密は、期せずして、落着いて執筆出来たこの作中に見出せる。

一に、従来の中本では、不消化のままで混在していた、読本・洒落本・滑稽本・歌舞伎などの諸要素が、渾然たる調和を示し出したこと。丹次郎・お長を本田・榛沢両家の落胤とし、時代を鎌倉においた大きな読本的構成のわくも各部分を制約していない。世話狂言風のせりふ廻しも、所々(巻一・巻八)にあるが、これも指摘せねばそのままですむ程度である。滑稽本的(巻二)、洒落本的(巻十二)の要素を、作者はわざわざ挿入したのだが、場面の配列転換が巧みにいったために、これも目立たない。春水の告白によれば、出版業多忙の中の執筆で、構案思うにまかせず、場面々々を描いて、所々で連結する、やむなくとった方法が—これを後には、為永一家の方法と自負するのだが—漸く板について、効力を示した。長年の間試みて来た洒落本の描写をかりても穿ちを事とせず、読本的構成をかりても道理に堕せず、これを合せる春水流カクテルの作り方がどうやら成功の域に進んで来たのである。この作品を歴史の中におけば、近世小説史で、各様式の中で片よって発達して来た洒落本滑稽本の描写を主とする客観的な表現と、読本草双紙の筋構成と精神的な要素とが、一作品の中で、まだ未熟な部分もあるが、ある程度渾和している。この渾和が小説の本来で、近世小説史で、梅児誉美に至って漸く達したもの、梅児誉美とその後続の人情本群が近代小説に最も相近い様式といわれる所以である。

二に、題材の多彩と取合せの妙がある。若干のモデルもあったかも知れぬが、吉原の遊女、深川の芸者、娘浄瑠璃、女髪結、当時の世間で注意を引いた四通りの恋の女性を、運命の糸をあやつり、離合集散させる手ぎわは巧みといってよい。従来に見ず多彩で、しかもこれまでの彼の作に見る如く、途中でだれることなく、終りまで緊張を保っている。殊に深川の羽織芸者に重心をかけた所は、明治に入っても岡鬼太郎・永井荷風から大正まで続く芸者文学の、最初のすぐれた作品であって、題材的な文学史の観点に立てば、この作品の意義は大きい。

三に、特殊な情趣の形成がある。読本の雰囲気は、道理につらぬかれて生硬である。洒落本の雰囲気には、穿ちのもつ理智的なものが基底をなす。滑稽本は一、二をのぞけば猥雑にすぎる。泣本と称された文政試作期から、次第に人情の語が摘出されて来た。この人情による情趣が、言う所の特殊なものである。人情とは恋路の情のみでなく、常住の人間の哀悲の身上に実意をもって哀れを知ること(梅児誉美補注二一参照)と、後に春水は定義したが、其小唄恋情紫初編(天保七)にも「そも〳〵予が著す草紙に、新奇妙案といふものあらず、たゞ〳〵人情の趣く所をしるして好にまかせ、その甘口なる趣より、しだいに導く貞操孝儀、浮薄と見せて女道にはづれぬ真情をつゞる」とある。これもまんざら淫書を著すためのカムフラージではない。春水はいたる所で教訓的言辞をはいている。が規範的な倫理による裁断を下すのではなく、事と時と場における人間心境に相応した心の持方を述べる。彼のいわゆる老婆心で、高邁さのかけらもない、平凡なものなのだが、この作品で対象とした心情は、その、事と時と場における平凡なものなのである。凡人の凡情を同情的に描くのが、彼の目的であった。

かかる人間は、理想的な、または反理想的な非凡の人間をのみあつかった読本草双紙、人間の片よった面をのみ対象とした洒落本滑稽本には見なかった所、そこに生じた特殊な情趣である。梅児誉美からそれに続く人情本については、当時からモデルの噂があったと、作品中に述べている。真否はともかく、事件はいくらでもおこる事件、心情は、少し内省を加えれば誰もあの事あの時と思いあたる心情のみである。そこが当代読者の身につまされてうけた所以である。春色恋志良那美の序は、春水作品の新しさについて讃辞を呈するが、小説の新しさは、偏奇の中より平凡の中にあることが漸くわかった読者も出て来た。多言を要すまい。これは他の近世小説よりは人情本が近代小説に近い特色である。

四に、作中人物の性格が問題となる。筋と人情、運命に翻弄され感情のままに流されてゆくような作中人物、殊にその女性たちに、それは幼稚ではあるが、自ら生きてゆく一貫した道のようなものが感じられるのは不思議である。そうした一貫した作中人物の人生は、「貞操孝儀」などを説く春水が意識して与えられるものだとは、どうしても思えない。泣本の作者・書肆として常に読者を考えて来た彼が、読者の持った時代的感覚を、自然に反映したものかと考えている(拙著近世作家研究所収「為永春水小論」参照)。時代は頽廃的だといっても、明治の個性発見の時代に近いのである。いや既に当時、すぐれた人々は文学や人生観の中で、個性の主張をしていたのである。庶民の中にも、せめて感覚的にでも、そうしたものがあったろう。そうした近代小説的な要素が、ここに出ていることも大きな特色である。

五に、人事と自然の背景の調和がある。梅児誉美と題するこの作の転回は、暦の上でも、四季をめぐって、再び、今度はめでたい春をむかえるように場面が配置されてある。向島深川あたり当時の江戸の風景が、当時の庶民生活にも浸透していた和歌俳諧的美感の下にうつし出されて、人事の濃厚さの緩和剤とも、情趣の醱酵素ともなっている。本書の一特色であると共に、春水を称讃した永井荷風に与えた影響の大きな一つである。

六に、以上の諸特色をより効果的にしたのは、その会話文を中心とした文章である。この文章でなくては、纏綿たる情緒はあらわれなかったであろうし、人情のくまぐま、換言すれば一種の心理描写が、読本の如く説明文によるくどくどした方法の域を脱し得なかったであろう。当時の漢文章家を感嘆せしめたのは、女性たちの境遇性格や、時々の感情を微妙にまで書きわけ得たこの文章であったし、明治の田山花袋・広津柳浪などの作家たちも、一度は、これに注目して影響をうけたのも、この文章の故である。この会話文が、寄席舌耕家の話術から出たであろうことは前述した。一人の会話の中で、対者の動作や感情の変化を写す、いわゆる二面描写は、早く洒落本や滑稽本も、当時の舌耕から学んで持っていたが、春水の如きは、実経験から得たと見るべきであろう。凡例では文法的に示したが、動作とその主とが常に明確な関係で、語が配列されているのも、今も聞く舌耕文芸の特色である。それ以上に、一種の調子、または呼吸のある文章で、鑑賞はその呼吸に応じて、面白さを生む性質のものである。当時の読者の一喜一憂も、その調子に合せての鑑賞であったと考える。それら舌耕的文章の特色は、今さら考えることはない、明治の昔、土子笑面子の話術新論にそなわる。梅児誉美に相かなう幾個条かをその書から抄出すれば、(イ)人相応の語を選択してある。(ロ)感情の起伏を、発音こそともなわぬが、音調の上に示している。(ハ)前出した二面描写がある。(ニ)引事や枝葉的な形容をすてて、平常の言葉を専らとする。(ホ)出来るだけ地の文をすてて、会話を主とする、などであろうか。しかしこの文章の特色は、以上の如き個条書では十分に説明しえないことも附記しておく。

七に、梅児誉美の、近代小説に類似の点、即ち長所のみあげて来たが、勿論近世小説としての、種々の限界をも持っている。作中人物の性格を述べて、読者と共にあった作者春水の姿勢にふれたが、春水は、勿論近代作家と違う。当時の戯作者の常で、殊に読者を念頭から離したことのない作者であった。しかも彼が予想した読者は、教養の低い一般的な中本の読者であった。その読者の影響で得た長所は前述したが、それは少く短所の方が多かった。全般を覆う、日本古典文学の残滓でもあるかのように、よどんだ情趣主義、一口では徳川封建的ともいうべき、現代と違った暗さ重さは、いわゆる江戸マニヤはともかくとして、現代人には甚だ異質的であるが、これらは最も時代的な作者であった春水のあらわれである。教訓的言辞を一方で吐きながら、他方であぶな絵風描写を多く挿入したのも、頽廃的世相にこびたものであること勿論である。

この梅児誉美の好評で、後述する如く春水やその門下為永連、その他の作家もこの作風を継続し模倣する。その作品群を、いわゆる泣本を人情物(天保三、応喜名久舎前編序)と呼んだこともあって、いつしか人情本と称するようになる。

以上かかげた特色はまた、人情本一般の特色とも見てよいものである。換言すれば、梅児誉美によって、人情本様式は確立したのである。

五

春色辰巳園(梅暦余興)は、題する如く、梅児誉美の余情を尽すを目的とした。梅児誉美完結の天保四年、早くもその初編を出し、同年中に稿なった後編は翌天保五年、三・四編は同六年において完了した。今度は春水の旧友歌川国直が、殊に麗筆を振って挿絵をかき、版元は後刷本所見によるものであるが、前書と同じく大嶋屋伝右ヱ門であった。

本書の出版目的は全く初編序にいう、「世の見物是をあかずめでけるものから、書房(はんもと)の欲心其かぐはしきに現をぬかし、今一花咲せん」としたものに相違ない。春水は、読者の欲する所、版元の望む所を、以下に示す如く、この著述の目的としたことは、その作風から見て明らかである。

一に、深川花街の、殊に羽織芸者の生態を描くこと。洒落本は花街のうがちを事として、その筆鋒到らざるなしの概があったが、いまだ羽織芸者を扱わなかった。梅児誉美の芸者文学が珍しく、洒落本風のうがちをここに求められたのである。春水は、三編の序でそのことを否定させているが、恐らくは深川太鼓持たちの知識の援助を得て、不得手ながら、うがちの姿勢を採った。初編三亭春馬の序に「よくその穴をさぐること」、後編桜川善孝の序に「妙な穿」、自ら初編の末に「唄妓の穴の極秘密」と述べるのは、その間の事情を物語る。努めたりといえども、うがちは所詮彼の分野でなく、洒落本風の冴えはなく、後半はそれをあきらめた態度さえある。しかし春水のなまぬるい筆は、かえって情緒的には、当時の深川を伝えるかと思われる点もないではない。評判も悪くなかったか、春暁八幡佳年(天保七―)の初めの部分は、やはり深川を描こうとしている。

二に、読者の想定を、深川芸者と深川花街の関係者においたこと。この書では、同内容の教訓が、何回となくくりかえされるが、悉く深川芸者の身上に関していて、決して梅児誉美の如く一般の女性に対してではない。また楽屋落らしく内実は不明ながら、数名の通人の名をかかげる。みな津の国屋藤兵衛類似の人とすると、深川関係者は、その登場する場面に、拍手することもあったろう。これらは梅児誉美が深川で殊に好評だった故に、春水がこの態度に出たことを証するものである。

三に、座席艶語の段(糸柳にみえる用語)即ち恋愛場面の描写に力をそそいだこと。そこが梅児誉美好評の最大原因であること勿論ながら、晩年の春水は、次の如き嘆息を発している。

要と思ふ人情は、看官一向読わけず、異見の条下と忠孝の持場は次へ二枚半、続にかまはずはねのけて、たゞ情態のはゞかるべき、その一幕が得意となる(天保八、黄金菊初編序)

そも〳〵かゝる憂苦労も絶えて浮世になきことならず看官好色の段にのみ眼を付ずして、ものゝ哀れを知ることあらば作者の本意ならんと云(天保年間、玉つばき二編)

かかる読者の好みは、始めからであったろう。ために、この書は米八・仇吉二人の丹次郎をめぐる鞘あてに筋をおきながら、主力は、様々の条件下において展開する恋の諸態の実験の観を呈する。同じ傾向を示すものは風月花情春告鳥(天保八―)の初めの部分であるが、共にその筆力は冴えて、艶冶の気味にみち、脂粉の香を行間にただよわせる。合せて描写の点では、人情本の最高と評すべきである。

四に、艶語の段でも、特にあぶな絵趣味をねらっていること。前掲の春告鳥と共に、春水作中でも、その甚しいのが本書である。殊に国直の挿絵を援用している。文章にたらぬ所は挿絵を見てくれ(春色梅美婦祢二編第七回)、という春水のこと、十分打合せての結果である。のぞき見とか、芸者の会合の場面とか、「絵本」類似の図柄をさえ挿入している。明らかに、その目的に出たものである。いかに読者の要求に応じたとしても、彼の生前死後における、誨淫のそしりは、かかる所に原因するのである。

以上の諸目的を示して、なお本書の特色とすべきは、それらいわば不純な目的で著述されたにかかわらず、その文学的なカンは冴え、表現力は不思議にも自在で、人生誰でも一度はおとずれる最高頂に、四十五歳前後の春水が、あったことを思わせる。梅児誉美の条であげた諸長所も、本書において一段と発揮されているのである。よってこの書を春水の最高佳作とするも無理ではない。

この作をなすについて、桜川連の援助は想像したが、も一人忘れてはならない援助者がある。本書三編の竹里の序は、桜川連の援助を否定しても、なお「近来門人さへ用ぬ春水、功拙ともに筆一本、たゞし此書の脇艪といふは、清元延津賀の校合のみ」とある、山谷堀の船宿若竹の女将お津賀のことである。どうした縁あってか、想像の域を出ないが、早くから絶えず春水を援助した。自ら筆とれば花名所懐中暦の二編の大半の如きの書ける人物であった(拙著近世作家研究所収「為永春水の手法」参照)。従ってどこまで春水を援助したか、中には全く彼女の筆になる部分もあるかと疑われるが、少くとも、次の如き部分は、自他ともに野暮という春水の、よく知る所ではなくて、必ず彼女の知識が加わっているに違いない。一に、男女の衣裳をはじめ風姿の流行を述べる部分。この辰巳園にも、明らかにファッションスタイルを紹介した部分がある(巻六など)。深川芸者とその客たち、若い男女の多かった読者へのサービスである。二に、音曲の様々。春水も音曲は嫌いでなかったことは前述したが、荷風も評する如く、かなり深い理解を必要とするものがしきりに出てくる。これも流行の歌曲や、その詞章を読者に知らすサービスの一であるが、これを分担したのは、清元の名取であったという延津賀と想像する。三に、花柳界や、後々の作品では江戸市井の女性言葉のこまかい使分け。作品に見える所では、各花柳界に弟子もあって、出入していた彼女は、その地の言葉に通じていたはずである。人情本のこの江戸言葉は、やがて全国にその読者がひろまった時、「僕が綴りし人情本にて、当世の江戸詞を諸国の娘御達も大かたはよみ覚へたまひし由」(天保七、処女七種初編)というもので、人情本によって江戸言葉が、また諸国でも使用されだしたようである。春水は為に「諸国の娘御方に江戸詞の上中下三段をくわしく書記して教申」す東詞戯談鈔(あづまことばじやうだんしやう)(其小唄恋情紫三編上の末広告)なる書を計画した程である。江戸弁の教科書の用をもかねる人情本では、おろそかには書けなかったであろう。延津賀の援助としてあげたこの部分はみな、読者へのサービスの部分である。文政期からある化粧品や料理屋の広告と合せると、人情本は小説であるけれども、日常百科流行の諸相を教える実用性をも持っていたこととなる。変な文学であるが、読者を常に意識した人情本の属性として、見のがすわけにはゆくまい。

六

辰巳園も大好評であった。よって春水はその続編または拾遺として、春色恵の花初・後編(天保七)・梅暦別伝拾遺英対暖語初―五編(天保九―)・梅暦再開暖語拾遺春色梅美婦祢初―五編(天保十二―)を、次々と出刊して行った。世に梅暦シリーズと称されるものであるが、後々は門人たちの作を混じて、みながみな佳作とはいいがたい。春水にかえって、辰巳園を書き終えた彼は、かねての念願であった作者としての名声をかち得た。読本をもってでなかったことに若干の念は残ったとしても、天保四年には早くも、「江戸人情本作者の元祖」(梅児誉美四編序)と自称し、以後この称を度々自己の号に冠した。それから数年著作に専念、殊に天保七年は最も人情本に努力した年で、彼の代表作となる、其小唄恋情紫・花名所懐中暦・春暁八幡佳年・処女七種・伊呂波文庫などが一せいに出刊され始めた。そして各々に様々の趣向が認められる。恋情紫は挿絵を多くした合巻との中間をねらった作。懐中暦は為永十奇之一と銘うって、素人女や女師匠を目新しく登場させる。八幡佳年は辰巳園に続いて深川芸者をあつかう。七種はやがて上方の女性しかも後家を登場せしめる。これらは、春水が読者の対象を、素人娘や上方女性の上に拡大した証である。武家勤めの女性も読者となると知るや、春色田家の花(天保十カ)では、御殿女中を出す。春色恋志良那美(天保九―)の如きは、舞台は更に広いことになる。伊呂波文庫は、全部を二世春水の作とする説もあるが、初めの部分はやはり初代であろう。先年(天保五)来、八犬伝を人情本化して貞婦女八賢誌を出しているが、それと同じく忠臣蔵の人情本化である。

こうした活躍は、何時も同じ、人気作者に対する出版業者の要求に応じたことであったろうが、その要求を悉く消化するには彼の才能は乏しすぎた。また、寄席への出演がこの頃から始っているし(月報所収拙稿参照)、多忙にもなって来た。丁度その頃、文政年間の彼の周囲と同じく、しかし人物もその性質もかわって、人情本の一節でも書いて見たいという、文学青年たちが集って来た。前の延津賀は別格として、吉原の引手茶屋一文字屋の主人の一文舎柳水は、辰巳園にも見えて、既に何かと作っていたらしい。彼の門で初めての単行本を出す落語家士橋亭しん馬こと狂言亭春雅も天保七年には、春水作中に名が見える。続いて、狂詠舎春暁、名古屋の人芳訓亭春鶯、同じく尾張一の宮の狂花亭春蝶、狂文亭春江、二世春水となる染崎延房こと狂仙亭春笑、伊予宇和島の人で青訓亭春英、川越の俳人笑訓亭春友、その他、みな為永姓を名のり門人を称する。この人々を一括して為永連と呼ぶ。人情本の多作家の松亭金水なども、一時は春水の翼下にあった。為永連の中には、単独の作を出した人も、何人かはいたが、多くは、自分の作った一場面一場面を提出して添削を乞い、やがては春水の命で一場面ずつを創作した。書肆と文学青年たちの要求を、春水は中に立って、需要供給の形にした。それらの作を配列して一編をなし、一部をなすのが春水の役である。天保八年頃からこの人々の名が、校合補正として、春水の作に必ずの如く見え出す。この部分は、為永連の人々の作で、校合補正はむしろ春水の仕事であった。その証として柳水の校合補正の条を見れば、悉くといってよく吉原に関係する。吉原の風俗習慣に通じた彼は、それを下にふんで、いかにも吉原情趣ゆたかな写生的筆致を示す。これは春水にはなかった特色である。春蝶は黄金菊三編で、春水の知らない尾張近傍を舞台にしている。春水は、ここでは、故山口剛氏のいわゆる立作者的存在であった。梅暦シリーズの後年のものや、天保七年に始った諸作の後々も、この立作者的な編輯で終了する。かかる立作者の位置に座した自己を、彼は一方では人情翁と自称し、梅暦シリーズにかけて梅讃翁となのったりしたが、一方では「書林の日傭取」(春色湊の花三編)と自嘲的な文句でもあらわしている。丁子屋などが、何時の年か、宝暦の談義本風俗七遊談を此花新書と改題して出した時にも、「狂訓亭校合」と名をかす所、日傭取的な所もあったのは事実である。

この間、天保九年の出刊物(春暁八幡佳年六輯など)では、池の端に移居して、蓮池庵と号し、年次未詳ながら、その後、また神田(多町か)に移転したことが、やはり出刊物(春色田家の花など)に見える。

七

青年客気の為永連が、恋の場面を書き散らして、その上にのっかった春水だが、人情本の風俗壊乱の批難は、彼にむかって漸く出て来たようである。天保九年の春色恋志良那美の漢文の序は、そうした批難に答える如くである。春水の作品は教誨を存し、読者をして人情を解せしめ、廉恥を知らせ、妬婦を潔く、薄夫をして厚からしめるなどと書いてある。春水この年四十九、増補外題鑑という読本の解題書を、恐らくは著者と署名する文渓堂にかわって著刊した。昔のせどりの日々を思い出したことであろう。天保十二年には随筆閑窓瑣談を出刊した。思考も好みも元来の教訓にかえる風があって、そこで試みた春色袖之梅(天保末)の如きは、この恋志良那美などと共に、読本・合巻調を、文政期の如く人情本に加えんとした如くである(国文学研究二十五輯所収、神保五弥氏「人情本論」参照)。が思うに春水の人情本に対する情熱もおとろえ、従って創作力も次第に枯渇して来ていたのではなかろうか。もはや、再び一風をおこせるものでもない。天保十一年には、この年の新しい序を附して、いくつかの人情本が再版されたりしている。これも新作を出す力のなくなった彼であった証でもあろう。その春水に、天保改革の余波、有名な筆禍事件が起る。

天保十二年十二月、かねて密偵をはなって調査していた幕府は、北町奉行所へ、春水と丁子屋平兵衛以下人情本出版書肆を呼び出して吟味するところがあった。あけて十三年正月末の吟味をへて、二月五日吟味中ながら春水は手鎖をかけられた。六月十一日落着した結果は、馬琴の六月十五日の日記(饗庭篁村編馬琴日記鈔)に、

一　丁子屋中本一件、去る十二日落着致、板元七人、画工国芳、板木師三人は過料五貫文づゝ、作者春水は咎、手鎖五十日、板木はけづり取り、或はうちわり、製本は破却の上焼捨になり候由也

とある。この一件については、諸書(小林鶯里氏著日本出版文化史・近世国文学―研究と資料所収、前田愛氏「天保改革における作者と書肆」など)にある故に省略しよう。この刑罰は、小心な春水には大きなショックであったろうが、人情本の書けなくなったらしい作者としてはほっとしたかも知れない。天保十四年には、勧善堂とか教訓亭とかのかつての号を持ち出して、長生不老伝受の巻・勧善美談益身鏡・陰徳陽報黄金葛籠など、数部の教訓的な小著述を出している。そしてその十四年十二月二十三日、五十四歳で小柳町の宿所に没したとは、また馬琴の雑記に見える所である。病は内損だとある。築地本願寺中の妙善寺に葬ったという。今の墓は東京都世田谷区烏山町の妙善寺(築地より移転)にある。「元祖為永春水墓」。死後すぐに建立したものではないかも知れぬ。

「吾春水と交はらざれば詳なる事を知らず、文渓堂の話也」という馬琴の記は「性酒を貪り飽くことを知らず」とか、

「実に憎むべき者なり」とか、既に見て来た彼の知人の言と違う所もあって、悪意に満ちたものである。かの江戸繁昌記の寺門静軒すら「細尽二桑濮之趣一、誨レ淫誘レ情、猥雑之極、春宮本一円耳。（中略）客冬令出禁レ之、於レ焉乎、稗官豹変、書肆革レ面」（天保十三、桑揚庵一夕話序）とののしった。以来春水とその作品は、何人かの同情の士もないではなかったが、一般にはその悪評の中に埋って今日に至っている。

以上、この解説は乏しい資料に想像を加えて、その伝を略述すると共に、決して彼を大作家と言おうとするのではないけれども、少くとも文学史上では、その悪評的埋没から掘り出す必要あることを、合せ述べたものである。

「春色梅児誉美」「春色辰巳園」版本異同考

鈴木重三

たまたま架蔵していた梅児誉美が、図らず今回中村教授御担当の本大系の底本に役立ち、その縁で同教授から奨められるままに、本巻所収の春色梅児誉美・春色辰巳園の、それぞれの諸異本対比を主とした書誌的解説をさせて頂くことになった。

人情本の異版考究や書誌的調査が、この種の文芸の、作品としての鑑賞や評価に果してどれ程の関連をもつかということに疑念を抱く人は割に多いようである。確かに、好事的趣味に偏した、単なる瑣末主義的な穿鑿の範囲を出ない取扱い態度は無意義であり、偶然将来する好結果を除いては推進的な何ものをももたぬのはいうまでもない。しかしこの理由のみを持して、この方面の努力を全然捨て顧みずとも可とする態度は性急に過ぎよう。作者・画工・版元の相互連繋の緊密さが、一種の造本芸術意識を醸成し、その所産とも見られる江戸期の絵入小説版本に接する際、右の意識の純度の濃い資料に依拠した方が、後代の、版元の商魂に災されて量産を強いられ、総合意識の調和の乱れた、そして物理的にも版木に何らかの欠点の生じる機会の多い後版本によるよりも判断を誤つ度合は少なかろう。また本文内容のみならず、挿絵や印刷技法という面から見た、美術史・出版文化史の分野の調査への寄与も少なからずありうる。そしてそれが、作品の成立や作者の製作態度推考への手がかりとなりえたり、一方に思わぬ発見の生じることもある。私の乏しい経験のうちでもその事例がないでもない。人情本のジャンルでいうなら、曲山人の「仮名文章娘節用」において、刊記の年時と挿絵の浮世絵様式の違和感から、流布本とは別種の初版本の存在を想定し、画工や字句を異にしたその初版本を発見して、従来の通説に些少乍ら訂正を加えたことがあった(「日本古書通信」昭和三十二年十月号所収、拙稿「仮名文章娘節用初版本の発見」)。そして今回の梅児誉美や辰巳園についても、類似した事象を提示することができそうである。

こうはいうものの、この「梅児誉美」「辰巳園」について、版種による整然たる類別を立てることは甚だ困難である。いかなる事情によったか、部分的に改版を伴なう数次の後摺本があり、その改版の範囲が篇によって一定せず、あるものは大部分、あるものは一小部分、あるいは殆ど手を加えず初版の原版木を流用した所もあるという、漸層的な変化と急速的な改変とが混肴している実情で、単なる僅少部の差異点のみをめどにその数だけ異本の系列を立てることはいたずらに混乱をこそ招け、この書の書誌的理解に寄与することとはならぬ。一応ここでは初版本とみなされるものを基準として多少の摺刷状態の差異は問わず、この系列に属するものを一括して一類を立て、この原版木に何らかの物理的な改版あるいはこれに準じる操作が加えられ、この種のものが量的に共通な分布範囲をもって流布している後摺本の類を、これに準じた性格のものをも含めて大きく別の一類として立てておくのが便利のように思われる。前者を仮に第一類本、後者を第二類本として大別し、各類における細部の主要な差異点は、各篇の書誌的説明において適宜述べることとする。

上述の諸本と冊数との関係について一言ふれておく。椎野正之氏がかつて、岩波文庫「梅暦下」(古川久氏校訂)において指摘したごとく、梅暦系の本には各巻毎に一冊ずつ製本した装幀のものと、巻が合して構成する篇単位で一冊に製本した形式のものとがあり、梅児誉美・辰巳園に限っていえば各々共に巻数に応ずる十二冊本と、篇数でまとめた四冊本とがある。原初の体裁は十二冊本で、第一類本はこの装幀のみである。第二類本は、その発行時期の早いものは十二冊本で、表紙も第一類本のそれと等しいが、後代の刊行のものになると四冊の合綴体裁となり、この四冊本にも十二冊本のとは異なった模様表紙のものと、無地の薄藍表紙のものとを見ている。

以下「梅児誉美」と「辰巳園」のおのおのにつき、初刻の第一類本を基調に、後版の第二類本、各本に属する小異ある諸本の主要なもの等とを適宜比較しつつ特色を少しく述べてみたい。ただ本文の字句異同の大要は頭注の部分に挙げられていること故、これらについては特記すべき最少限度にとどめ、装幀・口絵・挿絵等、特徴の端的に把えうる部分に焦点を向けてやや詳しく筆を費すことにする。尚説明の便を考慮し、重複の煩わしさはあるが両本の大体の比較を表化して別に補注部に添えた。該別表の諸本区分において、梅児誉美の第一類本に「首髪本」、第二類本に「首り本」と仮称を与えたのは、本文異同の最も特徴的な個所によって試案的に命名したまでのもので通称として認められたものではない。また、辰巳園の第一類本に「しねへ本」、第二類本に「木進本」としたのは、かつて椎野氏が命名された名称(岩波文庫「梅暦下」収載、椎野氏「志祢部本梅暦について」参照)を借用したことを言い添えておく。

春色梅児誉美

大きさはいわゆる中本型で、これは第一類・第二類両本を通じて同様である。初・二・三・四の四篇(原本は編の字を用いているが、当解説では篇字を使用する)より成り、各篇とも上中下の三巻に分かち総計十二巻、毎巻一冊で計十二冊が原初の体裁である。後年に篇毎に合綴して四冊本として発行したことは前述した通りである。各冊色摺の厚手の表紙に色摺題簽を貼付している。各篇の上巻には本文より良質の厚手の紙に摺った序文と、これに接続して同質紙の口絵数葉があり、口絵は美麗な版彩色である。また各篇本文中には数葉の挿絵が入れられ、そのうち若干には良質の厚手の紙が用いられ、薄墨の版彩の施されたものもある。挿絵画工は初・二・三篇が柳川重信、四篇が重信およびその門下の重山。以上が全般的な装幀の概要で、次に各篇の主要特徴の細述に移ろう。

初篇　表紙は緑灰色の地色を背景に、藍摺りで花鳥山水や漢画風人物、あるいは図案風な漢字を描いた扇面散らしの図様。図中の設色も藍の濃淡で整えている。この表紙意匠は既に「近世文芸名著標本集」(昭和八)や「日本名著全集第十五巻・人情本集」(昭和三)解説挿絵中に写真版で紹介されたものと同構図であるが、仔細に観察すると第一類本のものは第二類本の表紙とは別版で描線がやや太目で力強い感じがある。第一・第二類両本のこの表紙は多分十二冊本だけに用いられたようで、四冊本になると淡黄色地に紅と草色の壺垂れ模様を配した至極簡素な表紙となり、更には薄藍無地に布目様の細線をもつ表紙になり、題簽のみ色摺のものを用いている。題簽の文字は巻の順に「春色梅児誉美」を隷書体と楷書体で、「春色梅こよみ」を草書体で表すなど意匠に配慮している。

ところで第一巻冒頭の序文は、第一類本と第二類本とでは明かに差異が認められる。勿論同文であり、書風も同一人の筆に成ると思われる程似ているが、第二類本では字形や、押さえ・撥(は)ね・連綿等に第一類本と同一形を追わぬ自由さが見られ、しかも句読点の省略、濁点・半濁点の脱落、振り仮名の顕著な差異(例えば一類本の「風聴(ふいちやう)」が二類本で「風聴(ふいてう)」、「月徳(ぐわつとく)」が「月徳(げつとく)」、「文永堂(ぶんえいだう)」が「文永堂(ぶんあいだう)」と変る)等が相当個所指摘され、春水特有の猿形の花押でさえも、第一類本のものは第二類本のそれに比してやや縦長で、この両種の序文の間には、何か時期的の隔たりを感じさせられる。なお第一類本の序文には、その地紙の下半部に藍色の梅花模様を散らした重ね摺りを施しているのも特徴の一つといえよう。改版した序文の方は、ごく摺の早いものにもこの梅花模様は施されていない。

先に述べた両書間の時間的隔たりの感じは口絵において最も顕著に認められる。第一類本口絵初頭、女義太夫姿の竹長吉の背後の余白は空白のまま存置されている。これが第二類本になると「そも〳〵和朝に浄瑠璃の元祖は云々」の文字が密に書込まれ、長吉の容貌もやや変じ、着用した袢の裏地も第一類本では濃い藍であったのが、改版本では鮮かな紅色となり、墨板・色板すべてが異版であることが一目して瞭然と判る。長吉に見られた容貌描写の差異は、次頁見開きの米八(口絵では誉祢八の字をあてている)と藤兵衛、更に次の頁の見開き図の丹次郎と阿長にも同様に現れている。私はこの差異が役者似顔絵の特徴描写の濃厚と稀薄とに由因している点に、観者の注目を促したい。即ち第一類本は似顔絵の特徴が甚だ濃く描出され、第二類本は相当度に薄められている。同期の劇書や浮世絵版画類を参照してえた私の推定では、米八が五世瀬川菊之丞(似顔のみならず、衣裳や帯の菊蝶の模様もこの俳優を暗示している)、藤兵衛が七世市川団十郎(この書の出た天保三年には海老蔵と改名。衣裳に彼の好んで用いた瓢箪模様がある)、丹次郎が三世尾上菊五郎、阿長が初頭の竹長吉ともども二世岩井粂三郎(この年十一月に六世岩井半四郎を襲名。長吉の袢の模様の杜若は岩井と由縁が深い)に擬したものと思う。右の括弧内の推定理由以外に、特にお長(本文ではお蝶およびお長を混用)など本書の巻六、第十二齣の末尾に彼女の風姿を、「アイと出立(いでたつ)風俗は、梅我(くめさ)にまさる愛敬良(がほ)」と述べている点、梅我が粂三郎の俳名であることを知れば、この図についての推定はその確実性を認められてよかろう。

これらの役者似顔絵が、第二類本ではすべてその誇張された特徴を薄めてしまう。そして墨板の刻線が全般に機械的な鈍さを呈し、色板までも細かい彫りを避けた意向が窺われる。例えば藤兵衛の着物の瓢箪模様など初版に比して粗大になり、阿長の側の布包みの模様なども甚だ簡素化している。色板でなお注意されるのは、丹次郎の背後の小屏風にかかる手拭の模様である。第一類本では手拭の斜め上半部を薄藍に、下半部を白地のままに賦彩し、薄藍部に白抜きで鶴を、白地部に薄藍で亀を略画風に表している。これが第二類本になると藍白の賦彩は同様ながら、藍部は無地、白地部には源氏香を一個と二枚の葵の葉をやや濃い藍色で描いている。

以上が口絵における両系統本の差異の大要であるが、なお第二類に属する本のなかで、相当後摺りのものに、上記五人物の顔面部のみ更に新たに描き直して該当部へ象嵌した本があることを言添える。四冊本の中でも甚だしく時代の下ったものに見られ、明治初期浮世絵を思わせる低俗な容貌とアニリン染料系のどぎつい色素を混じた賦彩は、この書の摺刷時期が明治前後であることを思わせる。

第二類本はかなり長い期間数次にわたって追い摺りされたらしい。墨線が甚だしく磨損欠齣し、摺刷の手数を極端に省いた粗本を数種類見かける機が多い。従来の翻刻や挿絵複刻は管見の範囲では皆この第二類系の本によっていたようである。第一類本の口絵挿絵を紹介するのは恐らく本大系が初めてかと思われる。

本文の異同については、中村教授が頭注にふれておられること故、ごく簡約して述べておこう。句読点・濁点・ふりがな等第一類本は第二類本に比して数が多く、使用法に妥当さが見られる。第一齣の冒頭「野に捨た云々」の部分など、第二類本では野の字のふりがなは省かれている。この程度の差ならさして問題でもあるまいが、第一類本十二丁目表の第一行目にある「首髪は」の文字が第二類本では「首りが」となっている例は注目すべき特徴点であろう。改版に際し、版下書きの筆工が書き損じたのでもあろうか。この差異によって第一類本を首髪本、第二類本を首り本と仮称を与えることもできよう。このほか巻二、十一丁裏の最終丁からうけて十二丁表へかけて、「念仏講」とある字が第二類本では「念仏誰」とふりがなまで施して間違えられているのも顕著な特徴の一である。

挿絵について原則的に概言できることは、第一類本は第二類本に比して彫りが入念であり、時に厚手の上質紙を用い、この個所には薄墨版彩色を施して効果を高めていることである。彫りの入念は、微細な刻法もさることながら、むしろ〃板ボカシ〃という製版技法を施した点に見られる。墨色の面で表わすべき版木の辺を斜面形に削り、該部を木賊などで磨滑し、摺ってぼかしの効果をあげる彫版法で、丹次郎と米八の寄添う図の屛風に掛けた手拭の墨色と白地の境目に見られる方法である。頭巾を冠った米八が立っている図中の野良犬の腹部にも見られる。この方法が第二類本になると殆ど省略され、辺は明確な切際部を露呈し、粗雑な感じを与える。一体に第二類本の挿絵は容貌などの一部に手を加えた他は、いわゆる〃かぶせ彫り〃(既成の版本をそのまま版下に用いて再刻する方法)によって製版したらしく、細部の不正確な彫りや、運筆・描線の生気の欠如が目立つ。なお右の米八が佇む図は、第一類本にあっては上質紙に薄墨彩色を加えて摺られているが、後述する同系のやや後摺本では、該図のみ改版されて薄墨も省略され、更に第二類本になると三刻されて粗笨さが増し、本文と同質の薄紙に摺られてこの類が現在多く流布している。ここに述べたのと全く相似た事例が巻三の初頭の口絵に見られる。一オ(一丁表の意。以下同様)の「歌妓化粧の図」、二ウ(二丁裏の意。以下同様)の「米八船宿へいたる図」が共にそれで、第一類本が厚手の紙に薄墨彩色を加えたもの、同系本中でこの部分を改刻し墨一色摺にしたもの、更に三刻して薄紙に摺った第二類本の系統のものと大別できる。第二類本の挿絵でなお注意されるのは巻三第五齣の六ウ―七オにある、藤兵衛が米八のつれなさを憤る図で、総じてかぶせ彫りと見られながら、両人の顔貌は初版に比して異点が目立ち、殊に煙管をついた米八の如きは、第一類本が引締った細面であるのに対し、第二類本では豊頬下ぶくれの丸顔型に改められている。つまらぬ穿鑿のようだが、時好の変化に応ずる美人画様式の変化か、ないし挿絵画工の別人(例えば柳川重山、即ち二代の重信といった)の加筆補訂の介入か、等の想像の湧く契機を当図は含んでおり、改版時期想定の一つの手がかりともなりうるように思われる。

梅児誉美初篇について今一つ特に言添えておきたいのは、当篇には第一類本から第二類本に移る過渡的な中間様式の本のあることである。この本は序と口絵が第二類本系のものを用い、本文と挿絵は第一類本系のものとなっている。前述巻一の米八の佇む図や、巻三の舟宿の口絵二図の二刻のものは当系統の本に収められている。初篇のみならず他の諸篇にもこの系統の本はあるのであろうが、当篇ほど明確な特徴を把みえず、軽々に判定はしかねるので、初篇についてのみの紹介にとどめる。

第二篇　表紙題簽は「梅児誉美後編」となっている。行書体が二と草書体が一。当篇については遺憾ではあるが、私は確実に初摺本と判定しうる本に接していない。表紙図様にしてからが、初篇と同図で地色のみ橙色に変えたものと、「辰巳園」の表紙と同図の皿小鉢の模様にしたものとの二種を見ており、しかも内容は共に良質で大差なく、当初はいかなる体裁で出されたか明確な結論に達していない。ただ内容的に当篇には特殊な異版はなさそうである。今は摺刷状態の最も整った、初版に近いと思われる一本を基に論を進める。

序文は「今も昔も世の中の云々」の文字を淡褐色で摺り出したものが早い版らしい。やや後摺本になると墨一色摺になる。そして更に後のものになると、この序文を第四篇の序文に入れ込み、代りに第二篇巻六巻末にある跋文「子細らしき顔で云々」をその裏の刊記共々当篇序文に引上げている。四冊本は殆どがこの系統である。

口絵は摺刷の精粗以外にさして差異は認められない。挿絵では巻五、五ウ―六オのおよしとお長の睡眠中の図で、第一類本では上部に薄墨の〃ふきぼかし〃(濡れ雑巾を用いてぼかす技法)をかけて夜の効果を出している点と、巻六、五ウ―六オの米八と此糸の対談している図の、此糸の裲襠(うちかけ)その他に薄墨の模様を入れている点が指摘できる。第二類本はこの薄墨を省き、不完全な絵様となっている。

第三篇　表紙の意匠は初編と同じ。背景地色は濃い紺色である。題簽は「梅児誉美三編」で隷書体・行書体・草書体等各一。

本篇には、序・口絵・本文・挿絵・跋文等を通じ、特に注意を喚起するほどの異版はないようである。強いてあげれば第二類本の口絵のうち四オの風景図で近景の河中に洲を色板で加えていることや、序文の紙に草色で雪輪模様を散らしている点位であろうか。ただし摺刷技法の面では後版は初版に比して比較にならぬほど、ぼかしその他の手数を省いている。

第四篇　表紙意匠は初篇に同じ。背景地色は鶸(ひわ)茶色。題簽は「春色梅児誉美」を隷書と楷書、「春色梅こよみ」を草書にしている。

当篇の序文は注目に値する種々の問題を含んでいる。「梅児誉美四編序」と明記し、「梅やしき土産は竹の皮包云々」で始まるこの序文は、現在坊間に多く流布する第二類本系の版本には全然見られず、流布本には、先に二篇の解説でふれたように、二篇の序文「今も昔も云々」の二丁分全部をここに入れるか、或いは序文を全然欠いている。そして従来の翻刻本もまた、この第二類本によっていて、管見の限りでは初摺本のこの序文を紹介した例を知らない。急案拙作の言訳めいた態度の受取れる文体を恥じて自発的に後に除いたか、或いはたまたまこの部分だけ何かの災害にあって毀損したか、今はそれを辿るすべを知らない。

当序はその稀少性よりも、末尾に見える「江戸人情本作者の元祖」の文字に意義を認めたい。「人情本」という語の出現の上限はこれによって、従来故山崎麓氏が提唱せられていた天保六年説を訂して、当序に併記した天保三年にまで遡らせ得、しかのみならずその作者の元祖と自負した春水の態度が早く此時から見える事実も、人情本というジャンル意識の成熟が当時早くも存していた証左とも解され、今後の研究調査に寄与しうる資料と考えられるのである。

口絵もまた、いろいろな問題を含む差異を見せている。別表に掲示するように第一類・第二類本は明かにすべて別版である。第一類本口絵初頁の梅の枝の背後は薄藍一色であるのが第二類本では白抜きの円月を添えて画面を整えている。これに続く「隅田川勝景真写」の図も、第一類本における近景の草堤が第二類本では石垣や杭を添えたものに直され、堤上の芸妓の顔も、一類本では細面であったのが二類本ではやや豊頬型に変じている。この次の口絵も人物の顔や手の描写、調度類の細部に種々異点が認められ、概して第一類本の当篇の口絵には画技上の若さ、未熟さが感じられ、第二類本には同図ながら幾分の成長が認められる。ついでながら当篇の第二類本の後のものには、初篇の場合と同様、顔面部を象嵌で入れ替えたものもあるようである。

本文は第一・第二類本共殆どが異版であるが、挿絵若干図の裏面に当たる本文部分のみは第一類本の版木をそのまま用いたらしい。挿絵についても同様で、計七図中三図は第一類本の版木をそのまま第二類本に流用し、残りの四図のみ改版している(詳細は別表参照)。改版図が初版図に劣ることは初篇の場合と同様で、例えば第十巻の洲崎の磯に米八の立つ図など、上空の月の周囲の夜空に施した板ボカシ一つをとっても、初版の、なだらかな味をもつ入念な製版に比し、改版は粗雑な生硬な印象を覚えさせられる出来である。

当四篇についてなお言添えておかねばならないのは、当篇にも初篇同様、第一類本のやや後摺のものに、序・本文・挿絵はそのままながら、口絵のみ改版本のものを入れた、一種の中間的な本の存していることである。これらを総合考量してみると、梅児誉美はまず原初の姿たる第一類本が作られ、ついで何らかの事情でその序文ないし口絵の部分と挿絵の一部が改版され、やがてまた何らかの事情で本文および挿絵の大量の改版が行なわれて第二類本が生じ、爾後些少の象嵌補修を加える程度で坊間に流布して行った、という想像が組み立てられるのである。この二回にわたる「何らかの事情」の内容を、前者は自然の災害(火事のような)による欠損、後者は人為的な干渉(天保改革のような)による改版と解するか、素直に好評に応じた増刷に由因する版木の磨損の数次にわたる補備の結果と見るか、初度の改版からすでに人為的干渉を考えるか、これらすべての要因を混合させるか、解釈は種々あろうが、傍証資料の乏しい今日、早急な論断は控えねばならぬ。ただ少くも初回の改版には、画工初代柳川重信の死(天保三年)が関連しているように想像される。改版本初篇の口絵の拙なさは、たまたま何かの事情で毀損亡失した口絵を、重信没後四篇に名を出している養子柳川重山(二世重信)の手で故師の構図に倣い、描き改めたのによると見る訳には行かぬであろうか。大胆な想像を推し進めることをもし許されるならば、第二回の改版期に天保改革を結びつけてみたい。本文の相当多量の改版に対し、口絵・挿絵ならびに挿絵版木に付随していると見られる本文の部分は或程度初版版木を用いていることが、右の想像を支える理由である。即ち文字を摺る墨摺師に対し、絵を摺る色摺師という特殊技術者の手許にこれらの絵をもつ版木類のみが、まとめて保管せられていたが為に、没収を免れ、禁令弛緩後、版元は没収毀却せられた部分の改版に併せてこの残存版木を活用したのではあるまいか。版木を毀却されたと伝えられる梅児誉美に、明治期近くの後摺本が存し、口絵・挿絵の部分がほぼ規則的に古版木とみなされる状から、かような想像を抱くのであるが、これはあくまで仮説であって、単なる参考意見として披瀝したに過ぎない。当件に関しては一切を後日の調査に委ねたい。

春色辰巳園

本書については遺憾なことに、私は良質の初摺本を全篇の半分しか寓目していない。ただ後半に関しては、初摺ではないが、まずは初版本系統の本ならば見ているので、この知識の限度内で説くこととする。

大きさは中本型。四篇編成で、各篇三巻総計十二巻、毎巻一冊で計十二冊。後代に篇単位の四冊本のあることは梅児誉美と同じである。各冊に厚手の色摺表紙・色摺題簽、その他序・口絵・本文・挿絵等の体裁皆梅児誉美と同様。画工は歌川国直である。

初篇　表紙は藍絵の花草山水を模様とした皿小鉢を散らした意匠、背景地色は鶸茶色。題簽は「春色辰巳園」とあり各冊上中下の字を添える。隷書体のもの二に、行書体のもの一。

本篇は別表に示す通り序・口絵が第一類・第二類本とも共通の版木で、他はすべて別版である。しかし序文にしても摺刷状態は互に異なり、第一類本の序にあっては、文を藍摺りにした枠内に淡紅色で一面に潰し摺りを施している。この色が第二類本では省かれる。

口絵は二本共摺刷の良否、施彩の差異などの他は特に取立てていうものはない。

本文では巻一、三オの六行目、一類本で「いゝかげん」が二類本で「いゝかげに」となっている例、またこの類似例があるが、特に巻三の九ォ六行目にある、第一類本の「ム、ウ色（いろ）をしねへ」(原本しねへの字体志袮へ)とあるのが、第二類本で「ムウ色を木進」と誤記(恐らく誤刻ではあるまい)されている個所は注目されてよかろう。この顕著な差異の存在については、既に椎野氏の指摘する所があって、氏はこれに基き、第一類本を「志袮部本(しねへ本)」、第二類本を「木進本」と命名されている。

挿絵もこまかい差異をあげれば際限がないが、特に顕著なのは、第二巻、十二ウ—十三オの、妓女の雑居するいわゆる子供屋の図で、第一類本にあっては当図を厚手上質の紙に摺り、しかも薄い藍色の版彩色を加えている。この図は同系の後摺本になると、藍の色が大分どぎつくなっている。そして第二類本になると同構図ながら彫りは粗雑になり、色も省いた墨一色摺の簡単なものとなっている。

なお当篇巻三には奥付刊記「江戸作者　為永春水著、云々」があるが、後版本ではこの刊記を省略している。


第二篇　表紙意匠は初篇と同様。地色は濃い紺色。題簽は「辰巳園後編」で書体は少しずつ変る。巻六は「たつミの園後編」。

序文は二丁半あり、第二類本になると、初め二丁が改版され、残りの半丁が初版のまま使用されている。口絵は第一類・第二類両本共同一版木であるが、前者には薄鼠色の濃淡二色の版彩色が施されており、これがやや後摺本になると一色省かれる。特に五ウの海浜に碇の図で、極く初摺には水平線上に積乱雲の群がり立つ状が背景色板の陰刻によって表されているのが後摺本では省かれ、更に後代のものになると、海浜にかけた色板を一版省略した粗雑な出来ばえとなっている。

右の外当篇は、本文・挿絵については共に同一版のため摺刷の良否以外に取立てていうことはない。


第三篇　表紙は洋盃と狐拳を散らした意匠で、その背景は藍鼠の潰し摺り、色摺題簽を付す。

当篇は序・口絵以外の他の部分では、二類本にあって一類本の版木を利用した部分と、新たに改版した部分との混肴がはげしい。墨板が同版の口絵においてさえ、色板には両本大分差異が見える。例えば三ウ—四オの羽織を踏付ける米八の図など、一類本では、浪形の外枠に藍鼠の版彩、左上の狂歌を賛した円形内に図案風の流水模様があるが、これらは二類本ではすべて省かれる。この次頁の見開き図でも二人の女の背後の屏風に描かれた白帆と林立する泊船の帆柱など右面の方の色板は明かに別版で、一類本の方が船の数が多い。

本文の版木の異同については別表に示す通り、巻七・八が挿絵の反対面の部分だけ同版で他は異版、巻九は全部異版。そして巻九、四オ三行目の文など、一類本で「この三人がわけて能（い）から」とあるのが、二類本では「この三人ヲのけて能（い）から」と誤記されている。

挿絵は先述のように異版同版混じているが、同版にしても巻七の「米八が即計仇吉がこゝろをはげます」図などは、初摺本では効果的な薄墨彩色が施されている。しかし本篇挿絵で注目されるのは第一類本巻九、十二ウ—十三オにある、丹次郎が仇吉と二階で逢う図である。さしてすぐれた構図とも思われず、また男の三升格子の衣裳ぐらいのほかは問題を含むとも受取れぬものであるが、何故か当図は第二類本では省かれ、丁付も「タツミ三ヘン下ノ十二十三」と同一頁内に併記して意識的に抜いた痕跡を見せている。この図は岩波文庫の「梅暦下」の巻末で椎野氏が参考図版として紹介する以前には恐らく複刻紹介されたことはなかったと思う。

第四篇　表紙の意匠や色合いは第三篇に同じ。当篇も三篇と同様に、第二類本における初刻・改刻版木の混肴が見られる。そして通則的には口絵・挿絵およびこれに接して同一版木に彫られた本文の部分が両本を通じて共通使用され、他の部分が改版されている状が認められる。例えば序文など二丁半あるうち初め二丁は第二類本では改版され、半丁分とこの裏から始まる口絵群とその末にある文は初版の版木によって摺られている。しかし右の口絵も色板の一部に補刻改版があり、両系本互に差異を示すことは三篇と同様である。

本文・挿絵の両系本比較の大要は別表に示す通りで、三篇と似た版木の混肴現象を呈している。ただ本篇では第二類本における挿絵の改版に粗雑さが目立つ。巻十二の十二ウ—十三オ、米八仇吉邂逅する図など、十二ウの半丁のみ改刻されているが、人物の顔貌、衣裳の模様の彫り方など、初版の該当部と比較するまでもなく、接続する他の半丁の図と併べてもその製作態度に非良心さが窺われる。

右のように見てくると、この辰巳園も梅児誉美同様、第二類本で口絵の大部分、挿絵の相当部分に初版版木の使用が窺え、他部分は改版の多い点から、ある時期に多量の版木が失われ、その改版が出来たと解される。その時期と、版木亡失・改版作製の経緯については、さきの梅児誉美の場合と同様明確に断定を下すべき資料を持合わさず、調査は暫く後考に俟ちたい。

以上で春色梅児誉美・春色辰巳園の大略の書誌的特徴を一応述べ終えた。ただ各篇ごとにまとめて包んだ袋についてはふれる所がなかった。初摺本における袋と断定しうる資料に接しえなかったため、現在後版本に時たま見かける美麗な意匠を凝らした袋が、初版時のものと同意匠か否か判定しかねた故である(後版系の袋は既に日本名著全集十五・人情本集に写真で紹介されている)。

なお叙上の解説は必ずしも完好な資料に十分眼を曝しての結果によるものとはいえず、思わぬ誤謬や遺漏が発見される時があるかも知れない。しかしある程度までの初版本の輪郭は伝ええたことと思っている。時に微細に過ぎた穿鑿と受けとられがちの個所もあったかも知れぬが、それは決して単なる趣味的な自己満足感からではなく、どこまでも原初の姿を求めその裏に潜む作者の創作意識を汲みとりたいための努力の一端と理解していただきたい。

当解説執筆に際し、かつて椎野正之氏が発表された論説「志祢部本梅暦について」は、はなはだ参考となる点多く学恩を謝し、また「春色辰巳園」の良質の原本の披閲を快く承諾された広瀬喜之助氏の御好意に対しても深甚の謝意を表する次第である。

凡　例

春色梅児誉美

一　本文の作成には次の諸本を用いた。

1　底本としては、鈴木重三氏御所蔵の極初刷本を用い、それに欠けた巻五、及び巻三・八・九の手ずれなどによる不明の箇所は、底本と同系にして、同氏御所蔵のやや後刷の別本をもって補った。同系のもの故に、二者の出入は一々に注記しない。

2　改板をもともなう後刷本（最も流布するもの）と比較して、この後刷本で訂正された部分は、所々で補い、その一々は頭注でことわった。

3　底本と流布の後刷本との一々の相違は示さず、ただ後刷の特色を示す若干の箇所に限って、頭注で示した。

一　本文は、本大系の趣旨に従い、底本を改め、またはそのままに存したのは次の点である。

1　明らかな誤字は一々注記せずに改めた。

2　漢字の正字・略字の別は、現行活字で印刷できる範囲でなるべくそのままに存した。ただし草体で、略字・正字不明のものは正字とした。仮名はことごとく現行字体に改めた。

3　句読点は、底本においては、初編の本文ほぼ全部、三編の巻七の本文のはじめ七丁分に、全部「。」で示した外は、読過の際の誤りをふせぐために稀に加えてあるのみである。初編の句読点は恐らく春水自らほどこしたのであろう。彼の舌耕文芸の経験から来たと思われる独特の調子がある。三編のは別人がほどこしたか、機械的で、その調子が認められない。ともかく既に存するものは「。」「、」の区別をしてほとんど存した。稀に略したものは、頭注でことわってある。底本に句読点のない部分は、試みに、初編に見える独特の調子に従い、「。」「、」でほどこして見た。その要領は次の如くである。

A　句読点のあるべき所でつけない所。(a) 地の文から、人名が出て会話にうつる人名の前。(b) 地の文が二行に割って書かれた末。(c) 会話の交換で、話手が変った人名の前。(d) 会話から「ト」の字を入れて、二行に割った地の文に続く所。(e) 会話文の中に、二行に割った地の文をはさむ、その文の末。(f) 一行の地の文でもみじかい時は、会話から「ト」「と」の字を入れて続く所では句読点を加えない。

B　主に句読点をつける所。(a) 余り文章が長くならないならば、体言または体言に助詞のついた所では切らないで、下に続く活用語の下で切る。(b) 活用語または活用語に助詞のついた下。(c) 前者の如くにすると、一見、五七・七五調で切れるかと見える文章でも切れなくなるが、作者が殊に美文意識をもって書いたと思われる所は、五七・七五の調でつける。(d) 芝居のせりふ調を意識したと思われる所は、その調で切るなどである。かくの如く、舌耕文芸の口調と思われるに従って、句読をつけた方が、意味が解しやすい文章であることは、この試みから結論できるようである。

4　濁点・半濁点で、底本を改めたものは、一々頭注にことわった。ただし全くの誤刻と思われる若干はことわらぬものもある。また内題の「梅ごよみ」の「こ」は清濁まちまちであるので、「ご」に統一して、注記はしてない。

5　仮名づかい・語法・振仮名は、すべて底本のままである。僅に補った振仮名には〔〕印をほどこしてある。

6　送仮名は、底本で振仮名と重ったものをも合せて、そのままである。欠くもの若干は（　）印を附して補った。

7　反復記号で、現代の表記と相違するものも、よみに疑いのともなわないものは、すべて底本のままである。

8　明らかに脱字と思われるものは、〔 〕印をほどこして補った。

一　頭注は、次の如き要領で行った。

1　見開きごとに、注を要する語句に番号を附し、その順に語釈や、一部の口訳・出典、その他必要なことどもを記した。ただし、当時にあった歌謡曲の文句を、とり入れたと思われるもので、その出拠を明らかに出来なかったものが、若干残っている。

2　風俗語の注釈は、できるだけ当時の書を参考としたが、適当なものを見出せない時は、前後の時代の書によった。

3　仮名づかいや文法については、一々の余白なく、ほとんどこれを略した。

4　そのかわり、頭注欄に余白のできた所では、春水の言、先人の評論などをかりて、鑑賞上の注記を加えた。

一　補注は、頭注に書き切れない長文のものや、頭注以上に詳細な説明を必要とすると思われるものにあてた。

春色辰巳園

一　本文の作成には次の諸本を用いた。

1　底本としては天理図書館御所蔵で、旧石田元季氏蔵のやや後ながら初刷本を用いた。それに欠けた巻三は鈴木重三氏御所蔵の、巻七・十二は校注者蔵の同系の本を用いた。そして全体にわたって虫浸などの不明の部分は、広瀬喜之助氏御所蔵本の同系の本をもって補った。以上諸本もしかし、刊年・出版書肆などの奥附を欠いていて、それをかかげ得なかったことは残念である。

2　梅児誉美同様、改板をともなった後刷本（初刷を「しねへ本」というに対し、「木進本」と称する、最も流布のもの)を用い、訂正したと思われる所は、もって本文を補い一々頭注にしるした。後刷の特色を示す底本との相違は、いちじるしい若干のみを頭注にかかげた。

一　本文作成の要領は、梅児誉美と同様である。この書の句読点は、全部にわたって、思い出した如く、稀に存して、全くないといえる程であるので、これも梅児誉美と同じ要領で新しく附けた。

一　頭注・補注も、梅児誉美の方法に等しい。

○

一　付図は幕末の切絵図によった。

一　以上の本文作成に用いた諸本については、鈴木重三氏の解説参照。

一　解説は、本大系の趣旨により、簡略を専らとした。書誌の部分は、特に鈴木重三氏をわずらわせた。

一　底本については、天理図書館・広瀬喜之助氏、殊に鈴木重三氏には底本につき解説につき、様々のお世話をいただいた。解説や頭注のために神保五弥氏・植谷元君の調査を願ったこともある。乍末端、感謝の意を表する。

春色梅兒譽美

春色梅兒譽美

梅ご与美の序

南枝に雪の積頃より、一輪ヅヽの梅の花、かぞへて願ふ吉方は、三鏡宝珠の惠を祈る、春のあしたの賣出しに、多願玉女の門出よし。色星玉女の利益には、袋、外題の色摺よし、天星玉女の神德に、惠方の買手來そはじめ、そも八將神の方位にそむかず、建とは仕立の切形よく、平は表紙に凹もなく、画ばかり除はひやかしにて、破は御免の表帋附、立直を定の當日に、執とはえんぎに成納。巻を開の看官に、作者が願御評判、満とは則板元の、藏入いはふ天恩月德、四季の土用はいふも更、春夏秋冬止時なく、日ゞの注文追摺とは、チト欲心の十干十二支。土公をおせばそんな直が、出るとは部數の限なく、諸君遊行の間の日には、かならず此册子をもて遊びて、梅が香つたふ御風聽、今年もかはらず御取立と、願ふ心の十方ぐれ、八方金神の中央に、座したるこの三四年の災厄も、やゝ解そむる薄氷、春水四澤にみつるといふ、時をゑがほや花の兄、文永堂の引立に、柳川重信画の愛敬で、何卒あたれ大當。日あたりもよき梅の枝を、月曜星の尊前に供、一陽來福の吉書はじめ。

一 早梅の南方に向く枝。円機活法「雪ヲ帯ブル南枝半増ニ倚ル」。雪中まず咲いて春近きを告げる。二 玄峯集(嵐雪)「むめ一輪一りんほどのあたゝかさ」。三 梅の花と日数をよんで。四 恵方。暦法で、年徳神のやどる方。↓補注一。五 暦の最初に描く三つの鏡を合せた宝珠形。右より色星玉女・天星玉女・多願玉女と称する。以下書名に応じて暦の語をつらねる。↓補注二。六 正月早々の書物の売出し。七 三鏡の一。増補暦略注「多願玉女の方旅立門立船のり等に向て吉、又諸事出す事によろしき方也」。八 三鏡の一。増補暦略注「色星玉女の方新しき衣服を着初、同裁にも向てよし、又諸事納入るゝに宜方也」。よって袋や色にかかる。九 一部の書物を巻いて売出す袋と表紙の外題を示した紙。小説などでは共に美しい色刷の絵を配した。一〇「よし」は暦の用語。一一 三鏡の一。増補暦略注「天星玉女の方諸願成就の方にして何事もさはりなき方なり」。一二「来(き)」に「着衣始(きそはじめ)」がかかる。栞草「季吟曰、衣を着初る祝なり、三ケ日の内吉日をえらぶ」。一三 暦家でいう八個の神。年により所在の方位が違い、それに応ずるかどうかで、吉凶が定まる。↓補注三。一四 暦の中段に、十二直の一。日々の生活の指針を示す用語、十二直の一。柱を建てるによい日なので、仕立とかける。↓補注四。一五 書物の仕立。一六 十二直の一。字義で凹(でこ)なしと続く。一七 十二直の一。のぞき見する

于時天保[五三]壬辰年、春正月の発行にとて、冬至[五四]の宵に墨水を、硯にうけて筆を染、

江戸前[五五]の市隠[五六]狂訓亭

爲永春水しるす

[五七]（印）

梅の阿由が義妹

竹[五八]長吉

意に用いた。一八 見るのみで買わぬ客。一九 十二直の一。二〇 表紙を破るのはお許しと、出版公許の意をかねる。二一 売値を定めること。二二・二三・二四・二五 みな十二直の一。「なる」「おさん」「さだん」は、値を定める。「なる」「おさん」は、よい縁起となるとかかる。二六 左線、後刷により補。十二直の一。本を開き見る。二七 十二直の一。二八 商品を蔵へ入れること。二九・三〇 暦の下段の用語。共に大吉日。↓補注五。三一 左線、後刷により補。暦の用語。御用のもじり。↓補注六。三二 追加印刷。三三 得手勝手のもじり。三四 左線、後刷により補。暦家の神。何処のもじり。↓補注七。三五 声(文句)が出ると、下へは値が出ると両意。三六 遊山に出ない日。共に暦の用語。↓補注八。三七 底本「が」。後刷により改。三八 吹聴。三九 左線、後刷により補。底本の振仮名「じつはう」。濁に改。暦の用語。諸方に願う、下へは途方にくれる意で続く。↓補注九。四〇 底本の振仮名「はつはう」。濁に改。十方に続く文飾。四方八方。四一 暦家で最も忌み恐れる方の神。八方ふさがりの全く芽の出ない生活。↓補注一〇。四二 春水の私生活は殆ど不明。↓補注一一。四三 春の来たさまをいう。四四 陶靖節集巻三の四時「春水四沢ニ満チ、夏雲奇峰多シ」(顧凱之の作とも)。春の水のゆたかさと、自分の号を入れて、やがてうけに入ることを祝った文句。よって時を得ると続く。四五 梅の異名。咲きほこる梅を、兄貴

と尊ぶ文永堂にかける。四六 本書の版元大島屋伝右衛門の堂号。四七 挿絵の浮世絵師。鈴木重兵衛の号で、このころ根岸大塚住。天保三年、五十余歳で没(葛飾北斎伝)。馬琴の書簡では四十六歳没と(鈴木重三氏示教)。四八 愛敬ある美人画の筆。四九 大当りに応じ、日当りよく咲きのよい。五〇 暦家のいう日月五星の一。→補注一二。五一 一陽来復。十一月の冬至の日に、陰極って、陽再び動くの意。作者と作品を自祝して福の字をあてる。吉書とは縁語。五二 書初のことだが、ここは祝って筆をとる意に暦の語を用いた。五三 底本の振仮名「てんほ」。濁に改。天保三年。五四 天保二年の冬至。五五 江戸住、また江戸風。五六 戯作者たちは市井の隠者を気どった。晋書の劉粲伝「隠之道タル(中略)市モ亦隠ルベシ」。五七 この印はくくり猿の形で、「為の字さる」と称した。五八 人気女形六世岩井半四郎(一七九九—一八三六、当時は岩井粂三郎と称した)の似顔。後刷では、顔も変っている。また上部に説明文が入っている。↓補注一三。

一 江戸にあてた作中仮りの名。二 辰巳、即ち深川の花街。三 人気女形五世瀬川菊之丞(一八〇二—一八三二)の似顔。後刷では容貌が変っている(一〇二頁注六参照)。四 清元の喜撰(天保二年三月上演)「我庵は芝居のたつみときは町、しかも浮世を放れ里、世事でまるめてうはきでこねて」。甘言で客をたらし、浮気ら

一 鎌倉多津美の藝妓
三 誉祢八

四 艶言で欺て浮薄で交て
五 甘口をうれど貞烈真操
六 堅き誓ひも 七 和らかき色氣を
八 保し栄躰談子実に此妓は
九 美女といふべし

一〇「美人在南國
春興年同艶」

二 婦多川千葉の倭町に住
一二 通客 一三 藤兵衛

しいそぶりで、人の気を引いて。 五 芸者という商売上、上手に客あしらいするが。次の団子の縁。 六 一人と定めた男への堅い誓。 七 次の団子の縁。 八 永代団子の文字を故意にかえた。永代橋西詰佐原屋・八幡屋で売った名物の団子。 九 深川では芸者・娼妓を「こ(子)」と呼んだのと、団子をかける。 一〇 米八の賞詞。南国はここでは、吉原の南、深川をさすか。円機活法「南国麗人(鮑昭賦)」。 一一 深川木場大和町(今の東京都江東区深川木場町)にあてる。 一二 通人。 一三 後出の津藤がひいきした七世市川団十郎(一七九一—一八五九)の似顔。後刷では若干容貌が変る。この人物には春水をひいきした豪商津の国屋藤兵衛(津藤と略)こと細木竜池(?—一八五六)をモデルにした。俳号仙塢。香以の父。倭町は竜池の住所新橋山城町を変じたもの(森鷗外著細木香以)。 一四 好男子と和事実事で令名あった俳優三世尾上菊五郎(一七八四—一八四九)の似顔。後刷ではやや容貌が変る。 一五 つい知らずの間に情を通じた男女(丹次郎とお長)を諷した詠。 一六 後出に名は調。舎号から名古屋の人。弄花集(文化十四)に「清音館、竜之、調、伶人日比野氏、実名源正栄、別号絃多楼」とある人か。吾嬬の春雨(天保三)前中に、八橋舎調は古人庭訓舎門で秀逸の多い人と見える。 一七 お長の賞詞と梅児誉美をたたえた。円機活法玉の条「無垢無瑕」。尹文子に無価の玉の故事がある。円機活法に梅花を「映月渾疑雪有香」。

一四 唐琴屋の養子
丹次郎

一五 袖口の繻子の
ぬめりに
見ほれけん
すべりこんだる
風の梅が香
右 一六 八橋舎

唐琴屋の
處女阿長

一七「珍珠无價玉無瑕
月明勝雪映梅花」

さては此程御はなしの、梅暦[一]の画上御書入れのたしにもと、反古の中より見出し、さしあげまいらせ候[二]

月[三]-中ノ仙-子雪-中ノ梅

第一ノ嫦-娥第一ノ香

御稿本[四]明キ次第借用申上たく願上まいらせ候

めでたくかしく[五]

清元[六] 延津賀

狂訓亭雅兄

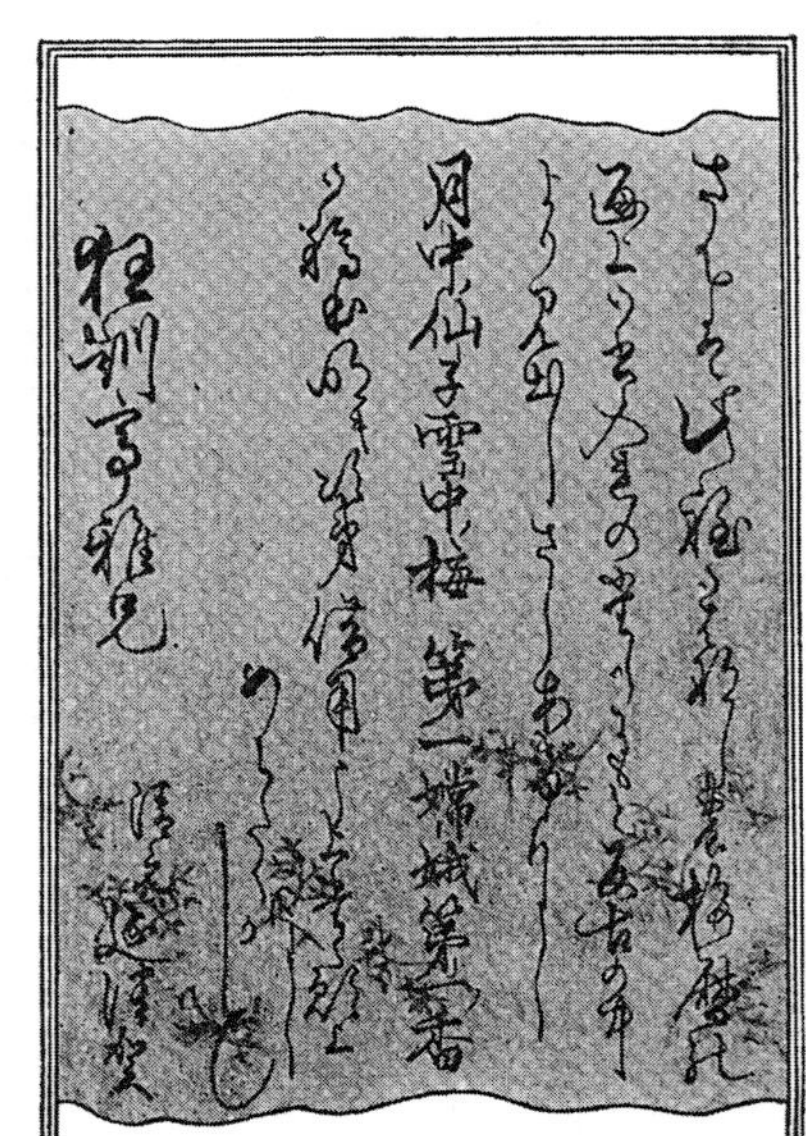

一 前出の「珍珠無価云々」の如く、絵の上に加える詩歌の句。
二「被参候」の書簡体の草体。
三 月と梅の詩句をあつめて、新春に出るこの梅児誉美をたたえたもの。月中の仙子は第一の嫦娥に対す。嫦娥は中国古伝説で不死薬をぬすみ月中に入った羿の妻、転じて月の異名。雪中の梅は第一の香に対す。円機活法の早梅の条「渇嗅風前第一香」。
四 原稿。版下浄書すんで原稿があけば、その原稿で出版前に見たいの意。
五 底本「めてたく」。濁に改。女性の書状の末に書く語。
六 山谷堀の船宿若竹の女将つが女。清元を栄次郎にまなんだ名手。早く春水の人情本著作の手伝いをし、後には為永津賀女として、名を示した為永連の有力メンバーの一。
七 字彙補「伝奇中一廻ヲ一齣ト為ス。俗ニ読ミテ尺ト作ス(下略)」。八 野中に捨てられた破傘も、役立って水仙の霜除となるの句意。▽以下巻頭に叙景の美文を用いるのは、人情本の常套。
九 水仙の霜除のその風流でなく、破傘に似た小さいあばらやの仮寓。一〇 野菜花卉の霜害をふせぐ覆い。藁や傘で、花壇などは風雅に作る。一一 人目をさけた仮住居。一二 ニシキギ科で、生垣用の灌木。一三 疎のあて字。一四 薄氷の縁。気心が分り合って住めば。
一五 表通から引込んだ借家集団。
一六 諺。物質的わびしさも、精神的に楽しくなるの意。▽この所、初冬の場

春色梅兒與美巻之一

江戸　狂訓亭主人作

第一齣[七]

野[八]に捨た笠に用あり水仙花[九]、それならなくに水仙の、霜除[一〇]ほどなる侘住居[一一]、柾木[一二]の垣も間原[一三]なる、外は田畑の薄氷、心解[一四]あふ裏借家[一五]も、住[一六]ば都にまさるらん。実[一七]と寔の中[一八]の郷、家数もわづか五六軒、中に此ごろ家移[一九]か、萬[二〇]たらはぬ新世帯、主は年齢十八九、人品賤しからねども、薄命なる人なりけん、貧苦にせまる其うへに、此ほど病の床にふし、不自由[二一]いわん方もなき、容体もときの吉不祥、いとゞ寒けき朝嵐、身にしみ[二二]〴〵とかこち顔、独わびしき門の戸に　女「すこし御免なさいまし〳〵　あるじ「アイどなたヱ　女[二三]「そふいふお聲は若旦那さんといひつゝあける障子さへ、ゆがむ[二四]敷居にやう〳〵と、あけて欠込其姿、上田太織[二五]の鼠[二六]の棒縞、黒の小柳[二七]に紫の、やまゆじま[二八]の縮緬を鯨帯[二九]とし、下着はお納戸[三〇]の中形縮[三一]めん、おこそ頭巾[三二]を手に持て、みだれし鬢の嶋田[三三]髷、

末、色男のわび住居を写して巧み。一七 信じ合った人々の住む意で、中(仲)にかかる。一八 本所の地名。吾妻橋の東、小梅の南一帯の地。今、東京都墨田区向島中の郷町辺。一九 移転。二〇 万事不足がちな新(しん)世帯。二一 時世時節でままならぬの意。▽この所、読本調で、好男子の零落の境遇を述べる。二二 寒さと不遇をしみじみと苦にするさま。二三 ▽この一語で、すでに人情本世界へ読者を導く。女性点出の妙。二四 がたびしして戸のあかぬさま。女の心のもどかしさを示す。二五 上田縞の太織(太糸を使った平織の絹織物)。→補注一四。二六 鼠色の荒いたて縞。二七 絹繻子の一種で帯や襟に用いる。二八 紫の縮緬地に山繭の殻を縞摸様に織入れたもの。→補注一五。二九 昼夜帯。裏が小柳繻子、表が縮緬。春暁八幡佳年三輯(天保八カ)一「くじらも今は昼夜帯」。→補注一六。三〇 赤みがかった紺色。三一 柄摸様の中位の大きさ。三二 寒檠璅綴「頭巾ハ婦人ハミナ御高祖頭巾ト唱ル納戸茶縮緬ニテ製シタルモノ」。三三 若い女性の髷風。守貞漫稿「此島田を江戸にてツブシ島田と云、中央ツブシたる如く凹故也、弘化江戸芸者と云弾妓多く此島田髷にゆふ。髷以前は広く、以背は細く長く背高なり」。この女性も芸者で四四頁の絵にある如くツブシ島田。▽流行の風姿を紹介するのが、人情本の常套。みだれた鬢は、朝嵐に急いださまで、色気を出す。

[一]素顔自慢か寐起の儘か、[二]つくろはねども美しき、[三]花の笑顔に愁の目元、亭主はびツくり貌うちながめ　圭「米八じやアねへか。どふして來た。そして[四]隠れて居る此所が知れるといふもふしぎなこと。マア〱こちらへ夢じやアねへか　トおきかへりてすはる　よね「[五]わちきやア最、知れめへかと思つて胸がどき〱して、そしてもふ急ひで歩行たもんだからア、苦しい　トむねをたゝき　[六]咽がひツつくよふだ　トいひながらそばへすはり　おまはんは煩つてゐさつしやるのかへ　トかほをつくづく見て　[七]寔にやせたねへ。マア色のわりいことは。眞青だヨ。何時分からわるいのだへ　圭「ナニ十五六日跡からヨ。[八]大造なことでもねへが、どふも氣が[九]閉でならねへ。それはいゝが手めへまア、どふして知つて來たのだ。聞てへこともんとある　トすこしなみだぐみてあはれ也

よね「ナニ今朝は[一〇]妙見さまへ参りに來たつもりで宅は出ましたヨ。寔にふしぎなことサねへ。[一一]お前様が此様な所に御在宅といふことは、ほんに夢にも知らなんだがネ、此頃[一二]目見に來て居るし[一三]

一　素顔はこの頃玄人筋の好みである。
二　化粧をしないが。
三　艶麗な笑い顔。▽風俗を詳細に描くが、顔の様相を具体的に示さず、この如くでとめるのも、人情本の行き方である。
四　▽この男性はすでに問題のある境遇なるをかたる語。
五　女性の一人称。玄人筋の語。
六　咽と同じ。のどがかわいたてい。
七　▽会話の中で、情景を示し、話し相手の様態や行動を示す二重描写は、洒落本・滑稽本以来、近世後期小説がとってきた特色。作中の女性にも、人情本に多い女性の読者からも、ますます同情をかち得る、好男子のさま。
八　大した。
九　気が重々しく晴れないこと。
一〇　本所の柳島村(今、東京都墨田区にあり)、日蓮宗法性寺にあった、当時諸人渇仰の妙見菩薩。中の郷より更に東にあたる(江戸名所図会など)。
一一　二人称。玄人筋の用語(五八頁参照)。
一二　奉公人や勤人などが、契約する前に、一定の短い期間、やとい主の家で試みにつとめること。そのつとめぶりにより、合意で契約が成立する。
一三　見習子。花名所懐中暦二編(天保七)中「見習唄女(したちげいしゃ)」。

たじツ子が（これげいしやしたじの子といふりやくしことばなり）一四ありまはアな。その子の宅を聞たれば、一五本所の方だといひましたが、それから皆と種〻なことを聞て遊んで居るとき、其子が宅の近所の咄をする中で、どふもはなしの様子が、一六おまへはんの噂のよふだから、一七其晩一所に寐かしてよく〳〵聞たら、宅に一八意氣な美しいお内室が居ると言ましたから、夫じゃア違ツたかと思つて、猶くわしく聞たれば、おまはんの年よりおかみさんの方が年うへのやうだといひますし、またおかみさんは、一九とふして家には居ないといふし、聞ばきくほどなんだかおまはんのよふな心持で、モウ〳〵どふも氣が濟ねへから其子によく〳〵私の聞たことを二〇口留して、置て、今日の二一朝参りには、なんでも尋ねよふと思つて、二二十五日を樂しみにして、出て來たんでありまさアな。日頃の二三念力とはいふもの〻、二四風としたことからおまはんの、在家が知れるといふは、妙見さまのおかげだと、嬉しいに付て氣が〻りなは、おかみさんがあるとの噂。今日はどこぞへ二五お他出のかへ　圭「ナ二六ニつまらねへ。どうして女房どころなものか。そして其子は何所の娘だらふ　よね「なんだか宅は八百屋だといひましたヨ。そりやアマアい〻じやアありませんか。おまはんマアそれよりか、今じやア私のことなんざア思ひ出しもしては二七お呉なさるまいネ。そして噂にきいたお内君のことをかくさずとも、い〻じやアありませんかヱ　圭「ナニサ隠すどこじやアねへ。二八此容だものを、よく二九つもつて見るがい〻。其子の咄しだツて

一四「ありますわな」の玄人筋の訛。
一五 江戸の隅田川東畔の一帯。今は東京都墨田区の一部。
一六 二人称。玄人筋の用語。
一七 ▽玄人女など、いわゆる兄弟分などで、親しみの情を示して、同衾する。その方法で手なずけたもの。
一八 あかぬけがして且つ色気を持った、この頃の一種の美的観念(九鬼周造著いきの構造)。
一九 通して。始終は。
二〇 ▽この女の、諸事にぬけめなく、さかしい性質の一面を示す。
二一 早朝神仏に参詣すること。信仰の深い行動の一。
二二 毎月妙見参りの日。東都遊覧年中行事(嘉永四)の一月十五日の条「毎月妙見参り、朔日に同、本所柳島妙見法性寺(毎月千巻だらに、正五九月十五日かいちやう)参詣常にも多し」。
二三 一念こめて、逢いたいと思った力。仏語で、妙見の縁。
二四 ふとした(思いがけぬ)。
二五「おいでなのかえ」の転。
二六 女の嫉妬気味の言を軽く否定した語。そして話を転じたが、女は更に話を続ける。男への執心の深さを示す会話。▽この主人公らしい男は柔和に、女は激しい気性なることをも紹介する。
二七「おくれなさるまい」の訛。
二八 かく零落した姿。
二九 おしはかる。想像する。

も、何だか知れもしねへ。マアそりやアそふと、宅のよふすはどふだノ　よね「宅のよふすは大変サ。鬼兵衛[一]どんの氣じやア、皆に旦那さんといはれてへ心持で居ますのサ。それだけれど、御内室の在世な時さへあのとふりの理屈だものを、どふしてそふいふ様にいきますものか。それを何の角のと言て、三日にあげず内證[二]はもめ[三]が絶やアしませんは。私も全躰おまはんの、養子に行しつたときから、住かへ[四]に出たいと思つて、気をもんで居ましたけれども、どふもあゝいふ意地わるだから、ゐこぢ[五]になつて出すめへと、今日まじやア我慢して居たけれど、おまはんの宅は知れるし、そしてマア　トあたりを見まはしなみだをひざにこぼしながら　此様なはかない[六]形身になつてゐさつしやるのを見てどふしてあすこの宅に居られますものか。私きやア今日皈ると直に住けへをねがつて、婦多川[七]へでも行て辛防しておまはんの身を少しも樂にさせ申(し)てへネヱ　ト　しんじつ見へし女のいぢ[八]男はしどうふさいでゐる　よね「ヱモシそして養子に行しつた御宅はマアどふした訳で急に身代[九]がたゝなくなつたのでありますヱ　丹「さればサ、今さら考て見りやア、やつぱり鬼兵へが、先[一〇]の番頭の松兵へとなれ合[一一]で、直に戸を塞[一二]身上[一三]を承知でおれを急養子[一四]、そんなことは露しらず、這入て見れば借金[一五]の、山も縁[一六]づくどふぞしてと、思つたゆへに鬼兵へにも、判[一七]をおさせた百兩の、金も養家へいれ[一八]仏事、それから宅へ出入もならず、音信不通とされたのは、みんな此方がふつゝかゆゑ、またそのうへに養子先の身上[一九]はぶんさんして、ま

一　この人物と前後の事情は、後(第三齣)に説明がある。▽「凡予が作意の癖は発端にいふべきすぢを後にしるすが常なればよろしく察して高覧をねがふのみ」(二一二頁)ともあって、これは春水の一作風。
二　吉原の娼家で、主人とその家族の居間をいう。誹諧通言(文化四)「女郎屋忘八の事なり」(吉原)。
三　内紛。
四　住替え。芸娼妓や奉公人が抱主ややとい主を変えること。訛って「すみけへ」。
五　片意地になって。
六　粗末な身なり。
七　江戸深川の花柳界にあてた名。江戸第一の岡場所で、俗に七場所と称される花街が集っていた。文政より天保にかけて最盛期を示した(深川区史下)。
八　気性。心根。
九　破産した。
一〇　先方、即ち養家をさす。
一一　ぐるで。
一二　店を仕舞う、即ち破産する。
一三　世帯のさま。身代。
一四　十分調査や考慮の期間をおかず養子縁組を実行すること。
一五　借金のばく大なこと。
一六　縁次第。縁あってこの家に入ったと覚悟して。
一七　鬼兵衛を保証人としてかりて行った持参金。
一八　金を入れたが、結局損になること。原義は費用を提供して寺でする仏事。

だ後日にはこれがあると、言て番頭松兵へが、畠山さま[二〇]へ出して[二一]ある五百両、この證文はおまへに上ますその代り、分散殘りの百両は、私が七十両、跡は外の者へつかはしますといつて其身は上方へ登るといつて行衛なし。二番ばん頭久八といふ者が信[二二]切に、おれが名代[二三]に、畠山さまへ行たれば、随分金子は下[二四]げつかはすが、先達て松兵へにおふせつけられた、殘月[二五]の御茶入、御拂[二六]ものとてわたしおかれしが、此ほど聞ば梶原家へ千五百両に納りしとの事、夏井丹次郎よりさしあげ置たる五百両をさし引殘り千両は、早速に上納いたせと、いはれてびつくり立かへり、相談さい中お屋敷から、久八が宅へ役人衆がござられて殿の御國[二七]へ御立ゆゑ、心づかずにおつたるが、夏井の家分散[二八]とあればゆるがせならぬ茶入の金子、松兵へならびに當主人、丹次郎同道いたせと大[二九]むづかし、それから久八がはからひ[三〇]で、おれはしばらく世をしのぶ身のうへ、松兵へは行衛しれず、段ゝ久八が難義するそふだ。とはいふものゝおれもまアくやしい難[三一]をきたじやアねへか　よね「まことに聞もくやしいねへ。そしてだれがおまはんの病氣の世話をしますヱ　丹「ナニ世話といつて居付[三二]て世話のして[三三]もねへが、長屋の衆やまたおもに世話になるのは、今はなした、久八といふ人の、かみさんの姉が、女髪結をして、此近所に居るから、それが時ゝ來て、何かのことをしてくれるのサ　よね「そふかへ。其女中[三四]とはへ　丹「女中とはヱとは何のこツた　よね「なんでもないのかヱ。ど

近世後半は費用の入れ損の意となる(穎原退蔵著川柳雑俳用語考)。▽このあたり、世話狂言のせりふ廻しの体。

一九 分散。破産の一つで、債務者が全財産を出し、債権者たちが、その額に応じて分ちとる方法。

二〇 以下、大名の家を鎌倉時代の諸家の名にかり、その家の人物も亦、それに応じてある。

二一 用立てある。

二二 親切のあて字。応喜名久舎初編(天保三)二「万の事に信切なりしが」。

二三 かわり。

二四 返してやる。

二五 織田有楽斎旧蔵という名物茶入。唐物で肩衝(茶道名物考)。

二六 売払うもの。出入商人として、そのことを依頼されたのである。

二七 参観交代で江戸にいたのが、自藩へ帰ること。

二八 よいかげんにしておけない。

二九 甚だむつかしい、きびしい言い分。

三〇 取はからい。

三一 難儀なぬれ衣を着た。無実の罪をうけた。

三二 家に始終いて。

三三 仕手。する人。

三四 ▽「女中」と改まってからんだ所が、また米八の深情からの妬心を示したもの。

ふも氣になるねへ　丹「なにそんな浮気な沙汰じやアねへわな。こふして居てもおゐらア実に心細イヨ　トなみだはら〴〵　よね「若旦那へなぜそんなに悲しいことをお言なさるのだエ。もふ斯してお在家が知れるからは、どんなことをしても私が身のおよぶたけはおまはんに不自由はさせやアしませんから、気をしつかりと持て、早く能なつてお呉なさいヨ。こんな淋しい所に夜も独でマアさぞ、ト皃をそむけて袖をあて、昔といへど遠からぬ、昨日にかはる此すがた、たとへ内證は兎も角も、大町小見世の若旦那所がらとて何事も、花美に暮せし其人が、三畳敷を玉のとこ、ならでたまさか問ふ人に、さすが恥らふ憂住居、おもひやらるゝ男の心、惚れた女の心には、千万無量のもの案じ、よそ目に知れぬ歎きなり。男はなみだをふきながら　丹「何サおいらア斯して人に、遠慮をして居る身ぶんだから、不自由も何もしかたがねへ。どふも自由にならねへ身のうへだから　よね「サアそれだからモウこゝを皈りたくありませんヨ　丹「そんな事を言はねへで、どふかまた皃を見せてくんな。そしてモウおそくなるだらふいゝかへ　よね「ナニ今朝はおそくなる用心をして來ましたヨ。奥座敷のに（このおくざしきといふはたしかにこの宅げいしやのゐる所のおゐらんにてそのいへのおしよくのことゝすいしたまへ）徳さんの手紙をたのまれたから、裏前までわざ〳〵行てやるつもりで取て來たから、今日中に人をたのんでやればよいヨ。そして観音さんと淡しまさんへお百度をして皈るつもりだから、餘ぽど手間がとれることがあつてもいゝ

一 恋愛関係。二 ▽この辺、春水のいう「それ人情とは何をかいふ、恋路の事のみいふにはあらず、只男女の常住愚なる歎き、はかなき心苦、すべて世上衆人のその迷へるをもあざけることなく、何ごとも其思ひ〳〵の人になれて、親しく実意に哀を知るを、真に人情を解たる人といふべし、その心にてよみ給はねば、予が拙作はとる所なしといはれん」（春暁八幡佳年二）にあたる所。三 ここは、財政状態の意。四 大町は吉原で江戸町一丁目・二丁目・京町一丁目・角町をいう。小見世は吉原細見に惣半籬とある、惣籬・半籬についで三等の格の見世。二朱の座敷持・部屋持級の遊女までを抱えた。また町並ともいう。五 九尺二間の裏借家の畳の数（五五頁頭注一七参照）。六 立派な住居。この所、三畳敷の裏借家を唯一の住居とするが、勿論立派な住居でない侘住居を、珍しく訪問する情人米八に恥じる男の心が想像されてとの文意。▽文章は読本の地の文の調子となっている。七 内心の心配を、外、丹次郎にはかくしてはげましているさまをいう。八 奥の座敷にいる遊女の意。原注に明らか。九 内芸者。吉原の娼家で抱えておく女芸者。祝儀は二朱、売色をしないがたて前である。ここは米八をさす。↓補注一七。一〇 北里見聞録「惣じて姉女郎の事なり、我身の姉といふべきを、里詞にて斯いふ、爰に入つどふ者も、おとなしき女郎をばおいらんと云、敬するの心也」。普通、座敷持以上の女

よふにしてありますヨ。ヲヤ火が一ツもないねへ　ト いひながら[17]火うちばこをさがしやう〱に火をおこして 薬を煎て
置て上よう。どの土瓶だヱ　圭「その火鉢の脇にあるヨ　ト いゝながらまくらもとのくすりを出して [18]生姜もその
盆のうへにあるだらふ　よね「ア、有ますヨ。ヲヤ此口のかけた土びんかへ　ト [19]おもはずわらひしがまたかなしくもなりてふじゆうなるをさつしてふさぎ　お医者さんは何所のだへ　圭「ナニそれもお濱さんが世話をし
てよこしたのだ　よね「おはまさんとはヱ　圭「いまはなした久八のかみさんの姉よ。お
ほかた目見の子の言たかみさんとはそのことだらふ。それはいゝがおいらの事を知つ
て居てはわりいのふ　よね「ナニサ他はなんだか気が付きやアしませんはネ。そして
飯はありますかへ　圭「ム、[20]おめしはゆふべ向のおばさんが來て焚てくれたからいゝ
が、手めへ腹がへつたらうが、此近所にはどふも[21]鳥渡喰せるものもねへ。[22]余ツぽど遠
いからこまる　よね「ナニ私やア[23]午剋までは[24]塩禁だから、どふで何も喰られませんが、
おまはんに何ぞおいしひ物でもたべさしたひネ。私きがなんぞ拵て上たひヨ。斯して
居る中何ぞ用を思ひ出して御覧なねへ　ト いひながらかみいれより[25]何かつゝみしものをいだして　マアこれで何ぞ[26]不自由
なものを買て置て、そして[27]身になる物をちツとたべてお見なさいよ。今朝はほんの朝
参りではあるし、おまはんにあはれるかなんだか知れないから、寔に少金ばかりしか
ありませんヨ。また其内都合して出て來ますヨ　ト 手にわたせば男はうけとり[28]きのどくそふに　これじやアどふ
も氣のどくだ。そして[29]米八もふおめへけへるのか　よね「ナニまだ皈りやアしませんよ。

郎を呼ぶ。一一 守貞漫稿「吉原町妓院毎一家遊女の上座なる者を称して御職と云、仲の町呼出し女郎ある家にては、呼出し女郎上座を称すは勿論のことにて、又見世女郎の中にて、見世の上座なる者をも、殊に見世のおしよくと称す也、岡場所にては御職をいたがしらと云、板頭也、京坂にては御職板頭等の称呼無之」。一二 蔵前の変名。浅草の隅田川河岸一帯の地名。富商の通人たちが多くいた。一三 浅草観音。金竜山浅草寺の本尊。一四 浅草寺本堂の左方にあった淡島明神社。一五 神仏に百回歩をはこび詣る、祈願の深きを示す法。後には百度石なるものが神仏前にあり、一度にそれより百回足をはこぶことになった。一六 手数や時間がかかること。一七 火打石やほ口・付木などを入れておく箱。一八 煎薬には生姜一片を混じるが習慣であった。一九 ▽賢明とはいえ、実生活にうとい芸者の米八のさまを示す。二〇 御飯。二一 仕出し出前で食事を準備する所。二二 底本「余ツほど」。濁に改。二三 正午の文字にあてた。昼の十二時。二四 一定の期間、塩気のものを食さない心願の一法。米八の祈願の筋は、丹次郎が無事でいてくれたいとか、丹次郎に早く逢いようにとかいう内容であることは、いうまでもない。二五 小金をつつんだものである。二六 なくて困っているもの。二七 精になるもの。二八 心苦しい。二九 ▽金を出したりするから、帰り支度と見ての詞。

一 頭髪。病気で髪をもといてないさま。
二 すき上げてつかねる。
三 ▽読者はここで、浮世絵の一枚を想像しなければならぬ。
四 髷の飾用の櫛。守貞漫稿「江戸近世の櫛形小と雖ども太だ厚く重き故実に髪は挟むことなく図の如く黒或紺の細き八つ打緒を歯に縫付て、此緒を以て髷背に結ぶ也」などある。男の髪をすくには三ツ櫛・刷毛こき・鬢かきなどそのための櫛があった故に、かくいった。
五 甚しく髪のみだれていること。
六 髪をすくに用いる水。美男かずらをとかして、髪のつやを出し、鬢水入なる器で用いた。
七「ならしやつた」の訛(六〇頁参照)。
八 本当に。
九 もどかしい。▽以下は浮世絵のあぶな絵趣味に通ずるもの。事前を写す。これは人情本の一特色をなし、当時から後世まで批判される原因となった。饗庭篁村の春色梅ごよみ評(出版月評、

おそくなつても今のわけだから宜はネ。マアおまはんの首髪[一]はひどくうツとしそふだねへそつと束ね[二]てあげよふかへそふしたら心持が、ちつたアさつぱりなさるだらふ　圭「そふョまだ居ても能アそろ〳〵ととかしてくんなナ　よね「ア、どれ　ト[三]うしろへまはりてうれしそふに　私のさし櫛[四]でもよからふネヲ、ヲ、寔にモウおそろしい[五]ト、心よはきは女の癖、過越方を思ひ出し、鬢水[六]ならで衿元へひいやり落る泪の雫男は振向き　圭「よね八なぜ泣

よね「それだツても　丹「それだつてもどふした　よね「おまはんマアなぜこんなにはかねへ身のうへにならしつたらふねへ[七]　ト おとこのかたにとりすがりなくおとこはふりむきよね八が手をとりひきよせ　丹「かんにんして呉なヨ　よね「ナゼあやまるのだヱ　丹「手めへにまで悲しい思ひをさせるから　よね「ヱヽもふおまはんは私をそふ思つてお呉なさるのかへ　丹「かわいそふに　ト だきよせればよね八はあどけなく病にんのひざへよりそひ顔を見て　よね「真[八]に嬉しひヨどふぞ　丹「どふぞとは　よね「かうしていつ迄〻居たひねへ　ト いへば男もつく〴〵と見れば思へばうつくしきすがたにうつかり　丹「アヽじれツてへのふ[九]　トひつたり寄添　よね「アアレくすぐツたいヨ　丹「ホイ堪忍しなト横に倒れる此ときはるかに観世音[一〇]の巳[一一]の鐘ボヲン〳〵

第二齣

遠[一二]くて近きは男女の中とは、清[一三]女が筆の妙なるかな抑丹次郎と米八は、色[一四]の楽屋に住ながらいつしか契[一五]りしかね言をたがへぬみさほの頼母しく、尋ねて深き中[一六]の郷、九尺[一七]二間の破畳病の床に敷[一八]ものも、薄[一九]き縁しとかこちたる、恨み泪の玉[二〇]のこし捨て貧苦をいとはじと、誓ふ寔の恋[二一]の欲、これぞ流[二二]れの里にある、人の意地とは知られけり　主丹次郎はかほをしかめ　丹「米八その薬を茶碗へついでくんな。胸がどき〳〵するから　よね八はさしぐしで男の髪をと

明治二十年八・九月)に「此の作者のは舌たるく春画体ゆゑ俗受よく、上気しながら読む者多きより、人情本といふ者は此処が本家といふやうに流行(下略)」。→補注一八。

一〇 浅草観音。江戸名所図会の浅草寺の条「鯨鐘　同所(山門の前)にあり、二六時是を撞り」。

一一 底本「已」、今意によって改。昼の四つで、午前十時頃。

一二 枕草子百六十二段「遠くて近きもの、(中略)男女の中」。菊廼井草紙四にも「誠や清女が筆のすさみに」として引用。

一三 清少納言の文章。枕草子をさす。

一四 色恋の本拠。廓や遊女屋をいったもの。

一五 約束。

一六 二人の深い仲と、中の郷を尋ねるとをかけた。

一七 間口二間、奥行九尺の家で、江戸時代最下の裏店の借屋の規格的大きさ。

一八 夜具蒲団。

一九 敷き物が薄いと、かく別れていねばならぬ不幸にめぐり逢うは縁の薄いからの意をかける。

二〇 泪の玉と上からかかる。女の思わざる幸を、諺に「女は氏なくて玉の輿に乗る」という。義にそむく僥幸を願わず。

二一 恋情。

二二 花街。色里。張りと意地をもってなる江戸吉原そだちだけに、米八の意気地というべきであるの意。

かしながら　よね「ヲヤそふかへどふせうねト、びつくりして薬を持來る　丹「何サ何でもねへが　トにつこりわらふ　よね「わりい[一]事をしたねへ　トこれもにつこりわらふ　丹「そりやアそふとアノお長[二]はどふしたのふ　よね「お長さんかヱあの子も寔に苦労しますヨ。それに鬼兵衛どんが、何かおかし[三]らしいそふだから、猶心づかひしてゐるやうすサ。随分わちきも側で気を付てゐますけれども、何をいふにもおまへはんのことを少[四]はかんくつて居る　このかんくるとはすいりやうしてゐるといふぞくごなり　ものだから実にしにくふございまさアな　丹「そふサあれも幼年中からあのよふに育合[五]たから、かはひそふだヨ　トすこしふさぐ　よね「さよふサネ、おさな[六]馴染は格別かわいゝそふだから、御尤でございますヨ　トつんとする　丹「何さ別にかはいゝといふのではねへはな。マアかわいそふだといふことヨ　よね「それだから無理だとは言やアしませんはネ　トすこしめじりをあげてりんきするもかわゆし[七]　丹「まぬけめへ[八]直に腹アたつから、何でも聞れやアしねへ　よね「さよふサ私ア間抜[九]サ。お長さんといふ寔[一〇]にいゝなづけのあるおまへさんに、こんなに苦労するから、間抜の行留り[一一]でありますのサ　丹「よくいろ〳〵なことをいふヨ。そんならどふでも勝手にしろ　トよこをむく　よね「ヲヤおまはんは腹をたゝしつたのかへ　丹「腹をたつてもたゝねへでも、打捨ておくがいゝ　よね「それだつても[一二]アレサおまはんがお長さんのことをかわいゝとお言だから、ツイそふいつたんでありまさアな　丹「ナニおいらがそふいふものか。かわいゝではねへ、かわいそふだと言たん

一　あぶな絵趣味で事後を示す。
二　後に紹介のある本書の中心人物の一(第四齣参照)。
三　変な気持(横恋慕)をいだいているらしい。
四　気をまわしている。丹次郎と米八の仲を疑っている(原注参照)。
五　丹次郎と兄妹同様、即ちいいなづけの仲で、共に大きくなったから。
六　俗に幼時から知りあった男女の夫婦になった仲は、別趣の味わいがあるという。▽女髪結との仲をうたがい、更にお長について嫉妬する。米八の丹次郎への誠は、本書全巻を通じて、嫉妬をめぐって示されている。
七　はげしい米八の気性を示す一動作。
八　人を罵る江戸語。原義に関係しない。
九　間が抜けている者という原義。
一〇　副詞になっているが、歴としたの意。
一一　間抜至極。最上のうかつもの。▽以下の痴話喧嘩も、人情本には必ず出る場である。
一二　▽この所、米八の言葉の長く、句読を切ってないのは、早口で言うを示し、あわてた気持を示したもの。春水は世話講談をもって、高座に上ること度々であって、彼自らの句読には、一々注できないが、その口調が出ているものとして、読むべきである。

だ　よね「ヲヤかわいゝもかわいらしいもかわいそふだも、同じことじやアありませんかへ。そんなら私がわりいから、堪忍しておくんなさいナ　丹「どふでもいゝわな　ト（いはれてもとよりこれをみし[一三]男[一四]はとかく気が[一五]おかれ、あいそづかしもされんかとなみだぐみ）よね「アレサほんとふに私がわりいから、どふぞ堪忍して、機嫌を直してお呉なさいな　ト（おろ／＼する丹次郎はにつこりとわらひ）丹「そんなら堪忍するが、最おそくなるだろふから、おれがことを案じずに、宅へかへつたら、座敷[一六]を大事に勤めなヨ　ト（やさしきことばにむねいつぱい、わづかなことがしみ／＼とかなしくなつたり嬉しきはほれたどうしの恋中也）よね「モウ若旦那おまはんが、そんなにやさしく言て呉さつしやると、また猶のこと皈るのが否になりますアな。急度モウどんなことがあつても変る心を出しておくんなさいますナヨ　丹「何べらぼう[一七]めへ　よね「わちきやア そればつかり、案じられてならないヨ。斯して居さしつてもどふぞ時節は、私のことを思ひ出してお呉なさいヨ　ト（あどけなきこそなをゆかし[一八]）

〽[一九]わすれねばこそ思ひ出さずゆ、とは名妓高尾[二〇]が金言[二一]ながら、互に思ひおもわるゝ、深き中ほど愚智になり、少しはなれて在ときは、もしや我身をわすらるゝ、ことあらんかと幾度か、思ひ過しも恋の癖、其身にならねばなか／＼に他目に見てはいとゞしく、阿房らしくも[二二]馬鹿らしく、笑ふ[二三]は実に恋しらず哀れも知らぬ人といふべし

丹[二四]「おもひ出す所か、わすれる間があるものか　よね「それでもアノお長さんのことを

一三「これをみし」の字、後刷によった。底本「こ」「を」の二字が何とも読みがたい。「ほれこみし」の誤刻か。
一四 男にはの意。
一五 遠慮が出て。
一六 客席に出てのつとめ。吉原の娼家では、芸者を呼び宴会をする部屋を座敷と称した。
一七 馬鹿め。ここでは人を軽くたしなめ、罵る場合の江戸語。語源については嬉遊笑覧などに詳しい。
一八 心が引かれる。
一九 一話一言所収の「遊女三浦屋高尾ふみ」に「けさの御わかれなみのうへの御帰路御やかたの御しゆびいかゞ御あんじ申候わすれねばこそおもひ出さずかしく　高尾　千里さま」。甲子夜話は千里を仙台侯伊達綱宗とする俗説を否定し、「此等の文書総て誤聞なり」。隆達小歌にすでに「(前略)思ひ出さぬよ忘れねば」(閑吟集にも似た句あり)とある。
二〇 吉原三浦屋の太夫の名。代々あった。綱宗との噂があるのはその二代目(北里見聞録参照)。
二一 格言。
二二「阿房らしくも」にかかる。
二三 馬鹿らしいが、それを笑う人はの意。
二四 先出の高尾の文の文句による。

思ひ出しちやア否だヨ　トおとこの顔をみる　丹「ばかばかり言てゐずとも皈る支度をしなゝ　よね「何の支たくがありますものか。着物を端折ばかりだはネ。それじやア最何も用はありませんかへ。アノネ私がまた來るまで、不自由なものがあるならどふかして、使をよこしてお呉なさいヨ。是非わちきやア住かへする心だから、そふなるとまたどふでも出來るから案じずに御在なさいヨ。少しは胸に法[一]もありますヨ　トいひながらそこいらをかたづける　丹「また[二]めつたな業を仕出來して、後[三]へも前へも行ねへよふなことをしてくれるなヨ　よね「ナニサおあんじなさんなよ。どふも時節[四]じせつで心にもねへ悪法[五]も、おまはんゆゐなら身[六]を粉にしても　丹「米八やいゝ咄しを聞して呉なヨ　よね八はたちかゝりしがまたすはり　よね「おまはんナゼそんな顔をしてお呉なはるのだへ　○[七]さんといふをはんといひ、さるといふをはるといふすべてかたことはさつしたまへ　わちきやア猶心が殘つて皈られないはねへ　トなく　丹「なんだか心ぼそくなつてどふも皈[八]しともねへようだが、どふしても皈らざアなるめへのウ　トいはれて見ればよね八もしんそこほれた男の心おもひやるほどいたわしく　よね「いツそのことにこれから直[九]に　丹「ナニ〳〵それじやアわりい。そふすると鬼兵へがなか〳〵すべよく[一〇]、くらがへ[一一]をさせるこつちやアねへ。サア〳〵機嫌よくして皈んなヨ。ヨ米八　よね「そふさねへ。[一二]どんなことでかおまはんに難義をかける[一三]　よふなことになつちやアわりいから、氣[一四]を鬼にして皈りませう　丹「そふよなんでも[一五]すべ

一 胸中に方法も考えている。▽次の齣に出る方法の伏線をなす一句。
二 途方もないこと。
三 動きのとれないようなこと。▽第五齣にある、藤兵衛と米八との関係にいたる伏線。
四 時運のめぐり合せで。その時々に応じて。
五 悪辣な方法も仕方がない。菊廼井草紙一「悪法かいて三十両ばかりの、代物を引たのだから」。
六 どんな苦労もいとわないの意。
七 訛。ここは吉原芸者の言葉つかいをさす。
八 帰したくないの意。
九 今の抱主にことわらずに、このまま仕替えをすることをいう。
一〇 此方の手際がよくの意。反対に、鬼兵衛としては、おいそれと簡単に、と意訳できる。
一一 前出(五〇頁)の「住かへ」と同義。
一二 まかり間違って。
一三 底本も後刷も、ここ二字分空白になっている。そのままにした。
一四 気丈にして。
一五 手際よく。簡単に。

よく出るならよし、無理なことをして手めへの身に、[一六]どんなことでもあつた時は、なを〳〵おいらがちからがねへから、どふぞおれを思つて呉るなら、[一七]ひどい[一八]胴居はちかごろはらをすへてぜんあくともいちづにすることをどきやうといふいと〳〵[一九]はしたなければつかふべからずしねへがいヽヨ　よね「アイ私だつておまはんの爲にすることだから、どふなつてもとはいふものヽ、二人が身にとつて末のつまらない動居はしやアしませんから、案じずにちつとも早く能なつておくんなさいヨ。そんなら私きやア最行ますヨ　トしほ〳〵として立あがりしがしがみついて[二〇]しげしげと皃をながめ　よね「急度でございますヨ　丹「何を急度だ　よね「[二一]ほかの氣を出すといやだと申(す)ことサ　丹「ムヽヨ承知だからモウ道よりをしねへで皈んなヨ　よね「ナニ途中寄をする所がありますものか　丹「そして先剋の手紙を手めへ裏前へ頼んでやるのじやアねへか。だれにかおれが頼んでやらふ　よね「アイそふだツけネ夫じやアそふして

一六　不都合な。つまらない。
一七　底本「ひとい」。濁に改。
一八　度胸のあて字。次に「動居」とある。梅美婦祢六に「性根」などの字をあてる。
一九　不行儀な。
二〇　底本「しけじけ」。意によって改。
二一　外の女に浮気すると。

お呉なさいョ。よく氣が付て呉さしツたね　トあがつて來てふみをわたす　○下されしといふをくれさツしやるくれさしツたのたぐひこれみな里のことばくせなり　よね「いつまで居ても限りはねへから、もふ思ひきつて往ませう　トあがり口へおりてはきものをはく丹次郎はおくりいでゝ　丹「ア、コウ米八　よね「アイ　丹「なにか[二]まだ用があるやうだツけ。イヤいゝ〳〵急で行なョ　よね「アイそんなら　トなごりおしげにいでゝゆくそのうしろかげを丹次郎は見おくりながらひとりごと　丹「かわいそふにあんなに苦労させるのも、何の因果だらう、トなみだほろり　ア、モウ〳〵ふさぐめへ〳〵　トふとんの上にすはりしが　ホイこれはしたり頭巾をわすれて行た。ア、こまるだらふ。まだ遠くはいくめへ。ア、おれが欠[三]ていかれる身だといゝがじれツてへ　ト頭きんを手にもつてうろ〳〵してゐる　よね「若旦那へ　丹「ヲイ米八か　よね「私きやア頭巾を落して　丹「いまおゐらもそふ思つてまごついて居る所だ　ト頭きんを手にわたし　何所までいつた　よね「なんだか武家地[四]のよふな所まで往たけれど何[五]そして頭巾はなくツてもいゝけれども　丹「いゝけれどもどふした　よね「また鳥渡皈りたくなつたものを　丹次郎はうれしそふにつこりわらひ　丹「そんならいゝからはやく皈んなョ　よね「こんどこそ実に皈るョ　トおもひきつて出て行うしろかげを見おくりてこゝろのうちに　丹「ア、憎[六]くねへやつだ　トしやうじをぴつしやりとしめためいきをつくおりからひるあきんどのこゑ
あきうど〽豆腐ウ引イ
嗟愚智なるに似たれども、またその人の身にとりては、他に知られぬ恋の道、此

一　ここは吉原をさす。

二　▽男のわかれをおしむ未練気と、思い切った気持を示す。この辺、甚だくどくして、作品としてはよさを欠く如くであるが、年少にして文学に遠い読者を予想しての書きざまである。本書後編跋「兎角当世の姫殿達の翫弄に具ふもの色情の草紙に非して何歟右に出ずなん」。

三　駈のあて字。菊廼井草紙四にも「欠出して」。▽世をしのんで隠れている境遇だから、外へ出られない意。

四　中の郷から吉原への帰路、吾妻橋に近くなると武家屋敷が多い(天保十四年地図等)。

五　この「何」の上下に「、」のあるべき所。ここも早口でいう所と知るべし。

六　▽人情本一流の嫌味である。歌舞伎などの誇張表現に学んだのであろうが、また時代色を示している。

おもむきにはかはるとも実は同じ男女の情、色[七]は思案の外とはいへど、物[八]の哀れをこれよりぞ、しらば邪見[九]の匹夫をして、心をやわらぐ一助とならんか。

[一〇]老婆心人

[一一]狂訓筆記

春色梅ご与美巻の一了

七 恋情は常識では律しがたしの意の諺。

八 長秋詠藻(藤原俊成)「恋せずば人は心もなからまし物のあはれも是よりぞしる」。

九 古今集序「目に見えぬ鬼神をもあはれと思はせ、男女の中をも和らげ」による。

一〇 老婆の心をもって、青年男女を教訓するの意で、春水自らのこと。第十八齣の末を参照。春告鳥五「それ人情を察することいと〳〵難き所為なれども、右にしるすごとき愚痴なることをも、其身になりてはさぞあらんと、よく〳〵察して哀れを知り、他人のことにてもよそ〳〵しく閣捨ず、情をかけるを人情のおもむきを知る人といふべし。されど恋路をせぬ人の心に、これを読ときは、何でこのくらゐなことがおもしろいか、悲しくもなければ、哀れでもなしといふべし、色をも香をも知る人ぞ知るとおもひながらも、愚智のぐちたるを記せば、世間の衆徒の口やかましきを防がん為に、愚なる分解をこゝにいふのみ」。

一一 狂訓亭。また春水自らの号。

春色梅ご与美巻之二

江戸　狂訓亭主人作

第三齣

[一]九年なに苦界十年花衣、さとつて見れば面白き、[二]色の浮世の其中に、[三]色を集へし[四]一廓、盛久しきこの里に、唐琴屋とか聞えしは、いと[五]賑はしき家なりしが、主夫婦死去て、[六]血筋の娘阿長とて、今年十五の形容艶されど両親あらざれば、鬼兵衛といへる[七]後見が、心よからぬ動止も、[八]親類縁者あらぬゆゑ、只[九]本店の持同前、その本家へは彼鬼兵衛が、如才なく機嫌をとり、なに事も深切めかして勤めおき、今は唐琴屋のあるじのごとく、萬事に[一〇]我意を行へど、[一一]首をおさゆる人もなく、女郎藝者に[一二]発明なる者はあれども、金に[一三]かはれし身ゆゑ、後見も主人に同じ鬼兵衛には、流石たてつく者もなく、只先主人のありし日を、言出してはつぶやくのみまた詮方もなかりしとぞ。斯て此家のおゐらんに、此糸と称[一四]お職あり、年まだ若き身ながらも、萬に付て抜目なく、[一五]内外の者の

一 女達摩を詠んだ稲津祇空の句。達摩は九年面壁の業というが、遊女の勤はいわゆる苦界十年の年期、身には花の如き美服をまとっても、日々は業の如し。達摩以上に悟れるべきかの意。↓補注一九。二 女色を好むこの世の中に。浮世は、苦界に応じて仏語を用いた。三 美色(美人)をえりぬいて集めた。四 それとなく舞台をとった吉原をさす。「盛久しき」も、長く繁栄した公娼街をさしていったもの。

五 繁昌の。▽ここに至って、前出の人々や人物の背景を説明している。前述の如く春水の一特色。

六 血統の続く。本当の娘の意。▽しかるにあとで、誉田次郎近常の娘としているは矛盾する。構成の破綻であるが、構成のきびしくないも春水の一風である(二三七頁参照)。

七 召使で、幼主のかわりに、家政を見るもの。八 悪い所作を「知る者」と「親類」をかけてある。

九 本店(ほんてん)。支配人が本店から派遣されている形になったこと。が実は、本家と分家の唐琴屋と世帯は別なのである。一〇 自分の気ままに振舞うが。

一一 叱る。一二 賢明。一三 「買はれし」。

一四 前出(五二頁)。

一五 家内の者や外来者の評判(思う所)。

一六 吉原で客を娼家に案内する業者。↓補注二〇。一七 隅田川水上交通の舟を仕立てる業者。ただしここは、山谷堀にあり、吉原の引手茶屋をかねるをさす。↓補注二〇。

思はくは、いふも更なり茶屋[16]舩宿[17]、お針[18]が三[19]の和の噂にも、賞る花美好されぱとて、[20]はすはにあらぬしとやかさは[21]是にもはぢぬ[22]とり廻し、艶色[23]は里の指折にて、殊にやさしき真情しりなり。頃しも春の梅[24]ごよみ、れ[25]んじに開く鉢植の、花の香かほる風寒み、身に染紋日[26]物日[27]さへ、春は殊更やるせなき、今日ぞ跡着[28]の着[29]染初と、賑ふ時も巳[30]の剋を、過てまつたく起揃ふ、軒に呼こむ朝[31]日紅、色[32]の街ぞゆかしけれ。爰におゐらん此糸が、座敷のうちにひそ〳〵と、呫くものは内[33]藝者、彼米八と称ものなり　よね「モシヱおゐらん私きやアもふ、おまはんのことは死でもわすれやアしませんョ　トなきながらいふ　此いと「アレサ此子はョ、そんなに泣てひよつとだれぞ來るとわりいョ。今みんな湯[34]に徃たから早く顔を直して下へ行なョ。何もあんじる事はねへョ。そして他[35]にさとられなさんなョ　よね「寔に〳〵ありがたふしかし藤さんが少しの内も他人にいはれさつしやるのが私きのよふなもので、寔に面目なふございますねへ　此いと「ナニサそれもあのとふりの氣性の藤さんだから、見かけて頼んだわけだもの、それをいとつてゐちやア出來ねへ世話だものを。能はなョ、マア〳〵お[36]いらに任しておきなョ。何にしても今夜また、文をやつて呼[37]たいもんだが、トはなしのうちらうかをしづかにばた〳〵　よね「ヲヤお長さんの足音じやアありませんかねへ　此いと「そふサ早く下へ徃なゝ。わるい顔をしなさんなョ　トいふ所へしやうじをそつとあけながら此家の娘お長　長「おゐらんお[38]座敷かへ　トつぎのまへはいる　此「ア、ざ[39]しきざんすョ

一八 裁縫女。吉原では通いお針とて、箕輪方面から通って来る習慣があった。
一九 箕輪にあたる。吉原の北方。今の台東区三ノ輪町辺一帯。
二〇 行儀がふしだらなこと。
二一 入山形に星二つ。吉原細見の符号で、「よびだし新造附　金壱両壱分」と記され、最高の妓品。
二二 処置振舞。
二三 器量のよさ。
二四 梅暦(ばいれき)。梅の咲くによって春来を知ること。
二五 櫺子窓においた梅の鉢植。
二六・二七 二者同じもの。廓の祭日。月に数回あり、この日は必ず客を取る習いで、人出で賑わった。北里見聞録に詳しい。上から「風が寒くて身にしむもので」と続く。
二八 百安楚飛(安永八)「三日(正月)よりは傾城も禿もつゐの小袖、客よりのものずきにて、金銀をちりばめ、もよふの趣向をあらそひ、我おとらじと着かざる、是を跡着小袖といふ也」。正月早々抱主の出す仕着せに対しての称。
二九 新春着物を着始めの祝。
三〇 原本「已」。意によって改。午前十時頃。
三一 紅の一種。朝の日の軒にさしこむ意もかねる。
三二 花柳街。色町。
三三 前出(五二頁)。
三四 入湯。吉原十二時の巳時の条「あそびどももおき出て、(中略)さてゆぶねにいりびたりて」。
三五 かんばしからぬ評判をたてられる。
三六 仲間うちの一人称。
三七 「藤さん」をである。
三八・三九 座敷持格の妓は本間または座敷というのと、次の間という控と専用の二間を持っていた。

一 座敷とあるのと同じ。
二 上に促音をともなう時の表記。式亭三馬が盛んに用いて以後、滑稽本・人情本の作者など使用する。
三 無愛想に。じゃけんに。
四 怒った顔付で。
五 原本「心ゔな」と見える。意により改。
六 勝手なことを言う。
七 大したことではなくて。

＊挿絵詞書「唐琴屋(からことや)の全盛(ぜんせい) 此糸(このいと)米八(よねはち)をあはれむ」。「あらはるゝもとはなじみの園(その)の梅(め)かぎつけられし袖(そで)のうつり香(が)　八橋舎主人」。袖香のうつり香がしていたので、馴染の女のあることがわかった意を梅の香にかけた詠。作者は前出(四五頁)。

八 後刷に「ひと」と振仮名がある。
九 争いをする。
一〇「しんぞうしゅう」の訛。姉女郎について、見習い又は手伝いをする女郎。普通は年若く、振袖など着ているので振袖新造などいうが、年ゆきで、つきそう上位の女郎の世話をする番頭新造と称するものもある。
一一「ございませんか」の里訛。
一二 馬鹿。
一三「ござんす」の略。がこんな所では、「居るんざんさアな」と用いて、「で」は不要。春水の「妓院に疎し」という所以である。

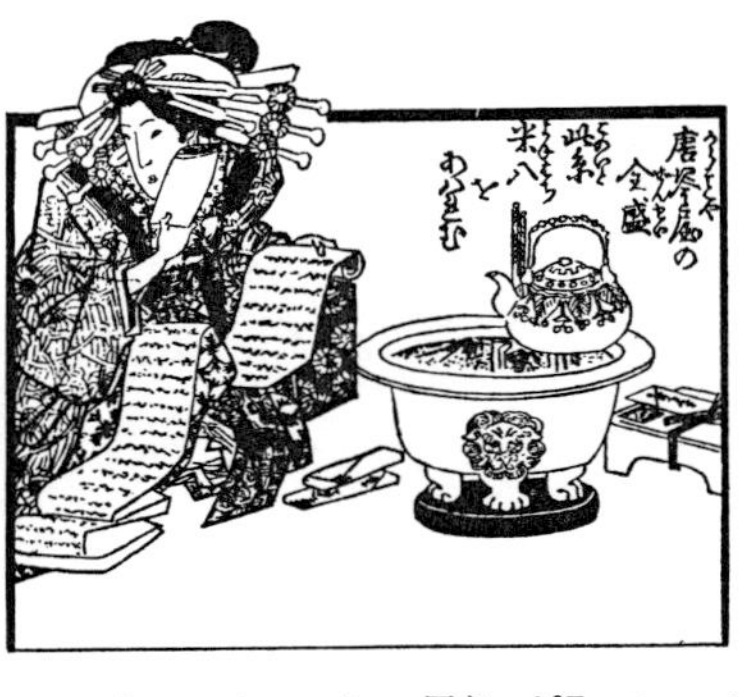

お長さんかへ　長「ハイ　ト立(つ)てゐる　此「本間[一]へお這入(り)なんしなへ　トいひながらかほのいろをかへよね八にむかひ　これサ米八[二]ざん今の通りだから、どふぞお氣の毒ながらそふ思つておくんなんし　ト[三]けんどんに[四]ふくれていふによね八も[五]心ニうなづきこれもけんどんによね「アレサ私のしたこつて有ます物を、ずいぶんそふ思ひますのサ　トいひながらついとたつてらうかへ出てゆく。引ちがへてお長は本間へはいる　此「[六]口のへらねへ藝者だヨウ　トくやしそふにいふ　長「おゐらんなんでございますヱ　此「ナアニ[七]ちつとしたこツて　長「おゐらんが腹をおたちなさることだからよく〳〵なことでございませう　此「何外のことならわちきやアもふ、成ツたけ[八]他と[九]顔をあかめ合まいと思つて、藝者だらふが新造衆[一〇]だらふが、余ぽど氣をつけてやりまはアな。いかなこツてもあきれたぢやアおざんせん[一一]か　長「どふしたんでございますヱ　此「私きをばまるで[一二]こけにして居るんでざんさアな[一三]　お長はとしはもゆかざれどおさなきときより[一四]そのなかにすめばそれぞとすいりやうし

長「米八ざんは日頃男ぎらひだの堅いのと、他がいつてゐるじやアありませんかへ　此「男ぎらひだか、男好だか知れやアしませんは。私きやアまた先の出よふで是ばつかりは打捨て置やアしませんは。彼奴を出すか私きが出るか、二ツ一ツ方をつけなくつちやア悔しうざんす。鬼兵衛どんが言事を聞て呉ねへと、内所へ長座てやりますョ、ト　はらたゝしくいふ。是すなわちよね八といひあはして、このおゐらんの客人藤といふものとよね八と、いろをせしおもむきをこしらへそれを此糸がやかましくいひ出して、よね八をやすく〳〵とくらがへさせ、かいの中のがうなる丹次郎は、もとこのいゑのあとをもとるべきものなりしを、両親なくなりてのち、借金おほく、しんしやうたちがたきところ、またよふしにやりてまづ家とくもなきほどなればとて、かり方をおしつけ、鬼兵へといへるが後見して、はゞをなし、丹次郎はひかげの身となり、こんきうのやうすをきゝ氣のどくにおもひ、このおゐらんが心は、古主を米八にみつがせんとおもふ、義理となさけのこんたんにて、いとたのもしき手くだなり。お長はそれまでとはしらず、わがいひなづけせし丹次郎と米八と、わけのありしことをかねてさつし、すこしはやきもち心もあればよね八をにくみいゝきみとおもふゆゑ　長「ヲヤそふでございますかへ。知れないもんでありますね。そりやアそふと話にうかれて、藥をあげもふさなんだ。おゐらん湯呑へつぎませうかへ　ト　くすりをつぎしたへおいて　長「おゐらんへ、今のよふにお言だがね、私はおまへが内所へすわつたり何かすると寔にこまるから、どふぞ左様しなひで世話をしておくんなさいョ。ひよつとおまへがそふいふことだと、私しやア心ぼそひョ　ト　ほろりとこぼすなみだのしづく、両おやこの世にあるならば家にかゝへし奉公人、なに手をさげてたのまれう。およそおさなきおりからにおやにはなれてそだつほど、かなしきものゝあるべきかと、わかりし心におゐらんは、ひとしほふびんとなみだぐみ　此「ほんにおまはんはかわいそふだね。斯して居さしつてもおかみさんが達者な時の姿はちつともなし、禿同前の形をして此様

一四 いわゆる「色の楽屋」に住む故。
一五 米八をさす。
一六 前出(五〇頁)の「内証」に同じ。
一七 じっくりと談判するの意。
一八 相続する。
一九 世帯を持ちつづけにくい。
二〇 一度養子に来た男を、そこからまた他に養子に出すこと。
二一 後刷「かとく」。
二二 債権者を無理に承知させ。後刷「おしかけ」とあって、意が通じない。
二三 威勢をふるい。
二四 世間へ面を出せない境遇。前に説明があった。
二五 計略。義理と情義を考えてのはからい。
二六 人をあざむく方法。
二七 恋愛的交渉。
二八 此糸がお長から頼まれることがない。▽この辺、お長の、まだ年少なのを示すとともに、温順な性質、それは米八の性質に相対するものを示している。
二九 情理をよく解する心。
三〇 童形にして、姉女郎の小間使いをして見習う少女。誹諧通言「昼三座敷持の遣ひものにて、いづれも廓になれて発明也」。

に[一]二階へ薬を持て來さつしやるのを見ても泪のたねでおツすト○お長を膝に引寄て、思はず泪にむせかへる、真[二]の歎きは傾城[三]の、やさしき鑑となりぬべし。作者此草稿しるす時しも、菊[四]月初の七日の夜、丑[五]満の頃になん、はじめて厂の告[六]るを聞て

かくばかりやさしき君がたまくら[七]にことづてやらんはつ厂のふみ

これはさておき彼お長は、此糸がいとやさしき言葉に、わアつ　トこゑをたて身をふるわせしがかほをあげ　長「おゐらんヱおまへさんがそんなに言てお呉なさると私はモウ、母人でゞもあるよふに思はれてかなしいヨ　トまたとりすがるひざのうへ肩[八]ぬひあげのみはゞ[九]さへせまき娘のこゝろねを、さつしてみれば此いとがなほいとしさもいやまさり　此「わたしも何の因果だか一人ならず二[一〇]人まで、倦まで世話をしてやらずは　長「ヱ一人ならず

二人とはヱ　此「ヱ何サおまへさんも若旦那をもサト いひまぎらして泪をふき　そして此ごろは下[一一]のは 下のとはこうけんの鬼兵へがことなり 機嫌がよふおざんすかへ　長「ナニ私しやア寔にこまりますヨ。いふ[一二]ことをきくのは否、聞ないければあの

一 遊女たちをさす。彼女らの専用の部屋・座敷は二階をしめていたからいう。二 娼女元来いつわりの涙が多いが、ここは真実。
三 吉原の娼女を限っていう場合があるが、ここも吉原遊女の典型の意。
四 旧暦九月の異称。
五 丑の刻の真中の意。午前二時頃。
六 初雁の飛んで鳴くこと。
七 手枕は、うたたねの腕枕。雁と文(書状)は蘇武の故事で古来の縁語。歌意は、こんなやさしい傾城の物思い寝のうたたねのもとに、初雁に託して文をやろう。▽作中に、かかる形で作者の登場するのも春水の一作風で、読者に親近性をいだかせる効果がある。
八 肩上げ。子供の上着のゆきを、肩の辺でせまく縫ってある部分。
九 着物のみごろの幅。子供の着物はせまい。肩上げのある子供作りの衣服は身幅もせまい如く、娘心の気も小さく。一〇 前出の米八とこのお長と二人。

*挿絵詞書「鶯(うぐひす)の月日(つき)かぞへて飛梅(とびうめ)のこゝろつくしを逢(あ)ふていはばや　八橋舎」。鶯は月星日(三光)を囀るといわれるので、「月日かぞへ」とかかる。鶯と梅は縁。飛梅は、菅公の詠に都から筑紫に飛んで行ったという故事の梅で、太宰府安楽寺にある遺跡。「つくし」とは縁。歌意は、月日かぞえる長い間の心づくしを、逢って言いたいものだ。お長の心意気にあたる。作者は

通り、いじめて朝晩やかましく、マアどふしたらよからふねへ。それにつけてもお兄イさんは これ丹次郎がことにして心におつと丶おもへどもいつしよにそだちことにはづかしければ兄といへり 何所にどふして御在なさるか。こんなに私がつらい思ひをするとはちつとも知らずにおいでだらふ ト はをくひしばるくやしさを[一三][一四]なみだのほかにすべもなし 此「ナニサお案事[一五]でない。どふかして法[一六]をかいて ト 言かけてなほ小ごゑになり 爰を身抜[一七]をさせもふす、手段もまたありませうはネ。かならずきな〳〵思はずに、ずいぶん今の内は機嫌よく用を足[一八]なんしョ。座敷[一九]のものが今湯から上ツて來るとわるふざんすから、早く下へ、徃なんしョ。かならず案事なんすなヱ 長「ハイおありがたふ夫じやア下へ徃ますョ ト たつて次の間[二〇]へ出る。らうかをばた〳〵かけくるかむろしやうじをあけて 禿「ヲヤお長さん今下、の方でたいそふ呼でいますョ。はやく裏階子[二一]から下りてお出なまし。アノ意地悪根性[二二]がおそろしい皃をしておまはんを呼ますは。顔[二三]が憎いョ 此「しげりや[二四]なんだ[二五]其口は。お長さん早く下へ徃なんしョ。何もこわいことはおざんせんはネ ト いへどお長はおど〳〵とけらいにひとしき鬼兵へをおそれこわがるふぜいのいぢらしく、そばで見るめも口おしけれ しげりや一連[二六]に付て徃て見て來や。小言が出るとわりいのふ 長「おゐらんしかられたら來てお呉なんしョ ト おろ〳〵泪にしたへゆく 此「かわいそふにいぢらしい[二七]子だのふ。ほんに米八[二八]ざんもあの子も、どつちをどふともいはれねへから二人[二九]ともにこんなに苦労してやるといふのも、何の因縁やら ト ひとりごとをいひながらほつとためいきをつく。おりから番[三〇]しんしやうじをあけて ばんしん「ながい湯ざましたろふネ 此糸はにつこりわらひながら 此「アイサ相應にながふ[三一]ざんしたネ。おまはん今

前出(四五頁)。
一一 前出の内証(五〇頁)は階下にあるので、二階にいる遊女たちが、下と呼ぶ。ここはその内証の主をさす。
一二 前出の如く鬼兵衛の横恋慕をさす。
一三 「も」の誤刻か。
一四 泣くよりほかに方法もない。
一五 「案じ」のあて字。心配なさるな。応喜名久舎二「誠にお案事申て居ますョ」。 一六 方法をこうじて。
一七 苦しい境遇や人的関係からぬけ出ること。
一八 「なさいよ」の訛。
一九 座敷持についている禿・新造などをさす。
二〇 座敷につづく控の間。
二一 正面よりの大きな階子に対し、裏側にあるせまい、主に家人の用いる階子。
二二 鬼兵衛をさす。
二三 顔を見るも憎い。
二四 禿の名。
二五 言葉づかいの悪いをとがめた言葉。
二六 一緒のあて字。
二七 底本・後刷みな「いち」。意によって改。
二八 底本「さ」。他例にならい改。
二九 ▽作者の気持を示した語でもある。
三〇 番頭新造の略。吉原の遊廓で、主においらんの世話掛りとしてついている新造級の女郎。名は新造でも年増のものもあった。
三一 底本「さ」。意によって改。

あがつて來るとき、下でなんぞまた小言が出やアしましなんだかへ　ばん「イヽヱ氣が付ませんョ　ト　いふところへ禿かけて來て　禿「アノウおゐらんヱ、又ネあの意地わるがおこりましたから、早くいつておあげなましヱ　此「そふかどふもこまるョ　ト　うはぞうりをはきらうかへいでる　ばん「またお長さんのことざますか。かわいそふにさぞくやしからふ　此「それだから私もちつとは力になつてやるんざんすはネ　ト　いでゝゆくばんしんはかんざしでゆあがりのつむりをかきながら　ばん「しげりや、書附をとつて來や。そしての夕ア書て置しツた、藤さんの文を巴屋へちよつと持て往て來やョ。そして金曾木の柏屋が來たら、翁草の後篇と、拾遺の玉川を持て來なと、そふいふのだョ。ドレおゐらんの來さツしやらねへうち　ト　いひながら茶ほうじを出して茶をいれる

作者曰この草紙は米八お長等が人情を述るを專らとすれば、青樓の穿を記さず。元來予は妓院に疎し。依て唯そのおもむきを畧すのみ。必しも洒落本とおなじく評し給ふことなかれ。且筆のついでに申す。此一條お長が苦心のくやしきを見て、父母のことを大事になし、必ずしも仰にそむき給ふな。豈世の中只此お長に限らんや。父母にはやくはなれし人は、他人の爲に恥しめられ、いぢめらるゝことこれにまされる人もあらん。成長まで父母の此世に在ぞ千金にもましていとありがたきことと尊み給へかし。

あるときはありのすさみにつらかりしなくてぞいまは人のこひしき

一 底本「そ」。意によって改。二 吉原遊里の台の物屋(仕出料理屋)で、日々の献立を書いた表。各家から出、遊女はこの書付を見て、注文する。三 おいらんが書いた馴染客藤さんへの書状。▽「藤さん」とは後出の藤兵衛で、この文に、米八が鞍替のための方法が相談してあると知るべきである。四 藤兵衛を常に案内する茶屋の名。仲之町通りに「ともへや伝介、同伊兵衛」が見える(文政三年吉原細見)。遊女の文は茶屋を通じて客へ届けるのが普通である。五 金杉のかえ名。下谷金杉町。上・中・下の三町にわたる。今の台東区金杉一、二丁目・上町・下町。六 貸本屋の名。吉原へは金杉辺の貸本屋が出入したのであろう。七 人情本の重陽嘉言応喜名久舎の後編。天保三年狂訓亭主人(春水)補綴で連玉堂より刊。中本三冊。八 人情本の松月露談拾遺の玉川。春水の作で文政十二年刊。中本六冊。文政八年よりこの年に至って完結した玉川日記の拾遺。▽貸本で自作を読む場を出して宣伝するも、春水の常套。九 人情の語は新風として、文政の末から春水の口にするところ。底本、下の「専」の振仮名「もつはら」。濁に改。一〇 吉原の妓楼。一一 実況実情の表裏を穿鑿して、諷すること。→補注二一。一二 遊女屋。一三 略述するのみ。一四 明和頃からおこり、寛政頃まで主に江戸で流行した小説の一体。悉く遊里のうがちをこととした。▽春水は洒落本と人情本との違いをしばしばいう。→補

注二二。 一五 ▽老婆心と称して、年少の子女に教訓勧懲を説くのも彼の一癖。ただし、この一文は、みずからの作吾嬬の春雨第九回に用いる所と重出。

＊挿絵詞書「我(が)恋(こ)は旅(たび)の行手(ゆくて)のなが縄手(なはて)はてしなきてふもの思ふかな」。自分の恋は、旅の先に長い畷道が続いている如く、物思いにきりがない。▽後の章に照合すれば、お長が丹次郎への思慕をいだき、吉原をぬけ出して旅ゆく情をこの一詠に託して、他は省略したのである。

一六 底本の振仮名「ちゝのこかね」。濁に改。 一七 源氏奥入「ある時はありのすさびに憎かりきなくてぞ人は恋しかりける」の転。生前はそれに慣れてつらく思ったこともあるが、死没の今は、その人がしきりに恋しいとの歌意。 一八 街道の宿場で、助郷の代りに使った交通人足。主に駕籠をかくが、無頼漢が多くて、旅人を苦しめた。 一九 江戸民間の辻駕籠に専ら用いたもの。竹を組んで柱とし、竹であんで座とし、たれをかけた製。 二〇「おむすめ」の略。 二一 相模の国。東海道より東へ入り東京湾ぞいの景勝地。今の横浜市金沢区。 二二 駕籠の片棒をかく仲間。 二三 駕籠かきのつく杖。ここは同じ立てるもので、一物をきかせた。 二四 春情をもよおした。 二五 距離の長い宿場間。転じて長距離の仕事の区間。 二六 駕籠かきの小休止。 二七 住職のい

第四齣

雲介ども四五人よつて駕を取巻 くも「サア〳〵お娘や出なせへ〳〵 かごのうちより むすめのこゑにて 娘「ハイ〳〵大きに御苦労でありがたふ。そんなら爰が金澤の くも「サアその金沢へはまだ一里、金沢よりか金になる、おめへの艶色に棒組も、仲間の奴等も息杖に、気をもたせたる永丁場、息つぎなしにいそひだは 棒ぐみ「みないひあわした信切仲間、さいわひ此所は同樂寺といふ、無住のあき寺、お娘を正坐に取まいて、念佛講をはじめるつもり、何と憎くもあるめへが くも「サア〳〵お駕籠を出なせへ〳〵 トかごのすだれをはねあげられおろ〳〵したるひとりのむすめ 娘「ヱ、そんならこゝはお寺じやとへ。そしてマアこんな淋しい墓原で念仏講とやらお言だけれど、私が坊さんではあるまいし、どふして正坐にお念佛が くも「となへられぬといふことか。さツても野暮なおぼこ娘、此節そんな世間見ず、わかりのわりい子があるものか。みんながおめへを相手にして、百

万遍を勤るのだ。サア〳〵早く出なせへ〳〵ト引出されてなき聲に　娘「それでもわたしはこのくらがり、こわくつて〳〵なりません。百万べんをなさるなら、私を金沢の親類へ送つて跡でゆるりツと　棒ぐみ「どふで直に抱れて寐よふといはれるよふな好男は、一人も見へねへこの仲間　くも「さふよ〳〵、いづれにしても泣せる仕業[一]、邪广のねへうち少もはやく　棒ぐみ「泣せるならば本堂へ。サア天井持[二]にかついだ〳〵、ト四五人よつてぶる〳〵と、ふるへる娘の手をとれば　娘「アアレどふぞ堪忍して下さいまし。年もゆかいで高慢[三]なと、なを憎しみもありませふが、私はいゝなづけのお方の爲に、神さん[四]へ願をかけ、弁天さまへ立もの[五]して、男の手にもさはるまひ、三年の内は恋しひ人に、めぐり逢ても一所へは寄ますまいからどふぞして、尋ねあはしてくださいましと、誓ひをたてゝ深いねがひ。どふやら私を手ごめ[六]にして、なぐさみ[七]でもなさるやふす、どふぞ後生でござゐます。堪忍してお呉なさいヨ　くも「なるほどなア　そふ聞て見りやアかわいそふに、こまツちやくれた[八]姿をしても、まだやう〳〵に十四か十五、花も咲たかさかねへ生娘、しかしそれだけなを執心　●「それ〳〵宿場[九]〳〵の飯盛[一〇]さへ、杓子[一一]あたりのわりい此方等、此様なことでもねへ日には、無塩[一二]のお娘の手[一三]いらずを　▲「賞翫などゝは此するゐにまたあらふとも思はれねへ。サア〳〵本堂へ引ぱれ〳〵ト、たちかゝられて身を縮め、歯の根も合ぬふるへ聲　娘「モシ〳〵どふぞ此中[一四]できのいゝ

ないこと。二八 正面の席。二九 講を結んで集合、大きな数珠をもって輪形に座し、百万遍の念仏を唱えて、往生安楽を願う仏事。ここでは輪姦の隠語。娘は仏事とのみ考えている。三〇 世間知らず。見聞少く、ひらけぬ者。三一 念仏講に同じ。

一 悲しく泣かなければことが収まらぬ所業。房事中嬌声を発するをもかけていう。
二 手足を高くかつぎ上げて、数人ではこぶこと。
三 生意気な。
四 浅草寺中の銭瓶弁財天。江戸名所図会「山門の前、右の方、池の中島小山の上にあり。世に老女弁財天と唱ふ。神躰は慈覚大師の作といへり」。応喜名久舎一には老女弁天前の図があり、「七日の塩断で弁天さまへ願かけに水をあびて」とある。
五 断物のあて字。神仏へ祈願の誠意を示す業の一として、食物やその一部、塩・茶の如きを一定期間とらぬこと。
六 暴力で他人を自由にすること。花柳界などに多い習慣。
七 玩弄する。菊廼井草紙八「淫(なぐさん)だそのうへで」。
八 こましゃくれた。ませた。
九 江戸時代、幕府の諸街道に定めた交通の要地。問屋場・宿役人・本陣・旅籠屋などあって繁昌した。宿。宿駅。
一〇 宿場の旅籠屋で、公許によってお

いた給仕女兼娼女。享保以後一軒に二名の割で許されたが、特例もあり、実際はそれ以上であった(石井良助著続江戸時代漫筆)。
一一 サービス。飯盛の縁語。
一二 塩のしてない魚類の意で、ここは純粋・きっすいなどの意。
一三 生処女。
一四 「きのいゝ」四字は、底本にすでに補刻による校正である。後刷はこの辺改刻で、底本にあった濁点もなく、この四字「きのつく」と改。
一五 涙が顔にあふれて、露の玉の如くである。
一六 月を朧にしていた雲。
*挿絵詞書「香(か)は袖(そで)に有けるものを梅(め)が枝(え)にさし出(だ)す手もとはらふ春風(はるかぜ) 八橋舎調」。歌意は、梅が香は匂よく袖にやどっているのに、さらに枝を手折らんとすると、とがめるように春風がその手もとをはらって吹く。処女をおかさんとする暴漢たちをとがめる意をこめる。
一七 自分たちの言うままになって。

お方があるならば、あやまつてお呉なさいョ。手を合して拝みますアレョウ引、だれぞ來てお呉なさいましョウ引。泪は顔に玉の露、折から朧の雲はれて、明光〱と照月に、見わたす方は遙ゝと、目もとゞかざる田甫道、里をはなれし荒寺の、なを物すごくおぼへけり
●「これサ〱お娘やおがんでよけりやア此方がおがむ。どふで叶はぬ此原中、自由になつて少しのうち、抱れて寐れば直にすむ
▲「そふョ〱まんざらわ

りいことでもねへト捕ゆる袖をふり拂ひ、前後左右へ迯ながら　娘「アレヨウどふぞ堪忍してお呉なさいヨウ。そのかはりにわたしがおゐらん[一]にもらツて來た、お金が五兩ありますから、是と私が此着物も、みんなおまへさんたちに上(げ)ますから、おゐい[二]らんに貰つた紅鹿子[三]の此肌着[四]、これをひとつもらへばよいから、跡はみんなおまへたちのものにして、どふぞ一所に寐ることはアレ〳〵後生だから　ト、迯げ廻るを、追取まはして惡漢ども、手取足取引かつぎ、軒[五]もる月の本堂へ、遠慮會釈[六]もあらくれ男、どよめき[七]わたつて連立行。

[八]そも〳〵此娘は何ものぞ。これ唐琴屋の娘お長なり。いかゞして此所に來りしとたづぬれば、彼おゐらん此糸がはからひなり。そはいかにとなれば後見の鬼兵衛多くの借金を引請唐琴屋の家を相續なすを恩にかけ、お長に迫り[九]ていやらしく難義させ、所詮おさまらざるを推量して、お長が艱難辛苦を逃れさせんがため、以前唐琴屋の番頭なりし忠兵衛といふもの、金沢の商人となり居る由を知り、殊に其身の親元も金沢なれば両方へ文を添て祖師[一〇]さまへ參詣の時[一一]を得て途より直に落[一二]せしなり。これしかしながら途中の用心まで心づかざりしは、發明[一三]なれども廓育[一四]わづかなれども旅といふに心のとゞかざる[一五]は流石あどけなき傾城気質、前後[一六]わからぬお長が娘心と察して、ふかくとがめ給ふことなかれ。

一▽この語で、前齣のお長であろうかと想像させる。二底本のまま。「おゐらん」に同じ。春水が、早くから為永正輔などと号して寄席へ出ていた舌耕家としての発声が、そのまま出た表記であろう。三緋色の鹿子。四底本「此肌。着。」とあり。後刷によって改。▽肌着を惜しむは、親しい人の直接に身につけたものだからである。五軒の破損して月影のさし込む荒れた本堂。六上から、遠慮会釈もあらずと続く。七がやがや、わめきながら。八▽ここの如く会話を主とした、描写の条をつらね、その間に、筋の説明をするのが、春水の人情本構成の特色である。なおこの所は、春水作吾嬬の春雨後篇中の趣向と同じ。ただし、その前後は未詳。九横恋慕をもってせまり。一〇日蓮上人。ここは池上村(今の東京都大田区池上本町)にある長栄山本門寺をさす。日蓮終焉の地に建つ日蓮宗の本山。江都近郊名勝一覧の本門寺の条「毎年十月十三日、祖師の命日たるにより参詣群集して、終夜堂内に籠る」。この一条も十月十三日前後と知るべし。一一機会をとらえて。一二逃げさせた。一三利口。一四吉原の廓で人となり、広く世間を知らない。一五考えがゆきわたらない。一六思慮分別に欠ける。▽この所、作者構成の甘さのいいわけでもある。一七戌の刻。午後八時頃。一八ここは歌枕でなく、遠い村落原野の意。一九手前勝手。二〇くじを作った藁。二一道ならぬこと。ここ

はや告渡る[一七]初夜の鐘[一八]遠里小野にこだましていと物淋しき古寺へ、かつぎこまれし彼お長、鷲にとられし小鳥にもなを増りたる哀れさも、情を知らぬ雲介ども、寺の破戸を引はなち、お長を横に押倒し ●▲「サア／＼[一九]まんがちをするな鬮取だぞ／＼ト、既にあやうき地獄の責、[二〇]藁を数へて立さわぐ、時に後のくらがりから、そつとお長が耳に口、こなたへ來いと言聲は、たしかに女とこわ／＼ながら、引れてしりぞく娘のよふす、雲介どもは氣もつかず、鬮を争ふ最中へ、ワアツト聲かけ五六人、手でに棒を追取て、雲介どもをなぐりたて／＼つゝ聲ごとに勾引の盗人めら、片ツぱしからふんじばれ、一人も迯すな／＼と、呼わり／＼走かゝられ、[二一]元來無道の人非人、みなちり／＼に迯出す。折からお長の手を引て、あらはれ出る[二二]勇みはだ、されど[二三]月夜にぞつとする、素顔の意気な中年增、[二四]月諸ともに横にさす、櫛も[二五]野代の本檜木、[二六]秋田といふは龜甲か、洒落た出立の旅姿 としま「ヲヤ／＼おまへたちは最そんなにりきまなくつてもいゝじやアないかへ。みんな[二七]迯てしまつたのに 五六人「[二八]ばかなつらな[二九]東ツ子だぞ。コレうぬらアとほうもねへ[三〇]頓智きめらだア。ヤイうしやアがれ。ヱへ、だれだと思ふ[三一]業法人めつれ「ヤイ耳のあなをかつぽぢつてよく聞きやアがれ。[三二]忝けなくも尊くも、[三三]小梅の姉御お由さんの弟分、[三四]古風なよふだがくりからの、龍吉ざんたアおれさまのことだ
また一人「[三五]こともおろかやそれがしは、小梅の里に人となり、[三六]瓦の畑にふすぼれど、[三七]元業

は悪者ども、もとよりすねに疵持つ身なればの意。[二二]侠客肌。[二三]月影にみると、こわいほどに美しい。[二四]月光のさすもとに見る頭髪には、侠者肌の横櫛をさしていての意。[二五]「野代」は能代のあて字。能代産のいわゆる秋田檜で作ったさし櫛。いきなこのみである。能代の縁で、秋田と続く。[二六]その檜木材を秋田材というのと、「厭た」とをかけた。鼈甲製の櫛の、べたついたに厭て、さっぱりした檜の木櫛をさしているの意。[二七]底本・後刷ともに「迯(にげ)で」。意によって改。[二八]人をののしる語。[二九]江戸っ子に同じ。江戸の職人などの自ら誇るに用いる語。浮世風呂初下(文化六)「是計もいざア云た事のねへ東子だ」(いさみの語)。[三〇]馬鹿者。早く辰巳之園(明和七)に「とんちき　同断(悪敷客を云)」。[三一]業報人。悪行の報いをうける人の意で、人をののしる江戸語。浮世風呂初下「なんだ此ごつぽう人め」(いさみの語)。[三二]歌舞伎で、見得を切って名のる時の常套文句。[三三]小梅村。江戸向島の一部。今の墨田区小梅の辺。[三四]背に倶利迦羅竜王の入墨は、いさみ肌に多かったから古風という。次の名もその入墨による。[三五]歌舞伎の口上の紋切形。[三六]向島の小梅あたりには瓦焼が多かったからの句。[三七]小梅の近辺、中の郷の南蔵院に業平天神社があった。ただし、業平と称するには諸説がある(江戸名所図会)。

平のまふし子にて、梅のお由が一番子ぶん、[一]女たらしの權八さまだぞ[二]由縁のいろの
としまの女「これサ〳〵おめへたちやアあきれるヨ。きはどい所で[三]茶番をすらア　五六人「遠
へねへまるで[四]立まはりをさせやアがつた　女「ほんにおまへはマアさぞこわかつたらふ。
モウ〳〵氣を大丈夫におもちヨ。私は小梅の[五]女髮結、お由といはれる[六]おてんばもの、
[七]江の嶋の弁天さまへ[八]大願で[九]月参り、役にたゝずも[一〇]行過が、若イ衆達の気にいつて、[一一]姉
御〳〵と[一二]立られるが、嬉しいと、いふもちつと自惚、しかし今ぢやア人にも知られ、
餘りまけたこともねへ、[一三]女伊達らの[一四]おちやツぴい、江の嶋からの皈り道、みんながた
いそふ道くさを喰て、とふ〳〵往來を間遠たのがおまへの仕合、野道畝みち森の中、
[一五]藪から棒に此お寺へ、來るとおまへが[一六]すでのこと、それから急にわかいしゆと、言合
した此始末、まことにあぶなひことだつけネト、聞てお長はやう〳〵に、心をしづめ
胸をなで、[一七]嬉し涙に礼さへも、噎かへるこそ道理なれ。やゝしばらくありて　長「まこ
とに〳〵私は生かへつたよふな心持になりました。どふぞ申(し)かねましたが、とて
ものことに私を　由「往ところへ送ツて呉とおいひのかへ　長「ハイどふぞ　由「そりや
アかならずおあんじで[一八]ない。此様に若衆が大ぜいだから、おまへの身のうへもよく聞
たうへは、送るはおろか行先の、[一九]請でもわりいよふならば、私の宅へ連てかへつて、
どいつが來よふがどのよふな、[二〇]尻が來よふが受合て、公儀へ對した不法がなけりやア、

一 業平の縁で、女たらし、名は平井権八による。底本の振仮名「こんはち」。濁に改。
二 「由縁のいろ」、即ち紫は権八の縁で出す。清元の小紫権八其小唄夢廓(ゆめのよしはら)「これもゆかりの紫とふたりが中を世にうたふ」。また助六の文句「ゆかりの筋の紫の、初元結の巻初し」。
三 当時江戸に流行した素人寸劇。役者の如く演技し、または口上を述べて滑稽なおちをつけ、景物を出した(式亭三馬著茶番狂言早合点)。
四 演劇用語で、闘争の所作をいう。
五 女の髪を結う職業の女人。昔は素人の女は専ら自分で結ったが、寛政頃からこの職人が出て、天保には増加していた(幸田成友著日本経済史研究)。
六 出しゃばり女。おはね。
七 相模(神奈川県)江の島の弁財天。一九著江の島土産(文化六・七)に写されて、江戸人士の信仰が厚かった。
八 大きな祈願。底本「大願て」。濁に改。▽この人物もやがて問題となるべきを示す語。
九 月毎に定って信仰の神仏に参詣すること。
一〇 出しゃばり。
一一 底本・後刷ともに「で」。意によって改。
一二 尊敬される。
一三 女だてら(「だてら」は助詞)に、女伊達(男伊達に対し)なので、この文字をあてた。
一四 守貞漫稿「又発才と云こと、今も京

〔二一〕利屈のわかつたけんくわなら、憚ながら尻〔二二〕おしだ。マア何にしろ夜が更ちやア、旅宿にこまるわけになる。サアみんなが此子を中に取かこんであいつらが、仕かへしの用心して　わかいしゆ「ナニ／＼もふ來る氣づけへはございやせん。なんなら私がおぶつて上やう　由「イヱ／＼兼さんや源さんには頼むめへ。栄さんか金太さんか、次郎ならば〔二三〕丈夫だが、其外へ娘ツ子の番は覚束ねへト、笑ふときしもまた曇る、朧月夜にやう／＼と、里ある方へ打連て、たどり行こそ頼母しけれ。

春色梅ご与美巻の二了

坂孀女の優ならざるを、はつさひと云、江戸にておちやつぴいと云」。

一五 突然の意の諺。上からは、藪をも通りぬけてと続く。

一六 も少しで危いところであった。

一七 泣きむせぶのみで、礼も言葉にならないのも。

一八 底本・後刷ともに「て」。意によって改。

一九 うけとり方。処遇。

二〇 事があらわれて、責め問いにくること。

二一 理窟のあて字。筋の通った。

二二 後おし。▽この一条は滑稽本調である。人情のあわれは、また濃艶に展開する間に、滑稽な一条を加えて、息を入れるも亦、人情本の一技法。

二三 大丈夫。安心。

一 唄女三四人寄合し中に米八
よね「梅次さん今の噺しにど
ふしてもしておこふの
うめ「そふよわりいことはい
わねへから、そふしねへョ。
側に眉毛をぬいてゐる政次
まさ「ナニサまた其所の座に
なると捨罪をいふわな
よね「ナニもふ今日はみんな
の異見について、程よくい
ふ氣よ　うめ「いふ気ばつか
りじやアいけねへぜ。しか
しおゐらもおぼへがあるよ。
おらアもふ幸さんの時にや

*挿絵詞書「歌妓(うたひめ)化粧(みじまひ)の図(ず)」。「米八(よねはち)船宿(ふなやど)へいたる図(ず)」。

一 芸者。ここは深川の羽織芸者。巽大全（天保四）「昔は此土地にて娘の子を男に仕立、羽織をきせて出せしゆへはをり芸しやといふ也、それゆへ名も甚助千代吉鶴次などゝ云なり、今も十二三のげいしやははをりを着て出るなり、是を豆げいしやといふ、豆芸者はくんで出るなり、大てい名の下へ吉の字次の字を付る事なり、仲町土橋にては見番から出るなり、芸者色とて客を数多もつてゐる故、妓も同じやうなり、また客に抱のげいしやあり、是は囲もの同様なるもの也、仲町土橋の芸者は風致(けんき)つよきゆへに、妓もひくゝ見ゆる也、それゆへ得ては芸者にはまる事なり、客に度々出る時は、色でなくとも芸者より文をやること也、文言妓の文と同じ事なり、補、仲町土橋にかゝはらずすべて芸者は見番に口をかくる事なり、芸者をころばす事は口留金とて三両ヅヽ客より茶屋にて取、同人へ渡す事のよし」（岡場遊廓考ほぼ同文）。なお、芸と色と二つをひさぐを二枚証文といい、旦那あり、又なくとも抱主なくて出るを自前という（深川区史など参照）。
二 その場所。その席。
三 やけくそ。普通は「捨鉢」と字をあてる。
四 さわりよく。

ア、ノウまのじ[五] 政次のことなり まさ「そふよ手こずツ[六]たつけ。大津屋[七]の内義[八]にたいそふ世話になつたのウトいふうち米八は帯をしめて仕舞 よね「ヲイめのじ うめじのことなり ちよいとト茶碗をいだす。梅次は火鉢のわきに下てゐる土瓶をとつて うめ「これか よね「アレサどふも請[九]のわりい うめ「ヲツトしやうちだト、そばにある燗徳利をとり、湯呑へなみ〳〵とつぐ。米八はぐつとのんで胸をたゝき、フウと息を二ツ三ツ外へはづし、歯をかち〳〵とならし よね「サアお出かけなはるんだ 政次梅次「うまく言ツて來ねへよ。米八は完尓として出て行。

五 人名の一字に「の字」をつけて呼ぶのが、このころ羽織芸者間の流行。
六 半日閑話十三「コマル事をテコズルといふ語流行す」とあって、その後一般語となる。
七 深川古石場にあった妓楼(深川区史所収深川遊所七場所総図)。
八 女主人を客や芸者が親んでの称。
九 うけとり方。

春色梅兒與美巻の三

江戸　狂訓亭主人作

第五齣

初といふ名に客人はあくまでに、跡[一]をつけたる雪の中、裏[二]。それかあらぬか知らねども、何れあだなる[三]婦多川の色の湊[四]に情の川岸藏[五]、恋の入船迎船[六]、たれ桟橋[七]といふ声と、意氣な調子の騒唄[八]、たえぬ[九]世界に爰はまた、閑幽とした船宿の、二階に二人さし向ひ、酒もさへ[一〇]なき不調子は、どふいふ訳かわからねど 旦那[一一]らしき風俗の人藤といふきやくじん 藤「コウ米八手めへマア、そふ意地をはるものじやアねへぜ。義理と人情をかんがへりやア、少しはどふかそつちから、嬉しい返答もしずはなるめへじやアねへか。マア〳〵それはそふと一盃呑ツしト [一二]盃猪口をいだす。米八はふせう〳〵に手を出して猪口をとり、だんま[一三]りで出せば、藤は銚子をとつて 藤「ドレお酌をト笑ひながらつぐ 藤「ちよつぴり生[一四]姜といきやせうかねト生姜をつまんで出す。米八は完尓して、またつまんでとり

一 深川で芸娼妓を揚げて、約束の時間が切れた時、続けて揚げること。ここは初雪見物の人が、履物の跡を雪中につけるとかけてある。
二 深川仲町の花柳街で、永代寺に接する一角の俗称。仲町の裏通りの意。子供屋(娼女屋)が密集していた。歌意は、中裏の客が初めから気に入ったか、揚げた芸娼妓を、いくらも続け買いしたことを初雪見物にからめた狂詠。この狂歌は巻之九の挿絵・春告鳥初序に式亭三馬作とある。
三 艶であかぬけがし、俠で情のある深川を代表する美感。
四 花柳界の意。深川は船で通うことが多いので湊と称した。情の川岸蔵も同意。新内の比翼の初旅「こひのみなとにうちよする」。
五 舟からすぐに荷物を庫入できるように作った川端の蔵。舟運による物貨の集散地として深川にはこのような蔵が多かった。
六 多く船便で通う深川花街の客のためのものをさす。入船迎船は湊の縁。入船は客の船宿に来たる船。迎船は芸娼妓の客を迎えに船宿に来る船。↓補注二三。
七 誰々さんの「さん」をかける。桟橋につくと船宿を呼び、馴染の客は誰々さんとつげるのが習い。
八 深川花街は宴会のはなやかなのが早くから有名。↓補注二四。
九 騒唄の絶えぬ繁栄のこの花街。
一〇 冴えない。酒盃のやりとりも不景気。
一一 芸者と特別の関係にある贔負客。

よね「ハイ藤さんト猪口を出す。藤「イヤモウやう〳〵口を聞たの。ヤレ〳〵骨の折たことだ。ドレと猪口をとる。米八は銚子をとつて よね「ドレお酌をかねト酒をつぎ「ちよつぴり生姜たア、私は行届かねへヨ 藤「コレサそつちはどふもそふ癪[15]をいふから恨[16]だトいふところをやつぱり根[17]づよく恨まねへの よね「そりやアそふとだれぞかけ[18]てやらふじやアないかねへ。さむしいヨ 藤「また逃句[19]をいふよ。そりやアいくらでも呼にやるがいゝが、何とか返事してもいゝじやアねへか。ホイまた言出した。われながらどふもわりい よね「そりやアおまはんだれが來たつて、しよふと思ふ返事ならしまはアな。まただれがゐなくつても、否ならしやアしませんわねト、いふうち下から女「ハイお肴がまゐりましたト、ひろぶた[20]を二階へあげる 藤「ヲイ〳〵一ツ飲ねへな 女「ハイありがたふございます。米八さんなんだかまじめでゐなはいますネ。どふかなすツたかへ よね「ナニサどふもしねへが全体このごらア さはり[21]よふじでゐたんだはネ（このことばつうじん[22]はおふかたごぞんじなるべし） 女「そりやア わりいネ。癖になるもんだヨ 藤「マアいゝわな米こ[23]ふはどふもおれせへ來りやア、あのとふりヨ。ヲツト気障[24]をいつたの。堪忍さつし 女「ハイ藤さんありがたふト盃[25]を藤にさし、下へおりにかゝる 藤「マアもふ一ツのみねへな 女「下がいそがしいから、まためへりますト下へゆく 藤「いつでも賑やかだの 女「ハイト階子の段をおりながら「米八ざんと聲をかけ、どふもしうち[26]がわるい

一二 飲酒用の猪口の意。盃と猪口の二つではない。 一三 無言。

一四 煎じ薬を飲む時に生姜一片を加えなどするので、それによる洒落。ただしここは、肴にそえたべに生姜。

一五 底本「⿸疒責」。正字通では「瘠之譌字」とあるが、ここは癪のあて字。以下に見えるものも「癪」に改めた。気にさわるような言葉。

一六 残念。 一七 こんきよく。

一八 男女の芸者を呼ぶこと。

一九 逃げ口上。

二〇 衣服の送り物や、客に出す食物などのせてはこぶ、大きい盆風のもの。

二一 深川花街の語。「さはり」は月のさわり、即ち月経のこと。「よふじ(用事)」は、巽大全「すべて妓婦又は芸者太夫など病気か、又さし合などありて引く(客席に出ない)事を用事を付ると云也、其訳は見番の帳面へ付てもらひ引ゆへにかく云習はせりと」とある。月経のひどくて休業すること。仕懸文庫(寛政三)「さはりをふかくみるときは用事を付る」。▽三馬の船頭部屋(文化四)「おとま、さわり用事になったからサ、(中略)わっちやアけふから酒だちさ」とあるを、逆に利用したもの。

二二 通人。ここは深川通ほどの意。

二三 米公。「公」はなれ親んでつける語。米八をさす。

二四 相手の感情をそこなうような言葉。

二五 前出の「盃猪口」で、ここは猪口に同じ。

二六 仕方。客あしらい。

ヨと心でいつて眼[一]としかた、米八も心に合点　よね「ありがたふ。サア藤さん何か來[二]たからお吞な。私も吞ますはト、茶碗をいだす。藤「またひさしい[三]ものよ。今日はもふ何も言ねへから、落着て吞ねへ。茶わんもちつと恐[四]ろしすぎるの、トやさしくいふ　よね「ナニそれで吞[五]のじやアねへはネ。二三日よ[六]ふじで居たから、さツぱり酒氣[七]がないから、今日は丁度よいヨ。マアついでお呉なせへな　藤「そんならどふでもお心任せサ、トつ

一　口に出さず、目つきと所作で注意する。

二　前出の肴をさす。

三　珍しくないの意。ここは、また例の癖が出たな、ほどの意。

四　深川の通言で、ひどすぎる。

五　何か嫌なことを言われる故に。▽この辺の会話で、この場面以前から二人の間に、何度か、ここと同じ状態の会合のあったことを示す。

六　前出(七九頁)の「さはりよふじ」に同じ。休業して客席に出なかったから。

七　振仮名、底本・後刷のまま。婦女今川(文政九)一「酒気(さかき)」。

＊挿絵中にかかる軸物の文言は、後出(八二頁)。

いでやる。米八はうけて完尓笑ひ、よね「死[八]なざ止まひおつ[九]な持病だトいひながらぐつと干て「藤さん湯呑じゃアお否かへ　藤「随分いゝのさ　よね「よかアおあがりな、サアつぎますぜ　藤「マア酒と討死をするぶんのことよト請て　「コウ米の字手めへ廓[一〇]に居る内はこんなに酒は呑みやアしねへとおもつたつけ　よね「マア呑[一一]だでも呑ねへでもなしさ　藤「コレサ〳〵此くれへなことは誠に返事をしてもいゝじやアねへか。おらア今日はこふおとなしく、何もいはずにゐるのに、そつちからおかしく[一二]すると、どふもツイ疳癪[一三]にさわつてならねへ　よね「ヲヤ　おつなことをお言だヨ。何もおかしくもどふもしやアしないはネ。私も一躰おそろしい我儘ものサ。そりやアもふ他人にいはれるまでもなく、ずいぶん手めへでも知ツて居るのサ。それだけれど[一四]マアよくつ[一五]もつてお見なせへな。此糸さんはあのとふり明理[一六]お方、それなればこそはじめから、何も角も打明して、ぬしにたのんだわけじやアありませんか。実におまはんの深切[一七]は、身にしみじみと嬉しいけれど　トすこしうるみごゑ　ごぞんじ[一八]のとふりのわけゆゑに、どふも返事がなりにくし、といつて恩のあるおまはんに、無得心[一九]なあいさつもならずと、いろ〳〵考へても、思案の出よふ様もなし。実にわちきやアとつおいつ、思案してばかりいまはアなト泪をふく　藤「コウよしねへ延喜[二〇]がわりいわな。泣てもらつちやア近頃氣[二一]の毒だ。いつも〳〵同じせりふも最聞倦た。精進ものゝ[二二]こんだてはマア儘[二三]にして、ちつと悪毒[二四]

八「生涯の」の意の成語。
九 変った。
一〇 米八が前にいた吉原の廓をさす。
一一 ▽はぐらかしの口上。
一二 普通でなく。
一三 癇癪のあて字。婦女今川二「なんの疳癪ばかりおこして」。▽この所、藤兵衛を通人としてうつしてある。
一四 底本「と」。後刷により改。
一五 推量する。
一六 物わかりのよい。
一七 親切のあて字。応喜名久舎二「人の深切をむになさるねエ」。
一八 底本「し」。後刷により改。▽「ごぞんじのとふり」とは第三齣に見える通りである。
一九 頑固な。▽この所で、藤兵衛が米八に情を通じよとせまっていることがいよいよ明らかになり、前出の「旦那らしき」の意味もわかる。
二〇 縁起のあて字。
二一 心苦しい。
二二 献立。義理がたいことをならべることのたとえ。
二三 そのままほっておいて。
二四 あくどく(形容詞「あくどい」の副詞形)のあて字。しつこく。

[一]天麩羅か、[二]黒漫魚のさしみで[三]油の乗た、あいさつが聞てへの。手めへ最ちつとは婦多川の[四]水が染そふなもんだぜ。[五]まだものいひが少は直ツたのがしゆせうだヨ。おれがおかげで[六]身抜をして、[七]斯して[八]自前出居衆になつてゐて、それ相應に[九]こしやくなことを言て居たツて、まだ[一〇]屋根船へ首から乗うちははじまらねへぜ、ト米八が膝を[一一]喜世留でつゝく

酒がいはする悪口も、[一二]金と揚ずれた人の癖、恋ゆゑ[一三]えこぢを言出すは、男の常といひながら通者めかしては[一四]中〻に、[一五]かなはぬ色は藝者にて、やつぱり男はいくぢもなく、金をつかつて気を能しばからしきほど[一六]あどけなきが、[一七]恋の生根といふべきか

米八はちよいと膝を脇へよせ　よね「ア、モシ藤さんあんまりいろ〳〵なことを大きな聲でいわねへでもいゝじやアないかへ。しづかにお言なせへなト、三味線をとつて爪彈に、

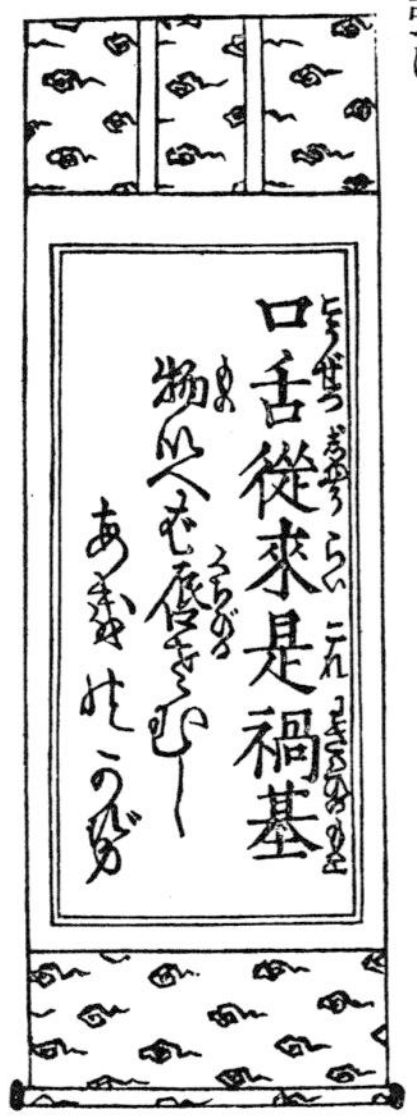

〽[一八]明の鐘ごんと突きや気のきいた烏サアざいもくのうへで楊枝をつかふそれに[一九]こけめが[二〇]朝なをし

一守貞漫稿「京坂の天ぷらは前に云る如く半平の油揚を云、江戸の天麩羅はあなご芝ゑびこはだ貝の柱するめ、右の類惣て魚類に温飩粉をゆるくときて、ころもとなし、而後に油揚にしたるを云、菜疏の油揚は江戸にても、てんぷらと云ず、あげものと云也」。品の悪い食物であった。二守貞漫稿「京坂にては鮪(マグ)を初の身と云、(中略)下卑の食として中以上及び饗応には不レ用レ之、(中略)江戸は大礼の時は鯛を用ひ、平日用レ之稀とす、平日は鮪を専とす(下略)」。三色気のあることのたとえ。四土地になれる。五▽前出の米八の吉原言葉を、ここでは深川弁にしてあることの手前味噌。六苦しい境遇からぬけ出すこと。ここは吉原での内芸者の勤めをやめたこと。七抱主なしで出ていること。八給金を主人からもらうのでなく、客席に出た賃の歩合を、自分のものとする勤人(ここは羽織芸者)。九生意気。一〇元来は日除用の屋根をふき、簾をたれた江戸の河川交通用の船。こぎ手は一人または二人が普通。日除船とも称するが、外から見えないので、遊客など好んで用いた。頭からのると屋根につかえるので、背面から入るを通とした。ここも深川不馴を称したもの。一一煙管のあて字。一二金があってその土地に遊びなれた人。

*挿絵詞書「口舌従来是禍基(こうぜつじゆうらいこれわざはひのもと)　物(もの)いへば唇(くちびる)さむしあきのかぜ」。句は、芭蕉の作。「座右之

嗟呼癇癪のしのびごま、看官汐合のほどをはかりて、よろしくおかぶらの足を洗ひ、引込時ぶんの間を見合せ、野暮と化物にたとへらるゝことなかれ。そも此二階の床の間に、誰が筆なるか一幅の掛もののありかゝる家には似合しからねど、こゝに因のあるに等し

第六齣

行水の流れと人のみのさくがトロの内にて幾度か繰返つゝ他目もふらず稽古にかよふ一人の處女、年は三五の月の顔、花の口元うるはしき姿に伊達の三升じましやんと結びし小柳の、帯も目にたつ當世風、行むかふより年の頃、十九か二十のやさ男、首をかしげて物あんじ、思はずバツタリ行当り互にこれはと顔見合せ　男「お長ぢやアねへか　女「ヲヤお兄イさんマア〱どふしてお目に　丹「ほんにまアふしぎな所であつたのふ。マアいろ〱聞たいこともあるが、爰じやア往來だからどこぞへト近邊を見まはし「ア、あすこにうなぎやがある。マア久しぶりだから一所にお飯でもたべよふト、いはれてお長は嬉しくも、また恥かしく赤らめし、貞におほひし懐紙の包み、只アイ〱と打連て、うなぎやにこそいたりける　うなぎや「いらツしやいまし。お二階へい

銘、人の短をいふ事なかれ、己が長をとく事なかれ」と前書して泊船集などに見える。

一三 片意地。 一四 通人ぶってはかえって。 一五 芸者との色恋はうまくゆかない。 一六 吾嬬の春雨前中「思慮(あど)なさ」。 一七 恋の面白さ。恋の本質。▽この所は、馬琴の七法則でいえば、襯染の方法で、第八齣を引出す下染めである。 一八 深川八幡のいわゆる八幡鐘が明六つ(午前六時頃)を報ずると。ざいもくも木場の多い深川の点景。 一九 馬鹿者。 二〇 朝になって、前夜来の妓を買い改めること。→補注二五。 二一 音をひくくして弾く時に用いる三味線の駒の一種。ここはそれで引くこと。 二二 汐時。適当な機会。船便の多い深川の縁。 二三 足を洗うの序詞。陸地より深川に通うこと。宿について足を洗うからいう。 二四 すっぱりきりをつけて。 二五 帰るべき折を見はからって帰り。 二六 時機の来たを「化物も引込む時分」などの諺もあって、それを知らぬが野暮と化物である。 二七 この場面に縁あるが如し。一種の口舌(男女恋の口いさかい)の場と見ての言。 二八 義太夫浄瑠璃の本朝廿四孝第四の中「胸に一物あり明の、オクリ月漏る、フシ臥所へ行く水の流れと人の、簑作が姿見かはす長上下」。人の身とかかる。▽この処女の境遇の変化をもこめた措辞。 二九 年は十五歳と、十五夜の月の如くかがやく顔。 三〇 紅唇。

らツしやいまし。お多葉粉盆をおあげ申(し)なヨ、ト女房があいそに段階子、二人はあがる二階の座しき、表のかたは多寡橋の[一]、往來賑わふ春げしき　丹「寔におらアおめへの事を案てばかり居たが、今日らこゝで逢ふとは[二]、夢にもおもはねへ。どふしてこゝいらを歩行のだ。何かあの廓にはゐないのか[三]　長「アイモウいつか中から居ませんヨ[四]

丹「そして今じやア何所にゐるのだ。つばくら口の懐紙を持て歩行からは[五]、近所にゐるか。何所へ稽古にゆく。　長「イヽヱ此近所じやアありませんヨ。小梅に居ますは

丹「小梅から此所へ稽古に來るのか　長「イヽヱ銀座の宮芝さんが月に六齋[六]、近所のおやしきへお出だから節をよく直してもらつて、不断は市原のお師匠さんへまいるヨ[七][八]

丹「そふか銀座の宮芝さんなら節は大丈夫だ。そして市原から今日はどこへ行のだ

長「けふは稽古の皈りに姉さんの名代に、上千寺さまへ参るのでありますヨ[九][一〇]　丹「小梅の姉さんとはだれのことだ、ト聞折から下女茶を汲で來り　下女「いかほど　丹「アイまア中位なのを三皿ばかり焼てくんな[一一]　女「ハイ御酒は　丹「イヱお飯〳〵。それともお長おめへのむか　長「イヽヱトにつこり下女は階子の手すりの際に寄せありし衝たてを[一二]二人の脇へたて、下へトン〳〵おりて行　長「ほんに小梅に居るのも姉さんといふも、ごぞんじなひはづだねへト

おゐらん此糸が深切より鬼兵衛が非義を退れて金澤へ行道の難義[一三]、梅のお由にす

三一 底本・後刷の振仮名「すかた」。意によって改。三二 市川団十郎の三升の紋をつらねた縞模様。三三 前出(四七頁)。三四 清元の栄能春延寿(さかえのはるのぶることぶき)「仇と色とをこい紫の十九や二十は色ざかり」。三五 後編はじめの插絵に「柳川」と見える。ここ高橋あたりに実在した蒲焼屋であろう。嘉永の酒飯手引草には見えず。いずれにせよ、深川名物を点出したもの。三六 後出の、つばくら口の袋である。

一 高橋にあてる。小名木川にかかり、南は大工町、北は常盤町。永代寺・霊巌寺辺から本所に通じる。今、東京都江東区深川高橋。二 今日あたりの日。三 吉原をさす。四 大分以前から。▽お長の脱出は前述の如く十月のこと、この章は「春げしき」とあって、年が変っている。五 開くと燕の口の如くなる方形の布の袋。つばくろぐち。守貞漫稿「つばくろぐちも所用同前の外入也(鼻紙その他諸品を入れて懐中する)、表天鵝絨羅しや革の類は稀にて、縞琥珀織裡無地八丈絹等を専とす、因に記、江戸女童等長唄及常磐津富本清元新内義太夫等稽古に師家に通ふ者其院本を鼠色木綿単の燕口に納む、蓋長唄には杵の定紋、常磐津には角木爪等を白く染ぬき、是は手拭店等にて製して売之」。六 当時有名な女義太夫の竹宮芝。天保八年の娘浄瑠璃品定「数年の功者にて御出席は近年なけれども達もの成

くはれて、此ほど廓へはお由が理詰の掛合にて、むづかしく談[14]じてお由が方へ引取、[15]娣ぶんとして、かわいがらるゝやうす、をくわしくかたりさすが娘氣の心ぼそく、涙のかわく間もあらず、きく丹次郎も涙をながし、お長を引よせれば、お長も丹次郎に取すがり
長「寔に私きやアおそろしく、こわいかなしい思ひをして、弁天さまやお祖師さまへ、願をかけて、おまへさんをしたひますのに、おまへさんは私を、思ひ出してもおくんなさるまひねト、いふ所へあつらへのかばやきを下よりはこぶ　丹「サア〳〵あついうちマアたべなト、飯を盛てやれば　長「アレわちきがよそいませうト茶わんをとる　丹「寔に久しぶりでお飯をいつしよにたべるのう　ト（かばやきのしつぽの所ばかりぬいてお長にやる）　長「ハイありがたふトさも嬉しそふに喰ながら「お兄イさんのお宅は何所でありますヱ　丹「ナニ宅か家はもふ宅といふ名ばかりで、はなすも外聞がわりいよふだ　長「アレサマアはやく言ておきかせよ。ヨウ兄さんト少しあまへるもかわゆらし　丹「ナニほんの[16]仮宅だヨ　長「ヲヤそれじやア[17]濱の宿か[18]舟川戸かへ　丹「ナニサそりやア廓の[19]仮宅の場所だはな。おいらの今居る所は中の郷といふ所だ　長「ヲヤ〳〵それじやア私の居る所から寔に近いねへ。寔にモウ〳〵何より嬉しいねへ。是から毎日行て見よふヤ　丹「どふして〳〵來て見られるものか　長「ナゼヱ　丹「なぜといつて　長「おかみさんでもありますのか

べし」。銀座在住だったと見える。七六回の定めの日。八本所石原町にあてるか。未詳。九かわり。一〇浄心寺にあてたか。法苑山浄心寺。深川の霊巖寺の南にあり、日蓮宗の大寺。身延山弘通所と称した。一一中位の大きさ。一二▽下女のこの行動で、二人の様子が一見してすでに恋人同士であったことを、側面から説明した。一三義理にそむいた行動。一四交渉談判して。▽永井荷風の為永春水評にいう「お蝶と丹次郎とが一家離散後、偶然古寺と船宿の散在する静かな本所の河岸通に行き合せ、互に恙かつた其姿を見てほろりと涙を落す一節の如き、これ亦余情は言外に溢れてゐる」。一五康熙字典に正韻を引いて「女弟也」。一六仮寓。かりずまい。一七「山の宿」にあてる。浅草観世音の東で大川にのぞむ一帯。今の台東区浅草花川戸二丁目。一八花川戸にあてる。山の宿の南に続く、大川ぞいの一帯。今の台東区浅草花川戸一丁目。一九吉原の廓が火事にあい、新築工事が出来上るまでの間、吉原以外で営業を許可されること、またその土地をいう。浅草の山の宿・花川戸、本所の入江町・松井町、深川の八幡附近などに、その時々に定められた。天保に近い文政七年四月の火事の時も、花川戸・山の宿・瓦町・深川新地・仲町・表裏櫓・裾つぎ附近であった。▽お長のかかる間違いも、吉原そだちながら、純情可憐なる性質を示したもの。

へ　丹「ナニつまらねへ。そんな所か、ほんにヨ廓の宅の湯どのより狭ひはな　長「ナニおまはんばかりなら少い宅がよひはネ、トいふ所へ跡の一皿を持來り　下女「ハイおあつらへでござります　丹「ヲイ〳〵もふ[一]一皿大きいのをやいて呉な　下女「ハイ〳〵トおりてゆく　長「そしてお宅じやアだれがお飯や何かの世話をしますヱ　丹「[二]長屋の老女さんがしてくれるよ　長「わちきが行て用をたしてあげたひねへ　丹「ナニおめへだつても仕つけねへ業が出來るものか。そして独者の宅へ娘が來るとわるくいはれるからわりい　長「夫じやア私がいつちやアわりいかねへ　丹「ナニわりいといふわけもねへが　長「わけもねへならば翌は直にまゐるヨ　丹「[三]あしたは留守だ　長「留守でもよいわね。私の行のをまつてお出ヨ。折角たのしみに思つていまはアネ。ヨヨ兄さん宅にお出よ　丹「留守でもいゝから宅にゐろよつぽどよく出來たおかしい子だ。サア〳〵さめねへうちたんと給な　長「わちきはもふ腹中がい

一▽この場の丹次郎は前出と違って、何がしかの金を持っているのに、読者をして少し不審をいだかせる仕組。

二 同じ長屋に住むの意。

三▽これほどなつかしがったお長の来訪をさける如き丹次郎の態度に、読者を更に不審させる。

つぱいになりましたヨ　丹「ナニまだねつからたべもしないで。サアお茶[四]をかけてもふちつとたべな　長「兄さんもたんとおあがりな。そしてネ兄さんどふぞこれからかわいがつておくんなはいヨ　丹「知たことよ　長「それでもわちきがいろ〳〵苦労したのも知らずに、わすれてお出[五]たものを　丹「なにすこしもわすれるものか。いつかもおめへのことでおほきにいぢり合[六]たくらひだものを　長「ヲヤだれとヱ　丹「ヱ、ト少し行詰り「ナニサ夢に鬼兵衞と言合たくらひだものを　長「うそばつかり。ヲヤ私きやア兄さんに逢たら、何かはなそふ〳〵と思つて居たツけが、ア、それ〳〵あのおまはんの[七]ひゐきな米八さ゚んネ、とんだことをしましたよ。丹次郎はしらぬ顔　丹「なぜどふした　長「アノネ此糸さんの客人の藤さんと色事をしたのが知れて、とふ〳〵住[八]けへに出ましたヨ。寔におほさはぎでありましたツけト、流石發[九]めいのお長なれども、米八は丹次郎ゆゑに、住かへに出しとは、心づかぬも道理なり。丹次郎は知らぬ顔にて　丹「そふかそれじやア此糸が合点しねへも尤サの。そりやアいゝがたいそふ烟る。出前[一〇]でも沢山焼そふだ。どふも素焼[一一]の匂ひがきらひだ。これには山谷[一二]がいゝの　長「ア、ねへ裏でも廣くつて二階でないから烟[一三]が來ないでよいョ　丹「ドレちつと障子をあけよふト、表のしやうじをがらりと開、何心なく手すりへ手をかけ見おろす往來、米八が梅次と二人でお客をさきだて來かゝり、二階を目ばやく見つけ　よね「ヲヤ丹さんまだ宅へおかへりで[一四]

四 いわゆる、うな茶にして。

五 底本のまま。後刷は「だ」。「た」は「たり」の口語で完了。「だ」は指定・断定の助動詞だが、かく逢うまでは忘れていたの意で、前者がよい。

六 意地の悪いことを言い合う。責め合う。▽読者はここまで来て、前出の米八がすでに丹次郎にみついでいることに思いあたる。とすぐにお長の言葉にも米八を出している。

七 ▽「ひゐき」の一語、精一杯の悋気を示したものと知るべし。

八 前出(五〇頁)。

九 りこうな。

一〇 配達注文用の料理。

一一 たれをつけずに魚類をやくこと。

一二 吉原の東方、山谷堀の南岸一帯。今の台東区浅草山谷。▽この男女が、かつてそこで共に食したはずである。

一三 「けぶり」の江戸語。

一四 底本「て」。後刷により改。

ないか。今に梅次さんと一所にかへるから、ちつと待てお出[一]ヨト、いひながら完尒笑ひ、酒乱の客のともして多寡橋の、方へ過行後かげ、丹はびつくりお長はかけ出し　長「ヲヤ米八ざんじやアありませんか　丹「ナニ〱米八ではねへト、口にはいへど心にギツクリ。今米八が其近邊から、かへり來らば大変と、思へば何かそは〱して「サアもふよかア皈らふの　長「ア、かへるがネ。今のはどふも米八ざんらしいヨ。かくさずといゝじやアありませんかト、いつたばかりでさしうつむき、泪の露はひざのうへ、袖をくわへて身をふるわし、いはぬはいふに増穂[二]の薄、みだれし鬢のほつれがみ、かほにそよぐもかわゆらし　丹「ヲヤこの子はなぜ泣のだ　長「イヽエ泣はしませんヨ　丹「それでもどふもおかしいよふだ。サア皃をふきなト手拭をやればお長は目をぬぐひ、男の皃を恨しげに、見れど[三]さすがに娘氣の、まだ添ぶしもせぬ中で、おさな馴染のいひなづけ、はしたなひこといふたなら、愛相[四]づかしも出來よふかと、思ひなやむもわりなけれ[五]　丹「サアまたあんまりおそくなツたらわるからふ　長「ナニそれはよいけれど、お邪广なら早くかへりませうヨト、つんとする　丹「ヲヤ此子は久しぶりで逢たのに、そんなにすねるもんぢやアねへヨ　長「ハイ〱もふすねはしません。何でも翌は兄さんヱ、たづねて參ますヨ　丹「ムヽ來るなら昼過がいゝ。昼前は留守だから、トいふは翌は[六]十五日、米八が妙見さまへ朝參りに來るをおそれてなり。[七]今丹次郎

一 底本の振仮名、後刷ともに「いて」。意により改。

二 無名抄・徒然草などにも見える歌語。和歌新呉竹集「此三種のすゝきのますほの薄は、薄のほのながきをいふ、ますをはあさの苧に似たる也、ますうは、すはうのごときあかき色をいふと、或ものにいへり」(今は三種とも、薄の穂の赤みがかったものの意にとる)。上から、口に出さぬ方が悲しさがいうに増すとかかり、下へは、薄で「みだれ」「そよぐ」の縁語をさそうのに用いた。

三 ▽前にも若干あったが、抒情的な所は、読本風に七五調をつらねている。

四 「愛想づかし」のあて字。

五 やるせない。

六 底本の振仮名「しうご」。濁に改。前出(四八頁)の柳島法性寺の妙見は、一日と十五日が、参詣日である。

七 ▽思わせぶりな構成をして、読者も全く想像がついた所で、簡単な説明を加えるのも、春水の一作風。

が病氣も直り、身の廻り其外不自由ならざるは、みな米八が仕送り[八]なれば、心配するも理りなり　丹「勘定して呉なョト、手をたゝく外に客もなく小軒な宅ゆゑ、下へ直に聞え、下女が來れば代をはらひ、二階をおりるその時しも、客を送つていそがしげに、このうなぎやへ入來る米八、客の坐敷へ出ていては、百味[九]も物のかづとせぬ、そのぜんせいより自腹[一〇]の我まゝ、のろけたいのが歌妓の樂屋[一一]　よね「ナニ丹さんが居ざア、二人でゆるりとやらアな、梅の字サアあがんなナ　うめ「さきへ行な　よね「ナニ小用か。おいらもいこふや　○下りかゝりたる丹次郎、続ておりるお長がこゝろ、そも米八と落合て、いかなるわけとなるやらん。作者[一二]もいまだ承知せず。嗟かゝる時は好男子も、また人知らぬ難澁あり。必竟この後何とかせん。看官よろしき段取[一三]あらば、はやく作者に告給はんことをねがふ[一四]而已。

[一五]ぽち／＼とひろゐよみする梅ごよみ花の香かほれごひゐきの風

[一六]清元延津賀

春色梅ご与み巻の三了

八 生活や仕事のための金品をみつぐこと。

九 このあて字は、珍味佳肴の意。

一〇 身銭を出して、食事などすること。

一一 内情。内実。

一二 ▽これも作中で、作者から読者への呼びかけで、馬琴の如く読者の上から出ず、むしろ下から出るのが春水の特色。ただし趣向は、「のろけたいのが歌妓の楽屋」と、腹の中では出来ていることは、次編で明らか。

一三 趣向。

一四 底本「ねかふ」。濁に改。

一五 暦の方の梅暦は、ぽつぽつと咲く梅の花を数え読んで、春来を知るのだが、そのようにこの作品梅児誉美を拾い読みした。春風に梅の香が高くにおう如く、この作も広く読者のひいきを得て、好評さくさくたることを願うとの歌意。

一六 前出(四六頁)。

江戸作者　狂訓亭主人

江戸画工　柳川重信[一]

江戸浄[二]書　瀧[三]埜音成

天保三辰年

春正月

新販

馬喰町二丁目

西村屋與八郎

京橋弥左ヱ門町

大嶋屋傳右ヱ門

一 前出(四二頁)。

二 版下書き。

三 滝音成とも書く。婦女今川初二編(文政九)・菊廼井草紙初編(文政七)・同二編(文政八)・八重霞春夕映二編(文政七)・三日月阿専(文政九)・幼婦孝義録(文政十)など春水関係の版下を多く手がけている。天保元―三年刊の三方広人初二編の作者滝野登鯉は同人か。

梅兒譽美　後編

一

今も昔も世の中の、人の心のやさしきは、千ゝの金にますなるべし。殊に女子は、よしあしに付て、やさしう有たけれ。家冨栄えて、何事も愁ひなき日は、たれとても、心ばへさへうつくしく、恨し顔もはしたなき言葉もなくて過せども、家衰へて、昨日より今日は貧しくなりし時、誠の心は見え侍れ。別て男女のなからひは、翠帳紅閨の中に、新枕せしその初は、偕老同穴のかたらひをなし、後世かけて契おくしたしみの、あはれにもなつかしく、嬉しくも聞きかれし約束も、男の身の上おとろへては、秌の紅葉と色かはり、野邊のちぐさとかれ〳〵に、なりなんことはあぢきなく、いと〳〵まさなきわざになん。むかしもろこしに、孟光といふ女あり。冨人の娘なりけれど、その夫陵伯春といへる人、しだい〳〵におちぶれて、覇陵といふ所に世をのがれ、さもたのみなき時節となれども、孟光はうしともせず、夫とともに彼処へ行、田をかへし草を刈、または手づからはたを織、人にやとはれ賤しきわざをなしつゝも、禮義を厚く男につかへて、他の冨貴を見かへらず、誠を尽してつかへしとぞ。嗟近世の娘たち、この半をも守り得ず、義理と道とにそむきても、美衣を着てひけらかし、出世と思ふ人でなしも、姿の花の色ざかりに、よしや一度栄ゆるとも、凡生としいけるも

一「金竜山人」。天保の初から浅草に移住した春水の別号(三九〇頁参照)。
二 千金の訳。多くの金。
三「けり」の已然形としたのは、強めたもの。次々行の「侍れ」(「侍り」の已然形)も同じ。
四 交情。
五 和漢朗詠集(もとは本朝文粋九)「翠帳紅閨、万事之礼法異ナリトイヘドモ」、謡曲の班女「翠帳紅閨に枕ならぶる床の上」とあり、長唄や洒落本にもまま用いる語。美しい寝室の意。
六 共に老い、死せば墓穴を同じくする意で、夫婦の愛情のかわらぬをいう。詩経の鄘風「君子偕老」、同の王風「死則同穴」。
七 契をかわし。
八 諺「夫婦は二世」。後の世までも夫婦だとの約束。九 情がもよおされて。
一〇 色かわりの序詞。
一一「かれ(枯れ)〳〵」の序詞。底本「ちくさ」。濁に改。
一二 交りの薄くなったさま。
一三 不都合な。
一四 後漢書巻百十三の梁鴻伝に見える梁鴻の妻。字を徳曜。以下のような内容が見える。この序に夫を陵伯春としたのは何故か未詳。→補注二六。
一五「よし」は、富貴または尊貴の意。
一六 漢代の県の名。陝西省長安県の東。
一七 遁世の生活をし。
一八 ひどく貧乏な。
一九 婦道を守り行うことが出来ず。
二〇 見せびらかし。

の、浮世(うきよ)[二三]の烌(あき)にあはざらめや。身(み)にはつゞれ[二四]をまとふとも、心清(こゝろきよ)きはめでたくも、尊(た)ふとき人(ひと)といふなるべし。典侍直子(ないしのすけなほこ)[二五]の歌(うた)に、

[二六]あまの刈藻(かるも)にすむ虫(むし)のわれからとねをこそなかめ世(よ)をばうらみじ

おもしろからぬ筆(ふで)くせながら、金竜山人(きんりうさんじん)が老婆心(らうばしん)、巻(まき)をひらくの児女達(こどもしゆ)に、よくよみ給へと申(す)になん。

狂訓亭　爲永春水誌[二七]

寮防町(りやうばうまち)[二八]

於阿(おくま)が准娘(むすめぶん)[二九]

竹(たけ)[三〇]蝶(てう)吉(きち)

[三一]［帰雁節婦のこゝろをいたましむ］

[三二]爲永喜久女

[三三]物思(ものおも)ふ涙(なみだ)に

にじむ厂(かり)の文字(もじ)

二一 菅原道真の詩句「一栄一落是春秋」による句。

二二 古今集序などに見える句。生ある者は。 二三 歌語で、ここは不運。

二四 ぼろの着物。

二五 古今集十五に典侍藤原直子朝臣の詠として所出。

二六 古今集遠鏡の注に「海士ノ刈ル藻ノ中ニワレカラト云虫ガ住デキル物ヂヤト云コトヂヤガソノ虫ノ名ノトホリニ何事モワレカラヂヤ、我身カラノコトヂヤトレウケンシテコソ、泣クナラ泣キモセウコトナレ、ツレソウ人ヲバ恨ミマイゾ、ヨウ思ヒマハシテ見レバ、人ヲウラミルノハ大キナフカクヂヤ」。

二七「為の字猿」と称される、春水の印。

二八 後(一三〇頁)に「雪の下寮防まち」とあるから見て、山下の同朋町にあてる。今の台東区同朋町。

二九 抱主をかり親として、勤めに出る芸妓たち。深川の娘分とは相違するので違った文字をあてたか。

三〇 第十二齣にある如く、お長が浄瑠璃芸者となっての名。その頃「竹」と称し、「里吉」「梅吉」「磯吉」「豊吉」など名のるものが多かったによる(天保八年娘浄瑠璃品定)。 三一 扇形中にあるが、下の句の前詞の気持。

三二 辰巳園巻之五巻頭(三〇八頁)所見。延津賀門か。

三三 帰雁の声に悲しみをもよおし、あおぐ眼も涙におぼろ、雁の一文字につらなりゆくも、にじんだ文字の如くに見えるの意。

一 米八の讃詞。
二 高名人の書画をも、花押をよく知って、それによって何某と知る教養があるの意。
三 その教養によって、風流人の宴席に呼ばれて。
四 三味線のわざは、むつかしい一中節の合の手をも引き得るの意。一中節は元禄のころ都太夫一中におこり、江戸にも伝わったが、中頃おとろえ、幕末にまた流行した浄瑠璃の一(声曲類纂など)。
五 名古屋に発生して文政のころ江戸に伝わり、天保より明治へかけて大流行の小唄の一(湯浅竹山人著小唄研究など)。
六 色々と知っている。芸者の歌謡の新文句に敏感なことは、人情本によく見えるところである。滑稽東都一図絵の狂訓亭主人(春水か)の序に「図絵を添たるトツチリ頓作二上り三編追々に新文句を出し候」。
七 此糸の讃詞。
八 其角の「傾城の賢なるはこの柳かな」(五元集)により柳橋にかけた。柳橋は神田川の隅田川に入る所にあった橋。この近所、吉原通い、その他遊山船の船宿があった。ここはその船宿での評判。
九 山谷堀。日本堤の北を流れて隅田川へ入る堀。その今戸橋近傍に吉原通いのつく船宿が多かった。その船宿での噂。
一〇 前出(五二頁)。

婦多川の米八

[一]○そも流行に心をつけて、[二]高名書画の花押にくはしく、[三]風流の雅莚に招かれ、[四]一中の調子をあはして、またよ[五]くトゝ一の新文句[六]にゆきわたる

○[七]傾城の賢なるは此[八]柳橋、[九]堀の噂もあしからぬたしかにこれぞ[一〇]おしよくの全盛

唐琴屋内
此糸

一一 お長(蝶吉)の讃詞。
一二 第九齣に、心配をいだいた思い寝に悲しい夢を見ることをいった。
一三 荘子の斉物論「昔者荘周夢ニ胡蝶ト為ル、栩(く)々然トシテ胡蝶也。(中略)俄然覚ムレバ則チ蘧(きょ)々然トシテ周也。周之夢ニ胡蝶ト為ルカ、胡蝶之夢ニ周ト為ルカヲ知ラズ」による。夢の縁で、お長の蝶吉になったをいう。
一四 荘周。中国の戦国時代の思想家。その著の荘子は寓言によって、道を説いたもの。前引もその一なのでいう。
一五 正しくは「だそく」。戦国策にある蛇に足を画こうとした故事により、無用の意。ここは以上の如きを述べるのも無用であるの意。
一六 この画中に蝶を画いた筆意は、お長の夢を示すもので、作者の補いとしたものだとの意。

再出
竹蝶吉

胸のなやみのかさなりて、ついおもひ寐の夢となる、蝶が阿長か阿長が蝶か、正に荘子の寓言蛇足、画工が筆意を、ゐがきてさらに、作者の補ひとせり

女髪結
小梅の於由

一 植木鉢様の台に、草木を植え、石など配したもの。石台に水もうたぬに、水気あって、梅花の開き、馥郁と香っているとの句意。梅児誉美と題するこの書への讃辞。

一石臺(せきだい)に
うたぬ
水(みづ)あり
梅(うめ)の花(はな)

春色梅児誉美巻の四

江戸　狂訓亭主人作

第七齣

[二]さても丹次郎は、二階より下りかゝりたる段階子、登る梅次と米八に、ぎよつと後を振向ば、かわゆき[三]顔に[四]茜さすりんきの眼元、[五]露ふくむお長がうらみ。米八も、[六]それと見るより[七]角目立こゝろを、やう〳〵おししづめ　米「[八]丹さん、待てお出といつたのに帰りそうにしておいでだトいひながら、お長に向ひ「ヲヤお長さんまことにお久しいねへ。たいそうに美くしくおなりだ。そしてマア少しの中に背丈も延たことは。それじやアモウ何処へ娵にお出でも能といひながら、丹次郎の顔をじろりと見る。丹次郎は知らぬ皃で　丹「ほんにちつと見ねへうち大きくなつたのう。今其処で逢て[九]見そくなつたくらひだ　米「ナニ見そくなふこともあるまいねへ。お長さん、男といふものはどうもたのみになるやうで頼にならないもんだ。のう梅次さんトすこし丹次郎に[一〇]あ

二▽前の編の末に読者への呼びかけを附したが、この後編は同年同時の出刊なので、編の冒頭ながら、話を直に続けたのも、一手法である。

三ふりかえって、丹次郎がお長の顔色をうかがったもの。▽先に米八のことを知らぬ顔した直後だけに、色男もつらいものである。

四色あからめて、米八への怒りのさま。

五早くも感情高ぶって、涙をうかべ、丹次郎へ恨みのさま。

六お長を見とがめて。

七目をつっていかる。感情を害する。

八▽わざと丹次郎に親しくいうは、お長に見てくれがしのそぶり。

九「見そこなう」の訛。

一〇あてこする。

てる。 梅「そりやアそうだけれど、なんでも女の氣魂[1]次第さ。此方が惚りやア他も
ほれるから由断[2]をするといかないよ ○お長はさすが娘氣に、表向をつくろふ愛相[3]の
ならねば、胸におもふこと面に出て、やゝしばらく物もいはずにありけるが、やがて
心を取なほし 長「米八さん堪忍おしよ。私は久しく逢ない人にあふと急にかなしくな
つて、ものがいはれないから、ツイだまつて居たョ、トわらひ顔する一言は、娘心に
しかたなく[4]、性[5]いつぱいの世事[6]なるべし。 よね「ナニ堪忍も何もいらないはネ。そし[7]
てマア廓[8]の方はどうおしだヱ 丹「マア今にくわしく咄そうが、おめへは兎も角も梅次
さんにはやく酒でも 梅「ナニマアよいはねへ よね「上りしな[9]にモウあつらへたはね
へ 丹「ハアそふかトいふうち、誂へのうなぎと酒を下よりはこぶ。これよりしばらく
盃の取遣をしながら よね「それじやアお長さんは今ではどうしてお出のだへ 丹「イ
ヤモウとんだ[10]はなしさトお長が身の上を、先刻聞置たるとほりくわしくはなせば、さ[11]
すが米八も氣の毒[12]におもひ よね「それじやアマアとんだ[13]苦労をなすつたねへ。しかし
物怪[14]の幸とやら、鬼兵衛どんが、わが儘らしいことをするのを見て居るよりは能はネ
トいひながら、米八つく〴〵[15]とかんがへ思ふに、此お長は丹次郎がいひなづけといひ、
まづわが身のためには主すぢなれば、わるくすると男をとられるも知れず、また丹次
郎も好物[16]の娘なれば由断はならず、はやく明白[17]でいひ出すにしかず、そのうへ義理で

一 精神のもちかた。
二 油断のあて字。以下にも多い。
三 愛想のあて字。
四 外にせんすべもなく。
五 精一杯のあて字。
六 お世辞。
七 ▽この一言にて、米八の性善にして、思いやりもあることを知るべし。
八 吉原をさす。吉原大鑑「この廓へ遊びにゆくを丁へゆくといふ事、元吉原の時十文字の町形にて、通抜なりしを、後に一方口になりて丁の字の形なるゆへ、その頃丁へ通ふといふ、今にいたるまで通言なり」(大鑑説は当時の俗説。公娼街でお町と称したことの略か)。ここはお長の唐琴屋のこと。
九 上りがけに。
一〇 とんでもない。
一一 ▽前出に応じて、米八のよさを示す語。
一二 ここは、古い語義の、当人の心痛をいう意でなく、今日の如く同情するの意。
一三 甚しい。ひどい。
一四 思いもかけない。意外な。
一五 ▽かかる説明は、高座で人情噺を演じた春水の、その話の中におけるものと同性質。
一六 すきな。
一七 「しらばけ」ともいう。あけすけにすること。

[一八]二人が心をとりおさへ、たとへお長が何とおもふとも、此方は[一九]やけに隠さぬが、[二〇]後手にならざる用心と[二一]胸算用の差引して、お長に盃をさし よね「ハイ[二二]はゞかりながら少しお呑な 長「[二三]そんならちいツとついでおくれ よね「梅次さんどうぞ うめ「アイと酌をする よね「ほんにお長さん久しぶりでお目にかゝつて、こんなことをいふも[二四]ぶしつけだがネ、今じやアわたしも婦多川で、どうやら斯やら[二五]藝者の数になつたといふも、自惚らしいとおわらひだらうが、実のこと此梅次さんをはじめとして、みんなが心易くしておくれだから、押もおされもしない身のうへ、それについちやア若旦那もだん〴〵の御ふしあはせ、また申シにくいがわたしも ト[二六]すこしいひかねしがおもひきつて 「[二七]ついしたことから若旦那と深くいひかはして、[二八]身儘になつては、いふにおよばず今でも一所に居ないばかり、お客の座敷に出て居ても心ははなれぬ夫婦中 ト[二九]わざとあぶらツこくいふは、まだはじまらぬお長が[三〇]こゝろのいろをとりひしぐつもりとみえたり それゆゑわたしが何も角もといふはどうも失礼だ[三一]が、[三二]手のとゞくたけ[三三]身をいれて、[三四]みつぐといふ程ではないけれど、マア若旦那の[三五]たそくになる氣、だん〴〵聞けばおまはんもどうか[三六]氣がねな今の様子、かならず遠慮を[三七]しないますな。およばずながらおまはんをもずいぶん見継しがくをしてト半分聞て、お長もまた年はゆかねど恋の意地 長「まことに御信切有がたふ。しかし宅に居た藝者衆に、二人お世話になつちやア[三八]お氣の毒だから、私もどうか若旦那の手助けになるやうに、これからちつと

一八 二人の気持を義理でしばり。
一九 むやみに。
二〇 お長に対して、対丹次郎戦におくれぬ意。
二一 心の中で、十分に勘定して。▽ここでも亦、米八の賢明にして気のかった性質を十分に描く。
二二 失礼ですが。▽かつての主家の娘に対するでなく、平等の語。
二三 ▽お長は、かつての召使に対する言葉づかい。
二四 不作法。
二五 一人前の芸者となった。
二六 ▽米八、元来気は勝てども、あばずれ女ではない。
二七 ▽共に吉原にいた頃のこと。
二八 婦多川(深川)で自前芸者になってからのこと。
二九 濃厚に。いやみらしく。
三〇 恋情を初期に断たせるつもり。
三一 底本「か」。意によって改。
三二 及ぶ限りは。
三三 親身になって。
三四 金銭の援助をする方法をこうじて。
三五 たし。補い。
三六 遠慮されがちな。
三七 「しなさいますな」の訛。
三八 申しわけない。

氣をつけて卜聞て米八[一]さげすみわらひ　米「ヲヤそうかへ。それじやア若旦那のお仕合せだトいひつゝ、丹次郎にむかひ「ア、ほんにおまへはんにそう云ふとおもつてわすれて居たがネ、[二]若裏に[三]小〆りとした家があるから、急にあそこへ越てお呉なはいヨ。中の郷は私が往來に遠いし、そしてモウ[四]不用心だから苦労だよ。そふなさいヨ。今日帰ると[五]造作とか戸棚とかを買て仕舞ますヨト何か[六]急腹の様子、梅次は詮方なしに[七]さばく心　梅「コウ[八]米八ざんなんだかおめへ、[九]丸くねへ言葉付だが、素人らしく[一〇]妬心でも有めへが、どうか[一一]おかしく座がしらけるじやアねへか。丹さん、おまはんマアこのお娘を連て先へお帰りな　丹「さやうさ、女の子一人で宅を出たのだから、案じるとわるいからはやく帰しやせう。それじやア米八おらア先へ行から、梅さんとゆるりと　米「ハイさやうなら。急いでお帰んなはい。お長さんまた[一二]此間にトロにはいへど、心には[一三]犬骨折て鷹の餌となりもやせんと[一四]廻り氣

一 ▽こと丹次郎の事になると、きびしくなる米八である。ただしこの所の米八、やや酒気もあってのふるまいである。

＊挿絵中の「柳川」については前出(八四頁頭注三五)。

二 前出(七八頁)の中裏にあてた。

三 小さくて恰好な。

四 淋しい所で、盗人などに用心が悪いのと、近くの小梅にお長がいて、その方もあぶないとをかけた語。

五 家の中の、戸障子や棚や流しなどの取付けものの総称。

六 急にかんしゃくをおこすこと。

七 対人関係や感情のしこりをとく。

八 底本「さ」となっているが、前例により改。

九 おだやかでない。

一〇 春告鳥九「近来の流行ことばに嫉妬(やきもち)をやくことをじんすけといふことは遊所の隠しことばなりしを(下略)」。▽流行語を紹介する一例。→補注二七。

一一 変に座の空気が気まずくなる。

一二 近い中に、お目にかかりましょうの意。

一三 諺「犬骨折って鷹の餌食」。直接努力したものの、利益を他のものに取られる意。

一四 様々に疑う気持。

一五 ▽これも亦一媚態。

一六 手におえない。始末の悪い。

は、ほれた女の常にして野暮らしけれどむりならず。長「ハイさやうならト梅次と米八へ一度にあいさつして二階を下る。丹次郎もつゞいて上り口へ行を、米八はうしろ[15]から背中をひどくつめり、眉毛をあげてにらみながら元の処へすはり　よね「はやくお帰り、にくらしい　うめ「モウいゝじやアねへか。前は小児だアな。丹次郎はにがわらひ　丹「[16]おへねへ氣ちがひだ　よね「アヽわつちやア氣遠さトくわへて居た楊枝をほふりながら中音[17]にて　「お長さん迷子にならねへやうに手をひかれておいでよ　丹「いゝかげんに馬鹿をいひなト梅次に何かさゝやいて、たのみ下りて行。よね「いめへましいのう　うめ「なんのつまらねへ。あんなひい〳〵[18]たもれを妬心することもねへ。おめへマア不断の氣に似合はねへ、丹印[19]にかゝるとまことに愚智だヨ。[20]てへげへにしねへな　よね「それでもどふも　うめ「ばからしいやアな。丹さんだつてもまんざらおめへの皃をつぶすやうなこともあるめへはな　よね「そうも思ふけれど、お長さんが才子[21]だから由断はならねへ　うめ「あきれるヨト猪口を米八へさし　「サアはやく呑で切[22]あげねへな。おらア今日はおめへのお蔭で酒が裏[23]に落ていけねへ　よね「ほんにのふ堪忍しねへ。面目ないがなぜこんなに迷つたろう　うめ「モウ〳〵おいらは請[24]ねへ〳〵、沢山だアトにつこりわらひ　うめ「実に色[25]が活業といふじやアねへが、萬事[26]行わたつたつもりで居ても、眞底ほれるとどうもわれながらこけ[27]になるよ　よね「アヽ他のことを前方[28]アわらつ

一七　小さい声で。▽もちろん以下は丹次郎へのあてつけの言葉。
一八　小児気のなくならない者。年の若い女を軽んずる形容。お長をさす。語源には、ひい〳〵(玩具の笛の一種)を乞う如くの幼児とする説(山崎麓「江戸語雑記」国語解釈一の三所収)と「火い火いたもれ、火は無い〳〵と…」と口遊びする如き子供とする説(穎原退蔵著江戸時代語の研究・鈴木棠三著俗語)がある。語そのものの語源は後者であろうが、これを用いた春水らの理解は前者であったらしい。
一九　人名の冒頭の一部に「印」の字をつけてよぶのは、この頃深川の通言。丹次郎のこと。
二〇　いい加減でやめなさいな。▽このあたり、梅次と米八の対話で、作者の恋情に関する理解を物語る。合せて、芸者たちの生態を描く。
二一　利口に同じ。
二二　この席を仕舞いにする。
二三　普通「理に落つ」と書く。理窟っぽくなること。ここは酒をのんでも、陽気にならず、気持のしめる意。
二四　のろけや艶話などの聞手に廻ること。岡釣話(文政二)「ひつついたり悪滑稽を言のを、うけて居るのは真平だ」。
二五　娼妓でなくて、芸が商売だからの意。
二六　情事の諸般は十分知っているつもりでも。
二七　おろか。　二八　以前。

たが、もう〳〵眞にじれつたくなるのはこの道だのふト染ゝといへば、梅次は手拭ひを米八が膝へかける。よね「ヲヤ何をするのだ　うめ「おめへがあんまりのろけるから、よだれをたらすかとおもつてサ　よね「ヲヤくやしい。遊ばれるとは氣がつかなんだ　うめ「氣が付たらモウ出かけやう　よね「ムヽモウ酒もいゝのト勘定を供の男にさせ　箱持には　あらずおくりなり　二人は何かひそ〳〵とさゝやきながら歸り行。思ひある身とたれかは知らん、いよはま〳〵と賞らるゝ、その美しきが仇となり、他にまさりし苦労する娘藝者の浮沈、豈岡目のおよぶ所ならんや。　作者ある時席上にてうたひめをよめる

　糸竹にみさほの節は有ながら手折やすげに見ゆる唄女

これはさて置、彼お長は、よもやとおもひし米八丹次郎が斯まで深き中となり、殊に男を見継おけば、我ものなりとうちつけにいはぬばかりの仕こなしのみか、丹次郎もまた、米八とははなれぬ契りと推量ば、彼うなぎやを立出て、歸る道さへはかどらぬ姿を見れば、猶さらにかわゆらしくもうるはしき、蕾の花のお長が側、往來も稀な武家小路　丹「お長おめへなぜ泣皃をして歩行。ヱヱこれさ機嫌を直しなよトいへば、お長は前後を見まはし、丹次郎の顔をながめて、釣さがるやうに左の手に両方の手をかけて、しつかりと引れながら　長「お兄イさん　丹「ヱ　長「おまへさんは誠に憎らしいョ　丹「なぜ　長「なぜといつて、先刻も米八ざんのことをいつたら、知らぬ皃をして

一 感情に翻弄されて、自制力をうしなった気持をいった。二 恋の道。▽米八の告白より、春水の評であることが、この語などでわかる。
三 なぶられる。遊びものにされる。
四 三味線箱をもって芸者の伴をする男衆。
五 見送りの男。深川の芸娼妓は茶屋から送り迎えがついた。
六 人気女形浜村屋こと瀬川菊之丞(当時は五世)のほめ言葉。応喜名久舎一「路考(ママ)」(菊之丞の号)。ここは浜村屋に似た芸者や娘を、その言葉でほめる場合。初編口絵の米八は五世菊之丞の似顔絵になっている。
七 底本の振仮名「あた」。濁に改。
八 普通は運命の栄枯盛衰をいうが、ここは、感情の変化をいうか。
九 外から見ては。
一〇 底本の振仮名「せきしやう」。意により改。
一一 唄女に縁ある糸即ち三味線に竿、竹即ち尺八に節、それに手折ると縁語を出し、芸者はすぐになびきそうに見えるが、内心に貞節の心をもつの意。
一二 古語で、あらわにの意。ここは、あてつけがましく、ほどの意。
一三 しなし。ふるまい。
一四 離れ得ない関係。一五 物思いで足も遅いさま。一六 ▽丹次郎の気持。
一七 年若く、これから先さぞ美しくなろうと思われる。
一八 屋敷町。武家屋敷の間の通り。深川の高橋から北して中の郷小梅への道

お出なすつて、いつの間にか御夫婦になつておいでなさるじやア有ませんか　丹「ナニそういふわけもないが、おいらが[20]浪人してこまつて居て、殊に病氣の最中來て、彼是世話をしてくれたからツイ何したのだ　長「ツイ夫婦におなりか　丹「ナニ夫婦になるものか　長「それでも末には一所になるといふ約束じやアありませんかへ　丹「ナニ〳〵夫婦にはなりやアしねへョ　長「そして、だれをおかみさんになさるのだへ　丹「おかみさんは米八より十段もうつくしいかわいらしい娘がありやす　長「ヲヤ何処にヱ　丹「[21]これ爰にさトいひながら、お長をしつかり抱寄て歩行。お長はうれしく、すがりし手に力をいれて、二の腕の所をそつとつめり、眼のふちをすこしあかくして、につこりとわらふ[22]ゐがほのあいらしさ。幸ひ徃來も絶たれば[23]千話をしながら行道の、横小路より出し抜に「[24]鍋ヱ、釜ア、いかアけヱ引　二人はビツクリ、早足に左右へわかる[25]割下水、誓もかたき[26]石橋を、渡れば[27]春の薄氷、[28]とけてうれしき縁しぞと、思ふ[29]妹背の中の郷、[30]粋な小梅の隠れ家へ、[31]心で手と手とりかはし、柾の垣根[32]藪だゝみ、寄ば[33]人目のはね[34]釣瓶、[35]覗かるゝかと隔たれば、此方の軒に鶯のほうほけきやうも、我うへをわらふ鳥の音はづかしく、たどり〳〵て歸りゆく。

[36]鶯の遲しと鞭やうめの花　[37]巴兮

には屋敷町が多かった。
一九「つりさがる」の訛。▽お長のなお子供々々したさまを示す。
二〇 生活の方法もたたないで。
二一 ▽いかに年若い娘に対するとはいえ、このあたり人情本の嫌味である。
二二 底本「ゐかほ」。濁に改。
二三 痴話のあて字。恋人たちの戯れなし。二四 いかけやの呼声。守貞漫稿「鋳鉄師　銅鉄の鍋釜の破損を修補す、ふいごを携へ来て、即時に為ㇾ之、其扮三都相似たり」(図がある)。
二五 本所の地名。本所に南北二つの割下水(掘りわりの下水道)があった所。二人の帰路にあたる。「わかる」の縁。
二六 掘りわりに石橋がかかっていたと見える。堅い石とかかる。
二七 ▽第六齣とともに早春の期なるを示す。第一齣の薄氷(四七頁)と似た文を指摘して、篁村は春水の文藻乏しい例としている(出版月評)。
二八 薄氷の縁。感情の融和しての意。
二九 背の誤字。妹背の中(仲)と続く。
三〇 粋と酸いで、家と梅にかかる。中の郷・小梅は前出(四七・七三頁)。
三一 人目をはばかって、手をとり合わないが、心中ではの意。
三二 一面の藪つづき。
三三 二人が相寄れば人目が恥じられて。
三四 井戸の縁で「覗く」の枕。
三五 人家から覗かれるかと、離れると。
▽この所、読本調の道行風の文章。
三六 梅の花咲く若枝を鞭と見立てた句。
三七 未詳。

第八齣

[一]若鮎や釣らぬ柳へ刎て行。　藤「この扇はだれのだ。鮎ばかりじやアねへ、[二]餌もねへ針へかゝる藝者や女郎がいくらも有トいひながら、横になつて居るところへ、米八は元氣らしく二階へ來る。　藤「けふは大分御機嫌だの　よね「ハイサ、[三]酒でも無理にまいらずはとこせへておきますは[四]トすこし鼻であしらひ、[五]膝からどんと居る。藤は余程酒がまはりし風情、すこし[六]調子高に　藤「ヲイ米八さん、今日はどふぞその[七]突かゝり口上は[八]一條拔てもらはふよ。突掛てよけりやア、とふから此方で突かゝるのだ。いつでも〳〵和らかに馬鹿になつてゐてやりやア能かとおもつて、ふざけてへほうでへ[九]ふざけやアがつて、なんのこつたへ。面白くもねへ。言ことがねへと客の[一〇]店下しばつかり、これヱ、たなおろしで[一一]たしなませられる藤さんなら、[一二]小べりへ手をかけて小舟へ乗うつりやアしねへぞ。[一三]女日照がしはしめへし、[一四]自惚のお守りやア手めへから出すか、あきれた[一五]頓智氣だア　よね「ヲヤこわいトいつたばかり、床の間の柱へ寄かゝり平氣な顔付、藤はぐつと[一六]せきこみ　藤「ヲイあんまりすました面アするなへト大きな聲をする。よね「もし藤さん、もふちつとしづかに云てもきこえますは。なるほど女日でりがしやアしめへしとは、そりやアモウ、おまへさん方のやうな粋とやら[一七]通人とやらいふ人の

一 若鮎の勢よく、しだって釣糸の如き河岸の春柳に、はねたさまを詠じた句。柳・若鮎ともに春の季語。▽これで漸く春めいてきた本齣の季節を示す。扇に書いた句としたのが、一趣向。 二 何のとりえもない男に惚れる意。▽米八が丹次郎をしたうことを暗にのしった言葉。 三 仮名手本忠臣蔵七段目の平右衛門の大星をいう言葉「酒でも無理にまゐらずば、是まで命も続きますまい」を用いて茶かした所。 四 もっともらしく作っていいます。 五 ▽米八も酒がかなり入っているさま。 六 声の調子も高く。 七 反抗的な口ぶり。 八 一まず。しばらく。 九 放題のなまり。ふざけたいだけふざけて。 一〇 悪しざまにいうこと。 一一 行儀よくさせられる。反省させられる。 一二 船の両側上部にはった板。▽船便で遊ぶ深川遊里通であるをいう。 一三 女に不自由をすること。 一四 お前は自惚の御本尊かの意。自惚の甚しいをののしった言葉。 一五 早く辰巳之園(明和七)に「とんちき　右同断(悪敷客を云)」とあって、深川から出た語。まぬけ。馬鹿。 一六 感情をいららげて。 一七 ここは音読した通人と同義。 一八 男に不自由すること。 一九 丹次郎。名の一字に「の字」をつけるよび方は前出(七七頁)。 二〇 ▽言葉の続きで大きく出た言葉づかい。 二一 ▽冷静をよそおうが、米八の内心は千々の思いである。 二二 ▽藤兵衛ほどの人物が、自分の如きをこれほどまで思ってくれる

こと、亦私どものやうな自惚のとんちきは、男日でりのしたやうに、丹次郎より外にやア、マア私が目をかけてやらうとおもふ者は一人もねへかとおもはれますは。また一人や半分有た所が ト すこしおもいれのこなし あの義理の、此義理のと ト なみだをこぼし もふ勿躰ねへほどありがたくつても、二個の人へ義理が ト いひかけてまたけんどんなることば 其処がやつぱり男日でりのした所かへ ト 懐手をしてうつむく。藤はすこし考へ 藤「コウ奥歯にものゝはさまつたどつちつかずの殺し文句で、また一芝居藤さんをたゝく氣か。おつかねへの。何ぼ手めへが利口そうに小いやらしい口をきいてもナ、これよく聞よ。土場のちつともまじらねへ黄色な光る餌を付、義理と恩との銕丸をかけ、つらい年季の長棹を浮して、身儘と場所を替、はりと意氣地の婦多川へ、さえねへ面を洒し竹、細い元手の糸筋で、やう／＼命を継棹にやア、だれがお蔭でなつたのだ。土段場へ直したうなぎの様に、びくしやくしても歯はたゝねへぜ よね「もしヱ藤さん、いかに六万坪が近いといつて、あんまりごたくをならべるもんじやアねへはネ 藤はぐつとかんしやくをおこし 藤「なにこの女ア ト きせるをとつてふりあげる。よね八はちよいと身をひねつてなみだはら／＼ よね「藤さん、それほど憎けりやアぶつとも殺ともおしな。あんなに事をわけていふのに、おまはんの胸にやアまだわからねへのかヱ。じれつてへ、爰でおまはんにころされりやア私も余程有卦にいつたのだ ト またちやかして 「そしてマアこゝの内でも金もふけだ 藤「ナニなんだと、うぬアふてへことをぬかすな。ア、時

は、もったいないの意。二三 藤兵衛を客とする此糸と、自分が貞操をちかった丹次郎の二人をさす。二四 無愛想な。二五 ▽内心の苦悩が外へ出る顔をかくすのである。二六 ▽後出(二〇二頁)の如く、藤兵衛は米八の性質をためしているための思案。二七 曰ありそうで判然としないたとえ。二八 両方に解せるような。二九 相手をまよわせる文句。三〇 作りごとをして。方法をもって。三一 なだめる。三二 魚釣の餌のごかいの泥気のないものの意か。▽以下のせりふは、釣の用語をつらねる。この齣の始めの文句に照応。三三 純粋の黄金。金で米八を吉原から出したこと。三四 釣糸の錘。米八に重い恩義をかけたこと。三五 釣用の長い棹。河羨録「或此道の好人曰、竿は九尺より一丈五寸を限りとす」。三六 米八の吉原でのつらい長い年季奉公を、中途でやめにして。三七 自前芸者。三八 釣場所(河岸)をかえること。米八が深川へ変った意。三九 釣針の意をふくんで、張と意気地を第一とする深川花柳界。四〇 ぱっとしない顔。米八をののしる。四一 面をさらす、即ち顔出しすると、釣竿用の晒し竹(火にあぶって油をぬいたもの。その方法、河羨録に詳しい)をかけた。四二 釣糸。その太さを何番手と呼ぶところから、わずかの収入で生活しの意。四三 生命をつなぐを、釣の継棹にかける。→補注二八。四四 いよいよの場。まな板上のうなぎをいう。四五 手むかいは出来ない。

四六 深川木場の埋立地。現在の豊住町辺。当時の釣場の一。 四七 埋立地用のごたくたした物と、勝手なことをいう御託をならべるとをかける。 四八 よい運命に廻り合せたのだ。 四九 ここは、はぐらかす程の意(中村幸彦「黄表紙の発想法」佐賀大学文学論集二所収参照)。 五〇 米八の言った意味は下にあるが、内済金を出さねばなるまいの意に藤兵衛はとった。 五一 ずうずうしい。

一 関係をしていると。 二 強請やさぎで金を人からとること。 三 顔色。様子。 四 貴方に対してかんしゃくをおこすのは誠に失礼ですが。 五 釈迦の死をいう語。お死になったと。 六 義理と実意の板ばさみで苦悩する者。 七 女性の戒名につける文字。 八 名前を披露すること。花柳界のならわし。 九 個人の所有地で、その地の住人の便のために開いた道。従って新道のある所は主に借屋の多い住宅街である。

*挿絵詞書「狂訓亭主人　いと竹にみさほのふしはありながらたをりやすげにみゆるうたひめ」。本文中に前出(一〇二頁)。

一〇 借屋の時の保証人。 一一 悪罵。にくまれ口。▽第五齣の襯染の方法に応じて、一段と度をつよくした一条。第一齣の時から数ケ月を経たのみで、米八の性格は甚だ老練になっている。饗庭篁村は前掲(五四頁)の出版月評の評で、恵の花・辰巳園などを合せてであ

節につれてそふなるものかへ。乞喰染た丹次郎に[一]つながつて居りやア、根生までゆ[二]すりかたりも稽古のためかへ。米八は氣[三]色をかえてかんしやく　よね「モシヱ藤さん、よしてもおくんなはいヨ。仮にもそんな穢らはしいことを云ておくれでないヨ。私はなんといはれてもいゝが、いとしいかわいゝ丹さんに疵がついちやア、かんしやくといふも近ごろぶ[四]しつけだが、命も捨わ私がこゝろ。今私が殺されりやア、此所の宅で金もうけ

だと言たのはネ、よくお聞よ。こゝの杜は米八ざんが御入滅[五]あそばしたのだと、義理[六]と実意にからまるものは、けづつて守にかける人がたんとあろうとおもつてサ。その時は私も何とやら信女[七]と名弘[八]めをして、極樂の新道[九]へ世帯を持ますは。とてものお世話ついでに、冥土とやらの店請[一〇]もおまはんにおたのみ申(し)ますと、愛相づかしの有たけをならべたてたる覚悟の悪態[一一]。側にありあふ湯呑にて手酌のぐいのみあをつきり[一二]、藤はじろりとこれを見て　藤「イヤハヤあきれてものがいはれねへ。折節階子をあがり來る此家[一三]の主文藏が、年は五十を二ツ三ツこしても、流石老こまぬ氣性も土地がら、はでやかな三升格子[一四]のどてらを着、紫合糸[一五]の細帯を前で結び、白[一六]の喜世留の重たきやつを袖くゞみ[一七]に持　文「藤さん今日は　藤「ヲヤちやんか[一八]。此間[一九]はいつ來ても逢ねへの

文「ヱイ此間はちつと遠くの講釈を聞に行ますから　藤「どこへ　文「木びき町[二〇]へ良齋[二一]が出るが、まことに日本一[二二]といふ昼夜の席が出來て大入サ　藤「そふか、しかしあんまり遠いの　よね「ハイおとつざん[二三]あげますト猪口[二四]を出す　文「アイト請て下に置。藤は急に立あがり　藤「ちやんヤゆるりと呑な。おらアちよつと多賀町[二五]まで行て來るから

文「なぜへ。それじやアわりい[二六]。マア　よね「ナニ私がわりいからサ　藤「わりいかいゝか知らねへが、なんぞといふと義理づくめ、手めへの勝手になる義理はたてとほしても、我儘に己への義理は何処でする。無理と知つても男の意地[二七]、おつなはづみに迷つたは

るが、この点を難じて、「此書の前伝を継ぎ足したる春色恵の花に(中略)此年漸々十七歳、なか〳〵唄女の風にあらず、只の娘の心にて云々とあり、(中略)此時を中の郷侘住居の年の春とするも、深川の唄女となりて、全盛なりしは十八の夫にしては総ての仕こなし手際過たり。わづか一年前は只の娘の心なりし人、爰に至つて活潑老練となる。君子豹変ともいふべくや」という。春水の作品は読本に類し、長編として性格への留意もあるが、一場面の情趣を重んずる傾向をここに認める。

一二 湯呑茶碗の上辺に引いた青色の所まで酒をつぐこと。転じて、なみなみとついだ酒。ここはそれを一息にぐいのみする。

一三 後出の如く芸者をよび遊ぶ船宿の一。

一四 市川団十郎家の三枡(みます)の紋を格子に作った柄。守貞漫稿「三升格子の図(図略)、団十郎縞とも云、江戸俳優市川団十郎なる者より始む、ついに号とす、団十郎記号(図略)又三升と号す、俠客幡随意長兵衛に扮する時の半合羽必茶地に三升格子、浅黄地に白の三升格子等浴衣に用ふ(婦女には稀也)、白地紺縞もあり」。↓補注二九。玉の蝶(寛政年間)の舟宿河竹のていしゆ千は「ごばんじまのどてらの下に、てつぽうしぼりのゆかたを着、どうらくなるこしらへ」。

一五 絹の織方で、平織の一種。二本または数本ずつならんだ縦横糸を用いる。

一六 銀製。

一七 袖でつつむように持ち。

一八 茶屋や船宿の亭主などを呼ぶ称。

一九 近頃。

此方がわりいと、幾度か思ひ直して歸つても、そのうつくしいしやつ面[一]に、生れ付たが其方の不運、しかし是からモウいはねへ。野暮なことだが、マア跡でちやんにゆるりとはなして見や。まんざら男のおればかり無理だと定[二]が付もしめへ　よね「マア堪忍して、いつもの通り機嫌を直してお歸りな　文「旦那マアもふちつと　藤「イエマア歸りにまた來やせう。なんだかおかしな時宜[三]になつて、辰巳婦言[四]の藤兵衛[五]にどうか似よりの役まはり、名さへも同じ二枚目[六]がたき、金を遣ていやがられ、わからぬ人といはれるも、星[七]でもわりい年だろうと氣が付てみりやア、ばか〳〵しい。ドリヤ行て來やうト出て行男の心、米八が察して見れば、なか〳〵に親兄弟もおよびなきその信切は、數ならぬ此身を深くかわゆいと、おもつてせらるゝ情のほど、忝ないとおもつても、初めをいへば、[八]此糸さんのいふにいはれぬ情から、身儘になつた大恩の金はといへばアノ藤さん、つく〴〵かんがへ、アヽモウ〳〵死んでしまひたい。　文「コウ米八ざん、おらアくわしく知らねへが、いつか中からちら〳〵と耳へはいつて氣になつたが、マアよく了簡して見なヨ。今の浮世[九]で藤さんのやうに実意の有人はめつたにはあるめへじやアねへか。といつて手めへの田へ水を引[一〇]やうな異見をいふ氣はさら〳〵ねへ。どふかおめへの身[一一]の立やう、又藤さんの氣の濟やうな法[一二]のつけやうが有ふじやアねへか　よね「誠におとつざん有がたふ。真にうれしいおまはんの異見、私もいろ〳〵思案をし

三〇 今の東京都中央区東銀座。ここは、そこにあった寄席。 三一 乾坤坊良斎(万延元年没、九十二歳)。初め落語家、当時の講釈師。春水と親しかった。↓補注三〇。 三二 底本の振仮名「にっほん」。改める。良斎はじめ最良の出演者をそろえている意。 三三 底本「さ」。他の例にならい改。 三四 寛政以前の盃でなく、当時は猪口を用いるのが流行。 三五 深川佐賀町にあてる。永代橋の東岸、北の一帯。 三六 気まずい。 三七 変な調子で。

一 顔をあしざまにいう語。
二 判定されもすまい。
三 都合。
四 寛政十年刊の式亭三馬作の洒落本石場妓談辰巳婦言。小本一冊で、ここと同じく深川を舞台にする。続編に船頭深話(文化三)・船頭部屋(文化四)がある。
五 作中で、妓女おとまの客の「稲村が崎新川あたりの酒問屋の伴頭と見」える人物。おとまに対して、通人らしい悪たいをはく部分がある。▽春水は三馬を師と呼ぶが、ここは趣向の出所を示したもの。
六 歌舞伎で、色男役で且つ敵役の性質を合す役柄。また色敵ともいう。
七 年々の吉凶のめぐり合せ。
八 ▽この所は前出の義理の説明。後期滑稽本や人情本は、低い教養の読者を予想して、かかる説明を挿入するの

ても　文「サア藤さんがいやならばいやにして、何でもかでも、これまでは厚く世話にもなつた人、あんまりおめへが意地ばつちやア、愛敬をうしなふばかりか、恩を仇[13]でするやうなものだ。マア〳〵おれにまかせなせへ。どうか思案[14]がありやせうトいふ折から、米八が迎[15]。よね「どうしませうね　文「藤さんか。ナニ今日はもう寄もなさるめへ。もしお出なすつたら、いゝやうにいはふから、マア歸んなせへ　よね「そんならどふぞおとつぱさん[16]　文「ム、承知だヨ。案じなさんなト斯[17]ることにはものなれた、もやひ[18]の舟の解[19]かげん、汐[20]のさしひき如才なく、もつれし中へ乗込[21]も、商賣がらの親父[22]役、実[23]かぢ柄のかけがへ[24]をも用心する、舩宿[25]とはいはずと知れし風情なりけり。

春色梅児譽美卷の四　終

も一特色。
九 苛酷な相の世。
一〇 諺「我が田へ水を引く」。自己の利益のみを考えての異見。
一一 うまく世を渡ってゆけるよう。
一二 方法をこうずる。
一三 底本の振仮名「あた」。濁に改。
一四 ▽ここも春水が、芸者の読者などに対する老婆心からの教訓。
一五 揚げた時間が切れたので、むかえに来たもの。
一六 底本「さん」。濁に改。
一七 客と芸者のもつれをさす。
一八 錨や綱で、碇泊した船に他の船をつなぎとめること。為に綱がもつれるので、「解」にかかる序。船宿をいうので、船の縁語をつらねる。
一九 男女のもつれを解くかげん。
二〇 また、船の縁語。米八への指図。
二一 「もつれ」とともに船の縁語。仲裁に入る意。
二二 歌舞伎の役柄の一。船宿の親父ゆえ当然。
二三 舵を動かすために、頭部に横にさしこんだ短い棒形のもの。また、船の縁語。
二四 取りかえること、又そのもの。客や芸者の梶のとり方をさまざまにかえる用意のある意。
二五 深川の船宿は、船宿の用のみならず、深川遊里の手引や、密会・小宴の場所となったのである(深川区史下参照)。→補注一二三。

春色梅児誉美巻の五

江戸　狂訓亭主人作

第九齣

[一]ことゝはん心とも見ぬ憂中にまさる恨をたへ忍びつゝ。それにも似たる心かな。お長は独く〳〵と、姉のお由が留守の宿[二]に、思ひわびたる[三]恋の欲、まゝ[四]にならねばなをさらに、恋慕の情のいやまさる男のうへと、米八が我形[五]らしき有形も、元はといへば金ゆへに、いはゞ古主の此身までないがしろにするその風情、また丹次郎も、米八が見継[六]に月日を送るゆへ、いふ[七]にいはれぬ中ぞとは口[八]に告ねど、心には又捨られぬ時宜なりと思へば、どうぞ其身[九]より丹次郎を活業[一〇]たく、思案にくれたる門口へ、見なれぬ若者二三人　三人「アイごめんなせへ、ヲヤ姉さんは留守かへ　長「ハイ今日[一一]はチト遠方[一二]へまいりまして在ませんが、何ぞごようでございますか　三人「さよふサ外でもないが、こゝの姉御は女達[一三]でいろ〳〵人の世話をしなさるが、ひよつと此節おたづね者の丹次

一　作者未詳。思う人が訪問してくれる気持とも見えないつらい恋愛関係の中で、高まる相手への恨みをじっとしんぼうしているの意。
二　家の意。
三　恋情にかられて、煩悶している。
四　丹次郎の、身をかくした今の生活をさしていう。
五　後刷も同じだが、「儘」の誤写か誤刻であろう。
六　仕送り。
七　丹次郎・米八の仲は甚だ複雑な関係だとは。
八　口に出して言わないが、丹次郎の心では、米八を捨てられない都合なのだと、お長が考えて見ると。
九　お長の方から。
一〇　生計の資を送る意で、この文字を用いた。
一一　振仮名、底本・後刷ともかくあるが、舌耕文芸風に、発音のまま表記したもの。
一二　底本の振仮名「ゑんほう」。意によって改。
一三　女俠客。

郎をかくまつてあるもしれねへ、尋ねてこいと代官所[一四]から嚴しい御詮義、たとへ此宅におかねへでも、何処か近所にかくしておき、姉御が見継に相違ないと聞て、おいらが捕手の役目。しかしおいら達がいひ付られたはこゝの仕合[一五]、たとへ繩目[一六]におよんでも、又言わけの仕やうも有。ノウお娘[一七]、姉さんは留守でも、おめへが丹さんの在家をば知つて居るだらうノ　長「イヱ〳〵どうして姉さんも私もその様なお方は　三人「ナニ知らねへ事があるものか。しかもおめへはその丹さんといひなづけで[一八]、別れ〳〵[一九]になつたのが、又此節途中で出合て、いろ〳〵咄しをした事まで知れてゐるぜ　長「イヽヱ[二〇]どういたして　三人「イヽヱどふして[二一]知らねへと強淀[二二]いやア是非がねへ。そのかはいらしいおめへでも、しばつておいてもいはせるヨ　長「それでも私は　三人「弥かくしやア斯すると三人一度に立かゝり、お長を引すへこゑあらゝげ　三人「ヤイこの女アふさ〳〵[二三]しい、そのうつくしいしやツ面でまじ〳〵[二四]と虚をぬかすか。サアはやく丹次がゆくゑいはねへと、斯だぞと雪より白き手をとらへ、捻返されて口惜涙　長「アアレどうぞ堪忍[二五]して下さいまし　三人「そんなら丹次郎が在家をいふか　長「イヱ〳〵何とおいひなさつても、丹さんとやらの在家はぞんじません。アヽいた。どふぞおゆるしなさつてくださいまし　三人「たとへほへ面[二六]さらしても男の在家をいはねへければ、かわいそうだが手めへも同罪。お役人さまがお出があればさぞこわからうと思ふから、情心で

一四 江戸幕府では、勘定奉行の配下で、直轄地を支配し、収納・警察などにあたった一地方の官吏の長を代官といい、その役所を代官所と呼ぶ。ここはしかし、読本風な使い方で、時代も性格もはっきりしていない。
一五 幸い。
一六 捕縛するようになっても。
一七 「おむす」は「むすめ」の略に「お」をつけたもの。おむすめご。娘さん。
一八 底本「て」。意によって改。
一九 別れて所在不明になった。
二〇 どうして知っておりましょう。
二一 「どふしても」の「も」脱か。
二二 強情のあて字。
二三 底本「ふさ〳〵」。濁に改。ふてぶてしい。あつかましい。
二四 そしらぬ顔で。
二五 振仮名、底本のまま。舌耕調に発音のまま表記したもの。
二六 みにくい泣顔を見せても。

おいら達がやさしく聞ば、情強くしらぬといやアしかたがねへ。是からお代官さまへ引ずつて行て、[一]おもいれ責て白状させる。とはいふものゝ夫も金づく。丹次郎が落度といふは[二]畠山さまの金の一件。千五百両といふ大金ながら、こゝで少しも[三]才覚すりやア、日延もできめへ物でもねへ。それが出來ねへ日になりやア、丹次郎は街の[四]頭人。しかし丹次郎が身を大切に思つて、金の工面をしよふといふ人は、め[五]たに有もしめへ。イヤこんな事はいらざるお世話だ。サア〳〵しらざアしかたがねへ。お代官所で言わけしやれと[六]無斬や、お長をいましめて引立んとする表の方、丹次郎に縄をかけ、[七]村の役人附そへば、所の[八]目明し二三人ンお由が宅の[九]容子を見て　旦「ヲイ〳〵モウ頭人が此通りしれたから、[一〇]枝葉の者は[一一]追ての御沙汰、その女はマア宅へあづけてサア〳〵來やれといふ聲に、お長は泪の目をはらひ、見れば哀れや丹次郎は、[一二]われさへ見にくきいましめの縄もうらめし、憂事の斯重なりて來るものかと、胸くるしくも恥かしき、良さしいるゝ懐の、泪にしめる[一三]道もせや、お長は思はずはしりいで、すがりなげくを押隔　旦「これ〳〵[一四]姉へどうしたもんだ。とが人の側へづか〳〵と寄たらば、已れも同罪と[一五]踏かへされて倒るゝお長、その間に村の人〴〵は丹次郎を引立ゆく。お長はやう〳〵起あがり　長「アレマア待ておくんなさいヨ引、丹次郎さん、丹さアん引と聲張あげる一生懸命、姉のお由が聲として　由「コレサ〳〵お長さん、コレお長ぼうや、

一　したたかに。
二　第一齣に詳しい。
三　少しでも。千五百両の中の一部分でも都合つけてこしらえれば。
四　かしら。
五　底本のまま。促音の印。
六　無慚のあて字。
七　村役人。名主や年寄と呼ばれるもので、百姓からえらばれ、代官の下で民政を手伝うもの。
八　町奉行の同心や、代官所の役人などが、公式でなく使って、探偵捕縛をさせた者。
九　様子のあて字。
一〇　係累者。
一一　後の御指図をまってからのことにする。
一二　自らかえり見ても、よい体でない。
一三　道もせまく。▽つらさ恥かしさで、そう感じる気持を出した。
一四　ねえさん、どうしたことか。
一五　さえぎられて、履物がぬげ。
一六　▽春夢無情のこの趣向も春水の常套である。春告鳥九「友人作者を難じて曰、予作る所の中本夢の段をもちひざることなし、いと拙き所為ならずや、春水曰、そも〳〵予が著す草紙はいづ

れも人情の他をしるさず、こゝにおいて、其段取同じ故に狂言の如く、今の世態にあたらぬ場はこと〴〵く夢となす、夢にして夢ならず、かくも在けんとおもはるゝこともあるべし、こは画組と目前の同じきを変化する所為とゆるしたまへかし」。花名所懐中暦二上「稲戸の別荘に小三が見たる夢のさま、今此玉川の里に茂平の見たる廓の夢、合して首尾をなすが如し。看官これを見てその都合を笑ひ、余りにまふけし夢といはんか、作者元来この段は夢にことよせて、小三茂平が過し日の恋情をつゞりて、初編に綴り残せしを補ふ業なれば夢にして夢ならず、かゝる思ひの深ければ、同じ心の茂平をしたひて、小三の一念玉川のお浪にうつるを察し玉へ、こゝらの条下をこまやかによく〳〵読わけたまはねば、予が著したる人情ものは会得なすことやすからず、はじめにいふべき一条を、後にあらはし、はなしを中途よりはじめること、為永一家の筆癖なり、御ひゐきの看官はかねてぞ知らせ玉ふなるべし」。ここも以上の如く解すべし。

*挿絵詞書の「春亭南鶯」は講釈師梅林舎南鶯(初代)であろう。田辺南鶴門の名人。「春雨につばさしほるゝ蝶の夢」。お蝶(長)のあわれな夢を寓した句。

一七 動悸。以呂波引節用集(天保十四)「動気(どうき)」。

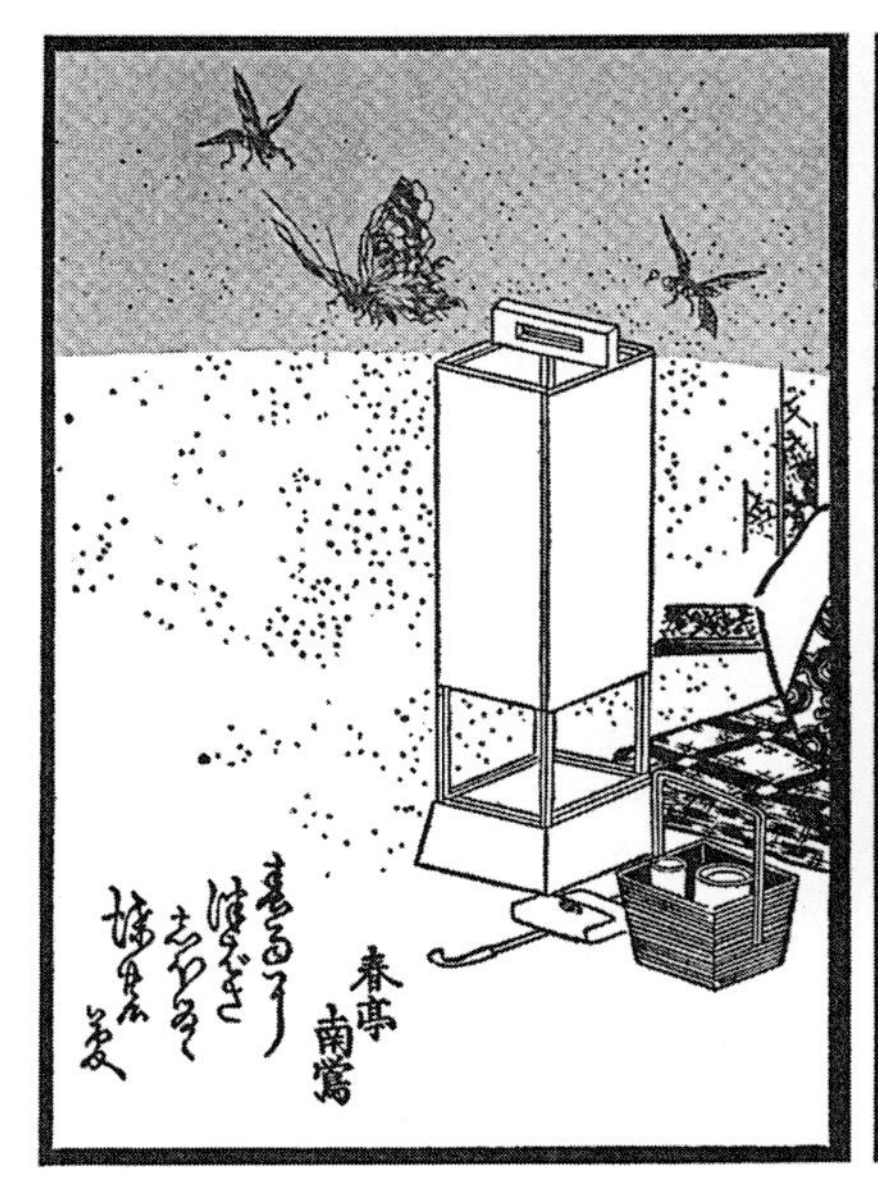

これさ夢[一六]を見たのか目を覚しな。たいそうひどくうなされるノウ。お長さんやと呼起され、目覚てみれば一ツ夜着、姉と添寐の真夜中にて、身は冷汗の気味わるさ　長「ヲヤ姉さん、堪忍してくださいまし。大きな聲でもしましたかへ　由「ア、大きな聲で丹次郎さん丹さアん引と二度ばかりいふので、私も目がさめたヨ　長「ヱ、トびつくりはづかしく　ヲヤおかしい虚ばつかりと口にはいへど胸さはぎ、動気[一七]は未だおさまらず　由「ナニおか

しいわけもないはネヘ。ふしぎな縁で兄弟となつて、斯して一ツ寐もわたしは誠の妹だと思へば、朝夕遠慮せず無理を言たり、わが儘もおまへに[一]隔てぬ心から、それにおまへは隠しだて、ナゼうちあけては咄さぬのだへ　長「ヲヤ何をへ　由「何をとは恨みだよ。今おまへが寐言に言た丹さんとは、中の郷に当時日影[二]の身のうへで、幽[三]にくらす侘居、それも女の仕送りではかない容子[四]、その中でまた此頃はまとまつた金がなければ、畠山の宝の一件でむづかしいわけになるとの事だそうだ。いらぬお世話のやうなれど、人の難義を身[五]にかへて助たいのが私の心願、とはいふもの丶金づくは思ふに任せぬ浮世の常、わたしはとうから知つて居る。他の事とは思はれまい、その丹さんのさしか[六]丶る苦労をすくふが、操とやら心の誠の顕はし所、おまへも思案[七]のつけどきじやアないかねへ　ト いはれてお長は おろ〳〵なみだ　長「わたしはしらぬそのおはなし。丹さんの身の難義とは、そんなら今のが正夢で　ト是より今見しゆめ のはなしをする　由「そうして見れば、ちつとも早く金をこしらへる都合が肝心。ヱ丶じれツてへものだノウ　長「姉さん、私が身[八]をどうぞして　由「それじやア、私が鬼兵へとやらおまへの宅の後見に、立派につ[九]がつた口上がたゝねへわけになるけれど、おまへの思ふ人のため、と言て肌身を汚すやうな勤をさしては、女達と他にいはれた私が外聞[一〇]、マア〳〵翌夜が明たらまた能智恵も出るだらう。しかし私も丹さんの話は噂に聞たゆへ、何かの容子は、おまへが直にたづね

一 心をおかないから。
二 世をしのぶ。世間体をはばかる身の上。
三 貧しく。わびしく。
四 たよりない。
五 一身をかえりみずに。
六 さしせまった。焦眉の。
七 思案を定めなければならぬ機会。
八 芸娼妓に身を売っての意。
九 約束した口上の手前、面目がたたぬわけ。
一〇 外聞がわるい。人に聞かれても恥しいの意。
一一 明け六つ(午前六時頃)の鐘。
一二 気持が高まっては。興奮すると。
一三 梅の「すい」とかかる。気持がさっぱりとした粋にかなう小梅の地にありながらも。
一四 小梅近傍は瓦焼が多かった。よって胸中にうずまく煩悶を、その煙にたとえた。
一五 この辺、隅田川近く、朝霧も濃くて、瓦焼の煙以上にたなびく中に。
一六 時を定めて仏前に読経礼拝するを勤行・つとめという、その朝六つ時の

て來たがよからうといはれて、お長は嬉しきも亦案じいる男の身のうへ、思ひ過してくよ〳〵と、寐られぬ耳に[一一]暁の、鐘もかぞへて待あかす、恋と意気地に[一二]迫りては、[一三]粋な小梅の名にも似ず、胸の煙は[一四]瓦焼、竈に増る[一五]朝霧に、おきて勝手へたち出る。折から聞ゆる[一六]朝勤めは、[一七]本中寺の[一八]壽量品、お長は夫と思ひこむ、丹次郎が無事そくさい、[一九]壽ながゝれ末ながく、二人一所と[二〇]量なる、[二一]品こそかはれ世の中の、人さま〴〵の物あんじ、[二二]察し心のある人は哀れとしれど、欲にのみふける[二三]匹婦の情なしには、実の恋の[二四]要はしれまじ。嗟人情を推はかれば、人間万事[二五]中庸の、[二六]ほどよくするはかたくもあるかな。

○[二七]一りんの梅に雪ふるじれつたさ　[二八]清もと 延津賀

○[二九]うらゝかな春をかぞへん雪の梅　[三〇]珍奇楼 小松

第十齣

丹「ヲヤお長か、どうして來た。大そう早く來たノウ。おいらは今おきた斗りだ。何処へ行といつてそんなに早く出て來たのだヱ　お長はむねをさすりながら、丹次郎がそばへすはり　長「誠にモウ〳〵どんなにいそいで來ましたらふ、アヽ切ない　丹「なぜそんなにいそいで來た　長「な

勤め。真俗仏事編五「問フ仏前ニ看経勤行スルコト世俗ハ朝夕ノ二時ニ限ト思ヘリ、答テ曰ク必ズシモ二時ニ不レ局、時処ノ軌ニ曰、四時(晨・午・昏・夜半)・三時(晨・午・昏)・二時(晨・昏)・一時(随得暇)無間一切時(行住坐臥ニ修スルナリ)ト説玉ヘリ」。

一七 北本所表町(今の墨田区吾妻橋)にあった日蓮宗の照法山本久寺にあてる。

一八 如来寿量品の略称。法華経の第十六品で、釈迦如来が、過去から未来に至るまで衆生を利益するを説いたもの。

一九 「寿」「量」「品」の三字を入れた修辞。

二〇 計画する。

二一 種類。内容。

二二 同情心。

二三 底本の振仮名「ひつふ」。濁に改。

二四 要諦。本質。

二五 下の「ほどよく」と同意。

二六 この頃「程のよい」の語がよく用いられるが、ここは「よい程度」の普通の意味。

二七 せっかく開いた一輪の梅花に、雪ふって花をいためるを嘆じた句。お長のなやむを寓意した。

二八 前出(四六頁)。

二九 雪中の梅に、うららかに春の来るはもう幾日かと数えるの意。お長の苦難にもやがて楽しみの来るを待つ寓意。

三〇 玉川日記五編に端書をのせる。応喜名久舎一「古久町(石町)の小松さん」とあり、辰巳園(二九四頁)の一詠に印ありて、「雪柳」と。

ぜといつて私はモウ、おまへさんの皃を見ない内は、どふも苦労で悲しくツてなりましなんだヨ　丹「何がそのやうに気になるのだノウ　長「なにがといつて私はマア、ゆふべ誠にモウいやなこわい夢を見たから気になつて〳〵、そのうへ姉さんが、何処でかおまへの身の事を聞てお話だから、今朝夜の明るのが待どうで有ましたヨ　丹「またこの子はおかしい事をいふヨ。夢を見たといふぐらいで、そんなに驚散[一]にさわぐ者があるものか　長「イヽヱ夢ばかりじやアないヨ。おまへさん、なんだか苦労な事が有じやアありませんか　丹「そうさ、そふだけれど、何も其やうに案じる事はないヨ　長「それでも私は聞ました物を　丹「マア何にしても火を拵へやう　長「ヲヤほんに寒[二]くツて淋しいと思つたら、火がないのだネヘ。私が火をこしらへますヨト立あがり、たづねて出す火打箱[三]、それさへ袋[四]のがま穂[五]くち、いぢりま[六]はして笑ひだし　長「ヲヤ兄さん、おつなほくちだネヘ。私にやアどうもつきそうもないヨ　丹「どれ〳〵おれが打付やう。火を焚付るのはおめへ[七]も米八も下手だ　長「米八さんは、兄さんの宅の勝手がしれてお出だらうが、私にやア知れないものを、馬鹿だから　ト すこしすねる。是よね八といわれたが、モウ気にかゝるやうすなり　丹「またすねるヨ。何[八]、米八がおめへにかなふ物か。何でも角でもおめへの方が、おいらは能と思つて居らアな　ト ようよう火をたきつける。お長は火ばちへすみをついで、火をおこしどびんをかけ　長「兄さん、ほんとうにお金のいる事が有じやア有ませんか　丹「そうさ、ちツとこまつて居るけれど、何ど

一 仰山のあて字。▽この辺、お長の心労ながらも、年若くあどけなきさまに描く。
二 ▽春漸く進むが、まだ朝夕寒さの残る頃と知るべし。
三 火打鉄・火打石や火口(ほくち)を入れておく家庭用の箱。
四 火打箱の中からとり出したのは、火口木でなくて、袋に入った蒲穂の火口であるの意。
五 守貞漫稿「火口ほくちと訓ず、蒲穂を以て製レ之、黒赤二種あり、三都とも燧嚢には用レ之、京坂日用にも用レ之、江戸常には火口木と云草幹を焼き、炭として用レ之、故に蒲製を特に熊野火口と云、日用にも稀に用レ之家あり」。火口は、打出した火をうつしとるもの。
六 用いあぐねたさま。
七 ▽お長は苦労したといっても、娼家の娘、米八は芸者で世帯じみないが、かくいう丹次郎の世帯じみたがあわれなのである。
八 ▽年若いお長をなだめるにしても、少し安易にすぎる言葉づかい。
九 覚悟の誤写か誤刻。
一〇 借金の一部を入れると、その余の支払いの月を延期することが出来るの

うかなるだらうョ　長「イ、ヱそれでもむづかしいといふ事だから、私は覚語[9]をして居ますョ。そして今マアいくらあるといゝのだネヘ　丹「ヱマアこゝで五十両あると、月[10]を少し延されるけれど、どふもそうはいかないから、せめて三十両ほしいが、どうしたか米八もさつぱり來ねへから　長「米八さんでなくツても、私が姉さんにそふいつて拵へますョ　丹「ナニどうしてそんな事が　長「サア夫だから私の身をどふでもする気で來たんでありますョ。そうだけれど、おまへに自由にあはれないとかなしいから、どふぞして別れて居ても、時節良[11]の見られる所へ行たいョ　丹「ナゼ、どこへ往気だ　長「どこぞへ私があづけられて[12]、お金をこしらへてあげるョ　丹「ナニ〳〵そりやアとんだ事だ。かわいそうにどうしておめへにそんな事がさせられるものか　長「それでも、どうでもしてお金をこしらへないと、おまへがどふかされるといふものウ[13]。私は死でも能よ　トいひながらこどもごゝろのあとやさき、かくごしてもかなしくなり[14]　丹「これさ、マア泣なさんなョ。サア〳〵良をふきなと抱よせれば、嬉しそふにより添ひ　長「お兄さん　トいひつゝひざにとりついて、おもはずわつとなきいだす　長「兄さんヱ　丹「ヱ　長「あのネ、あのウ、どふぞ早く斯して居て、何かの用をしてあげたり、夜も淋しくないやうにしてお咄しをいたすやうにして　丹「それからどふするのだへ　長「一所に居たいと申す事サ　丹「そしてどふするのだ　長「おかしいねへ、それでよいじやアないかへ　丹「おいらは[15]一所に居るばかりじやア否　長「なぜへ、米八さんでな

意。

一一 顔の略字。

一二 年を切って身を売ること。

一三 「ものを」とあるべき所を発音の通りに示した。▽春水の会話文について、依田百川の譚海三に「因テ思ヲ潜メ慮ヲ竭シテ、一体ヲ創造ス、全篇、往復問答ノ語ヲ用フ、蔵頭語有リ歇後語有リ、或ハ断エ或ハ続ク。疎密長短、具ニ姿体ヲ悉シ、一顰一笑、宛トシテ性情ヲ見ス、嬌而艶ナル者ハ其ノ娼妓タルヲ知リ、慧ニシテ婉ナル者ハ、其ノ歌妓タルヲ知ル、処女ハ則チ温柔羞縮、家婦ハ則チ敏捷霊活、保母養娘婢妾尼媼、悄読一過スレバ、躍躍然トシテ出ズ。而シテ其ノ事ヲ叙スルハ数語ヲ起処結処ニ点綴スルニ過ギズ、其妙此ノ如シ、蓋シ和漢文章、人ノ言語ヲ叙ス、極メテ直写シ難シ、故ニ大意ヲ概括シ、代ルニ雅言ヲ以テス、男女貴賤之別、喜怒哀楽之殊ナルナシ、文辞ニ工ナル者ト雖モ別ニ新意ヲ出ス能ハズ。若シ夫レ狭斜鄙猥之書(注―洒落本)、或ハ之有ランモ、語ツテ精ナラズ、雑ニシテ純ナラズ、春水氏出ルニ及ビ、其ノ類ヲ舎テ、其ノ瑜ヲ取リ、参加揉挼、其ノ体ヲ一変ス」(饗庭篁村は「此体の書振りは、俗に蒟蒻と唱ふる中本類に事古りたり」と反対の説)。

一四 とりしまりなく、思いまようさま。

一五 ▽このあたり、また例の嫌味である。ただしいわゆる「色の楽屋」にあって、無意識にもその方面にませたお長を示してはいる。

くツてはわるいのかヱ　丹「ナニあいつにかまふ物(もの)か　長「ヲヤうそばツかり。大(たい)そうお中(なか)がよいくせに、にくらしい　ト白眼(にらめ)る　さてこのむすめのりんきしてにらめるといふは、なか〳〵たやすき事にはあらず。しんじつのこゝろから精(せい)一ぱいのやきもち也　丹「ナニ別段(べつだん)[一]に中(なか)のいゝといふわけはねへが、彼是世話(かれこれせわ)をしてくれるから、わりい貟(かほ)もされないはナ　長「わりいお貟(かほ)どころか、いつかもうなぎやの二階(にかい)で、おまへさんが米八(よねはち)さんの貟(かほ)をおみなさるお貟(かほ)と言(いつ)たら、そのかはいらしい目(め)に愛敬(あいきやう)らしい風(ふう)をして、喰(くひ)ついて上(あげ)たいよふに見へましたものウ　丹「つまらねへ事をいふ。おめへこそ一日(いちんち)ましに美(うつく)しく娘(むすめ)ざかりになるから、今(いま)においらがやうな貧乏人(びんぼうにん)は突出(つきだ)[二]すだらふ　トいふときどびん[三]の湯がにゑたちチイ引フウ引　長「アレ兄(にい)さんいやだよ。髪(かみ)がよごれるはね。いけないヨ　こんなときでもかみをきにするは娘のくせ也　丹「ホイ〳〵堪忍(かんに)しな。なんならおいらが結直(ゆひなを)してやらう　長「アヽ、サア結(いつ)ておくれ。サア〳〵　トわらひながらあまへるすがた、かはゆらしくも[四]いろふかし　丹「サア結(いつ)てやらう。[五]糸鬢奴(いとびんやつこ)かくり〳〵坊主(ぼうず)にするか、[六]疱豆(ほうそう)をモウ一(いつ)ぺんさ

一　底本の振仮名「べつたん」。意により改。
二　底本の振仮名「つきたす」。意によって改。早く深川遊里から流行した語で、男女の縁を切ること。舟を河岸からつき出す語で、長竿などともいう。転じて仲間はずれや友情を切るにも用いる。
三　底本「とびん」。意によって改。
四　ひどく色気がある。
五　男の髪風で、中剃を広く左右に剃りさげ、鬢を細く残して、結ったもの。早くは武ばった人によろこばれたが、後はもっぱら奴や中間の風となった。
六　疱瘡のあて字。痘瘡ともいい、混じて豆をあてた。この病後は痘のあとが残って、見にくくなる。
七　欠点。
八　証拠のあて字。
九　▽口と口とと同意とするべし。
一〇　忍び音の意で、三味線の語。お長

せるか、何でもチツト皃かたちに[七]申分をこせへねへけりやア、人が惚れてうるさいばかりか、由断がならねへ　長「よいヨ兄さん、そんな事をいつてだまかしておくのだヨ　丹「ナニほんとうに気がもめるからさ　長「イヽヱうそだよ。其證古[八]には私にはさツぱりかまつておくれでないものを（すべてお長がものいひ、あまへてすねる心もちにてよみ給ふべし）　丹「どれ〳〵、サア是からうるさい程かまつて上やう。逃るときかないヨト引寄て横抱膝のうへにのせ　丹「サアお長や、乳飲で寐ねしなヨ　ト（わらひながら）皃と皃[九]　長「アレくすぐツたいヨといふ聲も、[一〇]忍ぶは色の本調子[一一]、さわり[一二]といふは禁句[一三]にて、しばし音じめ[一四]の折こそあれ、破戸ぐはらりと押あけて入來る二人の破落戸[一五]づくり、是はと驚く丹次郎、お長はゆふべの夢に見し、その風俗の人〴〵に似たりと思へばおそろしく、ふるへてわきへかしこまる。時に二人は丹次郎が右と左へどつかと座し（●わるもの、▲ことば印）　●「おたづね者の丹次郎　▲「サアじんぜう[一六]になはかヽれ、といつちやアそこが可笑くねへ[一七]　●「そふよ盗人といふじやアなし、形よくいへばマア貸借　▲「ていわるくいやアマアかたり　丹「アイヤモシお二人ともにおかしなお言葉、何ゆへに其やうな　●「何ゆへとは押[一八]がつゑへ。畠山さまの宝ものを引[一九]ずり込で、梶原家へ賣つけて、金は殘らずおめへが卷あげ、世間は分散[二〇]ひろぐといひたて　▲「婦多川の妓者[二一]を囲ツて味イたのしみ、宅にやアこんなかわいらしい不塩[二二]の娘をひきずり込で　●「朝ツぱらから千話[二三]ぐるひは、あんまり押[二四]がおもたか

が、低い声で言ったのは。
一一 三味線の基本の調子で、「忍ぶ」に続いて縁語をつらねる。お長、すでに十分色恋の道を解し、本式の態度であるの意。
一二 三味線の曲中、きかせ所の意のさわりと、支障(月経)をかけてある。
一三 言ってはいけない語(元来は和歌・俳諧の用語)。
一四 三味線の糸をしめて、調子を合せる音じめを、縁語で出し、抱擁の意に転用した。
一五 悪者風のもの。「破落戸」は中国の俗語で、読本でしばしば用いられる。忠義水滸伝解「破落戸ハ家業ヲツトメヌナラズ者也(下略)」。
一六 おとなしく。▽この所、悪者のせりふわたしは、滑稽本の調。
一七 底。しっくり話が合わない。
一八 厚顔である。あつかましい。
一九 とり込んで。
二〇 世間に対しては破産をするといいふらし。「分散」は、債務者が全債権者に総額を支払えない時、債権者に許されて、総財産を出して、債権者の額に応じた率にわけてもらう、一種の破産の方法。「ひろぐ」は、動作をあしざまにいう時に用いる語。
二一 底本の振仮名「けいしや」。意によって改。芸者。田螺金魚の著に「妓者呼子鳥(げいしゃぶこどり)」(安永六)。
二二 前出(七〇頁)。
二三 痴話痴態。いちゃつき。
二四 「押がつよい」に同じ。

らう　▲「へ、色男[一]には何がなるツ　●「かたりにやア丹次郎がなるツ　丹「イヤモシこれはけしからぬ[二]　▲「とうがらし[三]が隠居すると、古イせりふもおかしくねへノ　●「縄かゝるのが否ならば　▲「黄色イもの[四]をおめへの名代、金がなけりやアそこいらに●「おかるもどき[五]の代ものが　▲「ほんにナア、しかしまさかにそうもなるめへ　●「サア代官所へ引ずらうか　ト丹次郎が手をとればおてうはかなしくわけいりて　長「アノお金がいくらあると丹さんを堪忍する事が出來ますヱ　●「ヲヽお娘が仲人[六]か。そんなら二人が見退して此場はすます。其かわり小判でざつと五十両　▲「かわりにお娘が一二年[七]おいらんになりやア直に内済[八]

丹「イヱ〳〵此子は義理ある妹、どうしてその様な事が　●「できざア直に代官所へ

▲「ヱ、めんどうだふんじばれ　トふところよりなはとりいだせばお長はなきだし　長「マア〳〵どふぞお待なさツて下さいまし。丹さんのかわりにわたしが身をどうともして、お金をとつて内さいとやらにして　●「ヤレ〳〵いゝ子だ、信切ものだ。そんならおめへの心にめんじて　トおてうが手をとる。おもての方ふかあみがさ[九]のさむらひ一人　侍「丹次郎[一〇]はゆるしても、ゆるされぬはゆすりの悪漢、其処動くな　トうちにいる。わるもの二人はうろ〳〵とたつを引すへたゝきつけ　侍「ヤイ盗人ども、丹次郎やこの娘をなんとする

●「ヱイ　▲「サア畠山の宝の一件　侍「詮義いたすは誉田[一一]の次郎、この近常が人には頼まぬ　●「ヱイそんならあなたは畠山の　侍「家中[一二]としらぬたわけ者　トあみがさをとればびつくりし

▲「ヱ、イヤほかに詮義の丹次郎　侍「あやしい身形で人の詮さく。その方どもはいづ

一　一種の成語で、色男は色男で、外から見ると違って苦労があるの意。ここはただ成語を次の調子づけに用いたのみ。
二　不当な。嬉遊笑覧に「明和の初ごろより江戸にはやり詞、ばからしい、けしからねヱ(下略)」とあり、やがて一般語となったもの。
三　「とうがらしが隠居でけしからぬ」などの成語あるか、未詳。
四　小判。
五　おかる類似の女性。おかるは仮名手本忠臣蔵で、親と夫のために身を売る女性。
六　仲裁人。
七　ここは、吉原の遊女。
八　表向きにしないで、事をすますこと。
九　藺を用いた編笠で、深く顔の隠れるほどに作る。世をしのぶ用。
一〇　底本の振仮名「だんじらう」。前例によって改。
一一　誉田は本田ともかき、早く曾我物語にも「秩父殿(畠山重忠)の御内なる本田の次郎親経」とあり、浄瑠璃歌舞伎や既出の小説などで、畠山の家老として登場する人物。
一二　家中の侍。
一三　「ふきぬき」は襦袢なしに着物・どてらなどを着ること。守貞漫稿「丹前

京阪の服名、どてら江戸の服名、ともに下民の服也。(中略)江戸の賤業の夫の長とも云べき輩は、常の帯を用ひず、三尺帯の類を用ふ」。

一四 しごきの帯のこと。三尺で一重廻りのもの、六尺で二重廻りのものあり、職人などが用い、左右または前で結ぶ。↓補注三一。

一五 帯刀していないこと。

一六 底本の振仮名「ごふ」。意によって改。中抜のさかやきの部分が五分ほどのびている髷のさま。浪人や無頼漢・無宿者などの風。主持の武士や町人で、世間をつとめる者の風でない。

一七 藩の風。

一八 目の前から去らないと。

一九 鉄扇。

二〇 勢はげしくはらう。

二一 「竹光」などと同じく、刀の擬称で、がたがたして柄に合わない悪刀の意。ここは、そんなものをさす武士の意で、悪罵の語。

二二 悪罵。

二三 官私の文書を偽造すること。また偽文書。

二四 責任ののがれることの出来ぬ。

二五 わりあてて。

二六 公に物をおさめること。

*挿絵詞書「朝霜(あさしも)やまだ解(とけ)やらぬ縄手(なはて)みち」。丹次郎が、縄手筋の朝霜のまだ残る如く、すっかりとは、白日の身にならぬことを寓した句。作者未詳。

れの御家來。吹貫溫袍に三尺帶、見れば丸腰五分月代、ハテ珍らしい御家風だナ。早く目通りを退かずはゆるしおかぬ　ト　てつぼねの扇子をとつてなぎたつれば、二人はそとへにげいだし　●▲「がたみつやアイと　あくたいをついてにげゆく其跡にて

侍「ヤイ丹次郎、其方まつたく存ぜずとも、手代がすへたる印形は謀判なりとも、そちが身のうへのがれぬ落度、去ながら右の金子を年〻に割付上納いたすならば、格別の慈悲をもつて済しくれんと同役の相だん。よつて内金二十両明後日まで

一 会計の役所。底本の「所」は「者」と「所」の草体を合せた如き文字。誤刻と見て改。
二 ▽この所、浄瑠璃口調。
三 重だった役柄の人と、その態度からも判断出来て、ゆかしいものである。

一金役所(かねやくしよ)まで持(ち)さんいたせ。迷惑(めいわく)ならんが金高(きんだか)の百分一(ひやくぶいち)にもたらざる上納(じやうなふ)、有(あり)がたいとぞんじませイ、さらばと計(ばか)り、ことば数(かず)二いはぬはいふに弥増(いやまさ)る、大家(たいけ)の藩中役柄(はんちうやくがら)三の、人(ひと)とし見(み)へてゆかしけれ。

春色梅児誉美(しゆんしよくうめごよみ)五了

春色梅児誉美巻の六

江戸　狂訓亭主人作

第十一齣

[四]鳥一羽濡て出けり朝櫻、[五]露を含し此糸は、[六]客をおくりて朝まだき、[七]霧屋が家にやすらひし、[八]表二階の[九]迎酒、とりちらしたる[一〇]皿小鉢、下へ持ゆくその跡に、かの婦多川の米八が、心に思はぬ[一一]恋衣、恩に[一二]着せるにあらねども、[一三]胸にあたつて此糸が　此糸「モシヱ米八さん、知つての通り私が自まんで、愚智やいやみは[一四]願がけをしたよりひどい禁物と、心に誓ておりイしたが、マアあんまりじやアありイすめへか。そりやア成ほど、藤さんは男心のいたづらに、[一五]何とか言もなんしたらうが、譬どういふわけにしろ、私がおまへに[一六]達引でこれまでにした信切を、斯いふ[一七]しぎになりイしてはあんまりじやア有イせんか　米八「おいらんヱ、そりやアモウ何と恨をおつしやりましても、少しも無理とはぞんじません。今さら私がどのやうに申(し)ても、[一八]取拵へた言訳らしいと思し

四 朝日に匂う盛りの桜の中から、朝露にぬれて美しい鳥が一羽飛び出したの句意で、次の此糸の花やかな茶屋での姿を形容した。
五 露にぬれた如く、水ぎわだった美しさをいう。
六 吉原では、遊女が、引手茶屋まで帰る客の伴をして送る習慣があった。
七 中町の茶屋。天保二年の吉原細見には、伏見町入口角にきりや五兵衛、江戸町一丁目から揚屋町よりにきりやきく、などに見える。
八 街路に面する二階。茶屋で最もよい座敷がある。
九 宿酔の翌朝にのむ酒。悪よいを散ずるという。この場は、客が茶屋で迎酒をして帰った跡である。
一〇 砂鉢。皿の形の大きな鉢。料理の品を盛って客席へ出す。
一一 恋する人の着る衣の意であるが、ここは恋の濡衣の意。米八としては心外な藤兵衛との仲を恋と思われての意。
一二 上の「恋衣」は「着」の枕詞で続く。恩をきせるでないとは、かつて米八のためにはかった此糸の心。
一三 胸におさまらぬものあって。しゃくにさわって。
一四 願をかけて断物をした以上の。
一五 くどきもしただろうが。
一六 意地をはってすること。人に振ったり肩入れして味方になるをもいう。
一七 次第。此糸の客として世間で通った藤兵衛と米八が出来たということ。
一八 つくりごとの。うその。

召でもありませうけれど、さら〳〵そうした訳じやアありませんヨ　この「ナニサそりやアモウ初めからして、表むき皃[一]を踏れる合点[二]で、世話をして上ヱしたのが、私のあやまりでざますから　よね「そふお言[三]なはいましては誠に私が済[四]ません。実に夕ア藤さんのお供をして爰まで参つて、藤さんはおいらんの所へお出だとは、言ずとしれた事でありますから、内所[五]へ遠慮な私が身、おいらんヱは下[六]へ頼んで言傳を申(し)て、堀[七]の舟宿で延津賀[八]さんに逢まして、濱の宿[九]へ泊ツて、今朝藤さんのお迎ひがてら、おいらんにもお目にかゝらうと思つて、こゝへ参ツたら、藤さんはゆふべ余所へお出で、今モウ帰ツておしまひだといはれて、私もビツクラ[一〇]して、どうせうかと思つておりましたんでございますものを　この「そりやア、茶屋衆[一一]となれあツた日にやア、何とでも言なまし　トすこしくやしきおもいれ泪ぐむ　よね「その恨は中〳〵に無理とは思ひませんけれど、[一二]また私が身のくやしさはどのやうだと思しめす。始めは実に藤さんのお影で、身儘に他所行[一三]も遠慮のないと丹さんを見継は、おいらん、おまへさんのいふにいはれぬ御信切、その嬉しさに引かへて、アノ往[一四]わたつた藤さんが、女にことを掻[一五]たやうに、日ゝの座敷を茶や[一六]や舟宿、宅はかはれどお客は藤さん。尤あゝいふお方だから、義理と恩との二道[一七]を、情で塞ぐ恋の責、動き[一八]のとれぬさし向ひ、手詰[一九]の出合をいろ〳〵と断いふも、藤さんへは吾まゝらしく思はれても、おいらんへの道をたて、泣つ口説つ言ぬければ、

一 面目をつぶされる。
二 承知の上で。
三 ▽此糸の廓言葉につれて、米八もかつての廓言葉を少し出している。
四 自分の立場がありません。
五 唐琴屋の内証(前出五〇頁)へは、不義理で出た米八、は顔見せ出来ない。
六 ここは吉原の遊女屋で、遊女のいる二階に対して、男衆など召使を下といった。
七 山谷堀。
八 前出(四六頁)。延津賀の家は若竹と称する船宿。▽以下にも見えて、現存の人物を作中に、生で登場させるのも人情本の一方法。
九 「山の宿」にあてる。前出(八五頁)。
一〇 「びっくり」の訛。▽米八の話の中で、此糸の怒りの直接の原因を説明するのも一趣向。
一一 引手茶屋の人々。
一二 底本「と」。意によって改。
一三 吉原廓外へ出ること。遊女は勿論、女芸者も制限があった。▽自前芸者になるとそのことは自由。
一四 落度のない。通人の。
一五 「掻く」は「欠く」のあて字。不自由したように。
一六 深川の茶屋は芸娼妓を呼んで遊ぶ所(娼妓の場合、茶屋へゆくを呼出し、自家で客をとるを伏玉という)。別に料理茶屋もあった。
一七 自分が義理だ恩だと言いぬけるのを、情を重にして、さえぎって。
一八 かわしようのない。
一九 直談判。
二〇 組になって客によばれる芸者。巽

また舟宿の亭主さんや、[二〇]相衆の藝者衆人傳に、手をかへ品をかへながら、[二一]モウ是ぎり[二二]で腹を立て、呼ではくれなさるめへと思ふ翌日翌夜、勿体ないほど信切にいはれて看ても、ツイちよつと返事の出來る訳ではなし、いつも私が[二三]突かゝり、愛相づかしの茶わんざけ、色気も恋もさめはてる。ふて寐の[二四]ようじで二度三度断りいへば、[二五]見廻に來たと[二六]部やへまで心づかひの土産物、自まへ[二七]出居衆の私だけ、[二八]抱への子供のまへもあり、[二九]すげなくすれば[三〇]己惚が増長すると、蔭言をいはれる[三一]胸のくるしさも、初をいへば、丹さんの貧苦をみつぐ、おいらんの[三二]情を仇でかへすまい、どうぞすへ〴〵おいらんへ御恩がへしの出來るやうと、[三三]揄伽山への[三四]月参り、[三五]妙見さまへ千扁の[三六]おだいもくいふその口で、浮た調子の[三七]騒唄を彈ても、おいらん、おまはんのお[三八]心いきは、日に幾たびいはない事はありませんヨ。どふぞ今までのやうにひゐきにしておくんなさいヨ　トいひながらしんじつあらはすなみだの目もと　この「かんにんなんし、あやまりイした。[三九]まさか、そうとは思つても、此頃さつぱり藤さんの[四〇]足は遠し、便りはなし、うたがひイしたが、そんならば、おめへに心が移たゆへ。ソリヤ藤さんの癖ざんす。諸事に如在のない人ざますが、風と心がうつるといふと、其処へ一図にこる気になるのが藤さんの持まへ。夫でおツすゆへ私もマア、ト言て跡をいはず。思ふに此おいらん[四一]發明ゆへ、藤兵への世話にはなれど、いまだ[四二]極意の[四三]まぶとはせざるものか　よね「モシエ　トおいら(ん)の耳に口　この糸「ヲヤそふざますか。

大全「男芸者を太夫といふ、二人ヅヽくんで出る也、三絃方を相仕といふ」。女芸者の場合も前出の米八・梅次の如きに用いた。二一 下に「くどいてくる」と補って解す。二二 底本「て」。意によって改。二三 喧嘩腰で応対し。
二四 巽大全「すべて妓婦(こども)又は芸者太夫など病気か、又さし合などありて引く事を、用事を付ると云也、其訳は見番の帳面へ付てもらひ、引ゆへにかく云習はせりと」。ここはふて寝して用事を付けるのである。二五 見舞。
二六 芸者のたまりの部屋。二七 自宅から通勤する者。ここは芸者屋へかよい勤めの芸者。二八 抱主を持った芸者。
二九 藤兵衛に対し客あつかいが悪いと。
三〇 「うぬぼれ」の訛。三一 心中のくるしさ。三二 諺「恩を仇でかへす」。
三三 浅草瓦町の池田侯御内の瑜伽山権現(備前国瑜伽山蓮台寺を勧請)。毎月二十二日が参詣日。愛宕下の池田侯邸にもあり、毎月二十三・二十四日が参詣日(嘉永四年の東都遊覧年中行事)。
三四 月に一回必ず参詣すること。
三五 米八が柳島法性寺の妙見信仰のことは前出。三六 南無妙法蓮華経の称。
三七 宴席をにぎわわす陽気な唄類。由来深川花街は、さわぎの花やかなを特色とする。三八 気前。
三九 まさかそんなことはあるまい。今の話の通り、そうと思っても。
四〇 遊びにくることはまれだし。
四一 賢い。四二 一番奥の。本真実の。
四三 勤め女の真情をささげる男。

一 ▽半とは此糸の真の間夫。米八が此糸への義理を口実にするに対して、藤兵衛は、此糸の真の男は半で、自分でないから、義理は不要といったことが、この間から知られる。
二 それほど藤兵衛がぬけ目がないから。
三 自分勝手。▽自分が藤兵衛を表向の真の客として、裏で別に間夫客を持っていたことを反省してである。
四 「こみぞ」ともいう。ささいな。細い所へ心のゆきとどくことに用いる。
五 油断も隙もないこと、この上ない。
六 吉原で昼三以上の女郎につく妹女郎。
七 急いで、あわただしいていい。
八 裁縫女。吉原妓楼では、通いで来る裁縫女をやとっていた。

それじゃア半さんの事をかへ　よね「アイサどうして聞イしたか　この「それざますからにくふざんすトはいへ、手前がつてゆへにつこり笑ふ　よね「誠に小蜜な所へ気がつかツしやるから、モウいけないと言ちやア有ませんよ。あれで　この「あれでモウちつとおふやうだと惚なんすか　よね「イヽエ否でありますヨトいふ折から、此糸が新造いと花はいきせきと二階へ来り、何か紙に書し物をいだし　花「今お針さんが、おいらんにあげて

くれろとよこしイしたトみくじ[九]をいだす。おいらんはうろたへて抜きながら　この「ヲヤこりやアいつものとは違イスね　花「[一〇]妙見さんのざますとサ　よね「ドレおみせなさいヨト手にとりて、ヲヤ二十四番でありますネ　この糸「ヲヤこゝから[一一]繪岸は何方に當り

二十四番

天天天人地
[一二]西有白虎靈
是卽惡神形
家中不安穩
万事何以寧

にしの方にある人があくにんならずとも身のためにあしき也
それについてかんなんをする事あらんおもひあきらめて用心しつゝしむべし

イすネ　よね「てうど西にあたりますだらふ　花「それじやア、半さんがおいらんのために　この「アレサし[一三]づかになんし　よね「おいらんへ、何ぞ此節苦労になさいます事が有ますのかへ　この「ナニ[一四]今始まつた苦労じやアありイせんが、私やアこんなおみくじは嫌ひざます。今はたとへわるくツても、末には嬉しいとか、思ひがとゞくとかなら樂にもなりイすけれど、何だか是じやアわかりイせん。悪人ではなくツても身のためにわるいといつて、あきらめられるくらゐなら、気を揉ものは有イせん　花「そうざ

九 ▽みくじを出して、将来を予見させる方法は、読本で卜占その他前兆を示す方法を俗化したものである。
一〇 ここも柳島の妙見であろう。
一一 根岸(今の台東区の一部)にあてたもの。
一二 白虎は、中国で四神の一で西方の神、また二十八宿でも西方の星の総称。よって西方としたが、金神などと同じく、この白虎の居る方がふさがっては悪いなどと解しての卦であろう。
一三 ▽この、いと花は若いので、すぐ感情に出したのをしずめた。
一四 ▽何か問題あるを匂わせる筆法。

ますから、おみくじはおよしなましと申(し)イしたに　よね「おいらんヱ、凶は吉にか[一]へると申(し)ます。かならずお気におかけなさいますなヱ、トいへどおいらん此糸は、胸[二]にあたりて思ひいる、恋[三]の山路やいばらの行手、浮川竹[四]のながれの身、そも傾城[五]の種といふて、別に蒔たる畑もなし、みな親か兄弟のために、苦界[六]の年のうち色を商ひ、色[七]をつゝしみ用心しても、月と日の永い勤めに、短夜[八]の鐘もかぞへて暁を待夜もあれば、ながき[九]夜の鶏の音恨む床のうち、九分[一〇]のくるしみ一分の楽み、それさへ男[一一]の気によりて、尽せし情をあだにするやからも多くあるなれば、哀れ[一二]といふもおろかなる、嗟傾城[一三]に実なしとは、板橋雑記[一四]の情[一五]にわたらず。女郎の終身[一六]はとりきまらず[一七]して、たとへ三十才の上はこすとも、たゞあどけなく花やかに、わけのない[一八]のが花にして、折くの風情あるが、真の契情のこゝろにして、素人の操を守ると、日を同じふしていふべからず。必竟このすへ此糸が憂身[一九]の果はいかならん。そは第三編[二〇]のはじめに解べし。

看官[二一]藤兵衛此糸が事によりて、いまだ批評をすることなかれ。作者胸中に奇境[二二]をまうけて、まさりおとらぬ気ゞ[二三]をならべ「米八「お蝶「此糸が実情を三幅對とし、いさゝか新奇の手段あり。発市[二四]の日をまたせ給へとねがふのみ。

一　みくじなどの時の凶をとりなす成語。凶転じて吉となるの意。
二　心中に思いあたることあって心配。
三　恋の将来に困難が予想されること。
四　遊女の身の上の、浮沈定まりないをたとえていう。
五　生れながらに傾城と定まったものでもないの意。
六　遊女の苦しい身を売る勤めの中に。
七　色情を自らおさえ。
八　夏のみじかい夜も早く明けてくれと、時の鐘の声のみ数えるいやな客と対する時もあれば。
九　秋の長い夜も、早や、夜明の鳥がなくかとうらめしく思う、すきな客に対する時もある。　一〇　その「いやな」が九に、「すきな」が一の比率。
一一　すきなと思う男も、男の方で真情をふみにじることも多い。
一二　誠に哀れなものである。
一三　諺「傾城に誠なし」。
一四　清の余曼翁著。一巻。金陵の花街・妓女の風流を述べたもの。明和九年和刻刊。後に唐士名妓伝と改題。
一五　真に花街の風情を知らぬものの言である。　一六　生涯。身の上。
一七　男一人を定めないで。▽以下、此糸の弁護。　一八　たわいない。
一九　心配を懐いているこの場面の末。
二〇　底本の振仮名「さんへん」。濁に改。
二一　▽この所、滝沢馬琴など読本作者の口吻を学んだ口上。
二二　面白い場面を構成して。
二三　気性ども。　二四　売出し。

第十二齣

八重といふ工手間[二五]に遅し梅の花、ひらくる[二六]時はありながら、まだ春風のさそはずや。お長はこひのはつご[二七]ゝろ、知つてかなしき今日の身は、かの丹次郎がためにと奉公に出、御屋敷[二八]へ召るゝ浄瑠理語となり、其名も竹蝶吉[二九]と呼かへて、月待[三〇]日待[三一]に招かるゝ、娘の浄るり多きなか、そも宮芝万[三二]が丹誠[三三]に仕あげし藝の間[三四]ほどよく、延た嶋田の黒髪をきつて、男に對情[三五]が今幸わいな若衆髷[三六]、化粧をした美しさ、二階の窓にたゞひとり、今宵よばれしお客の好、出[三七]もの浚ふて一心に、

上るり[三八]〽ナヲ〳〵姉様[三九]、わしは切れいでも、死(な)ねば成ラぬ事が有(る)、ヤアそりやなぜに、さればいの、此中きた時だん〳〵の咄し。やるせ[四〇]も金故ひんゆへと、聞たときの其かなしさ、どふぞと思ふ心から、わしや此金はぬすんできたのじやはいの、くるとしんじ[四一]よと思ふたが、親方[四二]の物ちり一ツ本ン、そまつにすなとの御ゐけん、どふもやらふとゐいはで、見せびらかしてゐました。たつた一人リの姉様、何ぼ程かう[四三]〳〵にしても、しあきはなけれど、丁稚の内はじゆうにならず、ぬすんでなりとくを助け[四四]、あとでは直に身をなげて、さいごはおばせ[四五]の野中の井戸、わしやきし[四六]なにノ、死(ぬ)る所迄みてきたわいのと、すがり付キしやくり上[四七]

二五 手間。句意は、八重梅は八重だけに手間がかかって遅く咲く。
二六 八重梅の開くと、お長の運命のひらけるが、まだ後というをかける。
二七 初恋の味を知ってかえって悲しい。
二八 武家屋敷。 二九 前出(九三頁)。
三〇 月の出を待って、これを祭る祭事。廿三夜・廿六夜などをあてる。
三一 夜あかしして、日の出を祭る祭事。正・五・九の祝い月の吉日をあてる。江戸時代も後半では、月待日待の日も乱れ、酒食し遊宴する一種の慰安日の性質が濃くなっていた。
三二 前出(八四頁)。
三三 心をこめて教え込んだ。
三四 間の調子。拍子。
三五 心中立。誠心を示すべく髪を切ったこと。 三六 若衆の如く前髪をおいて髷を結った風。 三七 希望された曲目。
三八 新内の梅の由兵衛長吉殺し茜染野中隠井で、由兵衛に切られた長吉が、由兵衛の妻である姉の小梅にくどく部分。▽小梅のお由と相談で身を売ったお長のことをかねての選曲。
三九 小梅のこと。
四〇 「やせる(痩せる)」の誤写。
四一 進ぜよう。あげよう。
四二 これより前に「ずいぶんと奉公大事、おやかたのものちり一本そまつにせまいちがへまい」の文句がある。
四三 孝行。 四四 苦を助け。
四五 小橋(今、大阪市東区にある)。昔は町はずれ。 四六 来る時に。
四七 底本「上ケ」。意によって改。

ゲたる有様に、小梅は身も世も[一]あらればこそ。其やさしい心ざし、聞ケば聞クほどなを悲しい、二タ親に別てより、そなたもわしもなん行く行[二]。わが躬にくらべかたりゐる

此家の主は老女にて、お阿といへる毒婦なり。元はお長が実の親、唐琴屋の二階[三]につとめし遣手[四]なりしが、強欲非道[五]の曲ものにて、わづかの金より利をかさね、今はかまくら[六]雪の下[七]、寮防まちとかいへるに借宅して、音曲[八]の子供をかゝへ渡世とせしが、此せつ其者のたぐひみなそれ〴〵[九]に暇をとりて、このお蝶を二十五両にてかゝへ、諸家へ立いらせて祝義をもらはせ、活業とはいたすなりけり　この金は丹次郎が方へおくりしとぞ　お長は以前つかひたるやり手を母とかしづき[一〇]て、その内證[一一]は主人とおそれ、朝夕口ぎたなく呵らるゝ口惜さ、手詰[一二]の金とはいひながら、抱へらるゝおりからに、それぞ[一三]と心づかざりしゆへ、わが家のやり手としらずして、そのめしつかひ同ぜんになりにし運の拙なさを、日夜に歎くもしのび泣、あはれはかなき世の中なり。お阿老女は[一四]いかつがましく階子の段をたゝきながら　くま「コレサ〳〵蝶吉〳〵、ヱ、イつんぼうめ、コウお蝶　やう〳〵きゝつけしよふすにて　長「およびかへ　くま「いゝかげんに空耳[一五]をはしらかせヱ、つんぼうめヱ　長「ヲヤさつぱり知れましなんだは　くま「モウ九ツ[一六]が鳴たアナ、いゝかげんにして支度をしねへか。馬鹿〳〵しい　長「それでも今日の出ものは、私が語りつけねへものだから、よく浚つて[一七]行ないとこまるものヲ　くま「ヱ、いはねへ事か、口[一八]がかゝらねへでゐる

一　身も世間体をもすてて悲しむこと。
二　難行苦行。甚しい苦労をした。
三　妓楼の二階で、娼女係りをつとめたこと。
四　誹諧通言（吉原）「惣じて女郎新造禿の身持行義の躾、又は弐階の取捌に心を遣ひ手を遣ふ役ゆへ、遣手といふて、内証の代りをするなり」。
五　欲深く道義を知らぬ悪人。
六　鎌倉。江戸にあてる。
七　山下（上野の）同朋町にあてる。
八　芸者。
九　底本「それ〳〵」。濁に改。
一〇　身を売ると、抱主を養母・養父とする。
一一　内実。内心。
一二　切羽詰った状態で、金が必要。
一三　お阿とは気づかず。
一四　いかつく。きびしく。
一五　何も聞こえないのに、聞いたように思うこと。ここは反対で、聞こえたのに聞かぬふりをする意に誤用。
一六　九つ（ここでは正午）の時の鐘が鳴った。
一七　復習して。
一八　お客から呼ばれないで。

るときは、さらへ〳〵といふのに、うぢ〳〵[19]して居やアがつて、お屋しきへ出るとか座しきがあるとかいふと、[20]足元から鳥の立たやうにさはぎやアがらア。何でもおれを馬鹿にしてゐるからだア。仮にも親だぞ。あんまり口返答をしたり、わが儘がしたくは、してへやうに何もかもいわれねへ[21]さんだんをするがいゝ。どうで手めへの藝ぐらいで、二十の三十のといふ金の利合[22]もとれるものか。それだから左文太[23]さまがトいひかけて、はしごをあがりお長が側にすはり　くま「コウよく聞な。古鳥左文太さまは大そうに御内福[24]だといふ事は、万長[25]でも聞たじやアねへか。そういふ金もちが世話[26]をしてやらうといはツしやるのを、今もつて返事もせず、ヲヤなんだモウ[27]泪ぐんで居るのか。何がかなしい。何がくやしいのだ。不吉な　長「イヽヱ今まで浚つて居た長吉殺しの所があはれだから、ツイ泪が出たんであります　くま「フウ引、手めへで語て手めへでかなしいのか。どふぞ聞人がその半ぶん情のうつるやうならいゝが、廣場[28]へ出して押あはし[29]たら、だぐわしをくれる連[30]も出來めへ。少し小長くかたられたら、聞人は欠[31]びで泪だらう。まだしも目鼻だちがまんぞく[32]で、色の白いがお仕あはせ。それゆへ彼是人さまが、たまにやア言てもくださるのだ。藝で立派な身形は出來ねへとサ。かういふのもおめへの爲だ。何の今どき十人[33]なみで、旦那[34]の二人や三人ぐらいとらねへたわけがあるものか　長「ずいぶんお客を大切に勤めて、淨瑠理を精出しませうが、どふ

一九 底本「うちく〵」。意によって改。ぐずぐずなまけていて。
二〇 不意の事にあわてることを形容する諺。
二一 算段。工夫。
二二 利息。
二三 第二十四齣に、この人物は、唐琴屋の後見鬼兵衛にして、大盗人なる由が見える。
二四 内証の富有なこと。
二五 茶屋の名であろうが、未詳。
二六 妾として扶助を出すこと。
二七 ▽前出したが、ここも会話の中で、相手の状態を写す、舌耕文芸的方法である。
二八 公衆の面前。女義太夫の寄席をさす。
二九 合す。他の人と共に出場させたら。
三〇 女義太夫の贔負の連中。
三一 涙は涙でも、悲しさでなくて。
三二 底本「まんそく」。意によって改。器量がまずまずで。
三三 普通の器量。
三四 芸者などを妾同様にして仕送りするパトロン。

＊挿絵詞書「竹蝶吉（たけてうきち）御屋敷（おんやしき）へ召さるゝ図」。

一 自分勝手。

二 候の略体。

三 いわゆる二枚証文。江戸繁昌記五編の深川芸者の条「色ト芸トハ別有リト雖モ、其実ハ両ナガラ売ル、（中略）是ヲ以テ人之子ヲ深川ニ鬻グ、両ナガラ契ツテ文ヲ立ツ、色モ亦売ルヲ証シ、芸モ亦売ルヲ証ス、因テ俗ニ之ヲ二枚証文ト謂フ」。これに類したものであろう。

四 今の東京都北多摩郡国分寺町の中。江戸名所図会「恋が窪　同所（阿弥陀坂）坂より下の低き地をいふ。古へ東奥北越等の国々より京師及び鎌倉等へ至るの駅路にて、其頃は遊女の家居などありていとにぎはしかりしとなり」。ここは吉原にあてる。

五 身売りされた期間中。

六 ▽お長の唐琴屋はこの廓中にあった故。七 遊女の勤めをする。八 底本「ふさ〱」。濁に改。あつかましい。

九 底本の振仮名「ぎげん」。意によって改。お客の機嫌をとりもつことがむつかしい。一〇 口先だけ上手を言うこと。一一 悪口。

一二 男芸者も女芸者をも合せていう。

一三 桜川善孝のこと。本書に「辰巳の遊人」とあって、深川畳屋横町住の太鼓持。もと三笑亭可楽門の落語家で古楽と称したこともある。天保中葉に没。

一四 桜川新孝。落語家奇奴部類に桜川

ぞ旦那をとるの、左文太さまのお世話になるのといふ事は、堪忍しておくんなさいヨ　くま「いんにや、そういやア此方も意地だ。手めへ[一]勝手を言しちやアおかねへ。コレ浄るりを語りゐウ[二]ぐらゐで、三十両からの金を出すものがあらふと思ふか。まさかの時の用心に受取てある二[三]枚の證文、旦那がいやなら恋[四]が窪の郭へやつて、年[五]一ぱい、生[六]れ故郷のなじみの中で苦[七]界をするも亦よからう。旦那はいやだもふ[八]さ〲しい　女「アレ

サ母さん、モウよいわね。出がけにおまへが小言をおいひだと、気にかゝっておざしきの機嫌もとりにくいョ　くま「口ごうしやな、とりにくゝは往ずといゝョ。ヨウ小言をいふと濟した皃で居るが、大かた其方の腹の中ぢやア、元主人だといふ気だらうが、そりやアなるほど六七年いぜんに、たしか一年ほどよんどころなく頼まれて、唐琴やの女郎衆の世話アして居た時も有たが、何も奉公人ときまつて勤めて居やアしねへョ。へ、何、すぎた昔がこわいものか　長「ナニ私がそんな事を思つて居やアしませんョト口にはいへど、心には無念といふもあまりある、お阿が雑言娘気に迫るなみだのはら〳〵。折から表の格子戸あけ、武家の使と見へたる男「ハイチトおたのみ申(し)ます。梶原のやしきから參りました。蝶吉さんの迎ひでござります　くま「ハイ〳〵これはモウ大きに御苦労さま。サアョ蝶吉、はやく支度をしねへか。マアお茶でもあげませう。今日はお客さまは大ぜいさまでござりますか　使「エイお客より藝者衆の方が沢山でござります。櫻川善好　櫻川新好　湯又、話家では龍調に柳橋、清元では志津太夫に壽女太夫　延津賀、踊りでは西川扇藏、義太夫は此方のお蝶さんに小でん、何でもマア大さわぎさネ　くま「ヲヤ〳〵そりやアマアおもしろからうね　使「イヤ〳〵まだあるはへ。おらが旦那の御ひいきの婦多川の米八　梅次トいふおりから、お蝶はしたくして二階よりおりきたり、これを聞て　長「ヲヤ米八さんとやらもお出だと

慈悲成の門人に「柳橋住　同(桜川)新孝」と見える太鼓持。
一五 落語家奇奴部類「日本橋住　湯又　日本橋式部小路湯屋又吉、役者真似名人なり」。応喜名久舎一「古久町の小松さんと湯又に桜川新孝」。玉櫛笥(文政九)「湯又が菊之丞に、馬十遮莫なんぞといふものは誠にきめうさ」。
一六 後に竜蝶と見える。落語家司馬竜蝶。応喜名久舎一「ヲヽホンニ芝居ばなしの竜蝶を呼ませうか、粂三は余程うまくつかひます」。
一七 麗々亭柳橋(初代)。柳派の祖。落語家奇奴部類「始め扇蝶、又改柳好と云、人情咄を好くし、俳名亀好と云、栄真院柳橋日広と号」。天保十一年没、青山持法寺に葬る(講談落語今昔噺)。
一八 二世延寿太夫のわきをつとめた清元志喜太夫にあてる。振仮名、底本のまま。「ま」は「き」の誤刻か。
一九 清元寿満太夫にあてる。文政末の正本に見える。
二〇 前出(四六頁)。
二一 西川流の踊の師匠で、藤間勘助がついだ四代目扇蔵(弘化二年没、四十九歳)。応喜名久舎一「西川扇蔵が振をお附申スといふのに」。
二二 娘浄瑠璃芸品定(天保八)に「豊竹小でん　行儀といゝきりやうといゝ、芸道と申、言分はなし、当時のきゝものとは小でん丈の事なるべし、大手がら〳〵」とある。この人か。また辰巳のはなの仲町福田屋の芸者に小伝がある。

かへ　くま「マアそんな事をきくより、わすれものでもねへやうにしろ。さやうならモシどうぞお願ひ申(し)ます。モウ〳〵余所の子共と遠つて、気が付ねへでこまり切ます　使「ナニサおツ母、そう言なさんな。娘子共の[一]でき過たはわりい。おぼこな方がかわいらしくツてよふござります。サア参りやせうネ　長「ハイいつて参ります　使「ハイさやうなら。イヤどうで今日は[二]昼夜になりますヨ　くま「ヘイそれは有がたふ。お蝶、気をつけねへヨ　長「アイと出立風俗は、梅我に[三]まさる愛敬良、上着ははでな[四]嶋七子、[五]上羽の蝶の[六]菅縫紋、下着は鼠地紫に大きく染し[七]丁子菱、繻伴の衿は[八]白綾に朱紅で書画の印づくし、袖は緋鹿子、帯はまた黒びろうどに紅の[九]山まゆのくじら仕立、[一〇]しかも目にたつ[一一]三升格子、[一二]の腰帯は、[一三]おなんど[一四]白茶の[一五]金まうる、勿論巾は一寸三分、[一六]五分でも透ぬ流行に、[一七]野郎びんなる若衆髷、げに羨しき姿なれども、お蝶が身にはつゞれにも、劣る心で楽まぬ、是も浮世かまゝならぬ、座敷へこそは出にけれ。

春色梅児誉美六了

一 ぬけ目なく大人びた。二 昼・夜にわけて花代を出していた。その二つにわたるの意。三 岩井粂三郎の俳号。この人、天保三年に六世岩井半四郎を襲名す。天保七年没、三十八歳。初編口絵のお長はこの人の似顔。四 七子織に縞摸様を出したもの。七子は前出(一〇七頁)。五 羽を上げた蝶を図案化した紋。六 生糸をよりをかけずに用いる絓糸(すが)で刺繡した縫紋。七 丁字を図案化したものを、四つ合せて菱形にした摸様。八 綾地に、有名な書画の印を朱紅で書いてちらしたもの。九 前出(四七頁)。一〇 鯨帯に仕立たもの。前出(四七頁)。一一 前出(一〇七頁)。一二 鐶(くわん)と縦四本引の縞を合せたもの。文化十一年三代目中村歌右衛門(芝翫)が、江戸中村座の双蝶々曲輪日記の放駒長吉に扮して着たより流行するという。一三 鼠色がかった藍色。一四 うすい茶色。一五 守貞漫稿「もうるも蕃国の名、銀もうる金もうる等、余が見来れるは、白地に金筋銀筋の横島也、地は低く横筋金銀糸の処高し、昔日婦女の帯に用ひたるよしを伝へ聞く」。一六 三分の縁。寸分ぬかる所ない流行のただ中。▽ここも彼の特色なる流行の服装の紹介。一七 青年男子風に髷をふくらまさぬ風。一八 極楽浄土の池。甘・冷・輭・軽・清浄・不臭・飲時不損喉・飲已不傷腹の八功徳があるという(倶舎論)。一九 木の股という、を、特に釈迦がこの下で難行して悟った木をえらんだ。父母ともに色情に無

春色梅暦

子細らしき顔で息子を禁制親父も、功德池[18]の内より涌出たるにもあらず。殊勝がましく數珠爪ぐる母親も、菩提樹[19]の二股より生れもせず。されば色好[20]まざらん男は玉の巵の當なき心地すべきはづ也。兎角當世の姫殿達[21]の翫弄に具ふもの、色情[22]の草紙に非して何歟右に出ずなん。世の流行書肆の米箱[23]をうるをす事、是將に小說家の戯作[24]の種蒔万よし[25]により。今茲に開ける[26]梅暦は爲永大人の吉書始[27]にして、書房が金神[28]の金得利は、天[29]おん得たる家のふく[30]日。とる[31]、たつ年[32]の春の新板[33]。嗚呼趣向の新しき事、室咲[34]の梅も遂に及ばず。変生女子[35]の新工夫は、青漬[36]の梅のすいにして、過ち[37]なしの延[38]喜吉慶。惠方[39]に向ふて出方題[40]に、阿房[41]な事を序[42]めかす而已

九返舍[43]主人戯述

縁でもないの意。二〇 徒然草三段「よろづにいみじくとも、色このまざらむ男は、いとさう〴〵しく、玉の　の当(盃の底)なき心地ぞすべき」。二一 青年男女。二二 人情本をさすと見てよし。二三 金儲けをする事。二四 早くは「けさく」とすみ、この頃は「けさく」「げさく」と両用していた。人情本・読本・滑稽本など、江戸に発達した新しい小説の総称。二五 暦の用語で「作」の縁。作り方が上手だからである。二六 梅暦の縁。二七 前出(四二頁)。二八 前出(四二頁)。ここは「金得利」の枕詞的用法。二九 暦の用語に天恩がある。ここは天の恩沢。三〇 暦の用語に復日。ここは福にあてる。→補注三二。三一 暦の用語。前出(四二頁)。ここは当るの意。三二 辰年は、天保三壬辰年。三三 底本の振仮名「しんはん」。意によって改。三四 室の中であたためられて早く開く梅。三五 変生男子をかえた。▽長吉殺しで古来有名な、また山東京伝著の梅花氷裂に見える、梅の由兵衛を、女子のお由にかえた工夫をさす(山口剛の名著全集本解説)。三六 すい(粋)の序詞。三七 この本の広く売れて作者と書肆にめでたいことを保証するの意。三八 めでたいこと。三九 暦の用語。吉方。前出(四二頁)。四〇 でたらめ。四一 恵方の縁語。四二 序らしくしたのみ。四三 九返舎一八。後に三亭春馬・二代十返舎一九(実は三代)など称した。嘉永四年没。→補注三三。

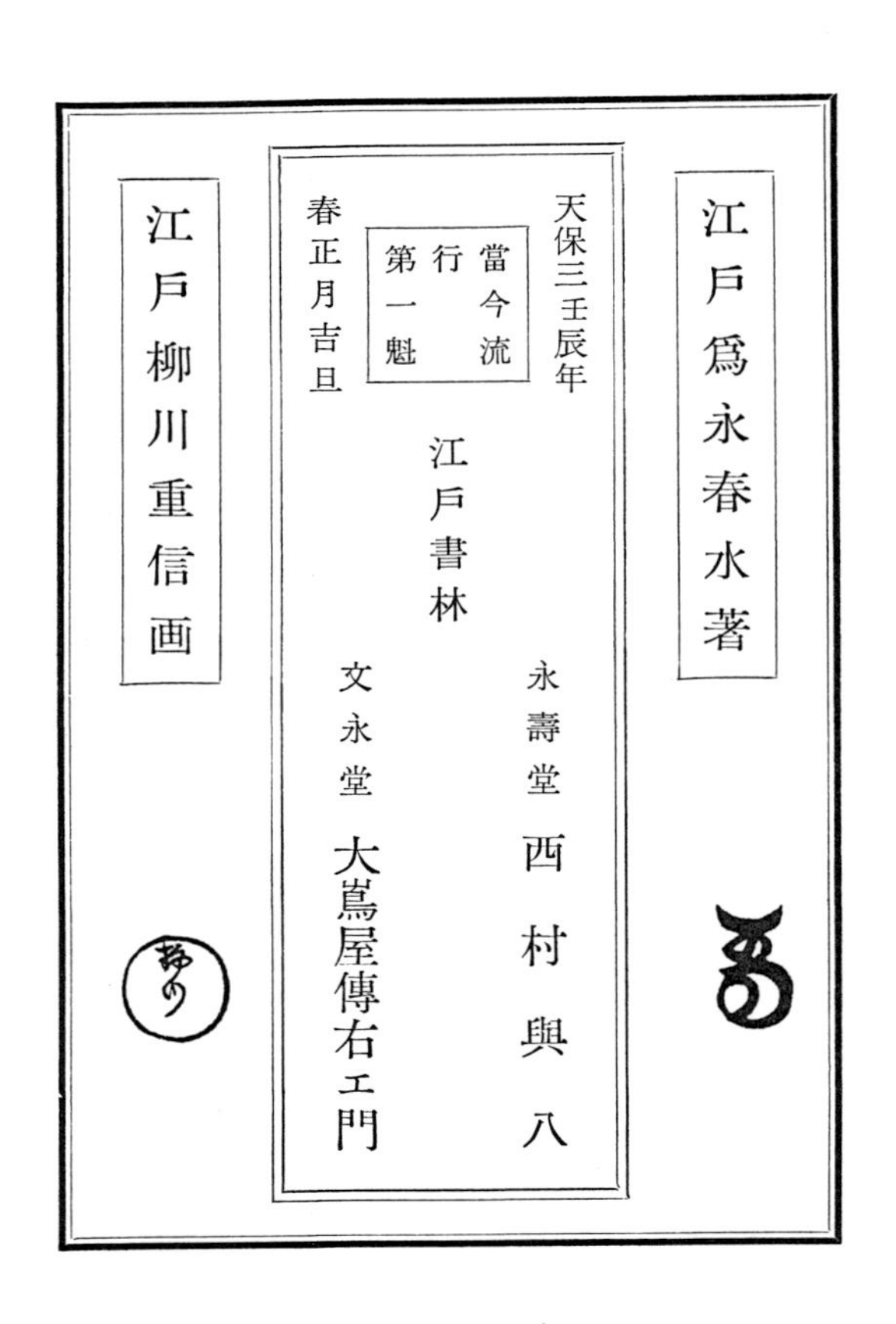

江戸爲永春水著

天保三壬辰年
當今流行第一魁
春正月吉旦

江戸書林

永壽堂　西村與八

文永堂　大嶌屋傳右エ門

江戸柳川重信画

梅兒譽美　三編

梅古与美[一]三編序

[二]夫聖人は物に凝滞せず。今狂訓亭の主人は物に[三]仰天せず。騒がしき市中に住ながら、[四]悠々然として[五]能与世推移る人情を書著せしは、和漢の理窟くさき事を、[六]奪體換骨したる物にあらず。[七]又衣を盗て小袖に仕立し様に、[八]先哲の力を借し物にもあらず。こは只[九]意氣と世の流行を専としたれば、[一〇]色も香もある梅暦、[一一]春を知らする這小冊、[一二]今三編に到て首尾全く整ひ、かく綴し言の葉に[一三]花の作者の[一四]毫すさみは、悉く意氣にして賤からず。且わかりよくして優なる所あり。實に[一五]奇々妙々と謂つべし。然を爰に予が序を添るは、[一六]所謂玉に漆を塗り、黄金に[一七]箔をおしの強くも、毫を採て可惜紙を[一八]費は、これ皆[一九]蚱蟲の所爲と、みゆるし給へかしといふ。

[二〇]癸巳の孟春

故[二一]十返舎一九門人

[二二]金鈴舎一寶述

一 底本の振仮名「さんへん」。濁に改。
二 楚辞の漁父辞(古文後集等所収)「聖人不凝滞於物、而能与世推移」。物にこだわらぬ故に、身を苦しめることがないの意。
三 大いに驚くこと。
四 悠長にかまえて。
五 前出の漁父辞の文句。時世によってうつりかわる。
六 正しくは奪胎。先人の作をまねる意。冷斎夜話一「其ノ意ヲ易ヘズシテ其ノ語ヲ造ル、之ヲ換骨ノ法ト謂ヒ、其ノ意ヲ規摸シテ、之ヲ形容スル、之ヲ奪胎ノ法ト謂フ」。
七 人の材料をもって、自分の作らしく仕立ることのたとえ。
八 昔の賢人。以上は滝沢馬琴らの読本が、和漢の作品に材や表現を得て、教訓くさいのを指した言辞。
九 当時の美意識の「いき」(九鬼周造著いきの構造参照)。
一〇 古今集一「君ならで誰にか見せむ梅の花色をも香をも知る人ぞ知る」により梅児誉美をたたえた。
一一 新春の出刊物の意。
一二 底本の振仮名「さんへん」。濁に改。
一三 「言の葉」の葉の縁で、梅児誉美の作者をたたえた形容。
一四 筆と同意。
一五 奇妙。普通ならずすぐれている。
一六 本来すぐれたものを、下手に飾り立てることのたとえ。
一七 上から「箔をおす」とかかり、下へ「おしの強い」と続く。厚顔である。

一八 「ついやす」の訛。
一九 康熙字典に説文を引いて、蛕を「腹中ノ長虫」と注。
二〇 天保四年陰暦正月。
二一 初代一九。本名重田貞一(一七六五―一八三一)。東海道中膝栗毛などをもって、滑稽本の代表作者。また初期人情本界にも作がある。
二二 戯作者考補遺の十返舎門人の中に「伝馬町ニ住居、建具を業とす、鈴木屋といふ、狂歌をよくす、或狂歌集ニ銀鈴舎半宝といふ名見へたり」。
二三・二四 楚辞の九歌に見える文字で、桂で作ったかい、木蘭で作ったかじ。蘇東坡の前赤壁賦の中の文、「桂櫂蘭槳、空明ニ撃(さを)(さ)シテ、流光ニ泝(さかのぼ)ル、渺渺(べうべう)トシテ、予(わ)ガ懐(こころ)、美人ヲ天ノ一方ニ望ム」。
二五 水中が月で明らかで空のうつっている中。
二六 月の光が水中で動き流れる中。
二七 はるかなるさま。
二八 普通は「予、美人ヲ天ノ一方ニ懐ヒ望ム」とよむ。
二九 山東京伝の句。赤壁賦などに想を得て、みやこ鳥を名物とする隅田川の十五夜を詠じたもの。

桂[23]櫂兮蘭[24]槳撃二空明[25]一
兮泝二流[26]光一渺[27]々兮予[28]レ
懐望二美人兮天一方一

水[29]や空
　月の中ゆく
　　みやこ鳥

[一]毒老婦(ならずばゞ)　於阿(おくま)

[二]袖たれていざ我園に
鶯の木つたひ散す梅
の花見ん

[三]市郭兒(いちびと)
千葉(ちば)の藤兵衛(とうべゑ)

[四]玉質亭[五]々(トシテ)　立ニ歳寒一
[六]高標摹寫固ニ應レ難[七]坐
令三冰雪(ヲシテ)　開ニ生面(ヲ)一
[八]莫レ作ニ人間水墨看一

[九]軽素

[一〇]すべるほどこぼして
置や春の雪

一 ならず者の老婆の意。この口絵は第十五齣と四編巻之十の場面を合せた如くである。
二 拾遺集一、読人しらずの詠。八代集抄「袖垂ては袖はへてなどいふと同心也、心は明也」。お阿がお長をせめるのを、鶯が梅をちらすに見たものか。
三 市人。商人の意。
四 聯珠詩格七の方伯謨の墨梅の詩、「玉質亭亭トシテ歳寒ニ立ツ、高標摹写固(まこと)ニ難カル応(べ)シ、坐(そぞ)ロニ冰雪ヲシテ生面ヲ開カシム、人間水墨ノ看ヲ作スコト莫レ」。梅児誉美にちなんで掲げた。
五 質のよい梅で、高く冬空に立っている。
六 その高い(品位の高い意をもかねる)枝はなかなか摸写できないものだ。
七 この墨絵の梅を見ていると、その花はとじた氷雪の中の生々した面を出した思いがする。
八 いそがしい生活のいとまに、水墨画を見ている気にならない。
九 桂素に通じ、文亭綾継のこと。通称宮崎又兵衛。俳号桂素。江戸横山町の薬舗で、風流人。明治十一年四月五日没。春水の後援者の一人。
一〇 淡い春雪にすべる滑稽を詠じた句。この画中に見る如き小波瀾に相当させた句。

婦多川若町[一一]の娼女
阿多吉
婦多川の
米八

黯淡[一二]タル[一三]江天雪欲レ飛竹籬半ハ掩傍ニ苔磯[一四]一清愁[一五]満眼無ニ人ノ識一折リ得テ梅花ヲ一獨自帰

負ぬ性質も情[一六]ゆゑと、忍ぶは深き中裏[一七]に、もつれて解ぬしまだ髷[一八]、口舌[一九]しらけた茶碗酒に、さしも[二〇]遠慮もいとはざる、角づ[二一]き合は二ツ文字[二二]、うしの角文字こいといふ、癖と意氣地の娼女の侠勇[二三]

一一 深川仲町にあてた。深川花街の中心地。
一二 聯珠詩格八所収の葉苔磯の折梅の詩、「黯淡タル江天ノ雪ハ飛バント欲ス、竹籬ハ半バ掩ヒテ、苔磯ニ傍フ、清愁満眼人ノ識ル無シ、梅花ヲ折リ得テ独リ自ラ帰ル」。梅児誉美にちなんでの讃詞にかえた。
一三 江水も天空も、どんよりとしている。
一四 苔のはえた磯。上掲書の注に「苔磯ハ西湖ニ居リテ、閑適之意、此ノ詩ニ写ス」。
一五 梅花のさいたさまの形容。
一六 情人。ここは丹次郎。この一文および口絵は第十八齣以下の米八と仇吉の丹次郎をめぐる達引に関する。
一七 丹次郎の身を忍ばせる仮寓が深川の仲裏にあった。
一八 島田髷。芸者は多くこの髷風。「解ぬ」と髷は縁。
一九 座が白けた末に茶碗酒をあおる。
二〇 支障。茶碗酒を指すと上からかかる。
二一 相争うこと。
二二 以下、角の縁。徒然草六十二段「ふたつもじ牛の角もじすぐなもじゆがみもじとぞ君をおぼゆる、こひしく思ひまゐらせ給ふとなり」により「こい」の序。
二三 ここでは意地のはり合い。あらそい。

春色梅兒譽美七之巻

江戸　狂訓亭主人著

第十三齣

戀ゆゑにやつす[一]姿も[二]誠と實[三]、彼婦多川の米八が、今日召れたる梶原の、抱屋鋪[四]の龜戸[五]村、茶會に寄來る客人へ、酌取役の彭簡[六]、一座[七]揃ひし大寄[八]のその供部屋[九]にしよんぼりと、人目[一〇]つくろふ箱持[一一]に、なつて來りし丹次郎、待草臥て勝手[一二]より、庭につゞきし花畑月の明にうかれつゝ、思はず庭の端のかた、小高き岳に物好[一三]せし、放れ坐敷の椽側に、登りて見れば泉水[一四]の、向ふはさゞめく[一五]廣座しき、終日過せし酒宴に、客も亭主も打混じ、取乱したる無礼講[一六]、手にとるごとき大さわぎを、詠て在しがうと〳〵と、寐氣もよほす時しもあれ、息も閙しく欠[一七]來る人俤[一八]、何事やらん素足[一九]にて、此方の枝折戸[二〇]突ひらき、欠込むはづみ立上る、丹次郎に行當り、互にびつくり月影に、すかしながめて「丹さんかヱ　丹「ヲヤ〳〵お長か。どふして此所へト問れても、しばし泪に口

一 おちぶれた身なりになる。ここは箱持になった丹次郎のこと。
二 底本「恣」。意によって改。
三 米八の誠に対して、丹次郎も実を示したの意。
四 農民の田畠を買い取って、元来は家作を禁じられた抱地に作った屋敷。多くは郊外にあって別荘用。従ってこの語は、別荘とか控邸などと類似の義に用いられた。
五 「かめゐど」(亀井戸とも)にあてた。今、江東区亀戸町。中の郷の更に東で、当時は若干の大名屋敷があった郊外。亀戸天神の祭は八月二十五日。またこの辺、萩寺あり、花野見物あり、江戸人士は、この地名で秋の行楽を思ったのである。
六 底本「彭」。意によって改。ただし、春告鳥十八にも、この文字を使う。普通に「幇間」と書く語のあて字。太鼓持。
七 その他芸者など一座にそろった。
八 芸者など沢山に寄びよせること。
九 供人の待っている部屋。
一〇 人前をはばかった。
一一 三味線箱を持って、芸者の供をする者。
一二 台所。▽供部屋は台所側にあったと知るべし。花畑には秋草と知るべし。
一三 趣味をこらして作った。
一四 庭園に作った池。
一五 さわぎの声のしている。
一六 上下の礼儀をとりのぞいての酒宴。
一七 馳のあて字。

ごもりて、返答せざれば丹次郎、障子をあけて小坐敷[二一]の、うちへ抱入れ介抱し、丹「ヲヽ大そうに動気[二二]がするのト、胸[二三]なで下せば心をしづめ　長吉「アヽ寔にこわかつた。それはそふとどふして丹さんおまへは此所にお出のだへ　丹「ヱおれか何ョヱ、　長「米八ざんを案じて此御屋敷へも一所においでか　丹「ナニ〳〵そふいふ訳じやアねへが、米八にすこし頼んだことがあつて來たのだ。そんなことよりおめへはマア、どふしてこゝへ迯て來た、[二四]訳だト聞れて、お長は丹次郎が膝により添　長「今こゝへ迯て來たのは、此御屋敷の御用人[二五]、番場[二六]の忠太さまの若旦那、忠吉さまといふのが、いつもわちきにいろ〳〵なことをいつて、無理に自由[二七]になれとつて、寔にモウ〳〵否で〳〵なら[二八]なひのに、今日お客も何も酔きつて、正躰なひのを幸ひに、先刻からつかまへて、こまりきつた所へ、隠ぼが始まつて、私が隠れたお湯殿へ、丁度また、忠さんが隠れに來て、いやおふならぬ手詰[二九]といひ、眼をすへて脇差に、手をかけたから、一生懸命に突倒して參つたが、いつまでも此所にはいられず、どふしたらよからふやら、丹「そふか、それは困つたものだ。しかしこゝの御用人の若旦那なら、始終おめへの爲にもなるだらふから、機嫌の直る様に[三〇]　長「お兄イさんトいひながら、丹次郎の顔を見つめ長「それでは私がお客や何かのいふ事を承知でもするとお思ひか。宅へ飯つて斯ういふわけと、咄せば邪見[三一]な母さんゆゑ、金になるなら心に随へ、言事きけと欲心ばつかり、

一八 人影のあて字。人の姿。
一九 履物をはいていないこと。
二〇 木の枝や竹などで簡素に作った開き戸。
二一 離座敷の中の一室。
二二 動悸のあて字。
二三 丹次郎がお長の胸をなでさすってやる。
二四 この句読点、底本のまま。この三編上は、本文始めから、「九」丁の表までの七丁分は、全部「。」で句読点をつけるが、著者の附したものとは思われず、杜撰であるが、そのままに「、」「。」の別のみして存した。
二五 底本の振仮名「こようにん」。意によって改。大名・旗本の家で、財務やその他家内の雑務をすべる役人。
二六 演劇類で梶原家の家臣として通った人物を用いた。
二七 いうことを聞いて身を許す。
二八 江戸時代には全時代を通じて、「ない」などの形容詞の語尾の「い」を「ひ」と書く習慣がある。一々は注さない。
二九 直接談判。手きびしくつめよること。
三〇 「とりあつかえ」というような語を補って解す。▽この下、お長の語、心外なと語気を改め、きっとした態度で言う。
三一 邪険。無慈悲な。

殊に常〻旦那を取の、宅へ遊びに來る人の、中でもお錢の有人へは、おもしろおかしく挨拶して、何ぞもらふ胸算用でもしろのといつて、朝夕否なことばつかり。[一]それもわちきはおまへさんへ、およばずながらも志[二]を尽すつもりの奉公と、泪を隠す坐敷[三]の勤め、どふぞかわいそふだと思つておくんなさいョ　丹「そりやアモウ少しの間もおめへのことを忘れやアしねへけれど、米八と違つて、奉公先へいかれもせず、遠慮して居るから、猶〻戀しひ[四]はつのるがどふも　長「よいョ[五]私はどふで今に死でしまふから、米八ざんと中をよくなさいまし　丹「なぜそんな事をいつて腹をたつのだ　長「なぜといつて兄さんは側[六]にお出でないから、御存はあるまいけれど、今私が居る宅[七]の母さんといふはね、元は遣手のお熊どんでありますョ。そしてモウ〱意地がわるくツて口やかましく小言をいつて、寔につらくツてならないけれど、その中にはどふかしてお兄イさんと、一所になられることもあるだらふかと、當もないことを便にして、辛抱[八]してゐるのにおまへさんは米八ざんばかり思つて、[九]斯してお屋敷へまで送り迎ひにお出だものを、とても私は苦労したとつていけない[一〇]からはやく死んでしまふョ　丹「そんなつまらねへことをいふもんじやアねへはな。斯して米八のほうへ附て來るのも、金の都合をはやくさせて、おめへをお由さんの方へ一旦歸さねへけりやア男がたゝねへ。といふは表向、実はどふも氣[一一]がもめてならねへ　長「なにがエ[一二]　丹「何がといつて一日

一 それでも。
二 誠心をささげる気持の。
三 客相手のつとめ。
四 恋しい心。
五 ▽米八の名を出されたのが、癪なのである。
六 ▽この語も、「奉公先へいかれもせず」に応じたのだが、米八のようにの意をこめてある。
七 奉公人が抱主の家をいう語。
八 底本「辛拘」。意によって改。伊呂波引大全節用集「辛抱」。
九 「、」は補。
一〇 「望みがない」意。花柳界の語。
一一 心配されて。▽この前後、人情本の痴話喧嘩に多い困った時の逆襲の方法である。
一二 ▽この返事、お長は痴話でもまだ経験の浅いことを示す。

[一三] 当時の美感の一で、なまめかしい美しさの一つ。
[一四] 丹次郎と離れて、勤奉公をしていること。
[一五] 手をふれずに、そのままほっておくまい。
[一六] 虚言。

＊この絵は前述した(五四頁頭注九)と同じく、あぶな絵趣味の事後を描いたもの。この第十三齣の文章の最後に続けて、文意を助けるものである。

[一七] ▽お長の方が、強い立場であっても、この口争いでは、漸くこの位の攻撃しか出来ず、次の如く泣いてしまう。まだ乙女のお長を写している。

[一八] 茶会用の独立した小庵で、大体定った様式の建物。この離座敷のこと。

増に仇[一三]になるおめへを他人中へ手放[一四]して置が氣になつてならねへ。どふも他が只[一五]はおくめへとおもふと夜も夢に見てたまらねへ時なんぞがあるものを　長「ヲヤ空[一六]ばツかりにくらしい　丹「ナニ空じやアねへ。丁度今夜の様なことがあるから、油断はならねへ　長「イヽヱ米[一七]八さんが氣にかゝるものだから附てお出のだヨ　丹「ナニそふじやアねへ。おいらのことよりおめへがだれとか約束して、此[一八]數奇屋で待合せるのだらふ。邪广にな

るとわりいから、おいらア供部屋へ行ふト立あがればすがりつき　長「ナゼマアそんなかわいそふなことをお言だねへトいひつゝ泪はら〳〵、身をふるはして泣良[一]の、目元にほんのりあかねさす[二]、それさへおぼろに[三]わからねど、いだきよせて丹次郎　丹「じやうだんだョ堪忍しな。ほんに今までしみ〳〵と、二人ではなしもしなんだが、おいらゆゑに此苦労、さぞつらからふが辛抱してくんな。其うちにはどふかして、おめへをとりかへす[四]から　長「ナニ今無理に兄さんの、お側へ行ずとよいけれど、二日置三日おきぐらひにちよつとでも、良が見られる様にしたいねへト抱付たる蔦かづら[五]、色[六]づく秋のすへつかた、小夜ふけわたる虫の音の、外には座敷のはやり唄、古きをまたも繰返す、糸[七]おもしろく連彈に

〽噂[八]にも氣だてが粋でなりふりまでも、いきではすは[九]でしやんとして、桂男[一〇]のぬしさんにほれたがえん[一一]かヱ、

丹「ありやアたしか婦多川の政吉[一二]さんと、大吉[一三]さんではねへか　長「ア、そふでありますョ　丹「おめへは何ぞ語ッたか　長「ア、仲町の今助[一四]さんと掛合[一五]で、琴責[一六]をかたりましたョ。それだけれど今夜のような、そふ〴〵しいお座敷では、義太夫はどふもじれ[一七]つたいやうでありますョト、惚た同士はうか〳〵と、前後わすれて良見合、何かいひたき心と心、また坐敷にて、ドヾ一[一八]の、間[一九]ほどもさすが藝者の調子、

一 ▽作者や読者の評をもこめた措辞。
二 赤くなる。
三 外は月明なれど、この小座敷ではおぼろに見える。▽情緒的気分を加える語。
四 借金をかえし、勤めからぬけ出さすこと。
五 抱付いた形容。下へは「色づく」の枕詞。
六 蔦かずらも紅葉する意と、お長の恋にもえる心情とを合せた語。
七 三味線の音色もすぐれて。
八 文政五年序の浮れ草の「惚過し」の一章「噂にも、気立てがようて取りなりまでが、派手ではすはでしゃんとして、桂男のぬしさんに、惚れたが無理かえ」。前出の「古きをまたも繰返す」とは、古い流行歌で、なお続いている意。
九 伊達な。ダンディな。
一〇 月にすむ人の意から転じて、美男。
一一 縁。
一二・一三 天保八年深川細見の辰巳のはなに芸者として、仲町さがみやに「政吉」。同、仲町西の宮に「大吉」(大新地二見やに「大吉」。前者か)とあるは同人か。連弾の二人である。
一四 辰巳のはなや娘浄瑠璃芸品定にも見えず。仲町つるやの芸者に「いま吉」がある。
一五 義太夫浄瑠璃で、二人以上の語り手が、人物などを分け持って語ること。
一六 壇浦兜軍記(享保十七年初演)の三段目の口で、秩父重忠が、五条坂の遊

うた〽惚れてこがれた甲斐ない今宵あへばくだらぬことばかり
〽[20]おもふほど思ふまいかとはなれてゐれば愚痴なことだが腹がたつ
長「アレお聞よ。うたにさへあのよふに唄ふものを、殊にお兄イさんは米八さ゚んがあるから、私のことはどふしても思ひ出してはお呉れじやアないョ　丹「ナニ〳〵[21]思ひ出すといふは忘れるといふ不実があるからおこつたことだ。おゐらは思ひつゞけだから、別に思ひ出すといふことはねへ　長「ヲヤ〳〵啌ばつかり。兄イさんが忘れるひまのないといふは、米八さ゚んのことサトいひながら丹次郎が脇の下をこそぐる　丹「アレサ何をするくすぐつたいはナ。よしなョ。ドレおめへをもくすぐる[22]ョト横抱にせしお長が袖から手をいれて、乳をこそぐれば　長「アアレくすぐツたひョトいひながら顔をあかくして丹次郎が顔をじつと見つめてゐる　丹「ハテナ坐敷がしんとして三味線の音はきこへなひで、節時笑ひ聲が聞へるが、[23]櫻川の藝尽しでもはじまつたか知らん　長「イヽヱ慥か[24]龍蝶の落し咄しだョ。昼間も[25]遊蝶が[26]新内のはいつた噺しをしたがネ。寔におもしろかつたョ　丹「フウムそふか、若衆の中では遊蝶が一ばん上手になりそふだ　長「[27]ぎす〳〵しなひでおとなしいからよいネ　丹「なんだ噺しを賞るかと思へば男ぶりを賞るのか。うつかりしてゐて、おめへの[28]艶情を[29]受るやつサ。いつの間にか[30]惚意なつてゐるの　長「ヲヤ〳〵嘘をおつき。ナニ遊蝶に惚るものかネヱ。遊蝶には私の友達のお[31]喜久

君阿古屋に琴をひかせて、景清のことを問う一条。
一七 しっくりゆかず気があせる。
一八 前出(九四頁)。早く文政九年の風流稽古三味線に「どゝいつどん〳〵」の囃子とともに、その名が見える。↓補注三四。　一九 間をおく程あい。
二〇 自分が思うほど、相手は思わないだろうと考えると。▽情緒的な場面に、他方から聞える歌を入れる方法は、恐らく歌舞伎から学んで洒落本などにも用いた方法であるが、最も効果的に使用したのは人情本である。
二一 前出(五七頁)。
二二 ▽例の嫌味である。
二三 前出の善孝や新孝をさす。
二四 前(一三三頁)に竜調としたと同人。
二五 落語家奇奴部類「浅草住　青遊亭遊蝶」。同、田舎咄之部「竜蝶門人　遊蝶」(同人か)。ただし同書に「両国住　富士松ぎん蝶　始め幼坊福寿と云、新内曲引うかれぶしを好くす」。
二六 新内節。宮古路加賀太夫の流をうけて鶴賀新内に起った豊後浄瑠璃の一派。哀婉の調で天保頃が最盛期。
二七 無愛想でうるおいのないさま。
二八 惚気に同じ。
二九 前出(一〇一頁)。
三〇 甘くなっている。
三一 前出(九三頁)の為永喜久女であろう。▽寄席芸人の内実に通じた春水の楽屋落。こんな噂があったことと思う。人情本にかかる楽屋落の多いのも一特色。

といふ子がどんなに惚ておりますだろう。誠ににくらしい様でございますヨ　丹「トいつていつか情通[1]してゞもゐやアしねへか　長「いやだヨ兄さん、其位なら此様に苦労をばいたさないヨ。にくらしい　丹「おいらは又かわいらしい。ドレ遊蝶に惚たかほれねへか證古[2]を見やう　トしつかりよりそひ横〔に〕[3]たをれる　長「アレマアお放し[4]　トいひながらふりむいてしやう、はるかにざしきを伺ひて、亦もや障子をぴつしやりとたてきる中の恋の山[5]、つもり〳〵し[6]憂ことをかたる心の奥庭[7]とは、たれも氣のつく人もなく、彼人ともこゝまで尋ねこぬこそ幸也けり。

作者伏て申[8]、かゝる行状を述て草紙となすこと、婦女子をもつて乱行をしゆるに等し。もつともにくむべしといふ人有。嗚呼たがへるかな。古人いへるごとく、三人[9]の行ひを見ても必らず我師とすること有と。諺に曰[10]、他の風俗見て我風躰直せと。元來予著す草紙、大畧婦人の看官[11]をたよりとしてつゞれば、其拙俚[12]なるはいふにたらず。されど婬行の女子に侶[13]て、貞操節義の深情のみ。一婦[14]にして數夫に交り、いやしくも金の爲に欲情を發し、横道[15]のふるまひをなし、婦道に欠たるものをしるさず。巻中艶語[16]多しといへども、男女の志清然[17]と濁なきをならべて、○此糸○蝶吉○於由○米八○四人女流[18]、おの〳〵その風姿異なれども、貞烈いさぎよくして大丈夫に耻ず。なほ満尾の時にいたりて、婦徳正しくよく其

一「情を通ずる」の意。二 証拠のあて字。以登家奈幾一「とりかはした証古」。三 底本も後刷も、この所、一字分空白。意に応じて補。▽前述のあぶな絵風。前掲の挿絵はこの情景の次の場面。四 ▽お長はなお恋の手管にうといが、自然と恋の手段は心得たといえる。五 恋の盛りほどの意。六 山の縁で、数々の。七 心の奥底の意をかねる。八 ▽滝沢馬琴などの読本に見えるものと等しく、作者の読者への弁解や読書指導の一。娘真都翳喜初編にも「色情の姿風を常につゞれど浮薄をいましめ貞操をおしえ、巻中の児女あだめけども、よく丈夫を大切になすことのみをしるせり、かならず浮たる所には眼を留ず、孝貞の場をよみては、その身にうつし給へかし」。九 論語の述而篇「三人行必有我師焉、択其善者、而従之、其不善者、而改之」。一〇 諺「人のふり見て我ふり直せ」。一一 底本「管」に近いが、意により改。読者。▽春水が婦人を読者対象とすることは多く見える。→補注三五。一二 下手で卑俗。一三「似」に同じ。一四 底本の振仮名「いつふ」。一五 正しい道にはずれる。意により改。一六 なまめかしい話。一七 清くの意で、造語したものか。一八 女性。一九 百草露に、備前(池田)新太郎光政の詠「見ればただ何の苦もなき水鳥の足にひまなき我がおもひかな」。意は次の文の如し。▽水鳥は冬の季語、この齣の冬に入ってのことを示す。二〇 底本の振仮名「たゞずまひ」。普通に改。たた

男を守りて、失なきを見るべし。

第十四齣

一九見ればたゞ何の苦もなき水鳥の足にひまなき思ひとは、人間さま〴〵の二〇活業、あるが中にも二一他見には、樂で小いきな風俗と、うらやましくも思はるゝ、その身になりて見るときは、二二松坂織の二三花色裏、二四紫太織に二五黒八丈の二六鯨帶せし娘にも、二七おとる氣がねは、世の中を渡る二八三筋の糸はかなき、妓女の身こそやるせなし。そも二九突出しの氣苦労は、なれぬ座鋪の三〇取廻し、三一遠慮にすれば座が淋しく、三二ふざける客の調子にのれば、三三通子客の氣にあはず、野暮と洒落との間には、三四心淺間の、三五のゝ三六字とり、三七七色声のごた交は、これ三八人間のとほ吠に、とりまかれたる參會の席に褄をもとられねば、ひきずる裾と三九引ずる四〇お客、いたらぬ癖に四一枯野見と、四二極しも枯の時候はづれ、四三河上に舟の見えねへのが山でござすと、四四冨士筑波今出現をせしごとく、おもふやからに四五口をかけられ、四六素足も野暮な足袋ほしき、寒さもつらや四七牛嶋の、四八土手の雁木をふるへて上る四九野分の風に、五〇興福寺の入相をきくうしやの五一掛茶亭、駕と乗代かへりたき心も知らず、五二半可通の客は、藝者も或親の五三秘藏娘なることを思はずして、惡口そしるを五四穿とおもへり。嗚呼悲しひか

ずむ所。身をおく所。生業。二一 他人から見ると。二二 伊勢松阪産の木綿。守貞漫稿「江戸にては仕着せに松坂島と云て勢の松坂織を専とす」。二三 守貞漫稿「紺より漸くに淡きを云、花田色の中略也」。その色の木綿。二四 前出(四七頁)。紫は染色。二五 伊豆八丈島産の縞織物。→補注三六。二六 前出(四七頁)。▽以上は質素な服装。二七 劣ると気が引けるのは。二八 上から、渡る身、下へ「いと(甚だ)はかなき」とかかる。三味線の糸をたつきに世をすごす芸者の意。二九 新しく芸者に出ること。深川では「新子、吉原のつき出しと同断」(岡場遊廓考)。三〇 処置。座配。三一 おとなしくすること。三二 ふざけ騒ぐ客に調子を合せると。三三 通人客。三四 興ざめにも。三五 底本のまま。三六「の」の字をぬいて話をする方法。野暮にはわからず、洒落人にはわかる。三七 声がわれて色々の声調になるをいう。聞き苦しい歌の入りまじったのは。三八 人間ながら犬の遠吠同然。三九 跡を引く客。四〇 半可通。四一 冬の季語。武江遊観志略十月の条に「小春の日和麗かに、枯野は寂て遊びよし」。江戸人士は向島に行った。四二 霜枯も甚しく、冬も深くなって、枯野見の候でない時。四三 ここは隅田川の上流をいう。四四 常陸の筑波山と駿河の富士を東西にのぞむは、助六の「富士と筑波の山あひに」の文句の如く、江戸自慢の一。四五 客席にまねかれ。四六 芸娼妓は素足(ここは足

なと氣がつけば、粋ほどはまる色道、実情と見せし虚計あり。これはそれにはあらねども、苦界は同じ米八が、義理と情の柵に、舟をもやひて、比良岩の座鋪の一ト間、藤兵衛がいつも長柄の橋柱、くちても殘る恋の意地、言しらけして、無理のみに酔て倒れし轉寐の、ひぢ枕せしかたはらに、しよんぼりとして見かへれば、誰がおきわすれし一册の小本をとりて、繰かへし小聲に讀は女の癖○これよりは米八がひとりよみゐる小册と見給ふべし

○仙女香といふおしろいを手にもちしふり袖しんぞう青梅　青「女浪どふ、ちよつと來な○十才ばかりの禿　禿「なんざいますヱ　トきたる　青「アノおめへこの白粉をやるから、毎日顔へすりこみな。そうすると此おしろいは能藥がはいつてゐるから、顔のこまかい腫物が治るよ。そして此繪をやるから坊さんにならねへか　禿「わちきやアいやト顔をしかめ　「仙女香ばかりおくんなまいし　青「ヲヤ〳〵この子はヨ、坊さんにならねへと、その頭の瘡腫が治らねへヨ。それが今に眼へでもはいつて、眼くらにでもなつて見な。いけやアしねへ。言ことをきいて坊さんになんなト言れて、禿は考へて居る　青「坊さんになると、おいらが又可愛がつてやるヨ　禿「そんならぼうさんになりますから、実正に仙女香も画もおくんなましヱ　青「アヽいゝ子だのう。サアいたくねへやうにすつてやるからトいひながら、明ざしきへつれ行て、たちまちくり〳〵坊主にする。禿は頭上に手をやつて見て泣出し　禿「わちきやアいやでございます。繪を返しイすから、前の通りにしてお

袋なし)を意気とした。四七 向島の牛の御前附近(今の墨田区小梅町)の称。上から「憂し」とかかる。四八 棒と板で土をせきとめて作った階段。またその先にある桟橋。四九 秋冬の間に吹く疾風。五〇 牛頭山弘福寺にあてる。牛島にある禅寺。五一 竹屋の渡しの辺にあった掛茶屋。駕籠の便のあったことが次に見える。処女七種五編中「春と違って葭簀の茶屋も、うしやでさへ休んで居るし」。↓補注三七。五二 えせ通人。五三 当時は「ひさう」と清んで読む。五四 花柳界の内実や芸者の生態に通じて、その内面を暴露すること。

一 芸者に同情するのが本粋(通人)で、同情から色に堕すの意。二 前述の如く苦しい芸者勤めの。三 板ばさみに苦しむこと。下の舟は縁。四 酒飯手引草(嘉永元)「会席即席貸座鋪御料理　隅田川向嶋平岩」。葛西太郎と称し鯉料理が得意。五 上の、柵・舟の縁。上から「何時もながら」、下へ「くちても残る」の序で続く。六 続千載集十七「何と世にうき身ながらの橋柱なほありがほにくち残るらむ」。意は恋の意地がのこって。七 言い争って席がしらけ。八 ▽作中に作品の一部を出すも亦、春水の多く用いる趣向。夢の場合と似た効用をもたらす。九 江戸京橋南伝馬町坂本製のお白粉美艶仙女香。春水の人情本その他の作品で広告している。一〇 吉原で、振袖を着て出る年若い新造級の女郎。揚代二朱。一一 吉原で禿

くんなイましョウ引トなく　青「ばからしい、剃てしまつてどうなるものかトわらひながら「千代春さん〱、ちよつと來て見なましトかけて行。跡に禿はおろ〱涙 折から聞ゆる外座敷の唄〽[一五]憂ことの[一六]數やつもりし恋の山、登りつめたる二人が中に畧◯

此方のざしきのおいらんは年ごろ十八九、きりやうは[一七]故人の路考を生うつし、髪は[一八]割唐子に結て、[一九]さしものも[二〇]立派に見え、衿元雪より白く、あらひ粉にて磨きあげたる皃へ、仙女香をすりこみし[二一]薄化粧は、ことさらに奥ゆかしく、[二二]唐更紗の[二三]額むく、黒びろうどと[二四]白茶[二五]北京毛織の[二六]平帯をしめ、夜具をたゝみて、座敷きれいに片寄、疊の上に片ひざ立て居る。客は[二七]息子株、尤妻子のある身分、風俗はこゝに畧す。はやくも九ツ[二八]の時至り、家内何となくそふ〱しく、[二九]番〻の新造、[三〇]内しやうの床を延て閨をつくろふ。亦も聞ゆる外の淨るり[三一]〽[三二]無量壽の仏のをしえ聞ならく、されば[三三]はかなき朝皃も、千年の松に枯殘る、無常の風の吹とぢよ、お花をつれて半七が△　客「アレあの淨るりはお花半七が情死のところ、名も似寄たるおめへは花山　女郎「ぬしも似た名の半兵衛さん　半「アヽ身につまされた文句じやアねへか　花「他に知られイせんうちに、早く殺しておくんなんし　半「ホンニそれ〱、人の見ぬうちちつともはやく、少しの苦痛しんぼうしやト[三四]屛風を手ばやく引廻し、刀を抜て半兵衛は、[三五]既にこうよと見えたる所に、たれとも知れず障子の外にて「了簡ちがひさつしやるな。[三六]死で花は咲ませぬ。

などよぶ名の下に付けた。「どん」の訛。 一二 当時「む」と読む「ふ」と解されていて、この振仮名で「かむろ」と訓む。 一三 底本のまま。「なまし」「なまんし」「なせいし」とするが普通。誤刻か。下さいませの意。 一四 困ったことになる。 一五 未詳。後出のお花・半七を題材とした清元であろう。 一六 底本の振仮名「かす」。意によって改。 一七 五代目瀬川菊之丞(号路考、家号浜村屋)。天保三年正月六日没。三十一歳。 一八 幕末女の髷の一で、中央で大きく組合せて笄で留める(吾妻余波に図がある)。 一九 おいらんの沢山さす櫛笄の類。 二〇 底本の振仮名「りつは」。意により改。 二一 底本の振仮名「けしやう」。意により改。 二二 船来のさらさ染。流行の切地(以登家奈幾初編(天保年間)序や守貞漫稿)。 二三 白無垢の四周(多くは胴の処の一部)に、額縁様に別の切地(ここでは唐更紗)を用いたもの。このおいらんの寝衣。 二四 淡い茶色。流行の色。以登家奈幾初編序「煤竹廃れて白茶起り」。 二五 毛織の一種。ここは、毛織の帯のこと。前出(一三四頁)。 二六 しんを入れない一、二寸幅の帯。ひらぐけ帯。 二七 花街の客の中で、富家良家の部屋住みの息子たちをいう。 二八 午後十二時頃。誹諧通言「引ケ、吉原夜見せ始りし頃の定めにて、昼は九ツより七ツまで、夜は六ツより四ツ迄と有りしを、夜見せ引早きゆへ、その節思ひ付にて、四ツの鐘の時には拍子木を打ず、九ツの鐘を相図に四ツの拍子木を打ツ、其帰りに九ツの時をうつなり、依て此廓には鐘四ツ引ケ四ツの名あり」。 元 番にあたっている。 三〇 前出(五〇頁)。
三 前出の文句に続く一部分であろう。
三 阿弥陀仏の異名。人生無常の教。
三 枯れるが早い朝顔の花の、松に対して人生のはかなさを示すが、その無常迅速の風もしばらく休止してほしいの意。 三 底本の振仮名「ひやうぶ」。濁に改。 三 つきさすと見えた。
三六 諺「死んで花が咲かぬ」。生きていてこそ、再びよいこともあるの意。

一 年季を定めて身売をした証文。

＊挿絵詞書「名誉(なだかき)芸妓等(げいしやたち)亀戸(かめど)の寮(りやう)につだふ」。「だ」は「ど」の誤刻。第十三齣にあたる絵。

二 ▽この所は、山東京伝作の青楼昼之世界錦之裏の末で、夕霧と伊左衛門の正に心中せんとする所へ、京都出店の番頭が出る所によったか。「ハテしんで花実が」の文句や、年季状でないが一通をいただく伊左衛門の絵がある。この書としては、次に続く一場を引出すのみでなく、さらに後の此糸・半兵衛の不幸の後に幸福となることを、匂わせる一条である。
三 統べておさめること。
四 手代は商家の召使で、番頭の下、丁稚の上に位置する。その手代中の上位にある者。

これを見たうへ兎も角もト、障子をほそめにおしあけて、二人が中へ投込一通、これ花山が年季状[一]、半兵衛は手に取上、とツくと讀でほツと息 半「こりやこれ、そなたの年季状 花「たしかに今のしはがれ聲は、花町さんの客人で、宵に上ツた番頭風俗、私キのことをいろ〳〵と聞なましたお方でござんす 半「ハテナア、それじやア忠七[二]があいもかはらぬ信切か 花「その人さんはなんざんすへ 半「家内のしまり[三]の重手代[四]、親父が秘藏

の白鼠[五]、その名も忠義の忠七が、ハテ心得ぬ此場の始末　花「この證文が有イすれば、死なでもよふおす半兵衛さん　半「ホンニこれでは死ずとも誠にこれは、作者曰めでたし〳〵

是より後編にくはしく入御覧ニ[六]

ト讀おはつて米八が　米「ヲヤにくらしい。作者の癖だョ。モウ此あとはないのかねへト獨言いひ、藤兵衛を見れば、酒ゆゑ正躰なくねむるいびきの聲ばかり　米「ア、此本を見るにつけ、心がゝりは此糸さん。アノ氣性[七]だけ、今更に引もひかれぬ繪岸[八]の半さん、お二人ともにひよツとマア、この本に有やうなことが　藤[九]「サアあるめへともいはれめへ　米「ヱ、藤さん、お目が　藤「とふから覚て聞てゐた。よし聞ずとも知つてゐる。アノ此糸が突出[一〇]しから世話にもなツた繪岸の半兵衛、零落しても突出さず[一一]、義理[一二]と端手とは二道に、諸分[一三]を知つたおいらんと、氣性[一四]を買た此藤兵衛、そふして見ればコウ米八、マア此糸へ義理はいるめへ　米「よもやと思ふことまでも行屆たおまへさん、心[一五]は惚ても女の意地、どふも返事の出來ない義理と、相かはらずだが堪忍して　藤「成程情のこはい子だぞ、トいふときしも堤[一六]の上にて子どもの声

「おツかアや、御免だョウ引

作者狂訓亭がこの草稿をつゞるの日[一七]、わが草庵にあそび、うしやの駕向越[一八]の

五 白鼠が住めば一家に福があるとの俗説から出て、主家のために忠実な召使をいう。
六 候の略体。
七 「気性だけに」と同意。
八 根岸にあてた。
九 ▽第十一齣に藤兵衛が、此糸・半兵衛の仲に気づくことあるに応じる。
一〇 ここは吉原の遊女のこと。吉原大全「此里にて生育ず、十四五歳已上にて来りし女郎をつき出しといふ(下略)」。
一一 いったん馴染になった客または遊女が、その相手と縁を切ることをいう。
一二 花やかに振舞う一方で、篤実に義理をわすれぬ両面を持って。
一三 遊里の事情や、情事の入りこんだことなどを広くいう語。
一四 気性が気に入って客となっている。
一五 行届いた藤兵衛の心。
一六 隅田川の堤。▽「情のこはい」につかず離れずの母親にせめられる子供の一声を配して、軽く終る。洒落本以来の軽妙さである。
一七 前出(一四九頁)。この茶屋に駕籠の用意があったことを示す。
一八 竹屋の渡し附近で、向島から対岸へわたること。補注三七の「うしや」参照。

一 琴通舎の友人。 二 狂歌。
三 初代琴通舎英賀(一七七〇—一八四四)。森姓。丸屋庄蔵と称して神田豊嶋町の古着屋。狂歌の判者で春水と親しく、序跋などを、その著に送った(四世絵馬屋額輔著狂歌人物誌)。
四 前詞にある所をそのまま詠み入れ、「牛を馬に乗りかへる」との諺をよみいれたのみ。
五 寒いので。 六 浅草寺の東北の一帯。吉原通いの駕籠の通路。
七 諺「住めば都」。前出(四七頁)。▽以下、向島あたりの描写は巧みでないことはない。文趣は違うが、永井荷風の描写に通じる。 八 昔は田舎で、「住めば都」などといったが、今は都なみに人家もならんで、鄙、即ち田舎ではない。「鄙にはあらで」は下へも続く。
九 洗練された美女。 一〇 垣根の梅と美人の化粧した香と春風に相混ずるさま。▽この書中にも梅暦一巡して、再び早春をむかえた。作中人物らの苦労も漸く幸運にむかうのである。 一一 竹屋の渡し。今戸橋の南で、瓦町から向島へわたる。早くは竹屋という船宿の持舟があったので「竹屋」と呼んで舟をまねいた。後に公衆の渡船そのほか乗切りの船もでき自由になった。 一二 春色恵の花初編一の「向ふ越」の原注「これはつだづゝみよりさんやぼりへのり切る事をいふなり」。 一三 向越も自由になったと、自在鉤をかける。
一四「ふう」とわくとかかる。 一五 茶席

舟(ふね)の文段(ぶんだん)をよまれて、友人(いうじん)[一]のざれうた[二]

枯野(かれの)見(み)て牛島(うしじま)[四]かへる舟(ふね)[五]さむみ乗(のり)かへたきは馬道(うまみち)[六]の駕籠(かご)

琴通舎主人[三]

金龍山人

春水再識

春色梅兒譽美巻の七了

春色梅兒譽美巻の八

江戸　狂訓亭主人著

第十五齣

住[七]ば繁花の諺も、今は誠の並家[八]、鄙にはあらで雛人形の姿に等しき、美婦人[九]の隣垣歩行は、梅[一〇]が香の傳ふ堤の春の風、竹屋[一一]も呼で向越[一二]、自由自在[一三]の釜の湯が、風雅[一四]と洒落た茶會亭[一五]に、何某隱居何の寮[一六]と、槇木の垣根建仁寺[一七]、柴の戸漏るゝ鶯の声うるはしき初日影、朝湯が出來るを自慢とは、[一八]すこし開けぬ片折戸[一九]密と立出、ねむそふな皃に完尓、愛敬を[二〇]こぼせし水か薄氷、駒下駄ならす田甫道、音[二一]さへ高き左り褄[二二]は、小梅あたりの名取[二三]の娘、通ひ稽古[二四]の朝がへり、所かはれどかはらぬは、根下髷[二五]嶋田の當世風、品やさしきはおのづから、江戸者[二六]の隅田川[二七]、呑明したる平伊輪[二八]の、庭下駄はいて木場の藤兵衞、幸冨久寺[二九]の垣にそひ、朝湯の出來ぬを口小言　藤「どうもこつちが無理[三〇]だけれど、朝は湯へ這入らねへうちは氣がすまねへ　つれだちし櫻川[三一]由次郎　羽をりをいくぢなく[三二]きながら　由「モシどふ

用の建物。一六 別荘(寮)や隠居所が、向島に多かったのも事実。一七 建仁寺垣。柱間の割竹に、四つ割竹を外側を表にして並べ、しゅろ縄でむすび、更に三段の竹の押縁をつけた垣。京都建仁寺に始まると。槙木垣や建仁寺垣をかまえ、柴の戸をつける寮の作り。一八 朝湯自慢ではまだ十分ひらけたといえぬ。下へは「開けぬ戸」とかかる。一九 一方だけ開くようになった蝶番つきで、折りたためる戸。二〇 逢う人に愛敬笑をこぼすと、こぼした水が氷るとかかる。二一 有名なと、下駄の音の高いをかねる。二二 左手で着物のつまをとって歩くこと。二三 遊芸の上達して、師匠から芸名を許されること。またその人。二四 弟子の所へ出稽古に行き、昨夜とまっての帰り道。二五 髻の所の下った島田髷。つぶし島田。守貞漫稿「今世京坂ともにツブシ島田は流行し」。殊に天保では芸者などの風。二六 女の、田舎者でなく江戸市中の育ちの意と、下の酒が江戸産をかねる。二七 浅草並木町山屋半三郎醸造の銘酒。二八 前出(一五〇頁)の平岩。二九 前出(一四九頁)の弘福寺。三〇 朝湯を望む自分の方。▽後出の如く、平岩の内湯を待ちかねて、外へ出たさま。三一 桜川善孝の子で深川の十二軒に料亭小池を経営した太鼓持。二代目善好を称した(春色梅美婦祢三編)。巽年代記(天保八)に「仲町太夫連名」の中「善好桜川昔咄　十二軒」とあるは、この人。三二 じだらくに。

も湯は臺賀[一]が一番よふごぜへます。しかし今朝は、おめへさん、すてきにお眼がはやくさめましたネ　藤「呑倒れたけれど寐入り[二]はしねへものを、時に湯[三]は出來たろうか　由「モウ明キましたろう。そのかはりまだ女湯が涌ねへだろうから、わるくすると腫眼[四]の藝者が、箱[五]まはしに浴衣を持して來て、今朝は化粧をするのも太義[六]だ、舩で前[七]へ歸りたいねへ、なんぞといつて居て、狭い[八]流しを糠だらけにして居ませうぜ。ふけへきな　藤「といふのは仮名[九]、実はその藝者がおめへの皃を見て、ヲヤ由さん、おまへもゆふべは此方かへ。何処にお出だか、さつぱり知らなかつたョ。悔しいねへといはれるつもりで、内の湯を待かねるふりで、おいらを引出し[一〇]やアしねへか　由「ナニつまらねへ、素人じみて、そふ女[一一]にのろけもしますめへ　藤「イ、ヤなんぼ櫻川善孝[一二]の息子でも、女ぎれへといふ請人[一三]はあるめへトいひながら、むさしや[一四]の向ふの湯の前へ來るをりから、湯やのしやうじを明、いづるは意気な若衆髷[一五]、湯あがりすごき[一六]櫻色、年はたしかに十六七、ぞつとするほど美しき姿もはでな替り嶋[一七]、寐巻の細帯、手拭ひを口にくわへて、いと小さき黄木[一八]の櫛にて、乱れたるびんのほつれをかきなでながら、藤兵衞と皃見合せびつくりして「ヲヤ藤さん　藤「ヲヤだれだとおもつたらお蝶ぼう、ヤレ〳〵久しくあはねへうち、見違へるやうに大きくなつた。そしてマア何処に居るのだエ　ト（たちとゞまりて藤べゑが、うまれついてのしんせつもの、くはしくきくを、由次郎藤べゑが[一九]せなかをたゝき）　由「他のことよりわが身の落度[二〇]、サ

一　安政三年の隅田川向嶋絵図(切絵図)に、武蔵屋の直東に「料理家大七」とある。この家の内湯の噂。江戸名物詩(天保七)の大七洗鯉の条「温泉石滑カニシテ暖ナルコト蒸ガ如シ」の一句がある。
二　熟睡しなかった。
三　外の湯をさす。
四　宴席遅く睡眠不足のさま。
五　三味線箱を持って、芸者の供をする男衆。浴衣は、湯上りの着物。
六　めんどくさい。身心がつかれたさま。
七　客より先に。
八　浴客の身体を洗う所。「狭い」は向島が田舎ゆえ湯屋が小さい。▽男湯の方へ入ってきているさま。
九　演劇用語で、歌舞伎で主要人物が一時身をやつしている時などの名前。「某甲実は某乙」などと称する。ここは、表面はそういうが内心は、の意。
一〇　外の湯にさそったのだろう。
一一　女に甘くもない。
一二　前出(一三三頁)。
一三　保証人。
一四　酒飯手引草「懐石即席貸座鋪御料理　隅田川向嶋　武蔵屋権三郎」。鯉料理で有名。平岩より牛の御前・弘福寺前を東して、秋葉山に至る途中。
一五　女性の髪風だが、男性の若衆の如く、前髪をおき、髷も大きくしたもの(插絵参照)。
一六　甚だ美しい。
一七　守貞漫稿「又種々無名の縞を号て

かわりじまと云、織糸二三色、或は五六色交ゆもあり、紺浅葱縹茶黄等を交へ、又藍或は茶の一色淡濃あり、凡て替り島と云、又大小筋交ゆもあり」。この着物に寝巻の細帯をする。

一八 黄楊のあて字。すき櫛である。

一九 おやすくないとのしこなし。

二〇 越度のあて字。しくじり。由次郎の女性関係を云々した舌の先よりこのこと故、芝居がかりでひやかした文句。

二一 言訳のあて字。

二二 底本の振仮名「さくらかは」。濁に改。

二三 遠慮して、その場を去る。

二四 酒のかんにたとえて、湯加減。

二五 天保三年から江戸に流行した、はねだ節(一名こちゃえぶし)のはやし言葉、「お前を待ち〳〵蚊屋のそと蚊にくはれ七つの鐘の鳴るまでもこちゃかまやせぬこちゃかまやせぬ」(藤田徳太郎著近代歌謡の研究参照)。

ゝ[二一]言分(いひわけ)はなんとだヱヘト小ごゐにいつてわらふ　藤「ゆふべこの近所(きんじよ)へでも止宿(とまつた)のか　蝶「イ、ヱ小梅(こうめ)の姉(ねへ)さんがわづらつて、この横町(よこちやう)の寮(りやう)へ來て居(ゐ)ますから、其処(そこ)へ参(まゐ)つて居(を)りますョト立(たち)とゞまりて咄(はな)しの中(うち)、[二二]櫻川由次郎(さくらがはよしじらう)はわざとさきへ湯(ゆ)に這入(はい)り、[二三]はづすつもりと見(み)えて　由「旦那(だんな)、さきへまゐつて[二四]おかんを見(み)ますぜト笑(わら)ひながら、湯屋(ゆや)の障子(しやうじ)をあければ、敷居(しきゐ)の溝(みぞ)あさきゆゑ、ぐわらりとはづれて倒(たを)るゝを構(かま)はず、内(うち)から飛出(とびだ)す小童(こども)　小「[二五]こち

やかまやせぬかまアやせぬ　由「氣障に遊ばれるやツサトいひながら、着物を脱で出格子に置、流しを見れば、板の色青くして井戸がはの如く、通例より少き溜桶に、遣ひかけの糠袋をかけ、紅梅の小枝がいれてあるは、風呂の中にゐる小児のいたづらなるべきか、萬事田舎て、亦おのづから風流に、江戸の湯屋には絶てなかるべし　由「こいつはまことに透てゐるはへ　トいひながら　湯に這入る。折から、表はむさしやの垣根によりそふ藤兵衛お蝶、たゞずみ咄す横町から、びつくり出合おくま婆ゞ（これはおてうをかゝえしかのやり手ばゝアなり）　くま「ヲヤ〳〵能所で逢た。今日もまたむだ足をするところであつた。サア〳〵一同に歸つた〳〵　蝶「ヲヤ母御か。びつくらした　くま「ナニびつくらした。ふさ〴〵しい。コレ能かげんに馬鹿にしろ。姉御が病氣で二三日日間をお呉なせへ。もつとも座敷の日割勘定、見番拂ひの昼夜には降かけてもたらねへ金、コウ弐歩や三歩で、十日の余引揚られてつまるものか。今日で幾日足をはこぶと思ふ。ヤレ医者どのへ藥取に行たの、保里の内へお張御符をいたゞきにやつたのと、延引てへほど止留られちやア、其方の勝手はよかろうが、此方の腹が日ぼしにならア。サア〳〵直に連て歸る　ト立かゝりたる悪婆が邪見、お蝶はかほをあからめて、くやしながらもせんかたなく　蝶「大きに延引なりましたが、看病する伯母さんが、両三日の中に來るはづだから、どふぞそれまで　くま「イヽヤならねへ、途方もねへ　トきゝわけなきを藤べゑはきのどくにおもひ　「コウおばさん、くはしいわけは知らねへが、この子は子どものこ

一 いやみに。二 ばかにされる。三 外の方へ出して物置用の台を作った格子。四 流しにおく板の手入が江戸の町の如くできてなく、井戸ぶちのようにひどく青くなっているさま。五 特定人の使用にそなえておく楕円形の桶。↓補注三八。六・七「づ」「び」ともに底本の振仮名清を濁に改。八 底本の振仮名「えと」。濁に改。俗にお曲輪(または早くから府内)と称される、江戸の旧市内。続江戸砂子「江府は凡四方四里余、其中府内と称する所、方二里、中央に金城あり」。九 底本「むかしや」。前出により改。一〇 底本の振仮名「とうへゑ」。濁に改。以下これに準ずる。一一 底本「ひつくら」。意により改。一二 あつかましい。一三 底本の振仮名「ひやうき」。濁に改。一四 暇のあて字。一五 月間、座敷へ出て得る金を日割にした額を、暇一日について支払う約束で暇を与えたこと。一六 見番(芸者の客席への出入取次や勘定などする事務所)を通じての支払い。この方、直接より高かったのであろう。↓補注三九。一七 前出(一三四頁)。一八 比較すれば、日割勘定の方が誠に少い金額である。一九 一歩(分)は、一両の四分の一。二〇 親元へ引とられ(帰られ)てたまるものか。二一 堀の内(今の東京都杉並区の)にあてる。堀内村の日蓮宗日円山妙法寺をさす。二二 妙法寺祖師堂から出す、病人の枕上の柱に張って利益ありという加持符。↓補注四〇。二三 底本の振仮名「ひつぱり」を改。延

とだから、姉御とやらに掛合て、連て行なすつたらよかろうじやアねへか　くま「ハイ
おめへさんは　藤「見わすれたか知らねへが、唐琴屋の二階じやア少たア人に知られた
藤兵衛、紋日物日も相應にして置た。コウ此糸が座敷では随分おじぎを沢山させたぜ
くま「ほんにあなたは木場の旦那　藤「おれを旦那といふよりは、お蝶は貴さまの元主人、
それをなんだか口ぎたなく、子どもとおもつて軽しめたら、あんまり冥利がよくはあ
るめへトいはれて、しよげたるおくま婆ゞ、少しひるみて見えたりしが、心をすゑて
藤兵衛にむかひ　くま「モシおめへさんはこの子の世話でもなさる氣で、御信切におつ
しやるのかネ、元はともかくも、今じやアたがひに得心づくで、表向は親子、まさか
の時は抱への奉公人、しかも一切わたしらがまかないで、手取りに渡した二十両、喰
雑用から元利の金がすつかりそろつて返つたら、證文をあげやしやう。しかしこれで
も、小いやらしく密男があるから御勘弁ものだト歯に衣きせざる一言に、こらへかね
たるやまとだましひ、まけぬ氣性の寛活富仁者、そも藤兵衛が今さらに途中で出合
たれば　しらぬといはれぬ意氣地となり　藤「コウおれにやアさつぱりわからねへが、遣手婆とや引手の伯
母御に、はりこまれちやア男が立ねへトいふのは、やぼなはなしだが、実はおめへが
可愛そうだ。乗掛つた舟じやアねへが、もやひの綱を引とめて済すましを付てやろう。
コウ母御、今日はマアお蝶をおれに預けなせへ　トいふところへくる日良伊輪の女、ゆかたをもち來り、藤べゑにむかひこしをかゞめ

期したいほど延期して、お蝶を止めておかれては。▽おくまの言で、お由の病気のあついことと、お蝶の看病のさまをうつす。 二四「干ぼし(乾)」のあて字。餓死。 二五 前出(一三〇頁)。
二六 北里見聞録「吉原にては紋日を略してもの日といふ」。廓の定った祝日で、その日の客は晴として、花など殊に出す定めとなっていた。
二七 二人称の代名詞で、早くは敬称。この頃は、現代ほど賤しむ意がないが、同輩以下に用いている。
二八 軽くあつかう。 二九 神仏の罰をうけようの意。 三〇 囲い者にでもする気。
三一 公沙汰になった時は。 三二 出費。
三三 直接取引で。 三四 食事その他の諸雑費。 三五 抱えの約束の証文。 三六 漢字の如く、かくし男。春の若草四「情人(む)」。 三七 この事は考えものですよ。
三八 遠慮なく言う。 三九 勝ち気・まけぬ気・はやる心などをいう。↓補注四一。 四〇 気の大きい大尽。
四一 ここは深川の引手茶屋の女主人。岡場遊廓考「五十間のあみ笠茶屋と同じたぐひにして、本の商売はといふは、皆ぜげんの類なるべし」。
四二 理窟をいわれる。たんかを切られる。 四三 諺「乗かかった船」。中止できにくい勢をいう。
四四 舟と舟をつなぐ綱。舟の縁で、引くの序。 四五 決済。皆済。浮世風呂四編上「おれが済すましを付たから、けちりんも間違はねへ」。
四六 前出(一五〇頁)の平岩。

女「ヲヤまだお湯にいらつしやいませぬか　藤「ヲイゆかたか、こりやアお世話。イヤ[一]調度いゝ処へ來た　ト女の耳にくちをよせ、なにかさゝやけば、女はそう〳〵かけ出してゆく　蝶「藤さん、まことにお氣の毒でございます　トもじ〳〵してゐる。風呂よりはさくら川が格子をのぞき　由「旦那、わたくしはモウあがりますぜ　藤「ヲイ[二]由孝、チツト面倒なことが出來てきた。マアおらア湯は後にしやうョ　トいふところへくるいぜんの女、かみに包みしものを藤べゑにわたす。藤兵衛はかみをさぐりあらため、おくまにわたし　藤「サアいづれおれが[三]仲人になつてやるから、二三日これで日延をしな　トわたせしかねはたしかに壹兩、おくまはこゝろにつこりして　くま「イエナニ、是じやアあなたへお氣の毒だ。ナニわたくしだつても、理さへわかれば、何もそうやかましくいふ氣はございませんが　藤「よしサ〳〵、いづれにもおれが[四]呑込だから、両方の爲にわるかアしねへ　トおくまをばおひはらひ、お蝶をつれてひらいわのはなれざしきにいたりければ　蝶「まことにマアひよんなことでお氣の毒な、どふぞ[五]御堪忍なさつて　藤「なにつまらねへ。あやまるわけもねへ。さだめて意味も有だろうが、此方が氣ぢやア、お阿めは、此糸なぞも目をかけた、おめへの処の遣手じやアねへか。たとへ何でも、元主人の娘のおめへを、あんまりこなした[六]仕打だから、持めへの癪にさわつて、[七]いらざる世話をやく氣になつたが、マアどうした理合で今の身になつたのだへ　ト○問れてお蝶は涙ながら、此草紙の初編二編に記せしごとき、身の上をくはしくはなせば、元來富福の[八]寛活、ひかぬ氣性の男達、[九]小梅のお由が仁俠の噂に、猶さら[一〇]捨られぬ[一一]同氣の合しも[一二]緣の糸、引と知らねど藤兵衛が　藤「そりやアマ

一 丁度のあて字。
二 落語家奇奴部類「深川住　同(桜川)由孝」「深川住　同由治郎」とあって、由次(治)郎・由孝は別人。「由公」の誤写であろう。
三 仲裁者。
四 承知する。引き受ける。
五 底本の振仮名「こ」と清。意によって改。
六 軽蔑した振舞。
七 さし出たの意。
八 はでなことずき。▽前出の「寛活富仁者」や、この言葉はモデルの津藤にあてたもの。
九 ▽お蝶の話に、お由のことが詳しくあったことを知らせる。
一〇 お蝶の不幸を見すごせぬ。
一一 藤兵衛とお由が同じ気質で、同気相求めるのも。
一二 中国の故事で、月下氷人なるものが、赤い縄で夫婦たるべきものの足を繋ぐという、その縄のこと(続幽怪録など)。▽趣向の一端をもらして、読者の興味をつなぐ方法。
一三 全く関係をたつ。
一四 牛島の総鎮守で、祭神は素盞嗚尊と王子権現(清和天皇皇子)。平岩から道をへだてて鳥居があった(江戸名所

アとんだ苦労な身のうへだ。可愛そうに。しかし案じねへがいゝ。是からおれが姉御にあつて、どうか婆とが方を引離[一三]てやろふ　トいふうち酒さかなを持きたる　藤「コウお飯をはやく持て來な。此方はいゝが此子にはお飯の方がよかろう。トキニ由孝はどうした　女「牛[一四]の御前さまの所に　藤「そうか、なぜだろう。ハヽアわるく氣[一五]どつてはづすつもりだな。はやく呼でくんナ　女「ハイ〳〵　ト勝手へゆく　蝶「お酌をいたしませう　藤「ナニ〳〵かまはずに、お飯をはやく喰てさきへ行な。姉さんが案じて居るだろう　蝶「イヱナニ上専寺[一六]のお祖師[一七]さまへ直に参つて歸るつもりに、そう言て來ましたから　藤「ナニ朝湯から婦[一八]多川へ直にか　蝶「イヽヱ、ナニ土手下[一九]の、アノお屋敷の際の　藤「ウヽやつぱり小梅の瓦を焼手前だの。しかしそれでも余程あるの　蝶「三町ばかりありませうが、此所等では衆人隣家へ行ぐらゐに思つて居りますヨ　この時、膳も出、由次郎も來る　斯て是よりやゝしばらく酒宴ありて後　由「旦那、今日は少しの中おひまを戴いてもよろしうございませうか　藤「ムヽ、なぜ。何所ぞ約束があるのか　由「イヱ鯉丈[二〇]と茶利屋[二一]と私を一座にするおざしきがあるからと、此間中から里八[二二]がやくそくをいたしました　藤「ハアそふか、そんならてうどいゝ。おれもお屋敷[二三]の御用があるから今日は一日まじめ[二四]にならふ。モウいゝから直に行ねへ　由「イヱマアお昼過からでもよろしう　藤「ナニ〳〵おれもモウ爰を出かけるからいゝよ。そのかはり一寸ひとつおたのみが有やす。こゝから向ふへ乗切[二五]

図会)。
一五 邪推して。
一六 小梅村の久遠山常泉寺にあてる。大石寺末の法華寺。上水堀にそい水戸徳川邸にとなる。
一七 日蓮上人。
一八 婦多川(深川)としたのは、第六齣に上千寺として出た深川の寺と同音ゆえ。
一九 上水堀ぞい水戸殿傍のこと。
二〇 滝亭鯉丈。通称池田八右衛門、また八蔵。櫛など小間物の細工を業としたが、三味線・茶番など巧みで、寄席へも出、花暦八笑人など滑稽本を作った。春水は家兄と呼び、戯作の援助も得た。天保十二年没、年六十余(渡辺均著落語の研究・三田村鳶魚著娯楽の江戸)。
二一 吉原の太鼓持。処女七種初編(天保七)上「茶利屋の新吉さんや桜川の新孝さんが揃つて」。応喜名久舎五には今道住のことが見える。
二二 吉原の太鼓持。春色恵の花二編(天保七)上「京町の猫通ひけり揚屋町。その裏茶屋の奥の方。たしかにこれは里八とか、里吉とかいふ男芸者の住居と見へて」。天保十四、十五年吉原細見に大野里八とあるは、同人か別人か不明。
二三 出入りの大名屋敷。
二四 遊びをせず、家業に従うの意。
二五 乗切り(公衆用便船でなく、別にやとった)の舟で、直接浜の宿(山の宿)へつけて。

て、[一]濱の宿の川岸へ言傳をしてくんねへナ　由「ヘイ[二]延津賀さんの所でございますか　藤「そうサ〳〵、[三]夷講には間遠ひなく來るやうに。そしての、[四]宮戸川のお銕も來るはづだから、ならふなら一所にさそつて、川岸から[五]舩で來てくれろといつてくんな　由「へイかしこまりました。そんなら[六]御免を願て欲ばりに、イヤ姉さん御ゆるりと　ト藤べゑがかほを見て、ほり出しものをしたといふしかたをしてゆくをよびかへし　藤「コウ〳〵[七]惡推ばかりせずと、濱の宿へ寄てくんなよ。土手から向ふへわたりは渡りましたが、ツイ失念をとお[八]株をやつちやアいかねへゼ　由「ナニつまらねへことをおつしやいまし。その御用ばかりで乗切ますものを。イヱ向島も自由は自由になりましたネ。渡り越の舟が今じやア六人でかはり〳〵に[九]渡しますぜ　藤「くわしく穿つの。舩人の數まではおれも知らなんだ。昨今まで[一〇]竹屋を呼に声を枯したもんだツけ。それだから故人になつた[一一]白毛舎が歌に○[一二]文々舎側にて當時のよみ人なりし万守が事なり

[一三]須田堤立つゝ呼ど此雪に寐たか竹屋の音さたもなし

藤「この哥も今すこし過ると、こは[一四]山谷舟を[一五]土手より呼て、[一六]堀へ乗切し頃の風情を詠りと、前書が無とわからなくなりやす。イヤこれはしたり、[一七]出舟のもやひを引ぱるやつサ　由「いつそ今日はよしませうか　藤「ナゼ〳〵　由「すこし[一八]跡の幕が氣になるやうで、[一九]後髪を引れるやうな心持に　藤「馬鹿をいはずと早く行ねへ　由「さやうならば思ひきつて、ヘイ御機嫌ようト立出る。土手へ[二〇]出口の木戸の口　ひらいはの家内大勢にて　男女「ヘイ御きげ

一 山の宿(浅草の隅田川辺)にあてる。

二 山の宿にも延津賀(前出四六頁)の家があったとみえる。

三 東都遊覧年中行事(嘉永四)正月二十日の条「商家夷講、市中にて大店となふる家、大かたは今日ゑびすを祭り鯛を供し酒宴遊楽す、他国には此風なし」。十月二十日にも夷講がある。

四 浅草山内の水茶屋の名。お鉄は評判の茶屋女。辰巳園後編・応喜名久舎一・処女七種初編などに所見。

五 藤兵衛宅は深川の木場なれば船便がよい。

六 藤兵衛によばれたのを早く切り上げるを許されて、別の座敷に勤めに出るから欲ばりという。

七 悪い推量。

八 お得意。由次郎はとぼけた滑稽が有名だったのであろう。

九 竹屋の渡しで浅草側から向島へ渡る便船。

一〇 前出(一五五頁)。

一一 通称大島照房。江戸石町住で葛飾連の狂歌の判者(文政五年狂歌水滸伝)。

一二 文々舎蟹子丸(初代)。通称久保泰十郎。名有弘。本所割下水住の幕府与力。葛飾翁とて葛飾連の主領。天保八年没、五十八歳。

一三 隅田川堤で立ちながら竹屋を呼ぶが、寝たのか返事がない。雪の重さに竹がね臥すのをよみ込んだ詠。

一四 山谷堀へかよう舟。

一五 向島の土手。

一六 山谷堀。

一七 底本の振仮名「でふね」。意により改。出発する舟の綱を引いて、出発をおくらせるにたとえた。

一八 芝居にたとえたが、自分の去った後、この場で藤兵衛とお蝶の間に展開する場面。

一九 あとに心が残るたとえ。

二〇 底本の振仮名「てぐち」。今、改め

んよう。ヘイさやうなら。ヲヤ由さんばかりお帰りのかヱ。旦那はお跡からかへ
由「そうよ　女「どうりで出しぬけにお立だと思つて　由「旦那[21]を帰しておれを置たかろう　女「ヲヤマアあきれた　由「うちばな[22]子だろう　女「藤さんヱ、由さんがあんな事を申(し)ます　ト　おくざしきの方へいツつけるまね　時まさに春正月十日あまりのことにして、南枝[23]やう〳〵ほころぶる梅暦のころになん。宝福寺[24]の巳[25]の時の鐘、ボウン〳〵引。瓦焼[26]烟霞[27]と倶にうすく消、今戸[28]に河岸揚[29]の材木の音声[30]、風の間に傳へて、遙に定使[31]を呼ほらの貝の音ブウ引〳〵。

第十六齣

さても小梅の里に住し於由は、久しく病床て、洲崎[32]の邑の伯母なりし寡婦の宅を仮住[33]居、家主の伯母は、古郷の本家[34]に拠なき用ありて、此程家にあらざれば、留主居がてらの出養生、今日は少しく病氣の怠りしゆゑ、徒然をなぐさむ爲の物の本[35]、開く[36]雨戸に、春の日の閑和なるは、蔭うつす障子の梅の、粋[37]な身もさすが女の、こしかたを思ひ出して、つく〴〵と心ほそ[38]音に鳴鐘は、金龍山[39]の巳[40]の時にて、耕地[41]を通る商人の声　辻賣「白酒〳〵引、本ようかん[42]〳〵。木精にひゞきて遙にきこゆる折こそあれ、お

る。平岩の隅田川土手へ面した方の出口。二一 ▽太鼓持の軽口を出して滑稽本的表現を混ずるも人情本の常套。二二 内気な。ひかえめな。自らをいっておどけたもの。二三 暖かい南向の枝に梅の花が開きそめる。二四 弘福寺にあてたか。二五 午前十時頃。二六 ここは対岸の今戸や橋場で焼く瓦であろう。嘉永六年浅草絵図の今戸の辺「此辺瓦ヤクナリ」(続江戸砂子にも)。二七 朝霞は、日たけて瓦焼く煙と共に、音のする方に消えて。▽かつての春の向島辺をうつして巧。二八 浅草の今戸町。今戸橋より北の隅田川傍。二九 陸上げ。三〇 木遣唄。材木運搬などの時に音頭を取ってうたうもの。三一 町村の小使。あるき。尼子九牛七国士伝「邑の状使(あるき)」。春告鳥十八「村の歩行(あるき)の定使が、(中略)其家で法螺の貝を吹上る、それを合図に捕手をやるとの言付、(中略)すぐに貝を吹と、竹の筒を吹にかゝれば」。三二 向島の牛の御前弘福寺の東、洲崎村(今の東京都墨田区向島須崎町)。三三 上から、借りて仮寓と続く。三四「母屋」で、漢字の如く本家の意。三五 ここはただ書物の意。三六 書物を開くと、雨戸を開くとかかる。三七 梅の実のすいとかかる。三八 心細くと、細い音で、遠方の鐘の聞えるをかねる。三九 真土山にある金竜山本竜院(俗に聖天)。今戸橋の南にあり、洲崎とは隅田川をへだてて、遙に相対す。四〇 午前十時頃。四一 安政三年の地図にも、洲崎の北に田地など多

い。四二 白大角豆や八重成小豆製のまがいの蒸羊羹に対し、赤小豆を用いた煉羊羹のことであろう。梅の春初編(天保十)一「本よふかん〳〵、白酒〳〵引」。→補注四二。

一 家の土間で、表から内庭(奥)に入る所にある戸。
二 名前の下につける愛称。
三 お由は女伊達、気丈なはず。
四 下総で堀田氏の城下町。今の千葉県佐倉市。成田道中黄金の駒(文化九)「佐倉の町に入るに、御城下なれば、いと賑しく、成田講中の宿にとまり、此地の名物さくらこんにやくを賞味して」。
五 成田不動参詣の帰り。この不動は下総成田(今の千葉県成田市)にあり、江戸人士の多く信仰し参詣した。底本「かへり」。通例により改。
六 二階の奥座敷。人気少い静かな所の意。▽佐倉の宿で雨にあって出合うの条は、吾嬬の春雨の第一回の場面を再び用いたものか。やや趣は違うが、二人の話の中へ娘がお茶を持って来るのも似ている。ただし病中にしたここの方が遙に巧。
七 自分に関係ない他人の仲を嫉妬すること。法界悋気。▽土地の無頼漢などがいいがかりをつけたと知るべし。
八 底本の振仮名「けいしや」。意によって改。
九 関係あるように見られたのを大げさにいった。一〇 詫の誤写誤彫。

蝶は木場の藤兵衛に打連立て、竹垣の開戸明て　蝶「姉さん氣色は何ともないかへ。歸りがいつもよりおそかつたろうネトいひつゝ這入中戸口[一]、藤兵衛にむかひ　蝶「マアこゝへお上りなすつてくださいましトいひながら奥へ行、およしに藤兵衛が訳をくわしくはなしければ　由「フウムそうかへ。それはマア御信切に有がたいことだ。はやくこちらへお通し申(し)な　蝶「ハイトお蝶もうれしげに、次の間へ立出　蝶「藤さん、どうぞこちらへお出なすつて　藤「よしかへ、お氣持の悪いに　由「イヱナニ今日はモウ大きによろしうございます。御遠慮なさいませんで、どうぞこちらへ。取乱してをりますからお出迎ひ申(し)ません。コウお蝶ぼう[二]ヤ、そこへはやくマアお茶の支度でもおしョ　藤「イヱ〳〵おかまひなさいますなトあいさつしながらお由が座敷　藤「御免なさいト座につけば、まづこちらへと上の座へすゝめて、たがひに皃見合、いといぶかしき風情なりしが、お由は胸をおししづめ、常[三]には似氣なく涙ぐみ　由「あなたはたしか七年以前、佐倉[四]の宿に、成田がへり[五]の御泊りで　藤「ほんにそうだつけ。降込られた奥二階[六]、酒の相手と頼んだが、かへつておめへの難義となつて　由「ほんにその時あなたには何にも御ぞんじないことを、外目妬心[七]の押掛喧咜、なんのはかない旅藝者[八]と、わが身でさへも恥かしく思ふわたくしに浮名[九]を立られ、さぞおにくしみでございませうと、お侘[一〇]をしたのが縁となつて　藤「おつなはづみと思つたが、まんざら

[11]木竹の身ではなし、終おぼつかない當座情　由「[12]江戸で逢はふとおつしやつたを樂しみにして、その後はわざと[13]氣隨の[14]俠客、心の中でははづかしいと知りつゝ、旅から歸るより三味線捨て、結つけぬ[15]女髪結となつたのは、萬一おまへさんに逢た時、[16]浮薄な活業いたしませぬ、男の機嫌は猶の事とりそうにも仕まいとは、自惚過た操とやら、どうぞ御推量なすつてくださいまし、と誠をあらはすお由が風情、思ひ余つて遠慮する涙の眼元、言葉かずい[17]はぬはいふにいやまさる情の色香、粋な程察し心に藤兵衛は　藤「ほんにマア夢を見るやうな心もちだ。佐倉で逢たその時は、たしかおめへは十九の歳で、[18]厄年だから成田さまへ參詣に行路次、親子連[19]の旅かせぎと聞て、たしかに[20]薄情の風に吹流された、[21]すれからしと思ひの外に、藝も身も立派な座敷の[22]取廻しトいはれて、およしはにつこりわらひ、うれしそうに　由「アレマアにくらしい。七年跡もその調子の、嬉しがらせを真にうけて、今日まで尽した心の操、[23]有がた迷惑とお思ひだろうが、どうぞかんにんしておくんなさいましヨ　トいふものごしから[24]とりなりも初へん二へんにしるしたるお由に似合ぬその風情。これ世の中の女の情にて、よきもあしきも強きも弱きも、これとさだまることはなし。その[25]逢方の男しだいで、色氣[26]しらはも[27]年増氣のじみになるあり、年増にてうらはづかしき[28]端手姿も、みなこれ男を思ふより、その[29]時〻の[30]うつり氣にて、更に[31]おかめの評判は、野暮と律義のうわさにて、男女の情をしらずといふべし　藤「ナニ

一一 人情や恋を解さないではない。

一二 底本の振仮名「えと」。今、濁とする。　一三 気儘。　一四 漢字の方の意味で、女伊達になったをいう。

一五 女性で、女性の髪を結う職。女浮世床(文政九)「一丁内に軒をならべ、女髪ゆい有りといふ表札。どの路次にも見へざるはなし。爰にこつそりとせし新道に、一間の出格子に、三尺の開き戸をつけ、うちを見こめばいつも鏡台のなをしてあるは、名だゝる女髪結にして、弟子の二三人も有りて、すきてを連て歩行しも、次第に得意場広くなり行て、今はたゞ内へばかり結わせに来る人をまつ」。　一六 水商売をさす。

一七 言葉数が少いので、かえって色香を加える。

一八 燕石雑志「女子は十九と三十三を厄年とすといへり」。

一九 底本の振仮名「つれ」。濁に改。

二〇 方々で浮気をして男にもまれた。

二一 あばずれ。　二二 処置。

二三 表は有難そうにしても内心はうれしくないこと。

二四 様子。▽お由の性格の変ったを描く作者の言訳。　二五 相手。

二六 白歯。おはぐろをつけない未婚の女。色気を知らぬと上からかかる。

二七 年増の気持でするように、くすんだ身なりになるもあり。

二八 はでなしなをするのも。

二九 底本の振仮名「とき〳〵」。濁に改。

三〇 ここは、気持の変化ほどの意。

三一 他見。

*挿絵詞書「平兼盛　我宿の梅の立枝や見えつらん思ひの外に君がきませる」。拾遺集一に「冷泉院の御屛風のゑに梅の花ある家にまらうどきたる所」と前詞して所収（八代集抄の注「とふまじき人の思の外に来たるは宿の梅の立枝の外に見えてそれを見過しがたさにやと也」）。▽藤兵衛の来訪にあてた。

一 大和（奈良県）の名所旧蹟見物。
二 ▽第二十二齣の伏線。
三 底本の振仮名「くせ」。濁に改。
四 易経の文言伝「同声相応ジ、同気相求ム」。同じ類のものは自ら集るの意。
五 さわぎ好きで遊び好きの連中。
六 今の三重県。伊勢神宮参拝。
七 大阪見物。
八 塵塚談下「京の女臈に長崎の衣装を着せ江戸の張を持せ大坂の揚屋にて遊びたいと古き俚言也」。よい所のみを集めたもの。京は島原、長崎は丸山の遊廓。
九 月日の間に。
一〇 御用商人の出入を止められること。
一一 はてには。

堪忍しなとは此方でいふこと。成田から歸ると直に間もなく、大和[一]めぐりに、友達が行と聞より好の道[二]、母親ばかりであまやかされ、我儘承知のなまけ癖[三]、同氣[四]求めた友達の、浮薄連中[五]の長旅に、阿房尽して伊勢[六]の浪花[七]。京[八]の女郎で長崎の味も衣裳も見物しようと、うかれあるきの月と日[九]に、江戸では大事の伯父の病死。留主中出入のお屋敷を、五軒までもしくじりが出來て[一〇]御用止。それも知らずに道中を遊びちらしたその跡[一一]は、

懐[12]づくでおさまらぬ金の工面に、西國中國[13]御出入の御國家老[14]へ、十両二十両と無心の借も十七八侯[15]。それが殘らず江戸へ知れ、金を遣ひちらして遊ぶもいゝが、百里二百里遠所に居て、親をも家をも見かへらねへ、不孝といふがあるものか。伯父の死んだに葬式の供[16]にも立ず捨置と、世間へも聞えて不濟、第一伯母へ濟ねへといふも尤、伯母といふは家付の娘で母の姉、義理ある中の言わけ[17]と、内評定[18]があるとも知らず、遊び倦てお江戸入の、その日に直に内ゝ勘當[19]。しばらく上総[20]の親類へ預けられて居た時分、おめへのことを折ゝは思ひ出しても仕方はなし。それからやう〳〵二年程過て、宅へ帰たところが、おめへの所が氣になつて、いろ〳〵さがして見たけれど、少しもしれずにしまつたが、実にわすれる間はなかつたぜ　蝶「どうりでしれないはづでありましたねへ。あれから佐倉を立て、小見川[21]へ行て、東の方を廻つて、江戸へ帰ると、父親[22]がいひますから、はやく宅へ帰りたいとおもつて氣がせいたのに、わたくしが風邪をひいて寐たり、父親[23]が亦煩つたりして、やう〳〵六七十日過て宅へ帰つて、おまへさんのことをいろ〳〵と噂を聞ても、どうしてもさつぱりわからずにしまつて、その中おとつざんも亡沒し、伯母の世話でやう〳〵とくらして居ても、藝者や何かでゐた時は、萬一おまへさんにおめにかゝつた時、情[24]もないやうに思し召てはとおもつて、女を相手の髪結は、はかないけれど女の身で、男の世話にトいふところへ、お蝶は茶

一二　所持金だけでは。
一三　九州。
一四　江戸家老に対し、領地に常住する家老。
一五　諸侯(大名)ゆえにこの文字を使用。
一六　供礼に参加させず。
一七　おわび。
一八　内々のもの(親類など)の相談。年寄五人組など公式の人が入らぬもの。
一九　内証勘当。町奉行所の久離帳につけず法律上の相続権の喪失などをともなわないで、こらしめのために家を追出すこと。江戸では総州など、銚子(下総)方面にあずけることが多かった(石井良助著江戸時代漫筆など)。
二〇　今の千葉県の一部の国名。▽この前後の藤兵衛の話は、世話狂言の調子。
二一　千葉県香取郡の東部。
二二・二三　底本の振仮名「おとつさん」。後出によって改。
二四　真情をもたぬ。うわきなように。

をこしらへきたり　蝶「姉さんヱ、お茶が出來ましたがネ、お茶菓子が　由「ほんにあいにく何もないネ　蝶「いつもの物でも取て參りませうか　由「ア、そんなら、どうぞ行て來ておくれな。[一]秋葉さまの[二]裏門をぬけずに、[三]むさしやの横手を真すぐに行と近いそうだよ　蝶「アイ此間もそう通つて行ましたヨ。どちらを買てまゐろうネ　藤「ナニ〳〵わたしはモウおかまひなさんな。それより今にひらいわが何か持て來るはづだ　由「ヲヤそうで[四]ございますか。それはマア　トいひさして　お蝶ぼう、はやく行てお出よ　蝶「アイ今まゐる所でありますヨ　由「そんならネ、両方とも買て來ておくれヨ。お[五]祖師さまへもあげるからトいふをきゝさし出て行、[六]はづす心とはづさせる心の中は[七]當り合、色の手[八]とりと知られけり　○ちよつと此所にてごひろう

新製
すみた川名物
みやこ鳥
折詰籠詰　袋入御土産　御好み次第

極製
道明寺[一〇]
富貴ぼたん
向島寺しま新田[一一]
折詰重筥　御進物御好次第
松花園精製

二品とも上品の御口取菓子にて[九]當時向しまの名物なり

こは作者が知己ゆゑに、御披露申(す)わざにはあらず。四季の遊びの向島より、御か

一　底本の振仮名「あきは」。意により改。牛の御前より三丁程東方の秋葉大権現社。境内美しく遊覧の地。「門前酒肆食店多く、各生洲を構へて鯉魚を蓄ふ」(江戸名所図会)。前出(一五六頁)の洗鯉を名物とする「大七」はその酒肆の一。
二　権現社の北側にあり、洲崎より東し、またや南して達する。
三　前出(一五六頁)。武蔵屋は、秋葉の西、むかって手前にある。▽後出の松花園の道案内の広告である。人情本には様々の広告の入るのも、それの持つ一種の実用性であった。
四　底本「ごさい」。濁に改。
五　日蓮宗の祖師、日蓮の肖像。前々からお由は日蓮信仰者である。
六　遠慮してその席を去る。
七　ぴったり一致。
八　技にすぐれた人。ここは恋愛の手練者。
九　お茶にそえて出す菓子。
一〇　道明寺(糯米のみで寒中に作った道明寺ほしいを粉にして作った)ぼたもち。
一一　洲崎から東、秋葉山にいたる一帯。▽これこそうまい盛りの所へ入れた広告で、呼吸を心得ている。

へらせの家土産には、櫻餅[一二]よりはるかにまさりて、実に極品精製の御口取なり。それはさておき、藤兵衛とお由はまたも顔見合せ、手[一三]もちぶさたのその中に、お由はいとゞ嬉しさと、またはづかしさに、胸さはぎ[一四]いひそゝくれし、身の上の貞も操も、七年余り証据なければ、今さらにくやし涙にくれにける。必竟二人がこの座の埒[一五]は、そもいかならん。そのよしは十七回をよみて知るべし。

一二 向島長命寺門前で売った名物の桜餅(嬉遊笑覧「桜の葉を貯へ置き、桜餅とて柏餅のやうに葛粉にて作る」)。元祖を山本屋という。
一三 ▽情は発しても、久しぶりにて都合の悪いさま。
一四 いいそびれる。
一五 しまつ。おわり。

春色梅児誉美八の巻了

春色梅児譽美巻の九

江戸　狂訓亭主人著

第十七齣

[一]消て除寒さもありて梅の花、[二]開くや笑の[三]眉のあと、[四]春の霞の青ゝと、[五]莟の花に猶まさる、お由の[六]側へ寄添て、背中をさすりながら　藤「ヤレ〳〵マア知らねへ事とはいひながら、沢山苦労をさせたツけノ。モウ〳〵斯して奇會からは、[七]憚りながら大丈夫だと思ひなせへ　由「そふやさしく被仰と真に嬉しく思ひますけれど、どふもおまへさん方に限らず、男子達といふものは浮薄なものだから、いとゞ[八]おもひがますやうなことが、この末ともに有ふかと案じられますは　藤「ナゼ〳〵なぜうたぐるのだ　由「なぜと被仰けれど、わたくしが[九]心がらとはいふものゝ、おまへさんの御信切を身にしみ〴〵と思ひ込で、一生[一〇]再會ないでも、女の意地を達とほして、未來とやらでは[一一]ぜひ〳〵と、[一二]仇念深く心を定めて、女伊達だの侠夫だのと、朝夕苦労をして居た中、おまへさんは、

一　作者未詳。梅の花には、花かと思えば上につもった雪もあって、それが消えると寒さものくの意。
二　上の、花の縁。愁眉開いて笑顔となり。
三　年増は眉をそる習慣のあった、そのそりあと。
四　花開くなどの縁。青さの形容。
五　梅の縁で、娘にたとえる。
六　底本の振仮名「そは」。濁に改。
七　底本の振仮名「はゝか」。濁に改。
八　苦労な思い。
九　自分で決心したことだが。
一〇　底本の振仮名「めくり」。濁に改。
一一　底本「せひ〳〵」。濁に改。ぜひ夫婦になりたいと。
一二　執念の誤刻。

わたくしのことはわすれてしまつて、唐琴屋の此糸さんと、深い和合と、妹のお蝶が常〻の噂、それも男の名聞で、おいらん買も藝者の情合も、無理とはぞんじませんけれど、久しぶりでお目にかゝつたお蝶も、どうか可愛がつておやりなさりそふだからサ　トいふときしも、平岩の女と若者 岡持を三ツほど持來り、だいどころへならべ、ことはりて歸る　由「ヲヤ／＼マア大造に種〻と。お蝶ははやく歸るといゝのにト片寄て、力なさそうに亦床の上に來る　藤「ヲヤ小用かと思つたら平岩の使か。おれがはこんで遣うものを。そしてまだ用が有たツけ　由「ナニ今あの子が歸りますヨ　藤「ほかの用じやアねへが、おめへの好な玉子蒸をこしらへさせやうと思つてサ。なんとどうだヱ。情なし男と思ふか知らねへが、七年跡の相宿に、三日一座のその時に惚た氣からは、たべものゝ好きらいまで覺えてゐる。これでも浮薄か情なしかネトいはれて、お由は完尓と、嬉し涙の笑ひ良は、此糸米八お蝶等が、亦およばざる姿あり。藤兵衛は抱寄て　藤「コウおめへが爰に居るとも知らず、恋し余つて、此糸が少しおめへに似てゐるゆゑ、真から斯といふ氣もねへが、當座此方の氣保養、また藝者の米八を世話をしたのも、込入た腹に理合のあることだけれど、マア今はいふめへ。ドレちつと良をしみ／＼見せな。かわいそうにやせたのふ　由「お医者さんがおつしやるにはネ、全躰氣から出た病氣だから、時折は髪も結たり、湯へも這入が能とお言だから、二日置三日置に、お蝶の肩へつかまつて、湯までそろ／＼行ま

一 底本の振仮名「つね／＼」。濁に改。
二 世上のきこえ。
三 情人。
四 底本「そんじ」。濁に改。
五 底本「とうか」。濁に改。▽嫉妬を示して、相手の情をさそう。なるほど色の手とりである。
六 平たい桶で、持ちはこぶ手がつき、桶の部に蓋がある。食物運搬用。
七 今の茶碗蒸であろう。春告鳥十九「なまづを左様いつてやつたのだ、そして好な玉子蒸の中へつゝこんで食るといふのが極美味(うま)のだ」。
八 底本の振仮名「いちさ」。濁に改。室を同じくすること。▽好物を覚えているは、前述の藤兵衛のこみずな所に気づく性質からであるが、この辺、例の嫌味。
九 底本「て」。濁に改。
一〇 底本「さる」。濁に改。
一一 底本の振仮名「とうへゑ」。濁に改。
一二 恋しさの余り。
一三 気なぐさめ。▽藤兵衛と此糸の間は、これでどちらも真情でないことを明らかにして、終末を予想させる。
一四 複雑な内面の理由。▽前々から注した米八の丹次郎への真情を試みることで、藤兵衛と米八の間も亦、問題ないとの結末を予想させる。
一五 いやみと思われるほど。甚しく。
一六 ▽長病の人の次の場面を美しく描くための説明の一条であるが、説明としては巧。

すけれど、まことにい[15]やみらしい程力がなくツて、やう〳〵歩行ますヨ　藤「[16]どうりで
長病にしては、あかもよごれも見えねへで、美し過ると思つた。病人[17]でねへと了簡[18]
ならねへ処だけれどト笑ひながらいふ。お由は藤兵衛が貟を見て、身をふるわし
由「死んでもよいヨト膝にしがみついて、貟を赤らめうつむく　藤「薄着では寒かろう
ト夜着を掛てやり　藤「アヽ何だかおれも寒いト夜着をかぶる。折節お蝶は息せきと帰
り來りし勝手口、しづかにはいりて窺へば、もの[19]しづかなる奥の様子。遠慮心に草箒
木、垣根の外をはきに出る、足音さへもしのびつゝ、溝の土橋を渡る時、風[20]に飛來る
白梅は、春の小蝶かおのが名の、蝶[21]も荘子の夢心。嗚呼世間の定めなき、彼藤兵衛と
お由が再會、伴ひ來りしお蝶さへ露知らざりし、七年の古きをこゝに繰返す、[22]さゝめ
ごとさへ、あやしとこそ、娘心に思ふなるべし。

○作者爲永春水伏て申。[23]わが著せし草紙いと多く艶言情談ならざるはなけれども、
いづれも婦人の赤心を尽して、婬乱多婬の婦女をしるせしことなし。たま〳〵玉[24]
川日記のお糸[25]が類も、[26]因果の道理をあらはして、そのいましめの用心[27]あり。一帙
五巻の其中に、一婦[28]二夫、一夜がはりの枕を寄ることを、二組までつゞる類、ゐ[29]
せ文章の読本も、心をつけずよむ人は、かへつて予をそしるなるべし。

お蝶ははうきを手に持て、這入柴の戸、奥よりは茶碗をもつて、欠出[30]す藤兵衛、お蝶

一七 底本の振仮名「ひやうにん」。濁に改。
一八 堪忍。▽以下、あぶな絵趣味の事前の描写。
一九 ▽これもただ静かというのではない。妓家の女としてお蝶は察したのである。
二〇 ▽春景を出して、その中のお蝶も、春景中に夢を見る如しの意。夢心は下の娘心に応じて、その間はその心の内容。作中人物の心をかりて、読者の思わん所、即ち作者のしくんだ所を自讃して述べたもの。
二一 荘周の夢に胡蝶になった故事(九五頁頭注一三)による修辞。
二二 寝間のむつ言。
二三 ▽第十三齣末と同じ言訳。
二四 南仙笑楚満人こと春水作の人情本。初・二編文政八年か、三・四編同十年、五編同十二年刊。十五冊。更に同年拾遺の玉川初・二編を出す。
二五 編中の女主人公。富家の寡婦で、前世の縁で、染次郎なる美青年に思われている人物。
二六 お糸と染次郎の前世の因による、この世の愛苦の果。
二七 底本の振仮名「ようしん」。濁に改。
二八 底本の振仮名「いつふ」。濁に改。
二九 下手な文章の作品。この「読本」は春水の人情本類をさす。▽かかる所、教訓するのか、淫書をすすめるのかわかりがたい言辞。いわゆる狂訓と号する所以。
三〇 駈のあて字。

は見つけて走り入　蝶「ヲヤ藤さん、お茶でございますか　藤「イヤ〱、水だ〱
蝶「ヲヤなぜへ　藤「今姉さんが少しどうかしたやうだから　蝶「エヽトびつくり、もろともにお由の床の右左り　蝶「姉さん引　藤「ナニ〱呼ほどのことはねへ。ヲイサアヨ、これサ氣をしつかりともちなトいひながら、お由が口[二]へ茶碗の水を口うつし、お由は細眼にあたりを見廻し　由「ヲヤ、お蝶おかへりかへ　トいひながら藤兵衛をそつとつめる　藤「何のこツた、おいらアほんとうに目をまはしたかと思つた。サア藥を呑なト何か丸藥をやる。お由は寛尒[三]　由「ア、モウ〱嬉しいとおもつたら氣がとほくなつた。直に死んだら此[四]する苦労があるまいのに　蝶「ナゼ姉さん、其様なことをお言だねへ　藤「これからはおれが附て居らア。死たくツても殺しはしねへヨ。のうお蝶ぼう　蝶「ア、どうぞこれから姉さんや私の力になつてくださいまし。まことにモウ心ぼそくツてなりませんトいふは、どうやら身勝手らしく聞ゆれど、これへつらひなき娘の人情にて憎べからず。お蝶はしちりんの炭を継、白湯を汲で來りお由に呑せ　蝶「アノウ藤さんがお取寄のものを、此方へ持てまゐりませうか　由「ア、モウわたしも心持はよいから、お燗を付て藤さんにおあげな。そしてさめたものは、雪平[五]でか小鍋[六]でかお溫よ　蝶「アイトお蝶は勝手へ行。跡に二人はさし向ひ　藤「ほんとうにモウいゝか　由「ア、モウ能[七]ございますヨ。わたしはネ、七年前のことから段〻考て、今日斯してまた會ことが出來ると

一　身体の様子がおかしくなった意。
二　▽読本・人情本などで、相愛の、またやがて相愛となる男女間によくある図。この所、あぶな絵の事後にして、変った趣向をこらした所。
三　莞尒のあて字。
四　▽何げなく言わせたのだが、全般に話はおさまりそうに見えて、まだ変化の起るを思わす措辞。
五　一話一言二十九「天明の末より、又土にも平椀の形チしたるものに汁うつすべき口をつけ、又とり手をつけて特に便ある器を製し、行平鍋と称す。此うつは一度出て一人〱の配供に甚便りあるをもて鋳鍋漸衰へたり」。
六　同上「近きころまでは爨をとゝのゆるには、かならず土にて鍋の形せる小き器を用ひ、一人〱に供するに便りとす、其後安永のころより銑をもつていとあさくちゐさき鍋を造り出しけるより、いつとなく土鍋のまゝ供する事すたりぬ」。銑の鍋が小鍋。
七　底本「こざい」。濁に改。
八　▽第八齣にある二枚目がたきの風。ただし、以下に藤兵衛の性格を、自ら

思つたら、モウ〳〵死んでも本望だとおもひましたヨ　藤「うそばつかりつくぜ　由「アレサ嘘じやアありませんものを、憎らしい　藤「かわいらしいといはれるやうな仕うちは出來ねへが、随分憎[八]ツ風俗の中に、またおつな信実をもつてゐやす　由「それだから、女の仇着[九]がとりつくから用心をなさいましヨ　藤「男を迷はせた報いが掛るから、おめへこそ用心しねへヨ　由「いつわたくしが他[一〇]を迷したことがあります　藤「別れて居たうちのことは知らねへが、まづ藤兵衛といふ男をひどく迷はせたじやアねへ[一一]か　由「此糸さんや米八ざんには、少しは上症[一二]もなさつたろうが、何わたくしのやうなものに、迷ふの惚れるのといふ氣づかひはございませんが　トいふところへ、酒とさかなをだん〳〵にはこぶ。およしも床を出る　藤「おめへはやつぱり其床に居なナ　由「イヽエモウ氣がしつかりとなりましたからト、[一三]御納戸紬の棒[一四]じまの小夜着[一五]を引掛て、火鉢の際に座、猪口[一六]を引出し[一七]より出して、藤兵衛の前に差置　由「お蝶、おまへもこゝへお出な　蝶「アイ今お肴を焼てからまゐりますヨ　由「そうかへ。サア藤さんおはじめなさいましな　藤「ドレ〳〵久しぶりでお酌をしてもらひやせうト猪口を取あげ、これよりしばらく酒くみかはして、その日は爰に遊びくらし、夜にいりてお蝶が給金[一八]を返濟て、身まゝ[一九]にせんことを相談なしければ、お蝶がよろこびいはんかたこそなかりける。されば藤兵衛は終夜、お由が操の節義、女の身にして七年以來の俠勇活業の苦心、実に清潔[二〇]の行ひは、梅のお由と異名

語らせるは拙。
九 執着の誤写か誤刻であろう。
一〇 底本「佗」。意によって改。人に同じ。この例なおあり、悉く「他」に改めた。
一一 底本「しや」。濁に改。
一二 はげしい恋心を感じる。
一三 お納戸色(鼠色がかった藍色)で、紬地(屑繭や真綿をつむいでよった糸製の絹布)。
一四 縦縞の一。守貞漫稿「棒島　白紺茶紺紺浅木種々又大小不同なれども、千筋等より太き故に棒と云」。
一五 上方の丹前に同じく、綿入の寛服。守貞漫稿「江戸のどてらはとぢ糸なし用品男女とも丹前に同じ」(同書に丹前の製も詳しいが略)。
一六 世のすがた「寛政の頃、洗ひ朱塗といふ盃流行せしが、今はやみて専ら瀬戸物の猪口を用ひ、色々のもやうを焼出し、酒席の翫具となせり。又盃洗とて陶器に水を盛り猪口三つ四つうかべて、賓主相互に洗て献酬するを礼のやうに心得たり。盛酒器は多く瀬戸物のかん徳利を用ひ、鉄のてうしなど用ゆるもの絶てなし」。
一七 火鉢の引出し。
一八 身代金。年切の勤奉公では、勤めの年季分の給金前払と似た形式で、身売りの金が支払われるからいう(石井良助著続江戸時代漫筆)。
一九 自由。勤奉公からの開放。
二〇 心情品行の正しいこと。▽少し漢語を用いた所がおかしい。

一 底本の振仮名「うたか」。濁に改。
二 誠意をもって。
三 月々に仕送金を不足なくすること。
四 恋情の深さを見せて。
五 ▽この二人の人物のこれまでの性格と、この場との一貫性のないことについての作者の言訳。
＊挿絵詞書「悪漢(わるもの)お由(よ)が仮住居(かりずまゐ)をうかゞふ」。
六 俗説に、鳥影がさすと客が来るという(諺語大辞典)。
七 たよりにならぬことを、たよりにさせること。俗説もあてにならず。
八 そら(空)の縁。▽鳥影に障子をあけたが、待人は来ず、むなしく春の雨がふるという窓外の景。
九 春雨の万物を育成するをいう。淮南子「春雨ノ万物ニ灌グ若(ご)キハ渾然トシテ流レ、沛然トシテ施シ、地トシテ注(そそ)ガザルナク、物トシテ生ゼザルナシ」。
一〇 乳の韻をうけて、さまざまにの意。藤兵衛の来ないことを心配する。

せし世間の噂に知られたれば、いさゝかも疑はず、これより心を傾てお由をいたはり、月毎に何不足なくすべしと、思ひの條をいひきかせしとぞ。さてこれまでの風俗とは、藤兵衛お由二人ともすこしく違ふ趣向あり。その心にてよみ給ひね。斯て藤兵衛は其翌日立帰りて、五七日音信なければ、お由お蝶は夜昼ともに待あかしては噂のみ、障子にうつる鳥蔭も、そらだのめなる春の雨、花の爲には乳の恩、千ゝに心をいため

つゝ、案じ煩ふ門の口、四十才ばかりの一人の男、[一一]利屈ありげな[一二]勿躰面　男「ハイチトおたのみ申(し)ます、千葉の藤さんは此宅にお出なさいますか　トきいてお蝶ははしりいで　蝶「イヽヱまだこちらへはお出なさいませんが、わたくしどもでもおまち申(し)ておりますから、是非こちらへお出なさいます。何ぞ御用なら左様申(し)ませう　男「ハテこまつたものだ。わるくすると六ツケ敷なるが、[一三]里長縣ざたになつたら、藤兵衛さんでも、マア[一四]明白の立までは、[一五]闇い所へ行ザアなるめへ。今の内はやく[一六]内済をたのみなさりやアいゝがト[一七]立かゝつたる獨言、不問語の[一八]口占も、[一九]あじなせりふに、お蝶より奥で聞とるお由が胸へ、ギツクリ當る男の身のうへ、よもやとおもへど若ひよつと、難義の[二〇]懸る大変を、仕出したるかと案じられ　由「お蝶やマアそのお方をこちらへお通し申(し)なナ　蝶「アイ、モシおまへさん、マアこちらへお上んなさいまし　男「ハイそんなら少し御免なさいまし。ア、コレどうぞお目に掛て[二一]内分にしてあげてへものだがト なにかあやしきそのことば、おてうは茶わんに茶をくみてさしいだし　蝶「ハイお茶を一ツ　男「ハイ、イヱモウおかまいますナ　トいひながら、家内をじろ〳〵ねめまはし　男「誠に結構なおすまゐだ。どうも藤さんも諸方へ金が[二二]入なさるから、結無理なことも仕なさる筈だト聞えよがしの[二三]壁訴状、お由は次へ立出て　由「マアチトこちらへお出なさいまし　男「ハイ〳〵、イヱおほきにお世話さまでございます。お邪广ながら少しお置なすつてくださいまし。しかし今時分まで、此宅へお

一一 理窟のあて字。一理窟言いそうな。
一二 もったいぶった顔つき。分別くさそうな顔。
一三 里長(庄屋)の県(役所)の意で用いた。公沙汰。
一四 罪のないことが明証されるまでは。
一五 牢部屋。
一六 法律用語で今の和解。裁判沙汰にまでせずに、自治体において斡旋して、悶着をかたづけること。
一七 立ったままでの。
一八 その男の問わずがたりで、事の内容を推察してみると。
一九 意味のありそうな言い分。
二〇 一大事。
二一 内聞のあて字。表沙汰にしないで、ことをすます。
二二 底本「入なさるさるから」。意によって「さる」を削る。▽諸方に女を世話し、女と関係して出費がかさむ意。
二三 壁訴訟のあて字。遠まわしに、心にあたるようにいうこと。

出なさらねへくらゐじやア、モウお出も有めへか。そうすると猶〻むづかしくなるが、トしきりに氣をもむ其風情。[一]傍聞するお由は更なり、お蝶も何やら胸さわぎ、案じてお由と顔見合せ、ホツト吐息をつく〴〵と、[二]思へば聞も捨られぬ、彼藤兵衞が身の落度、何事やらんと[三]問もうし、問ぬもうしや[四]牛嶋の、[五]其角文字や祿〻に、[六]歯もりの[七]仮言聞とれぬ、折から表へ立掛り、臺所を差覗く[八]古縕袍の[九]破落戸が わる者「アイモシ五四郎さんチヨツト ト以前の男をよびいだす 男「ヲイ岡八か。何だ。頼んだ理ならモウ少し わる者「とても内〻にはなりやせんゼ 男「ハテこまつたものだ ト立かゝる そもこの一事は何事ぞ。第十九齣を看て知るべし。

第十八齣

[一〇]梅一りん一りんづゝの暖さ、春の日向に解やすき、[一一]ゆきの中裏なか〳〵に、[一二]浮事つもる仮住居。それさへ兼て米八が、[一三]三筋の糸し可愛さの女の一念、信実に思ひ込だる仕送りを請て、其日の活業は、世間つくる丹次郎、[一四]文使とは名ばかりの、[一五]所作なきまゝに、誹諧や[一六]五文字の[一七]点のいとまには、[一八]二上り亦は[一九]ドヾ一の、[二〇]新文句をこしらへて、友達の寄會所、[二一]茶番の落の師範とは、昔は絶て聞もせず。[二二]嗚呼[二三]此土地の風俗たる、意氣

一 傍で所々を耳にとめること。▽この所の趣向は、第九齣のお蝶の夢の無頼漢たちを、ややかえて出したもの。 二 吐息をつく。「つく〴〵と思う」にかかる。 三 問うとつらい話を聞くだろうし、問わねばまた心配だし。 四 底本の振仮名「うししま」。濁に改。向島の一地名。上からは「う」の音をふみ、下へは枕詞の用をする。 五 牛の角文字。前出(一四一頁頭注二二)の徒然草の歌により「い」の文字。以下、いろはと文字を踏んで、「祿々」「歯もり」と続く修辞。 六 歯の欠けた所からもれる不明瞭な言葉。一方、「葉守の神」の末を「かごと」に変えて、次に続く。 七 かこつけていう言葉。 八 論語などに見える、縕袍(おんぼう)の訛り。ぬのこの綿入・どてらをいう。 九 忠義水滸伝解「破落戸ハ家業ヲツトメヌナラズ者也」。尼子九牛七国士伝五「破落戸的(わるもの)」。 一〇 嵐雪の「梅一輪一りん程のあたゝかさ」(遠のくに寒梅と題し、玄峯集に春に入れる)の誤伝。意も誤って、梅が一輪ずつ開くにつれて暖かさを増すと、ここも解している。この章の時節を示す。 一一 上から「ゆき(雪)」と続き、第五齣冒頭の三馬の狂歌の一句をふんで「なかなかに」の序詞。深川の仲裏(前出七八頁)にある丹次郎の仮住居を意味する。 一二 憂き事。 一三 芸者の米八の縁で三味線の糸を出し、「いとし」にかける。 一四 芸娼妓と客の間の状をとどけるを仕事とする者。→補注四三。 一五 仕事のない。 一六 雑俳の

と情の源にて、凡浮世の流行を、思ひ辰巳[24]の伊達衣裳。模様の好染色も、実婦多川が魁にて、端折藝者[25]の多き中、別て當時の名題[26]には、政吉[27]、國吉、淺吉、小糸、豊吉、久吉、今助、小濱、これにつゞくはまた稀にて、七場所[28]噂の一ト粒撰[29]、客人此藝妓[30]の名を知らずは、婦多川通とは言べからず[31]。とはいへ狂訓亭は知己ならず。十目の視[32]ところ十指の指ざす妓藝を算へて、他國の仁に知らするのみ。これはさておき、丹次郎が宅の障子をそつと開、路次の左右を見かへりて、出るは歳齢二十一二才、洗髪[33]の嶋田の髷、ほつれて少し横にまがり、湯あがりの素顔いやみなく美艶にて、眼の縁櫻色にほんのりと、今猶逆上せし[34]風情、溜息をついて完尓と笑ひ、障子を〆ながら捨ぜりふ　女げいしゃ仇吉「ヲヤその甚介[35]はあべこべだヨトいひながら、浴衣[36]をかゝへし左り褄、まじめになつて出かゝる路次、米八と行向ひ　兩人「ヲヤ　仇「今湯へお出かトロにはいへど心にギツクリ。米八は兼てより、かぎ付(け)[37]たる二人が　丹次郎と仇吉が色情は、ちよつとしたることにて、とちがらなれば論[38]じ給ふな　中、何くはぬ皃にて米八は、右に持し浴衣を左りの脇に抱へ、銀の笄の首に付しさんご樹の大玉を、細き指にてちよイと持、眉毛を八の字にしてたぼ[39]下を搔ながら　米八「丹さんはモウ起たかねへ　仇「エヽア、たしか起てお出だヨ　米「ヲヤ〳〵今おまへあすこから出ておいでじやアないか　仇「イヽエ外[40]から声をかけたばかりだヨ、ト何も言わけをすることもねへノウ。用があれば行もするのサ。アヽ湯ざめがして寒

一つ五文字附。上五文字を出して、七五をつける形式の簡単に且つ不定形になったもの。↓補注四四。一七 よしあし、または点数をつけること。一八 当時流行の二上り新内(高野辰之著日本歌謡史等)。一九 前出(九四頁)。二〇 ▽花街では流行歌の新文句をよろこんだと見えて、人情本ではしばしば紹介される。二一 当時の江戸で流行した落のある滑稽寸劇で、景物(景品のこと)などつけ素人間にも行われた。↓補注四五。二二 深川の花街。二三 底本「す」。濁に改。二四「思ひ立つ」とかかる。江戸の辰巳(東南)にある意で、深川のこと。二五 羽織芸者。深川芸者の称。前出(七六頁頭注一)。二六 代表者。有名な者。二七 政吉・今助は前出(一四六頁)。辰巳のはな(天保八)には、仲町中嶋やの小いと、同なにはやの小はま、同かづさやの豊吉、大新地いな本の浅吉など見える。二八 深川花街を形成する仲町・新地(大・小)・石場(新・古)・櫓下(表・裏)・裾継・土橋・佃(俗にあひる)の七場所。二九 精選したもの。三〇「げいしゃ」の略で通言。三一 底本「す」。濁に改。三二 大学「曾子曰、十目所視、十手所指、其厳乎」。世人の皆知っているの意。三三 洗髪(「江戸の市井の女の習」と守貞漫稿にいう)の後に結ったの意か。三四 事後のことを思わせぶりに表現した。三五 やきもち。前出(一〇〇頁頭注一〇)。三六 浴場での着がえ。三七 臭い関係を推察する。三八 底本「し」。濁

に改。三九 日本髷の後方に出た部分の下部。四〇 底本の振仮名「ほと」。意によって改。

＊挿絵詞書「はつといふ名にまれ人はあくまでにあとをつけたる雪の中裏　故友本町庵三馬」。式亭三馬(一七七六—一八二二)作で前出(七八頁)。三馬を故友としたが、春水には一時の師であった(解説参照)。「たいそうはやい湯だのう、丹さんはモウおきたかへ、うちにゐるかねへ」。「ヲヤわつちは丹さんのばんをしてはゐないヨ、おまへどうでこせつきにいくのじやアねへか、こゝできかずといゝはな」。「こせつき」は、こちょこちょすること。

一 小癪のあて字。米八に対して仇吉の思う所。
二 いがみ合いを言葉に出して。
三 丹次郎の情人二人の意。
四 ▽自分に世話になって、この家におりながら、何の浮気という気持を出した言い分。もちろん腹立ちまぎれでのこと。以下、同じ気持の言が続く。

くなつて來た、ト小積[一]にさわる仇吉が心の中のいがみ[二]合、すれ遠ひ行色[三]と情、彼米八は丹次郎が障子の外から、出しぬけにぐわらりとあければ、丹次郎はうつむいて書物をして居たりしが、仇吉が小戻りせしと思ひ、見向もせず　丹「ヲヤ何ぞわすれたか　米「ア丶まだいひ殘したことが有はトいはれてびつくり丹次郎　丹「ヲヤ米八か　米「そんなにびつくりせずと能じやアないか。[四]私だとつて來られねへ宅じやアあるまいし。但シ仇吉

の外入べからずと、路次口へ札を出してお置ならよかつた　丹「何をいふ、つまらねへ、今しがた三孝[五]さんが來たから　櫻川三孝がことなり　米「フウム三孝[六]さんが嶋田に髪を結んでかヱ。茶番じやアあるめへし。沢山[七]だトいひつゝ、茶碗へ土瓶の茶をつぎ、一口呑で　米「ヲヽつめた。水だヨ。ばか〳〵しい。火鉢の火ぐらゐはおこしてお置なねへ。夢中になツてお出か　丹「なぜそんなに叱言をいふだろう　米「言ても能のサ。ヱヽくやしいト茶碗を取て、水瓶の際へ投出す。カラカラン引　丹「しづかにしねへな。外聞のわりい

米「仇吉さんとはしづかにおしな。[八]私ア夫婦だから遠慮せずとよいヨ　丹「おめへもつまらねへことをいふぜ。素人じみて妬心をいふが、仇吉は今障子越に何とか言葉をかけたが、おらアろくに返事もしはしねへのに、悪推[九]も程があらア　米「そうさねへ。私がわるずいサ。外から声を懸て、何のか合圖に笄をほうり込で行たのかへ。とんだ二[一〇]番目の狂言だ　丹「わからねへことばかりいふぜ　米「ナゼわからないヱ。コレ是を御覧。仇吉ざんが不断にさしてゐる、[一一](紋)に仇といふ字のさし[一二]こみの笄が、何でこゝにあるのだヱ　丹「ナニ嘘をいふぜ。こゝに其様なものがあるものか　米「アレマアあきれるヨ。サアソレよく眼をあいてごらんナ　丹「どうしたのだかどうも解せねへ。ふしぎなわけでうたぐりを請るものだ　トなにかわからぬいひわけをいふうちに、米八はくやしなみだ、丹次郎にしがみ付(い)て、やゝひさしくものもいはずにないてゐる　丹「コウ米八、コレサ、マア堪忍しておれがいふことを聞ねへヨ。成程仇吉が是

五　巽年代記(天保八)に外国酒席饗応の所に「三孝　桜川　昔出し　元柳ばし」とある。元柳橋住の専ら吉原を主とした太鼓持。桜川慈悲成門(奇奴部類)。
六　▽太鼓持の島田。言いえてよし。
七　もう結構、やめてくれ。
八　▽よくもこそこそやったなの意を含む。
九　悪推量。悪く気を廻すこと。
一〇　当時の歌舞伎二本立興行の、後に出る狂言。文化頃から重点は二番目におかれた。手裏剣を飛ばす場など常にあるので、それに擬していった。
一一　本文中の絵の如く、梅花の裏面を図案化した紋。
一二　かんざしの耳かきの下に、細工した飾りをはめ込んでさすもの(山中共古説)。▽ここで如何なる景あったかの思わせぶり。

まで信切らしいことを言て、時々爰へ寄て、[一]おつなことを言時もあるけれど、何おれが外へ心のうつる様なことがあるものか。第一おれがはかない身で、[二]朝晩のことも手めへの厄介、仲の郷から引越の何だの角だのと、物入のつゞく中で、着物の一枚づゝも拵てくれる手めへに對して、浮薄なことをして濟ものか。そりやアほんにヨ。大丈夫だから[三]案じなさんな　米「[四]なま中に私がおまへをこうしておいて、おまへの[五]手助といふも、夫婦となつて見りやア、恩でも世話でもねへわけだけれど、お蝶さんといふものは有し、亦その外に斯云[六]仕義じやア、私が余りかわいそうなわけだねへ。といつて私が斯しておくから、男妾でも囲て置様にと、一言のことでも氣にかけやアなさるめへかと、[七]太義氣兼をして居るのに、どふすればそんな気だろうネヱ　丹「なぜそんなに愚智をならべるのだ。[八]女房じみて嬉しいが、モウいゝかげんにしねへなトぐつと引寄にかゝると振はらひ　米「翌の晩[九]隅田川へ行て、仇吉ざんを其様おしな　丹「なんであしたの晩に。おもひもつかねへことをいふぜ　米「おもひも付ざア、これをお看ト取出したる[一〇]口上がき。

いよ／＼明日は例のやくそくにて御出のよし、幸ひ米[一一]印は[一二]千藤の催しにて、[一三]今助大吉[一四]櫻川一同にて、芝居の見物と申ゆ、左様にゆへ[一五]ば、夕方に

一 変な。恋情を示した言葉。
二 食事。
三 ▽鄭重な物言いをする所がおかしい。
四 中途はんぱに。
五 援助。
六 仕儀。次第。なりゆき。
七 底本の振仮名「てへ／＼」。濁に改。「たいてい」の訛。「たいてい…でない」の略で、甚しくの意となる。
八 ▽ほれている相手に対しての殺し文句。更に行動で籠絡しようとするが、そうはゆかぬ筋は巧。前出「兼てよりかぎ付たる」とあるに応じて、次に証を出す。
九 隅田川の上流。両国橋より上流をさす(三田村鳶魚説)。春色梅美婦祢三編「迎島(うはて)」。向島辺をさす。
一〇 口上(口で言うこと)がわりの書状。正式の書簡の形式でなく、略してある。
一一 米八。印をつけて称するは身分のある人についていう習慣であるが、転じて一般も名前の初めの文字に印をつけて称する。
一二 津藤(本編の木場の藤兵衛のモデル津の国屋藤兵衛)にあてた。前出(四四頁)。
一三 前出(一四六頁)の深川の芸妓たち。
一四 桜川姓の太鼓持たち。誰か未詳。
一五 底本「は」。濁に改。

かの所へ参り、待合申候間、急度〳〵間遠なく、しかしお客がわかれと[16]
なり不申候はゞ[17]、たのしみにいたし候甲斐もなく候、くれ〴〵[18]も程よく
其座をはづし被下候様頼上候〳〵、かならず〳〵米印の氣のつかぬ様に

米「名當はやぶれてないけれど、夕邊[19]一座のお座しきで、仇吉ざんの懐から落した手紙の此書手は、おまへさんの手で書た、おたのしみ[20]のかたいやくそく、これでもおもひもつかないのかへ。サアよく御覽。ソレお見なト突つけられて丹次郎[21]、今さらなんと言わけも、思案もつかぬその所へ、呉服屋の若者障子を明て　若「ヘイお着衣が出來ました、と越後紬[22]のねずみの棒嶋[23]へ、黒七子[24]の半衿[25]の懸た袂のある溫袍を出す　丹「ヲヤおらアあつらへはしねへぜ　米「仇吉ざんでもよこしたろうはネ　トいひながら呉服やにむかひ　たしかに請取たヨ。羽折の衿をよく返るやうにして、はやくしておくれとそういつてくんなヨ　若「ヘイモウお誂へなすつてあるのでございますか　米「ア、モウ五六日前にたのんであるよ　若「ヘイ〳〵かしこまりましたト歸り行　米「サア御ふせう[26]でもちよつと着てお見せ。丈や行が間遠やアしないか　丹「ヱそふか。そいつはありがてへト氣の毒そうに、ちいさくなつて着物を引掛る。米八はうれしそうに[27]見て　米「なんだへ、そんなにこわ〴〵着ることもないネ。継子が美服でも拵へてもらやアしめへしトいふ所へ、

一六 散会。
一七 底本「ゝ」。濁に改。
一八 底本「くれ〳〵」。濁に改。
一九 昨夕。
二〇 ここは男女の出会をさす。
二一 底本の振仮名「たんしらう」。濁に改。
二二 越後産の紬。
二三 底本の振仮名「ぼうしま」。濁に改。前出(一七五頁)。
二四 数本ずつの縦横の糸を平織にした織物。打違いに粒のような織り目が出ている。
二五 掛襟の一種で、長襟の対。みじかく装飾的につける。
二六 不承。いやでも。
二七 ▽女心を示す語。

一櫻川由次郎障子越に　由「米さん、此宅かへ　米「ヲヤ由さんお早いネ　由「ナニモウはやくはねへョ。みんながそろ〳〵出かけるそうだ。おいらア少し用が有から、二高雄の茶屋へ行てゐるから、そういつてくんなョト行過る　米「ドレおいらも支度をしようや。丹さんおまへ今日、今の所へ行ときかないョ　丹「ナニ行ものか。こんなかわいゝものゝ有のにト三抱付　米「およしな。ふけへきな。小児をだますやうな　丹「藤こうに責落されちやア御免だぜ　米「おまへじやアあるまいしト心残して出て行。

○四作者曰、此情人の喧嘩こんなことでは治らず。どうしたもの歟。

春色梅児誉美巻の九了

一 前出(一五五頁)。

二 未詳。

三 ▽誠に男妾ともいうべく、梅児誉美の批難はこんな所にありというべし。

四 ▽ここを書く頃、作者すでに辰巳園で、米八と仇吉のたて引を描く気持があったことを示す。

五 栞草の引く大和本草「八朔紅梅ハ八朔ノ比ヨリ開ク、花小ニシテ八重ナリ、西土ニテコレヲ寒紅梅ト云、冬至ニ至テ多クヒラク、梅ノサキガケナリ、畿内ノ寒紅梅ハ西土ニテ浅香山ト云、(中略)臘月ニ開クヲ正時トス、故寒紅梅ト名付ク」。六 歌舞伎の口上の時のきまり文句。七 栞草「十一月朔日京江戸大坂芝居顔見(かほみせ)なり、(中略)凡俳優一年の座組、この狂言に定む、故に顔見面見の称あり」。八 飛んでもない。江戸荒事の常套句に「ア、つがもねえ」。三升屋二三治の紙屑籠に「海老蔵同じく(名言)」として「アヽつがもねへ(此せりふ少長も用ゆ)」。九 伊勢神宮斎主藤波家が刊行して、御師が全国に配った暦の一。細長い折本で文字

開くや花の寒紅梅[五]と、ホ、敬て申[六]とは、顔見世[七]のせりふなりけん。ア、つがもなき[八]梅暦の評判は、伊勢[九]ごよみのこまか[一〇]に穿りて、綴[一一]ごよみの讀易く[一二]、柱暦[一三]にあらずして萬[一四]年中の御重宝、百年の後、當世の人情を知る[一五]よすがとならん。たゞし[一六]巻中の婦女艶容恋情を旨として、更に教訓とするにたらずと、そしれる人もあるよしなれど、道にそむきし婬婦はしるさず、いづれも浮薄を表とし、心に操を守事、銕石[一七]のごときのみ。よくあぢはひてよむときは、をしえの端となることあらむと、親びゐき連の櫻川、小[一八]梅の兄貴[一九]が柴の戸をたづねて、梅ごよみの巻末をふさぐものなり。

辰巳[二〇]の遊人　櫻[二一]川善孝

深雪をもしのぐ功や魁に手がらを見せん春のやり[二二]梅

金龍山人爲永

は細く小さい。「こまか」の序。新内の若木仇名草「ソノいせごよみと云ふ文の御ぶんていが拝たいわい」。暦づくしにした修辞。一〇 人情の微妙をさぐって描き。一一 折本でなくて、綴じた冊子形式の暦。「読易く」の序。一二 平易な表現をさす。一三 柱にはりつけておく略式の暦。よろず年中の重宝となったから、下の句に続く。一四「よろず」と読むべきだが、次の百年に対して「まん」と読んだ。▽人情本には小説の筋以外に世間智のさまざまがしこまれていることは前述の通り。一五 たより。▽人情本の人情本たる所以であるが、篁村は、前出の出版月評で「此書を読みて人情を尽したりと見る人は、真の人情を解さぬなり」と酷評。一六 ▽第十七齣にある春水の言のくりかえし。一七 堅いことのたとえ。一八 前出(七三頁)。文章は「兄貴が小梅の柴の戸」とあるべきを、兄貴(せな)と言うために逆にした。春水が本居の浅草以外に、小梅辺にも執筆のための小家を持っていたのであろうか、または一時、小梅に移居していたか。一九「兄貴」の関東の田舎言葉。小梅あたりは田舎なので用いた。二〇 深川の太鼓持。二一 前出(一三三頁)。以上の文は春水の言い分とそのまま。或は春水の代作か。二二 栞草「鎗梅、中花にして白く淡紅色を帯ぶ」。しのぐ・功・魁・手がら・やりの縁語仕立てで、春のやり梅をたたえると共に、梅と名づけるこの書を祝した狂歌。

江戸　爲永春水著
同　柳川重信畫

大内（おほうち）興立（かうりう）十杉（じつさん）傳第五編（でんだいごへん）

爲永春水著編
全五册　出來

天保四年癸巳孟陽発販

江戸書房
西村屋与八
大島屋傳右ヱ門

梅兒譽美 四編

梅児誉美四編序

[一]梅やしき土産は竹の皮包香は堤まで送る[二]木下川。故人[三]三馬の詠たりし狂哥に等しく、梅の香のかほる案内に、[四]東風からも花をつたふて、[五]小梅の土手また[六]百花園に遊ぶに至りて、[七]枝うつり目うつりもして、梅になく聲を[八]きくうが庭の鶯。是も[九]本町庵の[一〇]口ずさみ、[一一]思ひ筑波も冨士が根も、梅に色そふ春の野邊、[一二]あさりくらして夕暮は、[一三]梅林寺の鐘も[一四]時よしと、夜の梅見のそゞろ道、身には[一五]杉田の[一六]梅見船、[一七]うかれ心に[一八]古の花の法度も恋しく、[一九]彼馬琴大人の詠れたる、[二〇]白梅や夜はかぞへて星の數。かぞへし梅の花びらより、世に[二一]ひらかせし梅ごよみ、[二二]柳川子の[二三]手いれ、花ばさみのお蔭で、[二四]木ぶりは直しても、根木のわろき[二五]継穂の梅、その香もあらぬ[二六]作りばな、されど[二七]文永堂が[二八]鉢植に、[二九]根〆をよくせし福壽草、[三〇]黄金花さく[三一]元日の、初賣物といそがれて、雪間の梅はめをふけど、[三二]めぐみもやらぬ趣向の種、[三三]元來伏たる實もなければ、[三四]寒氣見舞の梅見ても、胸とゞろかす作者の苦心、[三五]由兵衛もどき[三六]梅もどき、娘蝶吉小梅のお由と、いともの〳〵しくつゞりかけても、[三七]准姿にこまる[三八]冬至梅、[三九]まだか〳〵の催促と、一時に來る[四〇]春風

一 亀戸村清香庵の梅園(名主小山氏喜右衛門)。寛政頃はなかったが、天保には臥竜梅も復活していた。竹の皮につつみ梅干を土産に売る。二 梅屋敷の北西の木下川村あたりの堤。そこまで梅の香のするの意。三 式亭三馬。前出(一八〇頁挿絵詞書)。四「此方」の意もかける。五 小梅村の川傍にも梅があった。六 向島寺島村にあり、菊屋宇兵衛(鞠塢)の作った花園。梅・秋草で有名。江戸名所花暦「百花園　同寺島村のうちなり。白髭明神のわき、俗呼んで新梅屋敷といふ、白梅おほし、諸木薬草のたぐひ数多有り、季候の折々にいだす、園中花たゆることなし」。七 鶯が梅花に目うつりして枝から枝へうつり。八 主人の鞠塢と「聞く」をかける。九 三馬の庵号。「こゆう(故友)」と振仮名するが、師と称した所もある。一〇 狂詠。一一 狂詠に思いついて筑波や富士の遠景ある梅見の野辺に出たの意。一二 探梅に終日して。一三 松林院の誤りか。江戸名所花暦「茅野天神境内　同(立春より三十日目梅見ごろ)芝増上寺地中、松林院に安置する処の天満宮の境内、梅あまたあり」。一四「あだかもよし」。一五「身に過た」とかかる。杉田村。四時遊観録「武州程ケ谷駅より金沢道へ入、行程江戸より十三里ほど、梅樹至て多く、(中略)近年一夜泊の風流旅客多し」。一六 梅見にゆく船。一七 船と浮くの縁。一八 須磨寺の若木の桜の制札。→補注四六。一九 曲亭子。曲亭馬琴(一七六七―一八四八)。

春水(しゅんすゐ)。

まごつきながら筆(ふで)を採(とつ)て、[四一]一日一夜(いちにちいちや)の急案拙作(きうあんせつさく)、只看官(たゞこけんぶつ)の愛讀(あいどく)を願(ねが)ふのみ。

干時天保三壬辰年臘月稿成

同四癸巳年孟春吉辰發市

[四二]江戸人情本(にんじやうもの)作者の元祖

狂訓亭主人誌

滝沢氏、興邦。通称瑣吉。春水は常に馬琴を意識して反抗し摸倣した。二〇 夜中は高い枝に咲く白梅を星と見て数をよむの意。馬琴著の皿皿郷談(文化十二)巻七「しら梅やよるはあつめて星の数　東岡羅文」とある(鈴木重三氏示教)。二一 花びらがひらく・暦をひらく・梅児誉美が流行するをかける。二二 根岸住で本書の画者柳川重信。前出(四二頁)。二三 梅の木に鋏を入れて手入するを、美しく挿絵を入れたにたとえる。二四 出来上った作品の外見にたとえる。二五 接木。そのもとになる木を土台(どだい)という。作品元来悪く、つぎはぎの作。二六 造花。作柄の悪い意。二七 本書の出版元大島屋伝右衛門の号。二八 出版物となったことのたとえ。二九 立木や鉢植の木の根もとにあしらう小草の類。梅に福寿草をあしらったで、美しい木に仕立てたこと。正月の鉢植に多く見る所。三〇 福寿草の黄色い花をいう。三一 当時の書物は多く正月に売り出した。三二 梅の芽をふく縁で、思いうかぶことのたとえ。文意は、趣向も思いうかばない。三三 内容を持たぬ意。三四 寒中見舞に同じ。三五 梅の由兵衛長吉殺しとして演劇や浄瑠璃で有名な話を、小梅のお由と蝶吉にあてたこと。三六 モチノキ科の観賞用の灌木。梅の縁ともどきの並記でかかげた。三七 見立。どこをどこにあてて趣向するかということ。三八 栞草に和漢三才図会を引き、「単葉の冬至梅、中花にして紅ゐ、冬月ひらく。八重にして花浅紅の者あり」と見える。三九 梅の咲くをまつと、出版をまつをかねる。四〇 底本の振仮名「しゆんふう」。濁に改。倭漢朗詠集「今日知ラズ誰カ計会セシ、春風春水一時ニ来ル　白(白楽天)」。春の急に来るの意に自己の名を入れた。四一 急案を皐下して一方でほこるは式亭三馬の摸倣。四二 この梅児誉美の好評に自信を得た春水が、この年から称し始めた自讃の文句。以後はしきりに用いた。

浮世人情萬歳暦 中形六冊　　狂訓亭戯作

百万年の御いはひと、年立かへる元日より、大晦日にいたるまで、かはらぬ世間の人情を、深く穿し全六冊。親父氣質の発端より、母親気質の痴情を穿り、娘気質の上中下、息子氣質の粋不粋、旦那氣質の倹約をあらはし、手代氣質の善悪邪正、合てしるす萬年暦。是は笑人梅暦の大當から思ひつく、販元氣質の新板もの。近日出版仕候。

花暦梅暦其外人情物の書林　　文永堂主人敬白

一 夜の梅を見て帰ったのでおそくなったと女房に言訳しても、その言訳のたたないのは、女と逢った袖の移香の梅と違うものがあるからである。ただしここは、夜の梅によせた歌。「よる」「くらき」は縁語。

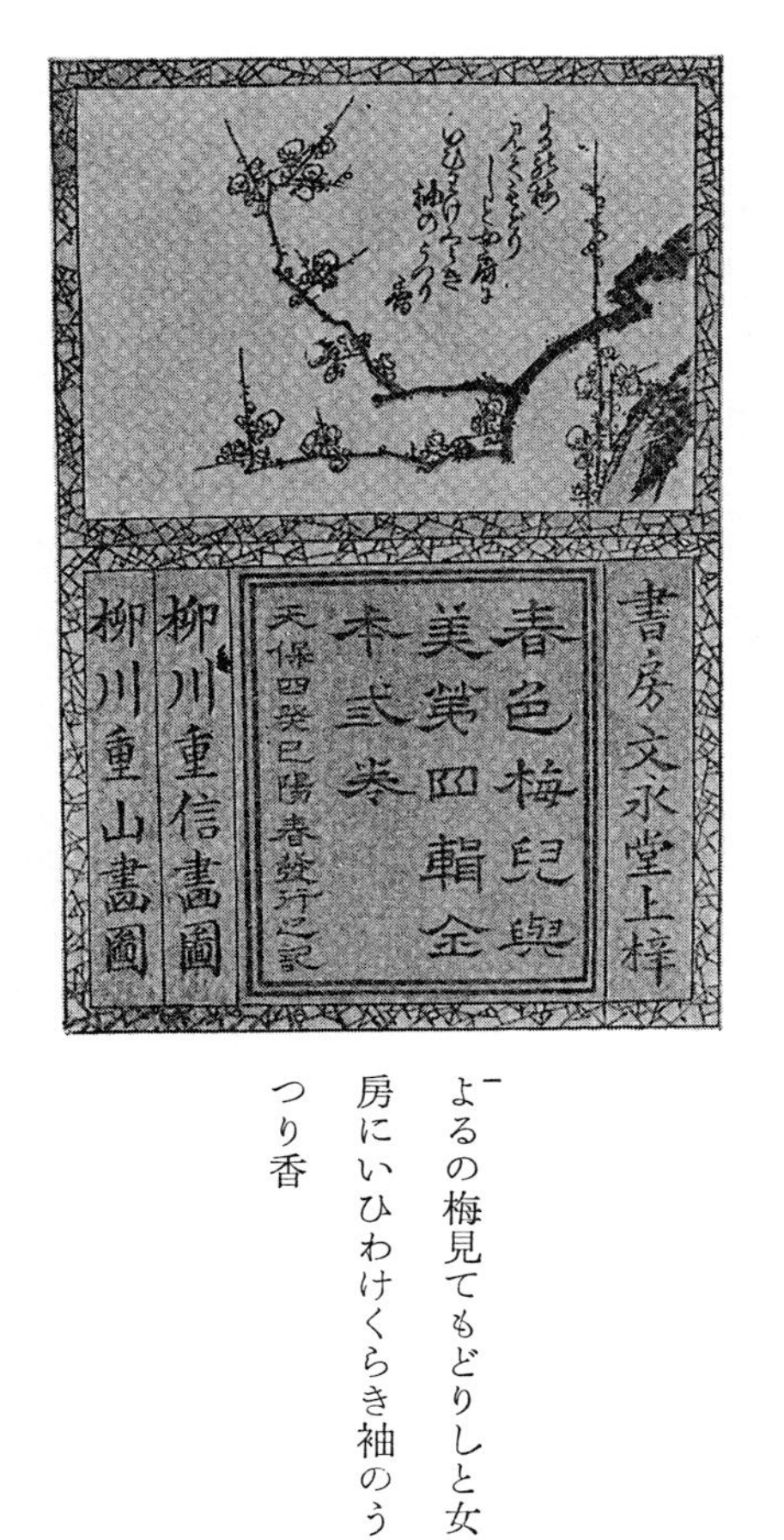

一よるの梅見てもどりしと女
房にいひわけくらき袖のう
つり香

一 すぐれた美景の写実図。この所、口絵三丁は彩色刷。

二 未詳。

三 対岸をのぞむ図。

四 拾遺集一所収の大中臣能宣の詠。梅の花の匂は風にさそわれて、持ちさられても、色だけはあじきなく、むざむざと散らさないでほしいの意。梅をおしむの意でここにかかげた。

隅田川勝景[一]真寫

関口[二]より横[三]にみる図

[四]匂ひをば風にそふとも梅の花色さへあやなあだにちらすな

五 前出(九三頁)。

六 文亭綾継。前出(一四〇頁)の軽素の条を参照。綾継は、和歌は足代弘訓の門。

七 雨露にうたれて秋に美しい紅葉となるの意で、苦労の末に幸福になる蝶吉を讃した。

八 榎本其角(一六六一—一七〇七)の別号。芭蕉門の最高弟の俳人。

九 「新月やいつをむかしの男山」(其角発句集など)の誤伝。ここは藤兵衛と逢って女らしくなって苦労するお由が、かえって女伊達であった時の方が気が楽であったことをふくむ。

一〇 「ちりもつもりて山となる」の諺を修辞に用いてある。物思いの一人ね、思う人の通いたえて、用いぬ枕に塵がつもるによって、恋の山に苦しむとの評判が高くなるのであろうの意。此糸の情人半兵衛の通いたえて、此糸の本当の恋があらわれたことを寓した詠。

五 竹(たけ)蝶(てふ)吉(きち)

六 文亭主人

七 雨露にうたるればこそもみぢ葉の錦をかざる秋は有けり

梅(うめ)の於由(およし)

八 晋子

九 新月やいつそむかしのをとこ山

唐琴屋内(からことやうち)

全盛此糸(ぜんせいこのいと)

一〇 物思ふ枕にちりのつもりてや恋てふ山の名にはたつらむ

一「ほゝう」は賞讃の声と、若い鶯の鳴き声をかけ、梅児誉美をたたえた詠。
二 初め十字亭三九と号した糸井鳳助であろう。上野(群馬県)の産で、一九に従い二世を称したが、天保中頃から消息不明。
三 銘酒白梅と銚子(調子をかける)をふんで、梅児誉美の正月出版を賀した詠。
四 未詳。応喜名久舎四に「彫耕庵仮名ノ末成」として一詠あり。版木師であろう。
五 閨の戸を明けると、たちまちえならぬ香がするので、愛人の袖に入れた誰袖(一種の香袋)の香かと思ったが、梅の花の香であった。正月早々出販の梅児誉美の讃。
六 人情本の多作家。中村源八(一七五一—一八六三)と称し、江戸本郷の住。
七 梅の異名を好文木というを趣向とした詠。梅を好文木というが、その梅の名を持つ梅児誉美の文をも好みたまわって、世間一般の年若の皆さん、この書を開きよんで下さいの意。ひらくも梅の縁。
八 前出(一三五頁)の九返舎主人の条参照。

春若みまだ鶯も片言にほゝう〳〵とほむる梅か香[一]　二代目[二]　十返舎一九

酒の名の白梅に來て鶯のてうし高くも初音つげけり[三]　假名迺末成[四]

吾妹子が袖かとそ思ふ閨の戸のあくるおそしと匂ふ梅が香[五]　松亭金水[六]

文好む名にめでゝこそ梅ごよみひらかせたまへ四方のちご達[七]　三亭春馬[八]

春色梅児誉美巻の十

江戸　狂訓亭主人著

第十九齣

[九]十七回次お由と蝶吉は、彼藤兵衛が音信を、待に甲斐なきその人[一〇]の噂も、何やら氣にかゝる風聽[一一]に心を定つゝ　由「モシ五四郎さんとやら、今のお言葉の前後をお聞まうせば、藤兵衛さんに何ぞ濟ぬ[一二]ことが出來たのでございますかと聞れて、得たりと膝を寄

五四郎「イヱモシどうもとんだことさネ。アノ藤さんは千葉[一三]の材木座[一四]で第一ばんの福有[一五]人、殊に俠客[一六]なお方ゆゑ世間[一七]も廣く、誰一人指さすものもねへ。ところが今度[一八]は少しむづかしい理屈、といつても外ではない。余り諸方附合が廣によつて、むだ金が際限もなく入たゆゑ、大分内證[一九]がまはつたそうさ。まづそれは兎も角も、今日わたしがお尋ねまうすは外じやアない。寮防町のお阿といふばアさんの抱、お蝶といふ子の給金を、ト聞てお蝶は胸さはぎ、姉のお由と顔見合せ、はや涙ぐむ娘氣の、先[二〇]くゞりせし

九　第十七齣の末に「第十九齣を看て知るべし」とあったに応ずる。
一〇　藤兵衛その人。
一一　風のたよりにつたえ聞くの意。ここは噂と同意。
一二　困ったこと。ただでは済まぬこと。
一三　木場(深川)にあてる。
一四　材木問屋を古風にいったもの。深川木場町では十一軒が、材木問屋として許可され、各種の特権を与えられていた(深川区史下)。
一五　分限者。富豪。
一六　男らしい気性の意で、この文字をあてた。
一七　交際範囲。
一八　底本の振仮名「こんと」。濁に改。
一九　懐加減(財政)が悪くなった。
二〇　ことの先を推量すること。悪くかんぐること。

一 心中でしめたと笑うこと。
二 鼻紙(小菊)・金入・小楊枝袋また用書類などを入れる袋物。羅紗等の布や革を表として三つ折・二つ折にする。
三 証拠のあて字。
四 証文などの用書も入っていたのである。
五 表沙汰。お上や町役人に訴え出ること。
六 下に打消の語をともなって、「全く…ではない」と解するのが普通。転じて、少しぐらいは、少々はの意。
七 自身と関係のある。
八 正しい判断ができなくなったか。

案じ貌。五四郎は心に笑[一] 五四「さてその給金を藤兵衛さんが殘らず勘定して、ばアさんに渡しなすつたところが、その金を藤さんが歸るとその晩、盗人が這入てぬすんで行た、トいつても藤さんは構いもないとおぼしめそうが、その盗人の這入た跡に、藤さんの[二]鼻紙袋、中には證古[三]の名前の書物[四]、そこで老女も氣が付て、渡した金を藤さんが、またその晩に盗みに來たと推量ゆゑ、紙入を證古に表向[五]にするといふところへ、丁度行合して聞ば、[六]まんざら藤さんとも知り合たわたしのこと、聞捨にもならねへと、きのふから藤さんをお尋ねまうしたわけだけれど、モウ内〻にはならねへと、聞て見りやア仕かたがねへが、どふぞお阿に金をマア半金でも渡して、取留て内濟にしたいものだトいふ折からに表の方、岡八は聲を掛 岡八「五四郎さん、そんならお氣の毒だが、お代官さまへお阿さんをやりますゼ 五四「ヲイ〳〵岡八、手めへどふか今日一日、延すやうにはなしちやアくれられめへか。アヽこれ、こんなことゝは藤さんは知んなさるめへ。こまつたものだ 由「モシどうぞ内〻にする仕やうはございますまいかネ、トさすがに利發なお由でも、身[七]にかゝりたる藤兵衛が噂に、心[八]もくらみてや、お蝶はもとより年ゆかず、途方にくれたる女同士 由「ノウお蝶、よもや藤さんが其様なことはありもしまひねへ 蝶「アイどうしてそんなこわいことが、他の物をとるなんぞといふことは 五四「サアモシねへは知れてゐるが、紙入といふ證古があつて、お阿ばアさんの心の底にも、藤さんがわすれて置て行たろうと、少しは思ひもしようけれど、うぬが亀相でとられた金、取つくしま[九]がねへゆゑに、邪[一〇]も非もかまはず、藤さんを相手[一一]取氣になつたのは、持まへの強欲もの、どうも仕かたがございません、ト聞てお由は五四郎に相談し、貯の金少〻と衣類その外取あつめ、十五六両ほどの品〻を、風呂しきそへて淺はかにも渡せば、五四郎請取て　五四「ヤレ〳〵はや、わたしは藤さんをおたづねまうすばかりに來たが、どふも仕かたがねへ。乗掛つた舟[一二]だ。これをそんなら七ツや[一三]へやらかして、マアざつと半金だ。これでおくまをなだめやせう。とはいふもの〻藤さんは一向知らねへわけで、外から盗人が出た日には、たちまちかへる此代物、よくマア數を書附にでもなさいませんか　由「イヱナニ大界[一四]おぼえておりますョ。それよりは早く濟やうに、その内藤さんがお出なら、おまへのお咄しをいたそうが、おまへのお宅はどちらでございますか　五四「ヱ、ハイ、わたくしはアノ、お阿ばアさんの直に裏長屋におります。いづれまた明朝までに此方へ參ります、ト風呂敷背負ひ出かける門口、お蝶が方をたづねつ〻、爰へ來か〻る丹次郎、五四郎と突當り　丹「イヤ久しいな松兵衛、能所で逢た。マア下に居や[一五]　五四「ハイ今少し急用がト迯出すを引戻し「此盗人めヱ。ふてへ奴だ。うぬがお蔭で丹次郎が日影をよける[一六]今の難義、畠山さま[一七]へ引ずつて行て、おはらひに出た宝の行衛、知れてはあれど金子の行道、主人の判を[一八]

九　たよるべき所のない意の諺「とりつく島もない」。
一〇　何が何でも。
一一　訴訟の相手とする気。
一二　中止しがたいことの勢をいう諺。
一三　質屋。
一四　大概のあて字。
一五　そこへすわれ、又は、じっとしておれなどの意。
一六　日陰の身となって世間をさける。
一七　前出(五一頁)。
一八　主人の偽判を作った。律令要略「謀書・謀判・似せ金銀致候もの引廻し、磔・獄門」。

一　底本「ふりふりはらひ」。衍により改。
二　以前の主人。
三　幕府をさす。底本の振仮名「こしよ」。濁に改。
四　駈のあて字。
五　昼間にこそどろをはたらく盗人。

偽た重罪。サア一所にうせおれ、と立懸ればふりはら[一]ひ　五四「古主[二]といつても五日か三日、下から出りやア付あがり、覚えもしねへ宝の金のと、畠山はさておいて、鎌倉御所[三]から呼に來ても、行たくなけりやア行ねへト欠出す[四]五四郎、組付丹次、あらそふところに岡八が、丹次郎を引倒し　岡「この昼鳶[五]めヱ、何をするのだ。顔に似合ぬ荒かせぎ。サア五四郎さん急ぎなせへ、ト丹次郎が顔を、こぶしにて二ツ三ツうちなやまして、

欠出す二人、それと見るよりお蝶は走出
蝶「お兄イさん、丹さん、お怪我[六]はなさいませんか。どうなすつたのでございますト泣聲すれば、お由も門へ出る向ふの縄手道[七]、今欠出した五四郎と、彼岡八が衿がみを、つかんで投出す[八]千葉の藤兵衛。

○そも〳〵五四郎といへるは、元丹次郎が養子に行たる養家の番頭、松兵衛といふ悪漢にて、丹次郎が以前の養家、唐琴屋の鬼兵衛となれ合、丹次郎をだまして主の養子となし、忽ちその家を押つぶし、借金其外を丹次郎になすり付、畠山家の[九]拂物を梶原家へ賣、その金を取迯し、酒色とかけ[一〇]事に遣ひなくして隠れまはり、近頃千葉の藤兵衛が方に番頭となりて有しが、藤兵衛此ほど[一一]上刕信刕の山方[一二]へ、急に商賣用にて行ねばならぬ用事の出來て、山方のものと同道し旅立時しも、此五四郎にお蝶がことをくはしくはなし、金子を預け寮防町のお阿が方を掛合せ、またお蝶がこととお由がことを、残らずのみこませて[一三]はからはせんとなせしに、さすが藤兵衛も母親の手前をかねて[一四]、内々のことなればさらに他は知らざれば、五四郎持病の悪念きざし、主人藤兵衛がこのたびの旅立、なか〳〵三十日にはかへりがたしと推量し、[一五]古支配人の眼をかすめ、十両ばかり見せの金を盗み、おくまへは亦々一二両を渡し置、お蝶が方へしりの[一六]行ぬやうにしておきて、今日偽りてお由が方へ來り、同類の岡八と二人にてうまくお由をだまし、金子衣類をかた

六 怪の俗字。
七 田圃のあぜ路。
八 ▽人情本にも、読本系として多少の立まわりもある。それについて、春告鳥(天保八)序に「故人の作りし敵討を人情ものにかきかへたれば、白刃を抜うといふ所を握こぶしの雨あられ、命を落す一段を金ゆゑくるしむ難儀におとし、たとへ死んでも蘇生、すべての趣向今様の道理にかなふを旨となし、むかしばなしか本にでもありそふなといふ目前を除(の)れ、めでたくつゞりし勧善懲悪」という。
九 前出(五一頁)。
一〇 博奕。
一一 上野(群馬県)信濃(長野県)。
一二 山林地帯。山林業者。▽材木商なれば買出しの用件。
一三 了解させて。
一四 遠慮して。きがねして。
一五 一番頭。
一六 問題が波及する。

り取しが、[一]天誅の時や來りけん、藤兵衛は山方の相談ごと途中にて調ひ、にはかに立歸りて、五四郎が[二]取迯の様子を聞(き)、お阿が方の[三]埒あかざるまで聞たゞし、
　それより爰へ來りしゆゑ、五四郎をとらへしなり。よろしく察してよませたまへ。
梅のお由と蝶吉は、思案に落ぬ藤兵衛がこの場の様子、あやしみて[四]たゝずむところへ、藤兵衛は二人の奴を引ずりながら　藤「サアうしやアがれ[五]盗人めら、と五四郎が[六]手を[七]捻かえす。透間に迯出す岡八の、向ふへ來かゝる[八]立派の侍、[九]行ちがひさま岡八を、[一〇]手もなくいましめ此方へむかひ　侍「藤兵衛、其奴を迯しまするなト聲かけられておどろく藤兵衛　藤「ヤ、貴君は[一一]本田の次郎さま、これは〳〵とイむところへ、こわ〴〵出迎ふ蝶吉が案内につれて、藤兵衛が彼侍に[一二]会釈すれば、本田の次郎も打うなづき、[一三]霞にあらで春の野に、[一四]引(く)や縄手を[一五]笹垣の、内へ追立入(る)二人、思ひがけなきいましめの、二人も屠所の[一六]ひつじ稲、それさへ枯て[一七]芹なづな、その[一八]七草のかひもなく、後悔してぞひかれゐる。

第二十齣

再説本田の近常は、於由が寓居の座しきへ通れば、藤兵衛お由蝶吉は、おの〳〵首を

一　天から下る罰。悪人の自然とうける天罰。
二　底本・後刷ともに「か」。濁に改。
三　片づかない。底本・後刷とも「あかさる」。濁に改。
四　底本・後刷とも「たゞすむ」。意によって改。
五　底本「かれ」。後刷により改。
六　底本・後刷とも「か」。濁に改。
七　底本の振仮名「ねち」。後刷により改。
八　底本・後刷とも振仮名「りつは」。意によって改。
九　底本「ちかひ」。後刷により改。
一〇　簡単に。苦労なく。
一一　底本・後刷とも振仮名「ほんた」。濁に改。
一二　挨拶。
一三　たなびく霞でなくて、縄つきの悪人を引っぱって。時節の背景をも示す。
一四　悪人を縄でしばって引くと、続く縄手道を通る意をかねる。
一五　底本・後刷ともに振仮名「さゝかき」。濁に改。
一六　底本「ひづし」。意によって改。刈り切った後に稲の芽を出すもの。屠所の羊(屠殺所へつれてゆかれる羊。涅槃経三八に、死に近づくことを「如牽牛羊就於屠所」とあるなどによる)の如き二人のさまをかけてある。
一七　ひつじ稲も冬枯して、今は春の七草(芹・なずな・ごぎょう・はこべ・仏の座・すずな・すずしろ)の野辺である。

畳に付て、不思義の来駕[19]と問ひまうせば、次郎は悪漢等を庭の樹立につながせて、さて藤兵衛にまうしけるは　本「我身只今此岡八を召捕たるは、主君重忠の御下知にて、兼〻詮穿ある白徒[20]なればなり。又其方が捕へたるは、丹次郎といへるものに難義を懸たる、不忠の手代松兵衛といへるものに似たり。何ゆゑに召とらへたるや、定めてよからぬ子細ありて、見退しがたき分ならん。其義は何か知らねども、既に旧悪あるものならば、岡八もろ共文注所[21]に召つれさせん。其方の手に捕へし彼奴が悪事は何事ぞと問れて、藤兵衛此程の一十[22]をまうしければ、お由蝶吉はいふも更也、今入り来りし丹次郎も蔭イ[23]して、五四郎が其悪計におそれけり。斯る処へ近常が供人凡三四人、垣の外より差覗き、扣る[24]風情に、本田の次郎、これを門より呼いれて、五四郎岡八を引渡し、牢屋[25]へつれよと言ふくめ、来りし家来は先に帰し、其身は跡にとゞまりて

近「トキニ藤兵衛、かねて頼みし義は、ひそかにたゞしくれられたるか、たゞしはいまだ其実否[26]をさぐりがたいやうすかな。イヤそのことはともかくも、此家を見れば女主の住居の様子、長座いたさばさだめて迷惑、また内〻のことを、他人中でたづね申(す)もいかゞしい[27]　藤「イエ〳〵これは私が退れ難い[28]内縁の者の宅、少しも御遠慮はいりませぬ。しかししばらく皆〻には遠慮いたさせ申(し)ませうといふを聞より、蝶吉於由は勝手の方へ立て行。跡に藤兵衛膝すり寄[29]　藤「彼お頼みの一件は、くわしく詮穿

一八　七草の粥(正月七日に食するしきたりの粥。福わかしともいう)に甲斐もなくとかける。
一九　来訪の敬称。
二〇　白徒の意は未訓練の兵卒。ここは尼子九牛七国士伝四「白智(しれもの)」、同五「白徒(くせもの)」とあると同じく、白痴の輩の意で用いた。
二一　問注所(もんちゅうじょ)のあて字。鎌倉・室町両幕府にあった役所で、訴訟裁判のことにあたった。読本風に時代を鎌倉にしてあるので用いた。奉行所にあたる。
二二　小説字彙「一五一十的話　イチブ始終ノハナシ」。荒川仁勇伝一「一伍一什(いちぶしじう)」。尼子九牛七国士伝五「一十(いちぶしゞう)」。
二三　蔭にたたずむ意味で、漢字をあてた。
二四　命令を待機している。
二五　「ひとや」は、牢屋の古語。▽この辺り、読本風な表現や用語である。
二六　底本の振仮名「じつふ」。濁に改。「じつぴ」の訛。真偽。
二七　どうかと思われる。
二八　切っても切れない。ごく親しい。
二九　近くよって。内緒話の姿勢。

いたしましたが、唐琴屋の養子にて、又〻他家へ養子に參り、その家破滅の折からに、難義を請し丹次郎どのこそ、素生は例の血すぢに相違ござりません　近「スリヤ[一]榛沢六郎が[二]隠し子にて、[三]藁のうへよりその母諸共、他へ遣はせし小児なる、丹次郎にてありけるか。六郎成清が頼みしにはあらざれど、同役のよしみ、[四]子を思ふ親の心を思ひやつて、年來たづねし我誠心、[五]行とゞいて満足いたす。時節を待て親六郎へ、対面いたさせつかはすでござらう。しかし彼丹次郎が[六]浪〻の宅へ、宝の[七]一義で參りし時、十五六才の容義よき娘が、深き中にてあるやうす、參り合して見とめしが、猶その外に彼是と、[八]心まよはす[九]うかれ者と聞いては、[一〇]どうやら、物堅い六郎どのへ親子の對面、此近常が請合て、今は妻さへ持し身と、とりなし難い浮氣では、かへつて[一一]年倍の成清へ、恥をあたゆる同前じやが、親子なのりをいたさせて、たとへ家督とならずとも、榛沢氏の嫁じやともいはれる様な女子どもでござるかな　藤「其義もいろ〳〵[一二]手を尽し品を代て、詮穿いたしためしましたが、いづれも実義と見とゞけまして、それとはなしに丹次郎どのへ、[一三]見継心にいたした義も、[一四]大かたとゞきましたる様子、猶又しかと相正して　近「万事如才のなき貴殿、このうへともに何事も　藤「ヘイイヱ、毎度御屋敷さまの御恩と申(し)、別して御ひいきくださいまする、榛沢さまなり尊君なり、此様な御用ぐらゐは、百分一にもたらぬお礼。それにつきましても、先達て[一五]御新造さまの、わ

一 演劇畑（壇浦兜軍記など）では、本田次郎と共に、秩父（畠山）重忠の家老として名の通った人物。▽人情本は発生の過程で読本を母胎としているために、この如き作品も、大きく読本風の時代小説の外廓を設けてあって、江戸の当時を写しながらも、鎌倉時代として、一応所々につじつまを合せてある。
二 正妻でない女に出来た子。
三 生れ落ちるとすぐ。
四 後撰集十五「人の親の心は闇にあらねども子を思ふ道にまどひぬるかな」。
五 目的を達して。
六 さすらいの生活。
七 一件。
八 恋慕する。
九 遊蕩人。
一〇 ▽歌舞伎のせりふ風に、思入れある言葉。
一一 年配・年輩のあて字。
一二 色々の方法をもって。▽第五齣・八齣で、藤兵衛が米八に言いよったのは、その貞操誠意をためす方法であったと構成したもの。
一三 金や物を送って生活を援助する。▽藤兵衛が米八に言いよることで、金品を与え、米八から丹次郎へそれを廻させるはからい。
一四 目的を達した。
一五 守貞漫稿「江戸武家及び巨戸は主人の妻を御新造様と称す。(中略)蓋幕府の臣は奥様と称し、陪臣は御新造と云、素は新婦を云、新粧の伝訛也、今

たくしへ内〻仰聞られましたこと、貴君さまにも御召仕ひの女中に、御手[一六]をつけられましたことのござりまして、其時妊身[一七]いたせし様子、しかとわからぬことゆゑに捨おきしが、後〻きけばその女中、[一八]お種を安産[一九]いたされて、それをつれ子で、いづれへか縁づかれしまで御聞なされ、その御行衛も、わたくしへたづねくれよといふおたのみゆゑ、これもいろ〳〵心をつけましておりますが、只今もつて手がゝりが、トいはれて近常面を赤め　近「これは〳〵ぞんじ[二〇]もよらぬ妻が頼み。此後とても左様な義は、決して詮穿いたすにおよばず。何、十五年も昔のこと、心にかけもいたさぬ義、と口にはいへど心には、たれもかはらぬ愛情[二一]の、今さら思ひ出られて、何所にあるか無事なかと、案じ[二二]は顔に顕はれしが、さすがは武家の意地つよく　近「イヤナニ藤兵衛、六郎が見[二三]かへらぬ実子のことを、心をもちひ詮穿いたすは、同役の好身[二四]ばかりでなく、いまだ榛沢氏に家督の子息なきゆゑに、第一主君へ不忠なり、彼人の先祖へも不孝なりと、思ふによつていたすわけ。この近常は愚妻の腹より出生の小児も、二人まであることなれば、かならず[二五]ともに妻が頼み、ほねをりくれるにおよばぬ義、くれ〴〵捨ておかれヨ、ト是より家内を呼いだし、ていねいにいとまをつげ、譽田[二六]の次郎は立帰る。亦丹次郎はこれよりさき、藤兵衛といひ近常を見て、何とやらんうしろめたく[二七]、お蝶にわかれてかへりしなり。さて藤兵衛はその跡にてお由お蝶に向ひ　藤「ヤレ〳〵両人

は老婦にも称之」。
一六　目下の女と関係する。
一七　妊娠のあて字。
一八　底本・後刷とも振仮名「ちよちう」。濁に改。
一九　底本・後刷とも振仮名「あんさん」。濁に改。
二〇　思いもかけぬ。
二一　底本の振仮名「あいしやう」。濁に改。
二二　心配が顔色に出て。
二三　世話をしない。
二四　誼のあて字。親しい交際。
二五　是非にとの。底本「かならす」。後刷により改。
二六　本田に同じ。従来とも作品により両様に書かれている。
二七　こころもとない。うしろ暗い。気がひける。

ながら[一]きもをつぶしたろうのう　丹「ほんにマアだまかされるとは知らず、おまへさんのお顔を見るまでは、どんなに苦労をいたしましたろう　蝶「モウ〳〵誠にかなしくつて、私のことからおまへさんがどうかされるといふことゆゑ、悲しくつてなりましなんだ　藤「そうだろふとも。最少しおれが來やうがおそいと、あいつらに[二]いゝやうにされるところであつた。そのかはりばちが當つて、近常さまにつかまつて連て行れたから、モウあいつらは[三]それ〳〵のお刑法になるから、わりいことはしねへもんだ。イヤあんまりごた〳〵してはなすのを忘れたが、今こゝへ來るまへにお阿が所へ寄て、金は此間渡したが、お蝶ぼうの證文が見えねへといふから、仮請取を取て隣の人が[四]請人で、今日までに證文を尋ねて歸すやくそくだから、それを取に寄たら、お阿ばアさんがの、毒魚にあたツて死だといふ所へ行合したが、イヤお阿が[五]毒魚で死ぬと云は、とんだ落し咄しだ。あんなによくばりやアがつたが、死んで見りやアいくぢはねへぜ。仕合せなものは[六]店請ばかりだ。吊をしまふと直に[七]雜作もなにも賣といふ相談で、長屋の道具屋が來て直をつけてゐて、長屋中が寄あつまつて高笑ひをして、泣ものは一人もなし、道具屋に葬式ぐるみ引とらねへかといふ相談をして、わらつて居る[八]やつサ。なるほど人間といふものは、[九]欲をかはくがものはねへぜ。それだから、[一〇]妻子珍宝及王位、臨命終時不隨者と佛さまが、ホイ〳〵、こんな野暮をいつて[一一]老込たがることもね

一 大きに驚いた。

二 思うままにされる。

三 底本「それ〳〵」。濁に改。

四 保証人。

五 寒檠璅綴二「アル人鰒ヲ鉄砲ト称ス、中レバ即死トイフ語ヲ、諸人ツケワヅラヰテアリシガ(下略)」。お阿を熊に見立てて、落し咄といった。

六 借家の保証人。お阿の保証人で、彼女は身寄りもないために、遺産など保証人の有となることを指した。

七 家の内の棚や流しなど。借屋人の所有であったので売はらうのである。

八 あのよくある例だよ。身寄りのない死人などについては、こうした洒落をよく言ったのであろう。

九 あまり欲ばらないものだ。

一〇 大集経の偈頌の中の文句。妻子・珍宝・王位も、臨終においては何の役にもたたない。その人につけて冥途に持って行けるものでないの意。

一一 お経の文句で無常を感じるなど、老人らしい言動をすることもあるまい。

一二 ここは元来の意(悪事があらわれて詰問される)がずれて、文句を言ってくる程の意。
一三 底本「ありかたふ」。濁に改。
一四 ▽前々からもあった如く、お長のやさしい性質を示す語。
＊挿絵詞書「苫舟も月見せてから動くなり」。作者未詳。苫をふいた舟も、明月の美しい所では苫をはらって乗客に月を見せてから、こぎゆくの意。この絵の讃。「風呂の手て引裂く窓や梅の花、紙子の音を呵るうくひす」。連句の二句をぬき出したもの。前句は、春の句。入浴中にどことなく梅の香がするので、ぬれた手で窓をやぶって梅の花を見る風流を詠じたもの。付句も春の句。梅に鳴く鶯を見に出るのに、席の一人がまだ春寒で上につけた紙子の音をさせるので、ごそごそさせないでと制したとの詠。春の風雅の気持で付け合せたもの。
一五 前出(一四九・一五三頁)。

へ。それよりかコウお蝶ぼう、モウおめへのからだは、何所からも一二しりの來る氣づけへはねへぜ　蝶「まことに一三ありがたふございます。しかしマアお阿さんもかわ一四いそうなことをいたしましたねへ　藤「なるほどおめへの気めへじやア、いゝきびだとはおもふめへが、ナニ〳〵善悪ともにむくいのくる時節だはナ　曲「こわいものでございますねへ　藤「イヤおらア今日は大切な日だ。斯しちやアゐられねへ。一五うしやへ駕籠をそう言て、イ

ヤ〳〵駕籠より舟にしようか　蝶「ヲヤなぜヱ。今夜は此方へお泊りなさいましな　由「何を思ひ出して急にお帰りなさるのだねへ　藤「実は此方へ遊びに來たのだけれど、今思ひ出すと今日は巳[一]の日だ。是非洲崎[二]へ参詣ねへければならねへ　蝶「弁天さまへかへ　藤「そうヨ　蝶「姉[三]さんと私と、同道につれてお出なさいな　藤「イヤおそくなつたから今日はよしねへ。余程いそがなければならねへといふ折から、七ツ[四]の鐘ボウン引　由「ほんにモウ七ツだネ　藤「なんだか今日は日がみぢかい、ト急ぎあわてて帰りゆく。

これは偖おき米八はいつぞやよりして、仇吉と恋の意恨のもつれにて、丹次郎とも毎度か口舌をせしが、此頃は浮名[五]の立しのみならず、仇吉がために八幡[六]の社内[七]でてうちやくされ、人前[八]にて恥をうけ、其しかへしの覚悟をきはめ、今宵洲崎の弁天へ夜参[九]りをする仇吉が、跡をしたふて磯づたひ、巳[一〇]の日なれども夜なれば、人目あらぬを幸ひと、欠出し行うしろから、米八まちやト聲かけて、帯引とらへる者あれば、これはとおどろく米八が、ふりかへつて顔見合せ　米「ヲヤおまはんは藤兵衛さん、どふしてこゝへ　藤「ヲヽさだめてびつくりしたろうが、今途中で聞た喧嘩のやうす、くやしかろうがコレ米八、マア氣をしづめてよく聞ツし。何ぼ傾城水滸傳[一一]や、女八賢傳[一二]が流行ても、女の喧嘩は色氣がねへゼ。ハテこれまではともかくも、聞捨[一三]見捨のならねへゆか[一四]り。マアこん夜はおれがいふことをきいてくれろ。といつたところが日頃口説[一五]のわけ

一　武江遊観志略「巳待、年中弁天参、(中略)洲崎吉祥寺」。

二　江都近郊名勝一覧「洲崎弁才天別当吉祥院、元禄年間八幡宮(深川)より東の方の海浜を築立て陸地とす、よつて同十三年護持院大僧正隆光この宮居を建立すといひ伝ふ」。佳景の海岸で、潮干狩を始め遊覧の地でもあった(江戸名所図会)。

三　▽事件のあとのこの語、お長のあどけなさを示すために出したが、唐突。

四　午後四時頃。

五　丹次郎と仇吉の仲が、専ら評判となった。

六　深川永代島の富岡八幡宮。別当大栄山永代寺。河東第一の大社で、深川花街もこの門前町。「当社門前一華表より内三四町が間は、両側茶肆酒肉店軒を並べて、常に絃歌の声絶ず、殊に社頭には二軒茶屋と称する貨食屋(りやうりや)抔ありて、遊客絶ず」(江戸名所図会)。

七　打擲。うちたたかれて。

八　社内での打擲のことを別の言い方であらわしたもの。

九　祈願のために、特に夜の時と回数を限って神仏に詣ること。

一〇　弁天参詣の日だが。

一一　滝沢馬琴著の合巻。文政八年から天保六年の十三編上帙まで。歌川豊国・同国安画で、後鳥羽院の代に摸した水滸伝の翻案。女の豪傑がいくた活躍し、気のつよい女を傾城水滸伝と称するほど流行した。

一二　春水・二代目春水(春笑)作の人情

本の貞操婦女八賢誌のことであろう。天保五年から弘化四年まで六輯を出した。里見八犬伝を女の世界にした読本風のもの。梅児誉美の出た天保四年には実はまだ出刊を見なかったのであるが、恐らくはこの年出刊の予定で、ここへ広告したものであろう。
一三 この上に「これからは」と補って解く。
一四 縁。
一五 いつも口説いている一件。
一六 意地をはり合って争うこと。
一七 桜川善孝。前出(一三三頁)。
一八 底本・後刷とも振仮名「りつは」。濁に改。
一九 面目を立てる。
二〇 丹次郎。
二一 力を入れて。奮発して。
二二 男女の関係を絶つこと。
二三 底本の振仮名「さんへん」。濁に改。
二四 底本の振仮名「つゐが」。清に改。
二五 御覧下さるようにします。
二六 売出し。

じやアねへ。これ、今まで心を尽した丹次郎を、大事におもつて連添氣ならば、藝者の意地や立引は、この藤兵衛に任しておけ。今櫻川とも相談した。立派に手めへの顔の立つ、仕方はおれがして見せる、トおもひがけなき藤兵衛の、言葉に米八ふしんがほ 米「そんならいつもわたくしへ 藤「かれこれいつたは気をひくため。いよ／＼丹印を大事にする心と知れては、藤兵衛が肌をぬいで世話をする。マアそのつもりでこゝから宅へ、帰つて時節を待がよい、と無理に引つれ立帰り、その後藤兵衛がはからひにて、大勢の藝者をあつめ、其うへ仇吉丹次郎が手ぎれ、米八が顔の立かた等、残る処なくはからひける。

この喧嘩の前後はことながくして、なか／＼限りある丁數には說尽しがたし。よつて三編の口繪に、その風情を見せしのみ。近きにいとまあらば、此草紙の追加として、くわしく貴覽にそなふべし。則ち外題は、

梅ごよみの餘興　春色辰巳園　狂訓亭作　國直画

全部六册

發市の時を俟て御高覽のほど奉希ゆ

春色梅児譽美巻の拾了

春色梅兒誉美巻拾壹

江戸　狂訓亭主人著

第二十一齣

再回て見しやそれともわかぬ間に雲かくれにし夜半の月、それならなくに、逢見ての後の心にくらぶれば、昔はものを思はざる身にしあらねど、此頃は苦労求めて、牛島の寓居にお由がもの案じ。憂をかたりて、姉娣と誓ひし例の蝶吉が、姉を大事と心付

蝶「アノウ姉さん、おまへさんは此節は誠にふさいでおいでだがネ、なぜで有ますヱ。今じや藤さんといふ後見が出來たから、氣が丈夫じやアありませんか。チツトうき〳〵となさいナねへ　由「アイヨ、おまへも他のことを苦労にして、氣をもむ性だから、私が元氣のない皃をすると直に案じて、同じ様にふさぐだろうと思つても、ツイこり性だから胸がつかへる様になつて、今までの奴な氣まへが出なくツて、只心ぼそくばかりなるヨトはなしなかばへ、勝手口、四十才あまりの内義風、たしかにこゝと合点

一　新古今集十六「はやくよりわらは友だちに侍ける人の年比へてゆきあひたるほのかにて七月十日ごろ月にきほひて帰り侍ければ」と前書して「――月かな」(百人一首一夕話「月も空をめぐりては又出るものなるが、久しぶりにてめぐりあひて顔を見たるは、むかしの友だちなりし。その人かとも見わけぬあひだに、雲にかくれたるこよひの月のやうに、早くかへりし其人の残りおほさよといふ事なり」)。

二　拾遺集十二「――思はざりけり」(百人一首一夕話「逢ぬさきのものおもひも大抵の事にてはあらざりしかど、今逢みて後のこゝろづかひにくらぶれば、あはぬむかしはかやうにもの思ひはせざりしと思ふといふこゝろ(下略)」)。

三　上から「憂し」とかかる。牛島は前出(一四九頁)。

四　寮。

五　苦労を相談し合って。

六　世話をしてくれる人。

七　▽お長の思いやりのある気質を、別人の言で示したもの。というお由も、次の言で同性質であるを示す。これ春水のいう人情を知る人の意である。

八　一途に思ったり、熱中したりする性質。

九　伊達な気持。いさみはだの気性。

一〇　物類称呼「京にて他の妻をお内義さんとよぶ。(中略)江戸にてかみさまといふ」とあるが、この語が江戸へも転じたものか。相当な家の年配の妻女

つゝ　内義「ハイチト御免なさりまし、お由さんとはこちらでございますかトおとづるゝ聲。お蝶は立出　蝶「ハイどちらからお出なさいました　内義「アノ私は千葉の大和町から参じましたが、お由さんにお目にかゝつて、くはしくおはなし申(し)たいことがございますが、どうぞおむづかしくもお逢なさつてくださいましといふを聞より奥の方、千葉ときいては藤兵衛が方よりならんト、お由は聲かけ　由「お蝶さん、こちらへお連もうしておくれ、トいひつゝ出迎ふ中の間へ、お蝶とともに入り來る内義、お由は皃見てふしんの躰、内義は何やら眼に涙、互ひにその座が定まれば、まづはじめてのあいさつに、しばらく有て彼内義　内義「早速ながらお由さん、御遠慮なさるお方もなくば、チト込入た私がおはなし、亦おきゝもうすこともあり、ト見かへる側にお蝶はさとり、勝手へ立て行跡に、心がゝりとお由は摺より「大和町からと被仰からは、たしかに千葉の藤さんの　内義「さればサ、そのことでは有ますけれど、マアこれを御覽じて、ト取出したる一品は、昔蒔繪の織部形、好みを尽せし三ツ組の、懐中盃下重ね、しかも世に知る下の句の「ほとゝぎすといふ五文字にて、高尾が筆をうつせしなり。お由はこれをいぶかしく手に取あげて、その身もまた手箱を出して、八重封じ上に記せし書附を、あくるを止めて彼内義、その書つけはわたしが手で、みまがひもない後日の證古と、半分いひて泪聲、お由は聞てびつくりし　由「エ、そんなら私が五

の称。

一一　前出(四四頁)。

一二　ご迷惑でしょうが。

一三　見世または玄関と、座敷との中間にある部屋。

一四　▽後の波瀾を思わせる措辞。

一五　入り組んだ。複雑な。

一六　古い時代の蒔絵。

一七　盃の一つの型。底が浅く、上部が開いている小型。古田織部正(嬉遊笑覧など)の考案とも、日根野織部正(嗚呼矣草)の好みともいう。

一八　数奇をこらした。

一九　大中小と三つ揃。

二〇　携帯用の小型のもの。この下に「の」を補って解く。

二一　三つ揃の一番下の大きいもの。

二二　二一四頁の「三ツ組盃の図」の母の所持のものに見える「ほとゝぎす」の五文字。その句は、俗に二代目高尾の詠と伝える。

二三　新吉原の三浦屋抱の太夫。代々あるが、この詠で二代目をさす。▽高尾筆の三ツ組の趣向は、西村藐庵著花街漫録所収の高尾杯・巴屋杯の二条によったのであろう。→補注四七。

二四　手廻り品を入れる小箱。

二五　その手箱に何重にも封をして、その上に文句が書いてあるありさま。

二六　見そこないもなくはっきりと。

ツの歳、お別れ申シた母御さんでございますか 内義「サア、アイと返事も出來にくい、わたしが胸を推量して、[一]邪見な母と思はずに、堪忍してと泣沈む。お由もワツト聲をあげ、[二]むせかへりつゝ寄添ひて 由「イエ／＼何の勿躰ない。堪忍どころじやございません。親父ざんの存生な節さへ恋しかつたおつかさん、まして常ゝ氣にしても、尋ねる當もないおまへが、どうして私の在宅が知れて、モシマア夢じやア有ませんか、と取すがりたる親と子の、道理さへしれぬ愁歎に、お蝶も彳聞もらひ泣。障子を隔泣聲も、[三]へだてぬ中と知られけり。やゝありて二人とも涙をはらひ 母「ホンニマア私としたことが歳がひもなく、泣たとて[四]かへらぬむかしと、今の身をくはしくいふも、はづかしいことではあれど、わざ／＼と今日來た[五]仕義の前後よく聞わけて、合点してと過越かたの物語、拙き筆に[六]言葉書では、しるし尽さんよしなければ、左にしるすを見て解したまへ。

○そも／＼お由が五才の時、この母親は歳わかく、やう／＼二十一歳にて、お由を産しは十六歳の暮のことにてありしとなん。かくて[七]乙子をまうけたる二十一歳の頃にいたりて、その亭主薄命わろくして、夫婦より／＼[八]談合し、夫はお由を伴ひて、田舎の縁者を[九]心あてに、あきもあかれもせぬ中を離別なしつゝ、[一〇]乳呑をば母の手元に[一一]ゆだねつゝ、[一二]終のよるべも[一三]そらだのめ、はかなく親子ちり／＼になり

一　無慈悲な。
二　むせび泣きながら。
三　お由・お蝶の二人の間は、親身にひとしいの意。へだてを重ねた修辞。▽人情本にはただ恋愛を主とするのみでなく、かかる浮世のうれいをもって、年少の読者の涙をさそうのも一つの目的であった。
四　昔はかえらぬことにして。この句の下に「しばらくおいて」など語を補って解く。▽この所、語を補うべき所のあるのは、寄席文芸の愁嘆場の調子づいた話し方では、語を略す癖があるが、その調子がそのまま出たもの。
五　事の前後の事情。
六　会話文。
七　末の子。
八　「かふ」は、当時は清んで発音した。相談。
九　心にたよりとして。
一〇　乳呑子。末の子にあたる。
一一　まかせ。
一二　将来長くとちぎった夫婦の仲。
一三　頼みにならぬことを頼みにした結果となって。

一四 里子にやって。
一五 心労の末。
一六 乳が出なくなった。
一七 島田髷には種類があるが、いずれにせよ水商売の者や娘が結うのが普通で、世帯持の女には少なかった(吾妻余波などによる)。処女七種初編上「其様に年増ぶりたがることはねへ、モウ四五年嶋田で居ればいゝ」。
一八 妾。
一九 底本・後刷とも「さずかに」。意によって改。

にし後に、この母は我子を[一四]里につかはして、その身は乳母に出しかど、[一五]心づかひの期なれば、忽ち[一六]乳の上りしゆゑ、當惑したる折からに、彼藤兵衛が父なりし藤左衞門に思はれて、心ならずもまたさらに結なほしたる[一七]嶋田髷、[一八]囲れ女にはなりしなり。かくて里子にやりたりしは、是ぞお由が娣にて、今婦多川に全盛の藝者となりし米八なり。さて米八は里親の養育にて成長り、母は[一九]さすがに藤左衞門に子のあるよしを隠したれば、

手元におくことならずして、終に里親に任せしゆゑ、十三才の時米八は里親難義のことありて、唐琴屋へ藝者に賣られ、身儘[一]にならぬそのよしを知れども、この頃藤左衛門は老病にて、何事も不自由ゆゑに、本妻にあかして[二]、お由が母親を千葉の家内に引取[三]しゆゑ、何事も忘れしごとく打捨て、八年あまりを過しとぞ。かゝればお由が旅寐して佐倉にいたり、藤兵衛にちぎりを結ぶ前の年、米八は唐琴屋の抱へになりしこととおもはる。さてお由と米八が姉娣といふことは、今この母が知るばかり。お由は五才米八は当歳[四]の時なれば、姉娣ありとは露ばかりもしらで月日を過せしとぞ。こゝに親子の對面は、凡二十一ヶ年の後にして、いと〳〵ながき月日なり。この始終にて見る時は、母親の歳は四十二才、お由は二十六才にて、かの米八は二十二才におよぶなるべし。よく〳〵かんがへよみたまはねば、作者の綴り[五]があしきゆゑ、わかりがたかるくだりもあるべし。凡予[六]が作意の癖は発端にいふべきすぢを後にしるすが常なれば、よろしく察して高覧をねがふのみ。

斯てお由と母親は、前文の一條を問つ問はれつ、時うつる噺に果もなかりしが、やゝありて　母「ノウお由、今までいふたは過たこと、今日わざ〳〵と來たわけは、チツトおまへに頼が有が、聞とゞけておくれかといへば、お由は膝すり寄せ　由「アノ改たま

一　一身の自由がきかない。
二　藤左衛門が、妾のあることを打明けて。
三　妾宅から本宅の一員にした。
四　一歳。
五　構成。
六　▽自らの構成方法の欠点を弁解したもの。後年には更に甚しく、湊の花三編(天保十二)に「或人狂訓亭を難じて曰、是まで多く出せし草紙を看るに大序より大詰まで、その段つづきを首尾よく綴りしもの絶てなし、例時(いつ)も咄しが前後して、物語りを途中から説(はじめ)て、途中で止め、六ケ敷なると拾遺と断り、続編と逃出し猶その上に一回一章羽本(はほん)を読がごとし、斯ても作者の本意なるや、予答曰、羽本を読ても夫程の楽しみある様に綴り、一回読で後章を不読とも済む様に著(かき)て、無理無体にも満尾をなす事、是為永の一流なり、されば春告鳥の羽本、梅暦の端本を集て、人物の名を張紙をすれば、一部の新作ともなり、端本が全本ともなるべし、此故に予が作の古本端本を取あつめて楽しむ人もありと聞ぬ」という。かかる作風の理由として、明烏後正夢五編(文政七)に「分て小子は、外々の文人と違ひ、活業殊に繁多にして、日毎に東西を走り、南北に吟行(さまよふ)身の、寸暇を得ざれば、只夜にいたりて、睡りに付んとするいとまごとに、一頁(ひとひら)二頁づゝ草し終れば、直にこれを筆耕の手にわたす、されば最初の一丁を稿してより、二三日ある

つたそのお言葉、たとへ別れて育つても、産の恩ある母人さん、頼むなんぞと被仰は他人がましい、なんのマア、親子の中じやアございませんか[七]　母「サアそうでは有けれど、此盃の三組の一ばん小さひ、するの所を別るゝ時に遣つたのは、今はなした米八が證古の品、母の此身は、二十年にあまる恩義[八]の大和町藤兵衛さんの両親に、今もまかせし義理あるこの母、藤左衛門さまから、そのお子の藤さんの代へかけて、一方ならぬ深い縁に、かゝれば[九]つながる[一〇]姉娣が、姉も娣も藤さんのお世話になつて居た日には、たとへ両方知らぬ同士、藤さんとても其様なれど、此身になつては、朝夕に他目にしれぬ心の苦労、大旦那が死去られて、モウ八九年になるけれど、やつぱり旦那の繁昌の時にかはらぬ本妻[一一]さん、わたしを実の妹と思つてゐると信切づくめ、何も不足のない宅で、本妻さんの御苦労は只藤さんのお身のうへ、まだ嫁御さへとられぬは、唐琴屋[一二]だの和哥町[一三]じやの、またそなたじやのといふ者が、三方四方にあるゆゑと聞ては、どうもその儘に捨ておかれぬ藤さんの身持、勿論是までいろ〳〵と胴楽[一四]の止間がないゆゑ、母御の苦労は無理ならず。何の縁でか親子三人、千葉のお宅の厄界[一五]になるもふしぎなことながら、お米なり（米八がことをいふなり）其方[一六]なり、いつそ私がするゐ〳〵[一七]まで知らねば知らぬで濟しもすれど、別れて居ても親子の情、案じてくらす月と日に、だん〳〵知れた今の身のうへ、知つてはさすが、よそ〳〵しくならぬが浮世の人情[一八]づく、

は五六日を経て、二丁目を草する事あれば、前の一丁に書たるおもむきをわすれ、また二丁目に誌し、はじめにいふべき事を後にかき、後に断わるべき事をはじめに述るなど、心にもあらで誤れることいと多なり」と言訳している。

七 底本「こざい」。濁に改。

八 恩義の山（沢山の意）とかかる。

九 縁にかかる即ち関係あるの意と、かくあれば即ち以上の話の如きであるからと、両意を持つ。

一〇 切っても切れぬ。

一一 守貞漫稿「東国はおかみさま、京坂はおくさま・おいゑさま」。

一二 前出の此糸のこと。

一三 仲町にあてて、米八のこと。

一四 道楽のあて字。

一五 厄介のあて字。

一六 底本「か」。後刷により改。

一七 長年月の間に。

一八 人情にかかわる問題。

こゝの所をくみわけて、どうぞしばらく藤さんが本宅に腰の落付やう、其方の仕打でどうでもなる。お由もこうだと、米八に是から逢てはなしたら、得心しないことも有まい。此頃聞けば唐琴屋は、少し遠ざかつてお出もないと。そふして見ればお米は商賣、外の座敷へ行日もあろう。お足の近いはどうでも此方、それゆゑ頼む、此母が無理であろうと聞わけて、愛相つかすほどではなくとも、おもしろからず會釈て、遠ざかるやうにしてくだされ、といはれてお由は口のうち、只アイ〳〵もないじやくり、しばしは答もなかりける。

三ツ組盃の図

これ親子三人が別るゝ時、後の證古とせしものなり。因にいふ織部形とは古田氏の好にして、凡の道具小器を珍重せられしゆゑ、此小盃をも織部形といふ。古き椀久の唄に「思ひざしなら武蔵野でなりと何じや織部の小盃トつゞりたり、武蔵野といふは大盃にて、のみつくされぬといふ謎なりとぞ。

一 理解して。
二 しげしげ通って来るのは。
三 無理だとは思うが。
四 愛想のあて字。尼子九牛七国士伝四「愛相言葉」。
五 ▽以上は読本のくどきを世話に転じたもので、世話読本のくどきというべき所。
六 古田織部正重然(しげなり)(一五四三―一六一五)。豊臣秀吉の同朋で、千利休高弟の茶人。雲錦随筆一「織部といふ小き杯は、古田織部正の好にして遙に後世の作也」。

*挿絵詞書　米八(よねはち)が所持(ぢしよ)「きみはいま」、お由(よし)が所持(ぢしよ)「駒形あたり」、母(はゝ)の所持(ぢしよ)「ほとゝぎす」。前出(五七頁)した高尾の文の末に付した句と俗伝される。高尾考追加「夕しは浪のうへの御帰らせ、いよゝ御やかたの御首尾つゝがなくおはしまし候や、御げんのよし忘れねばこそ思ひ出さず候、かしく、君はいま駒がたあたりほとゝぎす、高尾　御やかたの君ゑ」。吉原から早暁帰った君の舟は、いま駒形あたりを行くかとふりかえれば、杜鵑一声鳴いてすぎたの意の、きぬぎぬの句。

七 長唄の二人椀久(享保十九年市村座初演。松島庄五郎・坂田兵四郎作、杵屋新右衛門曲)の一節に「思い差しなら、武蔵野でなりと、何じゃ織部の薄盃を、なんしよよしよ恋に弱身は見せま

第二十二齣

さてもお由はつく〴〵と、過越かたの物がたりに、去にし親父のことさへも、胸にうかみて悲しさの、猶[10]いやまさる浮世の義理。亦藤兵衞と米八が中をくわしく知らざれば、現在娣の契りたる男と知らねば、兎も角も五才の時に別れしより、二十年まで隔たりし、母の[11]たまさかめぐり合、頼むといはるゝ一言は、思ひ切らねばならぬ仕義。とはいへその身は七年前、いまだ娣も此糸も、逢はぬ前より言あはし、縁あればこそ、わが身さへあはれぬ中とあきらめて、心にあらぬ女丈夫、一生やもめで活業と、思ひしものがはからずも、お蝶がことよりめぐり合ひ、むかしにかへる女氣の、他よりわけて[12]実正の、心をまたも入かえて、どう縁切てこれぎりに、なられうものかなりもせじ、ならねば母へ不孝ぞと、千〻にくだくるもの思ひ、折から隣の垣根ごし、[13]清元入の[14]ト丶一を、娘が唱ふその一節、

〽梅に鶯アレきかしやんせ　きよ元〽すゐなゆかりとわれながら、我つま琴を掻ならす、思ひの丈の尺八も、一夜ぎりとはきにかゝる　〽凧の糸目も花の邪广

他の[15]端唄も[16]身にあたる、[17]縁の糸目の切よとは、花をちらさぬ辻うらか、とは思へども

いと」。
八 思う相手にさす盃。
九 三養雑記二「大盃をむさし野といふよしは、節用集大全に、酒盃大者、曰武蔵野也、言野見不尽之意也といへり、そは酒のおほくて飲つくされぬを、武蔵野のさしも広ければ、野の見尽されぬといふにいひかけしなり」(雲錦随筆一に図あり)。▽証拠の品で兄弟親子のわかるという趣向も読本調。
一〇 義理にせめられ更に悲しさが増す。
一一 稀しくも。
一二 思いつめる性質のよい方面を見てこの漢字をあてた。▽この所、読本調の述懐の所で七五調で文をすすめる。
一三 あひた見たさは飛立斗其小唄夢廓(権八)の下の一節に「それもなくねの鶯も、梅に三浦の小紫、粋なゆかりとわれながらわがつまごとゝかきならす思ひの竹の尺八も、れんぼながしは権八が、一とよぎりとは気にかゝり、また黄鐘の調子とて」。
一四 前出(九四頁)。
一五 歌詞もみじかく、調子もくだけた、流行歌の類の総称。
一六 身の上をうたうが如き。
一七 歌の末の句を、自分たちの縁についての、占と見たもの。花、即ち全体の平和のために、藤兵衛と縁を切れというのだとは思っても。

一 底本・後刷とも「なけぎ」。意により改。
二 行いを正しくする。行儀よくする。
三 いやみ。
四 言うものの。
五 瓦礫雑考二「兄弟他人の始、この諺は、兄弟各々枝葉出来ぬる、末がすゑには他人となれることにて、現在の兄弟はや他人のきざしとて疎くせむとかは」。
六 親の権威で、きびしく命ずるが。
七 立派な、親らしいことの言えない。
八 真心をつくした。
九 操を立てるための女一人の生活。
一〇 色じかけで男をひきよせる。
一一 損料をとって夜具をかすこと。
一二 未詳。向島にあった尼寺だろうか。

藤兵衞と、わかれてなんのながらへて、また來る春を待れうぞと、繰かへしたるお由がなげき[一]、母は義理ある藤兵衞に、身[二]を保せんと思ふゆゑ、無理を承知のねづり言[三]。母「モウ〳〵能からなきなさんな。親とは言ぜう[四]二十年、産だばかりで恩もなし。たま〳〵尋ねて來るよりはやく、親子の名對面をするやせず、思ふ男と縁を切れ、母が恩ある家へ對して、濟ぬのなんのと得手勝手、みんなわたしがわるかつた。姉娣他人[五]のはじまりとやら、ずゐぶん娣にはり合て、男をとられぬ用心しな。年とつたそなたがその様子では、娣もなか〳〵得心しまい。人なみ〳〵の親ならば、親の威光[六]もいふけれど、薄命ゆゑ子どもにも、口のきかれぬ[七]生がひもない此母が、死んで萬事のいひわけします、とすげなく立を引とめて 由「アレ母人さんお氣のみぢかひ、マア堪忍して私のまうすことを、一通りお聞なさつてくださいまし、ト涙ながらに七年以前、佐倉で逢し時よりして、心を尽せし[八]操のやもめ[九]、神や仏の惠にて、ふたゝび合たる今日の今、浮気で惚て身のために、男を釣寄せ[一〇]くらすかと、おぼしめすのが恥かしい。モウさつぱりと思ひきつて、是までしつけた髪ゆひと、小梅の宅の貸衣裳、損料夜具[一一]の活業で、その日を過して、故人たおとつざんの命日には、現成菴[一二]へでもお参り申(し)て一生をおくります、トいはれて見れば、母親も無理と承知で言出して、今さらなんと善悪を、定めかねたるこの座の模様。折から隣に續たる、四疊半の小座しきの椽の障

一三 底本「との」。濁に改。

一四 此方から望んでもらう嫁女。嫁は、親と、その子の妻との関係をいう語であった。

一五 日柄。日の吉凶を見て、吉の日をえらび。

一六 夫の留守を責任をもって守る意で、主婦をいう。正妻。

一七 尼さん。「御前」は前出の「御」などと同じく女の敬称。

一八 大様。おちついていやしくないさま。

一九 お納戸色(鼠色がかった藍色)の加賀産の羽二重。

二〇 薄い藍色。

二一 上着と同じ布の。

二二 花色の布で、無垢にしてある。無垢は万金産業袋五「無垢とはしろ・黄・浅黄などともに、両面に物の色一つ色にして、垢づかぬ心より無垢とはいへり」。

子を押あけながら「イヤノウ娍おそのどの[一三]、義理をおもふて、藤兵衛が身持に付いての、心づかひはかたじけないが、お由女は私が大事の恋嫁御[一四]。吉辰[一五]を撰んで藤兵衛が家の内義[一六]でございます、トいふこゑ聞ておどろく二人、入り来る姿は歳のころ、五十才あまりの尼御前[一七]にて、さも上品[一八]なるその出立、御納戸加賀[一九]の羽二重に、花色[二〇]ちりめんの裏つけて、下着も對[二一]の花色無垢[二二] 尼「おゆるしなさいと手を膝に、珠數つまぐりて座

につけば　お由「あなたは此間お隣で、お目にかゝつた御隠居さま[一]　母「思ひもよらぬお姉ヱさん、どふして爰を御存じで、トお由が母とお由とが、右左りから問よれば、尼はにつこりうち笑ひ　尼「さぞふしんなと思ひなさろふ。今日來たわしが心のうち、釈[二]尊さまでもごぞんじあるまい。とはいふものゝ、案[三]じたより産が易いと世の諺。産[四]ぬ子どもの身[五]の素生、わしが年來娣ぞと思ふてくらしたおそのどのの、実の娘のお由女郎。それと知らずに、藤兵衛が深くやく[六]そく堅めたは、一方ならぬ縁者の中。何心なくお隣からつゞく庭ゆゑ、不[七]遠慮と思ひながらも來かゝつて、ふと耳にいる咄し聲、[八]品こそかはれ、藤兵衛が爲をおもふて、おそのさん、血[九]をわけた子に縁切れとは、まことに義理の深いこと。わたしはそれに引かえて子にあまいゆゑ、藤兵衛が是まで[一〇]つゞく胴[一一]樂わがまゝ。今さら嫁の詮穿[一二]も、里[一三]のしうとの氣〻さま〴〵、それよりいつそ子どもの氣にいつたら、女郎藝者でもかまはぬ方が、當世[一四]かと思つて見ても、そう[一五]はない。[一六]三日も尻の落着ぬ女は宅へもいれられずと、不断思案の絕ない時節、此間途中で[一七]櫻川が見えたゆゑ、だん〴〵の理をはなして、世間[一八]のひろい善孝のこと、どうぞ悴が遊先、たがひに始終真実に、添ひとげやうといふわけの女があらば、一日もはやく宅へとたのんだところ、唐琴屋は藤兵衛も繁く行たは一盛[一九]、どふやらこれはない縁[二〇]といふゆゑ、それから米八が方はときけば、はツきりとわからぬあいさつ[二一]、さりながら

一 底本の振仮名「こいんきよ」。濁に改。
二 誰も知るまいというを強調した諺。▽御隠居の言葉としては品が悪るすぎる。
三 前々の心配より、実際にのぞめば楽である意の諺「案じるより産むが易い」。
四 産むを重ねた修辞。ここは息子の嫁のことをさす。
五 「を正せば」と補ってとく。身の上筋目をしらべて見れば。
六 夫婦約束。
七 底本の振仮名「ふえんりよ」。濁に改。
八 方法。
九 実子。
一〇 底本「て」。濁に改。
一一 道楽のあて字。
一二 さがしもとめること。吟味。
一三 ここは、嫁の候補者の実家の親の気持も色々むつかしいの意。
一四 現代風。▽実際、幕末江戸の気風がはたしてそうであったといえないが、人情本の世界では正にしかりである。
一五 そう簡単に見つからない。
一六 甚だしい浮気女。
一七 前出(一三三頁)。
一八 交際の広い。
一九 若い遊び盛りのことで。
二〇 末とげぬ関係。
二一 関係。男女の仲。▽ここ米八の一条は、藤兵衛の米八の貞操心調査のいかに内密で、藤兵衛を知るものからは、

元此糸と同じ家に居た時、どふかわけあつて、ふた川へ自賣[二二]とやらになつたは、不残[二三]藤兵衛がしたことゝ、去人のはなし、それゆゑわたしが米八をたづねて、直に心根を聞ふとおもふその中に、噂を聞けば、丹次郎といふ人に操を立て、表向は男きらひと、風聴[二四]をさせる藝者と聞て見れば、これも此方[二五]のものではなし。それほど馬鹿[二六]には産つけぬと、腹は立て見るものゝ、男の意地とか達引[二七]とかで、ふりつけられても幾度か、通ふ遊びもするものと聞ば、まんざらだまされて、世話をして置わけも有まいと、いろ〳〵氣をもむその中に、こちら[二八]の様子を聞出して、幸ひこの頃お参り申(す)現成菴で、お心やすくなつたお隣のお袋さん、打明しておはなし申(し)、それとはなしに此間知己になつたお由どの、元は小梅の女伊達、強い人じやと噂とは、うつてかはつたそのやさしさ。殊にすぐれた美目形容[二九]、これで心が[三〇]はすはでなくば、藤兵衛が嫁には過[三一]ものと、だん〳〵近所の取沙汰[三二]から、氣だての様子[三三]何ひとつ不足はないと思ふゆゑ、今日は直〳〵千葉の宅へ這入てもらふ相談をと、來かゝる爰への庭傳ひ、願ふてもない縁つゞき、おそのさんの実の子と、始て聞て嬉しさに、罪深い[三四]といふ立聞も、われ[三五]をわすれた此よろこび。しかし此方はその気でも、心〳〵の人の望、お由どのはじめおそのさん、藤兵衛が本妻にするのは心にそまぬかへ、トいはれて飛たつうれしさは、何にたとへん方もなく、おそのお由が喜びにも、涙さきだつ夢[三六]ごゝろ。しばらくあつ

その執心が不思議に見えたことを示す。
二二 自前。前出(八二頁)。
二三 その費用を全部。
二四 吹聴のあて字。
二五 此方へ来るような人。
二六 ▽男があるとわかっている米八に執念にいい寄ること。
二七 意地を立てて人とはりあうこと。
二八 お由との仲。
二九 容貌と風姿。
三〇 おきゃん。
三一 よすぎる人物。
三二 評判。
三三 下に「まで聞合すに」などの語を補ってとく。
三四 「立聞は地が三寸くぼむ」の諺もあって罪深いものといいましめた。浮世風呂三編上「立聴をすると三尺地の下の虫が死ぬとまうすが、いらざる罪を作りますのさ」。
三五 立聞している身をも忘れて、ここへ出た自分のよろこび。
三六 うれしさで現実を忘れる気持。

て　母その「思ひがけない御隠居さまの有がたい思召。今にはじめぬことながら、勿躰ないやうにぞんじます　由「いやしい此身を有がたい、お慈悲のお言葉ではございますが、そうして見ると、藤さんのお蔭で世にたつ米八ざんが、俄にどうか前後の都合も違ふ心あて、たとへ娣としらずとも、女の心のはかなひをぞんじましては、是も亦心にかゝる成行の　藤「イヤそのことは遠慮におよばぬ　由「そうおつしやるは藤兵衛さん　尼「ヲヽ、藤兵衛が來たのかへ。　しやうじをあけて藤兵衛は、尼のまへにすはり　藤「お歳よられて母人さん、私ゆゑに相かはらず、さま〴〵のお心遣ひ、モウ〳〵これから氣を入かえて、急度身持を改ます。殊にお由を添せんと深いお慈悲のお志、野暮らしい御氣性だと、なか〳〵出來ぬ今日の仕義。お由や、よくお礼を申(し)なゝ。おそのさんもいろ〳〵と御信切。しかしこれからきまじめで、みんなに安堵をさせ申(し)やす。又米八が事は、その始此糸が頼によつて自賣の身にしてやりましたが、それから後に、お出入やしきの畠山さまの御家老職、誉田の次郎近常さまから頼れまして、心にない無理なことまで言かけて、心の底をさぐつて見ましたが、中〳〵乱れぬ心の操、歳のゆかぬ女にはまた有まじき氣性ゆゑ、此藤兵衛が證人媒人、丹次郎どのゝ内室と、始終をはかる深いわけ、しかしこれは今こゝで、ちよつと申(し)てわからぬおはなし、まづそのことはとも角も、私が爰へ來かゝつて、扣へて居たもやゝしばらく、さだめて母人さんも

一 底本の振仮名「おほしめし」。濁に改。
二 世間をわたってゆく。▽男嫌いで、藤兵衛以外に金の出る客のない意。
三 将来の設計が狂ってくる。
四 見当。
五 自分も女、米八も女、その人がたよりない心になることが推察されるので。▽お由の気性のよさを示す語。
六 結果。下に「心配されて」などの語を補ってとく。
七 ▽女親の粋にくだけた気性を藤兵衛の言をかりて、作者が評したもの。
八 底本・後刷とも振仮名「なかたち」。濁に改。
九 他人の妻の敬称ながら、武家言葉である。▽「丹次郎どの」といい、「内室」という、すでに丹次郎を武士としてあつかうは、作者と読者にはわかるが、作中人物には未詳のまま。
一〇 ▽藤兵衛も亦立聞していたので、前述の言訳は聞かないでもよいとなるので、たくみな省略法。

一一 御食前だろうト次の方へ向ひ　藤「ヲイ何や、お蝶ぼうや、ちよつと來てくんな。お蝶さんいねへのかと呼べど、お蝶は先刻より、お由がことを佇聞して、案じ煩ふそのあげく、彼米八を丹次郎へそひとげさせると、藤兵衛が言葉にハツト當惑[一二]し、涙に返事もなさぬとはしらで、お由は次へ出　由「ヲヤ此子はや、お出でないかと思つたに、藤兵衛さんがお呼だヨト言れてアイと立上る、娘心にいとせまき[一三]、袂をぬらす憂思ひ、一ト間へだてて悦びと歎き[一四]と変るお蝶が胸、必竟このすゑいかならん。そは第二十四齣にいたりて満尾[一五]の段にくはしくしるす。これよりはまた此糸が傳にうつれば、前後を繰返しつゝよみたまへ。

春色梅児誉美巻之十一了

一一 時分時（どき）。食事をとるべき時。
一二 ▽お長の娘心を示す一条。
一三 心がせまい（一途にしか考えない）と、せまい袂とかかる。
一四 底本「ぎ」。清に改。
一五 最終。大尾。

一 恋ゆえに誠心のかぎりを尽すに、此糸の縁で「つくし琴」(箏のこと。高野辰之著日本歌謡史など)とした。
二 此糸の縁。思いにみだれる。
三 此糸の縁。気分のはれやらぬこと。
四 此糸の部屋。
五 朝湯を知らせに来た。吉原の妓楼では午前十時頃に、内湯に娼妓など入った(吉原十二時)。
六 第三齣に出た番頭新造の名であろう。▽気をつけてくれと言うは、すでに問題を含む語である。
七 やりての名。
八 岡場遊廓考「浅草溝店(ドブダナ)　長遠寺門前、経王寺蓮妙寺善慶寺、是等の門前地をすべてどぶ店トよぶ」。稲荷町・新寺町ともいう(嘉永切絵図)。
九 なさいまして。
一〇 重り合う。吉原では、二人以上の客が一度にあることをいう。
一一 もどかしい。吉原でよく用いる語。
一二 吉原の語で、客として登ることを禁じること。妓楼の二階は妓女のいる所。不支払など重むと、妓楼から禁じてむかえないことをいう。
一三 吉原の中央通り。茶屋が並んでいた。その茶屋で部屋をかりて出会うこと。
一四 底本・後刷とも振仮名「とたな」。濁に改。
一五 底本「との」。濁に改。
一六 注一四に同じく改。

春色梅児誉美巻の十二

江戸　狂訓亭主人著

第二十三齣の上

[一]戀ゆゑに心のたけをつくし琴、乱[二]れそめにし此糸が、結[三]れとけぬ部屋[四]の口　禿「おいらんヱ、お湯[五]が出來ました　此いと「アイ直に這入るヨ。糸花[六]さん、氣をつけてくれなましョ　糸「アイお案じなさりイすな。お杉[七]どんが今泥溝店[八]へ行イしたから、まだめツたには歸りイせん。早く湯からおあがりなんして、頭痛がするとでもいひなまして[九]、すこしお休みなんし。夕べはあいにく客人が落合[一〇]なんして、さぞじれツたふ[一一]有イしたろうネ　ト いふは、このほどこのいとがふかくちぎりし半べゑの、今は二かい[一二]をとめられし、のみならずして、ときをりは仲の町[一三]であふさへも、うすく／＼しれて氣をつけられ、思ふにまかせぬことのみゆゑ、きのふよりして半兵衞を、ひそかにへやにかくして有(る)也　このいと「アイサまことにさつしておくんなんしヱ、と目を見合せて戸棚[一四]の方、心残して湯どの[一五]へと出行跡に、糸花は部屋の戸棚[一六]をそツと明　いとはな「半さん、さぞ氣づまり[一七]でおツしやうネ　半「おれが氣づまりより、萬事おめへの心づ

けへ、[一八]コウ手を合して拝でゐるヨ、トこそ〳〵ばなしの後の方、いつの間にやら遣手のお杉　杉「糸花さん　糸「エ、イ　杉「ヲヤ仰山な返事のしようだ。ちよツくり私が部屋へお出　糸「アイなんぞ用ざますか[一九]。うツかりしてゐた処を呼なましたから、びつくりしイした　杉「[二〇]すねに疵もつて笹原を走るとやらサ。何でもいゝからちよつとお出　いと「アイ、サア参りイせうト立ながら、明かけた戸棚をぴツしやり、立つけて見ても[二一]心おく、遣手を先へ糸花がつゞいて出るらう下より、引違へて此糸の座敷へ踏込若者[二二]、[二三]下ばたらきやら寐ず番[二四]やら、大勢一度に欠入て、戸棚に忍ぶ半兵衛を引ずり出して、口ゞに　大ぜい「此糸さんのお座敷には盗人がすまつて居やす。不残さんのお座敷で御用心なさいましヨ　若者「サア〳〵みせしめの為に、此盗人を下へ引ずり出して、内所[二五]の前で、[二六]筋骨を抜ほどの目に合せてやれ。あんまり人[二七]をめくらにした　トぶつやらふむやらあらけなく、[二八]ひどうのてうちやく、半兵衛は身のあやまりに手ざし[二九]もならず、ことに大ぜい手あしをおさへ、身うごきならぬ此ばのなんぎ、やう〳〵かた手を合(は)すまね　半「コウ〳〵[三〇]喜介どん、どふぞ拝から、おんびんにして、おいらはともあれ、此糸がかはいそうだ、コレこのことが内所へ知れては　喜介「イヤ[三一]あきれもしねへた[三二]わ言をいふぜ。盗人を座敷へ置おいらんも同類だア。何かわいそうがいるものか。高金出した奉公人を、いけふさ[三三]〳〵しい色男め。[三四]よはいのが当りめへと、ぶる〳〵するも胸[三五]がわりい。ぶつて〳〵ぶちのめして、[三六]恥づらかゝせて、此廓へ足[三七]ぶみのならねへやうに、サア〳〵此奴を引かつい

一七 窮屈。
一八 このように。
一九 底本「さます」。濁に改。
二〇 心にやましい所のある者は、少しのことでも気がひける意の諺。「脛にきずもてば笹原走る」とも。
二一 上へは「気がかり」の意。下へは「遠慮されるやりて」とかかる。
二二 誹諧通言「若者(わかひ)遣手について弐階のかけ引、客の応対万事を捌く男なり」。妓夫(ぎゆう)などとも称す。
二三 階下の雑用をする若衆。
二四 誹諧通言「不寝番(ねずのばん)若者の内引ケより寝ずにいて弐階中の行燈の油をつぎ廻り、又用心の拍子木を打て廻る男也」。
二五 内緒。
二六 全くぐったりへこたれるさまの形容。底本の振仮名「すぢほね」。濁に改。
二七 盲人同様に無視した。
二八 非道の打擲。残酷に打ちたたく。
二九 手むかい。
三〇 若者の一人の名。
三一 あきれかえる。
三二 馬鹿なこと。
三三 太い。あつかましい。
三四 諺「色男金と力はなかりけり」。
三五 しゃくにさわる。
三六 大いに恥を与えて。
三七 立入ること。

一 常態をうしなってとり乱し。

二 癪などで胸のいたむこと。

三 前出(五二頁)。▽この一段は、洒落本の系統を引く場面であって、洒落本系は、この書では乏しきにすぎるようなので、最後に加えたのであろう。

四 反対の態度をとって。

五 次第。始末。ありさま。

六 中途半端に。しっかりした心をもたずに。

七 辛抱のあて字。処女七種初編中「今まで辛防をして居て」。

八 そのままにして。

九 というのも。

一〇 底本・後刷とも振仮名「くち」。濁

で、はやくはしごをおろした〳〵トさしづに合点と、二階より引ずりおろして、内所へも見える所で、亦聲〴〵惡口なして、半兵衞をいと情なきちやうちやくに、湯どのゝ内には此糸がそれときくより氣も狂乱[一]、ハツトばかりにさしこむつかへ[二]、胸を押へて湯どのより出んとするを、抱藝者[三]秀次といへるが引とゞめ、耳に口よせ小聲にて 秀「アレお待ないまし、おいらん、さぞくやしいとも思ひなんしやうが、家内中向づら[四]になツて、

おいらんに恥をかゝせる此しだら[五]、内所でたしか言つけた様子で見れば、なま中に今[六]おいらんがあのせきへ出なはいましては、半さんのますく\お為になりイすまい、マア辛防[七]して此場[八]をすまして、跡で恨をおはらしなんし、といはれて此糸心付　この糸「アイ秀次さん、信切におありがたふおツす、も[九]口のうち、くやしなみだをはらく\　上り口[一〇]には、半兵衛をおもふまゝに打なやまし、表の方へ突出[一一]して、一度にどツと笑ひ声、胸にこたゆる此糸が、無念と思へど詮方なく、藝者秀次にいさめられ、素知らぬ躰にもてなせど、面目なさと口惜さ、兼て手当[一二]をせしならんが、誰告口[一三]より顕れしぞ、今は二階を止られても、元は内所や若者、みなそれぐ\[一四]に目をかけて、心遣ひ[一五]もせし人を、いかに不実[一六]な家業でも、あまりといへば非道の仕方。よし半さんが忍んで居たはわるいにもせよ、此糸[一七]が自惚らしいことながら、五丁[一八]の内でかぞへられ[一九]、仲の町[二〇]でも評判を取たればこそ、相応に家業の為にもなりしもの。少しは免容[二一]に見るはづを、目下[二二]にならぶ子供にも、皃向ならぬこの始末。どうして恥をすゝがんと胸[二三]をいためて、湯どのより出るらう下の中[二四]の間[二五]に、しやにかまへたる彼鬼兵衛、その片脇に判人蔭八[二六]、何か談じて[二七]居たりしが、此糸を見て　鬼「アイ此糸、ちよつと来な　この糸「アイ湯ざめのしないうち仕[二八]舞をして参りイせう　かげ八「イヱマアちよツとお出なせへ　この糸「ヲヤなんざいますヱ
鬼「モシ蔭八[二九]さん、マア見なさる通りの始末だが、これで唐琴屋のお職[三〇]といはれやせう

に改。
一一 具体的に突いて出すのと、客の縁を切るのを「突出す」というのがかねてある。
一二 主人の方で要心して、万一の準備をしていた。
一三 底本の振仮名「つげくち」。濁に改。
一四 底本「それく\」。濁に改。
一五 心づけの金もやった。
一六 まことの乏しい。
一七 「この此糸」とありたい所。
一八 吉原中。吉原大全「新吉原江戸町一丁目二丁目、京町一丁目二丁目、角町、此五町は元吉原より有きたりし町の名なり」。これを五丁町といい、新吉原全体の称ともした。
一九 優秀な遊女の中に数えられ。
二〇 そこにある茶屋でも好評を得ているから。
二一 大目。寛大に。
二二 召使っている禿や新造。
二三 心痛して。
二四 玄関と奥の間の中にある部屋。
二五 ふくむ所ある姿勢をして。了阿遺書「此俗語は剣術より出でたる詞也。立て刀を提げて両手に柄を持ち、刀を筋違になして、向ふ斜に構へると云事なり」。
二六 印判をおした保証人。ここでは身請証文の身許保証人。
二七 むつかしく話している。
二八 化粧をする。身じたくをする。
二九 底本「さん」。他の例によって改。
三〇 前出(五二頁)。

か。後見[一]なまへのわたしだとて、斯[二]ふみつけにされちやア、外の子供[三]のしめしが出來やせん。マア兎も角も連て行てくんなせへ。私が代に抱へた女だと、[四]おもいれ仕置の仕法もあるが、親方にはまうけさせたことも有(る)そうだから、それに免じてマア何かなしに[五]濟代をさせせやす。しかし此糸はその方が勝手だろうけれど、他のうちへ行て、いままでの真似は出來めへ。サア此糸、蔭八[六]さ゚んの処へ行ツせへ〇此糸は[七]心をすゑ

此糸「ヲヤそうざますか。そんならなにかの支度をしイしてト立んとするを、鬼兵衛は引止　鬼「イヤ二階へはモウなりません。コウ子ども[八]や、お杉どんにそういつて、此糸の寐巻[九]とうちかけを一枚よこしなせへと、そういつて來や。ヱモシ蔭八[一〇]さ゚ん、座敷[一一]や部やのものは、此糸が物だといひやせうが、あんまり馬鹿にしたしまつだから、何もかもよくしらべたうへで、渡すわけになつたら渡しやしやう。まづ今日は[一二]このまゝおまへにあづけます、トさもにく〳〵しく言はなして、奥に入りたる跡見送り、彼蔭八が此糸と顔見合せて[一三]小聲になり　蔭「ヘヱ親方振やアがつて、大造[一四]なつらアしやアがる。モシおいらん、丁度[一五]願つたり叶たりだ。御不自由でも直にマアお出なせへましと氣もかろく、斯る事にはなれたる判人、殊に指折[一六]かぞへられし[一七]日の出の此糸、濟かへは能幸ひと、駕籠を入[一八]させ、まづ我家へ引取ける。亦唐琴屋の二階には、遣手の部屋に此糸の新造糸花を引寄て、何やら小言をならべ立、叱るふりにて其間に、ひそ〳〵

一　後見という名前になっている。
二　馬鹿にされては。面目をつぶされては。
三　ここは遊女たちをさす。
四　十分にこらしめる方法。
五　住替え。前出(五〇頁)。
六　底本「さん」。濁に改。
七　覚悟を定め。
八　ここは禿をさす。
九　小袖の上に長くすそを引いてかける衣服。遊女は正式に客前に出る時に用いる。
一〇　底本「さん」。前例によって改。
一一　座敷持の女郎は本間と次の間の二つを持っていて、この二つを合せて座敷というが、ここは本間を座敷、次の間を部やと称しているようである。
一二　身柄だけを。
一三　この辺より、底本で四丁分、後刷では多く振仮名を略してあるが、後刷のことゆえ、一々に注記しない。
一四　大相のあて字。仰山そうな。えらそうな。
一五　願ったように事がうまくはこんだことの諺。
一六　廓中屈指の。
一七　全盛の。
一八　唐琴屋の家内まで入れさせて。
一九　後見である自分に権威をつけて。

二〇 客としての関係をたってしまっても。
二一 此糸は前述の如く座敷持であったからいう。座敷持は、細見では入山形の印がついていて、昼夜金弐分夜ばかり金壱分、惣半籬の小見世では、昼夜金一分夜ばかり二朱の揚代の遊女である。
二二 細見の位が、この家のお職である第一から三位に下ること。
二三 無理に金を都合して。
二四 今昔吉原大鑑「禿成長すれば新造といふ、これは新しき船によそへし名なり、幼年より此さとへ来り、十四五になれば姉女郎の世話にて見世へいづるなり」。家々の格式で花やかにやるので、姉女郎たるもの費用の捻出に困ること洒落本などに見える。
二五 手はずをよくして。
二六 こっそりと。
二七 櫛・こうがいの類。
二八 質屋か小間物屋の名であろう。
二九 山の宿(浅草の隅田川辺)にあてる。この辺、様々の吉原関係者が住んでいた。
三〇 すばやく。
三一 無情の人。
三二 親切のあて字。
三三 此糸に対して同情心のない。
三四 やりての控室。
三五 ここは、ふしだらの意。
三六 吟味する。
三七 に対して。
三八 二階中、即ち遊女たちにむかって。

をしゆるお杉が聲　杉「サア今の理ゆゑ、濟けへにさせるは私が情でざいます。鬼兵衛どんの腹じやア、此糸さんをおかみさんに直して、手めへの後見を位[19]をつけて、旦那といはれてへ了簡、それが出來ずとも、働のあるおいらんだから、半さんは突出[20]しても座敷[21]のをば（このいとがことなり）今までの通りで置つもり。そうして見ると、此糸さんが二枚[22]も下へ押さげられるか、無理[23]な都合で、新造出[24]しでもしなさらざアなるめへじやアないかへ。それもあんまり馬鹿〱しいと、実においらんの爲を思つて、何もかもぶちこわしてしまつたわけでありますヨ　糸花「アイお有がたふおツす。そうならおいらんの大事のものや首のものは　杉「私が立合てしらべるつもりで、座敷へ行から、はやく手[25]まはしをして着替や何かは、此糸さんと中のいゝおいらん達に、内證[26]で預けないまし　糸花「さし[27]ものはどふしいせうネヱ　杉「花のに（禿の名也）よく言つけて、尾張屋[28]へ持してやつて、金にして濱の宿[29]へ（陰八が方のことなり）しれないやうに届けて上なさいまし。サア手[30]ばしかくしなさいまし、ト面は鬼[31]と見せかけて、内にふくみし情のはからひ、遣手にまれなる眞切[32]もの。心[33]よからぬおいらん達へは、かへつてかくすこのはからひ、人目をいとふ遣り手部屋[34]や、わざとお杉は聲たかく　杉「イヱ〱おまへがたにめくらにされちやア、私が役がすみません。サア〱一処に座敷へ來なせへ。おいらんはじめおめへまで、これまでのしだら[35]をいち〱わけ[36]にやア、内所[37]のまへはいふにおよばず、二[38]

階中へ口[一]がきかれやせん。モウ〳〵ぐち[二]〳〵したいひわけをしなさいますな、トあたりへきかせる小言のかず〳〵、内〻にては此糸や、この新造の爲にのみなるやうにこそはからひけり。

第二十三齣の下

淵[三]は瀬とかはるならひに、川竹[四]の流れを留し[五]山の宿[六]、仮宅長屋[七]の裏住居[八]、日向[九]もわろき蔭八が、判人なれど石に印[一〇]、堅い[一一]が疵と活業に、只正直[一二]の首さへ、やま[一三]のかみとか世にとなふ、妻女結[一四]の僉約も、たらぬ[一五]世帯のその中に、折節風邪の煩ひに、女房お民が手一ツで、まはらぬ[一六]暮し常なれど、このせつわけてふてまはり[一七]、こまりし中へ此糸を、あづけられたる其日より、さすが廓で全盛の、にはかに今日は零落て、三度の食の栄耀[一八]には、魚吉[一九]の臺も飽たりし、口にするめの醤油焼は、まづい物屋[二〇]の立肴[二一]、お職といはれし此糸も、浴衣の上に寝巻着て、北夷出錦[二二]の巻帯は、隣家の人も振かへり、目[二三]に辰巳屋[二四]の貸蒲團、それを敷寐の柏餅[二五]、猿屋[二六]で買し口取[二七]も、最中[二八]の月と賞翫すべし。夜昼[二九]わかたぬ不自由は、此雑文にて知察たまへ　女房おたみこの糸にむかひ　民「ヲヤ私はわすれ切て居ましたが、今表へ[三〇]出ましたら、兼[三一]さんがお津賀[三二]さんの言傳を頼まれたと申(し)て、

一　やりてとしての遊女監督の指図が出来ない。
二　歯切れの悪い。
三　世の中の移り変りの甚しいことのたとえ。古今集十八「世の中はなにか常なるあすか川昨日の淵ぞ今日は瀬となる」。
四　勤め女のことを川竹の流れの身という。川・流は、淵・瀬の縁語。
五　此糸の境遇が急変して山の宿(蔭八の家)に仮寓する意。
六　前出の「浜の宿」をここでは正しく「山の宿」としたのは、「流れを留し」にふさわしくしたもの。
七　吉原が火災の時、吉原以外の地で仮に営業するために作った長屋。山の宿は、しばしば仮宅の地となった(本書の刊年に近くは文政七年四月の火事の後)。その長屋を残して、一般の住宅にあてたのがここの場合。
八　大通りから入込んだ所の住居。
九　裏住居で日あたりも悪いことと、「蔭」の序詞をかねた。
一〇　確実なことのたとえ。
一一　遊女の保証人などは、少しぐらい偽りをいわねばうまく商売にならぬものだのに、蔭八は堅すぎて。
一二　諺「正直の首に神やどる」を修辞に用いた。正直者で頭髪も女房が結ったので倹約する意。
一三　女房をいやしめていう。
一四　労働者などの略式な髷。→補注四八。　一五　まずしく不自由な。
一六　やりくりのつかぬ。　一七　不如意。

[三三]此蓋物とお金をよこしまして、これでは[三四]ぶしつけだから、おいらんが何ぞ給たいとおつしやるものを、買て上ておくんなさいましと申(し)て、コレ御覧なさい、こんなおいしいものが参りました、ト蓋物をひらいて出せば、此糸は　此糸「ヲヤ御信切に嬉しいネヱ。そしてマア延津賀さん処は遠いじやアありませんか。近いと行て逢たふおツすねへ　かげ八はびやうにんながらもわらひだし、そのあどけなきをかんしんして　かげ八「コリヤアいゝ言をお言なさる。なる程おいらんの足じやアむづかしい。爰からお津賀さんの処まじやア、仲の丁を半分道中[三六]するほど有やせうハ、、、、　此糸「ヲヤそうざいますか。ばからしい。私やアまた大造遠いとおもひイした　おたみはかげ八にむかひて　民「モシヱ此お金はおいらんへ上て置ませうネ　此糸「アレサおかしい。私が持てをりイしたとてしかたがおツせん。おまはんそれでいる物を買[三七]なましヨ　民「それじやアわるうございます　かげ八「コレサ〳〵お民、つまらねへことをいふなへ。延津賀さんの信切は藝者[三八]に稀なことだけれど、壱歩[三九]の金をおいらんに持しておいたとてはじまらねへ。今にだれぞ來て泣ごとをいふか、くるしい[四〇]はなしをして見や。それこそ自分[四一]のことは忘れて、持て行なましなんぞと言て、ほふり出して仕まひなさらア。それだからお津賀さんが、何ぞ買て上ろと兼さんにそう言てよこしたのは、おらが宅の不都合[四二]を知つてゐるからだアな　民「そうさねへ　トはなしに此糸氣もとめず、ふた物のなかを見て　此糸「ヲヤ私の好なものをくれさしツたヨ　トわらふはよく〳〵きにいりしものか、すべておいらんといふものは、

一八 吉原の仕出し屋か。
一九 台の物。洲浜形の台の上に、蓬萊などの飾り物をし、それに種々の料理を盛ったもの。
二〇 甘い物屋の反対をいった語。
二一 呼びものの料理。 二二 機織彙編三(古事類苑による)「蝦夷錦は極細き捻金糸にて金銀二色織り、彩色をつくして、種々色数を織る、地合は繻子にて、模様の処は縫取に織、からみ糸なし、地竪糸にて表ばかりからみ、裏は飛糸なり、上品は地一杼之内に、捻金二杼宛織るなり」。日本でも摸品が出来た。お職として用いたもの。 二三 目に立つと、上からかかる。 二四 損料かし屋の名。 二五 一枚の蒲団を二つ折にして、中にくるまって寝るさま。 二六 猿が餅(右から得て左へわたすようなことのたとえ)の縁で出した駄菓子屋の名。
二七 茶にそえる菓子。 二八 吉原仲の町の竹村伊勢大掾製の上品の最中の名。
二九 月の縁。 三〇 底本の振仮名「だ」。後刷により削る。 三一 船宿若竹の主人の兼八か。後出(二八四頁挿絵詞書)。
三二 前出(四六頁)。 三三 蓋のある食物入の陶器。 三四 裸のままの金では。
三五 失礼だから。 三六 遊女が正装で、遊女屋から茶屋へ客のために行くこと。この文意は、しごく近いの意。
三七 吉原語で命令の意の助詞。
三八 芸人。延津賀は清元の名取。
三九 一両の四分の一。
四〇 底本「ばなし」。後刷により改。
四一 自分自身。 四二 不如意。

いろけはあれど[1]おも〳〵しくして、くひものはあまりさはがず、たいがいのうまきものも、[2]げぢ〳〵ほどはおどろかぬもの也民「ほんにねへ、モシちよつとお見、白魚と玉子をいりつけて、海苔をまぜて、山葵が下すばかりに皮がむいて有ます
ヨ　かげ八「そんなにびつくりしねへがいゝ。一ツで五貫目ある[3]琉球芋のはなしを聞た
やうに　民「ヲヤ何もびつくりしは仕ないはネ。[4]外聞のわりい　かげ八「ヱヽ、イやかまし
い。それよりははやく煮花をこしらへて、おいらんにこれでお茶漬でもあげる支度を
しねへな　民「ハイ〳〵直に小言になるから[5]いやだ　かげ八「いやだも[6]おしがつゐゝ
此糸「アレサ、モウいゝにしないましョ。しかしはやく[7]夫婦喧嘩がして見たいねへ。そ
うなりイしたら、さぞ嬉しいことでありイせうネ　かげ八「イヱモシ、おいらん達や娘
子どもの了簡じやア、はやく思ふ男と一所になつて、とき〳〵はすねたり喧嘩をした
ら、さぞたのしみだろうなんぞと思ふのが、世間のあたりめへでごぜへますが、サア
そうなつて子どもでも出來てごろうじろ。[8]立派にくらす[9]御新造さんでも、色氣も恋情
もさめてしまつて、ヱあれがかと[10]見遠へられるやうになりますぜ。いはんや貧乏世帯
をもつてごろうじまし。昨日まで町内の若衆が[11]血道を上てさわいだ娘でも、直に[12]大腹
を抱て[13]味噌こしを袖に、右の袂へ[14]焼芋の[15]八文も買て歩行やうになると、まだ[16]嶋田でゐ
られたものをなんぞと、後悔して泣のがいツくらも有ますぜ。しかし今の娘は親のし
つけがわりいから、はやく亭主をもつて子どもでも出産のを、恥かしいとは思はねへ

一　軽率でなくて。
二　ゲジの俗称。
三　甘藷。大体当時では、江戸は薩摩いも、上方では琉球いもと称していた。品はよくないが、女性の好物とされていた。
四　少しの馳走におどろくとは、平常が察せられて、外聞が悪いの意。
五　「いやだ」は、若い娘や芸者などの用語。よって次の蔭八の語がある。
六　あつかましい。
七　▽おいらんなどのあどけなき性質を示す言葉。
八　底本の振仮名「りつは」。濁に改。
九　底本の振仮名「こ」。濁に改。
一〇　おいらんや娘時代と見違える。
一一　逆上する。色恋に夢中になって。
一二　底本の振仮名「おほツはら」。濁に改。妊娠して大きくなった腹。
一三　味噌をこしてかすを去る器。まげ物の底に、竹や針金でふるいを作ってある。
一四　薩摩いもの焼いたもの。江戸における焼芋は寛政五年におこり、やがて、八里半と称したが、後はただ丸焼芋と看板したと(宝暦現来集五・俗事百工起源下など)。
一五　上方では百匁六文(寛政十二年浪花の誇)とある。大体百匁位になろう。
一六　娘の髪風。▽春水のいわゆる老婆心的教訓。

一七 通人（じん）と同じ。
一八 妻妾にしたがる。
一九 浅草寺内東南部にある小山で、銭瓶弁財天社がある。江戸名所図会の銭瓶弁財天社の条に「鯨鐘、同所にあり、二六時是を撞り」（図あり、また宣存の鐘銘をものせる）。
二〇 午後四時頃。
二一 下に「ことは」など脱か。
二二 根岸にあてる。
二三 未詳。

で、手がらのやうに思つてゐます。イヤそれから見ると女郎衆はマア十人が九人、めつたに小児は産ねへから、通人[一七]は兎角、おいらん達を引[一八]ずり込たがりますゼトはなしの中に、弁天山[一九]の七ツ[二〇]の鐘ボウン引〳〵　民「ヲヤ〳〵モウ七ツかねへ　かげ八「ナニ、ヲヤ〳〵なものか。いつでもお昼と夜食と一ツにならア。おいらんがなんぼ朝おそくツてもおひもじかろう　此糸「イヽヱなんだか、おまんまなんざアたべたく有イせん。実は先刻ツから胸がいたふおツす　かげ八「また半さんのことでふさぐわけで有ませうが、モシ今にどうかなりますはナ。とはいふものゝ半さんも、ぜひ今日あたりは來なさりそうなものだテ　此糸「イヽヱわちきが斯なつたことゝは知らず、まだ廓にゐると思つて、たゞ面目ねへ、くやしい、これといふも私のおかげだなんぞと、今じやアにくんで居なんすだろうと思ひイす　トさすがりはつなおいらんも、恋ゆゑぐちのくちをしなみだ　かげ八「たとへなんでもかでも、友達をたのんでも廓のわけを聞なさるはづでごぜへます　此糸「それに便りの有イせんは、もしや此間の時に打所でもわるくツて、途中か宅で萬一のことがありはしまひかと、案じられてなりイせん　かげ八「ナニ〳〵それほどの有[二一]ますめへ　トはなしのうちに女ぼうが、膳だてをして此いとにしよくじをさせる　かげ八「そして半さんは、何処に當時お出なさいますネ。やつぱり繪[二二]岸とやらかネ　此糸「イヽヱそうじやア有ません。矢義[二三]の城さん所にかくまはれて居さツしやるといふことで有イす　かげ八「ハテネ、その城さんのお宅はへ　此糸「たしかに巣鴨[一]とやらでおツす　かげ八「そいつはたづねるにも急なことにはめへりますめへ。こまつたものだとはなす折しも、入口の障子の外に女の聲　「ハイチツト御免なさいまし　民「ハイどなたヱ　「アノウ廓[二]へよくお出の蔭八[三]さんの処は、おまへさんでございますか　かげ八「ハテナ娘の聲だが、何だ知らん　この糸は丁とき丶て二かいへかくれる　民「こちらでございます。お這入なさいまし　「ハイト障子[四]を明ながらも、遠慮をなして這入らねば　民「サアノ〱こちらへお上りなさいまし。何の御用[五]でございますか　かげ八「御遠慮なくこちらへお上りなせへ。ハテどうか見申(し)たやうなお子だがといぶかれば　娘「ハイ久しくお逢申(し)ません。わちきは唐琴屋の　かげ八「ハイどなただツけネ　娘「ハイアノウ久しく本家に居ましなんだから　かげ八「ヱ、ハ、アやつとおもひ出した。お蝶さんでございますか　娘「ハイ　かげ八「ヤレ〱〱そうでございましたか。御免なせへ。此間はチツト病氣[六]が　トいひながらすこしおきかえりて　少し見申さねへうちに、大そううつくしくおなりなすつた。コレサお茶を上ねへか。時にマアどうして、わたくしどもへたづね[七]てお出なさいました。今じやア何処にお居なさいますヱ　蝶「ハイ小梅の方に居ますヨ　かげ八「ハアそして私に御用といふわけもあるめへが、それともなんぞ廓へ使にでも參るわけかネ　蝶「イ丶ヱそふじやアありませんがトしばらく言そ丶くれ[八]しが、思ひ切て蝶「アノウおまへさんにチツトたのむことがあつて參りましたが、アノウ私を何所[九]ぞへ

一 今の東京都豊島区の一部。昔、中山道の一駅であった。
二 吉原遊廓をさす。花柳古鑑上「吉原の事をちやうといふよしは元吉原の時、十文字の町形にて行ぬけなりしを、後に一方口になし、丁の字の形なるにより丁とつたへよぶ也といふはひが事なり、(中略)世間おしなべて吉原町の事を御免の御町とうやまひたるを、後には御町(おんまち)とのみいひし也、それが一変して御町(おちやう)といひなれし也、(中略)後には御の字を略して町とのみいへるなり」。
三 底本「さん」。濁に改。
四 底本の振仮名「しやうし」。濁に改。
五 底本の振仮名「こよう」。濁に改。
六 身体の具合をいう塩梅。
七 底本・後刷とも「たつね」。濁に改。
八 言いそびれたが。
九 吉原のどこかの遊女屋へ身売させてくれの意。

やつておくんなさいな　かげ八「ヱイ、そりやアマアとんだはなしだ。何ぼおめへさんが其中[一〇]でお育なさつても、藪から棒[一一]にそんなことをおもひつかツしやるとは、よく[一二]〳〵なわけでありませうが、マアどうなさつたのでございますヱ[一三]　蝶「ハイすこしお金が入ますからサ　かげ八「サアその金のわけ、また当時のお身のうへを、くわしくお聞申(し)たうへは兎も角もだが、何にしてもわりいおぼしめしだ。てへげへ[一四]のことならそうせずと外に　蝶「イヱアノウ、今じやア私の身は自由になつて、何にもかゝり合[一五]はないから　かげ八「そして金の入用なわけはへ　蝶「それはネ、廓に前年居たお兄イさんが、今度実正のお宅へ帰参[一六]とやらが叶ふについて、いろ〳〵お金の入といふことゆゑ、それを私がこしらへて　ト　いふこゑきいてこのいとが二かいよりしてをりきたる　必竟此すゑいかならん。次の一齣の終をきくべし。

第二十四齣

さてもお蝶は、丹次郎が本家[一七]へ出入、身を立る[一八]其手土産に、先達て松兵衛が横取せし金子を、今少しなりとも、調達したしといふ内心をきいて、その金のために身を賣て、男に操をあらはさんとせり。かくして見れば、歳ゆかねどその心ざし貞勇[一九]にて、

一〇 遊女屋や遊女をさす。
一一 思いがけず突然のことのたとえ。
一二 深い事情。
一三 底本「こ」。濁に改。
一四 大概の訛。一通りの事情なら。
一五 身売しても、苦情をいってくる者はない。▽陰八の忠告も、耳に入らず、お長は、ひたすら自己の希望のみいう所。
一六 わけあって主家や自宅を離れていた者が、めでたく復帰すること。
一七 榛沢家へ出入を許され。
一八 立身する。
一九 貞操にして、義理がたい。

＊插絵詞書「春　姿の花心の見立　さくら　此糸」
「夏　姿の花心の見立　あやめ　米八」
「秋　姿の花心の見立
ききやう　於由」
「冬　姿の花心の見立　ゆきの梅　蝶吉」

いはゆる俠氣の娘といふべし。わづかの間に身を再度代んとするは、尤かんしんすべきことか。時においらん此糸は二階より下來り

此糸「ヲヤお蝶さん、誠にめづらしうありイすねへ

蝶「ヲヤ〳〵おいらんかへ。どうしてマアこゝへ。ヲヤいつそ苦労をさしつたそうで、おやせなはいましたは

此糸「そうざいますか。此間中からいろ〳〵と苦労をいたしいすが、おまへはマアどうして、こゝへお出のわけでありイすへトいはれて、

お蝶は繰返しだん〳〵のわけをはなし　蝶「おいらんヱ、なぜマア私はこのやうに苦労[一]症でありますだろうねへ。そしておいらんの御苦労なさいますのは、やつぱり半さんのわけで有ますかへ　此「ア、そふざます。それに今までと違つて、モウ〳〵くやしいめにあひイしたから、いまだに胸がさけるやうでなりイせん、トこれも身のうへをくはしくはなして、互に愚痴をかたり合。折から表へ雪踏の音「ハイ、チト御免なさいまし。蔭八さんのお宅はこちらでございますかネ「ハイこちらでございます「へイさやうならば御免なさいましト入來る人は櫻川[二]、此糸は目ばやく見とめ　此「ヲヤ善孝さん　善「ヨウ引おいらん、ヤレ〳〵〳〵こりやア有がてへ。おめへさんがいらツしやりやア、何もかも直にわかるわけだ。イヤまづ御免なさいましト上る。　かげ八「サア〳〵こちらへお出なさいまし　善「ヘイ〳〵、[三]イヱモウおかまひなさいますな。時においらん、マアとんだわけでごぜへましたネ。私やアさツぱりぞんじましなんだが、此間千葉之助[四]さまの御分知[五]の、千葉半之丞[六]さまといふおやしきへ、はじめて召れましたが、是までついぞ参る様な御ゐんもないが、どうして召てくださるかと存て上ツて見ますと、旦那さまといふは繪岸の半さんだから、きもをつぶしまして、だん〳〵御様子を伺ふと、是までは御部屋住[七]なり御病身ゆゑ、若隠居[八]なされてござつた所、急に親御さまも御兄さまもおなくなり遊ばして、半さんが御家督[九]とおなりなされたと申(十)

一 普通は、少しのことをも心配する性質をいうが、ここは苦労を次々と経験しなければならぬ人の意。

二 前出(一三三頁)。

三 ひどい災難でした。

四 桓武平氏から出た関東の名族。千葉常胤の時、源頼朝幕下に参じて興る。ここも前出の畠山・梶原などと共に鎌倉時代にとってあるが、一大名の意味。

五 分家。分知とは、武家で知行を分割して与えて分家すること。

六 底本「烝」とあるが、改。以下も同様にする。

七 大名や武家の次男以下で、おあてがいと称する扶助をうけて、社会的な地位も役もなくしていること。

八 老人で子供に家をゆずって隠居するのとは違い、若くして、退隠した生活に入ること。

九 相続者。家督相続すること。

こと、それも御次[一]で承りまして、それから御内意[二]、おいらんのことをわたくしにと[三]りはからへとお頼みゆゑ、唐琴屋の方へ其後参つて掛合の中、昨日まゐつて見ると、亦びつくりいたして、やう〳〵今日こちらへまゐりました　此「ヲヤそうでありますか。マア〳〵半さんのことは、便りのないもつともわかりイしたが、唐琴屋はどうしイした　善「まだこちらでは、さつぱり御存でないわけかネ　かげ八「こちらからまゐると申(し)て置ましたから、まだ何とも　善「イヱ〳〵おいらんのことぐらゐなことではございません。大変サ　此「ヲヤなんざいますヱ　善「イヱモシ誠にきものつぶれたおはなしサ。今の旦那は後見だそうだが、ありやアモシ、[四]古鳥左文太といふ盗人の頭だそうでござへます　蝶「ヱヽイそんなら本店からつけた鬼兵衛どんは、盗人でありますとへ　かげ八「そりやアマア大変なこと[五]でございます　善「それがどうして知れたといふと、千葉の藤さんの御家に居た男が、松兵衛の五四郎とかいふわる者で、それが重忠さまへ召捕れて、それからだん〳〵あらはれて來たそうでござへます。それゆゑ唐琴屋はどうもむづかしい様子、どうか立[六]そうもないといふ噂でございます。しかし今また他ではなしをきけば、榛沢六郎さまがそのまへからのおしらべで、唐琴屋の家の娘を内〻でおたづねなされたそうだが、古鳥左文太当時は鬼兵衛後見ゆゑ、家には[七]かまひなく、家財はその家付の娘と、本店へくださるだろうといふはなしをきゝまし

一　大名高家の主人の居間の次の間で、御側御用の下ばたらきをする人々がつめた。
二　内密(表立たず)に意向を伝えること。
三　世話をせよ。
四　前出(一三一頁)。
五　底本「て」。濁に改。
六　とりつぶされる。
七　関係ないものとして、お上が手をつけない。

たが、そうして見れば、おいらんのお身のうへも、どうか手輕く[八]方が付ませう。いづれおいらんは、半さんの方へお出なさるわけでござへませうネ　此「そうなりイすと嬉しいねへ　善「それさへお聞申せば、直に方をつけますが、モシわたくしやア此本の作者に憎まれてでも居りますかしらん、野暮な所といふと引出してつかはれます。しかしマア〳〵善悪の差別がわかつておめでたい。いづれ近日、何もかもおさまる様になりませう、トいふことをいふてそこ〳〵に帰る善孝、其跡に此糸お蝶がはからずも、悦びいさむ春の色[九]、めでたく開く梅ごよみ、吉日占て、[一〇]それ〴〵におさまる家の大略を、こゝにしるせば、彼お由は藤兵衛が妻となり、又此糸は半之丞が方へ行、お蝶が素生はこれより後、六郎成清の正し[一一]にて、近常が種[一二]なるよし相わかり、丹次郎がことを内く世話になりし恩といひ、操めでたき娘なれば麁略にならずと、我子丹次郎が別段[一三]に名跡[一四]をたつる心願[一五]かなひ、繁昌[一六]の基をひらく時に臨んで、お蝶は本妻となり、米八もひとかたならぬ貞実なれば、親の六郎へはれてお部屋[一七]さまとうやまはれ、いづれもその中睦じく[一八]、新造糸花、遣手の杉、判人等善人は、いづれもする〳〵めでたくさかへ、また悪人はそれ〴〵[一九]に罪をかうむり、四人の女子はお由を第一とし、此糸を二ばんとなし、三番目を米八とし、四人目をお蝶とさだめ、歳のじゆんにて内ゝは姉妹のやくそくをなし、子宝おほくまうけつゝ、幾代かかほる春の梅、実[二〇]いりをこゝに寿て、め

八 うるさい交渉もなく。

九 書名の「春色梅児誉美」を入れて、その終ったを自祝した文言。

一〇 底本「それ〳〵」。濁に改。

一一 取しらべ。

一二 子供。

一三 格別のはからいで。底本の振仮名「べつたん」。濁に改。

一四 名字(ここでは榛沢)の跡目をうけて、その名字をなのること。

一五 心中に立てた願。ここは深い願ほどの意。

一六 跡継のなかった(前出二〇三頁)、榛沢家に丹次郎が家をつぐことになり、子孫繁栄期してまつべしとなって。

一七 大名などの妾(子供が出来た後で称された)。

一八 底本「しく」。濁に改。

一九 底本「それ〳〵」。濁に改。

二〇 梅の実の縁で、ゆたかな生活のこと。▽この終末に、所々で説明してきた鎌倉時代の武家の話としてまとめたのは、それぞれの場の世話的題材に時代的外廓をつけて読本風にしたもので、また文章は、全く草双紙調である。

でたく筆をおさめはべりぬ。

春色梅児誉美巻の十二大尾

作者　狂訓亭主人

画工　柳川重信

美艶仙女美玄好男　玉手筥浦島日記　全本六冊　狂訓亭著

貞操女八賢誌　初輯三冊二輯三冊
近日うり出し申候

天保四癸巳年正月発行

江戸書林
永壽堂　西村屋与八
文永堂　大島屋傳右衛門

春色辰巳園

春色辰巳園

一 中国古代の帝で三皇の一。史記の歴書に「黄帝ハ星歴ヲ考定シ」とある。 二 義氏と和氏。史記の索隠「黄帝使羲和占日常儀、占日更区(下略)」。書経の堯典の注「羲氏和之、主暦象授時之官」。 三 底本の振仮名「じゆん」。清に改。中国古代の聖王。書経の舜典「在珠璣玉衡(渾天儀のこと)、以斉七政」。中国の暦に関係ある人々を書籍の本店・番頭・取次人・問屋にたとえた。↓補注一。 四 商品を持ち歩いて売ること。 五 日本。 六 清和・陽成天皇時代の年号(八五九―八七七)。 七 貞観三年、宣明暦を用いた時の暦博士(三代実録同年の条)。 八 村上天皇時代の年号(九五七―九六一)。 九 暦博士の唐名の司暦に博士を付したもの。 一〇 天徳年中の陰陽頭天文博士(九一七―九七七)。造暦の功があった。安倍晴明の師。 一一 古くから暦が行われた。 一二 面白い作品のことを、梅の縁でいう。 一三 暦。 一四 天地と陰陽は同意。増補頒暦略注序「暦は天地陰陽の理をはかり、国家百業のたよりをなす」。 一五 交易は筆ついでに書いたので、変易、即ち易。暦によって卜筮にあてるの意か。 一六 順逆と相剋は殆ど同意。方位に順い逆うことを定めるの意。 一七 吉凶と得失も殆ど同意。増補頒暦略注序「暦にしるすところの年神方位日神の吉凶を撰びて国家の礼を施し」。 一八 天地の変化や人間の運命にかかわるからいう。 一九 梅児誉美。 二〇 ▽狂言(詞曲)の目的を勧懲におくは、閑情偶寄などの説。ここは同主張の馬琴ら

梅暦餘興

春色辰巳園序

[一]黄帝は暦の本家本元にして、是より[二]義氏和氏と云二人の番頭、命を受て猶暦を改む。[三]帝舜是にのつて亦[四]糶賣取次を多くなし、既にして[五]本朝に出見世出てより、[六]貞観の始、[七]大春日真野麻呂、又[八]天徳年中[九]司暦博士、[一〇]賀茂保憲といふ問屋達、廣く傳へて[一一]暦なること久し。こゝに狂訓亭の主人、先に梅暦の[一二]匂ひよきを世にひろめ、成事四編にして筆を止。[一三]夫彼は、[一四]天地陰陽、[一五]変易交易、[一六]順逆相剋、[一七]吉凶得失の[一八]大仕掛にして、天下の重宝又是にならぶ物なし。[一九]是は男女の婬樂を誡むるのをしへにして、[二〇]勧善懲悪の世話狂言也。されや世の[二一]見物是をあかずめでけるものから、[二二]書房の欲心[二三]其かぐはしきに[二四]現をぬかし、[二五]今一花咲せんと、頓にそが餘興を需る事切なれば、ふり捨がたき梅が香の、匂ひも[二六]深き川の世界、題而春色辰巳園と云。よくその[二七]穴をさぐること、[二八]川太郎も終に及ばず。嗚呼[二九]趣向の[三〇]いきなるや、意氣張強き恋路の[三一]たてひき、[三二]かけ引のよき筆のあやに、[三三]釣出したる[三四]三筋の糸、互の胸に[三五]忍ごま、ばち利生ある撥皮の、厚き意の[三六]仇競ね[三七]じめはあぢな一調子、変たすぢは新工夫、[三八]すいと甘きを味はふた、作者が料理卽席卽

案、ぐつとひねつた献立[三九]の、うまみを味はひ給ふたなら、亦二[四〇]の全部を待たまへと爾云

于時天保[四一]四巳春狂訓亭にかはつて述之

三[四二]亭春馬

の時代小説即ち読本に対して、梅児誉美を同主張の世話小説と見た。二二 読者。狂言の縁でいう。二二 版元。二三 底本「かくはしき」。濁に改。評判のよいを、梅の縁でいう。二四 うちょうてんになって。二五 一もうけすることを、梅の縁でいう。二六 深川の花柳界。二七 事や物の特質・欠陥などを裏面観的側面観的に、うがってとらえたもの(中村幸彦「うがち」―川柳しなの、昭和二十九年一月号参照)。▽穴は洒落本が対象とした所で、梅児誉美は洒落本色は薄いが、この作では濃くなったことを指摘したもの。二八 河童。尻の穴をねらうと称される想像上の水棲動物。二九 構成上の技巧(中村幸彦「趣向」―天理大学学報第十八輯参照)。三〇 洗練されて色気あるさま。三一 争い。三二 たてひきの縁で自由な筆つき。三三 底本「約」。振仮名により改。糸と縁。三四 三味線の糸。以下「忍ごま」「ばち」「ねじめ」「一調子」は皆縁語。三五 三味線の駒にはさみ音の高いをさけるもの。上からは胸に思いしのぶの意。下へは以下皆、厚きの序詞。三六 艶をきそうこと。▽内容をいう。三七 絃をしめた音のさえ。▽表現に一風あるをさす。三八 苦労人の形容。三九「すい」「甘き」は「料理」の縁。献立によって配膳したもので、作の出来上りをさす。四〇 続編。料理の「二の膳」にかける。二編で全部とする予定であったこと、三編の末に「二編で終るとおもひの外」と見える。四一 底本

の振仮名「てんほ」。濁に改。 四三 前出（一三五頁）。

一「あとをつけ」は、深川花街で揚げた芸娼妓の時間が切れて後、続けて揚げること。「くちをかけたる」を、「てっぺんかけた」の時鳥の鳴声にとりなし、時鳥を出した。「思ひ辰巳」は「思ひ立つ身」とかかる。表は、時鳥を聞こうと一旦思い立った自分は、あとあとまでつづけていやになるまでその声を聞くの意。裏は、梅児誉美の続編を思い立った自分は、読者にあかれるまで書いてゆこう、愛読してほしいの意をこめる。

二 為永春水の別号。

＊挿絵は深川八幡の西方にあった新富士。岩石をきずき山の麓に池あり橋あり、東麓に浅間神社を祭った。

一あとをつけ
くちをかけたる時鳥（ほととぎす）
思（おも）ひ辰巳（たつみ）に
あくまでもきく
二金龍山人

一 浮島は湖沼中で植物類や泥砂などで島状をなして移動するものをさすが、ここは根のない浮動の島の意。松は島の中のもの。意は、波にさえ相手にされない浮島の如き根のない作者は、松の如くこの作品を読んでくれる読者をたよりにしよう。

二 清元の其小唄夢廓(ゆめのよしはら)(権八)の一節。前後は「うそと誠のわけへだて…一よぎりとは気にかかり」。三 見るとかかる。三浦屋の太夫。浄瑠璃中の女主人公。四 縁。紫の縁語。五 夫(つま)と爪琴(箏)とかかる。六 丈(かぎりの意)と竹とかかる。七 尺八の曲の鈴慕を流しにふくこと。八 平井権八。浄瑠璃中の主人公。底本の振仮名「ごんはち」。濁に改。九 清元延寿太夫(一八〇二—一八四三)

わたつ海の
波にもぬれぬ
浮島は[一]
松にこゝろを
寄(せ)て
たのまん

梅暦余興　春色辰巳園巻之一

江戸　狂訓亭主人著

第一回

〽それも鳴音の鶯も、梅に三うらの小紫、粋なゆかりとわれながら、我つま琴とかきならす、思ひのたけの尺八も、れんぼながしは權八が」ト　うたふとなりの浄るりは、てうしもこゑも清元のたかねをいれしつれびきは、十二呂律の調ひし　その十二軒の會席に、小池と呼れし一ト構、世事で丸めてうはきな中に、実意を見世のかゝりさへ、直な柱も杉皮附、つくろはねどもおのづから、土地に合たる洒落造、如在内所の咄し合、また呑直して意氣にする、客の絶間もなかりしが、今日も尾花か梅からか、此家にしばらく酒もりも、程よく呑て歸りたる、跡に殘りし女妓の中に、何かもつれて亦殘る、彼梅暦にて看官の、おなじみなりける米八仇吉、善惡わからぬさしむかひ、たがひに醉て仇吉は、二階ざしきの中窓から庭を覗きて

仇「ヲヤお熊さん、ちよつとお出な、はなしがあるから　この小池の娘おくま二階のかたへ見かへる。ごぞんじのあいきやうもの、仇

の創作した江戸浄瑠璃の一。当時流行中。上から「清い」とかかる。一〇 乙の音に対して、それに混じた甲(かん)の音をいう。一一 十二の音律。全楽律で、壱越・断金・平調・勝絶・下無・双調・鳧鐘・黄鐘・鸞鏡・盤渉・神仙・上無をいう。一二 永代寺門前町で、永代寺側即ち北へ通る横町の一。一三 会席茶屋。一四 巽年代記(天保八)にも仲町近くに料理茶屋として見える。桜川由次郎の経営であった。一五 世辞のあて字。長唄の喜撰「我庵は芝居の辰巳常磐町、(中略)世辞でまろめて浮気でこねて」。一六「見せる」とかかる。万事浮気な水商売のなかで実意を示す、実直な家で。一七 杉材を皮のまま用いた柱。一八 華美にはしないが。一九「如在ない」とかかる。内緒の相談をしたり。二〇 意気に二次会をしたりして。二一・二二 辰巳のはな「仲町料理茶屋尾花屋・梅本・山本」。二三 羽織芸者。前出(七六頁)。二四 悶着して。二五 中二階の所にある窓。二五一頁插絵参照。二六 実在人物。春暁八幡佳年(天保七)二には「由次郎女房おくま」として見える。天保六年ごろ妻となったか。二七 巽大全「(前略)家々に娘分といふ者あり、惣て縁者の娘又は年明の妓(こども)などしまりのために一人ヅヽあるなり、是は北里(よしはら)の遣手のるゐにて、あくまで人のよし悪しを見付出すことを心がけて居る也。諺に二階花を打ぬ先に娘分にやれといふニてしるべし」。

吉にむかひてわらひながら手のひらへよの字をゆびでかいて見せかほをふくらして見せる。是はたしかに仇吉丹次郎がわけをこのほどはよね八が知つてはらをたちゐるだろうといふしうちなるべし　くま「今まゐるヨト云ながら、勝手の者に何か用事を言付て居る。仇吉は元の座に行、おとなしく小聲[一]にて　仇「米八ざん、ちよつとはゞかりながら上ませう　よね八はきこえぬやうすなり　仇「モシ米さん、いやかへ、おいやかへ　よね八は氣がついたといふやうす　米「ヲヤわたいかへ、ちツと　仇吉ははなであしらひ[二]　仇「フン私かへどころか。最前から猪口のやり所もねへやうに、はゞかりながらのおそれいるのと、下から出りやアおそろしい高[三]へ、唄妓衆[四]だのはおりさんだのが聞てあきれらア　米「[五]ヲヤそうかヱ。私やア此方にちツと考へることが有たから、きがつかなんだ。サアいたゞこう　トちよくをとる。仇吉はその手をおさへて　仇「コレサ米八ざん、他が盃をさすのに考へることがあるからのまれねへなんぞと、ぶしつけながらよくそれで[六]、押勤[七]の、なるほど遠つたもんだ　米「ヲヤ仇吉ざん、呑れねへとは云やアしねへヨ　仇「そうよのう、氣がつかなんだのか。猶わりいの。いツそまだ呑れねへといふほうが罪がなからうヨ　トいはれて米八も、さげすむやうなる口調[九]にて、前髪を掻ながら顔を皺めて笄を落し　米「よくいろ〳〵なふし[一〇]をつけるの。面倒な酒ならばよそうヨ　トだんまり[一一]でしらぬかほ也　仇吉はすこし大きな聲にて　仇「コウ米八ざん、おつなことをいふの。此方から下派[一二]に付て、はゞかりだのなんのとくどくいふやうだが、腹[一三]さんざものをいはして、ふしをつけるもおかしいじやアねへか。清元の新手[一四]じやア有めへし、おつに節[一五]をつける人[一六]はたつた

一 ▽小声ほど挑発的である。
二 軽蔑した対し方で。
三 高慢ちきだ。
四 芸者など勤め女は諸事愛嬌を主とするから、かくいう。
五 ▽米八も亦、自ら冷静を示すことが、相手を挑発することと心得た言動である。
六 よくそれで芸者が勤まるものだ。
七 それで通るなら、私らも押し通したいものだ。
八 底本「さん」。濁に改。
九 口跡のあて字。物言い。口ぶり。
一〇 言いがかりをつける。からんだ物言いをする。
一一 元来歌舞伎の用語(闇中の立廻り)だが、ここはただ無言の意。春暁八幡佳年二輯三「無言(だんまり)」。
一二 底本の振仮名「したは」。意によって改。下端のあて字。した手に出て。おとなしく対して。
一三 思いさま十分に。さまざまと。
一四 新しいふしづけ。
一五 変って面白く。
一六 当時の清元三味線の名手、清元栄次郎あたりをさしたか。この人、四谷新宿の住。

一七 深川全花街をさす。数えれば仲町・新地(大・小)・櫓下・裾継・石場(新・古)・佃・土橋の七つ。
一八 のろけや自慢を聞かされること。
一九 どっさり。
二〇 相手が文句のあることは、此方の心にもわかっている。
二一 歌舞伎の用語(一番目狂言の最初の場)だが、ここは発端。

二二 最上・極端の意。

二三 ▽「私が亭主」とずばりいったつもりだが、仇吉もさるもので、軽くうける。この条の虚々実々の会話は本書中の白眉である。
二四 芸者仲間の交際。
二五 はぐらかして。
二六 軽蔑すること。
二七 馬鹿。
二八 批難悪評される。
二九 じたばたしてさわいでも。
三〇 見すてて、他に心をうつす人。鳥は、上の「はねばたき」の縁。
三一 諺「自惚とかさけのない者はない」。
三二 自惚が極端まで来ていると。
三三 心配する。

一人だよ。しかしおめへは知るめへ七場所[17]の内じやアねへがの 米「モウいゝやアな。いゝかげんにしねへな。おとなしく請て[18]ゝやりやアなんだな、おもしろくもねへ。おめへにやアいふことが沢山[19]あるが、此方やア勘弁して居てやるのだト聞てもとより仇吉も、胸[20]におぼえのけんくわの序びらき[21]、ひざを直して近くより 仇「ヲヤなんだへ、いふことが有なら聞てやらアな。サア聞ふ。なんだへ 米「マアしづかにしておめへの心にきいてみな 仇「こりやアわからねへぞ。いふことが有といふからきこふといへば、またおめへの心に聞てみろと、わからねへの行止り[22]だノ。サアなんだ、云ねへな 米「聞ずと知れた私が亭主サ 仇「ム[23]、おめへの亭主がどうした、死だら香奠でも上ようかへ 米「そうよ、まんざら他人でもねへ中だから、香奠までにも氣がつくの 仇「アゝ仲間好[24]だからョ トちやかし[25]てゐる 米「仲間のよしみもねへもんだ。あんまり人を踏つけ[26]にしなさんなョ。そしてマア他人にこけ[27]だと後指[28]をさゝれるのがお氣の毒だ。知つての通り私と丹さんの中は、たれ知らねへ者はねへから、いくらおめへがはねばたき[29]をしたつても、丹さんはマア私に見代る鳥[30]はねへと思つて居るョ。お氣の毒だがトいはれてぐつと仇吉も、上る眼じりに反唇、せき立胸をせかぬふり 仇「モウいゝかへ、もつとしやべんねへな。あんまりいろ／＼なことをいつて、おめへの恥を多分かきな。自惚[31]のねへものはねへといふが、おめへのやうに其様行止[32]つてゐりやア、何も氣のも[33]

めることも有めへ。マア第一おいらなら、手前の夫を他にとられるといふも、あんまり智恵のねへはなしだ。しかしおめへ達の亭主を他がなんとか思つてやつたら、有がてへことだと思つて居て、てうどよかろうのにトすました顔にて「かわいそうに、おめへもまだ洗ふて見たき[一]沖の水だの　米「なるほどおめへも余程世話役[二]だの。妙正[三]さまの坊さんじやア有めへし、念をいれてお加持[四]をするの。清元の節づけから、うぬぼれの御異見まで沢山聴聞[五]いたしましたが、マアよくつもつて[六]お見ヨ。私だつても、どうやらこうやら此処の土地では、少しは他人も知つてくれて居るのに、丹次郎がことを、此所彼所でいはれたり笑はれたりしても、ちつとやそツとのことをやかましい[七]と、心[八]ですましてしらねへ顔をして居るのも、おめへなり私なり、斯いふ活業してゐるからにやア、ちツとやそツとのちよい色[九]ぐれへは、あたりめへなわけだはネ。それだけれどおめへのやうに、ちよいとしたことにも何か突かゝつて見たがつたり、出合せへすりやア氣障[一〇]を言たりするもんだから、どうも三度に一度は、此方も心持のわりいことだらけだろうじやアねへか。何も私が通人がゝつた[一一]ことをいふこともねへが、此末ともに仇吉ざん、止ておくれと無理はいはねへから、ずいぶん穏便におたのみだヨ　仇「ムヽなるほど、粋とやら通人とやらいふ人はおめへの事だろうヨノウ。よせと云のじやアねへ、穏便にしてくれろとへ。おつな福清[一二]だの　これはみなさま浄るりにてごぞんじの、かしく六三[一三]の福清をいふ也　そ

一 出拠未詳。未洗練ということか。
二 世話焼。
三 清正公にあてるか。日蓮宗の祈禱所か。本書の第四回（二六八頁）に深川佐賀町にあった由が見える。
四 行者が行法によって仏力の加護を祈って、仏と入我我入の状態に入って、病気や災難を除くこと。ここは行の如く、さまざまの言動をするをいう。
五 加持の縁で仏語を出す。うけたまわる。
六 推量する。
七 うるさいと。
八 自分の心中のみで片付けて。
九 ちょっとした浮気の沙汰。
一〇 気にさわること。
一一 通人（つうじん）ぶったこと。底本「かゝつた」。濁に改。
一二 浅田一鳥等作義太夫浄瑠璃の八重霞浪花浜荻（寛延二初演）中の人物、道頓堀の色茶屋の主人福島屋清兵衛。六三郎の恋人おそのをかかえ、心中などせずおだやかにと、いたわる人物。正伝節などに同題材のものがある。
一三 かしくと六三郎。八重霞浪花浜荻中の主要人物。

一四 前出(一三三頁)。由次郎の父親。▽この人物を出したのは由次郎親子の紹介のみで、外の意はない。

＊挿絵詞書「呑(のみ)直(なほ)す客(きやく)は小池(こいけ)の庖丁(ほうてう)にさけも肴(さかな)もみんなよし〳〵　清元延津賀」。小池は画中の看板に「即席御料理　御かし坐敷　こいけ」とあって、料理茶屋。よって、意は二次会で小池で呑む客は庖丁即ち肴の料理も酒もよいとほめるに、亭主由次郎をひいきして呼ぶ「よし」を重ねてかけた。延津賀は前出(四六頁)。「日々繁昌十二軒、是四季寛活ノ壮観。楼上美人笑語ノ声、名酒ノ泉ハ小池ニ尽キズ　二代十返舎一九」。寛活は寛濶で、はでなこと。前の狂歌と共に、この絵にある小池への讃詞。作者の二代十返舎一九は前出(一三五頁)。

一五 大橋にあてる。新大橋ともいう。江戸名所図会「新大橋　両国橋より川下の方、浜町より深川六間堀へ架す。長凡百八間あり(下略)」。

一六 東都遊覧年中行事(嘉永四)初寅の日の条に「毘沙門参り(中略)浜町秋元家御邸中(東御門より入)」。春告鳥九「明許(あきもと)さまの毘沙門さま」。

一七 底本の振仮名「このころ」。濁に改。

一八 前出の如く浜町の秋元但馬守。

一九 上屋敷(諸侯の江戸における本邸)・下屋敷について、控の屋敷。

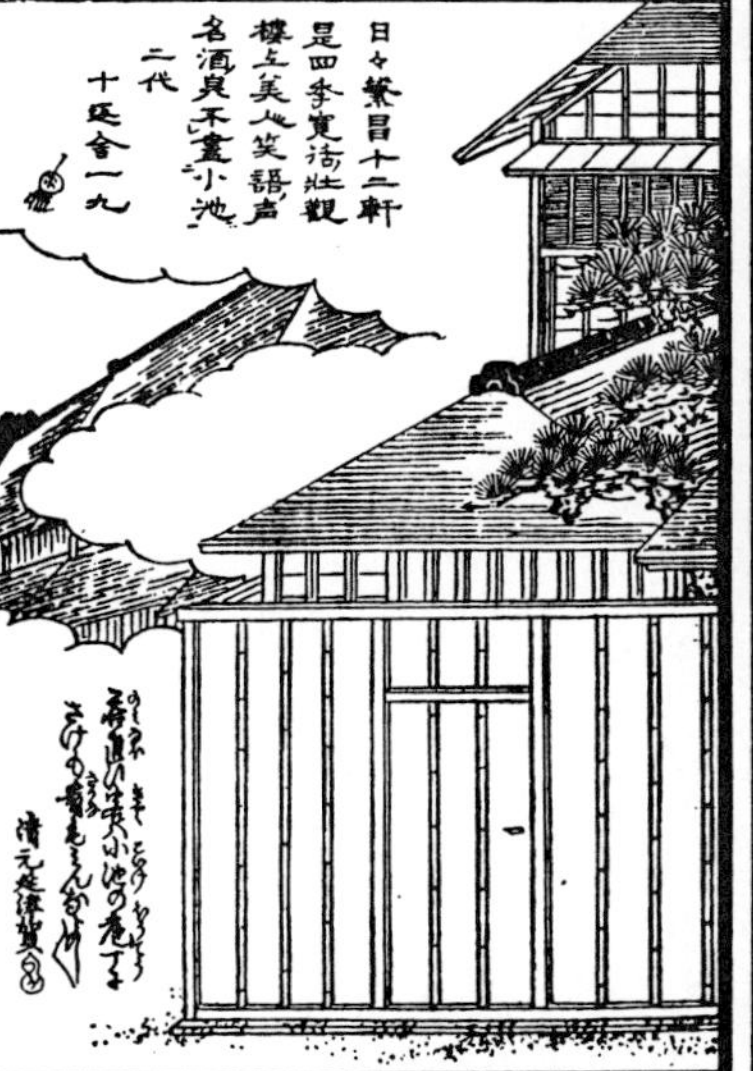

してマア一躰何を穏便にするのだへ。そりやア私にいふのかだれにいふのだへ。おめへどうした、大造酔たの。こゝは十二軒の小池だヨ。櫻川の善孝でも來てもらはふか（これはこの家の櫻川由次郎が縁あれば善孝に來てもらはんといふなるべし）チツト氣をたしかに持なヨ。丹次郎だの亭主だのと、何だかおめへ、氣でもふれて居るやうだぜ。逢橋の毘沙門天へ日參でもして、御利益をお願ひ申(し)な。

これは此頃、逢はしなる何がし公の御中屋敷

[一]に勧請あらせられし毘沙門天の御事にて、靈験あらたなることかくれなく、婦多
　　川一[二]同に尊信せるよし。依てかくはいふなるべし。

仇「まだわかいに氣の毒な、トあくまで手[三]づよく仇吉が、酒のきげんで突[四]かゝる、言葉を聞て米八も、ぐつとせき[五]込恋の仇、その仇吉が皃を見る、顔[六]にもちるや紅楓葉の、[七]青かりしより思ひ染、[八]辛苦万苦のその中に、見繼男をねとられしと思ふ心は、素人も[九]それしやもかはらぬ女の情、くやし涙のせ[一〇]ぐりくる無念をつゝむぞせつなけれ。

第二回

[一一]偽と思ひながらも今さらにたがまことをか我はたのまん。これは仇[一二]なる男などの、深くも愛せずさすがに捨もやらぬを、相[一三]たのみたる女の、心[一四]をよみたるなるべし。それにはあらで米八が常さへぱち〳〵としたる眼を、またつりあげし見[一五]脈にて、額に青く筋はだしても、さすが利發な女ゆゑ、ウントこ[一六]たへて落ついたものいひ　米「ヲヤそうかへ、わりいことをいつたツけの。仇さん堪忍してくんなよ。なる程婦多川の水[一七]のしみた唄妓衆はまた格別ちがつたもんだのうトにつこりわらひ、落つきはらつて居る。仇吉はご[一八]うはらそうに　仇「どうもよくそうすまして、他をさげずんでゐられるの。な

一　神仏の分霊をむかえてまつること。
二　一統の意。
三　手きびしく。
四　くってかかる。
五　感情が高ぶる。
六　紅潮するさまのたとえ。紅葉のように赤くなり。
七　若い時から恋いしたって。「染」は紅楓葉の縁。和泉式部の詠と伝える和歌「時雨するいなりの山のもみぢ葉はあをかりしより思ひそめてき」(古今著聞集など)による。
八　さまざまの苦労。
九　玄人。商売女。
一〇　こみ上げてくる。
一一　古今集十四「いつはりと思ふものから今更にたがまことをか我はたのまん」(八代集抄の注「つまと頼む人の偽はつらけれど今更外に誰まことあるとてたのむべきにあらずと也」)。
一二　浮気な。
一三　夫とちかった。
一四　自分の心中。
一五　「けんまく」(怒った顔つき)と誤って用いたか。
一六　耐えて。
一七　十分に深川振を体得した。
一八　いまいましそうに。
一九　甚だずうずうしい。底本の振仮名

んだか知らねへが、其おんびんのわけを聞せなゝ、ヨウ、コレサ　米「モウおめへも余[一九]程たけ〲しいのう。いゝはな、其様おめへのやうに強情なら、證古[二〇]を見せやうから、それで何とでも云なヨ　ト いつたばかりでだまつてゐる　此時さすが仇吉も、女心にギツクリと、思ひまはせば、過しころ彼中裏にて米八と出合[二一]がしらの其節に、丹次郎が方へ落したる簪[二二]のことを氣がつきしが、またつく〲と考へるに、それを證古になせばとて云抜ならぬ事もなし、また丹次郎と私とはなるほど恋情サと云たところが、しれてわるいといふは世話になつてゐる旦[二三]ばかり。是もむづかしい[二四]ことはなけれど、兎角丹次郎にほれた心のよはみから、あんまり[二五]たんと言つのりて[二六]、もしまた丹次郎にさげすまれんもはづかしと、さすが歌妓のやさしさは恋意を活業女の情、思ひなやみて口ごもれ[二七]ば、また米八も心に一物[二八]、こゝで去頃拾ひ置し簪を出して、まづ一番[二九]はへこましても、此所でばかりはおもしろからず、またこれぎり[三〇]になりもせまじ、せけば[三一]せくほど恋の意地、仇吉ばかりをせいたりとて、男のこゝろをとりきめ[三二]ずは、益なきことゝ氣がつけば、また時節をはかりて手[三三]をきらせん、まづそれまでは捨ておき、今までのごとくあ[三四]やつりて、この後丹次郎をもよく〲談じてしゆだんもあるべしと、心意の二人の手[三五]取、呼吸[三六]をはかる取組[三七]も、余情惚たが負になる、色の土俵[三八]のせきと関、四十八手[三九]はまだなこと、新手をもつてお客をば、投[四〇]もからみ[四一]もするなれど、たがひに惚ては、素人

「よつほど」。濁に改。
二〇 証拠のあて字。
二一 出合った途端。ここは思いがけずに出合った意。
二二 梅児誉美の第十八齣に見える。
二三 旦那を略していう。
二四 何とかごまかすことが出来るの意。
二五 沢山に。
二六 言い合いがこうじる。▽かかる女性の情を描くのを、春水は人情を示す一としているのである。
二七 「口(く)ごもる」に同じ。
二八 一思案。
二九 一回。
三〇 この場のそれで、丹次郎と仇吉の関係が切れるものでもなく。
三一 さまたげる。恋愛関係はさまたげられる程、意地になってあつくなるもの。
三二 しっかりさせないと。
三三 関係を断たせよう。
三四 上手にあつかって。
三五 相撲の名手。ここは、恋の手練者。
三六 相撲の用語。タイミングをはかる。
三七 相撲の用語。ここは、争い。
三八 「関」と共に相撲の用語。恋の争いの上手と上手。
三九 相撲のさまざまな手の総称。→補注二。
四〇 相撲の基本の手の一つ。ここは客を手ひどく振ることにあてる。
四一 手足を相手の身体にまきつけること。からみ投など相撲の手がある。客に甘えて誘惑することにあてる。

にもおとる唄妓の実競、いづれおとらぬ[一]仇吉米八、女房氣どりの[二]一文字に、無理な[三]横綱[四]横恋慕、恋の[五]行事の團扇さへ、かたやにどふもあげかねし、作者が筆の[六]勝負附、しばらくこゝにあづかれば「仇米双方ともにしばし無言。○折から階子をどん〳〵と、お熊は手すりにつかまつて　くま「米さん、仇さん　米「ヲヤおくまさん、たいそう長居をしたネヱ　くま「長居はいゝがね、マアどうしたのだネ、おめへさんがたア、何を先刻からぐず〳〵いつてゐるのだへ。由さんがあんな[七]氣だから、米八ざんと仇吉ざんは、[八]どうかしはしないかと苦労にするから、私が何どうもしないが、二人ながら酔倒れて居なはいますと云ておいたがネ。おめへさんがたが云合の喧嘩をおしだのといふと、直に人が噂をして、何かにつけて[九]邪广になるはネ。モウ能かげんにして、両方が堪忍おしよ　米「まことに有がたふ。ナアニわけもねへことだはね　仇「おくまさん、ありがたふトいふうち下より女の聲　女「おくまさん〳〵、ちよつとお出なはいまし　くま「アイヨ、なんだへ　女「アノ[一〇]てうちんやの又さん処の何がお出なはいました　くま「何がとはなんのこつた。お哥さんがお出のか　女「ハイ　くま「もの覚えのわりいと言ちやアねへ。今まゐるからお茶でもあげなヨ　女「ハイ　折からまたも下よりして櫻川由次郎がこゑにて　由「ヲイ〳〵仇吉ざん、母御が迎ひに來たヨ　くま「ヲヤ仇吉ざん、おつかアが來たとサ　仇「ヲヤそうかへ。それじやア行ふトいひながらお熊と一所に下へおりて、あいさつそこ〳〵に帰り

一 底本の振仮名「あたきち」。濁に改。
二 脇目もふらず一筋におしてゆくこと。米八をいう。
三 底本の振仮名「よこつな」。濁に改。相撲の用語で「横恋慕」の序に用いる。
四 底本「横恋暮」。意により改。仇吉をさす。軒並娘八丈三編(文政七)「思愛恋暮(ぼん)」。
五 行司のあて字。文意は、勝負を定めかねること。
六 相撲の勝ち負けを示した表。
七 苦労性だからの意。
八 喧嘩でもするのではないかの意。
九 芸者稼業のじゃま。
一〇 未詳。何か楽屋落があるのであろう。▽春水の作品には、化粧品や飲食店などと明らかにした広告の外に、仲間のみしかわからぬ人物や事がふせてあって、当時もそれを誰彼のことと評判したことが、また作品中に見えている。

行。米八はしづかにおりて雪隠へはいる。それより仇吉が帰りし跡へ、米八は出來り　米「[一一]まことにモウ酔て〳〵いゝこゝろもちに寐てしまつたョ。お熊さん有がたふ　おくまはわらひながら　くま「仇さんも酒のうへがわりいかねへ　米「ナアニそうでもないのサ　由「[一二]笑ひながら、何を喧嘩をするのだ、打捨て置ねへナ。[一三]高くとまつて　よね八はにつこりわらひ　米「ヲヤ由さん、何ぞお聞か。堪忍おしョ。寐て居た氣だがねへ　由「遠へねへ。夢にでもけんくわをしたろう　米「寐言が[一四]由さん耳へきこえたかヱ。しかし私等ア[一五]いとゞせへいけねへのに、高くとまつてお見な。猶いけやアしねへはネ　由「能よ、おれが[一六]肩をいれらアな　米「ヲヤうれしいねへトいふ折から、客を帰してお熊も米八が側へ居る。　由「お哥さんは何しに來た　くま「ナニ、何でもないが、只ちよいと寄たのサ　由「米さんの処へ[一七]相模屋のはなしはしたかのう　米「アヽ[一八]福田屋中嶋屋丸本外[一九]四間のも聞ましたョ　[二〇]これはごぞんじの家の事。なんのはなしかそれは作者もしらず　由「そうか、なんだか面倒だのう　米「アヽねへ。ヲヤまたわたいは此処へすはりこんで居る氣だそうだ。ドレ行ふト立上る。　由「また急いで帰つて亭主をかはいがるョ　米「ヲヤ〳〵嘘ばつかり。何そんなものが有ものか、ねへお熊さんト顔を見合せにつこりわらひ、ちよいと手がるくつまをとり、門のわきから[二一]勝手へもあいきやうをいふ。　米「どなたもおつかひたて申(し)ました　由「[二二]ごうぎと[二三]時代なせりふだの　米「アヽ[二四]お屋しきものだからネ。ハイ左様ならト帰りゆく。[二五]吹すさむ風な恨そ花

一一 ▽てれくささを隠し、家人の好意をそのままうけ入れて、そしらず帰る言動である。

一二 この「は底本のまま。次の「何を」の上にあるべきもの。

一三 おうようにかまえて。

一四 底本のまま。「由さんの」とあるべき所。

一五 ただでさえ芸者としてよくないのに。

一六 ひいきにする。味方する。

一七 深川仲町の子供屋(芸娼妓の抱主)(辰巳のはな・巽年代記)。

一八 三軒とも深川仲町の子供屋。ただし丸本は、辰巳のはななどに丸平とある。

一九 四軒のあて字。同じく仲町の子供屋四軒であろう。辰巳のはなに鶴屋・上総屋・浪花屋・西ノ宮とある。以上八軒が当時仲町子供屋の全部。

二〇 ▽話の内容よりは、代表的子供屋の紹介が主目的。

二一 勝手にいる使用人たち。

二二 甚だしく。

二三 古風な。

二四 武家屋敷で奉公している女性。流行を追わず上品なのを特色とした。

二五 出典未詳。秋の紅葉は悉く散るから、春の花を吹く風が強いとて恨めないの意。

の春紅葉の残る秋あらばこそト古人の名歌妙なるかな。月に村雲花に風[一]、思ひ思ふた[二]其中を水さすあれば、欲徳[三]にツイ引さるゝ事もあり。また付人[四]のあをり[五]から、元木[六]を捨る心にもあらで、浮薄[七]な色事も終にもつれて、恩[八]と義理わすれて横[九]に行も有。眞そこほれた心から、たがひに深くうたがひすぎて、わづかな口舌が元となり、死ね死なふとの約束を、今日は見かへて増花[一〇]の、盛り[一一]を見するつらにくさに、仇敵の思ひをする中も、はじめに結んだる誠の縁はきれやらで、互ひに別れて月と日の立にしたがひ、男女とも亦うとまるゝ後[一二]の色。あるとき[一三]は有のすさみにつらかりしなくてぞ今は人の恋しきと、過たることを兩方が、思ひ出して立歸る[一四]、俗にいわゆる腐縁[一五]。はなれぬ縁とは親兄弟も、當人も知らぬ再會あれば、たとへせかれて遠くなり、亦は不義なる行ひのありて、他人の方へゆくとも、みなこれ其身の心から出るにあらず、何事も満れ[一六]ばかくる世のならひ、逢て別れてわかれて逢ふて、中[一七]たゆるとも縁あれば、またちぎり合時ありて、定めがたきが恋の道。たゞ何事[一八]もあらそはぬ、風[一九]の柳のしなやか[二〇]に、相麁[二一]づかしを云かけたらば、

僞[二二]とおもはでたれもちぎりけめかはるならひの世こそつらけれ

と無常を感じて争はず他も恨まず、月日がたてば捨たを悔み、捨られたが身の仕合せとなるもあり、とは云ものゝ萬の事、不足を思ふて元[二三]をわすれ、不義の道へ入る時は、

一 好事にはとかく支障の起る意の諺。
二 相愛の間。よい仲をさくような言動をする。
三 利害の欲心に引かれて、恋愛関係をたつ。
四 つきそう人。仮親などの類をさす。
五 おだて。
六 早くから恋仲の人。
七 軽い浮気心での色事も、むつかしい問題となって。
八 以前からの人への義理と恩。
九 遊里で一客をおいて、他客に出ること。ここは今の相手と手を切って、別人と恋仲になること。
一〇 以前の恋人より更に愛する今の恋人。
一一 寵愛すること。
一二 後に出来た恋人が又いやになって。
一三 前出(六八頁)。前出は親に用いたが、ここは恋人。
一四 もとのさやにおさまる。
一五 悪縁と思いながら離れ得ぬ関係。諺に「腐れ縁は離れず」。
一六 満月になれば後はかけてゆくの意で、世のことは栄枯変転することの諺。
一七 一旦関係が切れても。
一八 底本の振仮名「なにこと」。濁に改。
一九 勢にさからわぬ意の諺「風に柳」。
二〇 おとなしく。
二一 「愛想づかし」のあて字。
二二 続後撰集十五「いつはりと思はで人の契りけむ変るならひの世こそつらけれ」。真実と思って将来を約束したのに、世のならいとはいえ、心の変る

のがつらいの意。底本「ちきり」。濁に改。

二三 はじめの恋人。

＊插絵詞書「夕霞 上略 紙にうつせばうつくしき、花のかゞみの顔とかほ、合せて見ても合かぬる、口舌した夜の髪じやとて、ほどけてゐるが目にたつか、たゝぬかたつかうら千鳥 下略」。

二四 芸者稼業をもっぱらさす。

二五 ▽欲につられてもだまされず、恋の道の誠を失わぬは、人情本に最も多い例。

二六 ▽親兄弟が強欲で、不実の方面にゆくを強いても、一旦の肉身の義理で、男女の誠を失わないのが、また人情本の描く所。

二七 女性の読者たちをさす。▽かくの如く常識的ながら、一応は情と理をかねた恋愛上の教訓を述べるのが、また春水の常套である。

二八 深川仲町から南へぬけて蛤町の河岸へ出る横町の一。摩利支天横町の西に並ぶ。

二九 深川仲町から南へぬけて河岸に出る横町の一。後の第七回上でも増吉の家を稲荷横町とする。摩利支天横町の東に並ぶ。

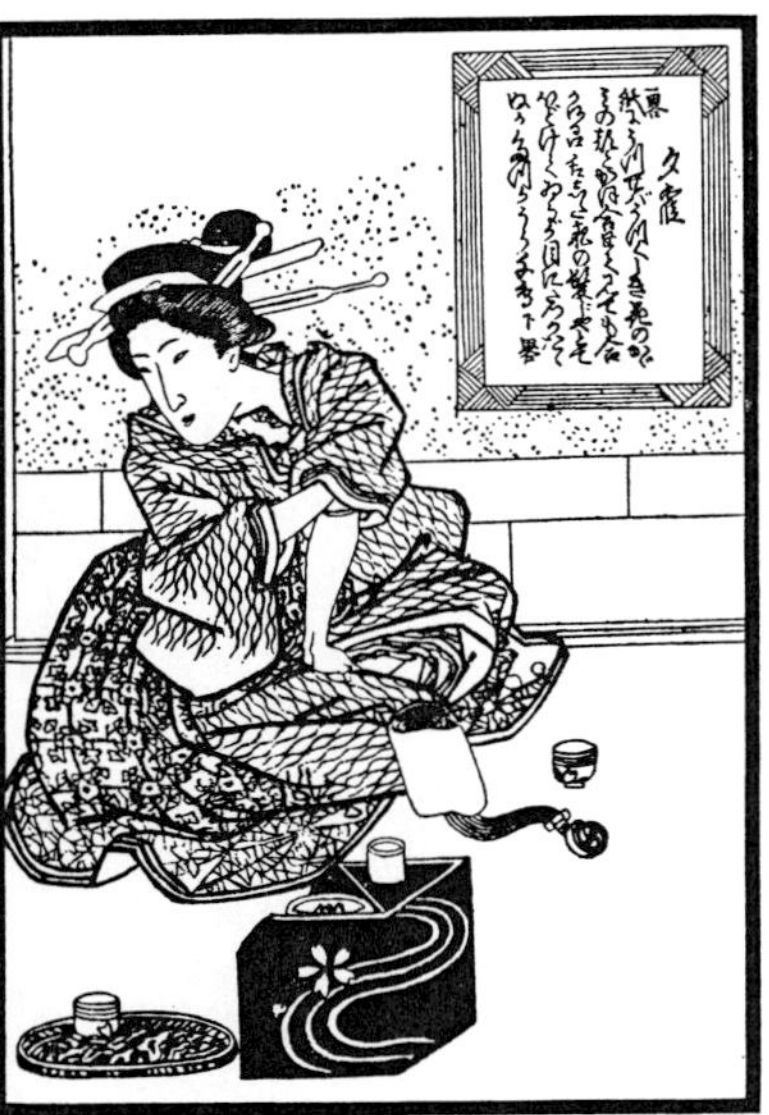

一旦栄えを見するとも、末は後悔うたがひなし。たとへ浮気な活業[二四]にも、およばぬ[二五]欲の願ひから、他にたばかられぬ用心して、只其時[二六]のことを思ひ、親兄弟の強欲にひかれて、不実をすることなかれと、いらざる筆のついでにしるして、姫[二七]との達に異見をするも、作者が癖の老婆心、嗚呼われながら老込なりけり。それはさておきこゝにまた、所は畳[二八]や横町か稲荷横町[二九]の辺りになん、日くれてやう〳〵人

顔のわかる頃、[一]出會がしらの男とげいしや「ヲヤトたがひに[二]立どまる。これ仇吉と丹次郎。仇「マアちよつと爰へ寄ておくれなねへ。そんなにおまへのやうに内義さんをこわがることもねへ　丹「何さ、そうじやアねへが、今内へおれが客をまたして來たからヨ　（作者曰、米八は丹次郎が宅にはゐず、[三]福田屋にゐれども、をり〳〵行て居れば内義のやうにいふとしるべし）　仇「アレサ、マアそれだからちよつとだはネトある家のしやうじをそつと明て　（宅より女のこゑにて）増「ヲイだれだ　仇「おれだヨ。おめへひとりか　増「ム、おれ一人だ。だれも居ねへ。這入ねへな　仇「サアおはいりヨトいへども丹次郎はだまつて居る。家内より出て來るは年令二十六七、このごろまで[四]出て居たといふやうす。[五]眉毛は落したれど、兎角氣儘にしてくらすがいゝといふ塩梅。きれいに[六]歯をはがして、[七]櫻川善孝が所で取次[八]丁子車といふ歯磨を、[九]やうじ箱へ入れながら表を見る。今日髪を洗つたと見え、ちよいと結んだのが後へひつくり歸り、根を[一〇]新藁で結び、嶋ちりめんの[一一]棒じまの[一二]廣袖、[一三]博多の男帯を[一四]しだらもなくぐる〳〵と卷、仇吉とは極心やすき様子なり。丹次郎を見て　増「ヲヤなんだナ。もしこつちへお這入なせへな　仇「サアおあがりトずいと奥へはいる。丹次郎もつゞいて這入る。　仇「ヲヤくらいあんどんだト火鉢の側へすはる。丹次郎立てゐる。　仇「丹さんおすはりな。なんだねへ　増「モシ[一五]おすはんないましな。しかし仇さん、兎も角も二階へ行ねへ。ひよつとまた[一六]うかれ仲間が[一七]押込むといけねへから　仇「[一八]なアにそうしちやア

一　ぱったりと行き合うこと。また、その時。
二　底本「立とまる」。濁に改。
三　前出（二五五頁）の深川仲町の子供屋の一。
四　羽織芸者であった。
五　眉を剃る。年増の年齢になり、嫁にゆき、または母となった時に剃る習慣があった。ここは眉を剃っているが、夫があるのではないとの文脈。
六　お歯黒をおとして。
七　前出（一三三頁）。
八　岩井粂三郎家法として、春水が精製しはじめた歯みがき薬。→補注三。
▽春水の広告文学の一。
九　歯ようじを入れる箱。
一〇　洗髪でまだ油をつけず、髷をゆわない内に藁しべで結ぶのが習慣。
一一　袂の下方を縫わないので広い袖口。
また、丹前の如く、広袖にした衣服のこと。
一二　前出（一七五頁）。
一三　博多織。守貞漫稿「今世三都とも男帯には貴賤貧富老少を択ばず、筑前博多織を専用とす」。→補注四。
一四　だらしなく。
一五　「なさいましな」の訛。
一六　にぎわしい遊び仲間。
一七　おしかけてくる。
一八　丹次郎はそうまでゆっくりとしていないということだ。

ゐねへとヨ、強情でいけねへやアな　増「マアいゝやアな。おめへがそんなことを言て
ゐるからだ。サア私と一処にお出なせへヨ。アノ子にかまはずサ。仇吉はたばこをのんでよこをむいて居る
増吉は先に立、丹次郎が手を取て、二階へ行ながら下を見て　増「仇の字、[19]我儘[20]をする
のト笑ひながらはしごを上る。色[21]の世界のならひとて、はじめて逢し増吉が、男をこ[22]
なす取[23]まはし、垢抜したるそれしやの風情。それ婦多川の水たるや、清も濁るも日に
幾度、色の出汐[24]に乗込あれば、また引汐[25]の思案有、[26]にじる程猶深くなる、さてさま
〴〵の水加減は、生洲[27]の魚をやしなふとやいはん。

一九「仇吉さん」というに同じ。
二〇 男を二階に上げて、一人で下でがんばっていることをひやかした言葉。
二一 花柳界と同意に解してよし。
二二 あつかう。
二三 処置。
二四 みち潮。深川の水に縁をもたせて恋のかけ引を説いたもので、ここは恋慕の勢にのって深入りすること。
二五 引潮の如く、考えて加減すること。
二六 潮が干いて、船が海の底につかえて動きにくくなること。ちゅうちょしているほど関係が深くなる。
二七 海水・河水を引いて生魚をやしなう所。深川花柳界でさまざまの恋がはなやかに展開するをいう。

梅暦餘興 春色辰巳園巻之一 終

梅暦余興

春色辰巳園巻之二

江戸　狂訓亭主人著

第三回

京風うた[一]〽[二]みつの車にのりの道、[三]夕顔の宿の破車、あらはづかしや[四]我姿、[五]梓の弓のうらはづに、あらはれ出し俤は、むかしわすれぬとり[六]なりを、アレあれを見よ、蝶は菜種、なたねは蝶の、つがひ離ぬ妹脊の中を、見るに[七]嫉まし亦うらやまし、われは磯辺の友[八]なし千鳥」　仇吉「ヲヤありやア何所だの。いゝ聲だョ　増吉「ありやア裏の家へ逗留に來てゐる娘だョ。そりやアそうとおめへ二階へ行ねへかナ　仇「アヽト立かゝりて、何か増吉が耳にさゝやく　増「ウヽしようち〳〵。さふか米八ざんのか。そうか。おいらアはじめて見たョ。いゝ男だのト仇吉が脊中を一ツたゝく。　仇「いゝョ、たんと[九]遊びなョ。そりやアいゝが、そのわけだからの　増「いゝよ、今におつかアが帰ると、おめへの宅までそういつてやるからいゝやアな。早く二かいへ行ねへョ　仇「おたのみだョト

一　長唄や江戸浄瑠璃などの江戸歌に対し、上方で行われていた、いわゆる地歌を江戸で上方歌と称した。組歌・歌舞伎歌・端歌・長歌・半太夫物・繁太夫物・正伝節などが含まれる（高野辰之著日本歌謡史・佐々醒雪著上方唄など）。以下は「梓」の初めの部分。全部は新大成糸のしらべ（享和元）などに所収。

二　法華経の譬喩品に見えるたとえで、火宅（三界）をのがれさせんと、屋外に羊車（声聞乗のたとえ）・鹿車（縁覚乗）・牛車（菩薩乗）ありとて小児をさそい、外は大白牛車（一仏乗）のみあったと説く。三つの車にのるとは、俗世のまよいにただよう意。↓補注五。

三　謡曲葵上の拾葉抄の注「但此夕顔君をも御息所ねたみ給ひて取ころし給へばかれこれ取合作る成べし」。

四　六条の御息所。

五　梓みこにかけて霊を呼び出した。みこは弓をならす。拾葉抄「弓の末を末彇（ウラハズ）と云也。梓の占をいひかけたり」。

六　風儀。

七　▽この歌詞は六条の御息所のことより嫉妬心を述べるが、一人の男を争う意で、この回の内容に相応する。

八　群をはなれた千鳥。一人ぼっちの意。

九　あそび物にする。ひやかしなぶる。

いひながら二かいへ上り　仇「丹さん　丹「なんだ　仇「ナゼマアそんなにふさいでゐるのだへト側へすはり、[10]摺寄て丹次郎が手をとらへ　仇「外じやアないがネ、おまへにそう言て置なくつちやアならねへことが有から、[11]悪止をしたんだアネ。毎度そんなに無理やアいはなひはネ　丹「それだからこゝの宅へ來たからいゝじやアねへか。[12]それがわりいと云たか　仇「わりいといやアしねへが、氣のすまねへ顔をしてゐるからサ　丹「よくいろ〳〵なことをいふぜ。そしてマア何をいふことがあるのだ　仇「なアに外のこつちやアないがネ、私が日ごろいふことだが、それに亦おまへも聞て知つてお出だろうが、[13]ことによれば、米八ざんには勝れめへけれど、少しは[14]意気地らしいことも、いはなければならねへことが有(る)から、[15]それをおまへに極ておいて、私がなんぼ離れねへ心で[16]達入を云た所が、おまへの了簡がおぼつかねへと、私はモウ[17]死んでも生てもゐられねへほど、外聞のわりい身のうへになるから、どうぞ丹さん、私のやうな[18]はかないもんでも、わりいものにみこまれたとあきらめて、はなれる心になつておくれでないヨ。ヱ、ヱ、丹さんト男の顔を見て、泪をホロリと膝のうへ、思ひこんでは[19]なか〳〵に、[20]案じ過して胸[21]せまる女心ぞ哀れなり　丹「なんだ、それをそんなにたいそうらしくいふのか。死ぬの生るのといふほどなこともあるめへ　仇「ヲヤそれじやア丹さん、私がこんなに氣をもむのを、おまへは[22]當座のなぐさみで、今にも[23]風のもやうによ

一〇 ▽せき止められていた愛情のほとばしる行動。
一一 無理にとめること。
一二 ▽一方があつくなれば、冷い態度をする恋の技巧である。
一三 この一句は「少しは意気地らしい…」にかかる。
一四 意気をしめして、争わねばならぬことがある。底本の振仮名「いきち」。濁に改。
一五 二人の関係をお前さんに確認しておいてからでないと。▽この仇吉の会話は、考えながら、途切れとぎれに言うと察すべし。
一六 義理を通し、意気地を立て通す言動。
一七 何とも立場がない。
一八 つまらない。
一九 かえって。
二〇 心配がすぎて。
二一 感情が高まって胸一杯になる。
二二 一時の。
二三 なりゆきが変ると。

つて、直にもわかれる了簡かへ　丹「ナニそうじやアねへが、あんまりおめへが気をもむからヨ　仇「いつそ氣をもんで、死でもしたらよかろうと思ふヨ　丹「なんのつまらねへ。そりやアいゝが、おらアこゝの宅は知らねへ内だが、こうしてゐてもいゝかへ　仇「よくなくツておまへをこゝへいれるものかネ。おまへは知らねへはづサ。今じやアモウ只の宅だものを。お案じでないョ。おまへの逢てわりい人は來やアしないョ。それよりか今のわけだから、急度こゝろを定めておくれョ　丹「そんなにおれを極たといつて、おめへの身をかんげへて見ねへ。あんまり極め過たらこまるだろうぜ　仇「ヲヤなぜへ。おかしいことをお言だねへ　丹「なぜといつて先達て、あらまし聞たおめへの身のうへ。たとへどういふわけにしても、おれが一生女房に持ふなんぞといふことは、ならねへ義理と知りながら、ついしたことから日にまして実を尽してくれるから、自由になるなら、米八が外に浮薄なことでもあつたら、それを節にと思つて見たり、亦おめへの身をかんがへれば、なか〳〵そうしたわけにもならず、よしやおめへはそうしても、させてはすまぬ浮世のならひ、儘にならぬといふうちにも、はじめからして、今日か翌日切れてしまふといふことが、たがひに知れた二人が中とは、神さんもお知りなさるめへと、宅で壹人で思ひ出して泣て居る時があるよト聞て、しばらく仇吉はものさへいはずしやくり上、さしこむ癪に歯を喰しばり、こらへかねたる女の情、

一 素人の家。芸者や旦那持ちの人の家でないの意。
二 たしかめた。▽梅児誉美にも見えて、かかる逆襲は色男の手としてかかれている。
三 どう深い恋仲になっても。
四 ▽小説の筋として発展させる、ふくみのある伏線となるものである。しかし本書では、この義理の内容にふれる所がない。
五 機会にして、米八と縁を切って、仇吉と夫婦になろう。
六 世間体があるから、希望通りにならない。
七 神もお見通し出来まい程、両人の仲が深いことをいう。▽誠に恋の苦労である。
八 泣きじゃくりして。

九 正直にいって。

一〇 思案につきて、あらぬことを思う。

一一 よい方法で。体よく。

一二 胸中。思い。

思はずむせるなみだごゑ
仇「私がいはふと思ふことを、おまへに今さらいはれては、いふもおかしいわけだけれど、[九]正直私も時とは[一〇]思案にあぐむおもひすごし、今は斯して中よくしても始終そはれる訳にもならず、どうぞ[一一]すべよく別れたら、此もの思ひはあるまいかとおもつて見たり、いや〳〵〳〵どうでうつくしく別れるといふは、出來ないわたしが[一二]胸、腹でも立て別れたら、いつそあきらめにもならふかと思ふ矢さきへ、似

た人の聲がしてさへ、思ひ出す心[一]がたへねへ今日このごろ。兄弟分[二]とか親分とかなづたところが、なほのことじれつたからうと、來年のことか今年か知らないが、今ツから後[三]のことまでかんがへると、しみ〴〵死たくなるけれど、よくもわるくもおつかアに、育られたる恩はあり、手まへ勝手をしたならば、おまへのためにもわるからうしと、ほんに何かをかんがへると、かなしくつてならないヨト取すがりたる仇吉が、実意を聞けば丹次郎も、有にあられぬもの思ひ、心のそこには米八もまたなか[四]〳〵に捨られずと、途方にくれし男泣、しばらく二人はさしうつむき、溜息をつくばかりなり。折から下より増吉が登る階子の中段にて　増「仇さん、サア煮花[五]が出來たヨトいひながらしづかに上り、二人を見て「ヲヤどうしたんだへ。其様にふさいでからに、両方がだんまりかへ　トいひながら丹次郎にむかひ　モシヱ初にお目にかゝつて、まだおなじみもねへわたいが、ぶしつけらしいわけだけれど、仇吉さんも一方ならねへ苦労な様子、くはしくわけはしらないけれど、おまへも米八ざんといふものが有と知りつゝ、斯いふわけになつて見れば、仇さんはいふにおよばず、たれしも覚[六]のあることだが、ほんに命も捨る氣になるのが意地づく色の道。たま〳〵斯して逢時には、恨みつらみ[七]は余所にして、たがひに嬉しい顔をして、たのしむがいゝじやアねへかへ。そりやア前後いろ〳〵とかんがへだてをして見たり、取越苦労[八]をする日には、氣色をわるくするばかりで、ま

一 …という風に心中ではたえず丹次郎のことを思っている。
二 恋仲をやめて、兄弟同様とか親子同様と、きれいな愛情の関係となっても。
三 わかれねばならぬ後のこと。
四 ▽色男の我まま。春水は悪意を示すべく書いたのではなく、自らも何とも出来ない感情のもつれを出したのであろうが、自然と色男の心情を評した如くなっているのが面白い。
五 煎じたての茶。
六 ▽増吉もまた、色の道の経験者たるを示す。想像するに、辰巳園は、梅児誉美が深川の芸者を描いたため、深川の女性読者(芸者を主として)が増加したので、この書は、主にその人々を読者に予想して書いたのであろう。芸者に対する世話にくだけた教訓的言辞が、ここを始めとして多いのは、そのためである。
七 恨みとつらいこと。
八 振仮名、底本のまま。或は「とりこし」の誤刻か。

ことにつまらねへわけだはね。斯いふわたしも今までに、小春紙治のお綱じやアねへが、面白いことはでなこと、わけのありたけ」氣をもんでも、縁といふ字の出來不出來で、望の通りになりはしないが、せめて結んで居る中は、その日を和合くらすのが第一のことだと思ふョ。余り何角を案じすごして、氣をいためるはそんだはネ。ヲヤ心なくお邪广をした。仇さんチツト浮ねへな。そんなにふたりが涙ぐんで、ふさいで居たとてはじまらねへョ。い丶ころお客の機嫌を取に、つらいくやしい目をするも、蔭で完尓することが、有のでつゞく唄妓の命、氣をはつきりと持ねへョトさすがその身も苦労人、色の諸分をくみわけて、異見も手がるく口軽に、いひつゝ下て行増吉。跡には二人が顔見合せ　仇「まことに増吉さんは嬉しいョ　丹「ほんに信切な人だのう。イヤそれはそうと、おらア斯しちやアゐられねへト立を引とめ仇吉は　仇「アレサ丹さん、マアお待な。そんなにうろたへて歸らずといゝはネ。まだはなしがあるからもうちつとお出ョ　丹「それでも宅へ客を待しておいたからョ　仇「うそをおつきな。何お客が有ものか。米八ざんが待ばかりだョ　丹「なんのめづらしくもねへ。米八にかまふものか　仇「ム、ウさましてたんとおあがりな　丹「コウおめへも素人じみた。よしねへな。その甚介は此方もあるが、そこは我慢でおいらアいはねへ　仇「ヲヤ私はいはれるおぼえはないよ。有ならおいひ、サア聞ふ。何を私がやきもちをやかれるやうな仕

九 近松の心中天の網島(享保五上演)の中心人物、小春と紙屋治兵衛。ただしこの系の義太夫浄瑠璃には、お綱なる人物見えず。同題材の江戸浄瑠璃の中にあるか、未詳。
一〇 出典未詳。
一一 男女の仲のさまざまに。
一二 関係のつづくうちは。
一三 第三編第一条にも「和合時(なかのいゝとき)」とある。具体的な意味で用いる。
一四 ほがらかになれ。
一五 程よく。十分に。
一六 活潑に。
一七 色の道の経験者。
一八 諸事情を分析して。
一九 さらりと。
二〇 面白く。
二一 のろけを聞いた時の挨拶の文句。「大いにあつい」から、さまして沢山たべよという意味。
二二 やきもち。前出(一〇〇頁)。▽前にもあった丹次郎の常套的な嫉妬へのきりかえしの態度。

うちをしたへ　丹「また直にじれこむョ。[一]かんしやくをおこすと身の毒だア　仇「そのかんしやくも[二]だがわざだへ。かわいそふだとお思ひな　丹「おもふどころかこの頃は、夢もおめへの事ばかりだ　仇「アレサ、[三]ちやかしておくれでない。他の氣も知らねへで、まことに憎いョ　丹「にくいばかりは[四]地金だろう　トいへばたちまち氣しきをかへしがみついて身をふるはし　仇「丹さんそりやアあんまりだョ。外に男もねへ様に、[五]他人に笑はれそしられても、また米八ざんににくまれても、おまへ一人に情をかけてもらへばすむとあきらめて、今まで他には上手もつかはず、[六]いつこく者でとほしたのが、[七]世間を兼る氣になつて、なんだか[八]かたみがせまいやうに、これほどつくす私が実が、おまへには知れないのかへ。ヱ、くやしいト喰つく　丹「アイタ、、、、、これさ／＼堪忍しねへナ。[九]おへねへ氣遠だア　仇「ア、私は氣遠ひサ。いやがるものを無理やりに、[一〇]色にするといふ了簡は、マアほん氣なさたじやアないのさ。サア乱心を直しておくれ、サア／＼　ト丹次郎をこづきまはす　丹「もう／＼おれがわるい。堪忍しな　トわらふ　仇「ナニおかしいものか。それよりやア今のことを急度だョ　丹「きつとでなくツてサ。急度でなかアどうする　仇「ヱ、どうするへ、斯するは　丹「ヱ、あぶねへ、[一一]かんざしで目を突はな　トいふをりしも増吉が聲にて「仇さん、[一二]母人をおめへの宅へやつたから、ゆつくりと遊びなよ　二かいにてはすこし[一三]間をおいて、あだ吉がこゑ　仇「アイョ、ありがたふ。

一 俗に、怒ると生命をちぢめるというに同じ。
二 誰が起させるのか。
三 はぐらかさないでほしい。
四 本性。本心。底本の振仮名「ぢかね」。濁に改。
五 染摸様妹背門松(明和四初演)下の質屋の段「大坂中に指さゝれ、人ににくまれ笑はれて、人まじはりがなろかいな」。
六 俚言集覧「一国、人に構はず我儘なるを云ふ」。春暁八幡佳年五輯中「勇肌者(いつこくもの)」。梅之春初編一「我慢者(いつこくもの)」、同「無法(いつこく)」。
七 世間体を気がねする。
八 世間体をはばかる気持をいう。
九 手におえない。しようのない。
一〇 情人。
一一 底本「て」。濁に改。▽口づけしたと推察すべし。
一二 仇吉が増吉宅にいることを、増吉の母をもって、仇吉宅へ知らせたから。
一三 ▽例の思わせぶり。

第四回

[一四]八軒かぞへしその中に、こゝは何屋か知らねども、化粧部屋の其風情、立聞すれば正に是、いづれも仇[一五]なる五六人、其品〻の座住居[一六]は、六哥仙[一七]めく唄妓の氣儘 △□○◇○○✡ 掛[一八]合の心にてよみたまふべし □「てへげへにしてはやく行ねへ。又ばゞ[一九]アがどなるぜへ △「それだつて、なんだか着衣の着塩梅がわるくツて、そしてなんだかじれつたくツて〳〵 □「こまるだゞつ子だぜ。すツかり脱でしまつて、ほんとうに着直しねへな。ハヽヽヽヽ ○「わりい癖だぜ。いつでも〳〵出[二〇]る先へ立とじれてるぜ。おいらアきつい嫌へョ。マア第一ゑんぎがわりいやアな。ドレ〳〵[二一]おばさんが起て直してやろう。やれ〳〵せわのやける[二二]あまツてうだぞ ○○「そりやアいゝが、おいらの今日の髪はたいそう根[二三]が上つたやうだの ✡「そうよのう、ドレそうでもねへが、ム、ちつとあがつた。そしてつとがちつとつまつたからョ。わるかアねへ ○○「よくも有(る)めへ。イョお嬢さんやつとお氣がすんだの。サア〳〵はやく行て沢山[二四]よくばんねへ ○「それどうだ、どうもおいらでなくツちやアいけめへが わらひながら △「ハイ〳〵有難ふございます。彼方[二五]此方のお情でたすかります トいひながら、ぐつとつまをとつて、ちよこ〳〵とかけだし行(く) ○「いよう引、ツ[二六]ヽテレ

一四 深川仲町の子供屋の八軒。その名は前出(二五五頁)。
一五 いきで美しい。
一六 坐った姿勢。
一七 在原業平・僧正遍昭・喜撰法師・大友黒主・文屋康秀・小野小町の六人の平安初期の歌人。六歌仙絵という定った図柄があって、足を出したり、ひざを立てたりしている。それに似た、行儀の悪いさま。
一八 歌舞伎や浄瑠璃で、せりふや文句を交換してやりとりすること。
一九 子供屋の女主人をさすか。
二〇 客席へ出る前にのぞむと。
二一 ▽ねころんでいた年ゆきの芸者と知るべし。
二二 あまっ子。年少の女を軽んじていう語。
二三 髷の結び根。守貞漫稿「髻を俗に根と云」。
二四 しっかりかせぎなさい。
二五 物乞いの文句をまねた言葉。
二六 歌舞伎の下座の真似。

〳〵　∞「またはじまつたョ、そう〴〵しい。そりやアいゝが、おいらアわすれたことをしたぜ　○「なによう　∞「[一]妙正さまのおみくじをどつかわすれたョ。ヲヤ〳〵じれつてへのう　□「またか〳〵。せつかくそう〴〵しいのを出して遣つたら、直に跡へかはりが出來たョ。のう寅次さん　○「そうよ〳〵、どうも[二]子供はうるさくつてならねへぜ。おみくじが見えねへの、ヤレ着物がす[三]べつたのと　✡「ヲイ〳〵琴次〳〵、お言[四]葉の鼠だが、着ものがすべつたとはおかしいネ　○「そうかね、またお言葉の狸[五]だが　⊖「イヤもうそう〴〵しいぞ。おことばの鼠だの狸だのと、け[六]だ物やのやうだのう　∞「何サ肥[七]後の熊本だものウ。衆人そのはづだアな。人は勿躰ねへものをなくしたといつて氣をもんで居るものを、あ[八]のくれへなもんだア　○「太の字も余程愚智ツぽくなつたの。[九]老婦やアどうもやかましいぜ。なくなツたら又取にやんねへな。妙正さまが京都へでも行てしまやアしめへし、たかゞ遠くなつて多[一〇]賀町だアな　□「それともしれねへぜ。今年やア中[一一]登りだそうだぜ　∞「又〳〵同じやうに口を出すョ。それでもの、おみくじやアみねへでもいゝが、今夜のむじ[一二]んの吉[一三]凶だアな　（トいはれてみな〳〵こゝろづき、てん〴〵に居なほり）　∞「それ見「ヲヤ〳〵そうだツけ、わすれきツてゐた。おいらも一ツ見てもらはふたがいゝ。もう一[一四]ぺん取にやろうか。いや〳〵しかしもう妙正さまはよそう。縁起がわりい。[一五]森羅殿ばしへやろう　○「それよりやア[一六]和哥町へやんねへな　✡「そうよのう。

一　前出(二五〇頁)。
二　年若な妓をさした。
三　つまらぬこと、ちょっとしたことを取上げることを「すべったのころんだの」というのを用いた。着物が何とかしたとか、やかましくいう。
四　お言葉だが、の意の洒落。
五　前言の鼠を更にかえて洒落た。
六　獣を飼い、肉や皮を売っていた家。ももんじいや。
七　妙正を、前出の解の如く清正と解すれば、本拠は熊本市花園町の本妙寺(日蓮宗)。熊の文字で「けだ物や」に応じる。▽この女は専ら妙正様のおみくじをのみ考えている。
八　あんなに洒落て嘲笑すると怒った語。
九　▽お嬢さんなどと若い妓に前にいったしっぺいがえし。
一〇　深川佐賀町にあてる。そこに妙正(清正か)様のあったこと未詳。
一一　深川客に多い上方商人の店員で、江戸の出店に勤めている者が、勤めの期間の途中で一時、上方の本店へ帰ること。妙正様も京上りするかも知れぬの洒落。
一二　無尽講。親という世話人のもとに仲間を集め、一定の掛金を集めて、定期的な集合での入札により、仲間がその金を交互にかりて使用する庶民金融の一(守貞漫稿第七編に詳しい)。
一三　入札で落ちるか落ちないかをいう。
一四　底本「一へん」。濁に改。
一五　深川永代寺の北方、一色町と平野

町の間にかかる富岡橋の俗称。
一六 仲町にあてる。共にそのいずこにみくじを出した所あるか、未詳。仲町は、稲荷横町にあった稲荷でもあるか。
一七 巽年代記に東やという料理屋が見えるが、それでなく、質屋であろう。
一八 借金の一部を返済すること。

一九 大ていのことではございません。

二〇 いやに鄭重な物言いをしたので、かえって自分が気恥しい、というほどでもないが。
二一 飯のこと。頭の一字に、「の字」をつける深川当時流行の言い方は前出(七六頁)。
二二 仕出屋へ何が出来るか見に、人をやれ。
二三 召使の男をさす。

おらア無尽がとれると、マア何はともあれ、東屋の方は少も入れて置ねへと亦面倒だは　口「勘定のいゝことばかり云てゐるぜ。大造とれるから左様だろうョ　✡「マアちょいとさう云たものョ。取たらおごろうョのう　○「おてへ〳〵さまではございません　口「なぞとやつたも氣恥かしいじやアねへが、マアめの字にしてへの　○○「なんぞ見せにやんねへな。老父が來ねへと不自由だの　✡「めの字といへば、梅吉ざんの処へさつ

ぱり尋ねてやらねへの　○「そうよ、どうしたんだの　口「あんまり呑過るからだアな　8「呑すぎて煩らやア、おいら達もお仲間だが、呑ばかりでもあるめへよ。しかし酒が達者になつたのは米八ざんだのう　○「そうよ、おいらアよつぽど呑む氣だが、どうして叶はねへは　口「呑でもまたあのくれへとほつた子はねへぜのう　8「実正にあの子なんぞが氣のとほつたといふのだろうヨ　○「そりやアそうと、仇の字のわけはどふしたろう　口「そうヨ、よく米の字がだまつてゐるの　8「ナニ此間小池の二階でやかましくいつたそうだよ　✡「なんぼ米八ざんがあゝいふ氣でも、少は言たろうヨ　○「それだけれど、どうも是ばつかりやア、ふせぎやうがねへのう　口「仇の字だつてもまた大畧にしちやア外聞がわりいから、達入とか横引とか、やらかさねへじやアなるめへよ　○「そうかの、とんだものをやらかすの。おいらアキウ引と一盃やらかしてへのトいふ時しも、未時の鐘ボウン引〳〵。そも寄合し此模様、さも氣さんじなやうなれど、その身になつて見るときは、辛氣心苦の會所にて、なか〳〵たやすきくらしにあらず。逢さ離さの物おもひ、義理のしがらみ身の衣裳く、春の初日の出立から、蝶飛頃の待かねて、着替は文庫に落着ず、給小袖に夏衣裳、やるせなきまで光艶かざる、中に一人はじみられず、負ぬ氣性は癪となり、亦借金となりゆきて、結ぶ年季に切れる客、せかれる間夫をやう〳〵に、離れぬ末は身のつまり、金のなる木もあるやうに、迷ひ

一 見舞って。 二 気の通った。通人の。 三 仇吉。 四 米八。 五 前出(二四七頁)。この一件は第一回に見える。 六 通人で、よく物のわかった気。 七 色恋の沙汰。 八 程々。よい加減。 九 前出(二六一頁)。「横引」は、洒落て反対の語をつけたもの。 一〇 ▽横引といったから、それに応じて、「とんだもの(変なもの)」といった。 一一 今の午後二時頃。鐘はもちろん、富岡八幡宮のいわゆる八幡鐘。社殿の正面石階を上った右側にあり、元禄四年に鋳た刻文があった(深川区史上)。岡場遊廓考に「八幡鐘　茶屋の役にて、替り番に是を勤むると云々」。 一二 気苦労のないこと。 一三 深川における検番のこと。ここは、あつまり所ほどの意。 一四 徒然草三段「あふさきるさに思ひ乱れ」。元来は、とつおいつの意であるが、ここは漢字の如く、情人に逢ったりその縁を切ったりの意。 一五 義理に制約され。 一六 身体の仕覚(用意)の意で、衣裳をあてた。 一七 よそおい。 一八 蝶とぶ春が早く来て。 一九 仕懸文庫のこと。仕懸文庫(寛政三)「しかけ文庫といふは、子どもの着替を入てもたせて来る文庫也、大いそ(深川のこと)にて着物をしかけといふ事、人のしる所なり、尤しかけぶんこを持せる事は、縄町(仲町のこと)にかぎる」。ただしここの着替は、次の袷から夏衣裳への如く、季の推移によってきかえる着物の意。 二〇 気分的にやりきれないまで。 二一 美しくする。↓補注六。 二二 しみたれる。 二三 勤めの年

てわからぬ欲[28]の道、ゆけども〳〵本街道[29]へ、出るにでられぬなんぎとなるべし。凡世に住娘御達、分限に過たる美服を好まず、其ほど〳〵を慎みて、恩と情をこゝろにかけよ。およばぬ願ひに上[30]を見て、不実[31]の人となることなかれ。よしやたま〳〵不人情にて、一旦栄ゆる者ありとも、永き月日のその中には、思ひの外に零落して、後悔することうたがひなし。わけて美人はわが色香にわれとほこりて慢心し、彼山鳥[32]のわが姿にほれて、水死をするに等しく、日毎にうつす鏡臺は、おろ[33]の鏡のおろかなる、心[34]をてらしてうわきをつゝしみ、不貞の女となるまじと、思ひてさへも親兄弟のために苦み、不義不実といはれる時節もあるものなれば、かへすがへすも娘御達の身にはつ[35]ゞれを着たまふとも、心[36]に錦のはれ小袖、操[37]の衣の継ゝは、肩身[38]も廣しと思ひ定めて、正しからざる行ひは、親御が欲ゆゑゆるすともかならず迷ひて、道ならぬ方へは足をいれたまふなと、悪まれ口に娘たちへ異見はいつも作者が癖、狂訓亭が老婆心、なんと子供衆[39]合点か〳〵。

其名噂も与志町[40]に、さゝやかなりし仮住居、内にきこゆる三味線は、絶て久しき流行の、昔をこゝに宮薗節[41]、

〽梅川もせきくる泪、チン、今こなさんのそのやうな、憂身はたれがさすぞいな。

あぢな一座の付合に、思はれ染ておもひそめ、いとし痞にかあいが癪、逢たいが

季を重ねて契約すれば、年季を待ってくれた客と縁が切れ。二四 さまたげられる。二五 様々にして。二六 一身上の窮乏をきたす。二七 金を次々にこしらえる木のような能力。二八 物欲と情欲。二九 欲の道に対する語。真人間の生活。三〇 分不相応を願って。三一 恩と情を忘れた人。三二 博物志「山鶏美毛アリ、其ノ色ヲ愛シテ終日去ラズ、目眩シテ則チ溺死ス」。三三 万葉集十四「山鳥のをろのはつをに鏡かけとなふべみこそなによそりけめ」。万葉集略解「(前略)から国の魏と言ふ代に、山雞を飼ひて鳴かざりしに、尾の方に鏡を置きたりしかば、よく鳴きつと言ひ伝へし諺もて詠みつらん」。春暁八幡佳年六輯上「山鳥の愚(おろ)の鏡とは、自分の姿を水鏡にうつして、羽根の色に看惚て、目をまはして水へ落て死ぬといふぢやアなひかへ、それをたとへて山鳥のおろかの鏡といふといふのだとサ」。三四 自己反省して。三五 やぶれ衣。三六 心は美しく錦の如く、はればれとしている。三七 操さえ正しければつぎの着物も。三八 衣の縁。世間にはばかることがないと。三九 赤本以来児童向草双紙の教訓の末の常套文句。ここは芸娼妓をそれとなく指す。▽深川芸者向教訓で、次々と同内容の教訓を重ねている。四〇 芳町にあてる。今の東京都中央区日本橋芳町。四一 薗八節のこと。宮古路薗八に起り、宮薗鸞鳳軒の大成した浄瑠璃の一。安永頃上方で最盛、文化頃におとろえた。以下の文句

は道行相合炬燵（通称梅川）の初めの部分。

一 底本の振仮名「ごきけん」。濁に改。
二 前出（二五一頁）。
三 底本「宮その」。濁に改。宮薗千之。通称山城屋清八。江戸の芳町住で、文政中、京都で宮薗節に接して、これを再興した人（高野辰之著日本歌謡史など）。▽永井荷風著の為永春水にいう「わたくしは元禄以後江戸の文学者にして三絃の曲調を愛好し、之について正確なる批評をなし得たものは蜀山人であつて、之に亜ぐものは為永春水と二代目梅暮里谷峨であると思つてゐる」。芸者を読者と予想したこの書は殊に、歌曲にふれることが多いが、これらについては、清元延津賀の援助もあったことと想像する。
四 東都遊覧年中行事「初寅の日、毎月、毘沙門参り」。
五 衰微しきった。
六 理解。物おぼえ。
七 丹次郎のこと。
八 芳町に隣る葺屋町・堺町には市村座・中村座があった。そこの歌舞伎を見物する意。

色、見たいが病ひ、恋しい顔が藥より、按摩さんより、灸より、氣合が能なりや、わるうなる。お袋さんの御機嫌[一]が、そこねて見えぬあすの日を、文で繰出し口舌で留

米八「今日はマアこゝまでにして置ませう。あした又逢橋[二]の毘沙門さまへ参るから、丁度今時分來ますョ。どうぞその時分お宅だといゝねへ　宮ぞの[三]喜代八「ほんに明日は寅[四]の日だの。淺草へ行やくそくが有けれど、おめへの來るまでまとふョ　米「ヲヤそうかへ、嬉しいねへ　喜「うれしいほどのこともあるめへが、捨[五]りきつた宮園ぶしをならつてくれるがうれしさに、だれにでもおしへる氣だが、どうも請取[六]の能人はすけねへにはこまる。おめへはどうも感心だョ　米「ヲヤどうせう、一番私が覚えがわるいから、お氣のどくでなりませんは　喜「ナニ〳〵どうして、おれがこの歳になるまで、おめへのやうな器用な弟子はとつたことはねへトいふをりから、げいしや二三人おもてからこゑをかける　○□△「米さん引米八さん　米「ヲヤ〳〵どうして知れたヱ　みな〳〵「た[七]の字に聞たが、今ツからチョイと覗[八]くつもりだは。おめへも行なゝ　米「ヲヤそうか有がたふト喜代八にいとまごひして立出る。

梅暦餘興　春色辰巳園卷之二　終

梅暦余興 春色辰巳園巻之三

江戸　狂訓亭主人著

第五回

契情も唄女も元は乙女にて、生所[9]が別に有にはあらねど、貧しき活業[10]親の為、または其身の孝不孝で[11]、娘盛の七変化[12]、種々さま〴〵の世の中に、多くは親の不所存と欲と我子の出世[13]を思ひ、昨日はそしりし他人の噂、今日は我身[14]の不義不実、生質たる温厚き娘を、末は札付[15]の婬婦にそだてゝも、はぢをしらねば氣もつかず、薄情もの[16]ゝ餌となり、そゝのかされて迯隠れ、なぐさみものになる類ひ、皆これ因果[17]の母子にて、日ゞ非道に導れ、人間なしとなり行のみかは、果は不実の報ひにて、はじめ思ひし立身の半途にいたりて、天の誅男のばちにて、一生涯誠の出世はなることならず、萬年新造[18]といはれたる、花の盛りも永くは保たず。それ人たるもの始終[19]を守るはかたけれど、そも〳〵女と生れては、五障[20]三従[21]の罪深ければ、過たることを折節は思ひ出して、身

九 畑の意。梅児誉美第十一齣にも「傾城の種といふて、別に蒔たる畑もなし」とある。出拠未詳。
一〇 生活。
一一 孝心から親のため身を売るもあり、不孝で身をもちくずして、ここに堕落するもあり。
一二 舞踊所作事の一形式で、舞踊の中で、七つの役に変化して見せるもの。ここは様々の境遇にうつりかわる意。
一三 水商売をしていて、よい旦那がつき、いわゆる玉の輿にのることをさす。
一四 親をさす。
一五 定評ある(悪い方のみに用いる)。
一六 娘が薄情な男のもてあそびとなり。
一七 運の悪い。
一八 年がいっても若々しく美しい人の称。芸者など、島田で眉を剃らず、娘の風であるからなおのことである。
一九 終始一貫、節を守り通すこと。
二〇 仏説では、女は罪深くて輪王・梵王・帝釈・魔王・仏身の五つになることが出来ないという(増補諸乗法数)。
二一 仏説で、女は幼にしては父母に従い、少にしては夫に従い、老いては子に従わねばならぬという(増補諸乗法数)。

のうへをよく〳〵つゝしみ、花[1]ちりて見るかげあらぬ時になりても、心[2]の花のちらざるやうに、用心することよかるべし。こゝに一首の古哥をしるして、後悔なからんことを敎ゆ。

[3]ながらへばまだ此頃やしのばれんうしと見し世ぞいまは恋しき

たることを知らざる時は、只上ばかり見る氣になりて、羨しきことたえる間なし。我子に[4]錦を着せんとて、穢れし行ひさせるたぐひは、大畧母親の所爲なりけり。それはさておき仇吉が、素生をこゝにたづぬれば、元は[5]朝夷の[6]切通、[7]小嶋町の[8]裏借家に、いとおとなしく生立しが、幼き節より音曲に器用にて、こゝや彼所の座敷にまねかれ、賞らるゝのが嬉しさに、今まで一度見も知らぬ方へも遠慮することなく、親は元來[9]不自由なれば、娘が他に愛せられて、[10]髷結切よりもらひ初、はや十四五才にいたりては、[11]小貳朱包の[12]肴代、[13]酒賣二階、[14]緣日參りと、さそはるゝ[15]儘おごらせる、心の底意いやしくも、母親お八重が欲心から、若者どもが[16]はりに來るを、德を得たりと悦びて、色氣のあらぬ仇吉が、もそつと男を[17]たらしたらば、あの息子は金を出すだろうのに、どうかいゝ[18]鳥がかゝりそうなることもやと、朝夕氣ばかりもみ居たりしが、娘は親に似もやらず、[19]袖褄ひく人多けれど、たへてこれをば見かへらず、[20]あぢなことから親類と、なりにし人の情にて、久しく[21]色氣白歯の生娘、[22]いやみなしにて有けるものが、[23]年をか

一 容色のおとろえた時でも。
二 心の美しさを失わぬように。
三 新古今集十八所収。百人一首一夕話「此まゝに生ながらへて年月を過すならば、其時には又今此比の事を恋しのぶやうにやならん、その証拠には、うき事ぞと見たりしむかしの世が、今にては恋しきによりてといふ事なり」。
四 立身出世させようと。▽この所の教訓の内容は第四回と全く同じである。
五 鎌倉の地名を用いるが、江戸にあてる。「あさいな」と読むことは、志田義秀著日本の伝説と童話参照。
六 江戸の切通は湯島と芝にあり(文化四年刊万世町鑑)、ここは湯島(今、文京区切通町)の方か。
七 今の台東区浅草小島町か。
八 通り筋からひっこんだ長屋の借屋。貧しい家なることを示す。
九 貧乏。一〇 髷を結ぶ飾のきれ。
一一 古二朱のあて字。安永元年から文政七年まで鋳造した二朱銀で、「以南鐐八片換小判一両」と表面にあり、古南鐐ともいう。
一二 肴を送るかわりの意で、礼金の包の表に書く文字。
一三 酒屋の二階でする簡単な酒席。
一四 神仏の祭礼仏事のための団体で保養をかねた参詣。
一五 飲食や物品を他人にふるまう。
一六 女を手に入れんと、しげしげと近づくこと。一七 色じかけでまよわす。
一八 籠絡されて、こちらの利益になる人物。

ぞへて今ははや、流れ[二四]てよどむ婦多川に、數へられたる苦労人[二五]、今宵もたしか丹次郎と、口舌[二六]しらけて氣のすまぬ、別れの時に増吉と、愚智をならべし門口へ、母の迎ひに詮方なく、不肖ぶせうに立あがり、増吉へいとまを告、二足三足立出しが　仇「ア、なんだかおもしろくもねへ。母人おめへ先へ帰んねへな。私は跡から行からト立止る。母「なんだな此子はおかしなことをいふのう。おれがわざ〳〵迎ひに來たのに、先へ帰れの何のとじくね[二七]ずと早く歩行ねへな　仇「いやだヨ。私やアまだ用があるから跡から帰るヨ　母「おめへも余程酔てゐるじやアねへか。おれと一処に歩行[二八]なヨ　仇「ヱ、モウじれつてへ。何で其様に急ぐのだな　母「ナニじれつてへ、此方がじれつてへは。此[二九]間は旦那[三〇]も足[三一]が遠いじやアねへか。勘定知らずめヱ。そりやアはや外に旦那を見付ることは苦にもならねへが、一ト月でも半月でも、座敷[三二]ばかりで居られるものか。親父の方の講中[三三]の預り金[三四]も、晦日にやア揃へて、同行[三五]へ渡さねへけりやアならねへから、二両は是非拵へてくれろと言てよこすし、お八十が（これはたしか仇吉が姊にて縁付てゐるものとしるべし）方の壹両も、あれが内證[三六]で都合してよこしたのだから、早くけへさねへとおれが口[三七]が聞けねへ　仇「そんなに今、ならべ立ねへでもいゝやアな　母「インニヤ、言はねへと手めへはいゝ氣になつてゐるからヨ。そしてマア此間旦那の置て行た壹両貳歩[三八]はどうした。其時から何も買やアしねへじやアねへか。それに叔父さんも貳歩呉たじやアねへか

一九 何かといいよる。この辺から二丁分、後刷との相違の多い所。
二〇 ちょっと変ったことから。▽問題をふくみ、事件を別に発展させる種となるが、本書ではその発展を示さない。
二一 色気知らずとかかり、白歯は未婚の若い娘の風を示す。
二二 色恋の経験なし。
二三 数年をへて。
二四 水商売の。ここは芸者稼業をいう。
二五 ベテラン。
二六 口説の末に気まずくなって、気分がおさまらない。
二七 すねて怒らずに。春告鳥二十「腹立ねへで」。
二八 もと通語で、散歩とか遊里通いの特別の意があったが、ここは一般語。
二九 近頃。 三〇 仇吉を後見する旦那。
三一 しばらく通ってこない。▽下の「外に旦那云々」は、前述の不実をすすめる親の例示。
三二 検番を通じて客席へ出る勤め。
三三 下に「同行」とあるから信仰上の講(会合)であろうが、度々あった如く経済的な相互扶助機関でもあったと見える。
三四 かり金。借りることを預るといった。
三五 信仰的講の会員。元来は、神仏へおもに参詣する人の意。
三六 亭主へ秘密で。
三七 子供に対しても親らしく言動が出来ない。
三八 一歩は一両の四分の一。

仇「よくいろ〳〵な詮義[一]をするのう。よく考へてお見な。叔父さんの金が去頃[二]の様に、もらつてばかり居られるものか。今じやア斯して居るから樂だろうと思つて、戯談にもこのごろは工面がよかろう何ぞといふから、此間も帯を一筋こせへて遣つたら、どんなにうれしがつたろう。その勘定に貳朱ト三百文[三]たして遣つたから、貳歩もらつたと云つて、それが何時まであるものかな　母「エヽべらぼうめへ[四]。それじやア釣[五]を取られたのだア。ナニ今そんなことをせずともいゝことを、きいた[六]ふうな。斯して居るうち、末[七]のしがくでも仕やうとはしねへで、取れる所[八]ばかりこしらへるもいゝ働きだア　仇「どうしたといつていゝじやアねへか。此様な活業をさせながら、きてうめんな[一〇]ことが出來るものかな。やかましい　母「ナニやかましいものか。宅へ行て手めへの了簡もよく聞て、親父にしつかりと相談しねへけりやアならねへ　仇吉は酒のうへといひ、しやくにさはりて　仇「なんだおつかア、親父に左様いふと、何とでもいひねへ。今までおもいれ[一一]氣をもまして、だん〳〵[一二]歳を取て、少しぐれへなことを、何もおかしく[一三]言はずといゝじやアねへかな。今度叔母さんか叔父さんが來るとわけをはなして、それでもおれがわりいといふなら死んでしまはア　母「ふざけたことをいはねへがいゝ。大勢の兄弟の中で、手めへが一番おれに苦労をさせて、成長[一四]たところで息[一五]をつかずに、手[一六]めへの自由をされたら、いゝ[一七]つらの皮だ　仇「何を私が自由をしたエ　母「エヽやかましい。いち〳〵親

一　しらべ。吟味。
二　以前。
三　▽仇吉の気性の、血筋に似ずきれいなことを物語る。
四　馬鹿野郎（語源は嬉遊笑覧などに見える）。
五　つり銭。
六　生意気な。
七　将来の計画。
八　金をつかう所。
九　逆にいった語。
一〇　金のことを計画的にすること。ぎすぎすした生計。
一一　十分に心配させて。
一二　自分もだんだん年がいったのだから。
一三　変にごたごたいわないでも。
一四　お前が働き盛りに成長した今。
一五　私が少しも気楽にはならないで。
一六　お前が、親のことも思わず、自分勝手にふるまわれては。
一七　私こそみじめなものだ。

一八 きいたふうな口をきくな。

にさからはずと、早く帰るがいゝはな　仇「なんでそんなに急ぐのだナ　母「いそぎやアしねへが、はやく歩行なナ　仇「おれが宅へおれが帰るに、はやくつてもおそくつてもいゝじやアねへか　トくだらぬことをいひながら親子げんくわをなしながら、やう〳〵とわがやへかへり　仇「ア、モウ〳〵まことにやかましいといつちやアねへ　母「ナニやかましいと、コレおいらは先刻から途中だから、いゝかげんに聞て居たが、あんまり一八しやれるなヨ　仇「しやれやアしねへが、口やかましく

つてならねへョ　母「ヲヤこの子は大きな聲をしなさんな。外聞がわりいョ。これでも家内に居ては、[一]てへ〳〵氣がもめてなりやアしねへはナ　仇「氣をもんでもらはねへでもいゝのに、お氣の毒だの　母「なんだ、あんまりふざけるな。[二]いゝかと思つて　仇「ヲヤねつからいゝと思ふことはねへの。まことに私こそ氣がもめて〳〵ヱ、くやしいト茶碗をなげる。裏口の障子へあたつてチヤラン引　母「コレその[三]なげうちはだれにするのだ。サアおれをなげるともぶつともしろ。日ましにふざけて親を馬鹿にしやアがるト　しだいにつのるおや子のたかごゑ、近所の人きたる　春吉「ヲヤなんだへ仇さん。モシマアおつかア勘忍おしョ　トいふに外の二三人なかへはいりて、仇吉ははる吉の内へつれてゆく　○春吉お秋姉妹にて[四]げいしや。その氣にてよみ給ふべし　春「仇さんおまへマア今夜はたいそう酔たの　仇「なにネ、おまへの前だが、此頃じやアまことに口やかましくつてならねへから、うるさくつて〳〵　春「アレサ、そんなにいひなさんな。どうで歳をとると愚智になるから、氣やすめをいつて置がいゝはな　仇「それでもくやしくなるから、ツイ　春「アレサ、おめへはどうもまけねへ氣だからならねへ　仇「あんまりうるせへから、いめへましいといつちやアねへ　春「それはそうと、丹印はどうしたのだ。なんでもおいら[五]がこゝで聞て居たら、[六]一人で小言を云て出かけたつけ　仇「ナニ全躰それから起つたことだはナ　春「母御がそれをやかましくいふのか　仇「ナニあれでも、おいらの母人は、[七]時〻いろ〳〵な氣になつてならねへはな　春「そうか、そして米の字の方

一 底本「てへ〳〵」。濁に改。大体ならず。一通りならず。
二 此方がおとなしくしていればよいかと思って。
三 腹立てて手近のものを投げること。
四 底本「けいしや」。後刷により改。
五 底本・後刷「か」。濁に改。
六 丹次郎も口舌の末に、一人でぶつぶついって外出したのである。
七 よい時はよいのだが、時々に気が変って、いやなこともいろいろいうようになって困る。▽仇吉は元来すなおで、この母をもよくいうのである。
八 先頃の十二軒の事件の跡始末として。▽次々と二女達引の新趣向のあることの予告。九 底本「さん」。濁に改。▽梅児誉美に米八の苦労の次第のあることをにおわせた広告。一〇 この頃つぶし島田とて、髷のひくいのが流行。
一一 桜川三孝。巽年代記(天保八)の仲町太夫連名のうち、外国酒席饗応として、「三孝　桜川、昔咄し、元柳ばし」。吉原の幇間で、深川へも来ることが多かった人物。元来、桜川慈悲成門の落語家。一二 天保六年に貞孝節義出世娘と題して出刊した人情本のことであろう。写本として出来ていたか、例の予告かも知れない。→補注七。
一三 底本の振仮名「けいしや」。濁に改。
一四 春水自ら野暮ということ屢々(本書三編序など)。晩年訪問して、妓院狭斜の事をたたいた菊池三渓に「僕少ニシテ貧、加ルニ多病ヲ以テス、足未ダ曾ツテ花柳之地ヲ践マズ、況ンヤ風流ノ

は中でも直つたといふわけか　仇「ナニ〳〵大違ひ、まだ〳〵[八]此間十二軒の跡をおもいれいはねへけりやアならねへ　春「そうか、なる程それもだん〳〵わけがあるだろうけれど、元はといへば米八[九]ざんが、大そう苦労をしたのだそうだからトいふ処へ、妹お秋茶をこしらへて持來る　仇「ヲヤお秋さん有難ふ。誠に酔てくるしいから何より嬉しいト　茶わんをとりて、お秋が髪を見て　仇「ヲヤいつもより風がよくツて、[一〇]髷がひくくつてい丶のウ。だれだ。おいらも今度はそういつてもらはふ　秋「今、[一一]三孝さんが[一二]娘大幸記といふ本を貸ておくれだが、[一三]唄妓の一代記だそうだが、誠に評判がい丶とサ。狂訓亭といふ作者は野[一四]暮な人だそうだけれど、娘と唄妓のことはひどく[一五]穴を智畧書とサ　春「なんだな、[一六]此子はつまらねへことをいふョ。仇さんは[一七]しやれ本を直にやらかして、楽んだり苦しんだりして居るのに、[一八]草双紙のはなしなんぞは耳へはいるものか　仇「ほんに心がらとはいひながら、一人で泣て居る時が有が、よくこれでサ座敷が勤ると思ふョ　春「そうョのう。[一九]しかしおいらは色をしたことがねへから、氣もめることはねへが、色が出來たらさぞたのしみにもしたり、腹もたつたりするだろうョノ　仇「ム丶ウ色を[二〇]しねへとは[二一]新らしい言草だの。[二二]延津賀さんがおめへのことをくはしく書て、[二三]嘉造さんが手交て、三冊ばかりになつてゐるとョ。あんまり立派な口はきけめへ　春「ヲヤそうか。氣恥しいの　仇「氣はづかしいといへば、この間おいらも米さんと喧硴をしたのを思ふと、今

情事ヲヤ」と答えた(訳準綺語)。
一五 ▽梅児誉美には、穴を知らず洒落本と相違すると述べたが、本書ではしばしばこの語を出す。従来の作者未到の羽織芸者の生活の表裏を描くことを、一つの目的としていたのである。前出の化粧部屋やこの回もその例。
一六「此子…」からこの回の末までの一丁は、後刷では補刻の誤りの多い所。
一七 洒落本さながらの色恋を経験して。洒落本は安永天明を盛期とする花街の遊びや色情をうがつを専らとした小説の一体。
一八 江戸で発達した絵本の小説で、当時の草双紙は合巻と称される。洒落本の大人向に対して、子女向の作品とされた。大幸記を子供向と卑下したのである。
一九 後刷「しかにいらは」とあって意をなさない。
二〇 後刷「しねへ」の三字「木進」とあって意をなさない。
二一 耳よりな話だぞ。とんでもないことの意。
二二 前出(四六頁)。延津賀は早く春水の補助としても作品をなした(中村幸彦「為永春水の手法」—近世作家研究所収参照)。
二三 吉原仲之丁の茶屋一文字屋の人。この頃の吉原細見には一文字屋嘉兵衛として見えるが、嘉造もやがてかく称した亭主であろう。吾妻路里遊と称し新内をよくし(春色松の調二編)、人情本は為永連の一人で、一文舎柳水と号した。▽ここにいう如く、人情本にはモデルのある作品または部分が、多いと見なければならない。

さら気[一]はづかしいョ　春「そうか。おつかアとけんくわをしたり、米の字ともの言をしたり、それも不殘丹さんのことだからしかたがねへ　仇「これほど氣をもむのを、向ふでも察してくれねへじやア、おいらの立処[二]がねへ　春「いゝのサ、それもみんなかはいゝ男のことだから。しかたがねへ　仇「それは知れたことョ　春「ヱ、悔しい。うけさせ[三]られた　秋「仇さん、モウ夜が更たから私と一床にお寐な　仇「ア、そうしようョ　トいふ折から八幡[四]の八ツ[五]の鐘ボウン引〱。

第六回

いつも立寄湯帰りの姿も粋な米八が、垢抜[六]したる糠帒口にくわへて、抱たる浴衣も京[七]藍二重染、八重に咲たる丹次郎[八]が花の色匂[九]に心せく、門に落たる反古さへも、もしやと拾ひ打開ば、

[一〇]薄くこく乱れて咲る藤の花久しき色はあらじとぞ思ふ

米「ア、いやな哥だ。ふけへきなトいひながら丹次郎が宅の障子をあける。丹「ヲヤ今日はごうぎと早く起たの。湯は込でゐたか　米「イヽヱよく透てゐるョ。私やア爰で顔[一一]をして行から、其内おまへも湯へお出な。今丁度仇[一二]の字が這入た所だ　丹「ナンノつま

一「はづかしいョ」は、後刷「はづかし」。
二「たちど」とあるべき所。たちば。
三 のろけを聞かされた。
四 八幡鐘のこと。前出(二七〇頁)。
五 午前二時頃。
六 上から米八の垢抜した(洗練された)姿、下へは糠をすてた糠袋の意で続く。
七 京都製で、藍色で二回に染めて濃淡を出したもの。
八 浴衣の摸様の牡丹の花をかける。
九 美男に引かれて。色匂は花の縁。
一〇 拾遺集二「薄くこく乱れて咲ける藤の花等しき色はあらじとぞ思ふ」の一句をかえたもの。今美しい藤の花も、盛り長くなく、いずれはみな色あせるの意。よって次に「いやな」と嘆じた。
一一 化粧をして。
一二 仇吉。

らねへ。ナニあいつらに用が有ものか　米「あんまり用のねへことも有めへ。増吉ざ[一三]ん所の二階もわる長かつたねへ　丹「コウ米八、おめへは此頃ア、まことに愚智になつたぜ。[一四]八軒の中に唯一人のさ[一五]ばけもんだと、評判される身分じやアねへか。そりやア他人知らねへ妬心だからかまやアしねへが、思ひもつかねへことをいはれると、おいらも腹は立ねへが氣の毒だ[一六]　米「氣の毒なら、仇の字のわけを止ておくれとはいふめへから、少し遠慮[一七]にしておくれな　丹「コウ、なんぞといふと仇吉〳〵といふが、おらア何もおめへにいはれる程のことは　米「ないといふのかへ。それじやア丹さん恨みだヨ。どうで私も此様な我儘もんだから、三度に一度は、おまへにも氣障[一八]がられることも有だろうけれど、不及ながら斯して苦労してゐるから、少斗[一九]はかわいそうだとお思ひでもいゝじやアないかへ　丹「そりやア思はなくつてどうするものか。おれもどうかして手めへの厄界[二〇]にならねへやうにしてと、いろ〳〵氣をもむけれども、今じやア元[二一]手はなし、そうかといつて、さすがつまらねへ業躰[二二]をしたら、手めへの外聞もわるかろうと思ふから、誠に氣がもめてならねへから　米「ヲヤそれで好色[二三]をかせぐのかへ。おつな氣のもみやうだねへ　丹「おれが何時色をしたことが有ナ、つまらねへ　米「私こそつまらねへ身の上だはト何かわからぬ愚智をならべ、争論折から障子の外、奴[二四]の[二五]小女子、だれとかからかいながら欠來り　小「ばかやア引イ。丹さん、夕[二六]アのものが出

一三 底本「さん」。濁に改。▽第三回の場面は序の口しか述べないので、その余情を米八の口をかりていう。
一四 仲町の芸娼妓中の意。八軒は前出(二五五頁)。
一五 気の通った人。ものわかりのいい人。
一六 心苦しい。この頃、「気の毒」には、自分が心苦しいことをいう古い意と、相手に同情する新しい意と、両様あるようである。
一七 ひかえめ。
一八 いやがられる。
一九 春告鳥十九「少斗(ちつ)気を晴して」。
二〇 厄介のあて字。
二一 資本。
二二 商売。▽すぐに「手めへの外聞」などというのが、色男の手。
二三 せっせと浮気をする。
二四 糸びん奴の風をした。第七回の上(二九六頁)に説明がある。
二五 妓家で見習兼手伝いの少女。
二六 ▽子供の使として、はっきりと物をさしてないが、二編末から三編に問題となる羽織でもあろうか。

來たから、ちよいとお出ト言ながら障子を明、米八を見て心付、わるいことをせしと氣[1]の毒なる様子　小「ヲヤ私やアわすれた。おまへの所だツけか、直[2]さん所だつけか。マア今最一ぺん聞て参るヨトまぎらかしたる言わけは、これ仇吉が使にて、彼米八へはさしゆゑ[3]に、かゝるさそく[4]の出たらめは、色の世界の実生[5]にて、他にはあらぬ利口もの、丹次郎[6]へ目くばせして、障子引寄欠出し行　米「ヲヤありやア増吉さ゚んの宅の子だネ　丹「ヱ、ム、たしかそうだつけ　米「そうだつけぐらゐなことでもあるまい。いつも度ゝ來る様子だ。どうしたこつて増吉さ゚ん[7]と心易くするのだへ　丹「ヱ、ナニ何ヨ、此間畳屋横町[8]で本を借てゐる時、増さんの旦[9]が善孝[10]さんの処に居て、それから一所につれていかれて、増吉さ゚んの宅で酒を呑せられて、其時から一二度行たツけ。何、今のはたしか人違ひサ　米「能かげんなことをお云ナ。増吉さ゚ん[11]は旦那も亭主もありやアしないヨ。戸網町[12]の店[13]に居る兄さんが、通ひ番頭[14]になつて、今じやア大造[15]仕合[16]がよくなつて、身分[17]が正直と極つたから、娣が唄妓なんぞをして居るといはれては、仲間[18]の衆へ聞えもわりいといつて、兄さんが引こませ[19]て、母御と一処におくのだから、なか〳〵旦那なんぞを取と、兄さんが承知しねへとサ。此間しかも小池[20]の宅へ、増さんの兄さんと湯浅屋[21]の正兵衛さんと來なすつて、其時正さんのはなしで、くわしく聞て知つてゐるヨ。好男ぐらゐはあるだろうが、おまへをあすこの宅へつれて行て、御馳

一 心苦しい。こまった。
二 未詳。▽楽屋落あるか。
三 さしさわり。
四 急場の機転。
五 花柳界育ちだけあって。
六・七 底本清。濁に改。
八 前出(二五七頁)。本書巻十一(四二一頁)に見えて、桜川善孝が貸本屋をしていたのである。
九 旦那の略。
一〇 前出(一三三頁)。これで善孝が畳屋横町住であることを知る。
一一 底本「さん」。濁に改。
一二 小網町(今の東京都中央区日本橋)にあてる。一丁目から三丁目まで、続江戸砂子では「小間物古着その外諸商人入組」とあるが、二丁目よこ町を貝しゃくし店(だな)といって貝杓子店があった。
一三 商店。
一四 長年勤めの功で、別宅に住むことを許され、通勤で終身その店に勤める古参の番頭。
一五 大へん。
一六 底本「か」。濁に改。
一七 生活が終身保証されたのをいう。
一八 商売の仲間。
一九 芸者をやめさせて。前借など皆済ませた上でのことである。
二〇 前出(二四七頁)。
二一 江戸買物独案内(文政七)に、小網町三丁目干鰯魚〆粕魚油問屋に湯浅屋与右衛門とあり、この人と関係あるか。

二二 前出(一五五頁)。

＊挿絵詞書「鳥居数(とりゐかず)越(こし)て自業(じまへ)の夕化粧(ゆふげしやう)化(ばか)し上手(じやうず)の稲荷横町(いなりよこちやう)　酔中戯言　滝亭鯉丈」。鳥居の数をこえると狐はこうをへるというによって、深川自前芸者が、客あしらいの巧なことをよんだ狂歌。鯉丈のことは前出(一六一頁)。

二三 感をまわして。

二四 ▽本名を呼んだのは、改った気持を出してである。

二五 よくもそんなことができるものだと。

二六 中途半端に。

走する人はないはづだよ。但し仇吉ざんは姉妹の様にするといふことは、櫻川[22]の由さんがはなしでとうから知つて居ます　丹「そうか、それじやアその増さんの兄さんだろう。おらアまたわるく推量[23]て旦那だと思つて居た。時にお米[24]、おらア手めへにいつぞは云はふと思つてゐたが、いや／＼何もかも世話になつて居ながら、いやらしい亭主ぶつて、妬心[25]もできすぎたとさげしみもしようし、なまじい[26]言出して、そんならどふとも勝

手にしろと突出[一]されても、立派[二]には口のきけねへ身分だから、なりつたけと了簡して居たが、おれがことばかりいけやかましく[三]目[四]くじらたつて言ながら、少しは手めへの心にも、遠慮といふが有そうなもんだ、トいつたら、其方じやアお客[五]の大事も色仕掛も、不残おいらを見継[六]からだと言抜る氣だろうが、そういふ氣がねをさせるのも、実に氣[七]の毒になつて來た。といふは此方のうつくしづく[八]、胸[九]のわりいことだらけだから、いつそのことにさつぱりと、切てたがひに安堵しよふヨトいはれてびつくり米八が、くやしなみだをはら〳〵。丹次郎にしがみつかんとせしが、鏡臺の鏡を片脇へ投[一〇]出し、箱[一一]に寄かゝりてしばらく無言。丹次郎もわざと知らぬふりで、浪花白雨[一二]といふ小本[一三]を讀で居る。[一四]東春雨の後編なり。御高覽願上𪜈。狂訓亭伏申　米「丹さん、此方でいはふと思ふことを、さかさまらしいことにマア、何かしつかり見留たことが有ておまへが其言葉、私は夢にも他外[一五]の心は持ない此苦労、何で切るの別れる

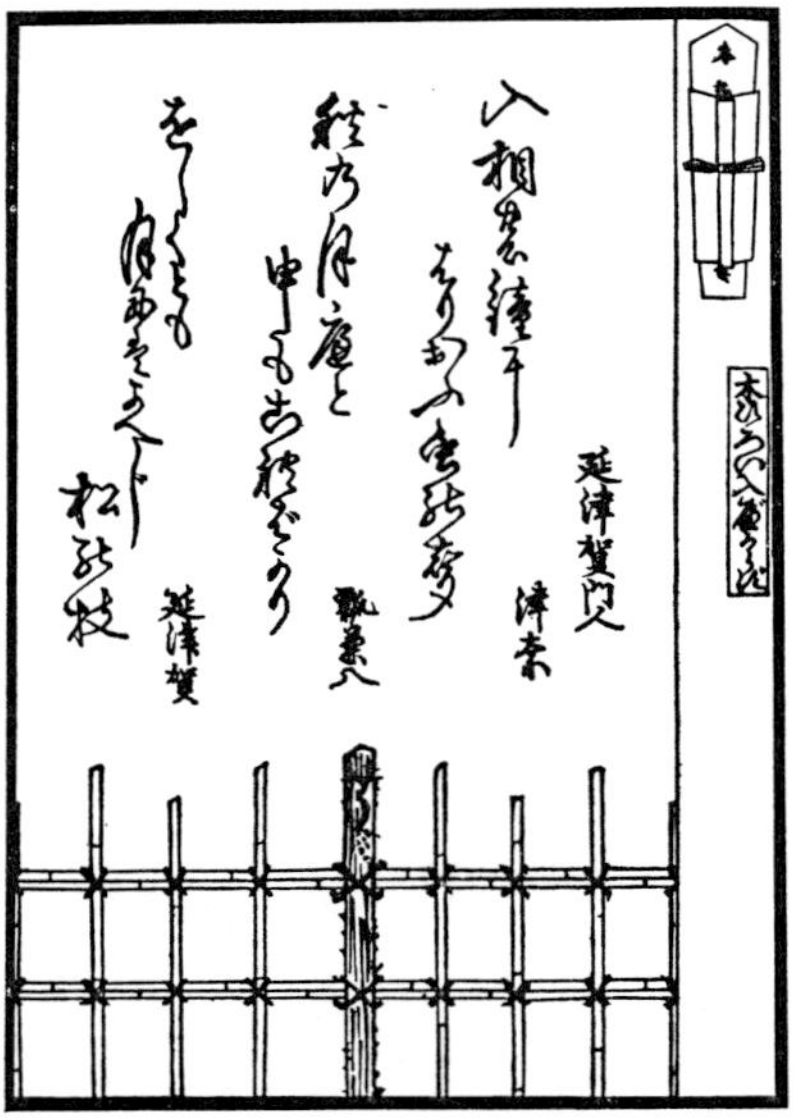

一　深川から出た花街語で、男女間の縁を、片一方から切ること。
二　底本「りつば」。「ぱ」に改。一人前に文句の言いようがない。
三　いやにやかましく。
四　目に角立てて。小さいことまでとり立てて。
五　お客を大切にしたり、恋情らしく見せかけることも。
六　生活を援助する。
七　申訳がないような気持だ。
八　飾ったいい方をしたので。きれいに上手にいったもので。
九　癪にさわる。▽例の色男の逆攻勢。
一〇　底本の振仮名「なけ」。濁に改。
一一　鏡台の下部の箱の上に鏡を立てて見る作り。
一二　自注参照。この書名での出刊は未詳。或は現存の吾嬬の春雨の後編の腹案中の名か。
一三　ここでは小さい本の意。
＊挿絵詞書「木ひろい入べからず」(深川木場の材木置場のはり札を写す)、「入相の鐘にはりおふ虫の声　延津賀門人津奈」「秋の月庭と申もこればかり　瓢兼八」「をしくとも月にはかへじ松の枝　延津賀」。一は、暮れそめて早虫声の繁い意。二は、せまい我が庭にも名月の趣ありの意。三は、名月見んとて、愛する松の枝をおろすの意。津奈は巻五の初めに見える為永津奈。兼八は、天保六年の吉原細見より山谷堀船宿の

のと、軽々しくいふのだへ。それだから常日頃、妬心らしいが彼是と、時々[一六]釘をさして置のに、何だの角だのとしら[一七]をきつて、とふ〳〵向ふ[一八]へ抱こまれて、あげく[一九]の果には切口上[二〇]、おまへはそれでよかろうが、私はどふして座敷へ出て、のめ〳〵と勤まろうか。愚智なこつたが、中[二一]の郷から此方へ越て、今日が日まで、串戯[二二]にもそんなことをいはれたことのない私、馬鹿らしい程一途の氣性、何が證古にいふのだへ。サアそのわけをしつかりお言。何所の座敷へ出て居ても、なるたけ對座[二三]では居ないやうに、氣がね苦労の此月日、私が様なはかないものでも、藤[二四]さんはじめ彼是と、動き[二五]のとれない義理づくめ、余り情がこはいといつて、悪まれる程愼で、野暮唄妓だの弱氣[二六]だのと、そしられたり笑はれたり、トいつて、いつこく[二七]色氣もなく、新子[二八]が初に出たやうに、こはがるばかりじやアお客もなし、他にも負めへ、風俗形衣も立派にしよふし、[二九]いやらしいことは少しもいやだといふ、こんな勝手な唄妓衆が、外にもあるか知らねへが、私はそれでとほして來て、此所の土地では札付の男ぎらひと名をとるまで、どんなに苦労をしたことか。いかに惚たを付込で我儘をいへばといつて、それじやア私が思ひでも、おまへの冥利[三〇]がわるかろふ。なんぞと言たら猶のこと、愛相のつきるわけだろうけれど、おまへも何か腹[三一]があつて、言出した切口上、私やア覚悟を極たから、おまへもその氣で居ておくれト、[三二]ずつかり言出す米八が詞にさすが丹次郎、元より當

部に「若竹や兼八」と見える。延津賀の夫か子か。以登家内喜七「堀の春里さんとは若竹の兼八さんの事でございますかへ。ア、然サ、あれでも延津賀に伝染(かぶれ)て高慢に成て行(ゆ)ねへ」。

一四 春水作の人情本。前編三冊は天保三年刊。後編三冊は刊年未詳。この書は自ら「(前略)春水と改名し、東の春雨を著して以来、更に門人友人の筆を借ず」(春暁八幡佳年四輯序)という作品。

一五 外の人への愛情。

一六 念を押しておく。

一七 知らぬふりをして。

一八 仇吉の方の味方にされて。

一九 最後には。

二〇 縁を切ろうとの改った文句。

二一 前出(四七頁)。梅児誉美第七齣(一〇三頁)にも見える。

二二 外に男があるとの評判。

二三 客と二人だけでは。

二四 千葉の藤兵衛。梅児誉美の第五・八齣に見える。

二五 身動きの出来ない義理づくでくどかれても。

二六 いくじなし。

二七 いじばって。

二八 新しく芸者になったもの。

二九 色がかったこと。

三〇 神仏のおぼしめし。

三一 十分なおもわく。

三二 きっぱり。

なき出たらめに、心のそこはぶる〱[一]もの　丹「かくごといつてどふする[二]氣だ　米「どうするといつて、切れる女の心いきを、聞正さずといゝじやアないかね　丹「いんにや、まだ切きらねへその内は、やつぱりおいらが掛り合[三]だトいへば米八、完尓と心にわらへど知らぬ顔で　米「なにも私が死ぬ日には、掛り合にならねへやうに、仕様がいくらもありますは　丹「コウ米八、何も死ぬ程のことでも有めへじやアねへか　米「よいョ、わたしが身で私が死ぬのに、いらざるお世話さ　丹「ナニ手めへの身だ。そんな我儘[四]はいはせねへ。たがひに彫た入[五]ぼくろ、はゞかりながら米八が、命[六]の主は丹次郎、おれがからだもその通り、米八といふ主がありやア、ヲイ[七]そらとはならねへョ　米「それだから死ぬ氣になるのサ。しかし[八]一人で死はしないョ　丹「そしてたれと死ぬのだ　米「死んで亭主を取ころすのサ　丹「うらみ重る伊右衛門[九]どのか。とんだお岩の聲色だと惚た同士の[一〇]契話喧呲、はてしもあらぬそのところへ、[一一]小池のお熊は、逢橋[一二]の毘沙門さまより歸り道、丹次郎が障子を明　くま「丹さん、由さん[一三]がそういつてよこしたがネ、此間の唄[一四]の文句が出來たらばおくれとサ。ヲヤ米さん、お早ふ　米「お熊さん、モウ〱丹さんが世話[一五]がやけていけないョ　くま「虫[一六]でも起つて居るだろう。おもいれ灸[一七]でもするゐておやりなトいふうち、米八は多葉粉をつけてさし出す　くま「ヲヤ有難ふト立て居て呑む　丹「マアおあがりな　米「イヽエよしかお熊さん、こんな性悪の男の所へおあがりでな

一　こわがって心配したさま。▽この辺、お互の利己心を自然と示した条であるが、春水としては、ほれた男女の情はこうしたものというのであろう。
二　底本「とふする」。後刷により改。
三　連累者、また連累になること。
四　底本の振仮名「わかまゝ」。後刷により改。
五　お互に相手の持主だという心中を示す証として、腕などに、相手の名の下に、「丹次郎命」などと入れずみすること。　六　入れずみの「命」とある、その上にある名。即ちお前の命の持主は自分だの意。　七　ちょっと簡単には。
八　▽相手の問を予想した、思わせぶりな言葉。
九　歌舞伎の東海道四谷怪談(文政八年江戸中村座初演)の悪役。妻のお岩が恨み死をして亡霊としてたたる。二幕目のお岩のせりふ「たゞうらめしきは伊右衛門殿、(中略)何あんをんに有べきや」。
一〇　痴話喧嘩。
一一　前出(二四七頁)。
一二　前出(二五一頁)。
一三　桜川由次郎。小池の亭主。
一四　梅児誉美第十八齣に丹次郎を述べて「二上り亦はドヾ一の、新文句をこしらへて」。　一五　手数がかかる。子供あつかいしていう。　一六　子供が病弱でむつかるのを、一般に虫のせいとした。
一七　子供の虫に灸治がよいといわれるのと、ひどいめを見せるのを「灸をすえる」というのとにかねる。

い　丹「つまらねへことばつかりいはア　くま「[18]うらやましいのう　米「大遠ひ、こふ見えても極女好でよはるヨトいふときしも、[19]路次口より駒下駄の音。奴の使でらちあかねば、まちかねてかの増吉がうちより、欠出して來る仇吉が姿を見て、おくまはにらみ

くま「ヱヘントせきばらひ、米八に見えないやうにして、小ゆびを出して見せる　それとさとりて

米八「ドレ小用にいかふやト外へ出る。[20]其時ちやうど仇吉がうしろ姿を見送りて、[21]せきたつ米八、仇吉もお熊がをしえに、米八が長居をねたむ女の情、色は土地から土性金、[22]金をはなれて実情に、ほれた[23]木性とながれの[24]水性。そもや[25]五行の相生相克、をりも節とて商人の聲　商人「[26]荒神さまの御繪馬〳〵。

是より増吉仇吉が唄妓の[27]穴の極秘密、いよ〳〵米八仇吉が喧嘩の趣向の奇〻妙談、辰巳の園の後編三册、つゞいて後覧をねがひ上ゆ。

梅暦餘興　春色辰巳園巻之三　終

一八 痴話喧嘩の続きを見せつけられての挨拶。一九 横町の入口。
二〇 奴から米八がいると聞いていて、まだいるかとねたむ。
二一 木火土金水の五行を男女の性に配して、その性のふさわしいもの(相生)とふさわしくないもの(相克)とを説くこと民間に流行(原理らしいもの輟耕録二〇などに所見、俗書は日本にも多い)。その土性に金性は相生とされた。文意は、恋愛事は深川という土地から当然つきものである。
二二 前の金をうけて、丹次郎をめぐる米八・仇吉の二人の恋は、その金が問題でなくて、実情だがの意。
二三 五行の木性に気性をかけた。
二四 流れの身の芸者稼業の浮気心を、五行の水性にかけた。米八の本気の恋情と、芸者らしい浮気な仇吉。
二五 注二一参照。→補注八。意は、丹次郎に対して二女性の相性如何。
二六 守貞漫稿の荒神松売「三都ともに竈神を俗に三宝大荒神と号す、三都とも毎晦頃荒神松を売る、買之て釜上に供す、(中略)江戸は戸の大小を択ばず、各尺余の小枝一枝を供す、又榊を副ず松一枝価四文、又江戸にては鶏を画る絵馬を兼売る、是亦荒神に供する料也、鶏の絵馬を荒神に供する、油虫を除くの呪と江俗云伝へ行之」。▽丹次郎も女よけの絵馬でもほしかるべしと軽く諷した気持。
二七 ▽ここでまた穴をいって、深川芸者の穴をうがつ本書の一目的を示す。

江戸作者　爲永春水著

江戸画工　歌川國直畫

江戸校訂　清元延津賀

梅暦(うめごよみ)餘興(よきょう)春色(しゅんしょく)辰(たつ)巳(みの)園(その)　四五六出来　同作同画

辰巳園後編

辰巳の園二編序

千艘の出舟あれば、萬艘の入舟あり、色の湊の夕景色、道のかきがら踏わけて、陸歩ながら此里の、穴を穿りし筆の綾、實に作者の黑江町、小本の中の流行先生、そもうめ暦の開てより、大吉利市の大當り。恋にはすゐをとほし矢も、石に辰巳の風俗通、土橋 仲町 裾矢倉と、他のかぞへる類にあらず、よく人情に大島町、眉毛ぬらして用心しても、化されやすき稲荷横町、これ化すにはあらずして、自身番横町に自身の迷ひと、異見もこもる爲永の癖、金子横町の金でかはれぬ、唄女女郎の心いき、土地に居てさへおぼつかなき、真の咄しを聴出して、細かにしるす紅筆の、文はいとしい念力が、彼舟宿に行届く、客の心のかわゆき誠は、親里までもうかべらるゝ、もやひの舟の塩ざかひ、さす、ひく、そこる、にじる、程、深くさがせし辰巳の園、また呼出されし二編目は、行て來なよと縁宜をいはふ、娘分の言葉も、さへた調子にならひ、音〆くるはぬつくだぶし、送り迎ひの舟の中、枝藏がよひの道草に、ぺん〳〵草の業くれは、藏ぼうしの娘が仕込まで、妙な穿と虚賞に、はむくを直に付込で、序文を頼

一 船着場(ここは深川へ舟で通うことをさす)の繁昌の形容。 二 前出(七八頁)。深川を意味する。 三 深川遊里への河岸の通い路にかきの殻をしいてあった。かきは深川の名産。深川の洒落本に美地之蠣殻(安永八)と題するもある。 四 陸路深川花街に通うことの通言。 五 前出(二四二頁)。 六 見事さ。 七 深川の仲町の西に続く町。玄人の意をかける。 八 ここは小さい本の意で、人情本をさす。 九 暦の縁。書き始めてから。 一〇 当りを願って出版物の原稿などに書く文字。 一一 恋の誠を末々までつらぬくを、深川三十三間堂の通矢にかけた。「恋には」から「石に」までは、作品の内容にはふれるが、この文では「辰巳」の序詞の気持で解く。↓補注九。 一二 矢が石に立つとかかる。漢の李広の故事で、一念力の強いたとえ。↓補注一〇。 一三 深川遊里をいう。 一四 漢の応劭の著。ここはその名をかりて、深川の風俗を描きつくしたものの意。 一五 以下、深川七場所の主要地。 一六 深川通と称しても地名の列記が多いが。 一七 この辰巳園は、違って、人情に合うとかかる。大島町は深川の地名。 一八 俗説に眉毛につばをつけると狐にばかされぬという。 一九 前出(二五七頁)。芸者たちの住居地。 二〇 富岡門前町から北へぬける横町で、摩利支天横町の反対。自身の序詞。芸者にだまされるのでなく客自ら迷うのだとの異見。 二一 為永一流の老婆親切の狂訓。 二二 自身番横町の西に並ぶ町。金

むと狂訓亭が、[五二]川岸を付たる櫻川、[五三]久しく怠る病氣の[五四]床上、御ひいき方へ[五五]乗出さん、その內心で筆を採

辰巳の[五六]遊人

[五七]善孝誌

の序詞。二三 深川住の自分(善孝)でさえよく知らない。二四 真情を示す話。二五 紅をつける筆。座敷などに出た芸娼妓は悪紙みす紙などへ紅筆で文をしたためる。「紅筆の」から「にじる程」まで「深く」の序詞と見て解く。二六 客いとしい一念を文にこめて。二七 巽大全「状づかひおほくは船宿へ出るなり」。二八 上から文が船宿に行くと続き、下へは行届いた客、即ちよく気のつく客の意。二九 なじみの女を愛する誠意。三〇 生活が楽にされる。客が女の親里へまで金品を送ること。三一 上から浮べられる舟とかかる。「もやひ」は前出(一〇九頁)。三二 潮流のわかれ点。三三 潮のさしひき。三四 潮が引いて干がたとなる。船がすわる。三五「にちる」の訛。潮がみちる。深くの形容。三六 うがった。三七 座敷へ出る芸娼妓へのあいさつ。「行て」からは「言葉」の序詞。三八 縁起のあて字。三九 前出(二四七頁)。四〇 表現もさえたの意。四一 深川名物のさわぎ唄。↓補注一一。「つくだぶし」以下、「妙な穿」の序詞として解く。四二 佃節を舟中でうたい、枝蔵通いにうたう意。四三 予備の品をおく蔵をいうか。↓補注一二。四四 道草をくってぺん〳〵と三味を弾かすの意。四五 形が撥に似るので、なずなの異名。深川の光景としてよく出される。↓補注一三。四六 たわむれごと。四七 蔵を預り管理する人。蔵の番人。↓補注一四。四八 こしらえる。四九 辰巳園は巧に深川をうがった

と。五〇 うそにほめること。五一 お世辞をつかう。底本「込て」。濁に改。五二 ちょっと援助をする意。船頭の語から出た。桜川の縁。五三 善孝、病気で休んでいたと見える。この後間もなく没したようである。五四 病気全快し寝具をとりはらう祝。五五 再び客席へ出る意。川の縁。五六 底本の振仮名「いうしん」。濁に改。太鼓持。五七 前出(一三三頁)。

一 古今集の撰者の一で、平安朝の代表的歌人。
二 拾遺集九に「ある所に春秋いづれかまさるととはせ給ひけるによみて奉りける」と詞書してのせる。下の句「時につけつゝうつる心は」。八代集抄「春は春の楽、秋は秋の興ありて、時々に付て、心のうつればいづれをとりまさるとも分かぬると也」。丹次郎が、米八仇吉の二人に思いみだれる意をこめた歌。

紀貫之[一]

春秋に[二]
思ひ乱れて
わきかねつ
折につけつゝ
うつる心は

三 万葉集三(二九八)「まつち山夕越え行きていほ崎の隅田川原にひとりかも寝む」による。

四 待乳山。武蔵の歌枕。今の東京都台東区聖天町にある。吉原遊廓に近い。人をまつとかかる。

五 さん茶は吉原の妓品の一。それを買いにゆく舟の意であろう。嘶之画有多(安永九)「散茶ぶねといふも女郎かいぶねといふ事か、いにしへは二丁だち、三丁だちとてありしが、今はやみぬ」。この句、作者未詳。夕べ向島あたりから隅田川を、待乳山めざして舟をのりきり、人を待つ女郎のもとへ通うの意。

＊挿絵説明　清元延津賀の家は、若竹と称する船宿。高橋屋はその隣家である。三孝は太鼓持の桜川三孝。二人のことは前出(四六・一八一頁)。吉原細見の山谷堀船宿之部に「若竹や兼八」の見えるのは、天保六年以後である。

夕越る[三]　人を待乳の[四]　さん茶[五]舟

一 前出（一一五頁）。印は「雪柳」。

二 身も心もささげて物思う情は、千尋の如く深いものだが、文のたよりでは十分に、その情をとどけえないのが悲しいの意。

珍奇楼主人[一]

小松

みをつくす[二]
心のたけは
千尋にて
とゞかぬ
文のたより
つらけれ

梅暦餘興 春色辰巳園巻の四

江戸　狂訓亭主人著

第七回の上

塩[三]むきの小赤貝[四]少なしといへども、土地[五]に來つて見る時は、座附肴[六]の自慢にして、絶ることなき流行妓、今朝見參[七]の新妓[八]あれば、晩方引込[九]自前[一〇]あり。こゝに白狐[一一]の通も得し、手[一二]取手[一三]くだの上手達が、軒を並べし新道を、稲荷横町[一四]とか呼なれし、所に程よき中年増[一五]、彼増吉が中[一六]の間に、今日も遊んで仇吉が、此程目病の氣保養[一七]、氣[一八]の相同志とて信切に、親子[一九]も和合増吉が 増「サア茶がはいつたヨ。母人此所へおくぜト湯呑へついで茶をいだす 母「アイ〳〵 仇「母御お待ヨ。今奴[二〇]が來るはネ 増「ヲヤそうだつけのう。母人、今仇さんが奴を越後屋[二一]へやつたから、美味ものが來るヨ。あけて置ふかト湯呑を取にかゝると、母親は手をいだし 母「マア〳〵一盃呑で咽をよくしめしておいてト笑ひながら茶をのむ 増「そうか、そんならもつとつがふか。仇さん、サア茶は

三 貝類を生のままでむき身にしたもの。
四 馬鹿貝。肉が赤いのでこの文字をあてた。貝類は深川の名物。
五 深川。
六 宴席で一番はじめに出る肴。
七 新しく芸者に出た者が、茶屋・料理屋などに披露の挨拶にゆくこと。
八 岡場遊廓考「新子　吉原のつき出しと同断」。
九 廃業する。
一〇 前出(八二頁)。
一一 狐の劫を経たもので、神通力をもち、人をばかすと俗伝する。
一二 客を手だまにとること。
一三 人をだまし迷わす手段。
一四 前出(二五七頁)。白狐の縁。
一五 前出(二五八頁)に増吉を「年令二十六七」とある。その頃をいうと見える。
一六 玄関と奥の間の中にある部屋。
一七 きばらし。
一八 仇吉と増吉の仲。
一九 増吉とその母。▽以下増吉のこのきさくな母親は、仇吉の母親に対する意味で、描かれてある。
二〇 次頁に詳しい。
二一 巽大全の暑寒見舞の条に「太平糖・吉野葛・越後屋の菓子の類なり」、天明七年の江戸町中喰物重宝記に「松風煎餅　中丁　ゑちごや万吉」、文政七年の江戸買物独案内にも、深川仲町に越後屋播磨として、京御菓子司が見える。春暁八幡佳年初輯一「越後屋はりまの物ばかりが安くつて美味けれど」。

いやか　仇「何いゝのサ。茶は茶、酒は酒だアな　増「そふか、女房は女房、情人は情人か。どうしても跡でいふほうがいゝもんだの　仇「亦か、やう〳〵途切れたのにトいふ折から、十一二の小女子、糸びん奴の色素、髪のはけをよこツちやうにまげ、がた〳〵と障子を明、仰山に欠入り、喘息いつて來りしが　小「ハイ仇吉さ゜んト出して肩で息をしてゐる　仇「アイヨ御くろう〳〵、サア母御　増「ちよつとマア見な。奴がどうしたんだな　小「それだつても、あんまり久しくまたせておきやアがるから、腹が立て〳〵、思入れ小僧と喧嘩をして、どなつてやつたら、追かけて來やアがつたものを　増「こまるがきだよ。出ると喧嘩アして來てどうもならねへ　仇「ナニサそうじやアねへやアな。おいらが待どほだろうとおもつてだのう　小「アイトとぼけた顔をして居る。作者曰(く)、色白にきれいなる女の子をいとびんやつこなぞにおもひきつてこしらへ、いやみなくしてつかふがはやりて、いつもこの土地の風なり。あながち今もあるといふにはあらず、たゞおしはかるのみ

母「サア〳〵おいらはこの事だ。ドレ〳〵老人がはじめるものだ　仇「そうよのう、母御、たんとお上り。サア増さんどうだ　増「いゝのサ、甘いものもわるかアねへト練ようかんと極製のかすてらへ、庖丁目を入れて、臺へ積ばかりにせしを一切とつて　増「ヲヤ〳〵ぞんぜへな切様だ。しかし餅と酒の兩刀だから、ふせうしてやれか　仇「酒のわりいほど腹は立めへ　増「ちげへねへ。練ようかんより、此薄皮のほうがいゝのう　母「なんだなこの子は、一人でそんなにせへ出さずといゝはな。意地のきたねへ　増「フ

一 ▽増吉は仇吉の気を引立てるべく、丹次郎との仲をひやかしている。女房は米八、情人は仇吉をさす。
二 男風の髪をしているのだが、中ぞりを広くし、びんを細くしたのをいう。
三 髷の先。
四 大きな動作で、家に走り込み。
五 岡場遊廓考の羽おりの条に「昔は此土地にて娘の子を男に仕立、羽織を著せて出せし故、はをり芸者といふ也。夫故名も千代吉鶴次など丶言、今も十四五のげいしやは羽織を著せて出す、是を豆芸者といふ」などある習慣によって作ったもの。
六 菓子専門。▽年寄だといって自らさし出るのは気さくさを示す。
七 菓子話船橋(天保十一序)「今は煉羊羹を製せざる所なく、常の羊羹はあれども無が如く、煉をのみ好み給ふ様には成たり(製法略)」。
八 極上製の。かすてらの製法も菓子話船橋に詳しい。
九 菓子台。
一〇 両刀づかい。甘辛を共にこのむこと。
一一 いやながら承知する。
一二 薄皮饅頭。

ムウ、おめへの喰ふのが少くなると思つて、急腹[一三]だの　母「ふざけなさんな。外聞のわりい。にくまれ口ばつかりきかア。仇さん、おめへわりいものを姉妹ぶんにしていけないヨト笑ふ。仇吉もわらひながら　仇「それだからうらやましいヨ。増さんは仕合せだ。ほんに母御のやうなさばけた人[一四]はないヨ　増「ナニそふでもねへ。時〻愚智をいふ折も有はネ。それだが、その愚智が余程おかしいヨ。此間も何かしながら獨言に「アヽモウ〱死んででもしまひて[一五]へ、じれつてへトいふから、私がヲヤ母人何がそんなにじれつたくツて、死ぬ程のことがあるといつたらの、何もいふことがねへから、手[一六]めへでにおかしくなつたそうで、吹出して笑ふやつサ。それだからの、此間兄さんが來た時、何をか私のことをいツつける[一七]と云て、半分ごろから外のはなしになつたもんだから、兄さんがおかしがつて笑ひだすと、まじめになつて、おめへ達は親を馬鹿にすると云て腹を立から、兄さんがいふには、そんならいつそお増をこらしめのために、屋敷[一八]へでも出して窮屈な目をさしたらよかろうといふと、直に泪ぐんで心細いことを言て、おれにいやがらせてあそぶ[一九]といふはな　母「ヱヽいゝかげんに親の店卸[二〇]をするもんだア　（仇吉ははらをかゝへておかしがり、もみのきれに[二一]てめをふき、わらひながらうす皮をとつてだし）仇「サア〱奴、おめへもけんくわのだちんをたべな　増「母人、ちつと叱つてやんねへヨ。もう〱いけねへぜ。そしての奴や、今度ツから待して置たツて、はらをたつもんじやアねへよ。薄皮ばつかりやア

一三　急に腹を立てること。
一四　物わかりのよい。
一五　底本「ても」。意によって改。
一六　自分自身で。
一七　あしざまにうったえる。
一八　武家屋敷へ奉公に出す。諸事行儀がやかましくて、きゅうくつになる。
一九　なぶりものにする。
二〇　欠点を色々とならべたてること。
二一　紅染の紋なしの絹。眼病に用いてよいとされていた。春暁八幡佳年五輯三「此節は眼病と見へて紅の切を手にはなさず」。

出來たてをよこすからだョ　小「アイ　母「奴〳〵、手めへやおればかり豊年じやアいけねへ。ちよツくり催促をしてこいョ　小「アイ、今歸る時はやくと言て來ました　増「それでも宅へ欠込だじやアねへか。はやくもう一ぺん行て來な　仇「ナニしづかでもいゝやアな　小「サア〳〵行て來やうト出て行　母「おいらも行て來やう、のうお増　増「ア、そうしておくれ　仇「何所へ行のだへ　母「ナニ上專寺へ御名代サ　仇「そうかへ日參かへ　増「そうョ。それじやア母人ちよつくら行て來ておくれ　母「サア〳〵いこう〳〵。仇さん御馳走。たんとお遊び　仇「アイョ　母「ドレいこふ。イヤついでに栄代へまはつて、賀久子さん処へ寄て、奴が御手本を取(つ)て來やうか　増「ほんにそふしておくれな。そして何ぞ新作の稿本とやらが有たら、かりて來ておくれな　母「よくいろ〳〵なことをいふのう。わすれてもいゝか　増「わすれるのまで断はらずといゝはな　仇「アハヽヽヽ、おかしい〳〵　母「ヲイ巾着をわすれた。お増や、その用箪笥の上に有からとつてくんな　増「そりやはじまつた。枝藏あたりから歸つて來るョ。杖をやろうか　母「ころばぬさきの用心か。まだそれ程は老込ねへ　増「おめへはおいこまねへつもりでも　母「ヱヽもういゝにしねへな、ふけへきなト氣さくな母の機嫌よく、お祖師さまへと出行ける。跡にお増はわらひながら　増「サア〳〵仇さん、心おきなくのろけなせへ　仇「ナニおめへの処の母御なんざア、ちつとも心はおけねへはな　増「ず

一　食べるものが豊かなこと。
二　増吉・仇吉用の酒肴の催促。
三　ぼつぼつ。
四　深川の法苑山浄心寺にあてる。江戸名所図会「同じ通り(平野町)、正覚寺橋より北の方右側にあり、日蓮宗甲斐国身延山に属す。乃(すなは)ち身延山の弘通所と称せり(下略)」。武江遊観志略の正月廿五日の条「毎月、深川浄心寺日朝上人参詣」。
五　高貴の人のかわりに神社仏閣に詣でること。ここは増吉のかわりをしゃれていった。
六　毎日同じ神仏に信仰参詣すること。
七　ゆっくりと。
八　永代にあてる。永代橋。深川佐賀町と日本橋の箱崎町の間、隅田川にかかる橋(江戸名所図会)。ここはもちろんその近所。
九　未詳。
一〇　歌の稽古本のことか。
一一　新しい出版物の原稿。もちろん人情本の原稿。春水作中では人情本の稿本を読む場面が多い。
一二　当用の物を入れておく小さい箪笥。
一三　永代寺門前町から浄心寺への間にあったと見える。
一四　諺「ころばぬ先の杖」。
一五　江戸名所図会の浄心寺の条「祖師堂　本堂の左にならぶ、日蓮上人の像を安ず」。
一六　増吉の母親がいても、気がねをすることがない。のろけるならのろけられるの意。

一七 底本「ずいふん」。濁に改。

＊挿絵詞書「しめやかにぬれのうわさや春の雨　ひさご兼八」。春雨つれづれで、しめやかに色事の噂をするの意。増吉と仇吉の会話をよむ。兼八は巻之三や四編に「兼さん」として見える。前出(二八四頁)の船宿若竹の主人。

一八 さばけた人の意。

いぶんむかしの洒落者だが、どうも歳がよつちやアいけねへのう　仇「ナニ〳〵此宅の母御は通人一八だョ。おいらが宅の母人ときちやア、モウ〳〵たまらねへョ　増「ナニ何所でもそうだアなトいふうち、小女子が前に立、何かいろ〳〵持(つ)て來る。小女子障子をあけて　小「サア〳〵來ました〳〵　増「御苦労〳〵。其所へ置て行てくんな　仕出しやの男「ハイ〳〵おほきにおそくなりましたト置て行　仇「増吉ざん、かんをかけやうか　増「そふ

ヨ。奴、其所の燗徳利へ酒をいれて、仇さんのとこへやんねへ　小「アイ　仇「ヲツトよし〳〵。おいらがするヨトかんを付る。増吉は來たりし肴を火鉢の側へならべて　増「サアマア仇の字、はじめねへか　仇「ヲヤおめへ主のくせに　増「また株でおつなくせだの。そんならわたくしがおはじめもふそふト猪口をとる　仇「お酌をいたしませう　増「いたしでも鼠でもいゝが、やつと酒になつたやうだの　仇「そうヨのう、誠に長かつた　増「サア仇の字　仇「アイ、サア〳〵呑ふ〳〵。なんだかちつと浮たやうだ　増「しかしういてもおめへ、沢山は眼にわりいヨ。今日はよつぽどいゝかとおもふは　仇「アゝ今日はたいそういゝよ。日長さまはありがたいのう。ヲヤおいらアおつかアがいくならお洗米を、ムゝそう〳〵今朝はやく家内の母人が行たからいゝ　増「あんまり逆上から、眼もわるくなるのだアな。こまつたもんだよのう　仇「そういはれると、己ばつかり惚込てゐるやうだが、まさかそうでもねへヨ。そして　増「いゝよ、彼男でも逆上てゐるヨ。わかつたヨ　仇吉はわらひながら　仇「ナニサ、マア聞なヨ。それでもの、どんなにおいらの眼を案じて居るだろふ　増「ヲヽ〳〵大変〳〵、始り〳〵ト仇吉のあごを手拭ひでふくまねをする　仇「あれサマア増吉さん、じれつてへ　増「イヤもふこまるの。おれまでじれつてへのか。近所にはことなかれだのうハヽヽヽヽ。仇吉もしばらくわらつて居て　仇「しかし串戯じやアねへヨ。おいらアどんなに氣色がわるくつても、大

一 主人役から毒味とかいって、先に飲んで客へさすべきだの意。
二 何時もの癖。
三 一寸あらたまって切口上な言い方。
四 「いたし」を鼬の地口として、鼠と出した。切口上をちゃかした語。
五 ▽ここの条、増吉の母を仇吉の母に対する以外は、芸者の閑日をうがったつもりであろうが、いっこうにさえないで、むだな一章となっているのを、作者自ら反省した意味をふくむ。
六 めいった気がはれた。
七 浄心寺にまつる日朝。日蓮宗の高僧で、明応九年没、七十九歳。一種の流行として、信仰者が多かった。
八 神仏にそなえる洗った白米。
九 色恋に一心になる。医道日用重宝記「(前略)或は風熱上を侵し、辛熱を食すること多く、或は色欲を過して腎水を耗し、労役ことをなして、気を傷る、これ皆よく眼の諸証をなす」。
一〇 諺「とかく近所に事なかれ」。
一一 冗談のあて字。一九の作に串戯二日酔(文化八)がある。
一二 病気でも。

畧我慢をするけれども、こんどの眼ばかりは苦労になるョ　増「そふョのう。ひよつと眼がつぶれると、丹さんの顔もみられずか　仇「そればツかりはほんとうだョト目をふいてふさぐ　増「つまらねへことをいふのう。つぶれるほどの眼で酒が吞るものか。第一そんなにのろけてゐられるものか。それよりかマアちつと[13]酒をはやらせなナ　仇「そうさねへ。斯だもの、いけねへのう。どうかしたそうだト下においたる猪口を干、顔をしかめて「ア、つめてへ　増「それ見な、あんまりながいからだ。よせばいゝのに、それこそ[14]どくだト[15]燗でうしを取る。

[16]心爰にあらざれば見れどもみえず、食へどもその味ひを知らずとは、斯ることをや言ならん。[17]喜怒愛苦相悪欲の七情に、われとなやます煩悩の中に、恋ほどやるせなきものはなけれど、近來は人情甚だいやしくなり、たゞ美服をかざりて[18]色をつくろい、婦女子の心ます〱賤しく、真の[19]情合あらざれば、[20]娘一人に男八人、[21]迯て隠れてその先で、また他男と迯る類ひ、朝夕いろの[22]かけ流し、親もこれらを恥とせず、[23]若い中は二度となし、一人や半分好男のないは、今時ないことなどゝ[24]たはけを尽す、母親のあまきたはけにほめられし娘も、いつか[25]札付のどうらく者となれるが多し。それから見れば仇吉等は、[26]真をまもる女といふべし。

一三 猪口をしげくやりとりするように。
▽増吉のひやかすは、もちろん病気の仇吉の気分を引きたてるためである。
一四 かんざましの酒は身体に害ありという。
一五 燗をする用の銚子。ちろり。
一六 大学「心不在焉、視而不見、聴而不聞、食而不知其味」。
一七 礼記「何謂人情、喜怒哀懼愛悪欲、七者不学而能」とある。「苦相」は誤り。漢方医では、この情のために心身の病となるという。
一八 外見だけを美しくして。
一九 相愛しあうの情。
二〇 望みてが多い意の諺であるが、ここは女が浮気で、多数の男を相手にするの意。
二一 かけおちをして。
二二 流したままにしておくこと。たれながし。色恋の相手にしまりのないことの形容。
二三 青年時は少しくらい度をはずしてもよい意の諺。
二四 ばかげたことばかりいう。
二五 悪評の高い。
二六 真実の恋は一人にかぎられるからの語。

第七回の下

折節何れの客なるか、細糸のさへた音色へチャン〳〵、そヲれ引、テン〳〵、いざなぎいざなみ夫婦より合て、まん〳〵たるわたずウみ、あまのさかほこおろさせたまひ、引上たまふそのしたゝり、こりかたまつて一ツの嶋よ、月よみ日よみひる子そさのウもふけたまふ、ひる子ともう引すは、ゑびすのことよ

トうたふも古風な七福神　仇「モいやなものを弾てるよう引トじれる　増「なぜ、七ふくじんじやアねへか。あたりさはりは有もしねへもんだに　仇「ナニサ他にやアねへが、おいらはあるよ　増「そうか、なぜの　仇「わたやアもう七福神といふものは、余程ゐんぎのいゝものだと思つてゐたけれど、まことに嫌ひになつたは　増「サアわからねへ。折節へんちきなことをいふからこまるの　仇「それだつても夫婦より合てまん〳〵たるわたずみ、あまのさかほこおろさせたまひツサ、氣障じやアねへかのう、いやらしい　増「どうも〳〵、およそ愚智なものも聞たが、おめへぐらゐ愚智な人はどうも、まことに〳〵、御殿女中じやアねへが感心だ。唄にまで妬心じやアしかたがねへのうハヽヽヽヽ　仇「それだつても、夫婦より合てが氣にいらねへはネ。夫婦といふ字は腹が立よ

一 細棹の意か。義太夫や地唄(上方唄)の三味線に対して、長唄の三味線。
二 伊弉諾・伊弉冉。
三 渡つ海。大海。
四 天逆鉾。この所、記紀に見える国産みの伝説による。記紀では天の瓊矛。俗伝ではこれを天逆鉾(古くは元々集など)ともいう。
五 紀「シタヽル潮凝リテ一ツノ島ト成レリ、名ヅケテ磤馭盧嶋トイフ」。ただしこの唄は、夫婦和合して子をなす意を下にふくむ。
六 月読命・日読(大日孁の訛。即ち天照大神)尊・蛭児・素戔嗚尊(江戸時代では、「そさのお」と読むが普通)。二神の生む子たち。
七 俗伝に蛭児を夷三郎、西宮大明神という(広益俗説弁など)。
八 長唄の七福神。長唄の古曲の一で、伝初代杵屋宇右衛門作曲で、享保ころ成る。
九 変った。
一〇 幕府の大奥や諸大名やその奥方の江戸の屋敷に、奉公している女。行儀見習などで出るものが多く、一種の風習を形成していた(三田村鳶魚著御殿女中)。
一一 「まことに〳〵感心だ」などとは御殿女中風の物言い。

増「そりやアおめへの文句の取やうがわりいはな。寄合てまん〳〵たるわたづみも、おめへと丹印にとつて見ねへな。どんなにうれしい辻占[一二]だろう　仇「そういへばそうだけれど、どうもすゑ始終[一三]、苦労したところが、夫婦になられるわけでは有めへと思ふからだアネ。そりやアモウ、米八ざんに義理[一四]と人情をかいてしまやア、世間[一五]の口はなんのそのと思つて見ても、もしやまた、丹さんも米八ざんにやア、いふにいはれぬ恩が有そうだから、兼ておめへにはなすとほり、両方共[一六]つかれぬ義理と、うぬぼれらしいが、私にも顔[一七]を立させてくれる心になりかねない気性だから、そればつかり[一八]おもひ過して、自分[一九]の身で、はがいゝ心を出して居るんだアねトすこし聲くもりて眼をおさへて居る　増「マア〳〵、なんでもあんまり氣をもみなさんなよ。高慢らしいやうだが、なんでも人間は義理や人情を捨てしまつちやアわけはないヨ。あつちこつちを考へて苦労するから、色[二〇]もかはいゝわけなもんだアな。いきなり[二一]に世間[二二]を捨て懸ツちやア、から[二三]すてばちで、いとしいなつかしいの情合もうすくなるから、おめへなんぞも猶のこと、唄妓中間で取わけて、二とは下らねへ米八仇吉、どつちこつちの勝負が有てもといふ中、おめへは不思議な縁で、姉妹同前になつて居るから、寄場[二四]の世間咄し[二五]にも、いかに色にこりかたまつても、不人情な子だ、わけ知らず[二六]だとは、いはしたくねへと思ふのも、マア釣方[二七]とやらいふもんだろうヨ　仇「ほんに嬉しいヨ。こゝろやすくすれ

一二 ここはその時に出会った事で、将来の吉凶を判断する意。吉兆だの意。
一三 「すゑ始終」は「夫婦になられる…」にかかる。▽話し言葉の風に書いてある。
一四 米八に対する義理人情を欠いて、不義理不人情にふるまえたら。笑本板古猫「義理も世間もまふかまやせぬとても浮名の立しだい」。
一五 世間の評判は問題にもならぬ。
一六 丹次郎が、恩ある米八と愛情をよせる仇吉のどっちへも。
一七 ふらずに、愛情を愛情でうけて、恥をかかせない丹次郎の気性。▽人情本に出る色男の性格である。
一八 複雑な三角関係のことのみ苦労して。
一九 自分自ら。
二〇 情人。
二一 初めから。
二二 世間の義理人情。
二三 全くのやけで。▽この所も春水の人情とは何ぞやとの説明で、苦労人らしい教訓は、本書の読者に予想した水商売の女性たちに対してである。
二四 深川で、芸娼妓や太鼓持などの集合する所をいう。常磐津の三世相錦繡文章「マハシ、サア寄場へお断りはござりましたれど」。
二五 世間の噂ばなし。
二六 情事の諸分を知らない者。
二七 贔負の意か。贔負々々をいう諺に「弓も引き方、相撲も立ち方」。

ばこそ一所に苦労してもらつて、ほんとうにおいらアモウしみ〴〵わすれやアしねへは　増「またふさぐとわりいから、ちつとういて[一]遊びなョ。いらざる異見らしいことも、言出してまた裏に落た[二]。ドレ燗を直そうト燗銅壺[三]の蓋をとる　仇「おつかアはおそいのう　増「ナニまた方〴〵へよつて来るからョ。いつでも斯だョ。ヲヤそういへば、奴は何所へ行たツけの　仇「そうサのう、ム、左様〳〵。今しがた其所のおつかアの仕事[四]の側の、本ばさみ[五]を持て出て行た　増「ヲヤそふか。それじやアおほかた稽古に行たろう。行ならいくと言ばいゝのに　仇「ナアニ、あんまりわたいらが夢中になつてはなしをしてゐたから、わざとだまつて行たのだろう。利口な子だのう　増「ばかじやアねへやうだが、おてんば[六]で〳〵こまりきるよ　仇「そのかはり藝もすゝど[七]かろうはネ　増「ア、そうサ歳[八]に合しちやアずいぶんもの覚えもよし、いたづらだけのことはどうか有そうだが、まだ何だかわからねへョ。どうぞマア相應な者にしてへもんだョ　仇「ならなくつてサ　増「イ、ヱ左様ではないよ。何にしても、おいらがもう時代遠へ[九]になつて

一 陽気になって。
二 「理に落ちる」のあて字。理窟っぽくなった。
三 長火鉢にしこむ銅壺で、酒の燗に用いるからいう。
四 針仕事。
五 稽古本などのいたまぬ様にはさみたずさえる具。挿絵に延津賀と書いてあるのがそれ。師匠から与えられるものであろう。
六 女の行儀のわるいこと。おきゃん。
七 はしっこい。
八 年齢のわりには。
＊挿絵説明　延津賀は前出(四六頁)。延津賀の弟子などの持っていた本ばさみであるが、彼女の芸の広告としてかかげた。
九 古くさくなって。

居るから、どうもいけねへはナ。稽古をして來たつて、此方が知らねへ新ものなんざア、小言をいふことが出來ねへから、どうも押手[一〇]が利なくつてじれつてへよ　仇「そうサのう。それだつてそんなに時代ちがひといふほどもちがひはしねへはな。そして譬知らねへでも、またおめへなんぞの座敷の出立[一一]は、どうもまた藝を磨いたものばかり、みが丶ねへじやアならなかつたそうだから、どふしても子ども[一二]のためにはつよみだアね　増「なアにそうでねへョ。おいらアモウ、わずか四年ばかり引込[一三]でるが、一年ちがつても様子の変化るもんだアな。そのうち今日日の唄妓衆や何かは、よつぽどほね[一四]がおれらアな。ほんに私なんざア、そのうちでちつとどうも一[一五]こく座敷だつたから、面倒くせへことが嫌へといふ野暮[一六]てんで、どうも流行やうがねへはな　仇「そうでもねへよ。そりやアモウ、ほんとうにおめへのうわさは知つてゐるョ。私もおめへのいふとほり、斯して世話になるから、ざしきの噂[一七]も気をつけるョ。今の私等が仲間は不殘らくだはネ。そのうち私なんざア、何も是ぞと取[一八]しきつて藝もなくつて、マア唄妓衆の仲間も付合をよくしてくれるから、氣がねもなし、舩宿衆やお茶屋[一九]でもひいきにしてもらふも、ほんとうに今更[二〇]おそまきな世事[二一]じやアないョ。おめへなんぞとこ丶ろやすくしてゐるから、何か行[二二]とゞいた唄妓衆と思つてくれるのだろうと、ほんに自力[二三]で斯してゐるとはおもやアしねへはネ　増「ソレ見ねへ。それがどうも今の唄妓衆やア如才[二四]

一〇 おしがきかないで。

一一 芸者として勤めに出たはじめ。

一二 増吉の如く芸あるものが後についているのは、問題の奴には好条件だ。

一三 芸者をやめている。▽ここは羽織芸者間の穴をいう所。当時の芸者は一期前よりも芸をみがくことがおろそかになったことをいう。春水が師という式亭三馬の作品の風調がある。

一四 努力が必要だ。

一五 気儘で座敷をつとめたから。誹諧通言「一国(いつこく) 女郎の我まゝをゆるす事なり」。春暁八幡佳年五輯(天保九)中「勇肌者(いつこく)」。

一六 やぼに同じ。融通のきかない者。

一七 増吉の噂。

一八 専門とする。おはこの。

一九 料理茶屋。

二〇 手おくれな。

二一 世辞のあて字。おべっか。

二二 手ぬかりのない。

二三 自分の才能だけで。

二四 ▽芸でおとして、また別の面で当今の芸者を上げる。春水も亦如才がない。

一 ここは、細かい所へ気がつく位の意であろう。
二 人あしらい、客あしらいの上手が不可欠。
三 気前をみせること。
四 深川通のお客。
五 いやな人格。
六 見聞にたえぬいやなこと。
七 天保初年ころ江戸流行のおけさ節の詞章「おけさ正直ならそばにも寝せうが、おけさ猫の性でじやれかかる」(藤田徳太郎著近代歌謡の研究参照)。
＊挿絵詞書「いぢわるくあらしなまぜそ春の雨　滝ノみよ女」。句の意は自明。しずかに二女の会話の続くさまにあてた。作者は未詳。

ねへョ。左様早速他をうれしがらせるといふのが、日ごろ活業のみゝツちい[一]のだはな。藝[二]ばかりでげいしやじやアねへはな。今はまた猶のこと、はりも意氣地も[三]達引も、むかしにまさつた人情だから、それに順じて藝もそのとほりサ。もつとも[四]此方をあそぶお客にやア、[五]氣障もたんとはねへけれど、時に寄ちやア[六]鼻もちのならねへことも有もんだアな。私等なんぞの時分にやア○[七]おけさせうぢきなら○で濟だもんだが、どうして〳〵

「[八]おまへをまち〳〵蚊屋のそと、を唄つた口で　○住吉[九]「[一〇]またの月見をたのしみに、日数かぞへて思ひ出す」トいふ世の中だから、実にほねが折るのサ。

○[一一]看官の[一二]通君子、殊に辰巳の[一三]穿鑿家、此さうしを閲したまはゞ、そのいたらざるを笑ひもそしりもしたまはんが、元これ[一四]穿の册子ならず、只人情を尽さんとて、愚智をならべるのみなれば、[一五]かならずしも當世の[一六]洒落家、予が[一七]非をかぞへて、梅暦の[一八]愛敬までうしなはせたまはんかと、おそれてこゝにわぶるものなり。

梅暦餘興 春色辰巳園巻の四 終

八 天保三年から流行のこちゃえぶしの詞章「お前を待ち〳〵蚊屋の外蚊にくはれ七つの鐘のなるまでもコチヤかまやせぬコチヤかまやせぬ」(藤田徳太郎著近代歌謡の研究参照)。
九 山田流箏曲の詞章。吾嬬箏譜など同派の集にはみな所収。吾嬬箏宇多・
一〇 箏譜所収のやや相違するのは春水の誤りか、「(前略)又の花見を、たのしびに、ひかずかぞへて、おもひ出す、わすれぐさとの、名はいつはりよ、しげりてかれて、それからは、後の月見を、たのしびに、よはをつゝみて、思ひ出す(後略)」。
一一 読者のこと。
一二 通人。
一三 穴知り。深川通。
一四 洒落本風の作でなく、人情本だとの意。▽春水が、自作が洒落本と違うことをいうのは、梅児誉美補注二二で述べたが、ここは一応うがちの姿勢で書きながら、自信がないのでことわった所である。
一五 底本「かならす」。濁に改。
一六 洒落本風観察をなす人の意で、穿鑿家と同意。
一七 うがちの下手な欠点。
一八 人情を主とした情緒的なものをさす。

一・二 前出(四六・九三頁)。
三 延津賀門なる外は未詳。
四・五 前出(一三三・一五五頁)。
六 初代歌川豊国門の浮世絵師(一七九四—一八五四)。通称吉川弥四郎兵衛。春水とはかつて隣に住んだこともあって、親しく、本書や婦女八賢誌など多くの彼の作品に插絵をかいた。
七 春の百度参り(社寺の境内の百度石というのから社前まで百度通って祈願する方法)と、恋愛の橋わたしをして、幾回も文の通路となることを合せた詠。作者未詳。
八 稲荷社内の茶屋の名。仲は茶屋女であろう。
九 小説年表類では辰巳園後編を天保四年刊とし、初編末にも出来の広告があるが、これによって、天保四年稿成り五年二月刊と見るべきであろう。
一〇 未詳。肴町とあれば、駒込と牛込にあり、その辺の流行の稲荷か。嘉永四年の東都遊覧年中行事で、松亭金水は翁稲荷なる流行神を広告しているが、ここも、つらねた人名と共に稲荷を広告したものか。
一一 牛込と駒込にあったが(文化四年万世町鑑)、いずれか未詳。
一二 梅よしと共に茶屋の名であろう。

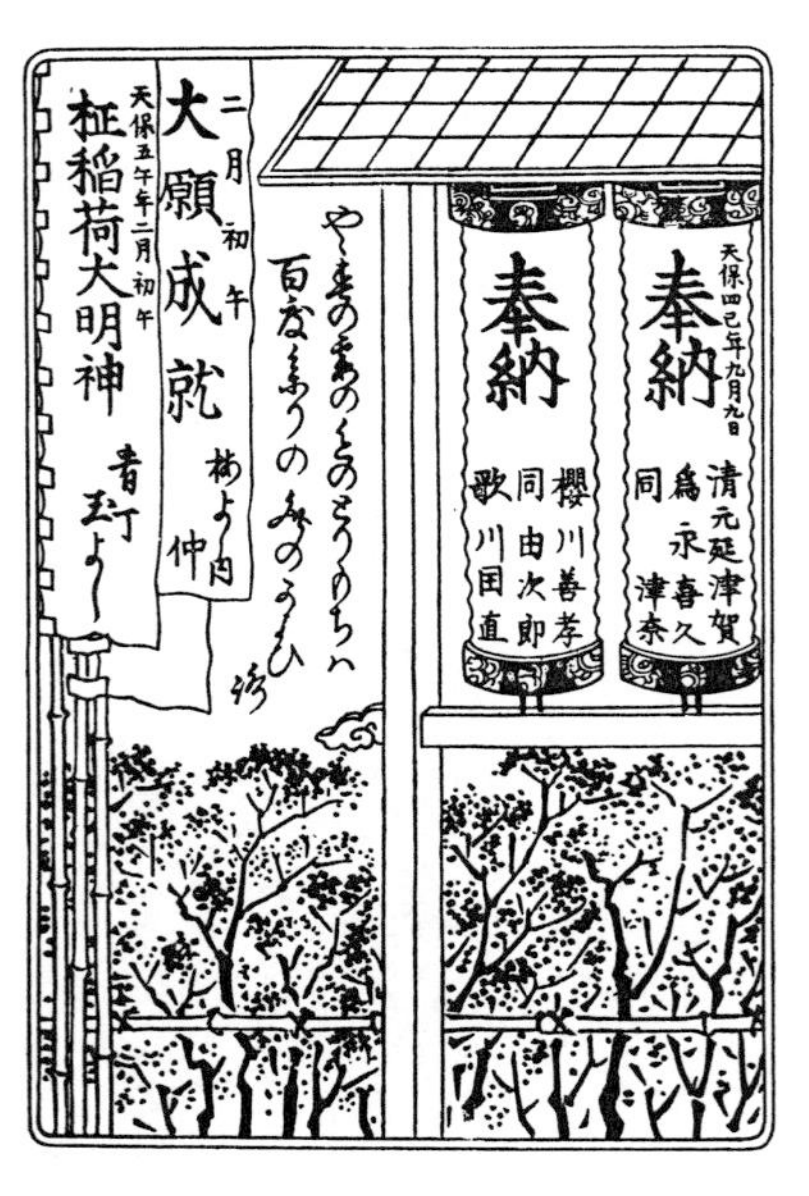

天保四巳年九月九日
[一]清元延津賀
奉納 [二]為永喜久
[三]同 津奈
[四]櫻川善孝
奉納 [五]同 由次郎
[六]歌川国直
[七]やゝ春の霞の色のとりもち
は百度参りの文のかよひ路
二月初午
大願成就 [八]梅よし内仲
[九]天保五午年二月初午
[一〇]柾稲荷大明神
[一一]肴丁 [一二]玉よし

梅暦餘興 春色辰巳園巻の五

江戸　狂訓亭主人著

第八回

同じ唄女の果なれど、[一三]歳増吉が程[一四]もよく、過にし[一五]世事の噂さへ、さぞ[一六]取廻しも他よりは増りしことに有つらんと、思ひやられてゆかしけれ。折からお増が表の格子、しづかにあけて一人の男　男「ハイ御免なさいまし。お増さんのお宅は此宅でございますかへ　増「アイどなただへト[一七]中じきりをあける　男「ハイわたくしは[一八]寺町の者でございますが、昨晩このお手紙をたのまれましたが、あまりおそくなりましたゆゑお届け申(し)ましなんだ[一九]。今日もまた[二〇]急な用にたのまれましたゆゑ、大きにおそなはりましたトふみをさしいだす　増「アイトとつて、ム、トうなづき「ハイおほきに御苦労でございました。チツトお待ト仇吉に渡す。仇吉は取て完尓うれしそうに笑ひ、[二一]這入口へ向ひ　仇「アノおまへ、急な用にたのまれたとは、やつぱり此人にかへ　男「イヽヱ、ナニ外さまでご

一三 歳がまさるの意でかかる。
一四 当時の流行語で、洗練されていることをさす。
一五 ここは世間の出来ごと。この下にも一度、「程もよく話をして」と補って解く。
一六 ここは芸者としての勤め。客あしらい。
一七 ここは玄関と中の間をしきる障子やふすま。
一八 弘化四年改版江戸町鑑の深川平野町の条「此町並万年丁二三丁目辺を里俗寺町と唱」。東側に寺が並んでいたからの称。
一九 「ませなんだ」の訛。
二〇 別に急用で、それを先にすませた故。
二一 底本の振仮名「はいりくち」。濁に改。

ざいます　仇「ウムよし／＼ト安堵[一]の様子。これも何か米八[二]が用かと思ひ、氣にかゝりて頼みし用まで聞し、このくらゐ氣にかけてもらひなば、男のたましいはうか／＼となりて、何事も手に付ぬことなるべし。彼男は外の手紙二三本撰わけながら　男「さやうなら、よろしうございますかネ。お返事でも届けますのではございませんか　増吉「はかんざしでつむりをかきながらかほをしかめ　増「ナアニ、これはたしかに請取たといつておくんなせへ。ア、そして使代[三]はヱ　これ素人は氣のつかぬところ、かゝるばしよがら[四]とすいしたまへ　男「イヽヱモウおもらひ申(し)ました。ハイ左様なら　増「アイ○仇吉は上にぐる／＼とくるみし文を取て増吉へ渡す　増「ヲヤごてへねへなこつた。かはいらしい手だのうトよみかゝる。仇吉はかきのけて　仇「増さんマアそれよりか、此文からさきへよもふ　増「ナニおいらの処へ來たのだから、私はこれをよむは　仇「アレサマア　増「イヤもう手めへ勝手な子だぞ。左様ならおめへの方へ來た文からさきへ拝見かト一所に寄添、仇吉が持し文をさし覗く　仇「なんだか氣になる様な、じれつてへやうだトいひながらあけてよむ。

舌代[五]

[六]ついちよつとやうす、きく間もなつかしききのふけふ、[七]こんなゑにしがからにもと、[八]やぼなたとへもぐちといふよはみに、ひかされ、[九]氣ざをしようちのあくひつ文だん、[一〇]御ゆるしあれかし

一 安心。
二 米八へあてての用事の手紙。
三 使をした賃金。
四 深川の花柳界だからと御推量下さい。
五 ぜつだい。口でいうかわりに書く簡略の文。
六 今日此頃は、貴女の様子を聞かないでいる一寸の間も、おなつかしく気にかかってなりません。
七 上方唄のゆかりのつき「(前略)ひろい世界に住みながら、せまうたのしむまことゝまことと、こんなえにしがからにもあろか(後略)」。その他、後出のものにも用いられ諺化した句。本当に珍しい二人の縁であるの意。
八 古いたとえを持出すのも、恋のぐちですが、そのぐちの出る恋心のよわさにまけて。
九 嫌味なことは私も十分わかっていますが、悪筆悪文ながら一筆したためます。
一〇 ごめん下さいませ。

*插絵詞書「花(はな)の枝(えだ)手(た)をれば袖(そで)に春(はる)の雨(あめ)　アサクサ宮戸川　鉄女」。花の枝を折ると、春の雨のやどった雫で、袖がぬれたの句意。鉄女は浅草山内の水茶屋の宮戸川の茶屋女。前出(一六二頁)。

一一 前出(三〇〇頁)の日朝のあて字。ただし日頂も日蓮宗の高僧(文保元年没、六十六歳)。

一二 お目にかかりまして二日たちましたが。

一三 自分が出した今朝つくはずの手紙はどうしたか。

一四 此方から文使にたのんで出した書状は今朝つくはずだが。

一五 文使の言葉を思い出しての語。そうだ、使の話では昨晩おそくなったそうだから。

仇「ちよつとマア見(み)な。どうしたんだろう トにつこりとわらひうれしきおもいれ 増「ヲ、〳〵眼(め)も何(なに)もかまはなくなつたの。日頂(につてう)[一一]さまよりありがたからうト脊中(せなか)をちよいトつめる

仇「アいたい トわらひながら又よみかゝる 御目もじより、ふたひ[一二]はたてど、

仇「ヲヤどうしたんだの。今朝(けさ)[一三]の文(ふみ)はトすこしかんがへる 増「ヱ待(まち)なヨ。ウム斯(かう)だ〳〵。[一四]此方(こつち)から頼(たの)んで遣(や)つた文(ふみ)は今朝(けさ)、こりやア此方(こつち)の文(ふみ)の行(いか)ねへ中(うち)に出(で)た文(ふみ)で、早(はや)くだろうヨ。[一五]ゆふべおそ

くなつたから、[一]かけ遠(ちが)つたんだ　仇「ム、〳〵そうだろふの。マア後(あと)をよんで見(み)やう
「エヽト、おんめもじより二日(ふたひ)はたてど、
もはやじ[二]がねをあらはしてか、なんのたよりもおとづれもなふ、きのふじ[三]
やうしんじへ参(まゐ)りゆへども、[四]かげだにみせぬこゝろなさ、日[五](にっ)てうさまへ日
さんも、[六]やまの神(かみ)へは極内(ごくない)〳〵をしらぬ顔(かほ)か、[七]しつてかしらぬか、そうし
たものじやアあるめへ。かしく

よ[八]ふじ　　より上

トよみて二三度(さんど)くりかへし、まだよみたらぬ心(こゝろ)なり　仇「ヲヤ〳〵ゐんぎのわりいノウ　増「ナゼゐんぎがわりい　仇「それだつ〔て〕[九]、[一〇]めで度(たく)も書(かき)もしねへで　増「何(なに)また男(をとこ)がそんなことを書(かく)もん(物)かな。しかしのろけるも無理(むり)もねへのう　仇「ア、もう何(なん)だかじれツてへ　増「それだが、どうも真実(ほんとう)に惚(ほれ)てもにくゝねへ人(ひと)よの。一(ひとつ)として抜目(ぬけめ)のねへ、若(わか)い人(ひと)にやアめづらしいヨ。ヲヤそりやアそうと、くらくなつたの。もう二人(ふたり)ながら帰(けへ)りそうなもんだ。ちよいトマア付(つけ)やうトあんどうをいだす　増「仇(あだ)さん、おめへはま[一一]ぼしかろう。少(すこ)し斯(かう)いふあんばいに置(おか)ふの　仇「ア、ナニそんなじやアないヨ。今日(けふ)はよつぽど能(よい)ヨ。いつも日(ひ)のくれる時分(じぶん)になるとしきりに痛(いた)くなるが、けふはそんなでねへからもふよかろうヨ　増「そうか、そんならいゝが、あんまり呑過(のみすぎ)てわるくなると、

一 行き違った。
二 地金。本心。ここは本当に自分を思ってでない浮気心からであったの意。もう本性をあらわしたというのでしょうか、何のおたよりも、まして御来訪もなく。
三 浄心寺。前出の上専寺。仇吉が眼病で浄心寺へ参るというので、昨日自分も行って見たが。
四 貴女は一向お見えがないのに落胆しました。
五 私が浄心寺の日朝様へ日参しておりますのも。
六 山の神。女房。女房である米八をさす。女房へは全くかくして、貴女恋しさ貴女思えばであることを、貴女は知らぬかおをしていなさるのか。
七 意識してかせずでか、いずれにせよそうしたお態度は、義理なし情なしにつれなく思われます。
八 以上の文を一紙にしたため、巻いて、その表にあたる所に書いた文字。
九 底本・後刷共にないが、意によって補。
一〇 女の文の末に「めでたくかしく」と書く。
一一 「まぶしい」の訛。

一二 どんな美味なものでも。

一三 大体でない。大そう。

一四 心づかい。心配。

おめへの母御が、あんなに、頼んで行たから、案じてゐるだろうと思つてヨ。そしてお茶漬にしようじやアねへか。おめへもあんまりお飯をたべねへでゐるからわりいヨ 仇「アヽ、たべやうョ。何、おまんまはうまいはネ。氣色のわりいのでないから、毎時たんと食るけれど、酒を呑とどうもいやだョ。それで、もういつでも母人と喧嘩をするは 増「[一二]どんな者でも酒を呑ではいやなもんだョ。その方が多いョトいふうち、表の障子を明、入來るものは仇吉が母 母「ハイ御免なさい。増吉ざん、今日やア一日お世話さまでございました。母御さんはトいひながらあがる 増「ヲヤ仇さん、母御が來なすつたョトいひ、亦仇吉の母に向ひ 増「母御おまへお歸りな。此方からいゝ時分にやア送らしてあげるはねへ。今日は大きにいゝそうでネ、今まで此所でちつとづゝ酒盛、あすんでゐましたョト多葉粉を吸付て出す 仇「おまへ母人、迎へに來たのか 母「アヽ、ちよつと歸んな 仇「ナゼ 母「なぜといつて、あんまり朝から日のくれるまで、増さん処でも[一三]てへ〳〵お世話さまだアな。そしての、ちよいと歸つてくんなト何か用ありそうにいふ 増「母人さん、私の処じやア、昼夜お出でもかまやアしないョ。マアお[一四]心づけへなしに、もう少とあそばしてお置な 仇「いつでもおまへ、此方へ來て遊んでゐるから、今日に限つた事ちやアないのに 母「ナニそりやアいゝがの、歸らなくツちやアならねへことが出來たからョ。又來るがいゝはな。ネヱお増さん 増「さやう、そんなら仇さん行て來なヽ。母御があんなにいふから。そしてのト仇吉が耳に口を寄せ、何かひそ〳〵とさヽやきて　増「ヨョ、そうしなナ　仇「そうさのう、そんなら歸ろうか　増「いまそして、お夜食にしようと思つて居た処さ　母「そうかへそれはモウ、そして母御さんは何処へ　増「ナニ、先刻じやうせん寺へ行ましたが、まだ歸つて來ませんはネトいふ折から、増吉が母親は奴と（小ぢよくのことなり）二人歸つて來る　増の母「ヲヽ〳〵大きにおそくなつた〳〵ト家内へ這入る　増「まことにおそくなつたねへ、何処へ寄つて居たんだ。そして奴は一同に行たのか　奴小「ナニ一処にいきやアしませんが、今其所で[二]逢たから一処に歸つて來ました。今日はもう大勢[三]で〳〵、もう〳〵待て〳〵、まことに〳〵　増「もういヽ〳〵、やかましい子だヨ　仇の母「おつかア、おけへんなすつたネ。今日はもう、早朝からあの子がお世話さまに　増の母「ヲヤよくお出なすつた。今朝お出なすつたそうだが、おめにかヽらなんだツけねへ。それでも仇さんも、大きに今日はいヽそうでございますヨ　仇の母「さやうでございますそうで、大きに有がたふございます。奴さん稽古か、よく精をおだしだの　小「ハイ　増「私の処の奴は、人さんが來なすつてもしらねへ顔をしてゐて、どうもならねへヨ　仇の母「ナアニみんなそうでございますヨ。サア行ふの　仇「アヽトだんまり、やう〳〵に立て　仇「それじやア増さん、今のことを急度だヨ　増「ムヽ、承知〳〵　増の母「ヲヤなぜお帰りだ　仇の母「有がた

一　▽仇吉がその母親と何かと意見の違うのを知る増吉が、丹次郎の方の連絡は自分がするなどといって、帰ることをすすめたのである。
二　底本清。濁に改。
三　稽古所へならいに行った人のこと。
四　日入の時刻につく鐘。午後六時頃。当時は日出を明六つ、日入を暮六つにして、昼夜各で等分したものである。
五　人が惚れるような者でなければ、此方が惚れる相手にもならぬのたとえ。▽仰山すぎるたとえ様である。
六　気苦労が絶えないと、義理ごとが続いて絶えないとかかる。
七　交際上で贈答する費用をかけること。
八　吉凶の時や心附として人に送る金品。
九　仕掛を入れる文庫（前出、二七〇頁）。ここはその文庫に入れる衣裳（仕掛）のこと。春暁八幡佳年三輯下「衣裳（しかけ）」。
一〇　底本の振仮名「とき〳〵」。濁に改。
一一　心配しなければならぬ。
一二　芸者らしいはでな衣裳。
一三　作るはじめから心を用いて。
一四　染め直し。
一五　も一度晴をすることが出来る。
一六　後から小紋をつけること。
一七　計画して。

ふ、すこし又宅に　増の母「そうかへ、それじやア又お出ヨ　増「仇の字そんならそふするヨ　[四]くれ六ツ「ゴウン／＼。

第九回

[五]敵にして強くなければ、味方に頼て頼母しからず。此方が惚れば他も惚て、さてじれツたき恋の癖。そも米八は日と夜とに、繁昌いはん方もなく、全盛な程氣苦労は[六]絶ぬ浮世の[七]義理はりに、茶屋舩宿はいふに及ばず、何やら角やらの[八]附とゞけ、[九]仕掛文庫も[一〇]四季に、[一一]心にかゝる[一二]伊達衣裳、[一三]はじめから用心して、後日の時には、此色を[一四]斯直したら[一五]又一晴、これは小紋を[一六]斯置てと、[一七]胸工みしてかゝつても、思ひの外の油じみ、酒のよごれに光なしも、[一八]光る旦那をこゝろ當、それもはづれてまごつくは、[一九]素人の知らぬ表向びつくりするほど立派にして、[二〇]押出す初手の[二一]とり掛り、[二二]金も貸ふし身儘にもなると、[二三]さばけた[二四]談合をうまく[二五]はまりし親馬鹿の、[二六]二枚證文両方とも、役にたてるは[二七]主ばかり、[二八]雑用出来で居てさへも、忽ちつもる借金の、[二九]山びらきにでもなつたらば、また一盛りよかろうかと、思ふやからも有なるべし。そも[三〇]突出したら、[三一]能鳥が直に掛つて嬉しやと、思へば[三二]引色[三三]くわせ者、茶屋舩宿も、當座の[三四]利徳に[三五]化された風で、宿な

一八 金の沢山にある。金のある旦那に衣裳を作ってもらう心当もよくはずれるもので。
一九 上から、そんな苦労は素人にはわからぬ意、下へは素人は内実はわからずうまくはまって二枚証文で、芸者になるがの意で続く。
二〇 デビューする。芸者仲間に入る。
二一 そもそものはじめの交渉。
二二 二枚証文で身を売るから金も多く貰えるし、また芸者だから娼妓のように不自由でない。
二三 気のおけない。わけのわかった。
二四 相談。
二五 うまうまとその手にのった。
二六 前出(一三二頁)。
二七 抱主。
二八 未詳。出居衆(前出、八二頁)、即ち自前芸者の一種であろう。
二九 上から「借金の山(沢山になる)」とかかる。岡場遊廓考の辰巳雑事「山開　毎年三月廿一日より、大師御影講に永代寺の庭をひらき、諸人爰に群参して遊宴す(下略)」。山開には花街も繁昌する。
三〇 芸者に出た早々。
三一 よいひいき客や旦那がつくをいう。
三二 引き退く様子。懐加減が悪くなり、今までのようなはでな遊びをやめねばならぬ状態になった客。
三三 ごまかし者。
三四 祝儀の金。
三五 ごまかされた風をして。悪い客と知って知らぬ風で。

しをも取持當時の不人情、見る[一]につけ聞くにつけ、いやなことゝは思へども、馴ては
さすが捨られぬ、男の爲の浮苦労[二]、それがこうじて此頃は、胸の痞や癪[三]といふ、禁句[四]
の類ひはいとはねど、さし込[五]他のしやくり[六]をば、口で氣[七]なして、心ではもしやと思ふ
女氣の、[八]あるがならひをましてまた、仇吉といふ増花[九]のありと知つても、はしたなく
いはれぬ株[一〇]になりおほせ、今ではどうか、我と我心をしかるたしなみに[一一]、いとゞ思ひ
のます鏡[一二]、いつにかはつてめづらしく、寄場[一三]に一人、手枕[一四]の耳に聞ゆる、清元のけい
こもおのが身にぞしむ、恋の安名が物狂ひ。〇深山櫻[一五]、

〇上署

〽アレあれをいまみやの、らいざん[一六]おふが筆すさみ、土人形[一七]のいろ娘 〽たかね[一八]の
はなやをることも、泣た[一九]顔せずはら立ず 〽りんきもせねばおとなしふ、アラうつ[二〇]
ゝなの妹脊中 合 ぬしはわすれてござんせう、しかも去年の櫻時[二一]、植て初日[二二]の初會[二三]
から、逢ての後は一日も、たより聞ねば氣[二四]もすまず、うつら〳〵と夜をあかし
〽ひる[二五]寐ぬほどに思ひつめ、たまにあふ夜のうれしさに 合 さゝごと[二六]やめてかたる
夜は、いつよりもツイ明やすく、下署

米「アゝなんだかふさいで來た。恥かしいと思つても、ツイ妬心[二七]をする氣になるがト
獨言いふうしろの方、いつの間にやら新子[二八]のお房、ちいさな聲で ふさ「米八さん

一 以上一般の論から、以下米八のことにかえる。 二 憂き苦労。
三 底本「癪」。以下この文字多く、皆改めたが一々注しない。軒並娘八丈三編上「癪(しゃく)」。米八が痞(つかえ)や癪を起すこと多いの意。
四 気にさわる言葉をまた「しゃく」という。気にさわる禁句を言われるのはかまわぬが。
五 癪の縁で、下へは、面白がってつげ口するとつづく。 六 中傷。煽動。ここは丹次郎と仇吉のこと。
七 「貶す」のあて字。さえぎって。
八 女気はそうしたものだがその上に。
九 より以上に愛する女。
一〇 身分。姉さんかぶ。
一一 つつしみとして、自身の妬心を自らおさえるので。
一二 女の「たしなみに」「ます(真澄)鏡」と上から続き、思いが増すの意。
一三 芸者たちのたまり。
一四 手枕で横になっている耳に。
一五 清元の七変化のうち安名物狂い、深山桜及兼樹振(みやまざくらとどかぬえだぶり)。略して安名。文化十三(文政元)年初代延寿太夫上演。篠田金治作詞。
一六 底本「らいさん」。濁に改。来山翁。小西来山(一六五四—一七一六)。大阪の俳人。晩年は今宮村に隠棲した。
一七 来山焼物の女人形を机辺におき、女人形の記(いまみや艸所収)を作る。
一八 女人形の記「折事も高根の花や見たばかり」。女として寵愛することは、高根の花同様に不可能の意。

一九　女人形の記「笑はぬかはりに腹立ず、悋気せず」。
二〇　物狂しい男女の仲。
二一　吉原の中の町に桜を植える時。
二二　三月三日。→補注一五。
二三　客と遊女が初めて会うこと。吉原などでは定った儀式があった。
二四　気がおちつかず、正気もなく。
二五　上方唄の糸薄「(前略)けいせいのひるねぬほどにおもひつめ、それがこうじてひぞりごと(後略)」(皇都午睡はケヒヲの折句だという)。夜つとめ昼休む遊女の身で、昼もねられずの意。
二六　酒事を止めて。けいせい手管三味線(享保初刊)の文による。→補注一六。
二七　やきもち。歌の文句に応じて反省したもの。
二八　前出(一九五頁)。
二九　前出(一四七頁)。
三〇　不幸な境遇となった恋人と知るべし。
三一　中傷したりすると。
三二　覚悟。
三三　親たちへ対しての遠慮。
三四　お房の振舞処置が悪くても。
三五　初め。
三六　義理と意地で押し通して。
三七　定評がついて。
三八　底本「おかけて」。濁に改。
三九　生活が楽になる。▽前出の如く同じことを何度も教訓している。春水の思想的な乏しさをあらわにした所。
四〇　流行の時。
四一　問題にしない。

米「ア、びつくりした、房さんか。ヲヤおめへ、もうちつと先刻[二九]小池へ出て行たじやアねへか　ふさ「ア、直に帰つたョ　米「ナゼ、どうしたんだ　ふさ「ナニお客じやアないものをト涙ぐむ　米「ム、[三〇]此間はなしたわけの人かへ　ふさ「ア、　米「それでもマアよくたづねて来たのう。しかしおめへは歳のいかねへ了簡から、かはい丶と思つて見たり、他人がいろ〳〵わるく言たり[三一]しやくつたりすると、否にもなつたりしても、また恋ふ気になるのも、[三二]定まりはないやうだけれど、だん〳〵此間中のはなしでは、欲で今まで一処になつて居たわけでもなし、はじめを云ば、信切にかわいがられたうれしさに、ツイ深くなつたといふわけじやアないかへ。尤おめへも是までは、他のそしりも親たちの[三三]気がねも、長く辛防してゐたから、向ふも義理のわりい[三四]仕打が此方に有たとて、ひどく憎みもしめへけれど、他は兎角に[三五]其元をわすれてしまふといけないョ。私なんぞも此方へ来て、他並に、といつてはうぬぼれだが、どうやら斯やらこうして居れば、世話をしようの、色になれのといふ人が有けれど、其所を[三六]押切義理と意地、とう〳〵我儘を仕遂たら、今じやアそれと[三七]札が付て、勤めよくなつたから、案じるわけのものじやアないョ。おめへなんぞは親たちが、此方へ出れば、能旦那が五人も三人も直に出来て、親兄弟もその[三八]おかげで、[三九]浮みあがるつもりでよこしもしたろうけれど、そりやアなるほど、素人の娘で居るとはわけも遠つて、[四〇]盛りの時は十や二十の金は、[四一]なんの

一 諺「女は氏なくても玉の輿に乗る」。富貴な身の上になること。
二 底本の振仮名「ぢょうろじゅ」。「ぢょうろしゅ」に改。江戸では「じょうろ」と発音すること、上方の「じょろう」と相違する。
三 天保中の種くばり「新地　此地は深川越中嶋築出し新地也、呼出し昼夜五切銀拾弐匁、一昼夜朝直共銀七拾弐匁　芸者男女共同之、百歩楼・大栄楼・船通楼。昼夜四切金弐朱、一昼夜朝直共弐分弐朱　三好屋・中嶋屋。小新地　惣伏玉・四六」とある娼妓街。
四 羽ぶりがよかった。
五 全く物になっていない時。
＊挿絵詞書「この娘(むすめ)おふさがことは永代談語(えいたいだんご)といふ梅(うめ)ごよみの拾遺(しゅうい)にしるす　初(はつ)はなのさかぬまへより春(はる)の雨(あめ)　ふさ女」。永代談語は天保九年より刊の「梅ごよみ拾遺別伝」とした「春抄媚景英対暖語」のこと。全五編。おふさのことは、この予告通りに見える。句は花のさかぬ前、即ちおふさの登場しない前から広告するの意。

といふやうになるのも土地がら、玉の輿にのるのは[一]いくらもあるけれど、恩をわすれて出世して、死ぬまで繁昌する人は、藝者にかぎらず女郎衆[二]でも、又素人でもありはしないョ。今新地[三]へ行て居る欲次さんを見な。おめへは知るめへが、まへ方は此方へ出て居て、ぱり[四]〱といはせたそうだが、大そういゝ人に請出されて、仕合せな人だと、其時分婦多川中がうらやましがつたそうだけれど、あの子の親が、欲次さんのまだから[五]ツ

きりいけねへ時から、世話をした人を突出[六]して、それから此方へ出[七]したそうだが、そのばちかして、一たんは立身しても、忽ちに他[八]の思ひで、だん〳〵に歳をとるほどつまらなくなつて、またしかたなくしん地へ出て、昔の蔭[九]のねへばかりか、[一〇]わりい病氣も有やうな噂を聞たが、モウ〳〵、凡女[一一]は罪深いといふうちにも、女郎唄妓の身のうへほど、冥利[一二]のわりいものはないョ。といつて活業づくだから、うそも手くだもない日には、座敷もお客もないわけだから、是非[一三]嘘もつき義理もかく、仕うちも時〻あるけれど、長い間世話になつたり、久しく思ひおもはれた人を、慾ゆゑ突出して、ふり向て見るもいやだといふやうにせへしねへければ、始終出世も出來るもんだと、異見を言てくれた人[一四]が有たツけ。それからだん〳〵氣をつけて、永[一五]い目で見て居ると、まことにそれに違ひないョ。おめへなんぞも來た日から、私を便りにしなさるから、およばずながら、此やうな異見もへだて[一六]ぬ心から、かならず腹をおたちでないョ。そして何と云てお歸しだ　ふさ「ナニまた四五日の中に來ると言(つ)て、元氣のねへ顔をして、直に歸るから、マアお出[一七]なといつたら、ナニ永居をすると猶もの思ひだ、あんまり何角を氣兼[一八]をして、煩ふなョト云た切、歸つて行ましたはトすこしふさぐ　米「そうか、今度來たらおいらに知らせな。おめへの義理も立、先の人の胸[一九]も落着やうに、[二〇]談じてやることが有ョ、ト生れ付たる米八が藝妓にまれな信切もの、歳下なれば、お

六 ふって。こっちから縁を切って。
七 深川仲町の芸者勤めをさせた。
八 人のうらみの念。
九 面影。様子。
一〇 娼妓なれば性病。
一一 仏説で女は悪因縁が多く、成仏する障となる罪が多いという。
一二 神仏の加護のない。
一三 どうしても。
一四 ▽春水自らと思ってよい。
一五 普通は気長に見る、同情的に見るの意。ここは長期間にわたって観察する意。
一六 隔意なく思うから。
一七 あて字。まあ居りなさいの意。
一八 遠慮な心づかいして。
一九 心中。
二〇 話し合う。

房をも娣と思ひ、遠慮なく異見の風情頼母しけれ。（このお房といふ新子の傳は、[1]永代談語といふ中本六冊近日出板いたし〼。辰巳の園の拾遺也）折から帰る[2]政吉が、浮た調子の咳ばらひ　政「ヱヘンム、　米「政の字か、[3]ふさがつて居るヨ　政「ヲヤ〳〵こゝも[4]差合か。ふけへきな　ふさ「政吉さんお帰りか　政「ヲイ〳〵おいらの[5]娘か。よくおとなしく待て居たの。ドレ〳〵お土産をやろうのト笑ひながら、鼻紙へ書た[6]ドヾ一をお房に見せる　ふさ「ヲヤ〳〵有難ふト明てよむ。

〽なまじ、ていよく離別ただけに、[7]日柄立ほどおもひ出す

ふさ「ヲヤ〳〵沢山書て有ねへ。後で樂しみによまふや　米「ヲイ〳〵政の字〳〵、今帰つて來た[8]人相を当て見せやうか　政「ム、〳〵當て見な〳〵。すつかり当るとおごるぜ　米「ドレト起あがり　米「知れた〳〵。びつくりしなさんなヨ。ヱ、トまづ色でなし、[9]通例でなし、少し不足はあるが[10]まんざらでなしとト云ながら、政吉の顔を見る　政「はやくいひなゝ　米「アレサせはしねへ。左様人相がわかるものかなトにつこり笑ひ　米「コウ連から先へいふぜ。栄藏さん　ト（これ[11]おぎ江栄藏なり）八藏さんだろう（この八藏といふは[12]瀧亭鯉丈なり）　政「ヱトびつくり　米「どうだ、一番[13]ギツクリだろう。コウ噂で聞たが、[14]源さんは[15]男ぶりから見ると、萬事の行渡りは百だんも能ぜ。[16]欲じやアねへが大事にしな。しかし[17]如才も有めへ　政「どうして知つて居る　米「ヘンそりやア、はゞかりながら米八さんだヨトいふ時しも、表のかた[18]呼流し行占者　占「[19]当卦本卦のうらなひ、失物　待人　願望、[20]男女一代の

一 挿絵(三一八頁)の詞書と同意。詞書および英対暖語では「梅ごよみの拾遺」とあるが、ここにいう「辰巳の園の拾遺」の方がふさわしい。
二 天保八年の辰巳のはなに仲町さがみやの羽織芸者として見える。
三 便所などに先に入っている人のあいさつの語。咳ばらいで人の有無をうかがうに対しての語。
四 支障。
五 同僚なれど、若い妓ゆえにいう。
六 前出(九四頁)。
七 日数。歌の内容は、情人に別れて来たおふさの心中をいう。▽人情本中に新作の歌詞など示すは、ここの場合のように、読者にこれを教える用途がある。
八 顔つきで、今まで出ていた場を判断するの意。
九 普通の客。
一〇 全くいやでもない。▽情事進行中の相手という気味。
一一 荻江栄蔵。清談松の調初編(天保十一)下にも、鯉丈と共に登場、荻江節のかたり手であろう。
一二 前出(一六一頁)。何時もとりまきとする連によって遊客の誰かがわかるのである。
一三 吃驚したろう。
一四 未詳。▽この実在の芸者政吉に源なる客のある噂を入れた楽屋落である。
一五 男は器量が悪いが(ここ政吉の不足の所)、万事によく気のつく所(ここ政吉のまんざらでない所)は、外貌から

吉凶(きつけう)　米「[二一]ヲヤおいらもあれに出(で)やうか　政「ちげへねへ。丹次郎(たんじらう)といふ色情(しきじやう)を慎(つゝし)[二二]むべしか　三人「ハヽヽヽヽ。

の推察に遙にまさる。

一六 得になるからいうのでないが。▽この男富有でもあるのでこの語がある。

一七 既によろしくやっているのだろう。

一八 歩きながら呼び声をしてゆく。

一九 如何なる卦にあたるか、本卦(二回卦をおく、先の卦)は如何にあるかの意。男女一代八卦即座いろはうらなひ(文化頃)「当卦本卦一代八卦は其本原初心には容易に心得がたし」。

二〇 男女一代八卦などという本も出ている。天保七年改正の同書に「一代八卦板行昔より有之といへ共」。

二一 ▽政吉の相手をあてたからいう。

二二 八卦の説明文にまねた言い方。男女一代八卦「火事けんくは口論盗人をつゝしむべし」の類。

梅暦餘興　春色辰巳園巻の五　終

梅暦餘興

春色辰巳園巻の六

江戸　狂訓亭主人著

第十回の上

春の[一]梅秋の[二]尾花のもつれ酒、[三]それを[四]こいきに呑直す、小池の客の絶間なく、四季の賑はひ[五]十二軒、こゝの二階ぞ樂しけれ。今日も一人の客人有。意氣ならねども野暮ならず、彼仇吉をひいきにて、如才なけれどおうよふに、いつも機嫌のよき上戸。とりまく一座は[六]櫻川、さゞめく酒の面白き、娘[七]お熊が取持に、いとゞ栄ある其風情　仇「ヲヤどうしたんだろう、[八]よく道もおわすれなさらねへネ　客幸三郎わらひながら　幸「べらぼうめへ、[九]女房の所へ來るに道をわすれるといふがあるものかへ。それに手めへはどうも実のねへ女だぜ　仇「なにが実がないのだへ　幸「アレ、あの[一〇]くれへなもんだ。おれがこんなにわづらつてやせきつたのに、どうしなすつたとも云ず、どうも余程[一一]世事のねへ、[一二]惚処のねへ女だなア　仇「それだつても、まだ今こゝへすはつたばかりだアネ。そしておま

一 仲町の代表的料理茶屋の梅本。春の縁で出す。
二 同じく仲町の料理茶屋尾花屋。秋の縁で出す。
三 酒の上の口論などでむずかしくなった場。
四 小意気。さばけて。下の「小池」とは語呂。
五 小池のあった深川の地名。前出(二四七頁)。
六 桜川と称する太鼓持連中。
七 小池の娘分。前出(二四七頁)。
八 久しぶりに来た人への挨拶。▽入る早々仇吉のこの挨拶はしたしさを示す。九 女房のお前の所。仇吉を親しんでいう。
一〇 そんなすげない返事をする位に実がないの意。
一一 世辞のあて字。
一二 情に乏しいことをいう。
一三 頭部の中剃の部分をそらず、毛をはやしたままにしている。
一四 久しく来なかったし。
一五 立派だから。
一六 小池の亭主。前出(一五五頁)。
一七 夫婦や情人間のたわいない喧嘩。親しい客と芸者間を夫婦に見立てていう。一八 ▽上げたり下げたり、客をこなすこつ。
一九 底本「さん」。前例によって改。▽もちろん年配だが、たわむれていう語。
二〇 一人の男が母娘に情を交すことをいう。ここは幸三郎がいわれると解すればそれでよし、仇吉がいわれるとい

へ煩らつたつて、知らしてよこしもなさらねへで、どうして知れる物かネ。私やアまた、月代をはやしてすこしやせて、大分好男になつて來たと思つたり、あんまり足は遠かツたし、いつもより男ぶりがあざやかだから、幽霊でもありやアしねへかと案じてゐたはね、ネへ由さん　（櫻川由次郎わらひながら）　由「先刻から默然て聞て居たがネ、どうも一所へ寄ると、千話げんくわをしなさるからこまりやすネへ　（仇吉も笑ひながら）　仇「ほれたどうしといふものは、みんな此様なものかねへ。ネへおとツざん　幸「ナニおとつざんだ、もつてへねへべらぼうだ。息子か孫にしそうなものをつかめへて、おとつざんだの何のと云て、そして手めへおとつざんに惚ちやア、いもでんがくだといはれるぜヱ　（櫻川三孝かたはらより）　三孝「ヲツト〳〵お二人ともあらそひ無用にして、ちつと御酒を精出すことゝしませうぜ　壽樂「アツ、ア能御了簡、いかさま先程から　幸「どうもおめへたちやアわりい了簡だヨ。おれがちつと色欲の方を出精と思ふと、どうも邪广をするからわりいぜ。その癖壽樂なんぞは、世界中の女をこせつく癖に、他の事をば恋しらずだ　壽樂「ヲヤ〳〵たつた一人名ざしで、わたくしをこせつくとは、お情ない御一言　幸「ヲイ〳〵壽樂子、左様は云せねへ。まづ此近所はいふに及ばず、芝の神明、浅草の境内、何でも女の居るところといふと、其方のまごついて居ねへことはねへぜ。此間も柳屋のお吉が見世で、只一人何か談じて居たじやアねへか。まさか其方が陸釣の汐待といふひま

う文章にもとれるが、一人の女が父子に通ずるにもあてて、この語を用いた所が洒落か。　二一 前出（一八一頁）。
二二 酒を飲むのに一所懸命になろう。
二三 喜久亭寿楽。巽年代記（天保八）の仲町太夫連名「寿楽　喜久亭　昔咄仲丁南かは」とある、深川の太鼓持。落語家奇奴部類「大坂町住　喜久亭寿楽　両国席の元祖なり」とあるも同人か。　二四 収穫を得ようの意。熱心になると。　二五 こせこせする。こまめに漁色する。　二六 人の事になると、恋の情を解さぬ処置に出る。
二七 底本「名さし」。濁に改。
二八 飯倉神明宮の俗称。東京都港区にある。この境内に芝居や茶店のあることと江戸名所図会の図に詳しい。
二九 浅草観世音境内。そこの茶店はまた江戸名所図会の図に詳しい。
三〇 ここは茶屋女をいう。
三一 まごまごして。
三二 後出の如く浅草山内の茶店と、その評判娘。応喜名久舎一「イヤ今宮戸川へ一寸貞を出すと、隣の柳屋の見世に二三人居てお吉にからかつて」。同五「柳屋といふのは二軒ありますがどちらでございますネ。三社さまの方へ向つて左りのはお吉が前方の見せだ、本とふの柳屋のお吉といふは、宮戸川の手前隣で、女がいゝから直にしれらア」。　三三 じっくり話し込んで。
三四 陸から釣をすることだが、原注参照。　三五 潮のよい時を待つこと。獲物（お客）のかかる時を待つ意。

もあるめへ（幇間の客をつかまへるこゝろで、ほどよき処にまち合せゐるをおかづりといふ。みなさまの御存也）　壽樂「ヱヽヱ、あの日は、などゝ申わけをすることもないが、モシ茶見世なぞといふものもおつなもので、まさか私どものちよいと休むにも、毛[一]なみを嫌ふわけはないが、諸人の知つてゐる札付[二]の見せで、淺艸の山内でも　由「または兩國[三]、大坂の道頓堀　三孝「京都にては四条河原、伊勢は白[四]子の觀世音　善孝「コレサ〱、生捕[五]ましたを、丸[六]でやる氣か　幸「イヤしかし、淺草じや宮戸川[七]のお銕、柳屋のお吉、また少し所帯じみた信切はいふが、相模屋[八]のおさよ、此三軒の見世に休んで居れば、氣はづかしくねへの　由「イヱモシ、此間つく〲見ましたが、山科[九]のお直ネ、だん〲程[一〇]がよくなりましたぜ　三孝「ソリヤこそ、由次郎が地金[一一]のはじまり　仇「由さん上(げ)[一二]るョ。私じやアいやだろうが、山科の直[一三]さんのつもりでお上り　幸「コウ〱、みんななんだか横道[一四]へまがるぜ。おれにやア色[一五]はさせねへつもりか　壽樂「なアにサ、おめへさんは、なんでも酒と戰[一六]つてお出なさりやア言分なしサ。二日酔[一七]のひやうろうは水雑汁[一八]で半日ばかり籠城[一九]して、あくる日迎酒[二〇]のいきほひで、辰巳[二一]へ向つて打[二二]て出るトいふやつが一ばんいゝネ　三孝「そこで此方が何萬騎かゝつても、びツくりともなさらねへのは幸さんだろう。おそらくおめへさんにつゞくものは、一人もあらじとぞ思ふ　新孝「とんだてんじ天皇[二三]だ　由「てんのうだの森[二四]の　三孝「イヤモこじツ〱　由「こじツけ[二五]〱、何でもないこと百申そ（扇にてだいのふちをそつとたゝき、はや）

一　馬などの品種をいうが、ここは筋のよしあし。
二　極め札のついた。定評のある。
三　「も」といったので、繁華な地をならべたもの。
四　三重県白子の子安観世音。その地方で有名。
五　それら繁華の地で珍獣の見世物を出した呼び声。
六　そっくりそのまま。
七　前出（一六二頁）。
八　浅草山内の茶店と茶屋女。
九　同上。後出（三三一頁）の挿絵詞書にあり。
一〇　洗練されて来た。春暁八幡佳年初輯一「好風(どほ)」、同四輯一「好風(きい)」。
一一　本性をあらわし始めた。
一二　猪口をさす言葉。
一三　底本「か」。濁に改。
一四　この席と関係のない話になる。
一五　色事。
一六　専ら酒をのんでおられたら。
一七　戦の縁で、食事の意。
一八　底本の振仮名「そうすゐ」。濁に改。水分の多い野菜入の粥。二日酔をさます功があるとされる。浮世風呂三編（文化八）「ヤレ宿酔(もちこし)だの、頭痛だのとぬかして、(中略)水雑炊を食たりして」。
一九　内にこもって。
二〇　二日酔の悪い気分を散ずるべく、その翌日にのむ酒。
二一　深川。
二二　「戦」「ひやうろう」「籠城」などの

縁で、遊里へ花々しく遊びにゆく意。

二三 天智天皇の訛。小倉百人一首のこと。「あらじとぞ思ふ」を、「…あはむとぞ思ふ」などの如く和歌の末の句ととっての言。

二四 前句の末をとって「信田の森」の地口。いわゆる地口尻取で洒落た。

二五 三孝の言葉を由次郎がとったのである。以下、尻取の更に進歩して、成語の次にくるものをとって更に変化させて続ける言語遊戯である。

二六 天皇を天竺にかえた。

二七 大黒舞の文句「大黒天と云ふ人は、一に俵をふんまゑて、二ににつこりと笑らつて」による。

二八 諺。「どり」は鳥類の肺臓で有毒。

二九 「梅は食ふとも核(さね)食ふな中に天神寝てござる」は、青梅の核は有毒との諺。

三〇 尻取で「おさるの尻は真赤な」の地口。

三一 未詳。

三二 片方の。

三三 さわがしくしゃべること。

＊挿絵詞書「花見時(はなみどき)さて賑(にぎ)やかな春(はる)の雨(あめ) 橘 喜勢女」。この句、にぎやかな酒宴の図の賛。喜勢女は未詳。

しながら イヤ何(なん)でもないこと百(ひやく)申そ 三「てんの〳〵、イヤ二六てんじくの〳〵 新孝「だアるま大師(だいし)といふ人(ひと)は 壽「コリヤ二七一(いち)に俵(たはら)をふんまへて 由「二(に)には完尓(につこりにはつとり) 鶏 三「イヤ二八鳥(とり)は喰(くふ)とも、どりくふな 新「中(なか)に二九天神(てんじん)寐(ね)てござる 三「三〇ござるの尻(しり)は眞赤(まつかい)な、コリヤ〳〵〳〵三一もちこんか ト 手ぬぐひをちよいとあたまへのせて、かた三二〳〵の肩(かた)をはづし、いやな身(み)ぶりをしてどし〳〵とおどる 幸「もうい〳〵、モウい〳〵かげんにしねへか。よくそうしやべられたもんだ。すこし鳴(なり)三三が止(やん)だらまたはじめたア

新「鳴[一]は止んでも雷光のが　由「モウ遠[二]くなりました。筑波[三]の方でごろ〳〵と　壽「いふ[四]たらおまへも合点して　新「コレサ〳〵、せつかくしづかになりかゝつたのに　壽「ヲヤおめへ[五]が始めたじやアねへかト何かわからぬさはぎのうち、仇吉は何もいはず笑てばかり居たりしが（ちよくをとつて三孝にさしいだし）　仇「サア〳〵御守殿[六]さん、ちよいと上やう　三「ヱ何ヱ、おかしなことを　由「ごしゆでんさんとはトいひながら三孝の方を見やり、あごで[七]しやくり　由「ヲヤ其方はおやしき[八]に色でも出來たか　三「ハテ奇代[九]な。ずゐぶん當[一〇]りのねへことでもねへが（トあたまをかく）　新「うぬふて[一一]へ奴だな。その分にやア差おかれねへぞ（みな〳〵いちどうに）大ぜい「そのやらうぶちのめせ〳〵　三孝「ア、とかくいろ男はどうもそね[一二]まれるヨ。そねめ〳〵　由「仇さん、マア此やらうのごしゆでんのわけはへ　仇「ヱ、そのわけかへ。なアに何でもねへが、肩[一三]はづして居るからサ（ト手がるくいつてしまふ）[一四]　幸「おきやア[一五]がれ、ハヽヽヽヽ　みな〳〵「ハヽヽヽヽヽ。ハヽヽヽヽヽ。こいつはいゝ業[一六]さらしだ　三「なんのおかしくもねへ。仇さんもうちつとだまつてゐなさればいゝのに、いめへましい　仇「ホヽヽヽホヽヽヽヽ。アヽおかしい　三「なんのおかしい処か　幸「手めへもうちつと、仇吉、だまつてゐてやればいゝ。余程三孝がいつもよりいゝ男のやうに見えたものを、大しくじりだ。サア〳〵呑ツし〳〵　壽「アヽいゝ氣味〳〵。三孝一人落[一七]が來ちやア、ごうはらだと思つたら、マア〳〵それで安堵した。時にさゝ[一八]ねへか

一　新孝は、幸三郎の言葉の末でまた、前の遊びを始めた。
二　会話文入りの文句で続けたもの。
三　江戸の地より、雷が筑波山のかた、東方へ去った意。
四　上の「ごろ〳〵」を「こん〳〵」(ねんごろの意)にかえて、「こん〳〵いふたら…」と続く。
五　「鳴が止だら」に続けた故にいう。
六　将軍の娘で大名に嫁したものの称。
七　ひやかすてい。
八　武家方。春暁八幡佳年六輯中「武家(やしき)」。
九　希代のあて字。あやしいな。
一〇　心当り。▽一度否定したが、おもしろくおもわせぶりをしたてい。
一一　うらやましがったていで、ひやかす語。
一二　嫉妬される。
一三　三孝の肩ぬぎの肩はずしを、髪風の「片はづし」にかけた洒落。嬉遊笑覧「今見る処の髪のふり主殿の風は片はづし」。守貞漫稿「幕府及び大名の女中ともに上輩は外出も褻にも片外也」とある。→補注一七。
一四　何げなく。
一五　洒落などいわれた時に発する感嘆詞。やめてくれの意。
一六　恥さらし。
一七　大いに受ける。
一八　猪口をくれないか。

三「どうして〳〵、お重ね〳〵[一九] 寿「それはごていねい[二〇] 新「時に幸さん、邪見な者[二一]だねへ、ちつとおさしなさらねへかへ 幸「イヤもううるせへ小児どもだぞ トちよくをだす 新「へイ有難し、殊に小児[二二]どもとはありがてへネ 幸「なアに不残本卦げへり[二三]をしたろうと思つてヨ、ハヽヽヽ 新「ハヽヽヽヽ。ナニ笑ひごツちやアねへ。あまりむごいお見立だ。余人は知らず私なぞは 仇「七十の賀[二四]のいはひかへ 三「どうも仇吉ざんはあんまり情ねへヨ 幸「似た者は夫婦[二五]よのう 由「へイ〳〵[二六]兼て承知 幸「イヤおれがやうに厚[二七]皮じやアあいさつも出來めへ。少し色氣を兼やうか 仇「ヲヤそれでも少しは色氣が

幸「エヽ、やかましい。おれをへこませやうと思つて、手めへがいやがるのは承知してゐるは 仇「きついさき走り[二八]だヨ。ヲヤ承知といへば、増さん処へ行た使はどうしたねへ

幸「そうサのう、もう一ぺん聞にやればいゝ 仇「お聞(き)よ、由さん、今頼んだ使はどうしたんだろうね 由「そうだつけネ。あんまり騒しかつたから、ツイ失念。ドレ一寸きいて参りませう トたちあがる 三「ヲツト〳〵迎ひに行者おほぜい有だ。一人先駈[二九]高名などゝ、その抜掛[三〇]はならぬ〳〵 新「なるほどこれは尤至極、そんならだれでも掛[三一]で行ふ 三「よし〳〵承知だ 由「凡せかいに名木名鳥[三二]、問はしやれ〳〵 ごぞんじのはやこと、出たらめのかけあひ、あるきながらもいふこと有(り) 寿「問ましよ〳〵 由「木に鳥がとまつた 寿「なんの木にとまつた

由「松の木にとまツた 寿「何の鳥がとまつた 由「鶴をとまらかして、是を其方へ渡し

一九 普通は人が猪口をくれるというとき、も一度重ねて飲んでくれという言葉。ここは三孝が、笑われた腹いせに、自分がも一つ飲む意で用いたのがおかしい。
二〇 丁寧に念を入れて飲むなというひやかしの語。
二一 むごい。情ない。
二二 愛されて、また、年若に見られて、小児といわれたととっての挨拶。
二三 生れた干支が再び廻ってくること、即ち満六十歳になること。還暦。また小児にかえるとて祝の品に赤い衣服などを送られる。
二四 古稀と称して祝をする。
二五 諺「似たもの夫婦」。幸三郎・仇吉の二人が共に新孝の悪口をいうから。
二六 ひやかしの語。
二七 あつかましい。恥知らず。
二八 早合点。▽幸三郎と仇吉の間の微妙な関係、二人は既に他人でないのだが、今日は仇吉はさけられないがさけようとし、幸三郎は淡白の如くで何か要求しようとする。次章の前哨戦を、この辺の会話でよく示している。
二九 味方の人々より先に敵中に入って手柄を立てること。美人を迎えにゆくにたとえる。
三〇 味方をだしぬいて、敵方に戦をいどむこと。転じて、だしぬくこと。
三一 賭のあて字。
三二 以下に詳しい、言語遊戯の一。

た　三「請取かしこまつて、中〳〵もつて合点[一]だが、木に鳥が止ツた　由「何の木にとまつた　三「柳の木にとまつた　由「なんの鳥がとまつた　三「燕をとまらかして、是を其方へ渡した　由「請取かしこまつて、なか〳〵もつて合点だが　ト だん〳〵はやくなつて、二人ながらせい〳〵といつてゐる。みな〳〵しじうわらつてばかりゐる。仇吉はすこしぢれこんで　仇「モぢれつてへよ、いつまでも方[二]がつかねへのうトいふ所へはしごの音ドン〳〵。

第十回の下

階子を登る足音は、則小池の娘お熊　くま「仇さんさぞ待どほだつたろうネ。今來なはるよ　仇「そうかへ、有がたふ。おまへが行ておくれか　くま「ア丶今日はあいにくいろ〳〵急がしいから、[三]ちよいと私が行て來たのサ　仇「そうかへ、有がたふ。早く來ればい丶ねへ、おとつざん　幸「そうヨ。いまに來るだろうが、立派て來るにはおよばねへのに、亦おれに惚られやうと思つて、化粧でもして居るだろう。コウ仇吉、増吉が來たといつて、手めへかならず[四]氣をもむなヨ　仇「ホ丶丶丶丶丶丶丶丶。おまへこそ妬心を起しておくれでないヨ。[五]私が色の世話をする人だから　幸「そうか、[六]酢イ酒の壹升も遣つてくれヨ、ハ丶丶丶丶丶。それはそうとこまつた奴等だ。客をば其処除にして。

一 底本の振仮名「かってん」。濁に改。

二 「片が付く」のあて字。

三 下に「使に出す人がないから」の意を補って解す。

四 やきもきするな。

五 私の情人。▽ここの所、本当をいったもの。芸者の冗談の中などには、こうした実もあることを示したもの。

六 悪い酒の意。上に「お前が世話になっているなら」の意を補って解く。

アレ見や、不残一所へこぞり寄て、順廻り[七]になつたのだナ。サア〳〵もういゝ〳〵、便宜[八]がしれたから、さはぐにはおよばねへ　由「サア〳〵みなの者[九]ども、もうよい〳〵、返事が知れたから行におよばず〳〵　三「サアやめたり〳〵、ア、大きに骨を折た。汗びつしより　壽「ア、あつい　幸「そんなに骨を折ることもねへス。手めへたちも持めへの家業に、そう骨を折ればよかつたに　新「みな一同におそれいり　壽「時にお猪口頂戴ト又もや酒のさはがしくて、がや〳〵したるその所へ、下より女の聲「おくまさん　くま「アイなんだへトはしごの口へ行。下よりは增吉が　增「おくまさん、先ほどは　くま「ヲヤ增さん、サアお上りな。仇さん、增さんが來なすつたヨ　仇「ヲヤ增さん、サア此方へお出[一〇]ヨトいふうちに、おくまもろとも增吉は、仇吉が側へすはる。そも增吉が出立を、こゝに畧してしるす時は、まづ素良に薄化粧して鮮に、髪は初みどり[一一]にてすきあげ、毛すじすきとほりてうつくしく、

そも〳〵この初みどりと申(す)は、日本無類の油にて、第一には髪の艶をよくし、赤毛を治し、ふけをさり、病後の髪の解がたきを治し、血[一二]の業にてねばりかたまるを治し、一生髪を洗ふに及ばず。誠に希代の製法にて、極上〳〵の梅花[一三]の油に御座候。

教訓亭精製

七 前述の問答を、順に廻すこと。
八 たより。都合。
九 武家が臣下に言うように気どった語。
一〇 底本の振仮名「いて」。濁に改。
一一 四編中の巻頭に広告がある。本文では略して、ここに示す。「梳髪奇方初みどり　為永春水家伝　代三十六銅　頭垢(ふけ)を去、穢(あか)をさりて髪の艶をうるはしくす、此初みどりといふ頭垢とり薬は、清浄のくすりにて髪の毛の為に古今無類の妙方なり、常にこれを御用ひあれば、髪の穢れるといふ事なし、如何様に頭垢多き御方なりとも、治らぬといふ事なく、又血の道にて髪の毛ねばりかたまりて、解難(わか)る症のお方は、洗ひても垢の落る事はなきもの也、此初みどりは白髪赤毛縮毛などを治し、艶をいだす事神のごとし、くはしくは功能書にしるす　江戸京橋南の方弥左衛門町中程　大嶋屋伝右衛門精製」(振仮名略、読点を加えた。処女香(むすめかう)の広告もあり)。
一二 血の道。
一三 早くからある頭髪用の化粧油の一。ごま油の中へ、梅花とて、竜脳・じゃ香・丁子などを合せたものを、加えて作る(女用訓蒙図彙に詳しい)。

取次所　深川十二軒　小池

[一]割唐子に結び、[二]本鼈甲の短きこうがい、六寸ばかりにて兩方の端の角にこしらへたるをさし、[三]野代の櫛に、[四]丁貝と[五]明珠にて[六]おもとを彫入れた、[七]政子の形なるをちよい卜差、衣裳は、

[八]糸織の[九]藍三筋、[一〇]媚茶の[一一]茶丸の裏を付たるを、[一二]二ツ對に重ね、尤黒繻子の[一三]通し裏衿、上着下着と同断。[一四]繻半の衿は鼠繻子に、白糸と媚茶にて、[一五]花の丸を[一六]うき織にせしを掛、袖口は縮緬、絞りのちりめん三寸程、[一七]奥の[一八]裏袖折返しに附たるは、[一九]とき色ちりめんなり。腰巻はちりめん、極こまかき[二〇]むきみ絞り、裏は藤色ちりめん。ゆもじは極薄淺黄の[二一]風織ちりめん。[二二]帶は黑の[二三]唐純子に、[二四]雨龍の丸く飛〳〵に織いだせし九寸巾、[二五]唐桟御本手嶋を、[二六]鯨にしたるを結びし姿、実に座敷を盛に勤し時をも、思ひやられてゆかしけれ。

増「幸さん、お出なさいまし。たび〳〵お人を有がたふ。どなたも、由さん今日やア

トいひながら一座をずうい卜見わたして、しとやかにあいさつをして、仇吉にむかひ「仇さん、有難ふヨ。はやく來やうと思つてゐたが、兄さんが來て居てネ。外に二三人[二八]連衆が有て、やつと今出て行たヨ。それからやう〳〵來たヨ。もう〳〵幸さんと聞たから、來たくつて〳〵　幸「また増さんが嬉しがらせをいふヨ。サアマアちよいとあげやせう。そういつても[二九]能内室になつたのう

一 前出(一五一頁)。 二 玳瑁(たいまい)の甲を煎て作り、櫛笄などにする。「今は朝鮮鼈甲(朝鮮玳瑁)紛鼈甲(すっぽん)等の名ありて模造を巧にす」(守貞漫稿)であったので、「本」とことわる。 三 前出(七三頁)。

四 蝶貝か。阿古屋貝の小さいものという。 五 底本の振仮名「さんごしゆ」。濁に改。珊瑚珠。 六 万年青の実と葉を形作ってはめ込んだもの。

七 櫛で頭部の丸い半月の形のもの。鎌倉鶴岡八幡宮にある政子の櫛なるものがその形故の命名という。また鎌倉形。 八 たてよことも撚り糸を用いた絹練織物。 九 色は藍で、三筋立(三つの複線を一組にして作った竪縞。守貞漫稿に図あり)の柄。 一〇 黒みがかった濃い茶。 一一 万金産業袋「茶丸　幅丈茶宇に同断、これちや宇(茶宇島)の無地なり、色いろ〳〵、但玉むし類多し」。 一二 上着下着に同じものを着る。

一三 黒繻子を、衿の表裏共に用いてある。 一四 処女七種五編中「繻半(じゆばん)」。

一五 花を丸く図案化したもの。

一六 守貞漫稿「浮織　浮紋織の略也、白絹に細微の織地紋ある也」とあって、花の丸は繻子の地紋と解されるが、「白糸と媚茶にて」が不明。うき織の繻子の上に白と茶の糸にて花の丸を刺繡した意か。 一七 袖の奥の方の裏。

一八 広い袖で、袖口の所で折返して着る、その部分。 一九 淡紅色。

二〇 白地に藍色の少し出た絞り。その形が浅蜊の剝身に似ているからいう。

二一 風織お召。撚糸二本と平糸四本を互に織り込んだもの。
二二 底本の振仮名「おひ」。濁に改。
二三 中国産のどんす。
二四 みずち。角のないとかげの如く画かれる。それを丸く図案化した。
二五 舶来の竪縞の木綿織物で、羽織着物に作り、古渡を尊ぶ。御本手はその一種。底本「こほんて」。濁に改。↓補注一八。 二六 前出(四七頁)。
二七 芸者に出ていた盛期。
二八 たんに、つれの意。 二九 年増で引込んでいるをひやかした語。 三〇 第七回下に出たをくりかえしたもの。
三一 急にかんしゃくをおこすこと。
三二 ▽増吉が幸三郎の手前とりなしの言葉。 三三 ▽幸三郎はさすが通人で、仇吉の言葉をそれと察して苦言する。もちろん仇吉と幸三郎の仲は一種の旦那関係である故、仇吉にはいたい所。
三四 評判のよくなった。

＊插絵詞書「はづかしき花(はな)の雫(しづく)や春(はる)の雨(あめ)　アサクサ 山科直女」。句はこの場の二人の濡の場をよんだもの。この仇吉と幸三郎は共に寝衣の姿で枕を共にする前を画いたもの。文章では「屏風にかゝる女帯云々」とかすめて、この絵やこの句で、想像させたものである。直女は本文に評判があった浅草の水茶屋の女。もちろん、前出の句同様作者でなくて、人物の広告にかかげたのみ。

仇「ヲヤ氣障な。増さん、女房さんだとかはいそうに。ネヘ私やアもう女房[三〇]はきついきらひだよ　幸「おつなところで急腹[三一]だな　増「此子[三二]はとかく苦労性で、他のことまで氣にしますは　幸「身にひきくらべて、なんでもねへことまでもはらの立ものサ。コウ仇吉、手めへ此頃ア女房もち[三三]に色が出來たな。どうで色が活業だから、まんざら堅くは出來めへが、折角弘まつた[三四]仇吉といふ名前に、かならず疵を付るなヨトいはれてギツクリ、仇

吉がおもはずお増と目を見合せ、胸にあたるをまぎらかし　仇「とんだ占者だネ　幸「ずつかり当つてビツクリだろう　仇「陰陽師身のうへしらずとやらサ　幸「ナゼ　仇「おまへさんは内室さんはないのかへ　幸「コレ仇吉、手めへにも似合ねへ、そんなあまくちで幸さんを追拂はふとは、了簡違ひだろうぜ。おれは足が遠くつても、辰巳のうわさは、日に幾度か聞ねへことは、月に算へるほどもねへぜ。まさか手めへの善悪を知らずにくらす、幸さんだとおもふか。ハテ及ばずながら斯なつて、ひいきに思ふ心からは、どうぞ出世をさせてへと、蔭ながら案じて居るは。始終手めへをおれがものにしやうといふ程、勝手はいはねへ。コレ串戯にも、おとつざんと不断其方が心易く、まんざら他人にしねへと思やア、たとへ色男にそひてへとか、まじめに亭主をもちてへとか、いふ日になつても逃はしねへ。相談相手になる氣だぜ。ホイこれはしたり、われながらわりい酒だトいひながら、ころりとこけて高いびき。新孝　三孝　壽樂をはじめ、由次郎さへいつしかに、此座をちらほら立消して、仇吉　増吉　お熊の三人、何かさゝやくその時しも、七ツ坊主の拍子木と、ともに座敷の道具かはりて、屏風にかゝる女帶、しやら解にくき苦界の風姿、縁の有のを誠といはん歟。他の異見や義理詰に、思ひ切たり愼だり出來れば、恋の情もなく、又実正に取直せば、仲人あらぬ中なりとも、一旦契る男女の情、離て操にかなふべき歟。逢ぬ昔とあきらめても、手輕

一 思いあたり、こたえる。もちろん丹次郎のことを知られたと知る。
二 諺。ここは人のことを見すかしたという、おまえさんも自分のことはわからないの意。
三 女房持の色とはおまえさんだよの意。四 甘言。
五 攻撃をさける。
六 底本「す」。濁に改。
七 一種の旦那関係をたもって。
八 底本「とうぞ」。濁に改。
九 ▽仇吉の何かというを、増吉とお熊の二人が、前出の幸三郎の言葉もあり、同床しないのはいけないなどと、仇吉に忠告していると思うべきである。
一〇 芝の増上寺の所化寮の僧たちが、夕方の七つ時(午後四時頃)に、群を作って、江戸の町中を托鉢し、火のつく頃にいたる。その時、拍子木を打った。ここは夕方になったの意。
一一 宴席のさまから寝室のていとなり。
一二 底本の振仮名「ひやうぶ」。濁に改。
一三 ▽前出の插絵に示した如く、仇吉が帯をといて、幸三郎の床に侍ったことを示す。これは当時の羽織芸者の生態をうがつ一つとして出したものであろう。→補注一九。
一四 自然にゆるんで帯などのとけること。「にくい」というは仇吉はしぶったが、芸者の苦しい稼業のつとめ(苦界)としてつとめた意。
一五 色々男が変るが、誠の恋となるのは、前世からの縁の定める所だというべきか。

一六 余り理窟くさくて恋情が感じられない。一七 道徳的に考えて見れば。
一八 切れてしまっては貞操にかなうといえない。
一九 「も」は強め。
二〇 簡単にあきらめられるなら何ともたよりない人生だ。
二一 廻り合せが悪く。
二二 機会や、つてを失い。
二三 曲物の底を竹の簀やふるいにした味噌汁のかすをとる具。貧乏生活の形容。二四 心中することをいう。
二五 軽率には考えられぬ。
二六 関係する始め。
二七 浄瑠璃などに多い成語。千秋は千年。長い期間のたとえ。
二八 上から思いを増すとかかる。
二九 都合をつけて。
三〇 底本「しのべと」。濁に改。
三一 前出(二九〇頁)。人通りすくない所。三二 逢う人に見かえられる。
三三 前出(一〇七頁)。
三四 出合宿として心得ているの意。
三五 同衾をいそぐの意。
三六 気をくばって。
三七 同衾のことをいう。
三八 略式の衣服のたたみ方。背を内側に袖を二つ合せて揃え、更に袖の部分を背に合せて、細長くし、細く横に折る。三九 ▽男に衣類を送ったり、男の紋をひそかに用いたりする紋に対する愛着が、玄人女の愛情として、洒落本・人情本などに多い。
四〇 十分に着てくれの意。

く止てしまはるゝものにてあらば、なか〳〵[二〇]に頼母しからぬ浮世ならずや。とはいへ誠をたて通せば、たがひの運の間[二一]がわるく、出世の桟道[二二]踏はづし、玉の輿にも乗る身分を、味噌こし[二三]さげて豆腐屋へ、通ふたぐひはまだなこと、命を捨る[二四]悪縁のあるを思へば、なか〳〵にかりそめ[二五]ならぬ男女の中、むすび[二六]はじめぞ大事なれ。かゝりし後も仇吉は、恋ぞまさりし丹次郎に、一日逢はねば千秋[二七]の、思ひをこゝに増吉[二八]が、情に折〳〵逢ことの、数かさなりてゆかしさは、男も同じ物案じ、今日は首尾[二九]して二人連、去頃かけし願込の、日朝さまへ礼まゐり、人目しのべど[三〇]目にたつを、まぎらかしたる[三一]枝藏の、間を行ばいとゞなほ、見送らる[三二]ゝも恥かしく、お客と行ば顔しかめて這入もいやな、新道[三三]のさもあやしげなる仕出料理やの、二階へこそはかけて入る。兼てなれ[三四]たる家内の様子は、くた〳〵しければくわしくしるさず。さて仇吉は、隔たるふすまの明しをぴつしやり立きり 仇「ヲヽあついト帯を解 丹「たいそうせつ[三五]込の 仇「ヲヤあつかましい。そうじやアないはネ。心遣ひ[三六]をして、知つた人に逢めへ〳〵と急だから、汗が出るものを 丹「どうで亦汗[三七]が出るぜ 仇「おふざけでないヨ。気はづかしいト言つゝ、丹次郎の羽折をぬがせ、袖だゝみ[三八]にしながら 仇「そんなにわるくはないねへ。紋[三九]もよく染たねへ 丹「ムヽ、ひどく能出來た。是をば大事にしねへじやアならねへ 仇「ナニまたこしらへるはネ。大事[四〇]にせずといゝが、米の字に知れちやアわりいから、増さん処へ預けてお置ョ　丹「そうョ、そのつもりだトいひながらひき寄る。仇吉はわらひながら　仇「それお見な。てん〲[一]がせつこむくせに。ア、アレサマア、トいふ折から、これも唄妓のしたじッ子[二]が、隣家で唄ふ一中節[三]○根曳[四]の門松

上略〽わしがなじみは三重[五]の帯、ながい夜すがら引しめて、あづかるもの[六]は半ぶんの、ぬしはわすれてゐさんすか、すぎし月見[七]は井筒[八]やで、そこいくまなき[九]夜とともに、のみあかしたるおもしろさ、いまのうき身にくらぶれば、いとゞおまへがいとしいと、ゑり[一〇]につゝみし忍びなき。下略

仇「髪[一一]がこはれやアしないかへ　丹「ナニ何ともねへ。髪のこはれる程でもあるめへ

仇「アレマア、そういふことをおいひだョ。人をば思ひ入れいぢめておいて、にくらしい　丹「そりやアいゝが、ひもじくなつてきた。はやくなんでも喰してくれりやアいゝ

仇「おまへは余程手まへ勝手だョ　丹「ナゼ〲　仇「なぜといつてたつた今、だれも下から來ねへけりやアいゝと言たじやアないか　丹「モウ〲[一二]なにが來てもかまはねへ。手をたゝかふか　仇「マアよいはネ。しづかにおしよ。ヱ丹さん、何が來てもいゝといつて、米の字が來たらどうおしだ　丹「ナニかまふものか、どうでモウ[一三]どきやうをすゑてゐらア　仇「ウ、嘘ばつかりトいふ所へ　下女「お肴が出來ました。上ませうか　丹「ヲイ〲はやく出してくんな　これよりしばらく酒食のたのしみありてのち、またしづかなりしが、やゝありて　仇「それじやア急度その

一　自分の方がの意。春暁八幡佳年五輯上「自身(てん)」。
二　前出(四八頁)。
三　都一中創始で元禄宝永頃、上方で流行の浄瑠璃の一であるが、一旦中絶、江戸の千葉嘉六(五世一中)・鳥羽屋里長らが再興、寛政後専ら江戸で語られた。
四　あづま与次兵衛寿の門松。この詞章は多く近松の寿の門松の道行による。
五　「ながい」の序で、「引しめて」にかかる。
六　「預り物は半分の主」の諺による。お互に半分は相手のものだと契った「ぬし」、即ちあなたは。
七　八月十五日の月見は、大阪新町の廓でも紋日。
八　大阪の遊里新町の九軒町にあった有名な揚屋。
九　明月の晴れわたったさま。
一〇　襟に顔をうずめて。▽この歌章をもって、二人の同床の情をかすめた。春水の歌謡利用の一つの方法である。
一一　▽例の事後を示すあぶな絵趣味。
一二　▽しかし米八だけは来ては困るので、次に米八出現の伏線。
一三　覚悟をきめている。▽色男の手前勝手を示す語。

つもりだヨ　丹「承知だ。そんならさきへ出て、[一四]石屋の門に待て居るぜ　仇「ア、マア
お待よ。エ、モウこの帶は直に[一五]そらどけがしていけないョ。ア、逆上ていけねへ
丹「また眼をわるくしちやアいけねへぜ。今度アモウ日朝さまもお聞なさつてはくださ
るめへ　仇「目がわるくなるとおまへのせへだから、一生取付てはなしやアしねへョ
丹「その口をわすれなさんなトいひながらはしごを下る　茶や「ヲヤだいぶ[一六]おはやいお歸
りでございますネ　丹次郎はかんぢやうをわたしおもてへ出る。仇吉は二かいをおりかゝるも、こわ〳〵用心する　丹「ハイ毎度お世話さまで
茶「イエモウどういたしてトにつこりわらひ「日が短かふございませう　丹「ハイナニ
そうでもないが、どうもだゞを言てこまらせやすト何かわからぬのろけを云て、出る
拍子に米八が　米「ヲヤ丹さんトいひながら、丹次郎が羽折をぐいト引たくる。さて是
から仇吉米八、兩人の大喧𠵅、拾遺の三の切三册出來いたしゅ。

梅暦餘興 春色辰巳園巻の六 終

一四 深川は河岸多く、従って石屋も深川風物の一。
一五 帯などの自然にとけること。▽仇吉のいくじなくなったていで、これらはまた事後を示して、前の「しづかなりしが」の説明。
一六 ▽いつもは悪長いことを示す。

一　一本によって補う。ただし同じものが、四編の末につくのもある。一例としてかかげる。

一　和漢軍書繪入讀本都而貸本類古本等品〻沢山ニ所持仕候ニ付直段格別下直ニ相働差上申候間不限多少ニ御求可被下候様偏ニ奉希候　以上

京橋南中通り弥左衛門町

文永堂　大嶋屋傳右衛門

春色辰巳園　三編

辰巳の園第三編序

良弼の名將義貞も、勾當内侍に惑ひて、婬行のそしりあり。佛弟子の難陀も、美女に春心の過所あり。されば凡下の愛情は、迷海の深きに溺れ、恋の山路の木の根に斃れて、猶春艸の離ゝたるを思ふ。他の異見や教訓で、思ひきらるゝものならば、親兄弟の勝手によくとも、亦其道の不人情。出來た情人ならどこまでも捨ぬが實意、捨られぬが縁の橋間や棧橋に、もやひし舟の仮枕も、すゑを通し矢切れぬ木場、たがひにはなれぬ仲町と、噂も嬉しき春の梅、秋の尾花も詠めに倦ぬ、其全盛を聞書して、長く続きし梅暦、枝から得他の辰巳の園、穿といふにはあらねども、遠く望し富士が根の、雪より白き唄女の肌、ちよつくり内所のおもはくも、まんざらでなき筆の綾、隣家あるきの梅が香ならで、路方へだたりし金龍山下、辰巳よりはるかに[さる]の花押、淺艸に居て婦嘉川の、世界はすこしおし強な、二人船頭汐先南、骨を折ても乘切ぬ、新地の端の鼻元思案と、笑ふは郭外岡目のわる口、狂訓亭の野暮な氣で、能も綴りし辰巳の三編推量の一條も、まぐれあたりでさしをつく、自惚未可通の娼客はおろか、地獄

一 輔佐の良臣。書経説命篇の語。
二 新田義貞(一二九九―一三三八)。吉野朝の忠臣の武将。
三 後醍醐天皇から義貞に賜った美女(太平記二〇)。 四 →補注二〇。
五 孫陀羅(すん)難陀。釈迦の異母弟だが、初め美しい妻に引かれて、出家しなかったと伝える。 六 色情。 七 凡人。
八 迷いを海にたとえ、下の「恋の山路」に対する。 九 恋のなやみのたとえ。諺に「恋の山には孔子の倒れ」。
一〇 草木の繁るさま。この一句は思いのつのる意。 一一 後編の第十回の下(三三二頁)の文意をくりかえしたもの。
一二 上から「縁のはし」とかかり、下へは橋桁の間の意。 一三 つないだ舟。屋根舟の二つ枕などいい、舟が玄人の女との密会の場に利用された。
一四 末そいとげる意を深川三十三間堂の通矢(前出二九〇頁)にかける。
一五 縁の切れぬの縁語に深川の木場を出した。
一六 男女の仲を深川仲町にかける。
一七 上から春秋に深川の料亭梅本や尾花屋で噂されるの意。下へは梅や尾花のあかぬ詠に似た恋の盛りをと続く。底本「尾花」の振仮名「をはな」。濁に改。 一八 話が次々とわかれてゆく意。
一九 初・後編に深川芸者のうがちであるが如き序があったが、春水はその器でなく、この序でそれをとり消したのであろう。 二〇 立入った所への見通しも、穿でなくともかなりにするどい。
二一 下へも続き、文章もかなりに巧み

の沙汰も作料次第で、著が戯作の活業なれど、[三三]櫻川とか壽樂とか、其名があればその人の、おかげで趣向もする様に、よみ給ふのは素人分別、近來[三四]門人さへ用ぬ春水、功拙ともに[三五]筆一本、たゞし此書の[三六]脇艪といふは、[三七]清元延津賀の校合のみ。外には[三八]河岸も突ざるよしを、いふも[三九]以來の爲永と、頼みに依てをこがましくも、序文のやうなることをしるすは、

[四〇]乙未の春　　　　　　　　　　　　　　　　[四一]富が岡連の

如月　　　　　　　　　　　　　　　　　　　　[四二]一松舍竹里述

の意。二二 梅の香にさそわれて近くを訪う。二三 春水の住所。戯作者考補遺に「此節浅草寺内ニ住、金竜山人共言」とあって金竜山浅草寺内。二四 春水の花押。「去る」の意に用いた。二五 出しゃばりすぎる。下へは舟を漕ぐ押しの強い船頭を、しかも二人に漕がせてとかかる。二六 隅田川の上潮の時、南行する意。潮にさからって行くから骨を折る。骨折って著述するの序。二七 深川新地。越中島の、当時隅田川が東京湾に入った先。潮流の加減で舟がむつかしかった。「鼻元」の序詞。二八 春水のあさはかな考え。二九 岡場所(私娼街。深川をも含む)を外から見る人。三〇 よく出来たと富が岡連、すなわち深川住の一松舎竹里(この序の筆者)がほめた語。三一 差合がある。下へ、自惚や半可通を描いては差合があるがの意。三二 諺。三三 桜川善孝・喜久亭寿楽(前出、三二三頁)。太鼓持で一方で落語家。三四 天保の前半、春水はしばしばこのことわりをする。↓補注二一。三五 底本の振仮名「いつほん」。濁に改。三六 ともの櫓の補助としてつけた櫓。ここは手伝いの意。三七 前出(四六頁)。初編末にも校訂として名をかかげる。三八 舟を出す時に川岸をつく様に、ちょっと後押をする意。三九 将来のための意で、為永にかかる。四〇 天保六年春二月。四一 富が岡は深川八幡宮のある一帯の地。そこの連中、狂歌俳諧の連中であろう。四二 未詳。

一 苦労の末にこそ大きな幸福が来ることを寓した和歌。

二 文亭綾継。前出(一四〇頁)。

[一]雨露に
うたるれはこそ
もみぢ葉の
にしきをかざる
栐はありけり
[二]文亭主人吟

續[三]さはぎの唱歌に曰

〽春[四]はことさら辰巳のけしき、松[五]をかざりし家根舟[六]に、二人[七]艫頭であがる客 詞「お[八]客だヨ、おつれ申(し)な。アイト返事もさとなまり[九]、藝者女郎が口くせに、ごゆるりなどゝすてことば[一〇]、八[一一]まん鐘もうはのそら[一二]、寐ぐ[一三]らはなれぬ明烏[一四]」そんなら二の卯[一五]はきつとだヨウ引

身[一六]にそはぬ春のこゝろとこゝろして見てさへ花にさそはれにけり 文亭主人

〽お岩[一七]さんちよつとおきゝよ、アレサてへげへだの[一八]

三 芝居の囃子の一。
四 正月。
五 正月の松かざりをしているてい。
六 前出(八二頁)。
七 二人で舟をこぐこと。急ぎのてい。
八 船頭の河岸からのかけ声。
九 ここは深川花街風のなまり。
一〇 席を立つ時に、相手が定って、あとにのこる客へのあいさつ。
一一 深川八幡でつく、時の鐘。前出(二七〇頁)。ここは暁の鐘をいう。
一二 恋情に心一ぱいで、鐘の声も耳に入らぬこと。
一三 相手となお共寝している。
一四 天あけて、明烏が帰りをせき立てる如く鳴く。下にいよいよ後朝を惜しむ余情あって、次の諺になる。
一五 正月の二番目の卯の日。正月初卯より、二の卯・三の卯と亀戸妙義参りで隅田川筋は賑わう(東都歳事記)。その帰り、深川へ遊ぶものもあったか。
一六 春のうかれた気持は、自分の身にふさわしくないと反省していても、花をみると、ついさそわれて春らしい気分になるの意。辰巳園の情事の文学に心引かれるの意を寓したもの。
一七 本編の第五条(三七六頁)に「尾花やの娘分お岩」として出る人物。尾花屋は深川仲町の有名な料亭。画中もそれを示して尾花の絵あり。
一八 ひどいなあ。話を聞かずに立ってゆくをうらむ語。

梅暦余興 春色辰巳園巻の七

江戸　狂訓亭主人著

第一條

丹「ヲヤお米か、何処へ行たのだ　米「私よりおまへは、何しに爰の宅から出たのだへトいひながら、無理に脱せし羽織を取て、彼料理やの軒下の泥水へ投込て、駒下駄[一]で踏するゐる　丹「コレ、この女ア氣が違つたかト、丹次郎も氣色をかへて、米八を引とらへ、料理茶屋[二]の下座敷へ連行て引するゐる　米「サア羽折を泥だらけにしたがわるかア、どうでもしておくれ。私は顔[三]へなすられた泥から見れば、仇吉さんのこせへて着せた羽織ぐらゐを、泥にしたとてうまらない[四]は　丹「ナニあの羽織が、仇吉のこせへてよこした羽織だと。コウわるずい[五]も程があらア。今の羽折は、三孝[六]が下谷[七]の旦那にもらつた羽折だが、今日行処の旦那へはすこし遠慮[八]な紋所だから、取替て借てくれろと、先刻途中で取替て着たのだア。何とも三孝に言わけがねへ　米「言わけがなくば[九]、私が三

一 江戸では男女共に、晴天にも用いた下駄。守貞漫稿「府内犬多く犬糞を忌むの故也」。米八のはくのは口絵によれば堂島と称する一で、雪踏のような表をつけ、女用は「素・漆ぬり並用ふ」(守貞漫稿)。
二 底本の振仮名「ちやや」。濁に改。
三 面目をつぶされた。
四 引合わない。
五 悪い方に推量すること。
六 桜川三孝。前出(一八一頁)。
七 上野山下一帯。今の台東区の中。
八 遠慮を必要とする。
九 底本「は」。濁に改。

孝さんに逢てあやまるから、そのまへにおまへは三孝さんに逢て、仇吉さんがこしらへてよこして着た処を、米八が見て泥の中へ踏込だから、三孝さん〔に〕預つたのだといつて、いぢめるつもりにしかけたから、そのつもりにしてくれろといつてお置な。しかし三孝さんが、実正に旦那にこせへてもらつたのならば、近所あたりに隠れて居て、この仕打を見て居たならば、さぞくやしかろう。腹がたとふが 丹「コウ〳〵米八、マアおめへはどうしたのだ。なるほどおれも、今まではすこしぐれへの浮氣な沙汰をされたこともあるだろう。何もそんなに着た衣類ぐれへなことまで、其様に顔に筋を出して、腹を立ことはねへじやアねへか。それほど愛相がつかしたくは、どうも氣の毒だから、いつそ思ひきつて切れやうはなトいはれて、ぐつと米八がせき立胸をおししづめ、今丹次郎がこの一言、いよ〳〵爰に仇吉が隠れて居るに極まつたりと、思へば心に計、わざと色氣と笑ひをふくみ、さもしたゝるく寄り添て 米「そういふことならば、私があやまるから堪忍おしト丹次郎をひきよせ、手をとりて見かへる此方の中じきりは、いつしか障子を立きりて、茶屋の内所の客と見え、男女の聲のいりまじり、かしがましくこそ聞えけり。また仇吉は二階より下りかゝりしが、米八の姿を見るより、裏ばしごおりて表をさしのぞく、其四疊半へ、丹次郎と米八が、つかみ合ざるばかりにて入り來りしゆゑ、今さらに前後案じて佇聞けば、彼米八が中音にて、他

一 底本「さん」。濁に改。
二 底本「に」なし。意によって補。
三 計画した。たくらんだ。
四 ▽仇吉に対していう言葉。
五 主語は米八。上からは「おれも」浮気をした、お前もされたであろうが、の意。
六 私も心苦しいから。
七 底本の振仮名「はかりこと」。濁に改。
八 色気十分に。
九 間を区切るためにつけたしきり。
一〇 主人夫婦のいる所。家庭の客人。▽これは後になって、延津賀を登場せしめる伏線。
一一 勝手へ通ずるはしご段。表のが玄関に通ずるに対する。
一二 ▽仇吉を出す構成上の必要もあるが、男女の媚態の種々相を描くべき趣向の一でもある。

へきかせる下心、それと知らずに立聞ば、さもうち解た風情にて　米「誠にどうすれば此様に惚るもんだろうねへ。私アもう〳〵どうも座敷に出て居ても、風と思ひ出すと逢たくつて〳〵、立きれない時があるよ。私が此様に迷つて居たら、さぞ他が蔭でわらつて居るだろうけれど、おまへもまた私をかはいがるやうに、他人をかはいがる氣づかひはないと思ふと、妬心をやくわけもないが、和合時のことをおもふと、ツイ他人には指をさゝせるもいやだ。どうぞいつでも斯して居たいと思ふと、誠に氣はづかしいこともわすれて夢中になるョ。ア、アレサ、くすぐつたいョ。アレ　丹「コウ〳〵米八、おめへどうぞしたか　米「どうもしないが、だれか覗きはしまいかネ。しかしくやしいほど私やア迷つたョ。仇吉ざんも此様にかわいがつておやりかトいひながら、丹次郎にしがみついたる姫蔦の、白き衿元掛香の、梅が香かほる米八が、色をふくみしその姿、また仇吉のおよばざる笑顔愛敬、千金の價も実にをしからぬ風情に、男も仇吉が帰り行しか、まだ爰に忍び居るかもうちわすれ　丹「おめへばかり惚たやうに、恩にかけることもねへ。此方も迷つて氣抜のやうに、どうぞはやく引込で、二人が同道に、堀の内さまへでも参るやうにしてへと思つて見たり、その時は眉毛を落して丸髷に結て、さぞ秀美な年増になるだろうと思ふと、今ツから樂しみだは　米「イヱ〳〵、仲町を引ても元服はしないョ　丹「なぜ〳〵、また他処へ出て浮氣をする気か　米「何

一三 ふと。
一四「絶ちきれない」のあて字。
一五 枕を並べた時。
一六 少しでもさわらせる。
一七 ▽わざと、嬌声を発して、仇吉をあせらせる方法。
一八 底本の振仮名「あたきつ」。濁に改。
一九 小さい蔦の意か。女性であり、しがみつくとあるので、この語を出した。
二〇 香の入った小さい二つの袋を紐でつなぎ、項にかけて、袋を袖中に入れる。袋は小さい袖の形に作る。衿元にその紐が見えて。
二一 梅花香の匂がする。梅花香は増補女重宝記(弘化四)の「掛香の名方品々」の中「竜脳八分・梅仁一匁二分・麝香(じやかう)六分・丁子二匁・甘松三匁・白檀(びやくだん)二匁」。
二二 底本の振仮名「ゑかほ」。濁に改。
二三 芸者をやめて。
二四 堀の内(今、東京都杉並区にあり)の日蓮宗の日円山妙法寺のこと。この祖師は霊験ありとて参詣が多かった。
二五 女子が年頃になり、嫁入し、また子を産むなどの機会に眉を剃った。それに合せて、お歯黒をそめて元服と称した。
二六 半円形の髷を後頭部にのせる風。堅気の女房や老女(髷が小さい)の結ったもの。
二七 深川芸者をやめても、の意。
二八 お歯黒のみつけるを半元服、合せて眉を剃り落すを元服という。
二九 仲町以外から芸者に出て。

がくやしくつて、引込だくれへでまた出るものか　丹「そんならなぜ嶋田髷で居やうといふのだ　米「それだつても、おまへが新造が好だものを、嶋田でゐたらはやく見捨もしめへかと、はかないことまで思つてサ　丹「ナニつまらねへことを言はア。おいらはまたはやく元服でもしたら、少しは他の目につくのが止んで、氣がやすまるかとおもつてゐらア　米「ハイ〳〵おぼしめしは有がたいが、マアいゝかげんに聞てをりませう。それはそうと二三日の中に、山谷堀まで同道に行ておくれな　丹「延津賀さんの宅か　米「ア、吉原へ行て、此糸さんにも逢たし、いろ〳〵用が有から　丹「また少し幼年なじみの色の顔も見たし　米「おまへじやアあるまいし　ト跡はしばらく言葉途切れて

米「ナニヱ　丹「氣がかはつていゝといふことよ　米「おふざけでない。ア、アレ、お待ヨトあくまで和合二人の様子、立聞したる仇吉が、せきにせいたる羽折の始末、こらへかねては胸の火の、ぱつともへたつほむらより、

一 芸者をやめて、早々、また勤めには出ない。

二 娘や水商売の者などの結った髷。種類は多い(吾妻余波)。

三 年増に対して、年若い娘の意。▽ここは暗にお蝶をさす。この後に、吉原や此糸のことを出すのも、梅児誉美との関係を、読者に想起させるため。

四 山谷堀。吉原通いの船宿の密集していた所。今、東京都台東区にある。

五 延津賀の船宿、若竹。前出(四六頁)。

六 「てう」は吉原の別称。前出(二三二頁)。

七 梅児誉美中の主要人物。吉原唐琴屋のお職女郎。

八 ▽これも丹次郎とお蝶のことをいったもの。

九 ▽例の朧化で、次の絵と合せて、読者に推察させる方法。

一〇 仇吉から米八へ相手が変ったので、気分も変るの意。

一一 大いにいらだった。

一二 胸中もやもやとした思い。

一三 怒り(ここは妬心)の盛んなさまをたとえる。

一四 櫛笄やかんざしの類。

一五 髪の多いかざりも、嫉妬のための角さながらに。

＊挿絵詞書「米八(よね)(はち)が即計(そく)(けい)仇吉(あだ)(きち)がこゝろをはげます」。ここの「はげます」はあせらすの意。この絵は文章で略した部分を補うものである。

一六 第三者。

一七 ▽事後のてい。

一八 見てしゃくにさわる。

一九 はぎしりりしてくやしいさま。

二〇 単刀直入にいうさま。遠慮なくいうさま。

髪のかざりの[一四]鼈甲も、[一五]十二の角と振立て欠入る勢ひ、丹次郎はさすが二人に面目なく、表のかたへ迯出して、前後思案の付かざるは、是ぞ恋路のならひにて、[一六]他見の評論あるべからず。さて米八は眼のふちを、ほんのりとせし[一七]上氣の顔、びんのほつれも、仇吉が[一八]目にはさはりしゝどけなさ。[一九]歯を喰しばりて[二〇]ずつかりと、膝付合して腹立聲 仇「モシ米八ざん、今ちよつとうけたまはつたが、私が紋の付た羽折がお気にさはつて、泥に

踏込で、まだ倦たらねへで、だいぶ丹さんに洗だて[一]をしなさるが、どうでもつれて[二]、兎や角ともめた[三]あげくは、丹さんがいつもしみ〴〵離れがたない兼言[四]の、つもる[五]仇吉丹次郎と、命をかけた二人が中、お氣のどくだが米八ざん、どうでおまへはない縁だとおもひきつて、丹さんは私におくれな　米八はせゝらわらひ　米「御念の入たごあいさつだが、マアよしにしませうよ。他の亭主を盗んで置て、知れた時にはもらはふとは、なるほどおまへはいゝむしだ[六]。旦那や座敷[七]で食傷[八]する時もあらうに、盗み喰までこせつかず[九]とも、いゝじやアないかへ　仇「ヲヤ米八ざん[一〇]、私が何を盗んだへ。めつたな[一一]ことをおいひでない。丹さんはおまへの亭主か知らねへが、私はおまへを丹さんの内室さんだと、一度でも引合せられた[一二]こともなし、ひろめ[一三]をしたと沙汰[一四]もきかず、この頃までは何もしらず、二人で[一五]落合おざしきの跡では、おまへに丹さんのこともはなして、のろけやうとおもつた時があつたくらゐ、そのゝちだん〳〵妬心を、おまへがおこす口ぶりから、やう〳〵氣のつく私がうつかり。勝手をいへば、私の色をおまへに取れてゐた様なものだと思ふが、惚てゐるふせうに[一六]了簡してしまふから、此後丹さんは私一人でかはいがるヨ。

そも〳〵米八が、丹次郎にしつぶかくなせし[一七]は、仇吉に気をもませて、意趣をかへすはかりごと[一八]。今また仇吉が、丹次郎とさも深くちぎり合ことを、口にいだし

一　詮議。
二　三角関係のもつれ。
三　問題になった末は。
四　底本の振仮名「かねこと」。濁に改
約束。
五　何回も重ねた。
六　虫がよすぎる。
七　座敷に呼ばれた客の希望で、売色すること。
八　男を食べすぎて（相手にしすぎて）いやになる。
九　こせこせする。
一〇　底本「さん」。濁に改。
一一　無茶なこと。
一二　紹介された。
一三　芸娼妓の勤めの始めに、花街に口頭や刷物で、挨拶をすること。
一四　噂。
一五　▽以下は、仇吉は恋情の激しくなった今はともかく、元来は悪い性質ゆえに丹次郎と関係したのでないという、仇吉の性格を示す一条。
一六　不承。惚れているから仕方ない。いやいやながら。
一七　多淫なこと。濃厚に情をなしたのは。
一八　底本「こと」。濁に改。

て恥かしとおもはぬは、これまた米八に心を[一九]せかする[二〇]手くだなり。なほその争ひの埒あかぬは、色をあきなふ全盛の、互にはしたなしと思はれじと、用心するゆゑかくのごとし。

米「そりやアおかたじけ。どうぞ沢山かわいがつて遣ておくれ、といひたいがマアよそうヨ。どうで男の[二一]名聞だから、色も恋もするほどの男でなけりやア、私もまた惚て苦労はしないから、まんざら止ろといふやうな、野暮をいふ氣はないけれど、おめへのやうに遠慮なく、[二二]つらあてがましくされて見ちやア、なんぼ弱氣な[二三]温厚でも　仇「コウ〳〵米八ざん、そのつらあてがわからねへヨ。私のほうでこそ、丹さんはおれがものだとおめへの仕うち、是見てくれろといふやうなことが、いくらもあつたけれど、だん〳〵様子をきいて見りやア、私よりかは前へ色になつたそうだし、丹さんだつてもおめへを捨ちやア、すこし義理がわりいとかいふやうなはなしを、近ごろきいたから、ア、わりいことをした、ほかに男も無様にと、思つて見てもこの道は、もめる毎度に深くもなり、意地にもなつて、丹さんも私を恋つて日に一二度、顔でも見ねへその晩は、ろく〳〵寐ねへで案じてゐるといはれて見れば、此方も[二四]ねこそぎ[二五]身をいれて、苦労をする氣の二人が中、と言たらおめへは猶のこと、[二六]上気なるでも有だろうが　米「コウ仇さんそう[二七]ふて〴〵しく出かけた日にやア、世間も渡るに氣楽なものだが、そんな

一九　あせらせる。
二〇　手段。たくらみ。
二一　名誉。世間体のよさ。
二二　見てくれがしに。あてつけがましく。
二三　薄のろ。とんま。
二四　徹底的に。
二五　専心して。
二六　立腹しようが。
二七　あつかましく。

人情しらずには、口をきくのはむだなわけだ。こはい女もあるもんだト言はなして立上れば、仇吉も憤然となり、米八が衣裾をとらへて引止る。折から隣家で踊りの地哥[一]、稽古と見えて足拍子[二]、

〽とめた　〽はなせ。

○[三]とめてよいのは朝の雪。

第二條

腹立まぎれに立出る、帯背[四]をとつて仇吉が、うしろの方へ引手をば、二足三足小戻りし、拂ふ手前[五]は米八が、さそく[六]のはづみするどくして、よろめく仇吉爪づく[七]米八、たがひに落す簪は、火入[八]にあたつて二本とも、をれても[九]折れぬりんきの角、あらそふ風情を先刻より知つてはゐれど、その中へ[一〇]仲人かねつゝ、料理やの夫婦は気をもむばかりなり。此方の二人は今更に、はしたないとは知りながら、止り[一一]かねたる胸と胸、手と手をとらへてはてしなき、折から障子の外よりして、此処へかけこみ二人が中へ、割て入りたる一人の女、三人顔を見合て　仇米両人「延津賀さん　津「アイ仇吉ざん、米八ざん、出過る女とお思ひだろうが、マアこの喧𠵅はわたしにおくれな[一二]。ハテ野暮らしい〔こ〕[一三]

一 踊りに合せてうたう唄。
二 踊りの用語で、足の踵で舞台を、音たてて踏むこと。踏み方によって種類がある。
三 何の音曲か未詳。歌の意は、後朝の雪では、帰る客をとめてよい。
四 帯のうしろ側。
五 米八の手さきの力。下の「するどくして」にかかる。
六 即座の拍子で。
七 「躓く」のあて字。
八 火鉢。
九 簪は折れても、りんきの気持(角に示す)は、やはりつのつき合いにあらわれて。
一〇 「中へ這入る」で、仲裁人となる意。
一一 お互に胸中の怒りおさまりやらずして。
一二 まかせてくれ。
一三 「と」は、底本「こと」のつづけた字の誤刻と見て、「こ」を補う。

といふではないが、色[一四]も香もあるおふたりが、自身に花[一五]をちらすやうな、しうちはいやなことじやアないかへ。米八ざんとは初手[一六]からなじみ、仇吉ざんはお増さんのお宅で、此間おちかづきになつて間[一七]もないけれど、東西ともに勝負を、つけてはすまぬ關[一八]と關、他見[一九]の關もはゞかり[二〇]も捨て、地金[二一]の喧嘩だから、いらざるお世話とおいひだろうが、元[二二]をたゞして見る時は、始終さばけ[二三]て相談づくに、解[二四]てはなしをしない日には、肝腎の男の意地、どつちへしても義理がわりいと氣が付た時は、右も左りも止て、思案をしないければならないやうになろうじやアないかへ。そうして見ると、おもひ[二五]もよらねへ処へ、團扇[二六]があがることがあるまいともいはれずか。何にしても、おたがひに縁[二七]の有のを誠として、堪忍するのが色のたのしみ、どうで恋路といふものは、邪广や他見の遠慮があつて、男も女も氣をもんで、苦労をするが身の樂み。自由になると沢山[二八]そうになつて、おのづと愛相づかしの出來[二九]るがいくらもあるならひ。いづれにしても今日はマア、わたしにあづけてお帰りヨ。どうぞそうしておくれヨト右と左りを見かへれば、女の性[三〇]の常として、涙にじみし花紅楓[三一]。嗚呼丹次郎はあやかりものかな。やゝしばらくして　仇米「せつかくおまへの御信切だから　延「とくしんしておくれかへ　米「マアともかくも私は、おまへの言葉をたつて[三二]　仇「愚智な育ちの私だから、心[三三]はどうも解ないが、延津賀さんのごあいさつにめんじて　延「いやみをいはずにマアお聞ヨ。

一四 今を全盛のたとえ。和歌でしばしば用いられる語。
一五 評判を落すようなのたとえ。
一六 初めから。
一七 底本の振仮名は誤りで、「ま」とあるべきか。
一八 深川花柳界の大関格。
一九 人の見る所も、ぐらいの意。
二〇 世間への遠慮。
二一 本心をあらわにしての。
二二 元来に立帰って考えると。
二三 こだわる所なく。
二四 打とけて。
二五 お蝶のことを下にふくむ(三五四頁参照)。
二六 勝になること。
二七 諺。前出(三三二頁)。
二八 そまつになって。
二九 底本の振仮名は誤りか。「でてくる」と読むべきであろう。
三〇 感情がたかまれば涙もろい性質。
三一 美しい二人の女をたとえた。
三二 底本の誤りか。「たてゝ」とあるべき所。
三三 気持はすっぱりしないが。

一 五代目沢村宗十郎(一八〇二—一八五三)。初め源之助。天保二年十一月に紀の国や訥升と号す。女性にひいきの多かった和事の上手(井原青々園著近世日本演劇史)。

二 天保元年三月十一日から五十三日間興行の大あたりをとった江戸河原崎座の添削筑紫　。源之助と称した訥升が苅萱入道をつとめた(井原青々園著歌舞伎年表)。

三 苅萱の俗の時の名加藤左衛門繁氏は、正妻牧の方と妾千鳥の前の妬心の甚しいゆえ出家した。

四 牧の方の子で、出家した父をたずねて高野山に登る難儀をする。

五 生ける者は必ず死に、会うものはわかれることは定っている意で、人生の無常を示す語。大般涅槃経などに見える。

* 挿絵詞書「千代元(ちよもと)の二階(にかい)に延津賀(のぶつが)両女(りやうぢよ)を訓(さと)す」。▽さとす内容は、もちろん、春水が勤めの女性に対して、自らいう狂訓である。

六 客席に出ての勤め。

アノ訥升(とつしやう)[一]がした苅萱(かるかや)[二]の狂言(きやうげん)ネ。女心(をんなごゝろ)[三]のねたみから男(をとこ)に家(いへ)を捨(すて)させて、石堂丸(いしどうまる)[四]の身(み)の難義(なんぎ)、生者必滅會者定離(しやうじやひつめつゑしやぢやうり)[五]とやら。仏(ほとけ)さまのをしえではあろうけれど、めん／＼苦労(くらう)をする処(ところ)は、今日(こんにち)どうぞ安(やす)らかにくらして、ときたま樂(たの)しみに、色(いろ)も恋(こひ)もするがよいじやアないかへ。手前勝手(てまへがつて)なやうだけれど、腹(はら)を立(たつ)たり喧嘩(けんくわ)をしたり、とりこし苦労(ぐらう)した日(ひ)には、壽命(じゆみやう)が縮(ちゞ)まるばつかりで、座(ざ)[六]しきの邪广(じやま)にもなろうじやアないか。マア何(なん)にして

も米八ざん、おまへは先へお帰りヨ。こんなことが世間へぱツと知れでもするとよくないはネ　米「そんなら今日はおまへの言葉にしたがひますが、あんまり私が氣がいゝから、年中他に[七]ふみつけられて、[八]らちあかずだといはれますヨ　仇「あんまりそふでもありますめへ。男の着てゐる羽折さへ泥水へふみつけながら　米「顔をふみつけるより罪が軽いヨ　延「コレサ米さん、どうしたもんだな、仇吉ざんマアだまつておいでヨ。サア米さんおかへりといふのに、[九]情がこはいねへ　米「アイそんなら萬事おねがひだヨ　延「ム、ヨ承知だヨ。兩方ともに[一〇]立をやまを下手に[一一]番附へ出して見な、御看官が合点しねへはな。仇吉ざんなりおまへなり、[一二]ひけをとらせる[一三]さばきはしないヨ。マアお帰り

トせり立られ、心殘して仇吉へは只会釈してかへりゆく。跡には茶屋の女房が米八を送り出し、また奥ざしきへ顔を出し、延津賀に向ひ　女「姉さん大きに有がたふ　延「大きに有がたふじやアねへヨ。こんな時ははやく其処へ出て、何とか角とか[一四]別をつけるのが、茶や舟宿衆の役だはネ。いかに年がわかいといつて、夫婦ながら、どうせう〳〵とばかりいつてゐることもねへ　女「それでも私は、丹さんが米八ざんに[一五]つらまつた時は、はつと思ひましたは　延「何のびつくりすることがあるものか。たかゞ妬心喧嘩だア、色をしたとつて跡のへるもんじやアあるめへし。しかし仇さんにやア丹さんも[一六]余程[一七]吸とられたろうノ　仇「ヲヤ大ちがひ、まことに[一八]そんなことはないヨ。たゞ[一九]氣を

七　軽蔑されて。
八　にえ切らない人。
九　強情だな。
一〇　一座の女形中の最上の女形。座頭に次いで最も重んぜられた地位にあった。
一一　ここは歌舞伎俳優の位付などを記した番付。これにも種類がある。▽これは作者がこの著述における心境を読者につげた所。
一二　ひけめを感じる。
一三　ここは仲裁の結果をいう。裁決。
一四　処置する。
一五　「つかまる」の訛。
一六　底本の振仮名「よつほど」。濁に改。
一七　精力をへらされた。
一八　肉体的なこと。
一九　精神的に恋したり心配するのみだ。

一 余計のあて字。
二 お蝶のこと。前出(九三頁)。
三 年はのゆかない者。
四 ぬかりのない。
五 仇吉の妬心をさそうようだが。
六 目あて、即ち夫と定めて。
七 情人はこしらえない。
八 いやなこと。
九 出典あるか、未詳。
一〇 濃厚である。
一一 よごれた衣服や布を洗い、張りほして皺をのばすを業とする店。

もむばかりだはネ　延「氣をもみツくらでは、どつちかといふと、米さんが余慶だはネ　仇「ム丶、竹蝶吉とかいふ子のことかへ。そりやアほんの小僧じやアありませんか　延「どうして〳〵、歳はいかないけれど、どんなに如才のない子だろう、といふと私がけしかけるやうだが、モウ〳〵おとなしい顔をして居て、男を嬉しがらせる大名人。その癖、丹さん一人をあてにして、少しも実正の色はしないョ　仇「ヲヤ油断のならねへ、又一ツ氣障がふへた。いめへましい丹さんだのう。いつそ思ひきつて切れやうか　延「サア〳〵はやく切ておしまひ　仇「イヤ〳〵どうもそうはならない。くやしいねへ　延「それお見な。何にしても私と同道に、増吉さん宅までお出な。今日はどふしたか、奴を出稽古の処までよこさねへから、聞ながら行て、お増さんの智惠もかりて、マア何とか濟しかたをしずはなるまい。誠にいやな役だねへ　仇「堪忍おしな。其かはりもしも此事が　延「成就したらば、お礼参りは二人連か。チツト油濃の　仇「何サそうじやアないよ。おまへに急度恩をかへすといふことサ　延「マア兎も角も出かけやうじやアねへか。それとも丹印でつかれて歩行ずは、おいらの肩へでもつかまつてあゆびナ　仇「いやだョ、お津賀さん、ふけへきな　延「いゝじやアねへか。そういつても実にいやだョならば、何も喧嘩をするわけもあるめへ　仇「それだツても、せつかく私がこせへた羽折を泥水へふみこんで　延「ナニ〳〵今妹が（これはこのりやうりやの女房をさしていふなり）すぐに洗張やへもたしてやつたが、しみも疵もなしにきれいになるとヨ。よしやならねへといつて、金をかけりやアまた出來るもんだから、いとひもしめへが、折角こしらへて、着せて[一二]のろけやうといふ所を泥へ入られたから、そこがくやしかろうと思つて、はやく直しにやつたから、米の字はしらずか。そりやアマア堪忍して、サア同道においでな、サア〱ト引立られて、仇吉はやう〱に立上り、四ツに折れたかんざしを一ツに寄せ　仇「コレお見、今折れたかんざしのこの紋をお見。米八ざんのも私のも、同じやうに丹さんの紋だヨ　延「二人ながら何でそんなに[一三]のろくなつたろう。おいらはまたそら程いゝともおもはねへが。イヤそれよりか、そのかんざしも二本ながら、おいらにまかせて置なト紙に包んで懐中し、[一四]胸におさめしこの喧嘩、まだこれなりに濟ざるを知れども、中へわけいりて、月日をさきへ[一五]延津賀が、さしあたりたる[一六]當座の作畧、猶又仇吉　米八が再度の出合大喧嘩は、つゞく巻にてよみたまへ。

そも〱延津賀といふものがこゝへ出しは、山谷より婦多川へ[一七]出げいこにて、弟子中[一八]六齋の順番にて、より〱稽古の宅は遠へり。此[一九]りやう〔り〕やも妹分にて、[二〇]通ひ稽古の弟子中なり。

さても仇吉　延津賀は、彼料理屋をうちつれて、[二一]出てお增が方へ行、向ふの方より[二二]櫻川の由と[二三]壽樂と二人連　仇「ヲヤ由さん、壽樂さん、何日お歸りだへ　由「きのふ日が

一二　情におぼれていい気になる。
一三　すっかり惚れてしまったのだろう。
一四　延津賀の思案にまかされた意と、懐に入れたから胸におさまった意がかかる。
一五　上から、先へのばすとかかる。
一六　当面の問題をおさめる計略。
一七　出張して諸芸の稽古をつけること。
一八　月に六回の意。俚言集覧「大品般若経、六斎日は月八日二十三日十四日二十九日十五日三十日、愚按、今俗に一六、二七、三八、四九と定めて月に六ケ日を六斎と云」。
一九　底本「りやうや」。「り」脱として補。
二〇　出稽古と同意。
二一　底本の振仮名「いて」。濁に改。
二二　前出（一五五頁）。
二三　前出（三二三頁）。

くれてかへりやしたが、イヤ仇吉ざんに、壽樂がこんど出來た色のはなしをしねへじやアならねへ　仇「ヲヤそうかへ、土産をさきへよこしておいて、一ト晩のろけばなしにおいでな　壽「聞人をたんと集めておいてくんな　由「すこし怪談めへたはなしだから　仇「田舎で出來た色ごとなら、いづれ獵人の娘かへ　由「[1]あたらずといへども遠からず　延「近いとわたしも聞にいくけれど　仇「よしか、お津賀さん、きかない方が仕合せだョ　由「ちがひなし〱　壽「サア〱でへぶ[2]風のわりい[3]請だ。行ふ〱　仇「ハイさやうなら、また後ほど　由壽「そんなら後にョ。ヲイ〱米の字によろしく　仇「しらないョ。

梅暦餘興　春色辰巳園巻の七　終

一　大学「心誠ニ之ヲ求ムレバ、中ラズト雖モ遠カラズ」。大体その見当。
二　形勢のよくない。
三　評判。うけとられかた。

温泉土産 箱根草 前後四冊

このさうしはとうぢのこつけいにていとおかしきものがたりなり

滝亭鯉丈著

奇跡旧観 墨水日記 中形三冊

英一之著
教訓亭校
溪齋英泉画

この日記は英一之が年來の丹誠に予が麁漏の考を加へ浅草寺より竹の塚松戸より小梅にをはるの紀行にていとこまやかなる名所図絵なり

教訓亭主人撰

梅暦餘興 春色辰巳園巻の八

江戸　狂訓亭主人著

第三條

[一]宮園ぶし上畧〽[二]きいて小ひなが胸いたみ、癪と涙をおししづめ、不粋[三]なこなんぢや有まいし、色里の諸[四]わけをば、知らぬ野暮でもあるまいし、無理言かけて氣[五]もせさせ、おまへの心がすむかいな。口舌するのが樂みか、無理は男のつねなれど、いひわけするは女子だけ。中畧　米八「あの子はいつでもよく精出して[六]さらふよのウ。アヽしかしむかしからして男といふものは、むりをいふに極つてゐるものかしらんトいふは米八丹次郎、かのごぞんじの中裏[七]に、さし向ひなる口舌のなかば、丹次郎が言分を聞[八]はたしたる跡と見え、まじめになつて米八が　米「そりやアどうもしかたがないのサ。おまへのおいひの通りだが、[九]色なら色らしく、なんぼ私のやうな見る[一〇]蔭もねへものだつても、マア丹さん　トくやしそうにちからをいれ　よふく考へて見ておくれな。[一一]一番初手はどうしたつけ、[一二]それか

一 底本の振仮名「みやその」。濁に改。前出(二七一頁)。
二 半兵衛小いな口舌八景愁の段(増補宮薗集―都大全所収)の一部。若干文の相違は、「…小いな…おしとゞめ、…野暮では…かいの。…」。
三「こなさん」の訛。親しみを示した二人称の代名詞。
四 諸事情。
五 気をもませ。
六 師に習ったことを復習する。
七 深川の地名。ここに丹次郎の閑居があったことは前出(七八頁)。
八 十分に聞いた。
九 仇吉を情人とするなら、情人らしくして、女房である自分の面目をつぶさぬ程度に愛すればよい。
一〇 見すぼらしい、つまらぬ者でも、ともかく女房ではないか。
一一 二人の恋のはじめはどうだったか。▽このために、春水は春色恵のはなをこの翌天保七年出刊。すでに腹案があったのである。
一二 ▽梅児誉美全編を通じて、米八が苦労して丹次郎にみついだことが出る。

らどうしてこれまでにした、どのくれへつらひ思ひをしたといふことまで、とつくりと考へて見たうへで、わちきが無理か、仇吉ざんが尤かトいひかけしが、少し落付たやうす、胸をさすつて 米「トいふのもやつぱり此方が無理かへ。これほど苦労くげん[一三]をした者に、またも此心労[一四]をさせても、向ふ[一五]に勝を取らせる了簡になつた人の心だもの、事をわけていへばいふほど、結句にくしみを掛られたがるやうなものだ。実正に私ほどはかないものはまたと有はしまい。唐琴やの宅[一六]に居てから、いろ〳〵と苦労して、此糸さん[一七]の情一ツで、やう〳〵住替[一八]に出てからこのかた （めにいつぱいなみだをうかめ[一九]） 是ツぱかりもほつと[二〇]いふ息をついたこともなく、いやらしいが[二一]、今日が日まであすこ爰の客人に、地金[二二]で逢たことはなし、骸一ツを此人より （丹次郎がことなり） 外には、どんなことがあつても穢なくしめへ[二三]と、心ひとつで起請[二四]を書て、錠[二五]をおろした胸の中が、氣はづかしいやらくやしいやら、此七場所[二六]の唄妓衆も多い中で、お客とらずに人並に、端手な達引[二七]そ[二八]の外も、藤さん[二九]といふお客があるから、出來るはづ[三〇]だとくるしい噂[三一]を、もし丹さんが聞たなら、わるく[三二]思ひはしまひかと、苦労したのも自惚から。その苦をやう〳〵切抜て、ア、うれしいと思へば、また此様なことで、やつぱり泣やうなことが出來るといふは、マアどういふ因果な骸だろう。これから思へば、仇吉ざんはうらやましいほどはらが立ヨ。幸さんといふ立派なお客を取つてゐても、丹さんはまた別者にして、間[三三]

一三 苦患。元来は仏語で、地獄道のくるしみをいうが、転じて一般に苦痛。
一四 仇吉との恋で、米八が心労すること。
一五 仇吉。
一六 丹次郎が若主人であった吉原の妓楼で、米八はここの内芸者であったこと梅児誉美に詳しい。
一七 梅児誉美初編に詳しい。
一八 前出(五〇頁)。
一九 底本「いつはい」。濁に改。
二〇 ちょっと安心したこともなく。
二一 自分の色恋の話を自分でいうのは、いやらしく聞えるが。
二二 芸者稼業で、色恋めいた会話や所作はしても、本気で対したことはない。
二三 外の男に肌身を許すまいと。
二四 神仏にかけてする誓の文書。自分自身で、心中起請を書いた気持で。
二五 かたく守るのたとえ。
二六 深川花柳界全体をさす。前出(二四九頁)。
二七 よい気前を見せること。金銭を要する義理をはること。
二八 その外の入費。
二九 千葉の藤兵衛。米八のひいき客。梅児誉美後編以下に詳しい。
三〇 底本「はづた」。濁に改。
三一 聞き苦しい噂。
三二 本当に藤兵衛を旦那にしたかと思って。
三三 誹諧通言「娼婦の色男、廓に限り間夫といふ、客のうちにも此名あり」。諺「間夫はつとめのうさ晴し」。

夫は唄妓のうさはらしと、樂んでゐられる軆を、また輪[一]をかけてかわゆがつて、たのしませて遣る男の心は、おいらと違つて苦労[二]のねへだけ、愚智がなくツて世帯じみずに、おもしろかろうし、手[三]のあることは客取[四]だと評判の仇吉ざんだものを、ア、無理はねへ〳〵トすこし邪見[五]な振　米「ア、引ム、トためいきをついて[六]ながら口上でごたいくつだろう。あんまりしやべつて口が酢くなつたトいひながら、火鉢の側へ行て、銕瓶の湯をついでひと口のみ、横にころりと倒れて寐る。丹次郎は始終[七]だんまりで、米八がいふことを聞て、だん〳〵と考へ見れば、そのいふことにひとつも無理はなし、前ゝ[八]からのことをおもひだせば、またかわいそうにもなり、わが身ゆゑにはつらひ思ひを、[九]いくたびとなく氣をもませ、其うへ色女のくらうまでさせては、いかに女房の米八でも、義理がわるいと心の底に、かんがへれば考へるほど不びんになり、わが身のいたづらを改めやうぞと、心を取直して見ても、今さらにまた仇吉も捨られぬ義理もあり、といふて此儘にして置ては、あゝいふ一途な氣性の米八、どんなことをしやうもしれずトいろ〳〵と思案をしてゐる。同じ思ひは米八が、いろ〳〵のことをいふて、それなりに寐轉んではゐれど、あまりはしたなく言過して、丹次郎が実正に腹を立はしまひか、何ともいはずだんまりでばかりゐるのは、合点がゆかずと考へて居る。凡男女のなからひほど、世に樂みなることはなけれど、たがひに凝れ[一〇]ば愚痴になり、腹の立

一 倍加して。かてて加えて。
二 仇吉のことをいう。
三 手練。相手を面白がらせる手腕。
四 客を取るのが上手な者。
五 つっけんどんな。
六 自分が長々と話したので。
七 無言で。
八 先々のあて字。
九「いくたびとなく」は、上下にかかる。
一〇 一所懸命になると。▽春水のいわゆる狂訓で、本書の読者と予定した、勤め女に対してのものと思うべし。

こと悲しいことが絶ぬならひ[11]の多くして、末[12]とげがたきものなれど、はじめよりして[13]誠を正し逢ば、なか〳〵浮薄なことはあらずして、まことはかはらぬ夫婦の情、添とげられぬことやはあらん。今や浮世[14]の婦女子を見るに、浮薄にして誠なく、いたづら男にそゝのかされて迯かくれするかとおもへば、今日はたちまち心かはりて、その男を見もかへらず、さらばあやまち[15]をあらたむるかと、頼もしくおもふに、左にはあらずして、欲[16]に迷ひ情にひかれ、その日〳〵に変りゆく不義不実のことのみ也。嗚呼かなしいかな、此類ひは不残その親の所爲にして、及ばぬ[17]願ひを娘にも見ならはすれば、おのづから身を穢を恥とせず、貞女兩夫[18]にまみえずと、をしえはあれどなか〳〵に、それはかなはぬ世の中なれば、縁[19]にまかしてかはりゆく枕の數は是非なくとも、欲にまどひて世をうらやみ[20]、錦[21]をまとはんその爲に、心[22]をけがすことなかれ。いつも作者が筆癖ながら、身にはつゞれ[23]をまとふとも心のいさぎよ[24]からん娘は、これ千金[25]の美人といふべし。かゝる異見はさておいて、彼丹次郎は風と立て、押入の戸を明け抱巻[26]を出して、米八が裾の方からそつとかけてやり、又火鉢の側へ行て炭を續ぎ、燗銅壺[27]の蓋をとつて見て、そとへ出てゆく。米八は始終丹次郎がどういふ仕うちをするかと思へば、寐もやらずかんがへてばかりゐるところに、丹次郎が今小夜着をかけてくれ、表の方へ出行しは、どういふ心かとまた案じられ、取[28]つ置つ思案をしてゐるうち、丹

一一 例。
一二 愛情を生涯続けられない。
一三 正しい誠意をもっての恋ならば。
一四 現世。▽すでに述べたと同意の教訓を、再三出している。
一五 孟子の告子下篇「人恒ニ過チテ然ル後ニ能ク改ム」。
一六 物欲に引かれ、情欲にまよい。
一七 分不相応な生活への希望。
一八 説苑・王蠋曰ク、忠臣ハ二君ニ事ヘズ、貞女ハ二夫ヲ更ヘズ」。
一九 縁あるにつれて、変った男と共寝すること度々になるのは、仕方がないが。▽この辺は、教訓の対象を、玄人女においたこと明らか。
二〇 栄華にくらしていることを羨望し。
二一 立派な衣服を着て、ぜいたくな生活をするために。
二二 貞操の心を失ってはならない。
二三 ぼろの衣服。
二四 潔白な。
二五 最高級の意。
二六 小さい夜着。
二七 長火鉢に入れた銅壺。酒の燗などするゆえの称。臨時客応接(文政二)「酒の間は銅壺歟茶釜にても湯煎にすべし必直間にすべからず」。
二八 色々と。

次郎は帰つて來る。つゞいて跡より酒屋の子僧子「ハイ持てまゐりました丹「ヲイ〳〵すぐにもつて來たな、こいつア有がたい。其処へおいてくんなトいひながら、丼鉢を火ばちの際へもつて來て、玉子をこわして入ておき、唐銅の平鍋へ銕瓶の湯をすこしいれて、鰹節[一]をたんとかいて入れ火ばちへかけ、陶器の燗でうし[二]へ、今もつて來た酒をうつし、燗どうこの湯をかはいらしい猪口[三]で、二三ばい殘しててうしをつけ、玉子を鍋の

＊插絵詞書「梅か香やつい門さして中直り　多満人」。文中の丹次郎と米八の仲直りに対しての句。「多満人」は婦女今川八(文政十一)の画中に、多満人と書いた扇面を持った人物として、また、菊廼井草紙四編(文政十二)の序の筆者として見える。春水の門人。

一 「かつおぶし」の江戸訛。

二 銚子の型をした燗用の陶器(插絵参照)。銚子型の燗徳利。

三 この頃は、盃すたれて猪口を専らとし、婦人などの場合は、その猪口も小さく変化した。

四 調理と食べるのに必要なこまごました道具。

五 素人包丁(享和三序)「玉子たゝき」に「此仕やうはたい・くずな・まなかつを・すみやき・糸より・ゐそ・かき、右のるい常のごとく三枚ニして皮のきはまで骨切のごとく切込み、打わりたる玉子を其まゝにて、三つ四つばかり

切目へたゝき込み、扨鉢ニて蒸して出すべし、又よき程ニ切て茶わんのるいに入、蒸して出すもよし、いづれにてもくずあん或はみそ好みにまかせてかける、醤油の類にてもよし、わさび・せうが・たで・ふき・こせう・さんせう・柚・きのめ、右の内見合せ遣かふべし」。この魚類を鰹節にかえたものであろう。

六 こしらえた。

七 酒徳利を客前にすえる器。臨時客応接「間徳利のはかまの箱なくば盆の上に置べし」。

八 蝶足のあて字。膳についた足の先端が蝶の羽根をひろげた形をしたもの。また銀杏脚ともいう。守貞漫稿「蝶足膳、必らず外黒内朱也、(中略)江戸は平日朝用之、午食夕飯には他を用ふ、此膳には諸椀も内朱外黒を用ひ、三都とも然り、江戸午食夕食には茶碗也、男用似レ之(女用の高い図あり)て低きこと大略半也、故男女一組とするは高低を本とす」。

九 いくじなく。

一〇 泣いて上気した顔の形容。

一一 だらしなく。嬉遊笑覧「自堕落の字音なり、されば自堕落なしとは通ぜぬ言なれば、しだらなといふべき事なり」。

一二 だらしなく、ゆるくなった帯。

一三 岡場遊廓考の深川の条「紙はのべ小杉の類にて、みす紙は仲丁に限る也、又白すぎ小半紙杯常に遣ふをわる紙と言(下略)」。

中へ落し、そのほか小道具[四]をよろしくならべ　丹「ヲイ〳〵米八、コウ米八、ヲヤ寐入つたのか　ト そつとゆすぶりおこし　およね〳〵、これさ、うたゝ寐しちやアわりいぜ、風をひかアな。サア〳〵かんができすぎるヨ。起て一口呑ねへ。いつもの玉子[五]のたゝつこみといふやつを、ちよいとやらかした[六] この玉子のことをいつこく玉子ともいふ　ヲヽ〳〵とほつた〳〵 かんがとほつたといふことなり トいひながら、てうしを出して[七]はかまの中へ入れ、長足[八]の大きな膳のうへに、いろ〳〵こまかなる瀬戸物をならべ立る。また小夜着の中には米八が、丹次郎のしうちをつく〴〵見れば、たゞかなしく腹のたつまゝ言過て、元は主人でありしもの、もつたいないと氣がつけば、さすがに今は氣のどくになり、何と云たらよかろうやらと、急には起もあがられず、殊に丹次郎が心にも、わるいことをしたと思へばこそ、あのやうに心づかひをして、きげんを取てくれるかとおもへば、また女氣の張弱く[九]、何にもいはず泣て居る　丹「サア〳〵玉子ももうにゑたア。ヲイおよねトいひながら、抱巻の衿をもつて引おこす。米八は一ぺん釜[一〇]でゆでたといふ顔。まぶちははれて前髪はしだ[一一]らなくさがるのを、きれいな細い手でちよいと上へなでゝ、抱巻を取て引かけ、しだ[一二]らのない帯を取てほうり出し、細帯の儘かいまきを羽をつてすはる　丹「おめへ、今朝の儘の着類だろう。しはになるぜ、ちよいと着替ればいゝ　米「ナニよいヨトいひながら、わるがみ[一三]を出して涙をふく　丹「なんだ、まだそんな顔をしてゐるのか。モウいゝ

じやアねへか 米八ははなをつまらせてなみだごゑ 米「丹さん、はゞかりながら、[一]やうじ箱を取ておくれな 丹「ハイ〳〵ト取て出す 米「ハイはゞかりト取つてずつと立て、椽側へやうじをつかひに出る。丹次郎は最前のてうしの酒を、丼へあけて[二]あとをよく洗ひ[三]、また酒をいれてどうこへ入れる 下戸のしらざるこのしまつ、さくしやもとより餅[四]ぐみなり。なんとこゝろをもちゆるにあらずや この時米八はやうじをつかつてしまつて、火ばちの際へすはる 丹「サア〳〵てうどいゝ。前のがとほりすぎたから、また今燗をかけたトいひながら、どうこよりいだす。米八はにつこりとして 米「こりやアもうごちそうだねへ 丹「イヱもう何[五]もございませんトわらひながらいふ 米「サアひとつたべやうトてうしをとる。

これより酒事の中も、すべていやみ[六]なせりふあり。ずいぶんともに行わたりたる[七]米八なれど、さすが女の情なれば、とけて[八]もつれて思ひ出す、りんきの言葉はくどけれど、此道の好女好男[九]は、かならず推し給ふならん[一〇]。

第四條

丹「ドレ、おれがついでやろう 米「なアによいョ。またおまへについでもらつて吞むところを、仇吉[一一]さんが見てどなりこまれでもすると、あたり近所へ外聞がわりい

一 房楊子(歯をみがく楊子)を入れておく箱。
二 酒のかんが通りすぎると、まずいからかえる。
三 臨時客応接「銚子にても間徳利にても折〳〵水にて濯がねば酒の味ひを損する故心付べし、但水をよくしぼるべし」。
四 餅を好む下戸の仲間。玉川日記初編(文政八)柳山人の小引「楚満人(春水の前号)はから下戸なるに」。
五 ▽わざと客あしらいしてふざけた言葉。
六 米八が、丹次郎に対してあてこすりのぐちをいう。
七 洗練されている。
八 感情の明暗につけても。歌曲に出典あるか、未詳。
九 色恋の道になれた男女。
一〇 くどいものがあったけれど、省略した。きっと推察して下さるだろう。
一一 三編の第一条、千代元の座敷へ、仇吉がかけこんだことについてのいやがらせ。

丹「これさ米八、おめへがそういふと、ついまたおれも請こたへ[一二]をしねへじやアならなくならアな。そうすりやア、今のやうに向ふへ勝をとらせるのなんのと、心にもねへことまでおめへにいはれるしか、[一三]先刻のやうにおれが[一四]つよいことをいつたのは、[一五]心にはねへことだけれど、おれが方でつよくでもいはねへと、いつまでもはてしがつかねへからだアな。おれもわりいとおもへばこそ、[一六]おめへに羽折をはがれて泥水へいれられて、蹴たり踏だりされて見れば、羽織はをしくはねへけれど、まんざら外聞がよろしくはねへはな。それでも手めへが腹を立たは無理でねへと、おれが心で氣の毒だと思へば、[一七]くだらねへことでもして、手めへの機嫌を直させやうとおもつて居るのに、まだそんなことばかりいつて、其様おめへ、おれをこまらせたといつて、どうも仕かたが有めへじやアねへか。それともに、[一八]おれの方から、[一九]氣のどくなら、[二〇]身を引けといはぬばかりでいじめるのか　米「何おまへをいぢめるものか。それだけの罪があるから、おまへもいはれるのだろうじやアないかへト猪口の酒をのみほして下に置「そしてまた詮方がないとお言だが、仇吉さんと切れてせへしまひなさりやア、何も[二一]いさくさはねへわけだアネ　丹「サアそれだから、いろ〳〵とおれも、男が手を付て、あやまらねへばかりにしてゐるじやアねへかナ。わが身ながら考へると、あんまり働きがねへよのう。男らしくもねへ。壹人前の野郎なら、たとへ女房があろうが何があろうが、妾

一二 応答。それに応じたいやみな答。
一三 底本のまま。「か」は「又」の誤写誤刻か。
一四 前述の如く米八が泣いて、「向ふへ勝をとらせる」といった所を見れば、丹次郎は、やきもちをやけば切れるなど、強くいったのであろう。
一五 本心から出たことではないが。
一六 以下は「わりいとおもへばこそ」の内容を説明したもので、「おもへばこそ…」、「くだらねへことでもして…」とかかる。
一七 料理をしたり酒のかんをしたり。
一八 「身を引け」にかかる。
一九 心苦しい。
二〇 関係を絶て。
二一 いざこざ。もめごと。

てかけはあたりめへ、色は幾人したとつても、此方のはたらきしでへ。それにひきかへ、おいらなんざア、久[1]しい跡からしておめへの厄界[2]、何ひとつしおいた[3]こともなく、斯して世話になつてゐて、どのつらさげて斯[4]いふことになつたかと思ふと、実正におれが心にあいそがつきて、いつそのことに、何も訳はねへ、おれひとり坊主[5]にでもなつてしまやア、双方靜に納りも付し、もつとも左様いふとおかしいが、お長もおれじやアずいぶん苦労しねへでもなし、あいつの前へもわけて[6]よし、また一ツには先立[7]しつた唐琴やの義理ある兩親へ、第一番の言訳[8]だから、おれ一人この世[9]を捨てしめへさへすりやア、いさくさ[10]はいらねへといふものだ。只一途[11]にきれてしまへばいゝといふけれど、おめへもおれじやアいろ〳〵と苦労くげんしてくれて、色の達入れ情の出入[12]、引[13]ぬこゝろのおめへだから、何もかも呑[14]こんでゐるだろうから、切れるきれぬのいり[15]わけも、承知のうへの難題を立[16]る日になりやア、今のとほりよ。それより外に智恵のねへ、一疋前無[17]おいらだから、いひわけのしやうはねへトおもひつめたる丹次郎が顔。じつと見つめて米八は、眼にもつ涙はら〳〵〳〵、鼻紙[18]で顔をふいて　米「丹さん、堪忍しておくれよ。それじやアなるほど、私があくまでわるいのサ。何もおまへに難題をいつて、こまらせるのいじめるのと、そういふわけじやアあるまいじやアないかへ。かういつたつてもおまへもまた、それほどまでに私の前へ、氣の毒だと思つてくれる

一　長い以前から。
二　厄介のあて字。
三　処置する。しまつをつける。
四　仇吉との恋仲をさす。
五　底本の振仮名「ばうす」。濁に改。
六　殊更。お蝶とは許婚の仲であるのに、米八を女房然としていることの気がねからいう。
七　死没なさった。
八　家をつがず、娘と夫婦にならずの、不始末の申訳。
九　出家する。
一〇　悶着不要。
一一　一方的に。
一二　底本の振仮名「ていり」。濁に改。
恋のために義理ばったり、人と争ったりすることに。
一三　人後におちることのいやな。
一四　恋の道については万事よくわかっている。
一五　こみいった事情。
一六　通すということにすると。
一七　男一疋に価しない。
一八　小菊紙や小杉原紙などを用いる。嬉遊笑覧「古へは今の如く小菊小杉などの如く小板にすきたるはな紙はなし」。

一九 言葉の先までも推量すること。邪推。
二〇 外聞の悪い目をさせた。
＊插絵詞書「うくひすのないて口舌も枝うつり　春水門人春雅」。外は鶯が枝から枝へ飛びうつりながら鳴いている、それに応ずる如き恋人たちの口舌も次から次へとうつって絶えないとの句意。春雅は狂言亭為永春雅。咄家の土橋亭しん馬のことで、落語家奇奴部類「八丁堀住、始め小上、後にしん馬、又々改伊東燕荘の門に入て、伊東荘流と云」。春水門で最初の刊行人情本「春色雪の梅」を出し、他に二、三の作がある。
二一 むかいあっていた。
二二 立入って。

心なら、たとへ氣やすめにもおまへの口から、おれがわるかつた、切れてしまふから案るなと、たつた一口、言てきかしてくれるがいゝじやアないかへ。たとへそうおいひだつて、私の方でもそれをまた、さきぐり[一九]もしはしまひじやアないかへ。もつとも私も羽折をあんなにしたのは、わるくもあつたろうし、おまへに外聞[二〇]もかゝせたろうが、それはもう〱あくまでも私のわるいことにもしろ、私とおまへが對[二一]でゐる処へ、踏[二二]こん

で來たればこそ、こんな[1]そう〳〵しいわけになつたろうじやアないかへ。斯いふとわるいけれど、私とおまへと對でゐる[2]かげを見ても、はらの立のを我慢して、[3]かげでおまへに恨みをいへばといつて、そこが[4]色のかなしさには、すこしは[5]引を取ることが有るので、[6]義理といはふじやアないかへ。そのかはりにはおまへに亦一ぺいかはいがられる[7]達入れじやアあるまいか。私と仇吉ざんと[8]あつち此方なら、おまへもそんなに愚智をいつて、わたいにこまらせるやうなこともいひなはるめへ。そうよきれてしまふといつて、恋の諸訳も達入れも、[9]もちやくちやにして、[10]そう〳〵に切てしまつて、女房の仇吉ざんに、心の中を休めさしておやりだろうが、何をいふにも、私がやうな[11]ぐうたらな[12]行とゞかねへものだから、しかたがないはネ。また私の方が色ならば、[13]初手に色と名も付もしまひ。マアともかくも丹さん、だん〳〵私がわるかつた、どうぞ堪忍しておくれよ。そりやアもう私もあゝ言出して、千代元の（仇吉と出合しりやうり屋のことゝしるべし）家内まで騒して見れば、この[14]儘じみ〳〵と消てしまふやうには、[15]土地がらだけにならないからネ。丹さんどうぞ斯しておくれな。これからは私もモウ、すこしも[16]氣障はいふめへから、どうぞこの近所の宅や、又こゝの宅へ呼だり、今まで行た内へ行ことはよしておくれな。諸方へ顔出しもならねへと思ふ程殘念だから、トいつておまへだつても、私がこんなにしたから切れたといはれちやア、なるほど[17]男も立まいから、[18]まるできれ

一 大さわぎな。
二 姿。
三 こつそりと。内緒で。
四 情人が天下はれての女房とちがう、日陰の悲しさで。
五 負けておくこと。肩身をせまく感じること。
六 妻と情人間の義理がなり立つというものではないか。
七 義理立て。米八を立てて遠慮すると、丹次郎から同情されて、倍も愛される意。
八 反対。
九 めちゃくちゃ。
一〇 早々に。
一一 だらしのない。
一二 不洗練。
一三 頭の先の意から転じて、最初。
一四 みすぼらしく。
一五 はでな深川の性質上。
一六 嫌味。
一七 男の面目がないから。
一八 全く。

ておくれとはいはないよ。また私も是ほど苦労して、い[一九]ゝやうにされるといはれるも悔しいから、どうぞ丹さん、聞わけてこのことばかりは承知しておくれな。おもひやりのねへやうに、よしておしまひとはいはないかはりに、急度そうしておくれよ。私もまた願[二〇]がけをしても、もうこのことをいふまいから。しかしおまへばかりひたすら頼んだ[二一]といて、はたにしやくりて[二二]は多し、仇吉さ゚んが承知しねへことは、おまへの心にも詮方も有まいけれど、ハテそこがおまへのかはいがる人のことだから、どうでもなろうじやアないかへ。聞わけてさへおくれなら、今夜にもおまへが仇吉さ゚んに逢にいつて、よく／＼ことをわけて私の頼みを言て聞して ト いひかけてなみだごゑ、なみだをふいてうるみしこゑ[二三]のおもいれあり そしてせつかくこしらへて、着せてお遣りの羽折をば、あんなにした言訳を、よふくいつてあやまつておくれな。それで承知してさへおくれなら今のとほり、しかしまた、[二四]てひじよヲごひをするのじやアないが、増吉さ゚んの宅や千代元へちよつとでも行ておくれだト、ついまたわたしもだまつてゐられなくなる、といつて何も私がさはいだぐらゐ、仇吉さ゚んやおまへにやア、こはいこともおかしいこともあるまいけれど、そこが私のおたのみだから、私のやうなものでも、今までの好身に顔[二五]を立さしておくれな。ヱモシ丹さんお願ひだヨト和合に出たる利發の米八、丹次郎がいふべきことも、右をいつて左りへ釘[二六]もぐつと一本、抜差[二七]ならぬ当座の理詰に、丹次郎はあげ足[二八]のとりばも

一九 思いのままにふるまわれる。
二〇 願絶（がんだち）とあるべき所。
二一 底本のまま。「だとつて」の誤刻か。
二二 そそのかす者。おだてる者。
二三 泣き声。
二四 しつこく願いをくりかえすこと。
二五 面目をたもたせて。
二六 釘をさす。だめをおすこと。
二七 とかくいいようのない。
二八 言葉のすきに乗ずる欠点もなく。

なく、心の中では、仇吉もにくゝはなけれど、また米八が言まはしを聞て見れば、な[二]ぜこんなに利口に生れて、うつくしい中によはみがあつて、またあるまじき女なりと、心のうちでは賞てゐれど、わざと手がるく　丹「なにもそんなに、きゝわけるのきゝわけめへの、あやまるのといふわけもあるめへじやアねへか。いゝやアな米八、案じることはねへ、手めへの氣のすむやうに、近いうちにやアおれがするから、なんにもいふことはねへ、案じなさんな。マアだまつて見てゐねへ、氣のやすまるやうにしてやるよ　米「アイ、トいつたばかり酒を呑でゐる。こゝろの中ではしかし、丹次郎があんまりさばく[三]としたあいさつゆゑ、どういふこゝろであゝいふか、延津賀がいひし事も、ぎつくり[四]胸にあたつて見れば、どつち[五]へも團扇はあがらず、おもひも付かねへところへ、團扇があがることもあらんといひしこと、今さらおもへばお長といふこぶ[六]もあり、もしまたひよつと外にもあやしいことでもあるや、それならばあのやうに[七]いひもせずいはれもせぬにと、[八]いろくにさきぐり[九]をして、とつおいつあんじて見れば、なかくに由断のならぬことぞかし。まづともかくも和らかに機嫌をなほして、おだやかに何くはぬ顔に日をすごし、そのうちひそかに氣をつけて見るにしかずと、心ひとつに請こた[一〇]へ、やうく思案を定めても、兎に角涙はとゞまらず、気より病のさし[一一]起る、癪をおさへてゐたりける。

一 話の進め方。
二 ▽作者の手前味噌にもうけとれる。
三 さっぱりした。簡単らしい。
四 つよく。
五 仇吉・米八二人ともに恋の勝者とはならないで。
六 離れにくくついたもの。
七 丹次郎が今のようにさっぱりと。
八 言うことが出来まいに。
九 うたがいぶかく推量して。
一〇 自問自答して。
一一 諺「病は気から」。

三 白妙(しろたへ)の妹(いも)が衣(ころも)に梅(うめ)の花(はな)いろをも香(か)をもわきぞかねつる

梅暦餘興 春色辰巳園巻の八 終

三 拾遺集一の貫之の「もゝぞのに住み侍りける前斎院の屏風に」と題する詠。八代集抄の注「白梅の匂ひふかきを愛して女房の白き衣にまがへりと也」。ただし、ここは、二者択一しにくいことを「いろをも香をもわきぞかねつる」であらわした。

梅暦餘興

春色辰巳園巻の九

江戸　狂訓亭主人著

第五條

やゝしばらく有て米八は涙をふき　米「マア丹さん、ともかくも今度のことは私がわるいョ。ふつとした言がゝりで、おまへにも腹をたゝして実正にわるかつたョ。堪忍してひとつお呑な。サアト猪口をやる　丹「娵がしうと[一]だの。おらア寐やアしねへぜ。かいまきをかけずといゝぜ。しかし酒屋へ行ことは出來めへのトわらひながら猪口を出す。米八もわらひながらしやくをしてやる　丹「サアなか直りにト猪口を出す　米「丹さん、おまへほんとうに機嫌をなほしたのかへト猪口を取ながら、じつと顔を見てゐる　丹「またおつかねへ顔をして他の皃を見るよ。もういゝかげんにしねへな。執念深へ　米「ナゼこんなに苦労するだろうねへト悪紙[二]で顔を押へて泣　丹「もう〱いゝ〱、是から苦労させるこつちやアねへよ。そんなにいつまでも泣てばかり、又しやくがつ

一　諺「嫁が姑になる」。意は、一休水鏡に「世の中の嫁が姑にはやなれば人も仏になるは程なし」の上の句の如くであるが、ここは、さかさまになったの意で用いる。

二　前出(三六三頁)。

よくなるといけねへ。サア〱もう一盃呑で寐ねへな。ほんにまつくらになつたトいひながらあんどうを出し「イヤほんに、あしたは日朝[三]さまの御命日[四]だトいひつゝ燈明をあげる　米「丹さん、わたしは目をわづらつたことはないよ　丹次郎はわるいことをいつたとおもひしが、しらぬかほで　丹「ナアニ目をわづらはねへといつて、上専寺[五]へおまゐり申すから、そう云たのだアな　米「そうかへ、御信切だネ　丹「また三度目か。喧嘩のおなじみ[六]はごめんだトいふところへ、路次をばた〱かけて來る足音、やがてこゝの障子をあけて　女「ハイ今晩は、米さんは此方かへ　丹「ハイどなた。ヲヤお春[七]どんか。サアおあがり　女「ハイ有がたう、米さんはこちらかへ　丹「アゝ此方だが、なんだか今夜アちつと　女「おさしか[八]へ　丹「いつもの癪サ　女「そうかへ、そりやアいけねへネ　丹「お客かへ　女「ハイ、なアに、新川[九]の安[一〇]さんがお出なすつて、ちよいとひとくち[一一]とおつしやるのサ　丹「そりやアお氣[一二]の毒だネ　米「ヲヤお春どんかへ。今日はもういけないよ。ちつと二三日呑過たもんだから、しやくがおこつてせつないから堪忍しておくれ。わるくお思ひでないやうによろしく　女「そりやアわるうございますね。源[一三]さんと安さんだから、よふくそう申(し)ませう。さやうなら　米「アイ有がたふ、ごめんよ　女「イヱもう　丹「よろしく　米「姉[一四]さんによろしく　女「ハイ〱ト出て行　米「しかし氣のどくだねへ　丹「ナアニ、今夜アもうあゝ言てやつたから、やすみねへな　米「そうサねへ、あした行ていひわけをし

三　上専寺(浄心寺)の日朝様へ仇吉が目の祈願をしたことは後編に詳しい。
四　毎月二十五日。東都歳事記正月の条「深川浄心寺日朝上人参詣」。
五　浄心寺にあてる。前出(八四頁)。
六　重ね重ねくりかえすこと。
七　料理茶屋の下女であろう。
八　支障。
九　今の中央区新川。隅田川永代橋をへだてて深川の対岸。江戸時代には酒問屋が多く、そこの連中が深川のよい客であった。
一〇　未詳。
一一　一杯のもうという。
一二　現代の用い方と同じ意。
一三　底本の振仮名「けん」。濁に改。
一四　料亭の娘分などをさすか。

よう　丹「それとも安さんとやらア、いかねへじやアわりいならどうでも　米「ヲヤいやだよ。妬心の損料[一]を貸処もあるかへ　丹「なんだとべらぼうめへ。そりやアいゝが、サア衣類を着替てしまひねへ。ヲ、〳〵しはだらけだ。ドレ　米「アレサ、およしョ。それも損料かへ。そうでなかア、しこみ[二]がいゝと見へるねへトわらふ　丹「ようくいろ〳〵なことをいふの。斯しちやアわりいか、おれ[三]がものを自由にするのに　米「アレサ、このかいまきはちいさいねへトいふ聲細く聞ゆるのみ。もし仇吉がこれを見たらば、其心はいかならん。斯る淋しき中にこそ、金にかへざる樂みあり。また[四]表向[五]いやみなく、誠の遊びは龜本[六]のお客に、關[七]のさんといふ座しき[八]にて　櫻川新孝[九]「トキニ旦那、だれぞお呼なせへますか　通客[一〇]関「ム丶、今そういつてやつたから來るだろう。なんでも今日はばり〳〵[一一]する立者[一二]ばかり呼にやつたが、うまく來てくれゝばいゝが。どうも目ぼしいとおもふのは、さし[一三]がありたがるにはこまるて　新「ハテナ、おめへさんが賞る唄妓はだれ〳〵だろうス　關「野暮なわけだが、当て見さつし　新「まづおめへさんの氣にいりそうなものはト、ヱ、、難波屋[一四]の小濱[一五]、福田や[一六]の民治[一七]、西の宮[一八]で仲吉[一九]、それからトヱ丶　關「もういゝ〳〵うまくあたつた。あんまりふしぎだ。おれがそういふのをきいてゐたな　新「ナニ〳〵[二〇]とんだことを。程[二一]のいゝのは、十人が十人、だれが氣もちがひません。まづ當時流行ツ子の中で、この三人がわけて能からわたくしが申(し)たの

一　損じた分の代金の意味で、質を出して着物などをかしかりする所。とってつけた様にやきもちをいうをひやかした言葉。
二　仇吉が丹次郎にしこんで、着物の片付けなどさせると見えるの意。
三　米八をさす。
四　「誠の遊び」にも、「金にかへざる楽みあり」の意で、この「また」を出す。
五　見るからに。
六　本書四編(三九九頁)に「山の亀本」とある。深川八幡境内の料理茶屋松本にあてる。
七　未詳。楽屋落があるのであろう。
八　主とした座敷で。
九　前出(一三三頁)。
一〇　通人の客。
一一　威勢のよい形容。
一二　主だった者。人気者。
一三　とかく支障がありがち。
一四　仲町で仲裏に接する所にあった子供屋(深川区史所収深川遊所七場所総図)。
一五　辰巳のはなのなにはやの羽織芸者に「小はま」。
一六　仲町の大通に近い所にあった子供屋(深川区史所収深川遊所七場所総図)。
一七　辰巳のはなの福田やの羽織芸者に「民次」。
一八　仲町の福田屋と難波屋の間にあった子供屋(深川区史所収深川遊所七場所総図)。
一九　辰巳のはなの西の宮の羽織芸者の中に「仲次」とあるが、仲吉は見えず。

二〇 とんだことをおっしゃる。
二一 好もしい。いき。洗練されている。
二二・二三・二四・二五 前出(一三三・一五五・三二三・一八一頁)。
二六 内緒ばなし。
＊挿絵詞書「通客(つうきゃく)新孝(しんこう)と人情(にんじょう)をかたる」。
二七 文亭綾継。前出(一四〇頁)。
二八 貞操婦女八賢誌。為永春水著。馬琴の南総里見八犬伝の筋を女性の世界にし、人情本化した作。初輯六冊は天保四年九月刻成、五年正月発兌。以下二世春水の手も混じて嘉永元年第六輯で完結。
二九 人情本を女子供の読物として、卑下した語。

サ　關「そんならそれはいゝが、おらア其方に逢たら何をかいはふ〳〵トおもつてゐたツけが、ム、そう〳〵おもひ出した。このあいだ久しぶりで善孝[二一]に逢たら、由次郎[二二]や壽樂[二三]三孝[二四]がことなんぞのうわさが出て、幇間[二五]の樂屋[二六]ばなしで、まことにおかしかつたが、またよく〳〵考て看と、気のつかはれる活業だよのう。イヤしかし何家業もむづかしひもんだ。此間文亭[二七]といふ友達が來てはなしたツけが、女[二八]八賢志といふ繪本[二九]を、狂訓

亭は丹誠して、八犬傳[一]といふよみ本[二]にならつて、その始末[三]に似ないやうに、そのおもむきの似るやうにと、大ぼねをおつてこしらへたら、八犬傳に似せてかゐた[四]と言て、わるく評判をする看官があるといふが、作者はおなじ事にならねへよふに、おもむきの似る様に〳〵とこしらへる苦心をおもはねへで、似せてこしらへたといふ看官[五]は、どういふ見識で本をよむものかしらん。そんならばと言て、何水滸傳[六]と名を付て、水滸傳に似せるやら、唐土の男を本朝の女に書なをしたのは、無理があつてもわからねへとはおつなもの[七]だ　新孝「イヱしかし、何ごとも運次第なものでごぜへます。今被仰本の作者がかゐた、梅ごよみなんぞといふものは、中本始[八]まつて以來の大あたりだそうでございますが、狂訓亭[九]爲永春水といふ名は、梅暦といふ外題ほどは看官がしらずにしまふから、大略夢中でよむかとおもやア、すこし悪い所があると、ヘン楚満人改狂訓亭か。この作者はおらア嫌らひだなんぞといはれるから、なんでも愛敬がなくツてはいけません　鬬「新孝、其方も少し狂訓亭びゐきだの卜裏[一〇]に落そうなはなしの所へ、だん〳〵はこぶ山海の美味珍膳[一一]は、場所がらの献立いはんかたもなし。二人はすこし世の中の噂もしあきて、新孝は立つ居つ[一二]　新「そりやアいゝが、大ぶ長いおしたくだ。みんながどうしたのだらうトいふ所へ、うち連だちし三美人、小濱仲吉民治をはじめ、尾花や[一三]の娘分お岩[一四]、少し太り肉[一五]なれども、あざやかにいやみなく[一六]、成田[一七]

一　滝沢馬琴著の読本、南総里見八犬伝。文化十一年から文政十二年まで、十八回にわけて刊。全九編九十八巻百六冊。
二　読本。江戸後期の小説形式。時代物の伝奇小説で、初期は短編もあるが、長編を特色とする。
三　これは戯作者が趣向の第一とした方法(中村幸彦「趣向」―天理大学学報第十八輯参照)。
四　書いた。著述した。
五　▽馬琴がその作品で換骨奪胎の妙をほこる言葉を真似たもの。馬琴の場合はほめて、自分の場合はそしる読者に不信を示した語。
六　滝沢馬琴の合巻、傾城水滸伝をさす。文政八年から天保六年までで十三編上帙にいたる。水滸伝の人物を日本の後鳥羽院頃の女性に作りかえたもので、大好評を得た。底本「名」の振仮名「と」とあり、改。
七　底本「おつなものた」。濁に改。変なことだ。
八　ここでは人情本の意。
九　▽春水一流の作中の広告文で、自己宣伝。
一〇　理のあて字。理窟くさくなる。
一一　めずらしい料理。
一二　おちつかぬさま。
一三　深川仲町の料理屋。
一四　前出(三四一頁)。
一五　肥満型。
一六　いやみのないきれいさで。
一七　市川団十郎贔負。

やびいきの江戸氣性[18]、五分[19]でもすかぬ當時の利もの　岩「關さんよくいらつしやいましたね。私やア誠に今日はモウ〱大変に急用があるのだけれど、おまへさんと聞たから、マアちよつとお顔を見ないと氣になるから、欠出して來ましたヨ、ト恩にかけることもないが、マア此間[20]はどうなすつたのだへ。[21]あんまりおみかぎりだねへ　仲民小「今日は有がたふ。新さんたいそうまじめだネ　新「すこしめかして、色[22]の方を身[23]にしみやうと思つて　仲「よしか、お聞ヨ。私どももその気で、化粧に念をいれておそくなつたら、今こゝのおかみさんにしかられたヨ　新「おれが來たと聞たら、化粧するそ[24]らもなく欠出して來るはづを、三人ながら揃つておそいとは、どうもあやしい　小「それじやアだれがおまへの色かしれないヨ　民「新さん、私だネヱ　新「いや〱そんなあ[25]まくちは請ねへ。[26]そまりやすいはさめやすいと、手[27]のうらかへすいしゆ[28]がへしがいやだ。三人ながらおれが色だと、どうで此方ばかりだから、きめておくはうが氣が丈夫だ　關「コレサ〱新孝、猪口はどうする、お岩ぼうにさしねへナ　新「今まづ色事の出入[29]をかたづけて　岩「いや〱、新さんの猪口は請ないヨ　新「はてな、お岩さんに何も意恨を請る訳はねへはづだが、ハヽア知れた。小槌[30]やの御連中の時の一件かへ、トまじめに言わけをする程わりいか　岩「わりいかいゝか知らないが、過たことをいひはしないから、關さんどうぞお願ひだから、新孝さんにあしたの朝まで、藝[31]づくしを

一八 団十郎家は江戸根生(ねお)の俳優で、江戸ッ子の自慢の種なのでいう。
一九 少しもぬけた所のない現代でのやり手。
二〇 近頃。
二一 すっかりおいででないね。
二二 色事。
二三 専念しよう。
二四 気が気でなく。
二五 甘言。うまい言葉。
二六 すぐ惚れる恋は、あきやすい意の諺。
二七 変りやすいたとえ。
二八 復讎。しかえし。
二九 もめごと。争い。
三〇 未詳。
三一 新孝が芸達者であったことは、四編の第七条(三九八頁)に見える。

させてくださいましョ　小「ア、能ことをお言だ。私もお願ひだョ　民「私も　仲「私も、みんなが　新「ム、ウ、そして三弦を出さずに仕まはふとおもつて、そううまくいくもんか。おれがくるしむくれへなら、三味線やすみなしといふことをしねへじやアならねへから、その気で、あつゝゝゝゝ、ヲ、あつい　岩「ヲヤどうおしだ　新「火入[一]へ手を突こんだ。ア、あつい〳〵　三人「いゝきび〳〵。意地わるを言たから、直にばちがあたつたのだ　新「遠へねへ　関「三味せんのばち[二]が新孝にあたりやア、新孝の當ぶ[三]りをお岩ぼうが望むし、仲吉　民治　小濱といふ加勢はあるし、新孝、今日は其方がまけるぜ　新「ところが、旦那の御本陣[四]、なりをしづめて[五]英氣をやしなふといふを後立[六]にして　関「イヤ〳〵、おらアほらが峠[七]の大和勢で、まづ〳〵しばらく日和[八]を見るつもりだ。幇間の藝をしねへのは、砂糖のあまくねへのと同じことだ。このあいだ[九]引込で、さつぱり出[一〇]かけねへが、文亭連中[一一]の定めたとほり、金[一二]を遣て行[一三]とゞきのいゝのが色男、座[一四]しきを達者につとめるのを、唄妓の立者といふを手本にするつもりだ。サア〳〵おもいれ[一五]さはいだ〳〵ト浮たつ座しきぞ遊びなれ。

第六條

一　火鉢。
二　三味線のことについての悪口の罰を撥にかけた。
三　人気者の癖をとり入れて、おかしい所作の身振りをする芸。新孝の得意としたものは、四編(三九八頁)に見えている。
四　太鼓持を先手、客を本陣に見たてていう。以下講釈口調。
五　物音もたてず。
六　後ぞなえ。後援部隊。
七　洞ケ峠。京都府南方、河内(大阪府)に通ずる峠。天正十年豊臣秀吉が主信長の仇明智光秀と淀・山崎で戦った時、光秀の味方をすべき大和の筒井順慶が、この峠まで兵を進めて動かず、大勢の定って後秀吉方に従った。よって日和見的姿勢を洞ケ峠という。
八　形勢を観望する。
九　近頃は遊びをやめて。
一〇　深川花街へも出ないが。
一一　文亭綾継とその連中。
一二　客・芸者・太鼓持も、それぞれ本道を行うを範とすべしという説である。
一三　洗練した遊びをする。
一四　客席へ出て芸達者につとめる。
一五　底本「さはいた」。濁に改。
一六　正徳元年四月刊で八文字自笑(実は江島其磧)作の浮世草子。横本六冊。以下は同書三之巻の一「巾着山白人寺に弘むる新宗」の条の文の要約。→補注二一。
一七　振仮名「すく」の誤り。
一八　京大阪にあった私娼の一。五箇の

[16]傾城禁短氣に、男に數多く合ぬを[17]好人多きより、素人を手續き求めて買ふを、[18]白人を買ふといひしより、白人たちまち[19]賣女にまさる[20]床かせぎとなりしかば、また[21]色茶屋の[22]娘分といふものをこしらへて、[23]懐子と名づけ、[24]金満の[25]男を釣るの論をして、好色の[26]發明を説しこと嗚呼奇なるかな。誠、色情の[27]極意といふ[28]契情を第一とし、唄妓を第二とし、其外の情人は格別、少しも金を費すならば、身分に應ぜし色里に遊びて、[29]死金を遣ふことなかれと、嗚呼がましけれど、筆癖に惡まれぐちをしるすのみ。されど[30]たでくふ虫とやら、其好〳〵のあそびくせ、[31]他見でおよばぬ事ながら、意気な姿の婦多川に、おもひ辰巳の風俗も、さぐりかねたる作者の[32]當推、元來彼地へ一日もいたらぬ[33]野夫の[34]不詮穿、まぐれあたりの[35]さしは有とも、聞書噂のすじにはあらず。色の世界の風情をつゞれば、万一実錄そのことを書もしたかと道理をつけて、必ず心にかけ給ふな。それはさておき、仇吉は彼千代元で、米八と出合し喧嘩のもつれをば、清元延津賀がはからひにて、その座はやう〳〵歸りしが、心のそこの解かねて、いかゞはせんと[36]胸だくみ、ものおもはせし米八が丹次郎との[37]兼言を、どうしていしゆをはらすべし、斯なさんかと思ひ詰、待に待たる丹次郎が、かゝるべしとは知らずして、此程米八と談じ合し趣を、仇吉にも得心させんと、思ひて來りし千代元の奥二階、思案に遠ひて仇吉が腹立まぎれの[38]手づよきあいさつ、なか〳〵相談どころでなければ、當座の

津余情男(元禄十五)一「いつの頃より素人(じん)と名づけて、傾城にもあらず茶屋女にしもあらぬ遊女の出来ぬ。白人(しろ)といふをすぐに用ひて白人(はくじん)と云ふ」。本朝色鑑などに詳しい。

一九 底本の振仮名「ちやう」。濁に改。
二〇 売淫専門。
二一 私娼をかかえている茶屋。
二二 京都の祇園町や先斗町などにあったもの。娘同様にして客を定めて許した。→補注二三。
二三 箱入娘。
二四 金持の。
二五 異性を誘惑する。
二六 新しく考え出すこと。
二七 奥義。
二八 傾城。公娼街(江戸では吉原)の上位の遊女。
二九 むだになる金。
三〇 諺「蓼食ふ虫もすきずき」。人それぞれ好みが違うの意。
三一 よそから見ては想像できぬ。
三二 当推量。
三三 ▽春水自ら野暮とすることは前出(二七九頁)。
三四 底本「不拴穿」。誤刻とみて改。
三五 支障。モデルと思われてこまるようなことをいう。▽これはしかし、噂をとり入れていることの一証とすべきである。
三六 胸中で計画すること。
三七 恋の約束。恋の誓の意で、この文字にこの訓をあてた。
三八 手きびしい。

一 邪慳に。

二 着初めから。

＊挿絵詞書「乱(だみ)れてはとりあげかねしもつれがみ」。この三角関係のもつれの収まりがたいを寓した句。後刷には、この挿絵が欠けている。

三 責任をもたせた。

出たらめ、丹次郎もよんどころなくけんどん[一]に、ことばづかひのあら〳〵しく

丹「手めへもまた、あんまりよくも有めへじやアねへか。何の米八がなんと云はふとも打遣ておいて、跡でどうともなることじやアねへか。もつとも折角こしらへておれに着せた羽織を、いきな[二]りにあんなにしたは米八が一生のあやまりヨ。それだからおれだつても、手めへをわりいとはいはねへはサ。あくまでもあいつが落度にして、言張て押付[三]てしまつ

たればこそ、斯してすぐに出て來て逢ふわけだアな。何もおらアおめへに[四]いひぐさを言て、やりこめられに來はしねへぜ。わざ〳〵呼によこして、おたげへに斯して[五]きうくつな思ひをして、[六]いひてへ事をいふのを聞に來ることもねへといふものだ、ト[七]急腹のかんしやくでいふ　仇「なんだネ丹さん、そんなに腹を立ことはないはねへ。私だつても、おまへを苦労して呼にやつて、言ぐさをいふのなんのといふこともねへけれど、ツイ〳〵おまへの顔を見たもんだから、あの時のくやしいことを、胸にわすれる間がなかつたもんだから、いひだしたんだアネ。何時にねへ、そんなに額へ筋を出して腹を立て　トすこしかんがへ　丹さん、おまへは心が変つたね　トはな紙で顔をおさへてなく　丹「コウ仇吉、ヲイあだ吉ざん、おめへもうい丶かげんにしねへな。心がかはるのかはらねへのと、素人かなんぞのやうにおもしろくもねへ。折角此方はこつちと思つて、米八をば言てへことをいつて、[八]無理でまるめてしまつておいて、呼によこしたのをさいはひに、どうしてゐるか。あの時は宅へ帰つて行たかしらん。さぞ心おもしろくなくくらしてゐるだろうと考へてばかり居て、案じてゐたのはこつちの自惚。斯して來て逢て見りやア、おいらの思ふ半ぶんも、深へ心はちつともなし、けへつて[九]さかねぢを喰して人をやりこめて、そのうへ心がかはつたのと、[一〇]あへたりもんだり[一一]い丶やうに、[一二]青二才の小僧ツ子にやア、てうどい丶言ぐさだのう。変るかはらねへとつまらねへこ

四　いいがかりをつけられて。
五　人目をしのぶ故の不自由な思いを。
六　言いたい放題を。
七　急に腹を立てること。
八　口先でうまく従わせて。
九　反対の論を出して言いつめて。
一〇　よろしく手だまにとって。
一一　言いたい放題にするが。
一二　自分のような青二才をあつかうには。

ともほどがあらアト風[一]といひがゝりの喧嘩ゆゑ、米八が言しことをはなさん[二]とおもへども、つよく言いでしゆゑ、まけをしみに丹次郎は、米八ともひどく喧嘩をしたやうにうそをついて、仇吉をもまづ劔のみで氣をひいてみる。仇吉はまたつい[三]ぞなき丹次郎が腹を立ての言ぶんは、推當米八[四]にくるめられ、是[五]を手[六]にして離別との手段にてもあらんには、今更きれて、人のおもはくふがひないといはれんもくちをしく、千代もとへ對しても外聞わるく、またひとつには米八へも、ひるみて[七]切れたといはれては、女が立ぬとおもへばまた、なんの因果か、毎〻になき丹次郎が腹たゝしき風情も、何処にかすごみがあつて、ひよつと機嫌を直したなら、[八]またどのやうにいとしからんと思へば、直にもあやまつて、堪忍してもらひたけれど、爰もひとつは恋の意地、最一ぺん言張て、男の心をきたい[九]つけ、もししそこなつたらその時に、どのやうにもあやまらん。万一きかずは、嶋田髷根からきつても、わびことのならざることはあるべからずト、さすが手[一〇]とりの仇吉が、しばらく前後思案して、涙ぐんだる目をぬぐひ、顔を半分衿にいれ、しよんぼりとせし其姿、雨の柳にたとへては、さびしさ過て似つかはしからず。梅も櫻もおよびなき風情と思ふ丹次郎、しがみ付くほどかはゆけれども、爰が男の辛防と、惚た心をとり直すは、歯を喰しばる恋慕[一一]の情、二人が底意同じけれども、それとは知れぬ他心、たがひにさぐりてはてしなく、溜息をつくばかりなり。

一 荒々しく人にあたること。けんつく。
二 本心をさぐり出そうとする。
三 何時にない。
四 籠絡され。
五 この喧嘩を。
六 ひっかかり。
七 気勢がなくなって。
八 ▽かかる所を、玄人女の恋情をうがったとするのであろう。
九 真意をたたいて見て。
一〇 手管の上手。
一一 底本「恋暮」。改。
一二 ▽読者に筋のことなど話しかけるのは、馬琴にもある所で、この頃に共通の風である。当時の読者はそこにしたしみを感じる効果もあったものと思える。
一三 下手な作文。
一四・一五 底本の振仮名「さんへん」「さんべん」。共に「ぺ」に改。
一六 当時の初刷は貸本屋に出たことなど、馬琴の書簡などに見え、多くの読

○[一二]風与した情人の仇吉が、かくまで深くなりしこと、是米八が氣苦労のみか、作者も侶に難義の満尾、どふしておさまることやらんと、[一三]まはらぬ筆のなが〳〵しく、拾遺の巻も[一四]三編にて、まだ目出度にいたらねば、板元は憤然となり、ヤイ狂訓亭の大だわけ、愚智をならべた此草紙、何日まで後を引續のだ。二編で終るとおもひの外、[一五]三編出して、まだ三冊たらぬなんどゝ、[一六]貸本屋の衆へいひわけなるべきか。また貸本屋さま方も、看官のお得意さまへ、四編でいよ〳〵目出たしに、おさまりますといはれうか。だれでも腹を[一七]辰巳の園、今日まで求めてくだされたは、まぐれ當りの梅暦の、香ほりで保ちし[一八]余慶なり。それになんぞやまた[一九]永き、[二〇]永代談語と外題をいだして、まだ[二一]殘編をひきずる[二二]のかと、言葉もせ[二三]はしき[二四]極月の、小言は[二五]懸取同様にて、隣家へきこえて[二六]氣の毒ながら、販元さんの御立腹、重々ともに御尤、重なるといふ由縁につれて、今一編の御勘弁。いかに拾遺は梅暦の喧吪ばかりの抜書でも、書林作者の[二七]本意の喧吪は、おもしろからぬことなれば、まづ貸本屋さまへお[二八]詫言、失礼しごくのお願ひながら、[二九]看官のお娘さまお女中さまを一同に、[三〇]この仲人におたのみ申(し)、直に續いて賣出します、四編目[三一]満尾の[三二]御評判。いとおこがましきやうなれど、そのかはりには此つゞき喧吪の大尾、仇吉と彼米八が奇代の[三三]達引大さわぎ、うつて変つて二人が中、姉妹とてもおよびなき、

者は貸本屋を通じていたのである。百戯述略「春水儀、学文は無之候へども、聊世態に通じ候ものゝよし、貸本屋は新板を求め貸出し、女児輩或は浮来者(うはきもの)争て借受候故、貸本屋は贏余を伝たるもの有之候由」(中村幸彦「読本の読者」―近世小説史の研究参照)。

一七 上から腹を立つとかかり、下へは辰巳園を求めると続く。

一八 先代がよいことをしたためにうける子孫の幸福。

一九 「永代」の序にもなっている。

二〇 前にも広告のあった、刊行されては「梅ごよみ拾遺別伝」と注する春抄媚景英対暖語(天保九)のこと。

二一 底本の振仮名「ざんへん」。濁に改。

二二 長々と書くのかと。

二三 世相もいそがしいし、言葉もきびしくやかましい。

二四 十二月。

二五 掛金取。

二六 自分が心苦しい。

二七 作中でなくて、本心からの。

二八 底本「侘言(わびこと)」。意により改。

二九 ▽春水が読者を女性においたことの一証。

三〇 貸本屋をさす。山東京伝の双蝶記(文化十)自序「此草紙を婿をたづぬる嬪にたとへて見るに、(中略)読でくださる御方様は婿君なり、貸本屋様は媒人なり」。

三一 完結。

三二 御評判をお願い申しますの意。

三三 意地はり。争い。

一 親身のあて字。
二 底本の振仮名「こくい」。濁に改。
三 笑顔へ愁眉をひらく、梅の花が春にひらく、読者が梅児誉美や辰巳園を開いて読むをかける。
四 上から暦の縁。吉日良辰(よい日柄)をえらんで本を出版するの意。良辰の「辰」は、辰巳園の序となる。
五 底本の振仮名「ぜんほん」。濁に改。
六 二三日中に。
七 春の日の光でうららかの意と、うららかな詠、すなわち幸福な結末をもっての意をかねる。

信身辛氣の愁歎場、色の諸訳や情の極意、泪の笑顔につこりと、ひらくや春の梅暦、吉日良辰、辰巳の園、全本かぞへて十二册、両三日に相揃ひ、日かげとともにうらゝかな、詠めにそなへ申(す)になん。

梅暦餘興 春色辰巳園巻の九 終

春色辰巳園　四編

序

それ梅ごよ美と辰巳の園、合して通計八編は、これ八陣の列位に等しく、色の諸分の六蹈三略、一編毎に意味深長、魚鱗に備て當て看ば、鶴翼にかまへてとりつゝみ、丸てだます圓月備、横に行なる鴈行あれば、ぜつに懸たる長蛇の備、放矢虎踏のかまへはおろか、破軍の劔先言語で、あやなすあれば信實に、極意をあかす情もあり。しかはあれども色の道は、彼孔明の八陣に、取囲れたるものに同じく、引にひかれぬ義理と意地、年季を入ていつまでも、出られぬ北門請出されて、身を保たる生南門、彭簡と金の掛引あれば、夜討朝掛の嫌ひなく、すきを伺ふ忍びの術、客をおびくは日文の迎ひ、舩宿の出丸、閨房の籠城、後を付たる二の目の備、あるを知れども、ゆん手右手に、心のとゞく場數の功者、漉返紙に書紅筆は、赤心の矢文に似たれど、油断はならぬ人情反覆、孫氏あやまつて城を落せば、これを則軍威といふ。妓女誤てお客に惚れば、これを則間夫といふ。間夫も則損子なり。嗚呼おそるべし戰場と儈上、將奢時は卒怠る。客奢時は身傾むく。愼でもつて野暮に老込、はやく子孫の後榮

一　諸葛孔明の作ったという軍法の陣形。↓補注二四。二　配列。三　六韜のあて字。伝呂望著の兵書。四　伝黄石公著の兵書。二書を合せて軍法虎の巻ぐらいの意。五　基本的な密集隊形で攻撃用と解された。↓補注二五。六　恋気の有無を当人にちょっとあたってたしかめる。七　基本的な疏開隊形で、防禦用と解された。鳥の翼を拡げた如き包囲の形。八　上手にあやなす。九　偃月のあて字。鈐録「向高又ハ中クボノ地ニテハ双竜ノ備(中略)偃月ノ備トモ云」。「丸て」と「円」は縁。一〇　一客をおいて別の客の所へゆく遊里語。一一　梯形の陣立。鈐録「雁行ハ繰懸繰引ニ用ルコトナリ、又ハカタ〳〵ニテ敵ヲ押ヘ置テ、カタ〳〵ニテ進ムニ用ユ、又足軽ヲ出シテ敵ノ横ヲ打スルモ(図略)如此出スコトモアルナリ」。よって「横にゆく」をうける。一二　口先で上手に丸めこむ。一三　包囲の陣形の一。↓補注二六。一四　鋒矢のあて字。中央突破の攻撃態勢。↓補注二七。一五　虎韜のあて字。攻撃隊形の一。太平記十「虎韜に別れては追靡け」。一六　北斗の第七番目の星の名。この星のさす方向は不利とされる。破軍の方に剣が向くの意。口先の序のみ。一七　思う通りにあやつる。一八　心の底。一九　注一を見よ。↓補注二八。二〇　年季請文を入れて芸娼妓を勤めたが、年季をきりかえて何時までも足が洗えないのを。二一　孔明八陣の一つの門で、北方を開門と称するから、「請出され」の序とした。↓補注二九。

を計る者は、[五〇]心の軍師の采配に依、[五一]是非は大將の氣質にありて、[五二]可否は通と不通の理論を待のみ。

[五三]未の陽春　　　金龍山人

爲永春水誌

二二 客に身代金を出してもらって勤めから自由になり。二三 孔明八陣では東を生門というを、南門とした講釈などあったか。↓補注三〇。二四 軍中進退の合図とする太鼓と鐘に、遊里の太鼓持と金品をかけた。底本「彰簡」。彰に改。二五 軍中の進退と、遊里の処置をかける。二六 共に軍用語だが、それにかけて夜おそく、また朝早く遊里へゆく意。二七 間諜などが様子をさぐる術。ここは色里に、そっと忍びかよう意にかけた。二八 おびき出す。二九 遊女が客へ情を示して毎日書状を出すこと。陣中の矢文のもじり。三〇 前出(一〇九頁)。三一 本城の前方拠点としてかまえた要塞。深川の芸娼妓は、定った料亭茶屋で客に逢う外、船宿でも客にはべった。三二 軍用語。籠城して、更に約束を改めてつづけて揚げること。三三 深川花街で芸娼妓を揚げた約束の時間が来て、「後を付たる」とかかる。三四 予備隊。三五 底本「とも」。濁に改。三六 注意十分な。三七 戦場と遊びの場の上手をかける。三八 前出(三六三頁)。三九 紅をつける筆。即座の用にしたもの。四〇 誠心。紅で書くから赤い心の文の意。四一 矢柄に書状をつけて射る軍中の通報。四二 孫子のこと。孫武。中国春秋時代の兵法家。兵書孫子の著者。四三 前出(三五九頁)。四四 孫子をもじって、間夫をもつと、芸娼妓に損が多いをいう。四五 おごり高ぶり。四六 身代がかたむく。四七 底本「て」。濁に改。素行を慎んで。四八 遊びなど経験乏しいままで年をとり。四九 若い時から。五〇 心を一身行動の軍師にたとえたので、心の持ち方、身の処し方によるので。五一 どっち(通か野暮か、遊ぶか遊ばぬか)がよいかは本人の性質の如何で何ともいえない。大将は心の軍師に対して一身、即ちその人をさす。五二 その上での可否は、通とは何ぞやの理論をやって見ねばわからない。五三 天保六年乙未の正月。

一 仇吉・お蝶・米八。
二 松竹梅の三つを各三人のどれにあてるか。
三 底本の振仮名「こけんぶつ」。濁に改。
四 すぐれた批評。評判をていねいにいった。
五 四編末では子供が出来て、ここも女房姿であるべきだが、娘姿になっている。それを娘姿にしたのは、梅児誉美の発端として春色恵の花を計画しており、そこでの娘時代を早く知らせようとしたものとの意。
六 底本の振仮名「ふて」。濁に改。

松竹梅の操に准ふ三美人[一]は、いづれを是[二]と定なん。よろしく看官[三]の高評[四]にまかせて、その見立を願ふになん。たゞしお蝶がいつもあどなき姿は、児女童幼たちにはやく[五]知らせんとて、画工の筆[六]になるものなれば、いさゝか巻末の本文にたがふのみ

仇吉
於蝶
米八

七 すぐれた法門の意で、妙法蓮華経をさす。
八 功徳。
九 法華経の一章、第二方便品。その方便品の本文の如くに、「災変生福」と下へ続く。
一〇 池上（東京都大田区池上本町）の長栄山本門寺にあてる。日蓮終焉の地に建つ日蓮宗の本山の一。殊に江戸人士の信仰が厚かった。
一一 わざわいが変じて幸となる如き大きな御利益がある。ただし、この文、方便品中に見えず。
一二 池上にあてる。

仇吉(あだきち)の叔父(おぢ)
於蝶(おてう)がうみし小児(おさなご)
再出(ふたゝびいだす)　仇吉(あだきち)
米八再出(よねはちさいしゆつ)
乳母(うば)
[七]妙法(みやうほう)の[八]功力(くりき)、血筋(うから)をつどふ
[九]方便(ほうべん)の[一〇]本文寺(ほんもんじ)、[一一]災変生福(さいへんせうふく)、
[一二]生可美(いけがみ)の霊場(れいじやう)

[一]金龍山下に偶居して、[二]金龍山人と号し、[三]草庵といへばまだ風雅めけど、風流なることすこしもなし。[四]九尺二間の寐所を借宅して、[五]狂訓亭と自称するは、拙作の主意、勸善の教訓他に異なり、趣向文章前後して、筆に狂ひの多ければ、敎といふ字を狂とし、響をきやうとよまするも、おのれをいましむ亭号なり。一に[六]爲永春水とは、[七]四澤に満る御[八]ひいきを、願ふて替たる戯[九]作の[一〇]魯智、以前[一一]楚満人と呼れし時は、多く[一二]門人に筆をとらして、自作の草紙まれなれば、巧拙ともに本意にあらず。梅ごよみより已來は、實に予が手に綴りしものなり。そのことはりを改名と共に、四方の御ひいきさま方に告て、いよ〱御顧を偏に願ふことになん。

東都戯作者　金龍山人狂訓亭爲永春水 

一 戯作者考補遺の春水の条に「此節浅草寺内ニ住金竜山人共言」とあるによると、金竜山は浅草寺をさす。

二 この号は天保四年刊本(梅児誉美三編)より所見。金竜山下の住所は天保三年刊本(吾嬬の春雨・応喜名久舎)より見える。通油町木戸際(文政十二年玉川日記五編)より根岸に転じて(絵本荒川仁勇伝)、天保二年の間に浅草寺内に転じたか。

三 中国でも詩語である。

四 間口九尺で、奥行二間の家のことで、裏長屋の設計である。転じて甚だ手狭な家の形容。

五 早く文政七年の仮名左和文庫などから見える号で、時に教訓亭(文政十二年孝女二葉の錦序など)とも書く。

六 文政十二年刊玉川日記五編に楚満人改為永春水と署し、珍奇楼小松の序に「我友狂訓亭娘八丈の古衣を洗たくし、(中略)今年其名を更つ。為永春水と和げて」。

七 四方の沢。陶淵明の四時の詩の一句「春水四沢ニ満ツ」。

八 満天下の御ひいき。

九 この文字、早くは「けさく」と訓み、寛政末頃から濁る例がある。ここは明かに濁っている。

一〇 おろかさ。

一一 二代目南仙笑楚満人。作品では、文政四年の刊本から見える号。

一二 前出(三三九頁)。

梅暦餘興 春色辰巳園巻の拾

江戸　狂訓亭主人著

第七條

[一三]慾深き人の心と降雪はつもり〳〵て道をわするゝ、と詠ぜし歌のそれならで、[一四]知れたる道に踏迷ひ、義理の[一五]立札善悪の辻の[一六]傍示のしるべさへ、[一七]讀で勝手にわけ入るは、[一八]恋の山路の難所なり。さればたがひに張合て、ひかぬ氣性の仇吉が、今は遠慮もあらばこそ、[一九]諺にいふ[二〇]無法とやら、[二一]人目もいとはぬ心となり、意地づくなれば丹次郎に、はなれじものとおもへども、儘にならぬが男の心、うたがひ合てやゝしばらく、[二二]しらけて[二三]つきもなかりしが、色のいきぢと仇吉が[二四]目尻をあげ　仇「ヲヤ丹さん、おまへどうしたんだへ。何もそんなに腹を立なくつてもいゝじやアないか。何も米八ざんがあゝしてくれねへでも、よさそうなもんだといつたぐらゐ、たいそうなことでもいひはしまいし、そして又心が変つたのじやアないかぐらゐ、言もしそうなもんだアネ。[二五]いつにね

一三「道」を道路と道徳にかけた道歌。作者未詳。
一四 わかりきった道路(また道徳の意をかねる)。
一五 人立ちの多い路傍に立てて、禁止の事項や触などを示す木札。よって義理からつづく。
一六 傍示ぐい。境界のしるしに立てる。善悪の境の意で上につづく。
一七 義理善悪をかえりみずの意。
一八 前出(三三八頁)。
一九 世間でいう所。俗にいう所。
二〇 嬉遊笑覧「今俗是非を顧みぬをやけのやんぱちと云ふ」。
二一 人の目に立ち、評判などされること。
二二 間が悪くなって。
二三 つぎほ。次の話のつづけ方。
二四 緊張の顔つきを示す。
二五 何時もと違った。

へ物のいひやうをしなはるもんだから、そう云たつて、大そうにきざ[一]でもなんでもないじやアないかへ。その[二]なことをそんなに腹を立て氣障がつても、よそうと思つても切れやうと思つても、私やアまたきざに思はれゝば、猶のことあくまでも付まとつてやるから、そう思つておいでよ。[三]悪女の深情とやらで、こんな執念深いお岩[四]のやうなものに、ほれられたがおまへの[五]不調法といふもんだアネ、トわざと[六]べつたりしつこくいふ　丹「ム、それじやアなんだの、今いふ通りおれを呼によこして、そんなくだらねへ、[七]洒落本に有そふないひぐさをいつて、退屈の[八]腹なほしにしやうと思つてのことか。そんならマア、ひまな時聞にこやうトきせる[九]筒へ煙管を入れ、たばこ入と一同に持て立　仇吉はあはてゝ丹次郎が着物の裾をつかまへながら　仇「ア、モシ、なんだネ丹さん、そんなに云て歸らずとも、腹の立ことを思ひの儘に云て聞してお歸りな　丹「ヱ、よしねへな、おかしくもねへ。おらア何にも腹を立にやア來ねへから。サア〱はなしな〱ト[一〇]鼻であいしらつて、つかまへてゐる裾を拂ふ。仇吉は猶もはなさず、だまつて泣てゐる。丹次郎はつかまへられながら、[一一]是もだまつて立てゐる　仇「丹さん、マア座ておくれよ。どうでもいゝから、今一ぺんとつくりと聞ておくれよ。丹さん、後生だからトいひながら、仰向て丹次郎が顔を見つめ、うるむ眼元は、丹次郎が実正に腹をたちしとこゝろえ、びつくりせしゆゑ、顔は上氣て照こと、形も容もいとひなく、

一 気にさわる様なこと。
二 底本・後刷共にそのまま。「そんな」の誤写誤刻。
三 諺。悪い女に深く思われては有難迷惑の意。
四 東海道四谷怪談の主要人物。前出(二八六頁頭注九)。
五 粗相。不手ぎわ。
六 色気深く。
七 前出(二七九頁)。洒落本で男女の口説の場を描くのが多いからいう。
八 一度飲食をした後、いくらも間をおかず更に別の物を飲食すること。腹の調子をととのえるなどいう。ここは退屈をまぎらわす意。
九 ▽ここの細叙は、丹次郎に本当に帰る気のないことを示す。
一〇 すげない態度をして。
一一 ▽この所は、全く丹次郎が帰る気のないのを示して巧み。常ならば、それと直ぐに察する鋭敏な仇吉が、それがわからぬのは、余程とり乱したこととなる。

最是ぎりになることかと、思へば胸もはりさくる、おもひに誠あらはして、泣はらしたる眼もとにも、どこやらあだな仇吉が、斯までわれをしたふかと、思へばひとしほ不便になり、哀れ催す折もをり、何所の宅か知らねども、[一二]杵や何某が[一三]名取の[一四]妙音、彼の古き唱哥、[一五]紅葉狩、

〽三下りチヽチンチン、みすてたまヲふかアヽつれなやと、合たもとに[一六]すがりとゞむれば、カンチヽチンチン、さすがアヽ岩木にあらざれば、合こヲヽろよはくも引とめられて、下畧　丹「サアそんならすはるからはなしねへな　仇「それだつてもはなすと丹「飛やアしねへトわらひながら、そのまゝすはる「サアなんだ　仇吉はだまつてうつむいてゐる　丹「ヱヽなんだといふのに。すはつてくれろといふからすはつたのに、わからねへ女だぜトいひながら、仇吉の乱れたびんの処を、[一七]平手でぴつしやりとぶつ。仇吉はぶたれながら丹次郎が膝へしがみ付て泣。丹次郎は仇吉が何といふやらと、[一八]ひとつくらして見た処が、何ともいはずひざにもたれて泣てゐるゆゑ、丹次郎も又なんともいはず懐から手を出して、びんのほつれを上へなでゝ遣てゐる。仇吉は顔をあげて　仇「丹さん　丹「なんだトやさしくいふ　仇「どうぞ堪忍しておくれな。ヱ、ヱ丹さん、かんにんしてト泪をふく。丹次郎はそれなり轉りと寐ころび、いつぷくつけてくれと、きせるづゝとたばこ入をほふり出す　仇「丹さん、機嫌を直しておくれかト㒵を見る　丹「しれたこと

一二 長唄の三味線を引く名門。
一三 その杵屋一門の師匠に学んで、名取を許された人の意。名取は芸事の進歩して、師から芸名を許されること。またはその人。
一四 すぐれた三味線の音。次の詞章に三味線の音をわざわざ入れてある。
一五 安永五年七月森田座で上演した色見草月盃（杵屋正次郎作曲）。曲も振付も伝わったものである。前後を引けば「（前略）渡らば錦中絶えん、時雨を急ぐ紅葉狩、見捨て給ふか…引留られて、所は山路の菊の酒（後略）」（日本歌謡集成新編江戸長唄集所収）。▽劇場同様に下座音楽的な歌の文句の使用である。
一六 底本「に」の下に節付の記号があるが、略。
一七 底本の振仮名「ひらつて」と読めるが、誤刻と見て改。
一八 「くらわして」の意であるが、江戸詞の発音のままに書くと、「わ」がはっきり出ないので、略したもの。

ヨトわらつてゐる　仇「きつとだヨ　丹「抱巻をかけて酒の燗をすればい丶トわらふ　仇「ヱ、何だヱ　丹「なアによ、酒でも呑ふといふことヨ　仇「ナニそうじやアあるまい。何だかおいひだから氣になるよ。何だへ、ヱ丹さん　丹次郎はわらひながら　丹「ナアニ楽屋落ヨ　仇「それだから何だといふにネへ、おいひヨウ丹さん　丹「ヱ丶、しつ丶こい、何でもねへと云たらい丶じやアねへか　このかいまきのことは、三編にしるせしごとく、丹次郎が米八の機げんをとりし処のことなり　丹「またおれがじれつたくならアなト、わざと丹次郎はつよくばかり出て、氣をひいて見る　仇「そうかへ、それじやア堪忍おしよ。ツイくどくなつちやア、おまへにじれさせるねへ。私がわるかつた〱。丹さん、アノ燗をあつうくしてもらつて、一ツ呑ふじやアないか。おまへいやかへ　丹「ナアニマア和合から先へして、酒は跡にしやうじやアねへかト、仇吉が笑くぼの入頬ツぺたの所を、ちよいときせるでつ丶く。仇吉はにつこりわらつて　仇「アレサ、およしヨ　丹「ナニよせ。そんならよそう　仇「ナニサそうじやアないはねへ。まことに丹さんは今日はどうしたんだろうねへ。腫物へさはるとやらのやうだヨ。どうしたらよかろうねへト涙ぐむ。○親かていしゆの氣をとること、かくのごとくしんせつならば、いかばかりよろこび給ふらん。嗚呼いろをとこほどもつたいなきものはなし。女みやうりにつきずとも、あごで蠅をおはざるやうに御用心〱　丹「よしか、嘘よ、ナニそんなに腹を立ものか。そしてそんなにおいらが腹をたつのが氣になるか　仇「ア丶　丹「ほんとうか　仇「アイ　丹「ソレ前髪ざしが落らア、べらぼうめへト引よせて「泣むしめ　仇「それだつて

一 この一文の事情は前出(三六一頁)。
二 内情を知ったものの中だけで知っていること。
三 底本の振仮名「へん」。濁に改。
四 仲直りに「和合」の文字をあてたのは、前例にもあった如く、房事のことを示す。
五 ▽人情本は衣裳や身体のことを詳細に描くが、顔面や表情は詳しくないのが特色で、この例の如きは、珍しいものである。
六 気むずかしい相手に、注意しながら対することのたとえ。
七 腎虚と称された精力の消耗する病気の、甚しい症状をいう。
八 前插のかんざし。
九 小児の原因のわからぬ諸病症を広くいった。虫気。中でもひきつけ、即ち驚風と称された癇症のものなどその症の一で、驚きによって驚風をおこす故に、おどさぬ様など称した。小児のことにしてふざけたのである。病家須

知(天保四)「蚘虫といふ虫は小児にことさら多生じて、害を為こともやゝ多ければにや、概て小児の病をむしといひて虫の義とのみおもふは、俗家にてこそさることとなれども、医士もしか意得たる輩まゝあり、(中略)小児の万病虫より起などいふ説を為ものあり、是名に由て実に惑倒見なり、その尤憎べきものは、傷寒・疝疾・痢病・泄瀉等までにも虫といふ名を冒しめて、其治法を誤もの多見えたり、俗家もこの心を得ざれば、これがために愛児を害にいたるべし、かくいへばとて蚘虫の変より搐搦(ヒキツケ)、驚癇類癇等を発し、或は雍疫などにもなりたるを、其蚘虫を下て効を得は常に多ければ、虫と名(よ)ぶべきもの絶て無といふにはあらず、一偏(ヒトカタ)に聴て疑惑ことあるべからず」。

一〇 足の親指と第二指との間の灸点(鍼灸重宝記によれば行間(かうかん)という)にすえるもの。

一一 米八をさす。

一二 やきもちをやいたってやかせてお け。

一三 承知の上で。

一四 底本の振仮名「あひひき」。濁に改。

* 插絵詞書「恋風(こひかぜ)や柳(やなぎ)の眉(まゆ)をつの目だて」。春風につれて柳の芽の出るを下にふんで、恋のために柳眉(柳の葉の如く美しい眉)をつり上げて、つの目だって(目に角たてて)争う意。

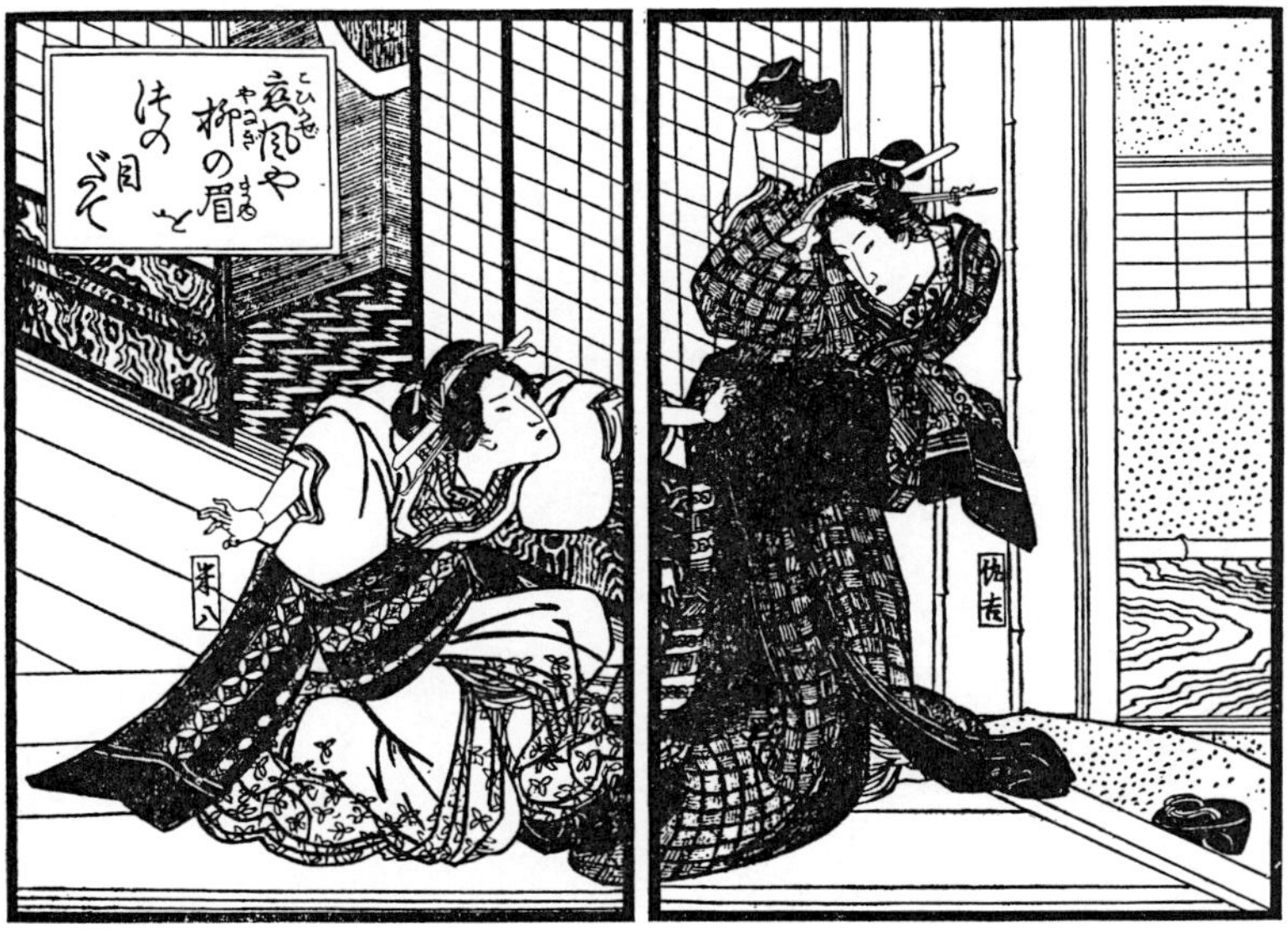

も私(わちき)は、もう〳〵今日(けふ)のくれへびつくりしたことはねへものを　丹「ナゼ、そんなにびつくりしねへでもいゝことよ。むし[九]の毒(どく)だぜ　仇「[一〇]傘灸(からかさぎう)でも、この逆上(のぼせ)はさがりそうもないよ　丹「まゝよ、[一一]女房(にようぼ)の[一二]角(つの)も生次第(はへしでへ)だア、ナア仇吉(あだきち)　仇「うれしいねへトしがみつく。

かくありしゆゑ、米八(よねはち)が[一三]得心(とくしん)づくで丹次郎(たんじらう)に、表向(おもてむき)をば仇吉(あだきち)とされたといふを、人目(ひとめ)のみ、つゝしみくれよ、[一四]出合(あひびき)も今(いま)まで逢(あひ)しその宅(いへ)は遠慮してくれ、此土地をはなれて逢ふはぜひもなしと、[一]ことをわけたる頼さへなか〳〵もつて、仇吉にいはれぬこの場のしぎとなり、たゞ米八と喧嘩して、今仇吉に逢ごとくいひなしたれば、何事も手遠ひとなりけるなり。他見でいへば、丹次郎がゆき[二]とゞかざるに似たれども、色をも[三]香を知る人ぞ、知るべき恋の業なりかし。

さて米八はおとなしく、しばらく様子をうかゞひしに、丹次郎はともかくも、仇吉かたでは遠慮なく、[四]他知れかしとせぬばかり。[五]文のたよりも[六]待合も、幾たびとなく米八が、耳にも目にもかゝりしゆゑ、今はこら[七]へず、仇吉へ恥をあたへん覚悟にて、わざ〳〵おくる[八]一筆は、[九]悪態書の[一〇]前後なく、[一一]腹立恋のはたし状、

[一二]犬にひとしきわけ[一三]しらずに、今さらもの申(し)ゆも、えきなき御事ニ[一四]ぞんじ候へども、すこしは義理といふことを思ひしらせ申(し)たく、むだなる事を申(し)いれまいらせ。かねても[一五]御めもじのふしに、申(し)まゐらせゆとほり、[一六]流れの里の中〳〵に、[一七]浮たることをもの〳〵しく、とがめまいらせにはこれなく候へども、丹次郎と私事はなみ〳〵ならぬ苦労艱難のうへにて、[一八]いろ〳〵いりくみたる分を、やう〳〵に今のごとくくらしまいらせ事ニ候へば、いかに男の[一九]かうけにて、そもじ様とのわけははゞかりなしと申(し)ゆとも、[二〇]しのび〳〵の御ちぎりこそ、[二一]情のはしと

一 わけのわかった。情理をつくした。
二 不注意。
三 古今集一「君ならで誰にか見せむ梅の花色をも香をも知る人ぞ知る」。「香を」の下「も」脱か。▽春水の逃口上。
四 見てくれがし。
五 底本「ぬ」の下に「。」があるが、誤りと見て取る。
六 密会。
七 こらえかねて。
八 早々にしたためた文。
九 悪口をならべて書いたもの。
一〇 文章のととのわないこと。
一一 怒りの感情をそのまま示した。
一二 義理を知らぬ人間のたとえ。
一三 情理。
一四 底本「そんし候へとも」。濁点を付した。以下、この手紙には、濁点を示さないものが多いが、一々は注記せずに改めた。
一五 お目にかかった時。
一六 花柳街の中のことなれば、なかなかもって。
一七 浮気の色恋。
一八 複雑な事情があって。
一九 権威。
二〇 こっそりとお逢いになってこそ。
二一 色恋も亦人情の一部分といえるものです。

は申(す)ものにてゆ。これまでいくたびも申(し)、又丹次郎へも申聞候て、近所の手まへ[二二]ばかりも、御かくし被下候やうに、御頼み申(し)ゆも御きゝいれなく、殊に男の心にも、なか〳〵[二三]依怙地[二四]のやうに相成候へば、我身のみつゝしみゆも、あさ〳〵[二五]しきわざに候へば、明日山[二六]の亀元[二七]にて、はな〴〵しくつき出され[二八]、恥をかき申(し)ゆかくごに思ひつめまいらせ候。さりながらそもじさまとさしむかひにては[二九]、たがひの理非もわかり申(す)まじく候へば、いやらしき[三〇]事はなく候へども、御ひゐきに相成候藤兵衛[三一]様と申(す)客人を證人ニいたし候へば、そもじ様ニも大事のお客幸三郎[三二]さまを御頼み被成、急度善悪[三三]をわけ申(し)たく、くれ〴〵も御ひきやうなる御事なく、大勢の中にてつね〴〵の御はつめいを拝見いたし申(し)度候。余は御めもじにと。あら〳〵かしく

米八より

義理しらずの　仇様江

見るよりくわつと仇吉が、犬といはれし口をしさ、文をつかんでかけ出る。折から使は立帰り、調度[三四]入り來るその人は、今少し先刻仇名[三五]やの娘分[三六]、お喜世が方の使にて、仇吉を呼に來りしが、仇吉が留守ゆゑ近所へゆきて、今また返事を聞によりしなり。米八が使をば母が取次しゆゑ、仇吉は此人を米八が使と思ひ　仇「承知いたしましたと、

二二　ていさい。
二三　かえって。
二四　いじをはって、仇吉の方につくように。
二五　考えのないこと。
二六　深川では、富岡八幡境内をいう。
二七　次頁に亀本とも書いている如く、前出した亀本と同じく、八幡の境内の料亭松本にあてる。梅之春初編(天保九)三「山の松本」。
二八　恋の縁も切られる。普通は相手から切られることだが、ここは若干違った用法。
二九　二人だけで談判しては。
三〇　旦那というような関係はないが。
三一　早く梅児誉美に見える米八のひいき客。
三二　後編第十回の上に見える仇吉のひいき客。
三三　分別する。
三四　丁度のあて字。
三五　底本二字分削ってなし。後刷はわくをつけて「仇名」と入れる。底本も後に仇名として出る。後刷に従って補。後出の「仇名」「仇(あだ)名」は皆入木にて振仮名の「な」のみ他の本文と調和して、同時のもの。思うに「尾花(をばな)」とでもあったのを、実名をさけて、かえたものであろう。
三六　前出(二四七頁頭注二七)。

そう申(し)てくんな　使「ハイ〳〵ト立出る　仇「ヲイ〳〵これをもつて行てくんな。そしての、どうもわかりかねますから、いづれお目にかゝつてくわしくわけを承りませうと、そう申シておくれト米八が文を仇名[一]やの使にわたし　仇「おいねへべらぼう[二]だアト獨言。使はふしぎに思へども、文をたづさへ歸り行　このつかひを仇吉がしらざるはいかゞぞや。これは仇名やの人にあらず、ついでにたのみし人としるべし　これはさておき翌日は、彼龜本[三]の坐敷には、今日も賑はふ大一座、武家のお客[四]をもてなしか、女中衆[五]まじりの様子にて、太夫唱妓[六]はいふもさらなり、善[七]孝 由次郎 壽樂 三孝とり持とて、さゞめきわたる一間には、櫻川新孝が好まれし座しき藝のはり出し、

一　山王祭[八]汗の一曲　はらをかゝゆるをかしみなり

一　團十郎[九]が蠅を追振

一　関三[一〇]が蚊を打風情

一　梅我[一一]が蚤をおさゆる容形

一　鈴が森[一二]千人長兵衛　いづれもおかしき当振[一三]なり

此賑ひにはひきかへて、此所ははなれた小座しきに、彼仇吉とさしむかひ、座したる女は年のころ、二十五六才の年増にて、色白く痩がたちにて、眉毛の跡青く愛敬あるその風情、是仇名屋の娘分お喜世とて、今仲町[一四]に成駒[一五]やひいきもつよく情もつよく、

一「仇名」の二字入木により改めてある。振仮名「な」のみ他と同じ刻のことは前述の如し。以下この名皆同様。

二「おへない」の訛。手におえない。どうもならぬ。

三 前頁の亀元と同じ。

四 武家の客を出入の商人が招待したのであろう。

五 武家方の女性。

六 男芸者のこと。巽大全「男芸者を太夫といふ、二人ヅヽくんで出る也、三絃方を相士(あいし)といふ、すべて芸は至てつたなきものにて、只座興をそへ、咲(わらひ)を催ほすを専一とするもの也、はをりをあげずに、太夫計り呼は通者のする遊なり、太夫は直して買ものとおもふはおかし」。

七 以下の深川常連の太鼓持は皆前出。

八 六月十五日、神田明神と隔年に行われる永田馬場(東京都千代田区永田町の山王台)の日枝神社の祭。↓補注三一。

九 成田屋。七世市川団十郎(一七九一—一八五九)か。ただし天保三年三月八世団十郎に名をゆずり、海老蔵と称したから、八世をさすかもわからない。

一〇 尾張屋。二世関三十郎(一七八六—一八三九)。名人三十郎と称された立役。

一一 半四郎。六世岩井半四郎(一七九九—一八三六)。大和屋梅我。美貌の女形。

一二 鈴が森の幡随院長兵衛の芝居を、おかしくもじった所作であろう。

一三 前出(三七八頁)。

一四 深川永代寺の門前にあって、深川花街の最繁栄地。

一五 成駒屋翫雀。四世中村歌右衛門

はでゝ小意氣な信切もの、かんざしで前髪を掻ながら　喜「仇さんお聞ョ。今日は私も
[一六]志呂喜の[一七]月宿で誠にいそがしいけれど、ちらりときいたおまへの噂、米八さ゚んとの[一八]い
きはりづくで、浮名も義理もかまはずに、今日は是非とも[一九]黒白を、わけて[二〇]どきやうを
さだめると、覚悟の喧嘩の出合といふは山の龜本と、[二一]太夫衆のはなしをきいて欠て來
たが、マアおまへや米さんの[二二]發明にも似あはねへ、殊に今日は幸さんの約束があるじ
やアないかへ。米八さ゚んも藤兵衞さんが、何か談じるわけがあつて、今にもこゝへ來
なはるとのこと、まだ幸さんが來なはらざア、私と[二三]一同にちよつとお出ョ。[二四]店衆だか
ら[二五]もらひひきも自由になるし、[二六]爲にもなるからマアお出トいはれてさすが仇吉も、ひ
いきにならねば立がたき活業といひ、お喜世が信切、[二七]名にし仇名の娘分に[二八]引立られて、
心まちに待たる相手の米八が、心にかゝれど詮方なく、うち連たゝんとするところへ
櫻川善孝　善「お喜さんちよつと　喜「ヲヤ善孝さん何だヱ　善「ちよつとおまへを[二九]お近
付にするお客だから　喜「ヲヤそうかへ。仇さんちつと待ておくれ、今參るから　善「ヲ
ヤ仇さんか。お客でなかアお出な　仇「ありがたふ。今少し急に用がトいひさして、心
のそこの落つかねば、いつにかはりしあいさつゆゑ、善孝はお喜世と倶に座しきへゆ
く。此方の間より米八が　米「仇さんちよつと　仇「ヲヤ米八さ゚んか。私やア犬と名を
つけられたから、もう仇吉とはいふまいよ　米「私やア犬とはいはないは。犬のやうだ

(一七八一―一八三二)。江戸・上方両方にわたり活躍した立役。
一六 日本橋通一丁目にあって、呉服を主に諸式をあつかい、百貨店式経営をしていた白木屋彦太郎店。江戸名物詩に「白木屋諸式　諸式注文望次第、貯ヘ収ム品物量ルベカラズ、唯ニ呉服糸ノミニアラズ、万事人間ノ無尽蔵」(白木屋三百年史参照)。春暁八幡佳年五輯上「志良木の店」。
一七 未詳。月待の会場の意か。
一八 意地のはり合い。
一九 正邪を判断して。
二〇 覚悟を定めると。
二一 前頁の太夫に同じく、男芸者たち。
二二 賢明。 二三 仇名屋の月宿の席へ出よとのすすめ。
二四 大商店の人々。店員を多く持った商店の関係者。岡場遊廓考の深川の条の「客」に「むかし吉原にては屋形衆店衆といへるを、此土地にては屋敷もの店ものと云」。
二五 芸娼妓が客と約束し席に出ているのを、他の客席から呼び出されること。
二六 心づけなどの多い意。▽町人の方が武家より会合の費用も豊かで、遊びもはでで自由であったことを示す。もちろんお喜世は、ここでの二人の衝突をさけるためのさそい。
二七 三九七頁頭注三五で推定の如く「名にし尾花」とすると名に負うで意通るが、改めたので変になっている。
二八 引っぱられて。せき立てられて。
二九 紹介する。

と云たのサ　仇「犬でも猫でもかまはねへ。どうでおまへのいふとほり畜生だから、人間のいふことはわからねへから、私の思ふとほりにするからそう思つておくれ。たとへ丹さんと昼日中、抱つて寐やうが喰合[一]が、かならずかまつておくれでないよ。いらざるお世話の猿[二]まつだ　米「ナニ猿だへ、さるでも私やア盗人はしねへョ。おめへのやうに他の亭主を盗む大膽はしねへよ。そんなに蔭でりきんでも、旦那や幸三[三]さんに此始末をきかれたら、尻尾[四]をまいて椽の下へでも迯こまざアなるめへトいはれておもはず仇吉が、米八めがけてむしりつく。此方もくやしき無理酒を、呑で來りしその勢ひ、たがひに恥もいとはゞこそ、喰付[五]仇吉[六]ひつかく米八、実に凡悩[七]の犬[八]と猿、心[九]の駒[一〇]下駄椽側に、あるのをとつて仇吉が、立を米八引するゐんと、小ひざをついて仇吉が、腰帯つかんで引かへせば、引れながらに米八の、首をはつしと駒下駄で、打[一一]ば、ばつきり鼈甲の、折て飛ちるかんざしよりか、仇吉が手の駒下駄を、見るよりその手をしつかと取て　米「こりやア仇さん、駒下駄で　仇「アイぶつたのがわるいかへ。犬といはれた意趣返し、又斯してトふり上る、その手を取て突倒し、上に乗たる米八が、さいはひ床の釣花生[一二]、かた手にかけて引かへせば、水はざつぶり仇吉が、顔より胸へたら〱、米八は飛のきて　米「犬でも人の見る前でつるみやア[一三]、子供か近所のものが、用心水桶[一四]の水ぐらゐは、あびる遠慮もあるものだト今はたがひに色氣もなく、顔

一 犬の縁で、情交を濃厚にいった。
二 さし出口したりいたずら盛りの子供、または人をののしる語。
三 仇吉の旦那のことは初編第五回、幸三郎も旦那同様のことは後編第十回上下に見える。
四 犬の縁で、閉口して逃げる形容。
五 犬の縁。
六 猿の縁。
七 煩悩のあて字。人間のたえず煩悩にとりつかれているを、人に飼犬のつく如くであるのでたとえた。
八 相争う仲のたとえ。恋の煩悩にとりつかれ、犬猿の仲と争う二人の女性の意。
九 意馬心猿の成語によって上から続き、感情のとどめがたいさま。
一〇 日和下駄の一種。男女ともにあり、種類もまた多い(守貞漫稿)。▽本編第十条で、「他の噂の草履打」とあれば、この趣向は加々見山旧錦絵六ツ目の草履打に得たのであろう(四二〇頁参照)。
一一 底本「打ばぱつきり」、後刷「打ばばつきり」。底本の方は「打ば。はつきり」の誤刻であろう。下の「は」は、後刷により濁に改。
一二 下の台に置くのでなく、上から釣り下る様にした花生。
一三 交尾。犬の交尾に水をかける習慣は今もある。
一四 天水桶。雨水をためておいて、防火用にあてる桶。

に[一五]紅葉のちるのみか、座しきをけちらし仇吉が、また駒下駄をふりあげる。折から後の[一六]隔紙を、明てかけ入る善孝 新孝、左右へわかれて米八と仇吉を押わけ 善新「モシマア、どうした間ちがひだへ。当時日[一七]の出のお二人が、場所もお客も遠慮なく、此そうどうを起すとは、よく〳〵深い腹立が、両方にあるにもしろ、立派な二人の名に疵がついたら、お客の疵にもなる、こゝの宅でもすまねへわけ、マア何にしてもわたしらに 善「是非はともあれ座しきをかへて、新孝其方は米さんをつれて 新「ホンニそうだ。サア米さん、いづれ両方の顔の立仕かたもあろう。こゝは 米「アイ有がたふ。だがどうでもう斯なるからは此土地[一八]を 仇「善孝さん、折角の御信切だが、私やアもうどうしてもトたがひに聞ぬ争ひを、善孝 新孝、仇名やのお喜世も中へ立入りて、殊にお喜世は、仇吉が間ちがへて使ひにわたせし文をとり出し、此座にて焼捨、いろ〳〵となだめ、猶またその夜米八が、洲崎[一九]に行し仇吉が後を追はんと走出せしを、千葉の藤兵衛が引止め（このわけは梅ごよみの[二〇]繪にもしるしてあり） 櫻川一同が立合て、双方引にならざるやうに中直りをさせ、また仇吉は藤兵衛が立派にわけを立て、一旦縁を切らせける。此時丹次郎は勘当ゆるされて、身分全くをさまりける。（このをさまりは梅暦の四編にあら〳〵しるしたり） 此次の段より梅ごよみ四編のつゞきなり。

一五 顔色紅潮。「ちる」は、下の「けちらし」に対す。
一六 唐紙障子。ふすま。
一七 全盛。
一八 深川を離れる覚悟。
一九 前出(二〇六頁)。
二〇 梅児誉美四編第二十齣に見える。

第八條

されば婦多川に取殘されし仇吉が、千々[一]に心をくだけども、儘にならぬが浮世の義理、母と宅とをすておきて、ふりこみ行[二]んと思ひしが、米八お長の二人が側に有のみならず、今は大家の若隠居、武家に歸參の丹次郎、容易逢れんやうもなし。殊には千葉の藤兵衛が、それ相應に顏をたて[三]、わけをつけたる表向、それを彼是いひ出しては、恥を知らざる未練ものと、そしられんことはいとはねど、まだ眞底[四]は離れやらぬ、二人が中はすゑかけて[五]、捨る不実はせぬ男と、兼て思へばあちらでも[六]、かくして日々[七]の文のつて、送る小遣ひ衣類まで、過にし恩をかへさんと、心づかひの信切は、うれしいやうで仇吉が、結句心[八]のもめるたね、紙一枚をもらはずとも、日に一度づゝ顏を見て、くらしたいのが虫[九]のせい、それがかうじて恋やみと、いふにはあらねど持病のつ[一〇]かへ、夜を深したる無理酒の、氣がね[一一]がこゝに積りては、癪[一二]といふ字の勢ひつよく、臥倒れたる病の床、次第におもる看病は、繼しき母の情なく、今は旦那も足遠く、幸三郎が便りもなければ、內外[一三]ともに不都合[一四]にて、折々おくる丹次郎が、小遣ひのみが心当、殊に藥よ針按摩と、物入多きこの節は、酒も自由に呑かねる、さもしきくら[一五]しとなれば腹たゝしく、日ごろの娘が辛苦もおもはず、欲の眼に角立て[一六]　母「どうだの

一 色々に思案したが。
二 押しかけてゆこうと。
三 手切金など出したことを意味する。
四 表向に対していう。心の底。
五 末々は。
六 丹次郎をさす。
七 毎日の手紙につけて、物品を送る。
八 煩悩をおこす。
九 どうともしがたい感情の高ぶりをいう。
一〇 胸のつかえで、癪の症状の一。
一一 気づかい。
一二 癪の病状がはげしくて。
一三 働き手が寝るし、客は切れるし。
一四 家政が立ちがたく。不如意。
一五 乏しくあわれな。
一六 欲からいかつい目つきをして。

仇吉、けふはチツト我慢をしてお飯でも食て見ねへか　仇「どうしてさつぱり其様な氣はないものを　母「そりやアどうで自身の好たことをするやうなことはねへのス。それだから不断おれが云たのだア、[17]チツト體をくるしめて、お客や旦那をよく勤めろ、そうすりやア余計に物ももらはれるし、五日や十日[18]引込でもこまるやうなことはねへと、いはねへことか馬鹿〳〵しい。うぬは心がらで癪でも[19]せんきでもおこすがいゝは。親の[20]咽口迄干アがることもねへトいはれて仇吉、くるしさも腹たつまゝに打わすれ、起直りたる床のうへ　仇「母御、そりやアあんまりだアね。こんなにわづらつてゐるものを、空病でもつかつて居やアしめへし、其様に口きたなくいはずといゝはなトいひながら胸を押へて顔をしかめ「そして私が何でおめへの咽口をほしたことがあるヱ　母「ほさねへことがあるものか。此節は何でくらしてゐるとおもつてゐるのだ。コレあの[21]ろくでなしどのから、手めへの小遣へぐらゐはよこしもしたろうが、それが[22]どこの足しになるものか。酢[23]のこんにやくのと追つかやアがるが、おれにうめへ酒の一盃も呑と云たことがあるか。おらア今日で十日ばかりといふものは、みりん酒を一トロなめやアしねへは。それに手めへはいつも酒を喰ふ癖に、今度の病氣になつてからは甘いものばかり食たがつて、[24]越後やへ計もいくら[25]取られたと思ふ。おれがいろ〳〵都合してゐればこそ斯してゐられるは。是からさきどうしてくらそうとおもふのだ　仇「ど

一七 小まめに働いて。
一八 勤めに出ないでも。
一九 疝気は男の病気故に、すきにせよの意味がつよくなる。医道重宝記「内湿熱あつて外の寒気を受て、疝気の病をなす、此証多くは厥陰経にあり」。
二〇 飲食さえ出来ないようにする。
二一 道楽者。丹次郎をさす。
二二 どこの費用といって、目立つ役にたたない。
二三 「四の五の」をたわむれていいかえた語。何だとか彼だとかわずらわしく(鈴木棠三著俗語)。
二四 前出(二九五頁)。
二五 支払った。

*挿絵詞書「継母(まゝ)の欲情(よくぜう)仇吉(あだきち)をなやます」。

一 ▽仇吉のやけな言葉。

二 人をののしる語。元来は前世の因縁悪くして、この世でその果として、恥をうけ苦しむ者の意。

三 自分の生活の処理。「しんまく」は「しまい(身仕舞)」の変か(鈴木棠三著俗語)。

四 底本「ても」。濁に改。

五 熱心になって。

六「つき出されて」を深川らしく船にかけてにくにくしくいったもの。巽大全「客をふつて再び来ぬやうにするをつきだすと云なれど(下略)」。ここは男から関係を断たれたことに用いる。

うもそれだといつてしかたがねへやアな。[一]そのうちもう死ぬだろうから、あんまりいぢめねへでくんなゝ

母「ナニはやく死にてへと。親不孝めへ。コレその死てへといふは何だ、[二]業さらしな。此土地にゐて男をだまして、うぬが身の[三]しんまく[四]でもするがほんとうだのに、二人も三人も女の喰付てゐる奴に[五]あつくなつて、あげくの果にやア[六]棹先につゝかけられて、引汐に沖の方へとおし出されて、まだ氣が付ずにうかうかとおもつて、

右[七]も左りも取失なつて、あたり処がねへといつて、親に突当り[八]やアがることもねへ。死んでしまふも氣がつゐ丶[九]。コレ手めへを骨を折てそだてたのはな、老躰て寐酒の一盃づゝも呑してもらはふと思ふから、[一〇]丹誠して人にも目につくやうに、こざつぱりとした形もさせておいたのだア。うぬが生れたまんまで人に賞られるやうになつたと思ふか、ふさ〳〵しい。親が食と食ねへのさかひになりやア、女郎にも賣て立行[一一]をつけねへけりやアならねへは　九「おめへの機げんの能やうにすりやア、女郎[一二]にやアおとらア　母「ナニ女郎におとる。コレ手めへの好にやア、かくれ忍[一三]んでも寐たり起たりするじやアねへか　九「それだからひよつと此病氣が不仕合せによくなつたら、一生奉公[一四]でも年一ぱい[一五]でも、おめへの手切[一六]にどうでもしねへ。とても死ぬ迄和義和順[一七]にくらすことはならねへから、縁[一八]でも切たら、おめへもおれも仕合せが直るも知れねへ。いつそそうしておくれな。アイタ丶丶丶丶丶ト腹立まゝに悪態[一九]も、じれて前後かまひなくいへど、さすがは女氣の、目元に涙胸には癪、さしこむ奴[二〇]があるゆゑに、氣随氣儘も云(ふ)ならんと、思へば母は猶怒り　母「なんだ此女ア、縁を切てもらひてへと。押[二一]のつゐ丶ことをぬかすなヱ。うぬをそだてるに、いくらものが懸つてゐるとおもふ。大勢の兄弟の小児の中で、義理のある奴だと思ふから、何もかも一番骨を折て人並にしたのだア。どなたのめへでも、だれが何と云ても親の威光だア、うぬが自由にさせるも

七　旦那やひいき客も、丹次郎の方も関係がたえて。
八　無愛想にする。手あらく対する。
九　気まますぎる。
一〇　心をつくして。
一一　生計を立てること。
一二　旦那や客を多くとれというからの意。
一三　丹次郎との密会をいったもの。
一四　一生の間奉公に出ること。幕府は人身売買を禁じていたので、それに類したものは奉公・養子などの形で行われた(石井良助著続江戸時代漫筆など)。
一生奉公は永代売買に相当する。
五　年季奉公。ここは女郎勤めの話で、その場合は、身代金をとるので、定めた期間中は、親権が甚だ弱くなり、縁付や再転売なども、やとい主の権利であった。
一六　縁を切ること。
一七　平和に。
一八　一生奉公・年季奉公は前述の如く、殆ど縁切れ故にいう。
一九　にくまれ口。
二〇　癪の縁で出したが、意は、いらぬ後押をする者。
二一　気儘にすぎる。

のか、ふさ〳〵しい。煩つてゐやアがるから了簡[一]してゐりやア、好[二]な潜語[三]を吐アがらア　仇「了簡も勘弁もいらねへから、殺すともどうともして、おめへの腹を癒[四]るがいゝ。何の面白くもねへ。何ぞといふと親が食と食ねへさかひだの何のと、おいらア極幼年中はおめへの世話にもなつたろうが、まんざら親の厄介にばかりなりはしねへ。何のおいら一人が喰ふよりか、幾千宅へ徳をつけたかしれやアしねへ。そんなに恩にかけられることもねへ　母「恩でねへと、此畜生めが。モウ〳〵勘忍ならねへ。どうでふて寐[五]の持病をば、薬ばかりで治そうとは、今まで此方の馬鹿律義だア。斯してくれると云ながら、病労れたる仇吉の、衿髪つかんで床のうへ、我猛者老女の金[六]こぶし、肩骨脊骨のきらひなく、どツし〳〵とつゞけ打、手づよくあたれど心の中、萬一病気が能ならば、まだ引出す金[七]のつると、心を用ひし打擲も、うたるゝ身にはいとくるしく、また悔しさに涙聲[八]　仇「もつとぶちな〳〵、親もすさまじ[九]いやア、鬼ばゞアめ。子のおかげで母御〳〵と、他人にいはれるのを有がたいと思はねへで、少し業金がすくねへと、やかましくばかりいつて、人いびりめ。サア〳〵はやく殺しな〳〵トくやしさあまつてお八重が（母の名也）手に、すがる折から天日窓[一〇]より、ぱつと飛入る一團の陰火、座しきに落ればたちまちに、烈々[一一]としてもえ上る、さも恐しき火の車[一二]、前後に立し牛[一三]頭馬頭の、鬼はお八重を引とらへ、彼火の車へ載せんとすれば、仇吉は起直り、今ま

一　勘忍する。
二　勝手な。
三　底本の振仮名「たはこと」。濁に改。
四　底本「愈」。意によって改。
五　不平でやけで寝ていること。
六　かたい拳による打擲。
七　金儲けの種。「引出す」の縁。
八　底本の振仮名「なみだこゑ」。濁に改。
九　あきれかえる。
一〇　引窓。屋根の一部を切って窓とし、その戸を引いて開閉する如く作ったもの。
一一　勢のさかんなさま。▽この所は春水の旧作の軒並娘八丈二編(文政七)下冊で、白木屋の継母お熊が死と共に地獄に引かれゆく姿を、聟と娘が見る趣向を転用した。同条「車輪に猛火(みやうくわ)烈々と。さも恐ろしきにうち乗て、科の次第を何々と、読聞せて後、火の車を引出さんとなす所に」。玉津婆喜二編「このものがたりに似たる怪異は辰巳の園にもしるし、古くは娘八丈にも説たれど、絶へて世になき虚談にあらず」。
一二　重悪人が死ぬ時に来り迎えて、地獄にゆくと伝える車。智度論十四提婆達多の逆罪の条に見える(真俗仏事編)。
一三　牛や馬の頭をした地獄の獄卒。十王経などに見える。軒並娘八丈の前掲の条に「異類異形の獄卒は、牛頭馬頭変化のそのすがた」。
一四　▽仇吉の元来はやさしい性格を示

で争ふ不和なれど、[一四]さすが女のやさしくも、殊に母子の情合に、恨みをわすれ母の裾、かよはき力に引とゞめ　仇「アレ母御ア、おあやまりヨ。モシ〳〵、どうぞ母御を堪忍してくださいまし　鬼「イヤ〳〵ならぬ。其所はなせ。これまでつくツた此老女が、罪の地獄へさか落し、途中も苦痛の火の車は、娘の色香にたぶらかされし、数多の人の胸の火の、ひとつに寄りしほむら[一五]とは、知らぬ凡婦[一六]の慾悪非道・善道ならずして着る錦は、三途河[一七]の岸までいたらず、脱衣婆[一八]の（俗にいふしやうづかのばゞアのことなり）手をまたずして、自らうしなふことをさとらず、[一九]むさぼる財は右を得て左りを失ふ。身の分限知らぬ愚な人畜生、心の修羅道[二〇]つくらして、恩義をわすれ眼もくらむ、暗穴道[二一]もまのあたり、近きにむくふぞ。仇吉もこれより心をあらためずは、母もろともに地獄の責、慎みおろうと突はなされ、身の毛もよだつ恐ろしさ、ものすごけれど、仇吉が親とおもへば捨られず、我病をもうちわすれ　仇「どうぞ今度は、母人をかんにんなさつてくださいましトさし出す手さきを、ぱつと立つ火ゑんに焼れ、おもはずもアツト一ト聲さけびたる、わがその聲におどろきて、見れば病の床の上、ひや汗ながす身の労れ、夢とおもへど眼前に、まだ見るごとき火の車、枕元なる埋火の火壺[二二]に、わが手を火傷せしか、猶火[二三]ほどりのしたりけるが、此日お八重は切通し[二四]なる家に行、にはかに邪熱[二五]のつよく發し、たちまちむなしくなりけるが、これより家内傷寒[二六]を煩ひ出し、親兄弟はいふに及ばず、

す。

一五 もえたつ怨念。

一六 底本の振仮名「ぼんふ」。濁に改。

一七 冥土にあるとする川。三つ瀬川ともいう。十王経「前ノ大河ハ即チ是レ葬頭、亡人ヲ渡シ見ル、奈河津ト名ク、渡ル所ニ三有リ、一ニハ山水瀬、二ニハ江深淵、三ニハ有橋渡」。

一八 三途河畔の衣領樹の下に住む女の鬼。十王経「婆鬼ハ衣ヲ脱シメ、翁鬼ハ枝ニ懸ケテ」。

一九 大学に「貨(たか)悖(さか)リテ入ルモノハ、マタ悖リテ出ヅ」。

二〇 六道の一。上の「畜生」を、六道の一の畜生道として、続いて出す。ここでは猜忌・嫉妬・忿懣の念つよく、常に争いを事とする。

二一 果羅国(西域)へ通う三つの道の中で、重科の者を流罪にする時に通る道(平家物語など)。

二二 火入。火鉢。

二三 火でやいて、ひりひりすること。

二四 前出(二七四頁)。

二五 「火の車」に相応する病状。

二六 熱の出る流行病。今の腸チフスか(富士川游著日本医学史)。医道重宝記「冬の寒気に傷られて即ち病を正傷寒とす、寒肌肉の間にかくれ伏して春に至て発するを温(うん)病とし、夏に至て変じて熱病となる、汗なきを傷寒とし、汗あるを傷風とす」。病家須知にも俗説を合せ説明あり、発熱・下痢・譫言・四肢の冷えることなどを症状にあげてある。

すべて仇吉が身の汁[一]をすゝらんとせしやからは、日を經るまゝに世を去りて、陰ものこらずなりしとぞ。

この物語りは啌らしけれど、作者幼年頃ほひに、専ら噂ありしことにて、勸善懲惡の一助なれば、こゝにしるしていましめとはなせり。巻をひらくの児女童蒙、[二]他の振見てわが心姿を、正す手本となしたまへ。[三]なんと子ども衆合点か〳〵。

梅暦餘興　春色辰巳園巻の十　終

一 仇吉にかせがせて楽な生活をしていた輩。

二 諺「人のふり見て我がふり直せ」。

三 赤本・黒本・青本など児女向の草双紙の教訓の文句の末の常套文句。ただしこの「子ども」は、深川の芸娼妓をもこめて用いてある。

四 底本の振仮名「の」脱。他の例にならって補。

梅暦餘興 春色辰巳園巻の拾一

江戸　狂訓亭主人著

第九條

同じ流れの川竹[五]も、北[六]の世界の山谷堀[七]、舟宿多きその中に、名も高橋屋[八]と聞へたる、家の内義にお染とて、女ながらも意地[九]つよく、情も深き信切者。妹[一〇]となせし延津賀[一一]の頼によつて、手軽くもわが桟[一二]ばしより乗出して、こゝに小舟は和哥町[一三]の河岸よりあがりて、仇吉が家をたづねて、病気ともしらねば表の格子戸明　染「ハイチツト御免なさいまし、仇吉さんの御宅は此方かへトいへども、宅には仇吉が聲さへ弱る大病の、なか〳〵返事もあらざれば、しばらくしてもこたえなし。お染はさすが不遠慮と、思ひながらも詮方なく、障子をあけてさし覗き　染「どなたもお留守かへト言ながら、奥の方を見れば、床に伏たる女の様子、それと察して上にあがり　染「御免なさいよ。[一四]モシ仇吉さんとはおまへかへトいはれて、やう〳〵仇吉が重き[一五]枕をすこしあげ　仇「ヲヤお

五「川竹」は「流れ」の枕詞。ここは逆にして花柳界の意。
六 北里、即ち吉原をさす。
七 隅田川へ日本堤にそって、東流する堀。この頃の吉原細見には「山谷堀船宿之部」として、専ら吉原へ遊ぶための船宿があった。
八 後編の口絵にあって、延津賀の若竹やの隣。文政三年の吉原細見には「高はしや清五郎」として見える。
九 後刷の振仮名は「ゐ」のみとする。
一〇 妹分。隣家のよしみもあってのこと。
一一 前出(四六頁)。
一二 自分の家の船つきの桟橋。
一三 (深川の)仲町にあてる。
一四 後刷では「ト」となっている。
一五 重病の枕から首を上げ。

出なさいまし。さつぱりぞんじませなんだトいひつゝ、お染が皃見れど、見なれぬ人ゆゑすこし考る。お染はそれと心付　染「はじめて參つて、なれ〳〵しいとお思ひだらうが、私やア堀[一]の延津賀が姉で有ますよ　仇「ヲヤトすこしおきかへる　染「アレサ、そふしてお出ヨ。誠にたいそう塩梅がわるいのだネヘ　仇「ハイ、モウ〳〵久しく斯して居ますから、こまりきりますトいひながら片手をついて　仇「マヅはじめておめに
染「ハイお心やすく。お津賀もよろしく。トキニマアどうしてそんなにおなりだへ。此様なことゝは知らず、アノ子が此頃中、おまへの事を夢に見て、何だか氣になるから、行て様子を見て來たいと言ているが、手まへ[二]でもひさしくすぐれずに居てやう〳〵起ると、毎日〳〵月ざらひ[三]だの、床開[四]だの名弘[五]だのト、すこしも日間[六]がないゆへ、どうぞ私が他所行に、おたづね申(し)てくれろといふゆへ、今日は此方[七]の弁天さまへお參申(し)ながら參つたが、そしてマア看病は、母御でもしなさるのかへトいはれて、仇吉は泣ながら、母の死去しより、親類も病人のみにて來らず、日に二三度近所隣家の者が來りて、藥の世話などしてくれる事、哀れに不自由のことを、くわしくはなしければ、お染も不便と涙を催しける。

因にいふ、彼増吉など居たらんには、仇吉を介抱すべき信切者なれど、これも今は嫁入して、芝崎[八]の方へ母もろともにいたりしゆへ、問來る事もなかり

一 山谷堀の略。
二 自分の方でも。延津賀のこと。
三 芸事で、毎月定期的に開く復習会。
四 浄瑠璃を語る台、即ち床を作って、そのつかい始めを記念しての催し。
五 名取となっての披露の会。
六 暇。
七 深川の洲崎の弁財天。前出(二〇六頁)。
八 未詳。神田明神の旧地を旧名芝崎村という(江戸名所図会)とあるが、そこであろうか。

しとぞ。そも〳〵人の身のうへほど、哀れにはかなき者はなし。何事も定めなきが不断なれば、若き時に老人ことを思ひ、花あるときに下枯[九]の野を思ふべし。いつも盛といふ事は、天地の間になきものぞ。欲より人にだまされやすく、跡にて悔しきこと多し。何事も慎しみて、身を守ること城のごとくになし給へ。

○世[一〇]の中は今日ばかりこそ同じけれ昨日は過つ明日は知られず

かくてお染は達引[一一]ある女なれば、仇吉が不都合なるを察して、金子など小遣にとて与へつゝ山谷[一二]に帰りて、仇吉が難義の様子をはなしける所へ、久しぶりにて米八が延津賀の方へ來り、仇吉の病気難渋の噂を聞て帰りしとぞ。また婦多川には仇吉が次第につまる困窮は、一人身ながら病氣ゆへ、只何事も人頼み、藥取から勝手元[一三]、信切らしく片手間に見舞ふ裏家の姥かゝも、喰[一四]かせぎとかすり取[一五]、爲になる人まれなれば物入多く、此程は家内の雑作道具[一六]まで、書入[一七]たりし利付[一八]の金、借たる者は兼てより、此仇吉に執心にて、其癖強欲非道の曲者、森羅殿橋[一九]の鬼九郎、今日も見舞と催促を、兼て恋路のいやらしく、すはり込だる床の側 鬼「どうだ仇さん、今日は大分顔色がいゝの
仇「ハイありがたふ。ナニどふも、いゝかと思ふと折節さし込[二〇]から、どふもいけないヨ
鬼「イヤ〳〵それでも今はとんだ顔いろがいゝ。そしてマア髪化粧[二一]して、いつも座敷へ

九 霜枯のあて字。
一〇 作者未詳。世の変転の甚しいを詠んだもの。
一一 気前よく金品など出す性質。
一二 山谷堀のある一帯。今の東京都台東区浅草山谷。
一三 炊事。
一四 手伝いに行った先で、自分の食事もとって、自家のもうけとすること。
一五 手伝い先から食物など少しずつ無断でとり出すこと。
一六 棚や建具など家の附属物の道具。
一七 抵当物として証文に書入れた。
一八 高利貸からかりた金。
一九 前出(二六八頁)。ここは鬼九郎という高利貸に似合しくえらんだ地名。
二〇 癪のいたむこと。
二一 ▽病床にあっても仇吉の身だしなみのよいことを一面で示す語。

一 病状の変化。▽鬼九郎は芝居における半道敵(やや道化た敵役)の役で、春水の人情本にも度々この種の人物が出る。

二 原因。

三 いうことを聞かないではないが。▽半道敵に対して、女形が甘言をもってあやなすと同方法で、口先でなだめようとかかる仇吉。

出かける時より美くしい。しかしおまへのその病気は始終男の思ひだぜ。マアさしあたつて他人よりは、おれが思ひばかりでも、[一]出來不出來が有はづだトいひながら、仇吉の手をとらへ　鬼「誠にきれいな手だナア。チツトモ病人らしかアねへぜ。へヽどふもたまらねへ。コレサ仇さん、此間中から言とふり、どふぞおれが頼みをムヽと言つてくんねへ。そうすりやア是までの借た金も返すには及ばず、毎日の入用も不殘おれが見繼で、昼夜の看病もおれがするぜ。ヱ仇さん、ヱコウト言つゝ、夜着をそろ〳〵とまくりあげ横になるを、仇吉は夜着を押へて身を縮め　仇「アレサおよしョ。おぼしめしは嬉しいが、こんなに久しく煩つて骸がよごれきつて、モウ〳〵私が身で私があいそのつきる様に穢れて居るものを、おまへも少しは何とか思つておくれでも、直にあいそのつきる種[二]だはネ　鬼「イヤ〳〵他人はしらず、おいらはモウ〳〵今言ことを聞てくれりやア、死まで愛想はつかさねへト抱つくをおし退　仇「アレサ、マア、アレト着物の前をしつかり合　仇「マアお聞よ。こんなに煩らつて居るのを、おまへ、かわひそふだとおもつておくれなら、[三]どふでもなるけれど、私が死んでもかまはねへといふ様な気じやアいやだョ　鬼「ナニどふして、おまへを殺していゝものか。いふ事さへ聞てくれりやア、医者を幾人かけても、物入がいくらかゝつても構はねへ。是非全快しねへじやアおかねへはな　仇「サアそふ思つておくれなら、私が全快よくなつて、

*挿絵詞書「金(かね)をはたりて鬼九郎(おにくろう)仇(あだ)吉をいどむ」。「はたる」はせめること。▽解説でもふれるが、春水は描写の場面の配列にも心を用いているが、この条の前後の如きは、病床にある仇吉の明暗二面を出して、年少読者を一喜一憂せしめるもの。またこの辰巳園や春告鳥の初・後編の如きは、男女の濡れ場の種々相を描くを目的としているが、鬼九郎のこの場面も、悪趣味ながら、またかわった意味の濡れ場で、当時の歌舞伎にも共通して、変態性欲に対する世好に応じたものである。

四 歩きはじめた幼児をあやす言葉。転じて、よい条件を出して人をあざむくことをいう。

座敷へでも出られるまで、氣長に何もかも待ておくれなト言をかまはず、夜着の中へ入るを押出し、手を拂をはらはせじとする鬼九郎が、指をポツキリ逆におれば、鬼九郎は 鬼「アイタ、ヽ、ヽ、ヽ。ヱヽいてへ、ひどひことをするぜ。コウ仇吉さん、いゝかげんにしねへな。面白くもねへ。小児をだますやうに、四こゝまでござれ甘酒しんじよか、其手をばマア喰めへ。おめへがぴん／＼達者になつて、座敷へ出るやうになつて見ね

へ、お客が來るやら旦那が出來るやら、おゐら達が側へも寄れるものか。そのとき金をおれに返して、よろしく[一]お断だらう。それじやアおめへはよからうが、おれがあんまりばか〱しい。どうで始終抱て寐ことはならねへ合点で、病気の中を見繼といふおれが信切を、[二]むそくにして追拂ふ了簡なら、此方もその気でよしやせう。よす日になりやア、[三]用立た金の日數も先月限だア。日限が切れりやア、道具やを呼[四]でとりこわすといふことは、[五]大家さんへも断つてあらア。人に怪我をさせるほどいやがるものを、無理に彼是いふよりか、借たものを取方が勘定がよからう。六兩三歩といふ金を出したら、抱て寐る女もあるだらう。[六]どうで女郎も同ぜんに、男の數をおぼへた女[七]を、箱[八]入娘かなんぞのやうにしたふといふが、我ながら狐[九]にばかされたとおなじことだ。嫌はれたのが身の仕合、傾城[一〇]にふられて歸る福[一一]の神、眼が[一二]覚て見りやア有難へ。イヤ仇[一三]吉さん、お気の毒だが、今から直に古道具やを連て來て、この造作を引[一四]はらひやすョ。ヤレ〱〱機嫌よく抱れて寐て見[一五]たがいゝ。六兩三歩たて投[一六]にする所だつけ。ドレ〱、障子隔紙の手輕いやつは、道具やをよびに行足でつゐでだから、持て行うと中[一七]じきりを外しにかゝれば、仇吉はくやしくも、世間の手前恥かしければ、口惜ながら手を合せ　仇「どうぞ拜むから、道具を賣ことは最ちつと待ておくれな。後生だから　鬼「後生も情もおめへしだいサ。其方に情がなけりやア、此方もその気[一八]サ。いつまで待

一　一体よく。
二　無駄。
三　かした。
四　造作・道具をとりはずす。
五　家の持主。当時は多く、家のみ家主(大家)のもので、造作はかり主のものであった。ただしその出し入れは、家主に断って行う。
六　底本「とうで」。濁に改。
七　仇吉をさす。
八　大事にされて世間知らずの娘。
九　気の迷いであったの意。
一〇　吉原の上位の遊女をいう。
一一　出典未詳。かわいがられると貧乏するという意の逆をいった川柳。
一二　迷ったのから、正気になると。
一三　底本の振仮名「あだきち」。「あだきつ」に改。
一四　持って帰る。
一五　寝ておったならば、その時は。
一六　全くの損。
一七　ここは部屋をしきった障子の類をさす。
一八　それに応じて情なしにするの意。

てゐられるものか、最今月も半月過たアトいひながら、[一九]がたびし外す邪見の鬼、這起すり寄仇吉が、鬼九郎の裾にとりつき　仇「どふぞマア了簡して、せめて最二三日待ておくれな。急度どふかするから　鬼「エ、はなしねへト手をはらひ、行をやらじと引止れば　鬼「そんなら心にしたがうか、どつちでも　仇「サア両方ともにいやではないが、何をいふにも私が病気、全快さへすりやアおまへの心に　鬼「コウ〱おなじせりふでやらずとも、少し[二〇]新手なあいさつがありそふなものじやアねへか。そのやさしひなりかたちが、煩つたゆへ猶の事、かわいらしいと思ひの外、欲にかゝると病人には、似てもつかねへその力、裾をとらへて引寄る、同じ力を肩へかけて、引寄られりやア忽に、この鬼九郎は[二一]節分同前、[二二]佛心になるものを、鬼にするのは心から、モウ〱色気はやめにする。サア造作を取拂ふか、金をわたすかどふするのだト取すがりたる仇吉を、突倒して表のかたへ、隔紙かゝへて立いづる、後のかたの裏口より、障子も明ず聲高く[二三]「その金はたツた今私が返すョ。マアお待と、いはれてびつくり鬼九郎、おもひがけねば仇吉も、倶に驚計りなり。

一九　底本「かたひし」。濁に改。
二〇　内容のかわった、新しい。
二一　節分の鬼と同様。節分に豆をうたれると鬼が弱くなるという。
二二　慈悲深い心。鬼変じて仏となる。
二三　▽歌舞伎調である。

第十條

時に障子をおし明て、静に入來るその女は、恋の敵と[一]仇吉が常に妬し米八なり。衣類も容も立派なれど上着[二]はわざと[三]目だゝぬやうに、[四]つやなし結城の[五]五ほんてじま、[六]花色うらの[七]ふきさへも、たんとはださぬおとなし仕立、素人めかす[八]風俗は、なを[九]溫厚に意気なりけり　まづ仇吉にあいさつしながら、蒲團の上に伴なひ介抱して　米「仇さん、お気にいるまいが、マア此処を私にまかしておくれナ。今に後でいろ〳〵はなすからトなだめながら、鬼九郎に向ひ　米「アイモシ、おまへが仇吉さんに借た金は何程だへ　鬼「おまへはたしか、仇吉さ゚んとは色の意気地で敵同士と噂にきいて、折節は良も見知つた米八さ゚ん[一〇]　米「アイ[一一]人の噂も七十五日、[一二]過たむかしは兎も角も、今じやア実の兄弟同前、其様なことは打捨ておゐて、マア其金はいくらだへ　鬼「ヱ、ハイ、何少しでごぜへます。たつた六七両サト[一三]鼻であしらふあいさつは、これ米八をあなどりて、大金ゆへに出來まじと思ひて、かくは言けるを、米八は懷中より金子とり出し紙に載、[一四]小判をならべて七両を、鬼九郎へさしつけ　米「[一五]證文があるならお返し、無ア請取をおくれトいはれて、びつくり鬼九

一　底本の振仮名「あたきち」。前例により改。後出六行目の「仇さん」も、振仮名「あた」とあるを改。「敵」と「仇」が縁語。
二　底本の振仮名「うはき」。濁に改。
三　底本「目たゝぬ」。濁に改。
四　下総の国結城(茨城県結城市)産の紬。木綿の縞も産するが、ここは絹。絹布重宝記「是紬中の最第一なり、外の紬は真綿を引きて織なり、結城は不然、糸を紬糸に製して織たる物也、夫故万事似るものなし」。従ってつやがない。
五　底本の振仮名「こ」。濁に改。縞模様が、唐桟に見る如き御本手風。前出(三三〇頁)。
六　薄い藍色。
七　袷の着物の裏布を袖口や裾で表に出して縫った部分。大きく出すのがはでで玄人風。
八　底本の振仮名「ふうそく」。濁に改。
九　はでないこと。おちついた好み。
一〇　底本「さん」。前例により改。
一一　世間の噂というものは、七十五日ぐらいで、忘れられてしまう意の諺。
一二　そんな噂はすでに昔になったの意。
一三　軽蔑したていをいう。
一四　一枚一両に相当する金貨幣。
一五　借用証文をもっているなら。

郎 鬼「エ、そんならおまへが立代[16]て、この大金を私へ 米「アイ仇吉さんでも私でも、はかない[17]活業したかはり、勿体ないほど銭金を、遣つた事もありますのサ。病人を付こんで、いぢめなさるおまへの腹[18]とは違ひます。サア請取をよこしてはやくお帰り 仇「イヱ、それではどうも私の心が済ないから 米「アレサ仇さん、何ごとも跡でお言よ。マアこゝは私にまかしてお置といふのにト眼交でをしゆる米八が、心の底はしらねども、気をもみしゆへ今さらに、またもさしこむ胸前を、おさへて床に伏沈む 鬼「アイそんならこれが證文サト不承〱にさし出せば、米八はおしひらきて 米「ヲヤこりやア六両三歩だネ 鬼「ヱイ左様サ、利[19]は初手[20]におもらひ申しましたから、七両では壹歩お返し申(し)ますトいへば、米八莞尓わらひ 米「よひョ、煩つて居る仇さんを、くどひたお礼におまへにあげるョ。サア〱早くお帰りと追出されて鬼九郎、恥をしらざる強欲者、かなはぬ恋の不首尾には、壹歩の金も取徳と、彼七両を懐へ、いれてこそ〱迯帰る。跡には静に米八が、仇吉の側へすり寄 米「仇さん、さぞ私が今のしうちを、出過た仕方とお思ひだらふが、堪忍[21]してマアお聞。ョそして、たんとせつないかへトそろ〱と脊中を撫て「ヲヽ〱誠にやせたねへ。仇吉は心のうち、今日米八が此所へ来し[22]、その善悪[23]はしらねども、さしかゝりたる手詰[24]の難を、すくひし上に此介抱、いぶかしながらも嬉しくて 仇「米八さん、誠にマアどふして来ておく

一六 立替に同じ。かわりに支払って。
一七 いやしい芸者稼業。
一八 精神。
一九 利子。
二〇 最初。
二一 当時の江戸の女性の発音のまま書いた。一々注してないが、かかる所が多い。▽出来るだけ江戸の女性語を写実的にうつすのが春水の一法で、処女七種初編中「近来僕(やつがれ)が綴りし人情本にて、当世の江戸詞を諸国の娘御達も大かたはよみ覚へたまひし由なれば」など述べている。
二二 底本の振仮名のまま。
二三 善意できたか悪意できたかは。
二四 手きびしくせめられること。

れだ。これも夢じやアないかねへト涙はら〳〵、米八が㒵をながめてありければ、米八も仇吉がまけぬ気性を知るゆへに、心の中を察しやり、眼をうるまして㒵さし寄

米「アレサ仇さん、其様に気をおもみでないよ。何ごとも縁づくだはネ。定めておまへの心じやア、私をにくいとお思ひだらうが、[一]わる気で來ない私が心。どふぞ是までの事は[二]水にして、[三]心置なくおもつておくれな。全躰私が來るよりは、丹さんを見舞にと思つて、今日まで延したけれど、まだなか〳〵に帰る[四]沙汰もなし。おまへの病気は重いといふし、ことに母御も死去たといふ噂、なんでも大そう難義して御在だといふことを聞たから、[五]ぶしつけだけれどかわいそうで〳〵ならないゆへ、今日はモウ〳〵案じられてたまらないから、來たんだアねトさもうちとけしあいさつに、仇吉は手を合

仇「米八ざん、どふぞ今までのことをば、実正に堪忍しておくれな。そして丹さんは遠國へでもお出のかへ　米「ほんに[六]急ぎの旅だから、此方へしらせる間がなかつたらうねへ。アノ丹さんはネ、親御ざんが道中で大病だといふしらせが來たもんだから、俄に旅支度をして、[七]京都へ立てお出だョ。それからまた日数が過て[八]飛脚が來て、病気はいゝが[九]御用筋が手間どれるから、丹次郎は濟しだい同道して帰るから、案じるなと手紙がきたから、何日帰るか知れないよ　仇「ヲヤ〳〵そふかへ。どふりでさつぱり便りがないと思つて、実はお長さんとやらと、おまへを恨んで居たが、[一〇]罪だツけねへ。その

一　悪意をいだいて来たのでない。
二　さっぱりと忘れて。
三　へだて心なく。
四　しらせ。
五　失礼ながら。
六　急を要した。
七　底本の振仮名「かみかた」。濁に改。
八　ここは普通でなく、特別に出した飛脚の意であろう。
九　主命による用件。
一〇　悪い事であったと、ざんげした語。

一一 廻り合せ（運）が悪い。

一二 底本「覚語」。意によって改。腹づもりをして来ていて。

一三 承知させて。

＊挿絵詞書「賢女(けんじよ)仇(あだ)を恩(おん)にて伏(ふ)す」。賢女は米八。仇は敵の意であるが、仇吉の名にもかけたのであろう。

ばちで此様(こんな)に塩梅(あんばい)がわるいと思(おも)ひますは　米「ナニ〳〵決(けつ)してそふではないョ。おまへの間(ま)のわるいのだョ。一一また能(いゝ)ことも來(く)るはネ。今日(けふ)は私(わちき)も覚悟(かくご)をして、一二おまへがうち解(とけ)ておくれなら、一晩止宿(ひとばんとまつ)てゆる〳〵と、いろ〳〵の咄(はな)しもしようし、看病(かんびやう)もしてあげる気(き)だから、お長(ちやう)さんによくのみ込(こま)せて一三來(き)たから、その気(き)でおいでなトあたりを片付(かたづけ)る　仇「アレサ米(よね)さん、およしョ。おまへの着物(きもの)がよごれるはネ。私(わちき)やア、宅(うち)をはき出(だ)してき

れゐにするのが好だけれど、斯して寐ているから、モウ〳〵何かゞごみだらけでいけないョ。そしてマア、私が第一冥利がわるひはネ。其様にやさしいおまへとも知らずに、迷つた横恋慕、是非丹さんを自由にしよふと、無理がこふじておまへと喧嘩、なか直りはしたけれど、今さらおまへに良向もならぬ、私が無法なしかた、おもひ出しても勿体ない。他の噂の草履打、それを根葉にも思はずに、斯して見舞に來ておくれのお志に對しては、恥かしくつて死たいョトいひつゝ、あとはむせかへり、わつと泣出す仇吉が、涙の雨かばら〳〵と、降出したる空ながめ、引窓しめる米八が　米「ヲヤ此ひぼはどふしたか、誠にかたいねへ　仇「ア、どふかして工合がわるくなつたョ。今裏のおばさんが來たらしめてもらふから、マアそうしておいておくれ　米「板の間だから濡てもよいねへトまた仇吉が側に居り、煙草をつけてやり　米「仇さん、誠に不躾だが、延津賀さん所で噂を聞て、さぞ困つてお出だらうと思つて出て來たから、今のお金もはじめツから、おまへの小遣ひにするつもり、まだ持て來たのがあるョ。マア当時入用の物を、私が居るうち不殘お買な。宅へ歸ると亦追〳〵によこして、おまへの全快なるまでは、どんな事をしても見繼から、必〳〵気を丈夫に持ておいでよト、紙に包しその儘仇吉が手にわたす　これもおよそ三四兩あり、仇吉はいたゞいて米八にかへし　仇「誠に難有が、こんなに沢山はいらないはネ。そして寐てばかり居るから、何もそんなに入ことはなひョ

一 色情にまよって、無理に恋をしかけ。

二 世間でいう。

三 草履で打擲すること。ここは浄瑠璃の加々見山旧錦絵（かゞみやまこきょうのにしきえ）（天明二年江戸外記座初演、歌舞伎にもなる）の六ツ目、いわゆる草履打の段で、局の岩藤が中老の尾上を、鶴が岡代参の折、草履で打つ一条をさす。ただし仇吉は駒下駄で打っている（四〇〇頁）。

四 少しも根にもたないで。少しもうらみに思わないで。

五 涙のしげいことと、実際の雨がふって来たことを示す。▽梅児誉美で若干注記した如く、場面の情趣にふさわしい自然の背景は、常識的ながら巧みである。

六 底本の振仮名「かならす」。濁に改。

米「それでもおまへ、他人を頼んで何かの用をたしてもらふに、金銭がないと自由が出來ないはネ。マア取てお置ヨトいゝながら、表の障子を明て外を見る。これは知人でも通らば、用事を頼まん心なり。所へ丁度貸本の荷を脊負たりし若者、これ櫻川[七]の甚吉なり　米「ヲヤ甚吉さん、久しぶりだの。何ぞ新板が有なら貸ようじやアねへか　甚「へイそれは難有ト格子をあけて荷を下し　甚「おまへさん、どふして此宅においでなさひますへ。今日も親方が（さくら川ぜんかうをさしていふなり）はやく場[八]所を廻つて、仇吉さん所を気をつけて、用をたして上ろと言付ましたつけが、お塩梅はどふでございますか　米「ヲヤそふかへ。今日は少しよひョ。おまへ宅へ行たら私がよろしくと、そふ言ておくれヨ。由[九]さんにも　甚「ハイ／＼トいひながら、貞[一〇]操婦女八賢誌といふ繪[一一]入讀本をいだし、これが評判のいゝ新板でございます　米「そふかへ、だれが作だへ　ト（作者の名をよみ貞をしかめ）「イヤ／＼私やア、この狂[一二]訓亭といふ作者はどふも嫌ひだョ。楚満人と名号時分から見るけれど、どふも面白いのはすくないものヲ　甚「イヱ／＼、それはみんな弟子や素人の作たのへ、楚満人が名ばかり書たのでございます。この八賢誌をマア御[一三]覧まし（米八はこれをかり、外にもいろ／＼かりて）　米「仇さん、夜[一四]伽をしながら本を讀で聞せるョ　仇「嬉しいねへ。甚さん、善孝さんに昨日は難有と言ておくれョ　甚「ハイ／＼、今日も御用があるならば、そふおつしやいまし　ト（いへば米八は米薪炭すべて世帯について入用のものをたくさんにいひつけもらはんと、金をわたしたのむ）　甚「ハイ／＼、そ

七 後の記述によると、桜川善孝に使われて貸本屋をしている人物。善孝は太鼓持の片手間、資本を出して貸本屋を営んだと思われる。春水との深交も亦、その点が一原因か。

八 お得意場。

九 桜川由次郎。前出(一五五頁)。

一〇 前出(三七五頁)。

一一 読本・人情本を合せていう。「東都書林文渓堂蔵販中形絵入よみ本之部目録」として、多くの人情本を収めてある。

一二 ▽また春水の自己宣伝で、以前の面白くなかった作は門人の作で、近頃は自作で面白くなったをいう。

一三 底本の振仮名「こらうじ」。濁に改。

一四 ここは、夜ねないで病人の側につき看病する意。

れじやア直[一]に行て言付まして、また晩程参りますト荷物をしよつて帰りゆく　米「仇さん、ちつとお見[二]なトいへど仇吉こたへなく、枕にもたれてうち伏居る　米「仇さん、たんとわるくなつたかへ　仇「イヽヱ　米「私が何かに出過ると思つて、腹をお立かトいへば、涙の顔をあげ　仇「イヱ〳〵どふして勿体ない。実は藤兵衛さんや善孝さんのお世話で、一旦丹さんときれいに別れたつもりだけれど、何の因果かわすられずに、泣てばつかりくらして居れど、また丹さんも相かはらず、逢こそしないが文のつて、かわらずくらすか無事でゐるかと、問音信のやさしいのが、あの人さんの不断の気性、どふぞ死ぬまで縁をきらずに居たいと思つて居たけれど、おまへの今日の御信切、思つて見るほど私が罪、空恐しひ[三]心の底、お祖師[四]さまでも神さんでも、にくひと思しめさないお方は、ひろい世界に有ますまい。是から急度気をいれかへて、丹さんのことヽいつたら、夢[五]にも見まいと思ふから、どふぞ米さんそふ思つて、今までの事をば堪忍して、其かわりには此病気でどうで死ぬから、その時は未練なやうだが、臨終にはおまへと丹さんと一同に來て、いとま乞[六]をしておくれな。さつぱり思ひきるといふ、言葉[七]の露の干ない中、やつぱり愚痴な執心とお思ひだらうが、よく〳〵な願ひとおもつて、丹さんにもどふぞ頼んで來ておくれなト、身[八]も浮ばかり涙の瀧、ながれ[九]の里の洒落た気も、実に迷へば素人より、まさる思ひは、米八も苦労人だけ、仇吉が心の中

一 底本の振仮名「ちき」。後刷により改。
二 書物をごらん。
三 何とも恐しい。形容詞の語尾の「い」を「ひ」と書くのは、近世初めからあることで、しかも「い」と混じて用いている。
四 日蓮宗の祖師日蓮上人。信仰の対象として、その信者には尊崇された。
五 全く思い切ることの形容。
六 底本の振仮名「こひ」。濁に改。
七 言葉の舌の根のかわかぬうちというのを、かえていった。
八 甚しく涙を流す形容。
九 滝の縁で、花柳界のこと。

をおもひやり、これも涙に伏沈み、しばしこたえはなかりけり。

梅暦餘興 春色辰巳の園巻之十一了

梅暦餘興 春色辰巳の園巻之十二

江戸　狂訓亭主人著

第十一條

やゝ有て　米「モウ〳〵其様な悲しいことをお言でない。おまへの気をなぐさめやうと思つて來た私まで、泣てばかり居ちやいけないはネト鼻紙で涙をふき、[一]上田にあらで[二]土佐小の紙を、四五枚とつて仇吉が手にわたし　米「サアマア涙をおふきョ。[三]いつそ眼のまわりが腫たョ。ヨウモウお泣でない。是から気をかへて、二人でおもいれの[四]のろけばなしでもしよふはネ。仇吉も完尓泣わらひ、嬉しそうに起直る。此うち甚吉が言付し商人より、いろ〳〵の物をもち來り、酒肴等も來りしかば、隣の子どもに裏の内義を頼んで呼寄、飯ごしらへ勝手元をしてもらひ、日もくれければ油その外の[五]小買物不殘行とゞきて後、内義は戸〆をなしいとまを告れば、米八は[六]小仁朱を一ツ紙にひねつて礼を言てかへし、跡には亦さし向ひ　米「仇さん、チツト三味せんでも出そうじやア

一 新撰紙譜(安永六)「小杉並延紙小半紙鼻紙類」の中に「上田小杉　信濃、但紀州ヨリ出るに上田小半紙と云アリ」。ここは信州上田産の小杉原紙。
二 新撰紙譜(安永六)「小杉並延紙小半紙鼻紙類」の中に「土佐小杉　同小菊七九寸也　タ六寸八分、ヨ九寸五分、カ六〆入」。土佐産の小杉原紙。
三 ▽会話中で、相手や近辺の情景をうつす例の手法。
四 ▽丹次郎との楽しい思出話をして、気分を転換しようとのこと。
五 こまごました品の買物。
六 小二朱のあて字。前出(二七四頁)。
七 三味線箱。
八 底本「か」。濁に改。
九 張りのゆるむこと。
一〇 三味線の糸を入れる箱。
一一 底本「それ〳〵」。濁に改。三本の糸。
一二 底本「のこらす」。濁に改。
一三 底本の振仮名「きんしよ」。濁に改。次行の「近所」も同じ。
一四 底本のまま。文章としては「へ」とあるべきだが、この方が意は出ている。
一五 底本「こしつけ」。濁に改。無理に

ないか、騒々しくつてわるからうかねへ　仇「ナアニよひョ。どうぞ弾て聞しておくれな。しかし糸がどふなつているか知れないョト床を出るを、米八は押とゞめ　米「アレサそふしてお出ョ。私が出すから、何処に有からとそふお言な　ト をしへにしたがひ、はこより三味せんを出し　米「ヲヤ久しくお出しであるまいのに、よく皮がたるまないねへ　ト 糸ばこよりいとをいだし、それ〳〵の糸をのこらずかけ直してうしをあはして　米「近所で何とか思やアしまひかネ。病人の側で、来て、三味せんをひくやつもねへなんぞと　仇「ナニ近所だつても唄妓の宅だから、煩つて居たとつて三味線はひくと思ふのさ　米「トマアこじつけておくのか。アノちよつとお聞ョ。此間堀のお津賀さん所で、兼さんと可造さんとドヽ一をこしらへたり、俳諧をしたりして居たつけがネ、其中可造さんが斯言ドヽ一を弾たョ。私やアモウおかしくつてならなんだは　仇「ヲヤそふかへ。はやく弾てお聞せな　米「コウサ、マアごうぎにいゝといふのじやアないが、おかしいからョ。

ドヽ一へ町役する身のはかなさつらさ。〇詞「ヲヤ大屋さん此間は　△こないだじやアねへ、おめへマア店ちんはどうする、三月たまツで居るぜ　〇へヱ、イヱなか〳〵麁畧にはいたしませんが、誠に此間は不都合でござります、どふぞ来月まで 浄るり 清元のおそめ久松 へあれまたあんな無理いふて、そんなそのよないひわけを

ドヽ一へどふしてまた地主へいはれうか。

理窟をつけておこう。▽もちろん、米八は仇吉の気を晴らそうとつとめているのである。

一六 山谷堀の延津賀の船宿、若竹屋。

一七 若竹屋兼八。前出(二八四頁挿絵詞書)して、お津賀の夫かと推定した人物。

一八 前(二七九頁)に嘉造として出たと同人物。吉原の茶屋一文字屋の人。後に為永連の一人、一文舎柳水のこと。

一九 前出(九四頁)。▽新作の歌の文句を、作中で紹介する春水の癖の一例。

二〇 底本「こうぎ」。濁に改。甚しく。すばらしく。

二一 町役人。町奉行の下で民政に関係した町人。江戸では町年寄・名主・月行事・書役・家持家主などの総称。ここは大屋をさす(幸田成友著江戸と大阪)。

二二 家主。

二三 底本の振仮名「こないた」。濁に改。「此間は御無沙汰」(近頃とんとお目にかかりません)とのあいさつ。

二四 家賃。

二五 底本「とうする」。濁に改。

二六 おろそか。

二七 金に不自由。

二八・二九 底本清む。濁に改。

三〇 道行浮塒鷗(みちゆきうきねのともどり)の一句。文政八年十一月初演。栄寿太夫直伝。

三一 底本「ト丶一」。濁に改。

三二 土地の持主。大屋は地主から土地をかりて家を建てて、かしてあるので、地代の支払の延期をいえないの意。

仇「ヲホヽヽヽ。誠に皮肉な唄だねへ　米「ド、一はやけに此様なのがいゝじやアないかト三味線をしたにおき、燗をかけた燗徳利を出して袴にいれ　米「すこし呑でおみな。薬にさし合かへ　仇「ナニお医者さまが、少し呑方がいゝとお言だけれど、なか〳〵呑気はなかつたが、今夜はおまへのお蔭で大そうに気持がよいから、呑で見たひヨ　米「それじやア私もうれしいねへ。サアおあがりトつゐでやり「お医者さまは何所だへ　仇「アノお玉が池の谷玄桂さんといふおゐしやさまだヨ　米「ヲヤ〳〵それじやア、丹さんのお屋しきの御殿へお出なさるお方だヨトたがひにやさしきその風情、いかなる前世の因縁にて、かく睦まじくなりしやらん。それ聖人のをしえに、信あれば四海は不残兄弟なりと、また聖徳太子の書れし史に、一河の流れをくみ一樹の蔭にやすむも、みな〳〵此世ばかりの縁でなく、前の世よりの約束ぞと、教給ひし事を思へば、仮そめに心やすくなりし人も、深き縁しのありけりとおもひて、いさゝか腹たゝしき事ありとても、我とわが心を諫めて堪忍し、一生和合まじはるこそ、誠の人と賞らるべし。かくて米八仇吉は、泣つ笑ひつ夜とともに、かたり明せし過越方、そも仇吉が嬉しさは、何にたとえん方もなし。是よりして後、米八が五日に一度、七日に一度問来り、その間使にて口にあふべき見まひ物、誠心つくす看病に、さばかり重き大病も漸々に快気、今は髪ゆひ湯にもいり、そろ〳〵みがく身だしなみ、久しく日の

一 是非に。俗な流行詞でもあろう。
二 燗徳利を入れる台。前出(三六三頁)。
三 薬に対して、酒が支障があるかの意。
四 神田松枝町に隣るもとお玉が池のあった一帯の地名。当時お玉が池は、お玉稲荷の境内に跡を残すのみであった(江戸名所図会・嘉永地図)。
五 春暁八幡佳年四輯二「弥三郎は元来医道の心がけも有て谷玄圭先生に教えを学びしことなれば」、処女七種三編中「お玉が池の民玄慶さま」など見え、実在人物であろう。
六 底本「睦ましく」。濁に改。▽この辺り、作者の言訳でもある。二人の性格のよさは説明して来たが、一転したこのありさまは、「前世の因縁」ともいうべく、春水の構成力の弱さと、当時の出版機構の性質上、幾変転を細叙して結末にもってくることが出来ないための言訳。
七 孔子をさす。
八 論語の顔淵篇「君子ハ敬シテ失ナシ、人ト恭ニシテ礼有レバ、四海之内、皆兄弟也」。
九 用明天皇第一皇子の厩戸皇子。推古天皇の摂政(五七四—六二二)。
一〇 世事百談「説法明眼論に、宿一樹下、汲一河流、一夜同宿、一日夫妻、皆是先世結縁と見えたり。この書は世に聖徳太子の作といひつたへたれども、偽書なること弁を待ず」。
一一 仏教的運命観から隣人愛をといた

諺。
一二 ついちょっと。
一三 底本の振仮名「すき」。後刷により改。
一四 底本・後刷とも清。濁に改。
一五 底本・後刷とも振仮名「あいた」。濁に改。
一六 次第に。
一七 美しく手入をする。
一八 底本「見さりし」。濁に改。
一九 かよわそうな形容。
二〇 底本の振仮名「ふひん」。後刷により改。
二一 底本「おもへと」。濁に改。
二二 底本の振仮名「きり」。濁に改。
二三 底本・後刷とも振仮名「あたきち」。濁に改。
二四 底本清。後刷により改。
二五 底本の振仮名「とうせん」。後刷の振仮名「どうせん」。濁に改。

目（め）も[一八]見ざりしゆゑ、たゞさへしろき仇吉（あだきち）が、物（もの）すごきほど美（うつく）しく、病（やみ）あがりとて[一九]たよ〳〵と、雨（あめ）の柳（やなぎ）の露（つゆ）ふくむ、うるはし過（すぎ）て気味（きみ）わろし。此頃（このごろ）やう〳〵丹次郎（たんじらう）も旅（たび）よりかへりて、米八（よねはち）が始終（しぢう）のはなしを聞（きく）につけ、[二〇]不便（ふびん）とおも[二一]へど義理（ぎ[二二]り）として、[二三]仇吉方（あだきちかた）へ見舞（みまは）んとはいはれもせねば、其儘（そのまゝ）に打（うち）すておかんと思ひしが、米八（よねはち）はりんきなく、ぜひ〳〵行（ゆき）てもらはねば、[二四]たがひに打解（うちとけ）かたらひして、姉妹同前（けうだいどう[二五]ぜん）とちかひたる、仇吉（あだきち）がおもはく

恥かしければ、これまでの事は兎もかくも、是からするゝはどふあつても、見繼でやらねばならぬわけ、亦仇吉[一]が心根[二]も、察して見れば哀れにて見捨られずと頼みければ、丹次郎も心の底は、あんじ煩らふ事なれば、幸ひとして家を出[三]、半年ぶりにて仇吉が方へたづねて來りしが、土産物[四]さへ米八が持せてよこせし品々を、仇吉が前へいだし

丹「誠にひさしくこねへうちに、大きな目[五]に逢たのふ。それでもよくそんなに起るやうになつたつけのトいへども、いつにかはりたる仇吉が其風情、はや涙ぐむ女の情

仇「生ておまへに逢れやうとは思はなんだが、米八さんのおかげで命をたすかりましたはト膝へ涙をはら〳〵　丹「なぜ泣のだ。おれが不沙汰をして居たゆへ、心よから[六]ぬ米八に、見繼れたのが悔しいか。もしそうなれば、おれが留守中、米八がほうからよこした金だけは、おれが内證[七]でおめへにやるから、外でこしらへたつもり[八]で米八に返しねへな　仇「イヽエ、そりやア成程金は外でこしらへて、段々にも米八さんにかへすけれど、米八さんの恩はわすれないョ。たとへおまへと愛想づかしが出來ても、米さんとは縁をつなひで、信切をつくしますは　丹「その心で居てくれりやア、おれも是から浮薄でなく、イヤこのマア土産ものをそつちへ片付ねへ。これでも米八があれのこれのと、おめへに嬉しがらせるつもりで、撰わけてよこしたのだ　仇「どふすれば、米さんのやうに、気[九]がもたれるだらうト泣て居る折から、來がけに丹次郎が、此宅へ

一 底本・後刷とも振仮名「あたきち」。濁に改。この前後二丁分は、多くの後刷の部分と相違して、後刷の方が振仮名を多くし、誤りを正してある。
二 心情。
三 底本の振仮名「いて」。濁に改。
四 底本・後刷とも振仮名「みやけ」。濁に改。
五 ひどい目。大きな災難。
六 自分の心中でよく思っていない。仲の悪い。
七 こっそりと。
八 ことにして。
九 きれいな気分をたもたれるのだろう。

と誂へおきたりし、酒に肴に蒲焼の[一〇]岡持、裏口よりはこびいれる　仇「ヲヤ〳〵、大そうにいろ〳〵と、およしならいゝ　丹「なぜ、たま〳〵來たから、ゆるりと呑でもいゝじやアねへか。それとも[一一]さしでもあるなら直に歸らう　仇「ア、どうぞそうしておくれなトいへば、丹次郎は直に顔色かはり　丹「ドレそんなら達者で居なト立をひきとめ　仇「ア、モシ丹さんト[一二]繻半のそでをかみしめ涙をこぼして　仇「さしといつては外にはないョ。[一三]義理の柵情の綱で、囲つた[一四]主は米八さん。おまへをこゝへ少しのうちも[一五]止めては濟ぬ人情づく、腹をたゝずに機嫌よく　丹「[一六]突出されてくれろといふのか　仇「アレどふしたらよからうのふトしばらく泣倒れ　仇「丹さんマア[一七]下に居て、私が心のくるしみを聞ておくれよ。ヨウ丹さんトいふ折節に、[一八]入相の鐘にちりくる花ならで、いつしか降つむ春の雪、風にやぶれし[一九]椽頬の障子よりしている雪吹　丹「ヲヤ雪が降てきたそうだ　仇「ヱ、ドレトしやうじを明、ほんにマア、大そうに降(つ)て來たョ。寒いからマア燗をあつくして、一ツおあがりなト酒をあたゝめる　丹「旦那かお客が來たら迯出そう。マアそれまでは[二〇]づるくやらかせトいへば、仇吉は丹次郎を白眼つけ　仇「丹さん、私があかりをつけるから、表の戸や二階をよくしめておくれ。最何も出る用も這入用もないから、すぐにかき錠もかけてしまつておくれな　丹「ばかアいひねへ。宵からしめられるものか。そしておらア直に歸らア　仇「ナニかへすものか　丹「今早くか

一〇　平たい桶様のものに手と蓋をつけた具。食物の外への持運びに用いる。

一一　支障。別に男が出来て、自分がゆっくりしていて悪いのならの意。

一二　襦袢のあて字。

一三　義理と人情で、動きがとれないようにされているたとえ。

一四　底本の振仮名「ぬ」のみ。意によって「し」を加えた。

一五　「泊めて」のあて字。

一六　前出(二八四頁)。

一七　坐って。

一八　新古今集二「山里(一本に寺)の春の夕暮来てみれば入相の鐘に花ぞちりける」による。ただし、折から入相(暮六つ)の鐘がなって、春雪の降ってくるを述べた。▽背景を写して巧み。つとめの女も、朝の雪に客の帰るを止めたという。夕の雪に仇吉の思いはくずれる。

一九　縁側のあて字。

二〇　横着をきめよう。

へれと言たじやアないか　仇「そうは言たけれど、日はくれるし、此様に雪は降し、どうして歸されるものかネ。ひよつと途中で怪我でもして御覽な、第一[一]米八さん[二]へ私がすまないといふばかりか、私も苦労になるから、おとまりヨ　丹「イヤ〳〵歸る〳〵トいひながら諸方の戸をしめる。仇吉はあかりをつけて酒肴をならべ、ホイ、今日は甲子[三]だつけ、大黒[四]さまへお燈明をあげるのを忘れたト火をうちつける　丹「ナニきのえ子だと、甲子[五]に逢と縁がふかくなるといふぜ　仇「そんな[六]事を思ふやうだとたのしみだけれど、何に付ても悲しくなるよトいふ後から、丹次郎はちよいと抱つく　仇「アレおよしヨ。猶もの思ひだはネ　丹「そんならよそうが、酒はどうだ　仇「ア、モウ丁度燗が出來たヨト是よりしばらく盃[七]ごとありて、丹次郎は雨戸をあけ　丹「ヲヤ〳〵大変につもつたぜ、こりやアおゐねへ[八]　仇「寐るにやアしづかでよひけれど、一人〳〵に寐ると寒いからいけないねへ　丹「ナゼ、一同に寐るのはいやか　仇「ナニいやじやアないけれど、そうしてはどふもマア、米八[九]さんへ對して　丹「いゝかげんにじらしねへな。それとも久しく來ねへうち、深く[一〇]やくそくでも出來たなら、無理に不寐ともいゝ　仇「そんな気なら、此様に泣はしないはね　丹「ヱ、べらぼうめへ。米八だつて、まんざら野夫をいふものか　仇「サアそれだから猶のこと　丹「合てわるかア、手めへはかまはず寐てしまへ。おらア道中で手めへの事を夢に見て、たのしみにして歸つて來たのだか

一 底本の振仮名「たいゝち」。後刷により改。
二 底本・後刷とも「さん」。濁に改。
三 当時は毎日を干支に相当させて、吉凶・祭忌などの指針とした。
四 守貞漫稿「毎月甲子日は大黒天を祭る、三都とも二股大根を供す、又江戸にては七種菓子とて七種七銭の廉菓を供す、又新町穢多の女等甲子燈心とて、江戸中を売り巡る。三都ともに参詣の所なし」。
五 男女の会合を禁じたり許したりを、干支の日によって、さまざまにいう俗説の一。
六 ▽仇吉の共に寝ぬ覚悟を示す語。
七 酒をのみかわすこと。この頃は前出の如く、このような時には猪口で、盃は用いない。
八 「おへない」の訛。処置がない。手におえない。
九 底本「さん」。濁に改。
一〇 別人と深く恋仲になったのなら。
一一 「もぐりこむ」の訛。仇吉の堅い覚

ら、どふしてもやめられねへ　仇「後生だから嬉しがらせずに、思ひきらしておくれョ。アレサ風をひくはね、うたゝ寐をおしでない。サア床をとつてあげるからト夜具を出して、丹次郎を寐かし、別に床をとつて仇吉ははなれて寐る　丹「コレサ仇吉、最いゝかげんにしてくんねへト無理に起して一ツ夜着、むぐり[11]こんだる凡悩[12]の、まだ去やらぬ好た同志。これよりまたも深くなり、義理も意気地もしりながら、思ひきられぬ仇吉の風情は、くはしく承知していれども、さらに米八はねたむ心のあらずして、時節たづねて仇吉と和合まゝに、お蝶をも伴ひつれて一夜二夜、三曲[13]などの連彈[14]、三姉妹ともいふごとく、常に行かひ[15]なしけるが、仇吉は勝手[16]に座しきをつとめ、丹次郎の仕送にて、何不足なくくらす中、終に丹次郎の種をやどし、米八へ対し面目なくや思ひけん、丹次郎へ一封[17]の文をおくり、婦多川の家をそのまゝに捨おきつゝ、風と立退て行方[18]しれずになりければ、丹次郎はいふに及ばず、米八お蝶等は、実の姉妹の思ひをなせし人、よしやさなくとも、信切なる生質の二人なれば、八方[19]に人を出しこれをたづねさせ、また加持祈禱と神仏に祈念してさがしけれども、そよとの風[20]の便りもなく、漸[21]に月日を過せしかば、今はこの世に亡人と、あきらめるにはあらねども、彼丹次郎へ送りし文に、懐妊[22]を恥て身を隠す[23]趣きを書、多分[24]世を捨る文章なりけるゆへ、家出なしたるその日をば命日と定め、追善回向[25]怠りなく、跡念[26]ごろに吊ひけるも、近

悟の心の中へ、恋の煩悩がしのび込んだことをかける。

一二 煩悩のあて字。恋情の意で下へかかる。

一三 江戸時代では、箏・三味線・胡弓（尺八になったのは明治に入って）の三楽器を合せて、地唄を奏したこと。上から、一・二・三と数を重ねてある。

一四 底本・後刷の振仮名「おはせもの」と見える。意によって改。合奏。

一五 交際。

一六 自前で自由に芸者稼業をして。

一七 底本の振仮名「ふう」。濁に改。

一八 ▽永井荷風著の為永春水中の評に「仇吉は病中世話になつた米八に対して申訳がないと思詰めて、一通の置手紙を残し人知れず行衛を晦してしまふ。この物語の結末は極めて簡単に叙述せられてゐるのが、却て一層の哀愁を催さしめる。わたくしは春水の佳作中では辰巳園の此末節を以て最絶妙の処となしてゐる」。

一九 底本・後刷の振仮名「ほう」。濁に改。

二〇 全く噂さえも聞えてこず。

二一 底本の振仮名「したい」。後刷により改。

二二 底本「懐　」。改めた。

二三 知人の知らない所に住む。世間をさけてくらす。

二四 ここは「死ぬ」の意に用いてある。

二五 死者の冥福を祈り、法事などすること。

二六 なきあと。

日仇吉の行状正しければ、他心[一]にて亡命せしにあらざること明らかなれば、殊に不便
とおもひけり。

第十二條

後[二]五百歳廣専流布[三]の誓[四]ひにもれぬ繁昌は、実も尊き法の場、伊気加美[五]とかや稱へたる
御寺[六]へ貴賤群集する、[七]十月中の二日の夜より、終夜参詣ひきも切らず、數万の中に米
八お蝶も、[八]かねて信心なりければ、今宵の籠を心がけて、さそひ合せし女連は、かの
千葉[九]に住小梅のお由 藤兵へが女房なり 山[一〇]の手に住唐琴屋の此糸 今は半次郎といふもの内室となり 女ばかりはいか
ゞなり、さりとて下女や家來をつれるも、亦気づまりにて樂みならずと、後生[一一]は付た
り保養の心、無拠なく藤兵へは、このさいりやう[一二]に頼まれて、萬の世話をなしけるが、
お蝶が腹に出生せし、八十八といふ男の子、今年三才になりけるを、乳母に抱かせ伴
ひしは、これ米八が作畧[一三]にて、お蝶は年もゆかざれば、かわゆがるのみいくぢはなし、
米八も子は持ざれど、子凡悩にてありけるゆへ、八十八を秘藏[一四]にすることいはんかた
なく、元來發明なるお蝶が願ひにて、米といふ字を名に付んと、丹次郎と相談して八
十八とは号しなり。八十八の字を一ツによせれば、米といふ字によまるゝと、思ひ付

一 別に浮気などして。
二 仏滅後の二千五百年を五百年単位で五つにわけ、その最後の五百年。その時代は、仏法各派間に論争のある時とされる。大集月蔵経「於我法中、闘諍言頌、自法隠没、増減堅固」。
三 教を広く流布せしめること。
四 日蓮上人の誓。日蓮上人一代図会「一時高祖思惟し給ふやう、(中略)殊に伝教大師の讖にも、法華真実の経に於る、後五百歳にして流伝すべし、日本は既に円機熟しぬ、円教遂に興るべし、五濁の生闘諍の時、経にいはく、猶多怨嫉況滅度後と、経といひ釈といひ神の告といひ、実にこれ符節を合せたるが如し、われ凡夫身たりといへども、素よりこの大願を懐ふ、奚(な)ぞ忽にすべけんやと」。
五 池上にあてた。前出(三八九頁)。
六 長栄山本門寺。前出(三八九頁頭注一〇)。
七 江都近郊名勝一覧の本門寺の条「毎年十月十三日　祖師の命日たるにより、参詣群集して終夜堂内に籠る、実に当宗関東第一の霊場也」。「終夜」とは十二日夜からである。
八 梅児誉美以来、多くは法華信仰が出る。春水の宗旨か。
九 深川の木場にあてる。
一〇 武士の妻なれば山の手とする。
一一 後生安楽を祈る信仰。
一二 宰領。旅行のとりしまり役。監督。
一三 とりはからい。▽米八がお蝶の子を愛する件は、春水の旧著婦女今川二

(け)たる名なりけり。かくのごとくにお蝶がすれば、また米八も身にかへて、八十八をいとをしむことふかく、今日もこれをば連たるなり。さればお蝶と米八は、いと[一五]むつまじくもの語をなしつゝ行にも、三年以前に失たる人を思ひ出して　米「ネヘお蝶さん、斯して大勢であるくにも、仇吉ざん[一六]の事を思ふと、誠にかはひそうでならない

ヨ　長「アヽネヘ、此うちへ仇吉ざん[一七]も一件に來たら、さぞ嬉しがるだらうに、どふ[一八]もかわひそうだねへトはなしながらにゆく道も、たゞさへおそき女の足、はや生髪へ來りしころは黄昏になりにける。お由此糸[一九]藤兵へ等もとも〴〵にはなしながらゆく事としるべし　さしもに廣き境内に、あつまりきたる講中[二〇]の、群をなすこと幾千万、いとさはがしきその中に、こう〳〵[二一]とせし山門は、千尋[二二]の梢をはるかにこして、夕日[二三]に照をそえたりけり。藤兵衞はまづ休息すべき茶屋を見たて[二四]ゝためらふ折しも、山内[二五]俄に物さはがしく、崩れ立たる人なだれ、東西南北いり乱れて、女子どもの泣叫ぶ聲のしきりに聞へしが、彼八十八をいだきし乳母は、田舎ものにてありけるゆへ、弁まへもなく迯出して藤兵衞等にはぐれけり。そも此さはぎは何事ぞと思ふに、はじめは講中の仲間喧嘩が、枝[二六]のさきて大喧嘩とはなりしとぞ。その紛れに盗賊などの所爲にあるらん、刄物をふりて男女をおどせば、酒乱せし癖人[二七]の乱れあるきて、こんざつし[二八]惣くづれとはなりしなり。此まぎれに彼乳母は迯ゆく人に突倒され、終に八十八を見うしな[二九]ひ、そうどうは程なくおさまりけれ

編(文政九)で、正妻おしげの子柳太郎を、妾のお柳(改名おやな)が可愛がる趣向の二度出し。「生れし子をお柳にあやかるやうにとて、柳太郎となづけ」などとあるのも同じ。

一四　清んでよむのが当時の訓。

一五　底本「むつましく」。濁に改。

一六・一七　底本「さん」。濁に改。

一八　底本「とふも」。濁に改。

一九　底本の振仮名「どう」。清に改。

二〇　江戸時代の信仰団体は神仏とも講という組織になっていた。日蓮宗も同様(北山正邦「組と講に関する一の問題」―民族学年報第一巻など)。

二一　晃光(ひかり輝くさま)か、宏高(大きくて尊いさま)などの文字に相当するのであろう。

二二　甚だ高い。

二三　夕日の光に一段とかがやく。

二四　適当なのを選ぼうとして。

二五　境内。

二六　派生して。

二七　曲者。たちの悪い者。

二八　底本「こんさつ」。濁に改。

二九　▽八十八を失う条も、婦女今川四編(文政九)で、おやなが堀の内参詣で、乳母が柳太郎を失う趣向の二度出しである。

一　そのままではすまない。

二　普通であって、それ以上に。

三　底本清。濁に改。

四　歎きやうらみなどで感情の高ぶったさまをいう。

五　正体なくあわてふためくてい。

＊挿絵説明　提灯に「一ツ目　さがみや」「一ツ目　一泉」「古石場　染之助」の名が見える。一泉は芦仮寝物語後編（文政八）に序した玉虹楼主人一泉と同じか。染之助は寄席芸人。春暁八幡佳年初輯二「十二軒の席（よせ）へ怪談ばなしが出るじやアないか。それより黒江町の染の助の方がよいはね」。

ども、一おさまりかねし乳母の役、またお蝶米八その外も、しれぬといふては濟ぬ事といふは常体二、お蝶三が歎き、米八は殊さらに狂気のごとく足四ずりして、山内はいふに及ばず、裏門の外、表門の畑道までさがせども、それかと思ふ物もなく、乳母は前後五を欠あるき、同じく泣てたづねあるくのみ、途方にくれて詮方なく、今はなか〳〵、夜中には知れまじきかと、打よりて涙ながらに相談の時しも、誰やら聲々に、迷子だ〳〵トい

ふを聞より欠出す米八、迷子といふを若それかと、立寄見れば紛れもあらぬ八十八なれば、抱て居たる人にむかひ　米「これはモウ有がたふぞんじます。ツイ先刻のさはぎではぐれまして、誠にたづねあぐみました。サア母へお出トさもうれしそうに抱きとる（おてうのことを八十八にはあねといはせ、米八のことを母といひならはせし也）迷子の世話せし人々も、おのがさま〴〵わかれゆく。お蝶と乳母も付そひて、まづ安堵ぞと思ふうち、小児は亦も泣いだし、我を抱たる米八を見て、ふしぎそうにあたりをきよろ〳〵見まはし　小児「母人さんへ行ヨウ。おつかさんヤア引トしきりになけば、乳をふくめ菓子をあたへてなぐさむれど、なか〳〵泣やむ気しきなければ、虫[六]でも出てはなるまじと、藤兵衛がさしづに、門前なる茶屋に宿をかり、支度[七]などなしながらよく〳〵見るに、この小児八十八の皃にたがはねども、衣るいは八十八の衣類にあらず。されども家の定紋[八]の、重ね[九]桔梗を付たるは、ふしぎといふもあまりあり。乳母は小用をやりてのち、着用前を直しながら　うば「ヲヤ〳〵、こりやアお坊さんではございませんそうだ　米「何へ　うば「これ御覧ませ。女のお子でございます　みな〳〵「ヱ、女の子だとヱ、それはマアト弥あきれて皃見あはせ、溜息をつくばかりなりしが、やゝあつて藤兵衛は　藤「マア〳〵今夜は此子を八十さんだと思つて夜を明すがいゝ。夜があけたらば詮方もあらう。殊に私が胸[一〇]に少し考へ付た事もあるからト其夜はこゝに明しつゝ、翌朝御堂へ参詣するに、かの小児はいつし

六　前出(三九五頁)。

七　食事。

八　底本の振仮名「ちやうもん」。濁に改。

九　この紋、早引紋帳大全(文政七)や沼田頼輔著日本紋章学などにも見えない。桔梗の花の五弁を次々に重ねた、「ねじききょう」などの類であろうか。丹次郎は、梅児誉美によれば本田次郎の落胤である。関東の人なれば、この本田氏を新田支流の家とすれば、ききょうの五弁と三葉の違いはあるが、甚だ似た「かたばみ」がその家紋である。

一〇　胸中。思案。

かなじみて、米八の手をはなれぬに付ても、八十八が事案じられて、お蝶が心を察しつゝくよ〳〵と気の毒がれば、お蝶はまた米八をなぐさめながら小児にむかひ　長「坊の名はなんといふへ。いゝ子だネヘトいへば、かわゆきことばにて　小「およねといひます　長「ヱ、お米さんといふ名かへ　小「アイ　おてうは米八にむかひて　長「姉さん、この子はおまへとおなじ名だヨ。マアどうした事だらうねへトふしぎを立る折しもあれ、五十才にちかき夫婦のもの、向ふの方より來りしが、米八の抱きたる子を見つけ　老人「ヤレ〳〵、これはマアさぞ御厄介でございましたらう。何方さまか存じませぬが、ありがたうございます。私どもが案ましたとは違つて、誠にあなたがたの御介抱になれば、これが仕合でございます。サア〳〵お米や、伯父の所へ來なト老人夫婦が手を出せば、老女の手にぞ抱かれける。此とき藤兵衛は八十八のことを老人にはなせば、老父も手を打ておどろき　老人「さやうならば御安心なされまし。其お子は只今後から此子の母親、私どもの爲には姪でございますが、おしつけ[1]こゝへ連てまいりますと、申したばかりではわかりますまい。昨夜この子の母が此子をつれて、四名川大町[2]の宅を出て、こゝへ參詣いたしまして、喧嘩のまぎれにこの子を見失ひまして、やう〳〵群集の中からあなた方のお子とは知らず、寸分此子の貞に違ひませぬゆへ、泣のをすかして連歸る、道よりすや〳〵寐いりましたゆへ、その儘床に寐かしましたに、今朝

一　おっつけ。やがて。

二　神奈川台町にあてたのであろう。金川砂子「台町　海岸は茶屋町にして神奈川に名高き絶景也(絶景の説明詳か)」。

三 ▽前出(四三五頁)の藤兵衛の「胸に少し考へ付た事」と相応ずる。
四 たよりなく漠然としたことのたとえ。
五 ▽この伯父は初編第五回(一七五頁)に見えた人物。
六 親切を深く感じたこと。

曉方に目を覚して、母人さんが居ないと言て泣のみならず、着物の紋はおなじ事でも、染色はちがひますゆゑ、それからさはぎ出してよく〳〵見れば男の子、家内中が狐にでもばかされたかと、膽をつぶしましたが、姪も少し気[三]の付た事があつて、私どもを先へよこして、たしかに似た皃の子ゆへ、間違たのだらうと、雲[四]をつかむやうな事をあてに、こゝまで参りました。しかしこれもお祖師さまの御かげで、他所へ行ずに知れやすいやうになつたのでございませうトかたるも聞もふしぎにて、たどる所へ八十八を、脊中におひし一人の女、喘息來るは仇吉なり。米八お蝶は夢かとばかり欠出して、右左りよりすがりつき 米「仇吉さんかへ 長「八十ぼうかへ 仇「ヱ、米さんにお蝶さん、お米ぼうも一件にかへトこゝに寄合八九人、しばらくあきれて居たりける。わけて仇吉 米八 お蝶の三人は、途中といふさへわすれつゝ、手に手をとつて泣かなしみければ、藤兵衛と仇吉の伯父は、いろ〳〵にすかしなだめ、まづ五六てうの駕籠をやとひて、女連を不殘乗せ、まづ何となく仇吉が宅へと至りけるが、そも婦多川を立退て、伯父[五]夫婦の世話となり、伯父も繁花の地をはなれて、四名川の大町にかくれすみ、女の子どもに三味線を指南て活業となし、丹次郎の種を出產し、その名をお米となづけしも、米八が実意わすれぬ爲になせしとぞ。是等の事を聞につけ、三年此方の心づくしを推はかり、また仇吉も米八お蝶の信切追善回向の事などを聞て、身[六]に染わたる思ひをなせり。かくて藤兵衛は伯父夫婦に、仇吉のことを改めて頼みおき、其夜は四名川の宿へ仇吉をも伴ひて、賑はしく酒くみあそび、さゞめき悦ぶその中にも、米八お蝶は世にのぞみの満足こゝちして、嬉しさたとへるにものなし。さて翌日は仇吉を大町へ送り、いづれも宅へ歸りしが、藤兵衛は仇吉のめづらしき節義、八十八お米と二人の皃の似たりし事、これ丹次郎の種に相違なく、腹はかはれども丹次郎の皃に似たる子どもゆへ、ふしぎの再會も出來たりとて、終に丹次郎にすゝめて、近き所へ仇吉親子伯父夫婦をも引うつらせ、米八お蝶は朝夕に往來して、ながく樂しみさかへけるとぞ。

この一回は梅暦　辰巳の園、兩編二十四巻目の大づめなれば、なを三冊にもなるべきを、販元は看官の長幕に倦給はん事をおそれ、是非を不論、書縮[一]めよとのもとめに應じ、凡略して筆を止め、やうやくに満尾せり。これを察して女児童幼の愛翫を願ふのみ。

梅暦餘興　春色辰巳の園巻之十二了

一▽これも一理窟であるが、筋を主とせぬ春水の作となれば、そして一応勧善を建前とする以上、結末はどの作品ともあっけないのを常とする。

二 歌川国直。前出(三〇八頁)・解題参照。

三 前述の如く英対暖語のこと。

四 天保七年刊「おさん茂兵衛花名所懐中暦」のこと。これについては中村幸彦「為永春水の手法」—近世作家研究所収参照。

戯作者　狂訓亭主人

繪師　柳烟亭國直[二]

[三]辰巳拾遺 榮代談語

同作同画

全六册　近日出版

おさん茂平の物がたり

[四]花埜名所 懐中暦

狂訓亭主人著

爲永十奇之

全六册　第一書

補注

春色梅児誉美

一 **吉方**——暦日諺解(寛政元)「年徳とは年中の有徳の方なり、十干の中陽干五ツ陰干五ツ有リ、(中略)陽干とは甲丙戊庚壬の五ツなり、陰干とは乙丁己辛癸の五ツなり、(中略)陽干のとしはみづから任ずるによつて其年の干の方を明のかたとす、(中略)陽年は本干に在といふなり、陰は臣の道なり、臣は君に従ふを以て徳とす、故に合干に在といふ、合干とは己は甲に合ひ、辛は丙に合ひ、癸は戊に合ひ、乙は庚に合、丁は壬に合ふ、是を合干といふ、(中略)陰干の年は直に其年の干の方を用ひずして、合干の方を用ゆ、(中略)此神は年中の万徳を主るゆへに、此方に向つて万福咸く集り、衆の殃おのづから避るなり(下略)」。(この頃の俗間の暦の知識を求める書には、この書の外に文政十三年刊増補暦略註、後に暦日講譯(ママ)と改註されたもの、文政十一年刊増補頒暦略註、嘉永年間刊の暦日註解などを見得たが、大同小異なので、専ら前掲書による。)

二 **三鏡宝珠**——暦日諺解「三鏡とは日月星の三光にして、すなはち天地人の三才に像るなり、暦の祝儀にまづ是を画とは、此三星は諸願成就の吉星ゆへに、暦の最初に三鏡を画て、諸人歳のはじめに吉星の方にむかふ意にて、祝してこよみのはじめに画けり、其方位は一ケ月ヅヽにて三星ともにかはれり、月々の方角はこよみ便覧に出す故、今こゝに略す」。

三 **八将神**——大歳神(だいさいじん)・大将軍(たいしやうぐん)・大陰神(だいをんじん)・歳刑(さいけう)・歳破(さいは)・歳殺(さいさつ)・黄幡(わうはん)・豹尾(ひやうび)の八神で、例えば、大歳神については、「大歳は其としの支(し)なり、故に年中の事を率領す、(中略)此方にむかひて木を伐、その外凶事をなす事を忌む、凶事をなせば疫病起るといへり、此方にむかひては造作・移徙・諸事大吉なり」(暦日諺解)の如くに、行動の吉凶を定める。

四 **建**——暦日諺解「建(けん)和訓たつ(中略)毎月の月建の日なり、たとへば正月は寅、二月は卯といふがごとし、能く万物を生じ、新しき衣を着し、柱を建、財宝を取納、幷ニ出行等に用ひて大吉日なり、しかし土を動し、舟にのり、倉を開く等凶なり」。

平——同「平(へい)和訓たいら(中略)此日は天曹会聚して、人間の万物を平分にし給ふ日なり、婚礼・移徙・道路を治め、壁塗等に吉日なり、溝を掘、種蒔等には凶なり」。

除——同「除(ぢよ)和訓のぞく(中略)月建の前の辰(しん)なり、たとへば、正月の月建は寅なり、寅の前は卯なり、故に正月卯の日は中段は除なり、煤掃・掃除・沐浴・服薬等に吉なり、婚礼・出行・井戸掘等には凶なり」。

破——同「破(は)和訓やぶる(中略)十二支の相対するものなり、たとへば正月は寅の月なり、寅は申に対す、みな七ツ目なり、相向対すればかならず戦ふ、故に破と云、此日は罪人を殺し、出陣・漁猟・服薬等には吉日也、凡て善事には凶なり」。

定——同「定(てい)和訓さだむ(中略)月建の前の第四位の辰(たつ)なり、たとへば正月は月建寅なり、寅より前、第四ツ目なり、故に正月の定(さだん)は午なり、余は効之、一名大忌(き)とも云、家造・婚礼・移徙、下人を抱へ、牛馬を求め、土を動し、祈禱等には吉日なり、訴訟幷ニ出行等には凶なり」。

執——同「執(しう)和訓とる(中略)月建の前第五の辰なり、定の例のごとし、家造・井掘・種蒔・婚礼等に吉也、移徙・出行・庫開等には凶なり」。

成――同「成(せい)和訓なる(中略)正月は戌をもつて成(なる)日とす、二月は月建卯也、北斗の揺光(けんさき)卯に建ば亥の時なり、故に二月は卯をもつて成とす、余月は効レ之、此日は家造・婚礼・立願・入学・出行・移徙・五穀種蒔等に吉日なり、訴・争には凶なり」。

納――同「納(なう)和訓おさん(中略)此日は万の物を取納る日なり、故に天倉といふ、入学・婚礼・家造・移徙・万買納る等に吉なり、葬送・出行・鍼・灸には凶なり」。

開――同「開(かい)和訓ひらく(中略)月建より第三位前なり、故に斗柄の居レ前といふなり、則天帝の使者にして険難を開き後来を通融す、諸芸を学び、出行・移徙・奴婢を抱へ、元服・婚礼・庫開等に吉日なり、葬礼その外不祥の事には凶なり」。

満――同「満(まん)和訓みつ(中略)天の倉曹とは天帝の倉庫に天宝を満しむ、故に万物満盈なり、故に満と云、家造・婚礼・移徙・物裁・出行等に吉なり、土を動し幷ニ服薬には凶」。

五 **天恩**――暦日諺解「天より恩沢を降スの日なり、甲子より五日が間と己卯より五日が間と、己酉より五日が間なり、最上の吉日なり、其中黒日と十死の二日は天恩にあらず」。

月徳――同「月徳は三合を用ゆ、其法正五九月は火なり、故に丙(ひのえ)の日を以て月徳とす、二六月は木なり、故に甲の日を以て月徳とす、三七十月は水なり、故に壬の日を以て月徳とす、四八十二月は金なり、故に庚の日を以て月徳とす、其月の当位の十干を用る、故に月徳と云、もつとも大吉日なり」。

六 **土用**――訂正暦日註解(嘉永)「土用は四季にあり、三月六月九月十二月なり、其月の節より十三日めを土用の入とし、十八日にてあくなり、但し十九日有年もあり、(中略)一年の土用すべて七十二日、其終る日の翌日を四季の立初るとす(下略)」。

七 **土公**――増補懐宝長暦便覧(寛政六)「土公神トハ五行ノ内ノ土気ノ旺ズル方ナリ、春ノ土旺ハ東方ト竈トニ在リ、夏ノ土旺ハ南方ト門トニ在リ、秋ノ土旺ハ西方ト井トニ在リ、冬ノ土旺ハ北方ト中庭(ウチニハ)トニ在リ、故ニ此方ヨリ土砂ヲ取リ、或ハ土ヲ動ス等大ニ悪シ(下略)」。

八 **遊行**――八将神や土公の方に、そのすべからざることをしたい時には、軽い程度で、その神々が遊行とて、その方を一寸留守にしている間にするがよいなどと暦書に見える。増補頒暦略註(文政十一)の大将軍の条に、「遊行方」として、「甲子より東方へ五日、丙子より南方へ五日、戊子より中央へ五日、庚子より西方へ五日、壬子より北方へ五日、右いづれも巳の日本所へかへるなり」などある。

次に見える「間の日」は、「八専のま日」など言うより用いた。暦日諺解に「八専は壬子の日より癸亥の日まで十二日の間なり、此中丙辰・戊午・壬戌・癸丑の四日を間日といふて専日にあらず」など見える。

九 **十方ぐれ**――暦日諺解「甲申の日より癸巳の日まで十日の間、是を十方暮といふ、五行の気相尅するゆへ、天地の気も鬱蒙して清明ならず、十日の間内八日は十干と十二支と互にみな尅殺すといへども、其中丙戌の日は火生土、己丑の日は干支ともに土なり、しかれども土気の平気にあらず、ゆへに十方不和の時として、陰陽家に出行に忌とかや(下略)」。

一〇 **金神**――暦日註解「金神は八将神の外にして、金気の精なれば物を枯し死す事をつかさどる尤恐慎んで忌さくべし、この方に向ひて家造・わたまし・婚礼・聟入惣じて何事にも用ゆべからず、誣て犯せば七人の券(マコ)族まで取殺す、もし七人の数足ざれば其隣をそへて七人の数にたして殺すといへり、是を七殺といふ、但し遊行日には本所さはりなし(下略)」。ただし春水著の閑窓瑣談に「金神家相の論」あり、「奈何ぞ理に違たる異邦の金神が、開威(かけまくもかしこき)皇国の国民を悩ます事が成べきか」など見える。

一一 **災厄**――作家生活の面については、絵本荒川仁勇伝(刊年未詳ながら文政末か天保初めであろう)の序に若干うかがうことが出来る。「(前略)余亦その盛事に傚て、毎歳数多の小稗史を綴、以て童幼の翫に備ふ、嗚呼詮なきかな、斯る一時遊戯草紙にも、亦流俗の好不好あり、忠孝貞操の冊子は半開にして必ず不見、専青楼妓院の艶語を綴りて編する巻を愛翫す、予こゝにおいて三五年歎息して筆墨に疎く、多くは近友門人等が筆採儘に名のみを著て発行するの書不少、されば発市の巻毎に悪評愚が耳を貫き、千悔して自他に恥す、しかはあれど流行の小冊も昨今北里の通言、其家屋の新語を穿といふにもあらず、看官も又こゝに心を慰するはなく、只其痴情に迫を好じ、山東庵の糟粕なるを今更新しと珍重す、是しかしながら二十年来、其時代に未生の少年輩、今や始て冊子を開き古を知らねば愛翫する事考て後、漸解得(さとれ)り、さらでも復古の人情は知るといへども、亦更に其類を著述せば、猶今人の糟粕たらん事を恐れ、作者自ら我に倦、看官も予に倦、新奇妙案ありといふとも、多年の拙作遺笑に絶、是に加へて門人等予が名を罪する代作の拙きに倦労、巻を開の得意なくば、弥書林に捨らるべしと、世活の一助たる筆研を遠くなし、根岸の里の茅屋に寓、俗に曰謂(いはゆる)不食して貧を楽の語を守(下略)」。代作の悪評と作のまずさの為に、作品を余り出せなかったのも災厄の一つであったろう。一般生活面では、この頃通油町から、商業の地でない根岸や、浅草寺内に移転したが、それは、恐らく文政十二年三月二十一日(武江年表)の神田より出火の大火に類焼、書肆や歯磨の製造を続ける方法も立たなかったためで、合せて災厄といったもの。

一二 **月曜星**――暦日諺解に「月曜(ぐわつよう) 此日功徳をなし、衣服をたち、髪をあらひ、爪をきり、新しき衣を着るによし(下略)」などとあって、一陽来復の日にまつるにふさわしい。

一三 **竹長吉の後刷の説明文**――「そも〳〵和朝(ひのもと)に寄浄留理(よせじやうるり)の元祖(ぐわんそ)は京都(きやうと)四条(しじやう)の河原(かはら)にて六字南無右衛門(ろくしなむゑもん)といへる人女子太夫(をなごだいふ)をもつて都鄙(とひ)の貴賤(きせん)を大寄(おほよせ)なせしがこれ女子浄瑠璃(をなごじやうるり)のはじめにてこの以前(いぜん)に男女(なんによ)にかぎらず音曲(おんぎよく)をもて人寄(ひとよせ)せしことたへてなしとぞ」。

一四 **上田太織**――上田縞は万金産業袋(享保十七)「上田島、幅九寸二丈七尺づゝの反物なり、そのむかし信州上田より出たるは、たて横紬にて至極つよし、俗に表一ツに裏三ツを取かゆるとて、三うら島といふとか、しかれども今は曾て出ず、間にたま〳〵出ても大ぶん次なり、今上田といふは相州八王子あるひは青梅村などよりいづる、是も地は紬にてつよしといへども、本植田よりはつぎなり、紺じまを上としちや島を次とす、もやういろ〳〵、上がたにては代官じまともいふ(下略)」。ここは勿論紺縞。

一五 **やままゆじま**――万金産業袋「幅丈右(つねはゞ丈六丈二尺)に同じ、はぶたへの糸に山まひといふ虫の巣を糸にして、島もやうに入れ織り、煉て紅に染れば、惣地の糸は染れども、山まひのいと計染らずして、白にて島あらはれ、すなはちもやうとなるなり」。

一六 **鯨帯**――三養雑記(天保十序)「今は裏表かはれる帯を鯨帯といへり、これはもと黒天鵞絨に白繻子などを、合せくけたる帯、明和安永のころ専らはやりたり、そのかみは総て白地に黒色をとり合するゆゑ、鯨帯の名は起りしなり、あるひは両面帯又は昼夜帯などもいへりとかや(以下に発生の考証あれど略)」。

一七 **宅げいしや**――守貞漫稿に、吉原の芸者(女)に二種あり、一は見板芸者で、他は内芸者であることを説明し、「又内芸者は二人組ず、一人づゝ売る也、尤当屋のみにて他家に不レ出也、妓院に一人或は二三人あるあり、数人は養はず、又内芸者を不レ抱妓館も多し、殊に大見世には無事也、是は必ず茶屋より芸者を携る故也」。

一八 **あぶな絵趣味**――梅児誉美評の一例として、明治三十八年一月刊高野弦月著噫淫文学(主には小杉天外の作品評)から引用する、「要するに狂訓亭春水が、驚くべき緻密の観察と、舌を捲くべき入神の彩筆を以て、痴情・艶語・淫事の極致を描写して、人を悩殺するの魔力を逞うしたものだ。徹頭徹尾、風俗壊乱的文字ならざるはなき体落、梅暦全篇二十四齣、淫文学を除かば、梅暦はゼロであらう。否、文字上の風俗壊乱は尚恕すべし、実感的などゝ言つてゐる中は尚可なり。而も恕す可からざるは、其思はせぶりの句調、皮肉の書き方が、何事の前提であるか、何事の反面であるかを、眼光紙背に徹せざる凡夫をしてさへ、十二分に聯想せしめ、脳裡に歴然と出現せしむる点である。天下豈此より悪むべきことあらんや、さなきだに腐敗せる当時の風俗に油を注いで、どん底に陥れやうとしたのは疑ひもなく春水である。宜なる哉、水野越前が強硬の手段を取りたる。固より其当を得たりと云ふべし」。

一九　**九年なに……**——宮川舎漫筆（文久二）「愛閑楼雑記にいふ、新吉原中近江屋の抱に半太夫といふ遊女のありしが、後に大伝馬町の商人え縁付たり。其家に人々あつまり何くれと物語の序に、達磨の九年面壁の噺になりしが、半太夫聞て九年面壁の座禅は、何程の事かあらん。浮れ女の身の上は、紋日もの日の心づかひに、昼夜見世を張る事、面壁に替る事なし。達摩は九年われ〳〵は十年なれば、達磨よりも遙に悟道なるべしとわらひける。此はなしを英一蝶聞て、頓て半身の達摩を傾城に画きたるが、世上にはやりて、扇子、団扇、薹(たばこ)入、柱隠しなどに書て女達磨と言けるとかや。故に女だるまは一蝶より始るといふ。市川柏莚が其画の讃に、

そもさん歟是みなさんは誰

九年母も粋より出し甘みかな

俳人谷素外が手引草に、

九年何苦界拾ねん花ころも　祇空

愛閑楼とは、予しれる医師星野周庵が別号なり」。

二〇　**茶屋船宿**——守貞漫稿「吉原も古は揚屋あり、中古以来絶亡し、今は茶屋あるのみ、茶屋には双枕を許さず、芸者を揚げ、酒宴は許す、女郎も茶屋迄送迎はする也、宴の席にも侍坐するのみ、仲の町七軒の茶屋を第一とす、酒肴の価を号けて、送りと云、妓院の送迎の料とする也、七軒の茶屋送り料一客金一分、其他仲の町の茶屋送り二朱づゝ也、七軒は大門内右の七戸を云、仲の町及揚屋町の茶屋凡て百一二十戸あり、七軒に対すを向ふ七軒と云、送りと称す費二朱也、田町編笠茶屋百八十余戸、今は引手茶屋と云也、引手は妓院に導くの意也、竜泉寺前、茶屋三十余戸引手茶屋也、山谷堀船宿及会所船宿ともに合て八十余戸是船宿にて引手を兼ぬ也、(田町以下茶屋及び船宿よりも、吉原妓院に導きする也、惣て引手と云也、然れども別に揚代の外送りと号する費を取らず、妓院より一客二百文許の銭を与ふこと也、当時(所カ)及び駅舎天保廃止の岡場所も皆然り、号けてこづりと云、小釣歟)」。

二一　**人情**——玉川日記五編（文政十二）の珍奇楼主人の序に「我友狂訓亭、娘八丈の古衣を洗たくし、復古の人情に流行をそえてより(下略)」、応喜名久舎（天保三）前編の序に「人情物の作者金竜山下の草庵に狂訓亭主人為永春水誌」などと、自他共に人情物作者と見るに至るのであるが、その人情の意味する所は、後年の語であるが、次の如きが、よく示しているようである。春暁八幡佳年初輯(天保七)二「それ人情とは何をかいふ、恋路の事のみいふにはあらず、只男女の常住(ふだん)愚なる歎きはかなき心苦、すべて世上衆人のその迷へるをもあざけることなく、何ごとも其思ひ〳〵の人になれて、親しく実意に哀を知るを真に人情を解たる人といふべし、その心にてよみ給はねば、予が拙作はとる所なしといはれん」。

二二　**洒落本とおなじく**——春暁八幡佳年三輯(天保七カ)にある「序文に換る附言」が詳しい。「そも〳〵拙作の中本は、甘きを以て幼きを導く、教訓の一助にして、古人の著したる洒落本と同じからず、唯男女の誠を尽す実情をしるして、不実を禁め、一夫にして多くの情人女(ぶ)あるを綴りて、婦女子に嫉妬の念を断せんがために、一夫をしたふ数婦、こと〴〵く其志をやさしうして姉妹のごとくさすること、いづれも同案の趣向となるは承知してこれを改めず、また北方を好んじて、辰巳の方は耳にもふれるを嫌ふ息子も、八幡佳年を見て楽しむは、穴を穿ず人情をしるすゆゑなり、亦三都はいふに不及、国々に予が拙作の得意ひゐきの多くあるは和漢の人情古今一なるをもつてなり、よしや其場所の穴を、くはしく発明してしるすとも、万邦に通ぜぬ鄙言ならば、衆人こぞつて愛翫する事なかるべし、依之予が著す所は、さらに隠すべき穴をあらはさず、唯おもむきを知らしめて、佳境に入たる楽しみを、おもひやらするを要とし、広く世上の看官に備ふ、芝蘭の室に入ずして、其香を知るはいと稀なり、よく其穴を知らんとする者は、自ら其土地其家に遊ん通君、何ぞ予が筆を当にして、是なりとは思ふべきか、凡そくはしく穿ていへば、同じ土地にも大同小異、家毎に流行かはり、朝夕捨り日毎に違ひ、俚言口癖に移りて百日つゞくあり、何ゆゑとも悟らずして、永く通言となるもあるべし、其土地に住て其所を知り顔の小人、人情本の用捨を知

らず、予をして土地にくらき著述とそしり、此所彼処の違を論ず、嗚呼愚なる哉片屈人、それ作者といふものは、推量を以て物の本を作り、世間一統さもあらし(んカ)かと承知して、楽まるゝを極意とす、また其穴を知てもはゞかりて言ず、嫌て記さぬ伝も有、こと〳〵くさぐりて後に其穴を、知りたる自慢をする人は、予党の職にあらず、(中略)くれ〳〵も予が著は(す脱カ)人情本にして、穴さがしの禁句本(しゃれほん)ならずと、よく〳〵承知してよませ給へと、唯御ひゐきの看官に願ふのみ」。初めは、遊里に暗い自己の不得手をカバーする方法や発言であったが、後にそこに自己の特徴を打ち立てようとした気持を示した文である。

二三　**恋の入船迎船**――深川区史に船宿とその船のことは詳しいが、岡場遊廓考の多方面のことを一文に収めた要領のよい文を引くと、「船宿附引手茶屋　船宿の壁に封を切らぬ古文あれば、こし張の御様よりは多くは仕舞の約束書にして、床の間飾りつけは、暑寒の見舞物、付金の見得を見せたる醬油炭俵、新造おろしの屋根が出来れば、店者に付のぼせあり、二階の普請仕直せば出入の息子株、向島へ引籠む、身揚りして食客に居る妓あれば、すむ迄寐とまりする遊冶子あり、正月の仕舞に歳忘れのさわぎ賑しく、床花の付金を当り前と□□る、丸てうちんで河岸迄送るか衆、布団を入て□のしたに泊る船頭、足のある内へ連レて行たがり、下りのあるを差と心得るもおかし、二朱付て五十文ヅヽ小づりを取ル、すべて子供芸者調肴なにしてもとる也、其内子供代計り出す内もあり、又仲町土橋当時なしにては出さず、ろうそくを引上るを徳にする事也、船頭、月に一歩より一分二百文位の給金にて月かゝへのもの也、定は小舟は百廿四文にたり二百文、屋根船二百五十文尤片道のわりなり是仲ケ間一統の張札なり、屋根に二人り船頭、脇艫を入るといふ、猪牙を小船、小ふねとにたりの間を三てふといふ、又片道上下の差別あり、へさきの綱をもやひといひ、早縄を付ける処をねこといふ、横木をとつて枕とし、雪駄をふせて表に置は、客の心得なるべし、火縄箱はちいさきを尊む、船頭はふるきをよしとす(下略)」。

二四　**騒唄**――深川の遊びのにぎやかさは洒落本類に見える。仕懸文庫(寛政三)「サッサおせ〳〵の鄭声じつに雅楽をみだし」とあるは、いわゆる深川のさわぎ唄(見通三世相・船頭深話)である。見通三世相(寛政八カ)は、尾花屋の遊びをうつして「女六人入かはり立かはり、男げいしゃ六組合て十二人はをり四人惣〆三十八人余也、さしもにひろきにばなやの見通し、出しものと人の山にて、むさしやの台のものはつかみ出され、大床の大よこものをはづしたり、花をむしつたり、ろいろの床ぶちをなでたり、丸ぢよごの香台をもち出したり、琴をさらけ出したりして、わるふざけの大さはぎとなり、すゝはきもちつき百まんべんのさい中」などとある。

二五　**朝なをし**――巽大全に「仕舞附直しの事、仕舞は昼夜また昼斗り夜ばかりと切る事もあり、いつ何日に夜斗り仕舞と約束をすれば、其日は外の客へは出ず、なじみの客来る時はようじと断るか、または逢ねばならぬ時は、ひそかに逢ふなり、これを广(ま)ともぬすむとも云、仲町昼六十匁、又弐朱の所ではひる斗り十五匁、夜斗り同断、昼夜三十匁なり、切ひとつだけ引事あり、又一ト切遊ぶにむかひかゝる時は、あとを直して早く帰るを通りもの丶遊とす、なほす時は直し肴と云を出す也」。よって夜を仕舞った客が、朝になって直すのが、即ち「朝なをし」である。

二六　**孟光**――後漢書巻百十三の梁鴻伝「梁鴻字伯鸞扶風平陵人、(中略)鴻並絶不娶、同県孟氏有女、状肥醜而黒、力挙石臼択対不嫁、至年三十、父母問其故、女曰欲得賢如梁鸞者、鴻聞而聘之、女求作布衣、麻屨織作筐緝績之具及嫁始以装飾、入門七日而鴻不答、妻乃跪牀下、請曰、竊聞夫子高義簡斥数婦、妾亦偃蹇数夫矣、今而見択敢不請罪、鴻曰、吾欲裘褐之人、可与倶隠深山者、爾今乃衣綺縞傅粉墨豈鴻所願哉、妻曰以観夫子之志耳、妾自有隠居之服、乃更為椎髻、著布衣操作而前、鴻大喜曰、此真梁鴻妻也、能奉我矣、字之曰徳曜名孟光、居有頃妻曰、常聞夫子欲隠居、避患今何為默默、無乃欲低頭就之乎、鴻曰諾、乃共入覇陵山中、以耕織為業、詠詩書弾琴、以自娯、仰慕前世高士而為四皓以来二十四人作頌因東出関、(中略)遂至呉依大家皐伯通居廡下、為人賃舂毎帰妻為具食不敢於鴻前仰視挙案斉、眉伯通察而異之、曰彼傭能使其妻敬之、如此非凡人也」。

二七　**妬心**(ぢんすけ)――頭注に引く、春告鳥九の全文を引けば「近来の流行ことばに嫉妬をやくことをじんすけといふことは、遊所の隠しことばなりしを、今は荒麻(さいみ)の風呂敷を脊負て使にあるく、上出店(おたな)の小僧の詞となり、昨日山家を出し猿のやうなる丁稚が、前後も知らで、堕落(おつこち)を帰して嫉妬(じんすけ)を揚てトそゝり節に異変なる声にうたへば、実に正銘まじりなしの江戸ツ子が、流行おくれのじんすけをいつまでいふべきことならんや。こゝにおゐてお熊が嫉妬(じんすけ)といふことばを嫌ひて、白地(あからさま)にやきもちとはいふなり。最早じんすけおつこちの気障言葉をやめて、新らしき東ツ子らしき、真の通言をこそ好ましけれ。以来はじんすけといふ詞を遣人をさして気障の本店と笑ふべし。此ことをしるす中にも、彫刻の間に光陰うつりて、予が筆もまた流行におくれんことをおそるるのみ

　天保六年の九月はじめつかた　　はやこのことをそしりてしるす　作者」とある。

二八　**継棹**――河羨録「竿に二継有、三継有、尤利方よし、通り竿は上竿にても鈍気味有、継竿の仕様、本と中には随分軽く性の能竹をゑらみ、穂は矢箆竹を用ひ、の竹にも善悪有、身の入過たるは強しといへ共重く、さきづれに成、軽きは弱く、亦しない過る也、但市店にて売出来合竿など、多くは継手の呑込すくなく、或は継の皮削細めて仕入る故、大魚などかけたる時折る事多し、亦偶合ゆるきはぬけることあり、第一竿は疵を吟味して吉(下略)」。岡山鳥著岡釣話(文政二)には、五本つぎ・七本つぎなども見える。

二九　**三升格子**――斎藤隆三著近世時様風俗に、嘉永四年二月市村座の二番目明烏花濡衣に八代目団十郎が着てから大流行したとあるは誤伝のことは、同書に見えることで明らか。春告鳥八「上着は媚茶の三升格子の極こまかき縞の南部縮緬」とある故、前出の三升じまと相似たこととなる。同書と本書の插絵を検するに、前者は縞が目立ち、ここは格子を目立って書いてある。これを思うに寝ぬ夜のすさび(文化十)に「又三すじ格子は家紋の三桝の格子にとり、崩してかへせしなり、今も猶廃らず行はる」とある。恐らく三すじ格子の変形したものの称であろう。

三〇　**良斎**――乾坤坊良斎のことは関根黙庵著講談落語今昔譚や、雙木園主人著戯曲小説通志に一応見える。春水との関係は百戯述略第一集に「右春水儀、乾坤坊良斎と申者と申合、市中寄場へ出、心学の様成儀を、講談いたし候よし、一度も承り不申候」とあって、共に寄席へ出たのであり、且つここへ出したのは藤兵衛のモデル津藤のとりまきの中に、春水とともに良斎もあったからである。津藤著で、その取巻を地誌に作った津廼国名所には跋を書き、また「良斎が嶽　眼の藪」として出ている。「〇此嶽の大天狗太郎坊僧上坊と兄弟分にて乾坤坊といふ、常々高座をまうけ、人を集めて虚言妄説を吐て、俗耳を驚かしむ。〇常々料理を好んで人をして大喰傷をさせる事度々なれども、弥我慢増長して己が罪トせずして、当時流行の料理家をあざける。〇天狗かたわらの藪を白眼んでまなこ左右にかたまる　内外のおしえのふみを枝折にてのぼる高座に山をなせ人　乾坤坊良斎」。

三一　**三尺帯**――守貞漫稿「一重廻りの帯也、長三尺なる故に名とす、昔は三尺手拭を用ひし歟、三尺手拭の事は頭巾の条に詳かにす、又六尺の二重廻りの物もあれども絎ずして、しごき帯を今は長短を論ぜず、ともに三尺帯と云、六尺の物を二重廻の三尺と云也、三尺帯六尺帯には木綿の手綱染を専とせしが、近年廃してより今はむきみ絞り柳絞り等を専とす、又江戸日本橋白木屋にて、一種の染小紋を売り、白木の三尺と云て用レ之、ともに全幅をしごきに用ふ、又美なる物には羅紗縮緬八反織其他種々を用ふ、ともに全幅を用ふ、凡三尺六尺帯を用ふは諸工船人馬士車力等准レ之者、平日は用レ之、江戸にて鳶の者と云者は必用レ之、美服にも用レ之、又江戸にて印半天と云を服す者は、惣て必らず用レ之、三尺帯は背に結ばず、専ら左或右の前に結ぶ、旅人は必らず男帯の上に右の三尺帯或は六尺帯を重ね締る也」。

三二　**ふく日**――暦日諺解「復日　復とは再復の意なり、故に吉凶ともに再びする意なり、故に吉事には用べし、凶事には用ゆべからず」。

三三　**九返舎主人**――四世絵馬屋額輔の狂歌人物誌の加保茶浦成の条「浦成は新吉原玉屋弥八の男にて初名を金次郎といひ、天保年中三亭春馬と号して戯作を著し世に行はる、後に京町大文字屋の養子となり五代目大文字屋市兵衛と称す、狂歌を好み浅草庵春村の門に入、文字楼元成といひしが、加保茶浦成と改む、故ありて大文字屋離縁の後、又戯作に志し曾て十返舎一九の門に遊びし頃、九返舎一八と呼しちなみにより、遂に十返舎一九の号を襲ひ、又四世八文字舎自笑とも称す、老後山谷堀に八文字屋といふ船宿の業をいとなみけるが、嘉永四年十二月十八日馬道なる富士屋といふ料理店にゆかりあるをもて其家に病て歿す、享年不詳。浅草今戸橋際慶養寺地中潮光院に葬る、法号「大用玄機信士」といふ」。

三四　**ドヾ一**――風流稽古三味線（文政九）上「はなうた〽させばきをやるさゝねばやらぬ。ことかく筏は竿次第トどゝいつをうなつている」。同下「〽あのや黄石公が土橋のうへから履物おとしてヱ。これヱさア張良さんはゞかりながらおたのんもうしますウ引アどゞいつどん〳〵ツ」。

三五　**婦人の看官**――以登家奈幾（天保十一）一「看官は一年ましに見功者になつて、人情ものはいふに不及、出像小説の善悪を娘子どもがいふ様だから、作者も骨が折るネ」、春色辰巳園三編末（本書三八三頁）、処女七種五編（天保十一カ）上「春水額づいて言へらく、お豊お録が泣悲を這回にくわしく綴らんにはいとながやかになるのみにて、くだ〳〵しき条のみ多くなり、婦女子の読わびたまはん歟と、爰にていさゝか筆をとゞめぬ」、春暁八幡佳年四輯（天保七カ）序「追〳〵著作注文に時をかぞふる活業の繁多は、四方の童男達（とのたち）や姫御前方の御賞翫が日に増ゆへの筆果報」など、しばしば女性の読者にふれるし、女性の貞操を描くは、婦女教訓なることを、本書にも見えて、しばしば筆にしている。

三六　**黒八丈**――守貞漫稿「八丈縞長け八丈なるに非ず、伊豆の南海中の八丈島にて製す所也、昔は専ら衆用する歟、今は男用は武士医師等稀に着レ之也、婦女も坊間稀レ之、御殿女中上輩の褻服下輩は晴服に着レ之こと専ら也、縞種々あれども、（中略）或人曰八丈縞染色黄樺黒の三色多し、（中略）黒は四季を択ばず椎皮を煎じ染レ之こと二十余回田泥を以て色を出すと云り」。

三七　**うしやの掛茶亭**――春告鳥一「迎島の別荘よりうしやの土留木（がんぎ）を二人連、（中略）トいふとき乗切の船頭小舟のうすべりをひろげ、（中略）ト二人はのりてむかふへわたる」。春色梅美婦祢四（天保十二）「彼米八が乗りし家根船はうしやといへる茶屋の厂木にもやひありしが」。或は実際は少し違った、似た名であったかも知れない。

三八　**溜桶**――守貞漫稿「又正月上巳端午七夕重陽の日、浴戸下男に銭二百文を与ふ者には、毎浴の時、右の小桶と留桶に、上り湯を汲み持出し、客の脊を磨り、又再び小桶と留桶に上り湯を汲み出す、之を留桶の客と云、留桶の大さ、大概高六寸亘り八寸に一尺許の楕円也、俗に云小判形なり、輪同前、是亦槇の正目或はさわら材也、右五節の内、七夕を除て、中元に与ふもあり、又十月二十日前に、留桶新制にするの条を紙に書て、水槽の上に粘す、此時常に留桶を用ふ彼留桶の客等、各自銭を与ふに有レ差、或は金二朱一分又は銭三五百文、二百文を極下とす、其銭数と名を紙に書て羽目板に粘す、二十日至り、留桶小桶ともに新制を用ふ、蓋輪は作り改むるに非ず、天保前は外見を好むの徒、銭を多く与へて、留桶に定紋を漆書させ、或は記号の烙印をするもあり、天保以来此こと廃す、今用レ之は却て数年を用ふのみ、留桶の客、何の浴戸にも、男子には十人の中一人、百人に十人ばかり、婦女は用レ之者十人に九人、不レ用レ之者百人に十人也」。

三九　**見番払ひ**――巽大全の「見番の事」の条「見番は此所にては役所にして、妓芸者の名を札に書付てさげる也、茶屋も呼にくる時は、其札を引なり、故に札を見てくるといふ事方言なり、子供の見番と芸者の見番と別なり、補云、芸者太夫ともに弐朱の揚代なれば見番へ三匁茶屋へ三匁芸者壱匁五分とるなり」とある。おくまの所から直接客席へおくると揚代のみであるが、見番へかして出すと、おくまの分がいくらか、見番から出るのではなかったかと思われる。

四〇　**お張御符**――葛葉山人著の江戸神仏願懸重宝記「堀の内の張御符、堀の内妙法寺祖師堂にて出る張御符の札をかり請て、病人の枕元にはりおき、七日目ごとに上へ上る、廿一日目にはすみやかに病気平愈なすこと、妙法の功力うたがひ有べからず、ことに難病又は長病の人は三七日を過て、又札を張かへるなり、尤古き札をかへし、あらたに札を乞請て張なり、諸人よくしるところなれば、しるすにおよばずといへども、祖師の利益をいはんがためにこゝに載す」。

四一　**やまとだましひ**――江戸時代の通俗書のこの語の用例はさまざまである。傾城色三味線(元禄十四)の江戸巻四「琴浦さまの手前もあればと、大和心になつて、大きにやはらいだる口上」の如きは、大和歌などの如く、みやびでやさしい意。江戸版の教訓乗合船(明和八)三「立引と出懸、宗旨の論なら大屋様でも、一番いざこざ、いひたがるも、元ト一筋の日本魂しい」は勝気の意。ここも江戸の例の如く、勝気をいったもの。

四二　**本ようかん**――守貞漫稿「今製煉羊羹赤小豆一升を煮てあくを取り去ること三四回、其後皮を去り、乾天二本半を煮て漉レ之、煮詰製すを煉羊羹と云、同粗製のもの同製唯白砂糖三百目を用ふ、江戸にて近年是亦行る、号て浪華羹と云、蓋彼地に始め製すに非ず、唯猥りに号レ之のみ、右の煉羊羹浪華羹ともに赤小豆に専とすれども、或は白大角豆或は八重成を以て製すもあり、八重成は大坂に無レ之歟、又蒸羊羹も行る」。

四三　**文使**――岡場遊廓考の深川の文の条で、「状遣ィ多くは船宿江出る也、日雇とり出入の小間物屋又は茶屋の若者など序のある時、使に出ることにて」とあるが、専門の者もあったと見える。

四四　**五文字**――鈴木重雅著川柳概説中の要領のよい説明によると、「五文字句。前句附を圧縮したもので、五字題ともいひ、課題は単句で、字数には制限なく、之に、五文字の附句をするもの。五文字は、余に短小であるところから、後には、七文字・十文字ともなつた。

大腹中　　出あるかせ
行く　　もどらぬ水
あかぬ　　夫婦道中
疵　　美しい茶碗で引かけ
見ともない　　行きはお駕で帰りは馬だ」。

四五　**茶番**――茶番のことは式亭三馬の茶番狂言早合点(文政四)・茶番早合点玉手箱(刊年未詳)などに詳しい。もと歌舞伎俳優のたわむれにした寸劇であるが、後、素人の流行となって、劇場では絶えた。素人には茶番師と称するその道の好者が出て、三馬時代以後幕末まで盛んであった。茶番にも種類があるが、最も普通のが立茶番と口上茶番である。外に食物茶番・引摺茶番・かつぎ茶番など称するもある。立茶番は一名狂言茶番ともいい、「まづ鬘をかけ紅粉を粧ひ、戯子の如く打扮て、思ひ〳〵の狂言をなし、尾に景物を披露す」るもの、口上茶番は「座して趣向を演説し、その趣に従つて景物を竝」べるものである。いずれにせよ太平の庶民の遊楽であり、かの滝亭鯉丈の如きはこの名手で、それによって花暦八笑人の茶番小説を書いたのである。茶番の仕方、景物の吟味、その場の心得など前掲の二書にあるが略す。

四六　**古の花の法度**――大田南畝の南畝莠言(文化十四)に考証あり、抄記すれば、「須磨寺に若木の桜制札とて紙に書しものあり、其文に云、須磨寺桜此華江南所無也、一枝於ニ折盗之輩一者任ニ天永紅葉之例一伐ニ一枝一者可レ剪ニ一指一、寿永三年二月日(注―松屋筆記などにも見えて弁慶の作と伝える)とあり、われ此制札の文を疑ふ事久し、江南所無は梅の名なるを桜とせし事いかゞと思ひしが、文化元年七月のころ西遊して此寺に入て、まのあたり此書をみしに、須磨寺の桜とかける桜の字紙のやぶれありてさだかに見えわかず、源氏須磨巻に、若木のさくらさきそめてといへるに附会して、光源氏を源九郎とあやまれるにや(下略)」。春水はこの莠言など見て、梅としてここにとり上げたもの。

四七　**高尾**――花街漫録(文政八)の高尾杯は「高尾所持之杯、差渡シ八寸四分五厘、深壱寸、高サ二寸、近江屋半四郎蔵」で、「杯の内に朱ぬりにもみぢを三ツまで推彫にしたり、松葉は青漆塗におきあげたり、また生のみどりをそのまゝぬりこめたれば少しはぜたる所あり、外は糸目の生地にして、金粉にて九曜の紋をまきたり(下略)」というもので、この高尾は二代目であること北里見聞録などに見える。巴屋杯は「三組杯　差渡シ三寸六分、高サ七分、中、差渡シ三寸四分高六分五リン、上、差渡シ三寸二分高同断」というもの、元禄の頃の江戸町弐丁目巴屋権兵衛抱の初音の所持したもので、蒔絵で、三味線・ばち・かんざしをそれぞれに出してあるのは、初音も三味線をたしなんだ故という。巴屋の三組杯に高尾の杯を合わせて趣向したのが、この場面である。

四八 **妻女結**——柳髪新話浮世床初(文化十一)上「尤も、髪の風は、今はやるたばねといふ髪なり。○たばねとは、油を少も付けず、水髪に結ひて髱をふつくりと出し、刷毛先をばらりと散らして、髷の一を上の方へ外(そら)して結ふなり、則ち図の如し(図略)、但し只今結立の髪にても、一昨日の頃結うたるやうに見ゆ、尤も当時は、額を抜く者無し、大方は丸額なり、○たばねと呼ぶ名は、俗にかゝアたばねといへりしを略したるもの歟、これは油気なくて手拭を頭へ巻くに快きためとぞ、○この風を按ずるに、明和の末、安永の初の頃行はれし髪の風に似たり、当時流行おのおの昔に返るなれば、髪の風俗も又かくあるべき歟」。

春色辰巳園

一 **舜**——これら中国のことは和漢三才図会十五に「漢書ニ云ハク、黄帝星暦ヲ定メ、容成ニ命ジテ暦ヲ造ラシム、書経ニ云ハク、堯義和ニ命ジテ欽(ツシン)デ昊天暦象日月星辰ニ若(シタガ)ハシ、敬ツテ人ノ時ヲ授ク、(中略)則チ歳ヲ名クルノ義ハ陶唐(舜)ヨリ始マル也」などある。も少し俗な書によったのであろうが不明。

二 **四十八手**——相撲のもろもろの手の意であるが、近世では、それを四十八に数えたものもいくつかある。宝暦の相撲大全にかかげる名のみあげると、

かものいれくび・むかふづき・さかてなげ・すくひなげ・ぎやくなげ・なげ・つまどり・さまた・ためだし・たぐり・みところづめ・けかへし・かいなひねり・うちがけ・かたすかし・だし・そくびおとし・ひきまはし・かはづかけ・しゆもくぞり・やがら・もち出し・ひざこまはし・とびちがひ・こしくぢき・大わたし・しぎのはがへし・まがひつき出し・つゝきけがへし・そとがけ・きぬかづき・てふのがけ・つきやぐら・たすきぞり・うつてすかし・じきこまた・そとむそふ・よつがひ・そくびなげ・はりまなげ・かけなげ・おひなげ・のぼりがけ・やぐら・したてやぐら・うちむそう・とあし・くぢきだをし。

なお三木愛花著江戸時代之角力に詳しい。

三 **丁子車**——南仙笑楚満人即ち春水作の春宵美談朧月夜四編のはじめに一葉あり、「岩井粂三郎家法 御くすり はみがき 丁子ぐるま 御口中一切のみやうやく也 十六銅、廿四孔、箱入三十二字、極上五十銭、みぎの御はみがきは世の常の類にあらず、口ねつむし歯といへども常に御用ひ被遊候御方は、そのうれひ更になし、白歯の御方はいふにおよばず、歯を染給ふ度毎に、御みがきなされ候へば、おはぐろのつやを出し、ゆるぐ歯をすへ、ねつをさまし、老年迄歯のうれひ絶てなし、かくいへばとて売薬ひろうのあたりまへとけなして、まことゝし給ふまじ、実に無類の妙薬なる事はまづ小包一袋を用ひて、其偽りならざるをしりたまふべし 江戸通油町南仙笑楚満人精製」と見える。丁子車は粂三郎の家紋。

四 **博多**——守貞漫稿の文は、頭注に引く所につづいて、「真物を本博多と云、価概金一両一二分以上用レ之者稀にして、多くは贋物の摸造也、摸造は京都及び甲州等にて製す者真物に次ぐ、価金三分ばかり、上野にて製す者価金一二分の物あり、図(図略)は白地黒紋也、央の紋を独鈷と云也、文形仏具の独鈷三鈷に似たる故に名とす、博多織此文を専とす、此文一条なるを一本独鈷、二本を二本独鈷と云、或は独鈷筋の外に縞筋を交へたる者あり、或は大小独鈷二筋あるあり、其製定りなく種々あり、又地色紋彩ともに種々あり、また地色文色と同色もあり、同色を供独鈷と云、白地今は用ふ人稀也、前図は帯に綷け製したる図也、今世男帯一丈幅一寸八九分を普通とし、二寸を広き物とし、一寸七分を狭しとす、蓋鯨尺也、天保頃は媚茶地を流布とす、今世は紺地を流布とす、(中略)博多男帯真物の幅大概五寸、摸物は四寸二三分ともに鯨尺也、真物は唐糸と云て来舶糸を用ふとす、仮令唐糸に非るも糸の上品のを用て製レ之、故に久しくして伸延せず、用レ之て弛まず、摸造は糸性良ざるが故に久しくして延易し」とある。

五　**みつの車**――この詞章は謡曲の葵上による所が多い。「三つの車にのりの道、火宅の門をや、出でぬらん、夕顔の宿の破車、やる方なきこそ悲しけれ」「あら恥かしや今とても忍車の我が姿」「梓の弓のうら弭(はず)に立ち寄り憂きを語らん」。

六　**光艶かざる**――巽大全の仕掛の事「しかけはおほくは縮緬を用る、そうじて此土地は芸者の言立ゆへ、風俗花を表にするといへども、きらびやかにしてなまけるを好まず、只おとなしくりゝしき事をばこのむなり」。

七　**娘大幸記**――太閤記のもじりで、唄妓が秀吉の如く出世した意を含んだ内容による題名であろう。出世娘初編の春水の序には、寒葉斎綾継(文亭)・閑月庵山暁主人と共に春水が滝の川に遊んだことを述べ、「往来の違ふも知らで板橋にこそまどひ出つ、こゝに一ツの社あり、木下藤吉郎稲荷大明神と扁額あり、いと〳〵珍しき御神なれば、由来を聞て礼拝なし、夫より帰路の雑談を種とは思ひつゞけつゝ、頓て此草紙を著述して、かの御神の開運出世を仮用したるも、利益を蒙りて、筆福硯寿を願ふになむ」とあって、大幸記と題してもよい内容である。ただしこの作品は全部が全部、春水作とするには疑問がある。

八　**五行の相生相克**――天保七年刊の男女一代八卦の「男女相性善悪之大事」によれば、

男木(女木初よし後わろし、女火大吉、女土半吉、女金初よし後わろし、女水大吉)
男火(女木始終よし、女火大悪、女土大吉、女金大悪、女水大悪)
男土(女木初わろし後よし、女火中吉、女土初よし後わろし、女金大吉、女水大悪)
男金(女木大悪、女火大悪、女土大吉、女金悪、女水大吉)
男水(女木大吉、女火大悪、女土大悪、女金大吉、女水半吉)

九　**とほし矢**――三十三間堂は永代島、富岡八幡宮の東にあり、寛永十九年の建立という。京都の三十三間堂を摸したもので、京のと同じく年毎に射術稽古のために、通矢と称し、一定の時間に、その端から端までを射通した矢の数の多きを争った。江戸三十三間堂矢数帳なる記録が残っている(江戸名所図会・筱舎随筆など)。

一〇　**石に辰巳の**――史記の百九の李将軍(李広)列伝に「広猟ニ出デ、草中ノ石ヲ見テ以テ虎ト為シ、之ヲ射ル。石ニ中ツテ鏃ヲ没ス。之ヲ視レバ石也(下略)」。

一一　**つくだぶし**――守貞漫稿に「佃節　天保比より歟、或は天保より古き歟、江戸深川の妓歌にて、当所の名物とし、粗不易に似て、今に廃せず屋根舟猪牙舟にて、是を絃歌すれば、其舟自ら迅走すと云、最繁絃也、ふけや川かぜあがれよすだれ中の小うたの顔見たや(この詞章が早くからあった追記も見えるが、省略)」とあるが、これより早く、寛政八年刊と推定の深川の洒落本見通三世相にも「となりはわらひごゑしてにぎやかなてうしなり、ツクダブシへつくだ〳〵といそいでおせばヨウしほがそこりでろがおせぬスチャラチャチャンチャン〳〵」とある。

一二　**枝蔵**――山東京伝の仕懸文庫(寛政三)に、深川を述べて「綵皀舗(ごふくや)の出番のちよつきり遊び、酒肆の枝蔵がへりのたのしき事を知るべからず」と。上方よりの下り酒屋は茅場町新川町辺にあるが、下り酒を深川辺の海運の便な所に一度陸上げして、予備に置く蔵のことではないかと思う。その蔵を点検などに来た酒屋の店員などの、深川遊里に遊ぶ例が多かったのであろう。

一三　**ぺん〳〵草の業くれ**――洒落本の富岡八幡鐘(享和二)に「行燈にぺん〳〵草のかげぼふしは小人嶋のいてふの木かとうたがわれ」とある。もちろん、深川の描写である。山中共古著の砂払にこれを注して、「ぺん〳〵草を行燈へつり下ることは四月八日にすることとあり、虫除と云々」とある。こんなことを指したのであろう。

一四　**蔵ぼうし**――守貞漫稿にも見えるが、日本経済史辞典の説明によると、「室町時代官倉の出納は法師をして之を掌らしめ、彼等を蔵法師と称した(倉法師とも書く)。江戸時代に入るや、官倉の収支は蔵奉行が之を掌つたが、蔵法師の名は私人の倉庫番人に残つた。即ち江戸本所・深川辺には倉庫立並び、所有者は此処に貨物を蓄へて値上りを待ち、或は他人に貸して蔵敷料をとり、或は預つた商品を担保として金を貸す等の事を行つたが、彼等は通常倉庫の附近に居宅を設けて蔵法師を住はせ、之に倉庫の実務を委ねたものである。尤も蔵法師にして家主を兼ぬるものあり、また法師と称するも当代に於ては出家に非ざりし事勿論である。而して蔵法師の職は株と称して売買せられたやうである。(守貞漫稿。甲陽軍鑑。東山年中行事)」。

一五 **桜時、植て初日**——柳花通誌「二月二十五日より仲の町へ桜を植置き、三月節句を花びらきといへり、(中略)(武江年表)寛保元年辛酉三月吉原仲の町へ桜を栽はじむ、其後寛延二年の比より栽て年例とはなりぬ云々」。よって、ここの初日とは花びらきの三月三日のことであろう。この詞章の注解は忍頂寺務著清元研究に詳しい。

一六 **さゝごとやめて**——忍頂寺務著清元研究に「享保頃の板本「けいせい手管三味線」に「はや別れの旦を思ひやりて、酒事やめて語る夜は、いつよりはつゐ明やすく思はれ、かうした事もいはふ物と詞残りて」。この辺から来たものと考へる」。けいせい手管三味線は、けいせい折居鶴の改題で、享保三年の刊かと思われる。

一七 **肩はづし**——髪の片はずしについては、守貞漫稿に種々図をあげて説明がある。所々抄出すれば、片はずしの時はつとは長髱で、椎茸たぼと異名される。笄をもって髷をゆい、抜く時は下げ髪となるようにしたのから転じたので笄を用いる。似た髷に吹髷というのがあるが、これは髷が直に立っているが、片はずしは匍匐している。「幕府及び大名の女中ともに上輩は外出も褻にも片外也」などである。

一八 **唐桟**——万金産業袋「桟留島(聖多点)幅同断(三尺九寸)、丈三丈二三尺、もやう赤糸入の立じまを俗に奥島といへり、是御本手と云ふ、紺地に浅黄色島を青手といふ、蛇がたら赤ざんくづし藍ざんくづしなど有、なべて是を奥島唐桟留とて賞翫にするなり」。

一九 **女帯**——深川芸者の売色については、天保頃に成った種くばりに「女芸者を羽織と呼て、望るゝことは売女と同じ、客をも取るは是又仲町ニ限る也、近頃新地のみ三楼(注—深川越中島の百歩楼・大栄楼・船通楼のこと)総て此処之風を学びて、去る事あれど、他ニては芸者客を取るは厳敷禁ずる事也、表櫓ニては客を取る芸者も稀ニはある事也」。春水も深川仲町の羽織芸者を題材とし、且つその生態を描写するを目的としては、この場を挿入せざるを得なかったのであろうし、逆にこの場のあることで、辰巳園に、物語のみならず、深川風俗描写の目的のあったことがわかる。

二〇 **婬行**——太平記二十の「義貞首懸獄門事附勾当内侍事」の条に「あやなく迷ふ心の道、諫むる人もなかりしかば、去んぬる建武のするに、朝敵四海の波に漂ひし時も中将此内侍に暫の別を悲みて征路に滞り、後に山門臨幸の時、寄手大嶽より追落されて、其まゝ寄せば京をも落さんとせしかども、中将此内侍に迷ひて勝に乗り疲を攻むる戦を事とせず、其弊果して敵の為に国を奪はれたり、誠に一たび笑んで能く国を傾くと、古人の是をいましめしも理り也とぞ覚えたる」とある。演劇・川柳などの先行文学にも多くあつかわれている。

二一 **門人さへ用ぬ**——春告鳥八の作中人物の会話にも、「金竜山人狂訓亭為永春水か、よく種々な名を書て置作者だ」「左様サねへ全体元は南仙笑楚満人と申ましたねへ」「左様サ二代目の楚満人サ、大そふに弟子なんぞも出来やしたツけが、なぜ名をかへやしたか」「ヲヤそれでも狂訓亭としてからは、弟子任せにしないと申ことでございますが、そのせへか近頃の中本は、この作者が一ばんおもしらふござゐますョ」とある。春暁八幡佳年四輯(天保八)序「四沢に満る春水と改名し東の春雨を著して以来、更に門人友人の筆を借ず、拙しといへども自作愛翫せられて書賈も閉たる草廬を問事旧日に倍す」など、多く見える。

二二 **傾城禁短気に**——傾城禁短気(正徳元)三之巻の一「巾着山白人寺に弘むる新宗」の条「(前略)元来白人寺建立の思ひ立は、世間に強手成大臣共、遊興よりは床ひとつをたのしみと心がけ、勤する女は人の数にあたれば、(中略)同じくはそれにこしらへぬ、地女の首尾するのがあらば、すこし花代むつかしからうと、望といひ出せし客共多く有しより、扨は店屋物でない、白人女を好事よと、此故に元祖白人寺をたてゝ、しろとといふ新宗をひろめ給ひぬ、然るに此古巾着共、勤女よりは繁く男数にあたり、黒人寺になす事浅ましきかな、此道の末になれるしるしと、此宗門に帰依する人々は、かなしみの涙に下帯のさがりをぬらし、猶手入ずの法をしたひ、懐子を尋られしに、(中略)爰に色茶屋の家々に、養子娘の手入ずをこしらへ、襟付の厚い上大臣に仕掛、亭主くわしやはしらぬ分にして、一家の山州情知顔にて、ひそかに取持(以下大臣より金をとる方法詳かである)」。

二三　**娘分**——本朝色鑑(宝暦年間カ)「娘分者則有二養子一有二実子一大抵以レ為二養子一号二娘分一則有二揚屋一雖レ有二不同一其宜者也大佳凡京師以レ有二祇園町先斗町一為二上品一則貧家少女或遊女之養二少者一為二娘分一随レ長有二艶色一以示レ客其価又貴或翫二三線一唱二歌舞一慰二客意一至為二上品一之娘猥不レ許二数枕一唯会二一客一而已則価以二千金一又為二中品一者或一会金子百疋二百疋又限二一年一遣レ価或以レ遣二四季施一約レ客又為二下品一者或出二白人一又作二中白四六一凡為二上品一娘分之風俗唯如二美地女一肯不レ着二美服一其風俗不レ学二妓姿一唯町家深窓之如二愛娘子一悠然　已有レ色雖二老儒禅僧一迷レ目蕩レ心而已」。

二四　**八陣**——三国志の蜀志の諸葛亮伝にその記事あり、日本でも山脇重顕や近松茂矩など兵学者に八陣図説などの著述があるが、この序の軍法は講釈師の口吻から得たもの。通俗三国志がその知識のもとであるが、同書三十六「魚腹浦八陣伏陸遜」、同四十二「孔明祁山布八陣」、同四十八「姜維祁山布八陣」の条に詳しく出ている。

二五　**魚鱗**——漢書の注などでは、「其ノ相接次ノ形魚鱗ノ若キヲ言フ」とあるが、ここはまた講釈師の口吻によるもので、その理解は源平盛衰記や太平記によったものである。源平盛衰記三十五「木曾の義仲は魚鱗の戦とて魚の鱗を並べたる如く、さきは細く、中ふくらにこそ立たりけれ」。

二六　**長蛇の備**——荻生徂徠の鈐録にも長蛇の陣形があるが、行軍の体形と解している。ここは通俗三国志四十八にある長蛇捲地の陣であろう。同条に「姜維中軍ニ入リ、旗ヲ執リテ左右ヲ招ケバ、忽然トシテ変ジテ、長蛇捲地ノ陣トナリ、鄧艾ヲ真中ニ取込メテ、四方八面喊ノ声地ヲ震フ、(中略)諸将ト力ヲ合セテ、一方ヲ蒐(か)破ラントスレドモ、敵ノ囲イヨイヨ重リ(下略)」とあって、包囲の陣形で、相手の動きのとれない様にすることの文意にあう。

二七　**放矢**——鈐録に「鋒矢ト云ハ少勢ニテ多勢ニ向ヒ打破ントスル備ナリ、足軽ヲヘ如此タテ、射立打立ツテ、跡ニ武者ヲ一如此立テ、、足軽塩相ヲ見テ、両ヘサツト開クトキ、武者急ニ突カヽリ、或ハ馬ヲ入ル、ナリ、急ニ進ム勢ヲ顕ン為ニ一如此ニ図シタルモノナリ(下略)」。

二八　**孔明の八陣**——通俗三国志三十六、魚腹浦で孔明が設計した八陣に入った陸遜が「急ニ回ラントスル時、乱石路ニ横タワリテ、出ヅベキ様モ無リケレバ」とあり、またそこに出現した老人が、「孔明別ルヽニ臨ンデ、某ニ申シケルハ、後ニ呉ノ国ノ大将、コノ陣ニ入ツテ迷フベシ、必ズ引イテ出スナト云ヒケルガ」と語っている。同書四十二でも、魏の兵の八陣にとり込められることが見える。

二九・三〇　**北門・生南門**——通俗三国志四十二で、孔明の八陣を見て、司馬懿の言葉に「イマ孔明が布イタル陣ニ八ノ門アリ、休・生・傷・杜・景・死・驚・開ト号ス、開・休・生ノ三門ハ吉ニシテ、傷・杜・景・死・驚ノ五門ハ凶シ、東ノ方ハ生門、西南ノ方ハ休門、北ノ方ハ開門、コノ三門ヨリ打テ入ラバ、此ノ陣必ズ破ルベシ」とある。

三一　**山王祭**——天保九年刊の東都歳事記では子寅辰午申戌の年隔年に行うとあり、祭のさま詳密である。今簡略な嘉永四年の東都遊覧年中行事を引く、「あまたある氏子の町々、十三日より桟敷をかけ、屏風もうせんをかざり、一間ごとにてうちんをかけ、酒肴をもうけ音曲をなして遊楽する事、家ごと也、心ある徒は太平に皷腹する御国恩を思ふべし、氏子の町々よりおどりやたい、引もの、地ばしりなどを出す、是を附祭りとて三十年目に一度づゝ順番につとむ、御上覧あり、其番にあたりし町々は前年よりおどり子又は音曲のものへやくそくして手附金など渡し置、千金をかたむくる事どもなり、此御祭礼は江都第一の壮観なれば、そのさま小冊に尽しがたし」。

「春色梅児誉美」諸本対照表

特徴のごく大要を記し、参考の一助とするにとどめた。本文の異同なども代表的な一例を挙げたのみである。〇は初刻本の版木使用を意味する。×は改刻本の版木使用を意味する。

（鈴　木）

篇	巻	区分	第一類本（首髪本）　十二冊	第二類本（首り本）（十二冊本／四冊本（模様表紙本／無地表紙本））	備考
初（題簽には篇数記載なし）	一	序	〇地紙に藍色で梅花模様を散らして摺り出す。	×本文の字体、振仮名などが一類本と異なる部分あり。〔例〕月徳（くわつとく）（一類では「げつとく」と振仮名） 地紙は白一色で模様なし。	上掲両種の本のほかに、両者の中間的のものあり。 序・口絵が第二類系の×の版木、本文・挿絵が〇の版木の、この二者を組み合わせて成っている。 なお第二類本の系統に属するが、口絵の人物の顔面部のみ彫りかえて象嵌した相当後年の後摺本あり。
		口絵	〇役者似顔の特徴が顕著。 三オ、竹長吉の背後の余白に何も書入れなし。 長吉の袢の裏地は藍色。 四ウ、丹次郎の背後の小屏風にかかる手拭の模様が鶴と亀。	×役者似顔の個性味が減じている。 三オ、竹長吉の背後の余白に「そも〳〵和朝に云々」の書入れあり。 長吉の袢の裏地は紅色。 小屏風にかかる手拭の模様が源氏香と二枚の葵。	
		本文	〇句読点、振仮名など二類本に比して多く施されている。 十二オ・1行目「首髪（つむり）は」	×句読点、振仮名など脱落あり、また誤記あり。 十二オ・1行目「首り（つむ）が」と変る。 〇十八オ―十八ウの一枚のみは、初版と同一版木と認められる。	
		挿絵	〇三オの米八一人立の図に薄墨の版彩色。 他の挿絵一般に彫りに入念、板ボカシなど	×三オの米八の図、薄墨版彩色なし。 全般に彫り粗、板ボカシなど省いた個所多	右掲の中間的の本で、三オのこの挿絵は〇×のどれとも異なる別版

巻	項目	上段	中段	備考
		多く用いる。	し。	木で、薄墨版は省く。
二	本文	○〔十一ウ―〕十二オ「念仏(ねんぶつ)講(かう)」	×〔十一ウ―〕十二オ「念仏(ねんぶつ)誰(たれ)」	
	挿絵	○	×	
三	口絵	○一オ「歌妓化粧の図」、二ウ「米八船宿へいたる図」ともに薄墨の版彩を施す。	×一オ、二ウ、同構図なるも別版。下段(備考欄)に説く口絵をもとにして改刻せしもののごとし。版彩色なし。	上掲のほかに、本文と挿絵は○の系統なるも、口絵のみは○×以外の版のものあり。年代は両者の中間に位すと見られる。この口絵には薄墨版彩は用いず。
	本文	○	×	
	挿絵	○六ウ―七オ、藤兵衛と米八の口論する図で、米八の顔細面。	×六ウ―七オの上掲の図で、米八の顔、豊頬の丸顔となる。藤兵衛の顔も変る。	
二 (題簽には梅児誉美後編とあり)				
四	序	○「今も昔も世の中の云々」の文字を淡褐色で摺る。やや後摺のものは墨一色摺となる。	○墨一色摺で「今も昔も云々」の文。なお更に後摺になると、右の文を第四篇へ廻し、代りに第六巻の跋文たる「子細らしき顔で云々」の文全部とその裏の刊記をも併せて入れている(四冊本に多い)。	
	口絵	○	○ただし、摺刷技法に省略あり。また絵具も質を異にする。	
	本文	○	○	
	挿絵	○	○	
五	本文	○	○	

篇	巻	部分			
		挿絵	○五ウ—六オのおよし、お長の睡眠の図、上部に薄墨のふきぼかしを入れる。	○五ウ—六オのおよし、お長の図の薄墨のふきぼかし省略。	
	六	本文	○巻末に「子細らしき顔で云々」の跋あり。	○ただし、最終に「子細らしき」の文なし（当篇序に廻している）。	
		挿絵	○五ウ—六オの米八と此糸の対談の図には、薄墨版彩が施されている。	○米八、此糸の図に薄墨色を省く。	
三	七	序	○	○地紙に草色で雪花模様を入れたものあり。	
		口絵	○	○	
		本文	○	○	
		挿絵	○	○	
	八	本文	○	○	
		挿絵	○	○	
	九	本文	○	○	
		挿絵	○	○	
四（題簽には篇数記載なし）	十	序	○「梅児誉美四編序」とあり。「梅やしき云々」で始まる文。末尾に「江戸人情本作者の元祖　狂訓亭主人誌」とあり。	第一類本の序文を除去し、代りに、第二篇巻四の序文「今も昔も云々」の版をここへ利用。序を全然欠く本もあり。	
		口絵	○三オ、梅の枝の背景、薄い藍で一面にツブシ摺り。三ウ—四オ「隅田川勝景真写」の図の近景の堤の描写、一面の草堤。	×三オ、梅の枝の背景、薄藍のツブシに白く円月を抜く。三ウ—四オ「隅田川…」の図、同構図なるも異点多し。近景の堤に石垣や杭を添え、川波の描写粗になる。堤上の芸妓の顔もやや下ぶくれの型となる。	三ウ—四オのこの図は、更に後摺の本になると芸妓の顔の部分だけ新しく彫り変えて象嵌したものもあるようである。

			四ウの蝶吉の顔や手の描写、衣服の襟・裾、五オの此糸の描線、釣花活けなど、二類の改版と相当に異なる。五ウの聯に、砂子、切箔、のげ等に擬した模様入る。	五ウの聯に上記の模様なし。また、書体も異なる。	
	本文	○		四オおよび五ウのみ○を流用、他の部分はすべて×	
	挿絵	○		四ウ—五オの丹次郎、岡八らの争いの図は○を流用。十四ウ—十五オ、洲崎の磯に米八の立つ図は×、月夜の周辺の夜空に用いた板ボカシの技法など一類に比し簡略。	
十一	本文	○		十二オおよび十三ウのみ○を流用、他の部分はすべて×	
	挿絵	○		五ウ—六オ、お由と母親邂逅の図は× 九ウ、三ツ組盃の図も× 十二ウ—十三オ、蝶吉と尼の図は○を流用。	
十二	本文	○		五オおよび六ウのみは○を流用、他の部分はすべて×	
	挿絵	○		五ウ—六オ、判人宅をお蝶が訪れる図は○を流用。 十六ウ—十七オ、四美人を春夏秋冬に見立てた図は×	

「春色辰巳園」諸本対照表

○×の意味、その他「春色梅児誉美」の場合と同じ。

篇	巻	区分	第一類本（しねへ本）　十二冊	第二類本（木進本）（十二冊本／四冊本（模様表紙本／無地表紙本））	備考
初（題簽には篇数記載なし）	一	序	○一オ―三オ、藍摺りの枠内、淡紅色のツブシ摺り。	○淡紅色のツブシ摺りを略す。	
		口絵	○	○ただし色調をやや異にする。	
		本文	○三オ・6、「いゝかげん」	×三オ・6、「いゝかげに」	
		挿絵	○	×	
	二	本文	○	×	
		挿絵	○十二ウ―十三オの子供屋の図は厚手の紙に摺り、薄藍の版彩色を加える。	×十二ウ―十三オの図は、本文と同質の薄紙に摺り、墨一色。改刻のため彫りが粗。	
	三	本文	○九オ・6「ム丶ウ色（いろ）をしねへ」（「しねへ」は字体「[illegible]」）	×九オ・6「ムウ色を木進」	
		挿絵	○十四オ、丹次郎の開ける障子の板目に板ボカシを施す。	×十四オ、障子の板目、板ボカシなし。	
		刊記	○十九ウ、江戸作者　為永春水著、江戸画工　歌川国直画、江戸校訂　清元延津賀等の奥付あり。	十九ウは奥付なく空白。	
二	四	序	○	一オから二ウまでの二丁は×、三オは○	

(題簽には辰巳園後編とあり)							三		
	五		六				七		
口絵	本文	挿絵	本文	挿絵	本文	挿絵	序	口絵	本文
○摺りが入念。藍鼠色濃淡二色の版彩を施す。やや後摺のものは、濃色の版を省略。五ウの海浜に碇の図において、水平線上に湧雲を薄墨白抜きで摺る。やや後摺のものには、この雲を省略。	○	○	○	○	○	○	○	○ 三ウ—四オ、羽織をふむ米八の図の外枠に藍鼠の版彩あり。壁下の模様一面に施す。左上三重丸圏内の薄藍の地色の上に薄墨で流水の模様あり。 四ウ—五オ、二人の女の背後の屏風に白帆と林立する泊船の帆柱を薄墨で一面に描く。右側の女の前垂に薄墨の縞模様。	○
○上欄の後摺本に準じた摺り。五オおよび五ウの図では、色板を更に一版略す。水平線上の雲もなし。	○	○	○	○	○	○	○	○ただし、色板は改版と見られ、第一類本とは異なった賦彩法をとる。 三ウ—四オの図、枠の模様、圏内の流水模様等省き、壁下の模様も一部分に止めている。 米八の帯の模様の賦彩も変えている。 四ウ—五オの図の屏風の模様、白帆と帆柱なるも、四ウの方は異版で簡粗。右側の女の前垂に模様なし。	一オ—四オ、六オ—十二オ、十三オ—十八ウは× 五ウのみ○

巻	章	区分			
		挿絵	○四ォ—五ォ、「米八が即計仇吉がこゝろをはげます」図に、薄墨の彩色入る。	四ォ—五ォの図は○なるも薄墨彩色省略。 十二ウ—十三ォ「千代元の二階に延津賀両女を訓す」は×（屛風の平行線模様などに差異）。	
	八	本文	○	一ォ—四ウ、七ォ—十二ォ、十三ウ—十八ウは× 五ォ、六ウは○	
		挿絵	○ 十二ウ—十三ォ、腕組みする丹次郎に話しかける米八の着物の弁慶縞に一目おきに板ボカシをかけて色の淡い感を出している。	五ウ—六ォは○ 十二ウ—十三ォは×。米八の弁慶縞に板ボカシなし。	
	九	本文	○四ォ・3、「この三人がわけて能から」	×四ォ・3、「この三人ヲのけて能から」	
		挿絵	○十二ウ—十三ォに、二階で仇吉と丹次郎と逢う図あり。	×仇吉丹次郎逢う図除かれ、丁付も、のどに「タツミ三ヘン下ノ十二十三」と一行に記してある。	
四	十	序	○	一ォ—二ウの二丁は× 三ォは○ 六ウも○	
		口絵	○	○色板は一部分改版（四ォ、米八の衣服、同図の背景の藍ツブシの板、四ウ、遠景の山や空等）	
		本文	○	一ォ—四ウ、七ォ—十八ォ、十九ウ—廿四ォは× 五ォおよび六ウは○	

巻	区分			
	挿絵	○	五ウ—六オ、米八と仇吉の喧嘩の図は○ 十八ウ—十九オ、「継母の欲情仇吉をなやます」図は×	
十一	本文	○	一オ—四ウ、七オ—十二ウ、十五オ—十九ウは× 五オ、六ウ、十三オ、十四ウは○	
	挿絵	○	五ウ—六オ「金をはたりて鬼九郎仇吉をいどむ」、十三ウ—十四オ「賢女仇を恩にて伏す」図は○ 十オの障子の図は×	
十二	本文	○	一オ—三オ、四ウ—十二オ、十四オ—十九ウは× 十三ウは○	
	挿絵	○ 十二ウの女二人の顔、目に瞳を描かず。背中の小児、わずかに顔を見せる。	三ウ—四オ(こたつにあたる丹次郎と酒事する仇吉)、十二ウ(よしず張りの茶店内の男女三人)は×(十二ウの女二人の顔、瞳を描く。背中の小児の描き方不確実。) 十三オ(幼児を背負う仇吉)は○	

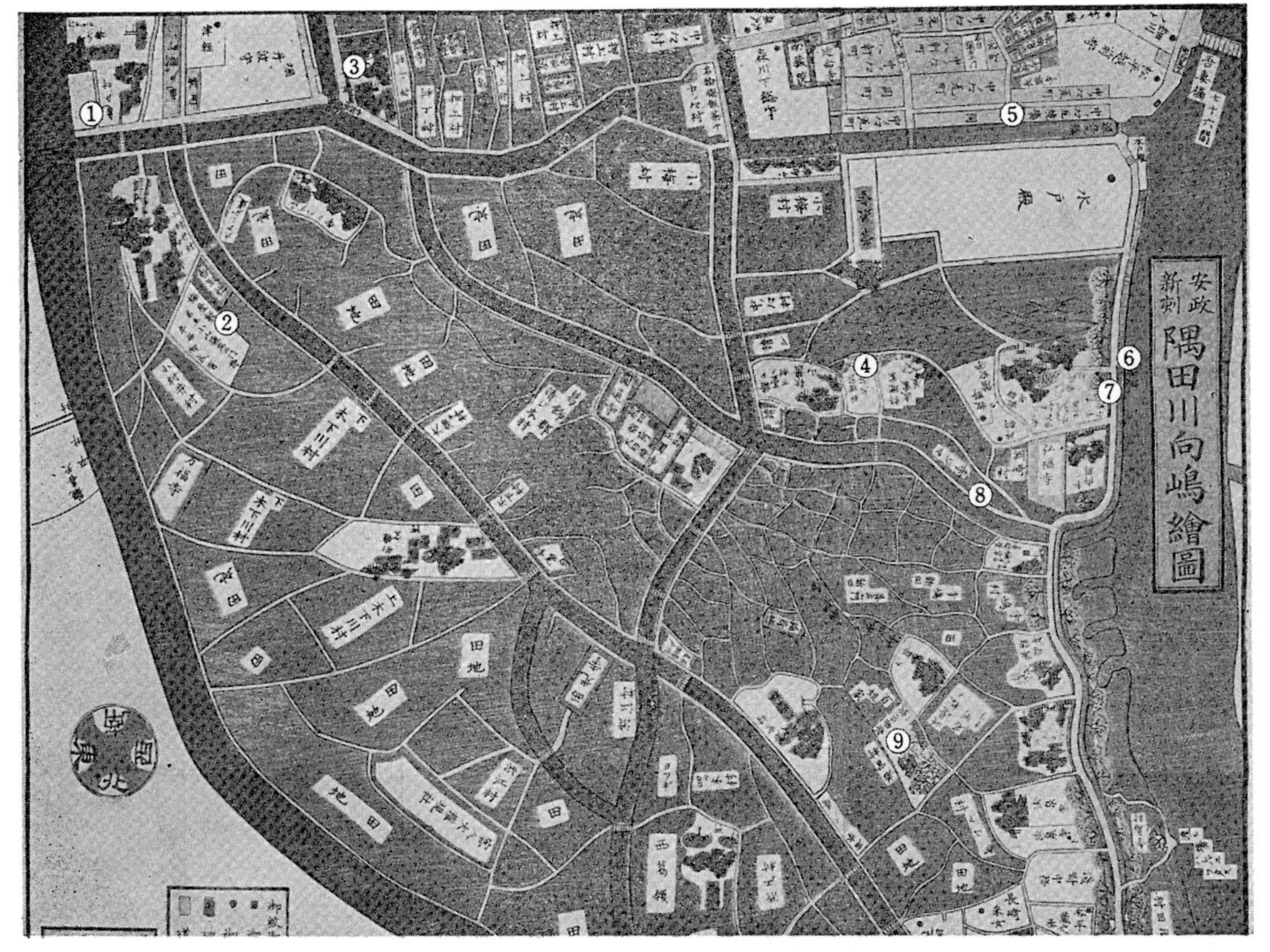

向島の図

1 亀戸村
2 梅屋敷
3 法性寺
(柳島妙見)
4 料理家大七
5 中ノ郷瓦焼場
6 竹屋の渡
7 料理家平石
8 寺島
9 新梅屋敷

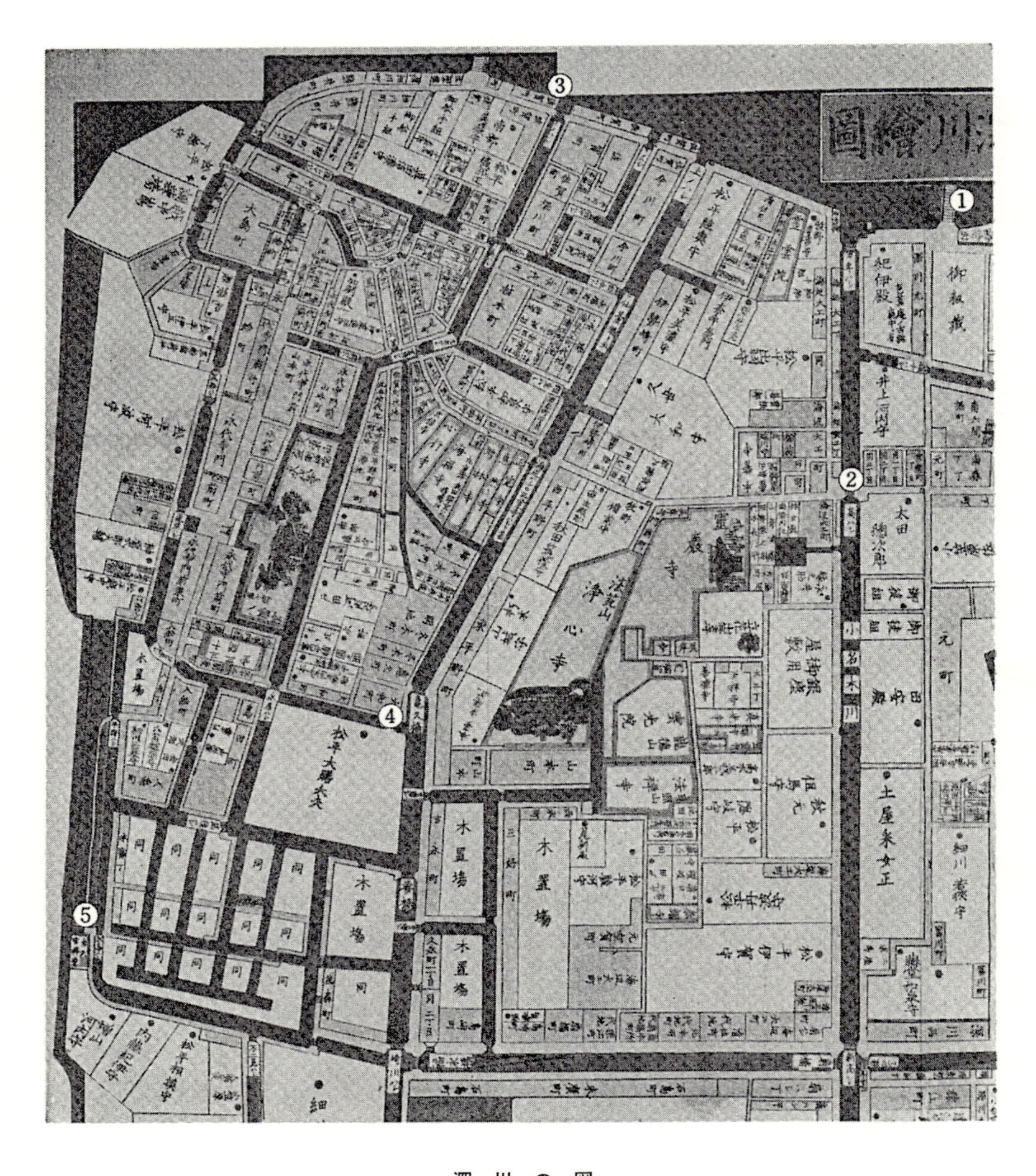

深川の図

1 新大橋　2 高橋　3 佐賀町　4 大和町　5 弁天吉祥寺

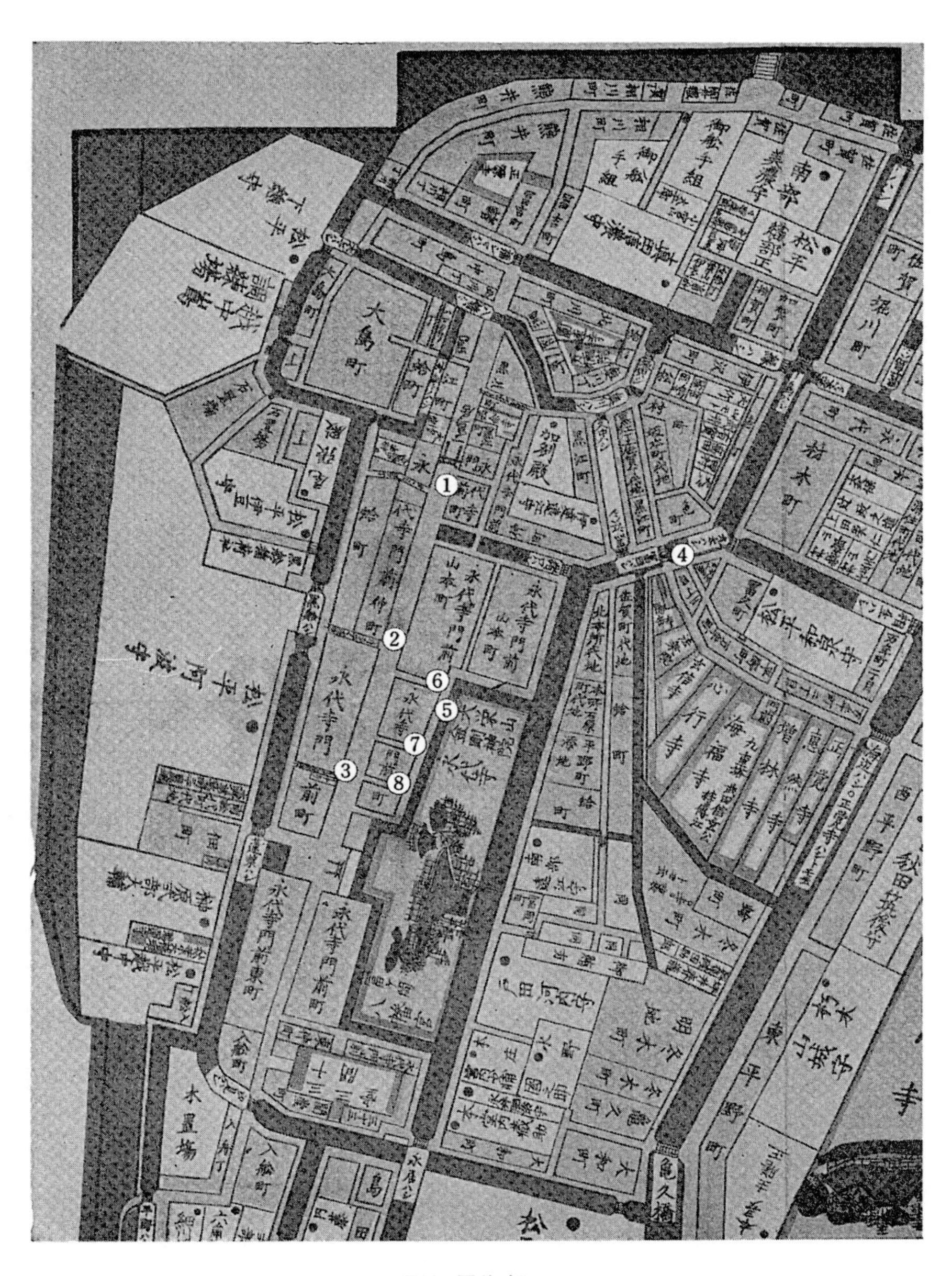

深川の図(細部)

1 畳横丁　　2 摩利支天横丁　　3 稲荷横丁　　4 富岡橋(閻魔堂橋)
5 仲裏　　6 金子横丁　　7 自身番横丁　　8 十二軒

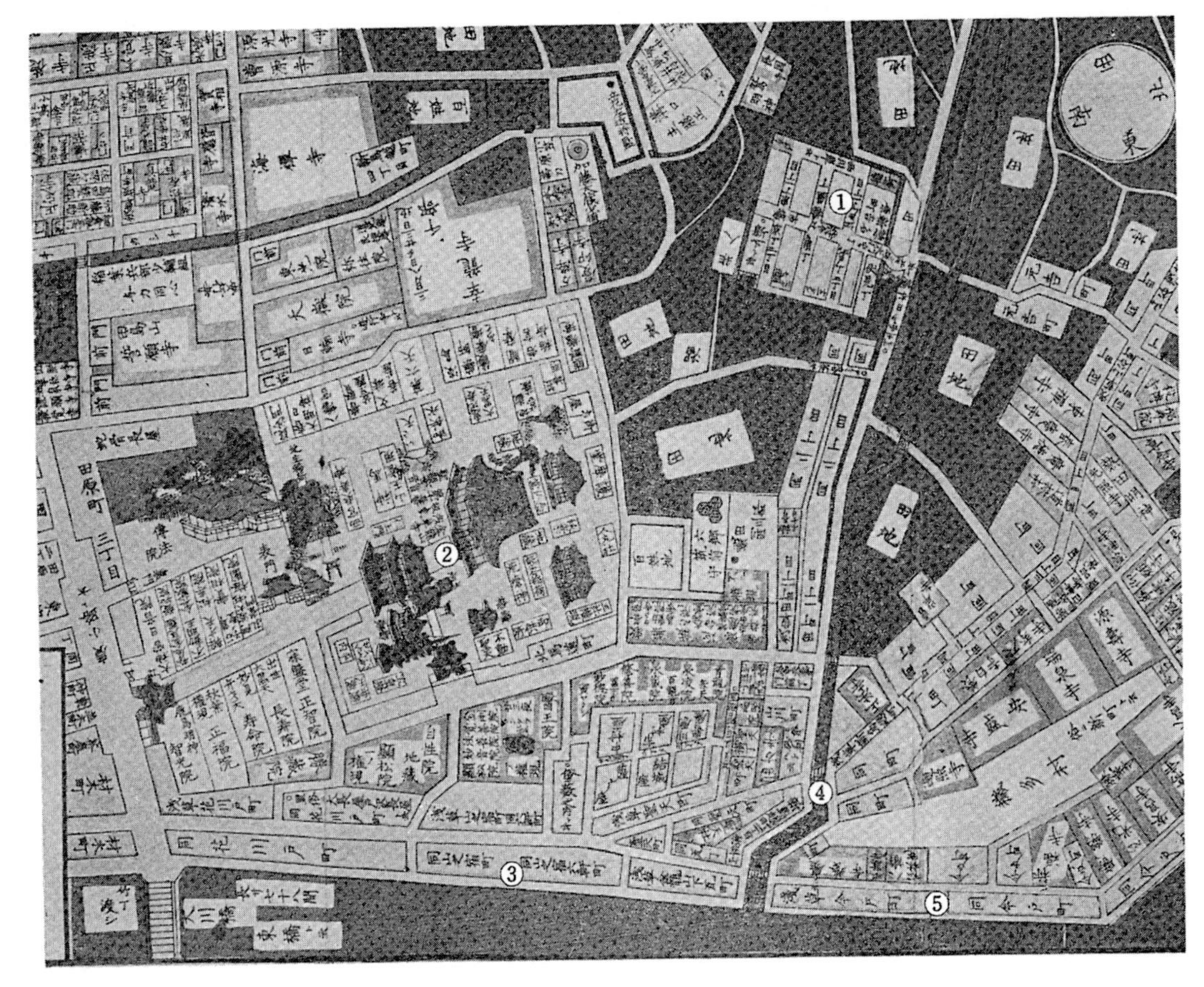

浅草近傍の図

1 吉原
2 浅草寺
3 山之宿町
4 山谷堀
5 今戸町

日本古典文学大系 64
春色梅児誉美

1962年8月6日　第1刷発行
1988年7月5日　第21刷発行
2016年11月10日　オンデマンド版発行

校注者　中村幸彦（なかむらゆきひこ）

発行者　岡本　厚

発行所　株式会社　岩波書店
〒101-8002　東京都千代田区一ツ橋2-5-5
電話案内　03-5210-4000
http://www.iwanami.co.jp/

印刷／製本・法令印刷

ISBN 978-4-00-730522-1　　Printed in Japan